中国艺术研究院
基本科研业务费项目

中国艺术研究院学术文库
主　编　王文章　周庆富

赵伯陶　著

义理与考据

北京时代华文书局

图书在版编目（CIP）数据

义理与考据 / 赵伯陶著 . -- 北京 : 北京时代华文书局 , 2025.6
（中国艺术研究院学术文库 / 王文章，周庆富主编）
ISBN 978-7-5699-5126-4

Ⅰ . ①义… Ⅱ . ①赵… Ⅲ . ①中国文学—古典文学研究—文集 Ⅳ . ① I206.2-53

中国国家版本馆 CIP 数据核字 (2024) 第 063947 号

YILI YU KAOJU

出 版 人：陈　涛
责任编辑：刘显芳
装帧设计：周伟伟
责任印制：刘　银　訾　敬

出版发行：北京时代华文书局 http://www.bjsdsj.com.cn
　　　　　北京市东城区安定门外大街 138 号皇城国际大厦 A 座 8 层
　　　　　邮编： 100011　电话： 010-64263661　64261528

印　　刷：三河市嘉科万达彩色印刷有限公司
开　　本：710 mm×1000 mm　1/16　　　　成品尺寸：170 mm×240 mm
印　　张：28　　　　　　　　　　　　　　字　　数：414 千字
版　　次：2025 年 6 月第 1 版　　　　　　印　　次：2025 年 6 月第 1 次印刷
定　　价：98.00 元

版权所有，侵权必究
本书如有印刷、装订等质量问题，本社负责调换，电话：010-64267955。

"中国艺术研究院学术文库"
编辑委员会

主　编　王文章　周庆富

副主编　喻　静　李树峰　王能宪

委　员　王　馗　牛克成　田　林　孙伟科
　　　　李宏锋　李修建　吴文科　邱春林
　　　　宋宝珍　陈　曦　杭春晓　罗　微
　　　　赵卫防　卿　青　鲁太光
　　　　（按姓氏笔画排序）

编辑部

主　任　陈　曦

副主任　戴　健　曹贞华

成　员　马　岩　刘兆霈　汪　骁　张毛毛
　　　　胡芮宁　（按姓氏笔画排序）

"中国艺术研究院学术文库"再版序

周庆富

由中国艺术研究院策划、北京时代华文书局出版的大型系列丛书"中国艺术研究院学术文库",历经十余载,陆续出版近150种,逾5000万字,自面世以来取得了很好的社会反响。这套丛书以全景集成之姿,系统呈现了中国艺术研究院新一代学者在文化强国征程中,承继前海学术传统,赓续前辈学术遗产的共同追求,也展现了学者们鲜明的研究个性和独特的学术风格,勾勒出我国当代文化艺术从理论研究到实践探索的发展脉络,对推进中国艺术学学科体系、学术体系、话语体系建设具有重要的史料价值和学术价值。

北京时代华文书局意将整套丛书再版,并对装帧、版式等进行重新设计,让这一系列规模庞大、内容广博的研究成果持续发挥它应有的作用,这无疑是一件好事!衷心祝愿"中国艺术研究院学术文库"再版成功!中国艺术研究院的学者们也将继续以饱满的学术热情,将个人专长与国家需要紧密结合,不断为新时代文化艺术繁荣发展,为文化强国建设贡献智慧和力量。

2024年12月20日

总 序

王文章

  以宏阔的视野和多元的思考方式，通过学术探求，超越当代社会功利，承续传统人文精神，努力寻求新时代的文化价值和精神理想，是文化学者义不容辞的责任。多年以来，中国艺术研究院的学者们，正是以"推陈出新"学术使命的担当为己任，关注文化艺术发展实践，求真求实，尽可能地从揭示不同艺术门类的本体规律出发做深入的研究。正因此，中国艺术研究院学者们的学术成果，才具有了独特的价值。

  中国艺术研究院在曲折的发展历程中，经历聚散沉浮，但秉持学术自省、求真求实和理论创新的纯粹学术精神，是其一以贯之的主体性追求。一代又一代的学者扎根中国艺术研究院这片学术沃土，以学术为立身之本，奉献出了《中国戏曲通史》《中国戏曲通论》《中国古代音乐史稿》《中国美术史》《中国舞蹈发展史》《中国话剧通史》《中国电影发展史》《中国建筑艺术史》《美学概论》等新中国奠基性的艺术史论著作。及至近年来的《中国民间美术全集》《中国当代电影发展史》《中国近代戏曲史》《中国少数民族戏曲剧种发展史》《中国音乐文物大系》《中华艺术通史》《中国先进文化论》《非物质文化遗产概论》《西部人文资源研究丛书》等一大批学术专著，都在学界产生了重要影响。近十多年来，中国艺术研究院的学者出版学术专著在千种以上，并发表了大量的学术论文。处于大变革时代的中国艺术研究院的学者们以自己的创造智慧，在时代的发展中，为我国当代的文化建设和学术发展做出了当之无愧的贡献。

为检阅、展示中国艺术研究院学者们研究成果的概貌，我院特编选出版"中国艺术研究院学术文库"丛书。入选作者均为我院在职的副研究员、研究员。虽然他们只是我院包括离退休学者和青年学者在内众多的研究人员中的一部分，也只是每人一本专著或自选集入编，但从整体上看，丛书基本可以从学术精神上体现中国艺术研究院作为一个学术群体的自觉人文追求和学术探索的锐气，也体现了不同学者的独立研究个性和理论品格。他们的研究内容包括戏曲、音乐、美术、舞蹈、话剧、影视、摄影、建筑艺术、红学、艺术设计、非物质文化遗产和文学等，几乎涵盖了文化艺术的所有门类，学者们或以新的观念与方法，对各门类艺术史论做了新的揭示与概括，或着眼现实，从不同的角度表达了对当前文化艺术发展趋向的敏锐观察与深刻洞见。丛书通过对我院近年来学术成果的检阅性、集中性展示，可以强烈感受到我院新时期以来的学术创新和学术探索，并看到我国艺术学理论前沿的许多重要成果，同时也可以代表性地勾勒出新世纪以来我国文化艺术发展及其理论研究的时代轨迹。

中国艺术研究院作为我国唯一的一所集艺术研究、艺术创作、艺术教育为一体的国家级综合性艺术学术机构，始终以学术精进为己任，以推动我国文化艺术和学术繁荣为职责。进入新世纪以来，中国艺术研究院改变了单一的艺术研究体制，逐步形成了艺术研究、艺术创作、艺术教育三足鼎立的发展格局，全院同志共同努力，力求把中国艺术研究院办成国内一流、世界知名的艺术研究中心、艺术教育中心和国际艺术交流中心。在这样的发展格局中，我院的学术研究始终保持着生机勃勃的活力，基础性的艺术史论研究和对策性、实用性研究并行不悖。我们看到，在一大批个人的优秀研究成果不断涌现的同时，我院正陆续出版的"中国艺术学大系""中国艺术学博导文库·中国艺术研究院卷"，正在编撰中的"中华文化观念通诠""昆曲艺术大典""中国京剧大典"等一系列集体研究成果，不仅展现出我院作为国家级艺术研究机构的学术自觉，也充分体现出我院领军国内艺术学地位的应有学术贡献。这套"中国艺术研究院学术文库"和拟编选的本套文库离退休著名学者著述部分，正是我院多年艺术学科建设和学术积累的一个集中性展示。

多年来，中国艺术研究院的几代学者积淀起一种自身的学术传统，那就是勇于理论创新，秉持学术自省和理论联系实际的一以贯之的纯粹学术精神。对此，我们既可以从我院老一辈著名学者如张庚、王朝闻、郭汉城、杨荫浏、冯其庸等先生的学术生涯中深切感受，也可以从我院更多的中青年学者中看到这一点。令人十分欣喜的一个现象是我院的学者们从不故步自封，不断着眼于当代文化艺术发展的新问题，不断及时把握相关艺术领域发现的新史料、新文献，不断吸收借鉴学术演进的新观念、新方法，从而不断推出既带有学术群体共性，又体现学者在不同学术领域和不同研究方向上深度理论开掘的独特性。

在构建艺术研究、艺术创作和艺术教育三足鼎立的发展格局基础上，中国艺术研究院的艺术家们，在中国画、油画、书法、篆刻、雕塑、陶艺、版画及当代艺术的创作和文学创作各个方面，都以体现深厚传统和时代特征的创造性，在广阔的题材领域取得了丰硕的成果，这些成果在反映社会生活的深度和广度及艺术探索的独创性等方面，都站在时代前沿的位置而起到对当代文学艺术创作的引领作用。无疑，我院在文学艺术创作领域的活跃，以及近十多年来在非物质文化遗产保护实践方面的开创性，都为我院的学术研究提供了更鲜活的对象和更开阔的视域。而在我院的艺术教育方面，作为被国务院学位委员会批准的全国首家艺术学一级学科单位，十多年来艺术教育长足发展，各专业在校学生已达近千人。教学不仅注重传授知识，注重培养学生认识问题和解决问题的能力，同时更注重治学境界的养成及人文和思想道德的涵养。研究生院教学相长的良好气氛，也进一步促进了我院学术研究思想的活跃。艺术创作、艺术教育与学术研究并行，三者在交融中互为促进，不断向新的高度登攀。

在新的发展时期，中国艺术研究院将不断完善发展的思路和目标，继续培养和汇聚中国一流的学者、艺术家队伍，不断深化改革，实施无漏洞管理和效益管理，努力做到全面协调可持续发展，坚持以人为本，坚持知识创新、学术创新和理论创新，尊重学者、艺术家的学术创新、艺术创新精神，充分调动、发挥他们的聪明才智，在艺术研究领域拿出更多科学的、具有独创性的、充满鲜活生命力和深刻概括力的研究成果；在艺术创作领域推出更多具有思想震撼力和艺术感染力、具有时代标志性和代表性的精品力作；同时，培养更多德才兼备的优秀青年人才，真正把中国艺术研究院办成全国一流、世界知名的艺术研究中心、艺术教育中心和国际艺术交流中心，为中华民族伟大复兴的中国梦的实现和促进我国艺术与学术的发展做出新的贡献。

2014年8月26日

目 录

自 序 / 1

上编 论文

李益及其边塞诗略论 / 3
《四溟诗话》考补 / 18
《红楼梦影》的作者及其他 / 29
《古夫于亭杂录》成书时间及其版本 / 39
寻诗与灵感
　　——读钱钟书《寻诗》诗 / 49
《人中画》版本演化及其他 / 71
市井文化刍议 / 83
《聊斋志异·婴宁》的命名及其蕴涵 / 97
神韵说三论 / 110
宋词的文化品格 / 126
17世纪：小品精神的末路 / 134
陈廷敬及其文学地位略论 / 151
明清八股取士与文学及士人心态 / 166
李东阳《怀麓堂诗话》的融通意识 / 190

中编　书评

读《施愚山集》／209

略评《陈宏谋家书》／221

读《聊斋遗文七种》／224

读《全校会注集评聊斋志异》／231

清代第一女词人的信史
　　——读金启孮《顾太清与海淀》／238

从《明文选》一处疏漏谈起／243

中华本诸史《选举志》商榷／250

博观约取　考镜源流
　　——读程毅中先生著《古体小说论要》／271

旁征博引　纵横观照
　　——读李庆立先生《怀麓堂诗话校释》／276

走近大师
　　——写在《季羡林全集》出版之后／288

《聊斋志异》注释问题举隅／294

《聊斋诗集笺注》商榷举隅／306

破解与传统文化的时代隔膜
　　——读中国古典小说四大名著校注本／323

性灵与学识
　　——《船山诗草全注》问题举隅／333

下编　序跋

《明清八大家文钞》导读／367

《古文观止》前言／381

李庆立《谢榛全集校笺》序／390

李圣华《冷斋诗话》序 / 392

张立敏《冯溥与康熙京师诗坛》序 / 394

罗应涛《张问陶诗歌菁华录》序 / 396

李圣华《初明诗歌研究》序 / 398

胡传淮主编《张鹏翮研究》序 / 400

《明清小品：个性天趣的显现》后记 / 402

《香祖笔记》（选评）后记 / 404

《归有光文选》后记 / 405

《落日辉煌：雍正王朝与康乾盛世》后记 / 407

《秦淮旧梦：南明盛衰录》后记 / 409

《明文选》后记 / 411

《中国文学编年史·明末清初卷》后记 / 413

《袁宏道集》（选注）后记 / 415

《七史选举志校注》后记 / 416

《王士禛诗选》后记 / 418

《新译明诗三百首》后记 / 420

《中华民俗十二生肖》后记 / 422

《聊斋志异详注新评》后记 / 423

《中国传统价值观丛书·修己以敬》后记 / 425

后　记 / 427

自 序

光阴荏苒，人世辗轲，蓦然回首，自己即将迈入孔夫子所谓"从心所欲"的门槛了！尽管庸庸碌碌，无大出息，但暮秋时节的田野，色调沉潜，也许并不减春日的明媚，尤其那一分"不知老之将至"的欣然，似乎仍是激励我继续埋首名山的动力。

我在刊物发表的第一篇学术文章《清代初期至中期诗论刍议》，是我以中华书局编辑身份参加苏州大学与《文学遗产》编辑部1983年共同举办的全国第一届清诗讨论会所提交的论文，有幸为《文学遗产》的编辑前辈看中，刊于该刊1984年第2期。但我平生所撰第一篇论文却是我的学士学位论文《中唐诗人李益及其边塞诗略论》，在北京大学中文系倪其心老师（1934—2002）的悉心指导下，完成于1982年初。"赵伯陶会自己找材料了"，倪老师曾对中文系其他老师如是说，辗转传到我耳中，无疑是对我莫大的鼓励与鞭策。这篇文章后经修订，也发表于《文学遗产》，本自选集辑入上编第一篇，除怀念已然乘鹤西去的倪老师，感谢提携后进的《文学遗产》诸位编辑前辈而外，自己的处女作也是弥足自我珍贵的。

在中华书局文学编辑室，我虽只工作了六年，但上世纪80年代这家出版社所弥漫的浓郁学术空气以及编辑工作者上上下下那种时不我待的科研紧迫感，对于塑造我后半世的学术人生至关重要。因编辑工作需要，我确定从事于明清文学研究也是从那里起步的。俗话说"笨鸟先飞"，然而我这只"笨鸟"却没有先飞，34岁大学毕业早已过了"而立"之年姑且不言，较比当今

义理与考据

30岁左右即已取得博士学位的年轻学者,更不能同日而语。然而尚可聊以自慰的是,我摸索到了"编学相济"的治学路向,并因此而受益匪浅。

《礼记·学记》有云:"是故学然后知不足,教然后知困。知不足,然后能自反也;知困,然后能自强也。故曰教学相长也。"教与学可以互相促进,编与学也可以互相砥砺,在某些时候,后者似更深刻一些。编辑无学,就难以做好编辑工作,这就是所谓"编学相济"的妙处所在。由于编辑工作有与众多学者密切接触的便利条件,转益多师是我师,向他们学习的过程也自然而然成就了自己治学的历史。

上世纪80年代中,我国学者从日本携归国内失传已久的日藏抄本《东海渔歌》,此抄本属于清季著名女词人顾太清的诗词全帙。我当时因在中华书局联系有关明清词学书籍的编纂出版工作,故有条件较早接触到日藏抄本《东海渔歌》复印件,并因此撰写了有关顾太清及其词作研究的若干文章。适值北京大学出版社出版《红楼梦》续书系列,编者对于署名"云槎外史"的《红楼梦影》作者一时失考,我于是就据日藏抄本的相关线索写有《〈红楼梦影〉的作者及其他》一文,首次揭示"云槎外史"就是顾太清,并因此文又与顾太清五世孙、著名女真文、满学与蒙古史学者金启孮先生(1918—2004)建立了忘年之谊。为深入探讨这位女词人的生平,1992年又与息影台南多年的苏雪林老人建立了联系。老人曾是民国著名才女(1897—1999),上世纪30年代与史学家孟森先生曾先后为顾太清辩诬(当时盛传寡居的顾太清与龚自珍有暧昧关系,曾朴甚至将此捕风捉影之谈写进《孽海花》)。她得知大陆尚有学人关心其学术,不顾96岁高龄与常年眼疾,热情致函于我加以指教,达千字之多。金启孮先生出版著述,皆惠我一册,我曾写书评《清代第一女词人的信史——读金启孮〈顾太清与海淀〉》,这次也辑入本自选集的书评编,以为我顾太清研究的另一见证。

上世纪80年代中,袁行霈先生主编《历代名篇赏析集成》,曾命我撰写明诗人谢榛的几篇作品赏析。鉴赏文章与论文写作不同,无须竭泽而渔般地占有材料,但我却将之视为一次自我锻炼的机会,有意小题大做。为梳理谢榛的诗论,搞清楚其《四溟诗话》(又名《诗家直说》)版本的来龙去脉,我曾不厌

自 序

其烦地到当时北图善本阅览室查考有关文献，写有《〈四溟诗话〉考补》一文，指出坊间流行版本的缺失，刊于《古籍整理研究学刊》1987年第2期。论文发表后，立即引来专门研究谢榛的聊城大学教授李庆立先生（1943—2015）的瞩目，他仅年长我五岁，却1967年即毕业于山东大学中文系，应当算是我的老师一辈。我们从此建立了"亦师亦友"的友谊。在"疑义相与析"的学术切磋中，我们互赠著述。我为李先生大著曾写有若干书评文章，如《李庆立〈谢榛全集校笺〉读后》、《读李庆立先生〈怀麓堂诗话校释〉》等。后一书评又敦促我进一步探讨李东阳的诗论，写有《李东阳〈怀麓堂诗话〉的融通意识》一文，同时以此文参加了香港大学2011年举办的第七届东方诗话学国际学术研讨会，并作大会发言。这篇论文刊载于《社会科学辑刊》2011年第4期，中国人民大学《中国古代、近代文学研究》2012年第1期转载。

文化艺术出版社出版《钱钟书研究》，其第二辑曾刊方丹先生文，误解钱钟书《寻诗》尾联出句"五合可参虔礼谱"有反讽意味，意即天地六合，是为宇宙，今缺一合，当别有取意。我接手第三辑的编刊工作后，以为钱先生之诗纯为文学之"灵感"而发，本无与政事，故不揣冒昧，獭祭饾饤一文以串释疏通其全诗，唯于该诗颈联"药通得处宜三上，酒熟钩来复一中"的"药通"两字难以索解，求之对句有"酒熟"为偶，似又可加诠释。曾以魏晋间人服食所谓"寒食散"后的"行药"（又称"行散"）之举为释，又以"药能破病"，可令人血脉通畅为解。反复掂量二说，终觉穿凿，于是奉上拙作草稿并致函钱钟书先生（1910—1998）请益，钱先生及时复函，指出"药通"出典及相关释义，令我受益匪浅并深感前辈学者虚怀若谷之高风。本自选集特辑入《寻诗与灵感——读钱钟书〈寻诗〉诗》一文并附钱先生复函，以为纪念。

2008年至2010年，笔者曾应外语教学与研究出版社之邀，协助编辑《季羡林全集》，忝列"编辑委员会"中一员。全集不到三年蒇事，期间我仔细拜读了季先生的大部分著述，事后写有书评《走近大师——写在〈季羡林全集〉出版之后》，对这位当代学术大师的诸多学术造诣仰慕之余，也指出社会中所谓"国学"大师称谓的错位："（季羡林）治学路向并不同于王国维或陈

义理与考据

寅恪,坊间或称之为'国学大师'则无异于'张冠李戴',因为误读一位学者绝不是一种尊重,这或许也是季先生力辞这顶'桂冠'的重要原因。季羡林先生是古代印度语言学家,古代中亚语言学家,又是汉传佛教传播史研究专家、教育家(在北大东语系他培养了梵文、巴利文几代专家)、翻译家、散文家与社会活动家……仅此几项,称之为'大师'已经绰绰有余,当之无愧!"

笔者在中华书局曾整理过清代著名诗人张问陶的《船山诗草》,30年来一直关注这方面的文献出版与研究,最近写有《性灵与学识——〈船山诗草全注〉问题举隅》的长篇书评,指出巴蜀书社所出这部全注本在校注方面的诸多问题,并进一步强调应关注今人整理传统文献中"读懂"与"打通"的问题,这在当今重视传统文化正确继承的背景下尤为重要。《文艺研究》2015年第5期入选此文于"书评"一栏,本自选集辑入,以为中编的压卷。

编辑学术刊物,可与学界众多学者广泛交友,这无疑也是我治学的一个动力。著名长江学者、武汉大学陈文新教授是我在《文艺研究》编辑文学方面稿件时的作者,同时,我又是他所主编某些丛书的作者。我的《中国文学编年史·明末清初卷》、《七史选举志校注》两部书稿皆是他所主政丛书的产物,《17世纪:小品精神的末路》、《明清八股取士与文学及士人心态》、《中华本诸史〈选举志〉商榷》等多篇论文算是这两部书稿的"副产品"。最后一篇原载《古籍整理研究学刊》2009年第1期,中华书局"二十四史"及《清史稿》修订工程办公室《简报》第26期转载。

当编辑没有科研定向、定量的压力,认真做好自己本职工作的同时,也有条件认真做好自己业余承担的不同著述任务。勤能补拙,按时交稿,在获得学术信誉的同时,约稿就可以纷至沓来。《张惠言暨常州派词传》是应北京大学中文系教授费振刚先生所约而作,吉林人民出版社1998年出版。《十二生肖面面观》是齐鲁书社推荐并通过北京师范大学刘铁梁教授的约稿,历时一年完成。山东省社会科学院文学所乔力研究员善于策划选题,《市井文化与市民心态》、《明清小品:个性天趣的显现》、《落日辉煌:雍正王朝与康乾盛世》、《秦淮旧梦:南明盛衰录》等皆属于乔力先生"命题作文"下的产物。此前我曾应约写过一本《智谋与艰辛：中国古代商人透视》的小册子，对于古代社会商业经济冲击小农自然经济的力量与市民阶层逐渐壮大的历程有一定的认识，《市井文化刍议》、《宋词的文化品格》、《市井文化与大众文化》等一系列论文相继问世。其中《宋词的文化品格》刊于《文史知识》1996年第9期，近年来被我国南方一些省市的高中语文教学节选为阅读范文；《市井文化与大众文化》一文，刊于1999年3月4日《文艺报》，《新华文摘》1999年第6期全文转载。

兴趣所在是我坚持不懈耕耘古典文学园地的另一种动力。整理《古夫于亭杂录》这部清初大诗人王士禛的笔记作品过程中，我写有《〈古夫于亭杂录〉成书时间及其版本》一文，此后又进而对其神韵说发生兴趣，写有《神韵说三论》、《王士禛的神韵说与创作实践》、《偷句、偷意与借境：王士禛诗创作神韵举隅》等系列论文，亦曾应邀为人民文学出版社注释《王士禛诗选》。本自选集辑入《〈古夫于亭杂录〉成书时间及其版本》、《神韵说三论》与《〈王士禛诗选〉后记》三文，以作为自己治学经历的记录。

《聊斋志异》则是我自初中以来就非常喜爱的一部文言小说集，从事学术研究以后已写有《聊斋》相关论文十来篇，本自选集辑入有关蒲松龄及其作品的论文1篇、书评4篇、《〈聊斋志异详注新评〉后记》1篇。仅就入选数量而言，已可见我平生兴趣所在。近几年为人民文学出版社做《聊斋志异详注新评》两百余万言，积累大量材料，发现清人或今人注释有所忽略或误读处在所多有，如《聊斋》中所涉及的名物、地名、人名、刑法、科举问题以及这部小说与"四书"、"五经"、史书、笔记的借鉴关系等，皆有重估的必要（入选《〈聊斋志异〉注释问题举隅》书评，略见端倪而已），因而又先后写有相关论文二十余篇，已发表十五六篇，准备与先前所写者辑为一集，名为《〈聊斋志异〉新证》，未来能顺利出版与否就属后话了。

编辑是杂家，"鼯鼠五能，不成伎术"，然而世上所有事只要认真去做，并持之以恒，即使笨人也总会有千虑一得的收获。这就是我治学的体会，他人或以为"卑之无甚高论"，而自以为是，敝帚自珍，也属常情。清代桐城派学者姚鼐于《述庵文钞序》论学问之事，主张义理、考证、文章三者相济，后

义理与考据

　　人或传为义理、考据、词章三事。词章不必论，至于义理与考据，虽不能至而心向往之。从材料出发，重视考据，以文献带义理，文章不写一句空，学术研究与校注古典文献并重，构成我于编辑之余治学的一大追求，故不揣冒昧，为本自选集取名为"义理与考据"。

　　本自选集，无论是上编"论文"，还是中编"书评"，入选者都是自己读书颇有心得后有的放矢所写，绝非敷衍成篇。下编"序跋"，除前两篇"导读"或"前言"是应出版社之约所写须用白话外，其他应友人之约所写的序以及为自家著述所写的"后记"，皆尝试用文言乃至骈文书写，所占篇幅无多，言简意赅的祈向而外，当可反映自己致力古典文学研究的一个侧面，同时也是我部分著述的一个见证。

　　随着我国论文写作学术规范的不断改进，本自选集中的大部分论文与大多数书评的注释部分皆经重订或统一体例，或有所注引之个别文献资料后出于文章发表时间者，当属便利之求，无碍大局。个别书评文章发表时因篇幅所限经过删节，今按原稿补足。下编序跋的首两篇"导读"与"前言"，当时出版社即要求于正文内注释作者、篇名，不另出注，以便于读者阅读，这次辑入自选集，体例一仍其旧，以保持原貌。此外，原作中的一些排印错讹以及文句欠妥乃至谬误处，这次结集也加以订正，以示对读者负责。

　　我的学术成果大部分出自我1998年以后调职《文艺研究》编辑部期间，可见较为认真谨严的学术环境以及平和融洽的人际关系实为当今学术研究的有力保障。

　　真诚感谢中国艺术研究院领导决定为已退休的学者出版专著或自选集，给我们以学术自我回顾的一次机会。

　　回顾往事对于上年纪者而言，正如年轻人对未来的憧憬！

赵伯陶

2015年7月24日于京北天通楼

上编 论文

李益及其边塞诗略论

李益是中唐时期较有影响的一位诗人,在五音繁会的唐代诗坛中,他虽不能与李白、杜甫等大家争雄角胜,却也以清奇俊爽的诗风独步一时。《旧唐书》本传称其诗:

> 每作一篇,为教坊乐人以赂求取,唱为供奉歌词。其《征人歌》《早行》篇,好事者画为屏障;"回乐峰前沙似雪,受降城外月如霜"之句,天下以为歌词。[①]

可见,李益的诗在当时颇受世人的推崇与喜爱。后世论唐音者,对李益也有极高的评价,如清人王士禛将他与刘禹锡、杜牧、李商隐并列,称此四家"亦不减盛唐作者云"。[②]清沈德潜选《唐诗别裁集》卷八就称他"最长边塞诗,不独'回乐峰前'一绝足以动人"。[③]本文拟就李益诗集的一些问题及其从军经历,结合中唐的时代特点,略论李益边塞诗的思想成就,就正于读者。

---

① (后晋)刘昫等:《旧唐书》卷一三七,吉林人民出版社1995年版,第2401页。
② (清)王士禛:《带经堂诗话》卷四,人民文学出版社1963年版,第111页。
③ (清)沈德潜:《唐诗别裁集》卷八,中华书局1975年版,第123页。

一

两《唐书》所记李益的从军经历均极简略，如《旧唐书》只提到他"游河朔，幽州刘济辟为从事"[①]这一事实，李肇《国史补》的记载与此略同。幸好李益曾写过一篇《从军诗序》，为我们考其从军经历提供了线索，然而由于《全唐诗》未收此《诗序》，一些研究者即怀疑它的真实性。谭优学先生曾认为《诗序》"世甚罕见，既不见于《全唐诗》，又不见于搜罗甚富之陆心源辑《唐文拾遗》及《唐文续拾》，仅见于张澍在道光元年辑刻之《二酉堂丛书·李尚书诗集》"，并说："整个序文似非李益原作，如出自张澍的拼凑冒真。"同时，谭先生又举李益"诗名早著"与"束发言兵"为旁证，对《诗序》中的某些内容也提出疑问，把李益从军的时间提早至大历九年(774)，即李益二十七岁那一年。[②]这些观点值得商榷，由于《诗序》的真伪关系到对李益生平及其边塞诗的研究，特作如下考辨。

第一，《从军诗序》并不"仅见于张澍在道光元年辑刻之《二酉堂丛书·李尚书诗集》"（以下省称"张本"），席启寓在康熙四十一年所刻之《唐诗百名家全集·李君虞诗集》（以下省称"席本"），也收有《从军诗序》，且与张本毫无二致。席本比张本的刊刻早近一百二十年，《诗序》非张澍之作伪可知。席本分上、下两卷，卷首题作《李尚书诗集》，与集名不同，存李益诗一百四十一首，《从军诗序》即刊于席本下卷之首。

第二，进一步比较张本、席本与《全唐诗》（包括卷二八二、二八三"李益诗"和卷七八八、七八九的联句九首）所收李益诗数目的异同，就会发现张本除少收一首联句外，其他与《全唐诗》相同，但诗的排列次第迥异。研究一下张本的排诗规律是很有趣的，原来张澍有意对李益集再作一次整理，他把席本所收《诗

[①] （后晋）刘昫等：《旧唐书》卷一三七，吉林人民出版社1995年版，第2401页。
[②] 参见谭优学：《唐诗人行年考》，四川人民出版社1981年版，第236页。以下引用谭先生观点，同此，不再出注。

序》提到上卷之首，又按席本下卷的排目，特意将涉及从军内容的诗一一挑出排在《诗序》之下，共得三十三首；接着他又按席本上卷次第找出九首，从《全唐诗》中又按次序找出五首，并把这五首收在三十三首之后，席本上卷的九首则置于其第三十八首之后，共录得四十七首"从军诗"。张澍这样做的目的，显然是想集中李益的从军诗作，以凑足《诗序》中所言"从军诗五十首"之数。张本从第四十八首《效古促促曲为河上思妇作》开始，又基本按席本的排目辑录，其间杂有席本未收而见于《全唐诗》的李益作品。张本共收李益诗一百七十三首（包括八首与他人的联句）和五个选句。张澍与李益同是武威人，出于同乡之念，他对李益集的整理贪多务得。张本卷前所收李益《敬兄箴》、《劝学箴》二文，系从《秦州旧志》录得，连张澍本人也说"不类唐人"之作；他辑存的五个选句，有三句已分别见于一百七十三首诗之中，系从《唐诗纪事》中盲目抄录的。谭先生怀疑《诗序》有张澍作伪的痕迹，并非没有根据，但忽略了张本与席本的渊源，结论就出了问题。

第三，席本中的《诗序》从何而来？清人丁丙《善本书室藏书志》卷二四著录"《李君虞诗集》二卷"，下注："明刊宋本，刘蓉峰藏书。"在"题解"中又说："此明弘、正间刻本，作《李君虞诗》，即席启寓刻本之祖。"[①]北京图书馆善本部藏有《唐四十七家诗》、《唐四十四家诗》两个明人钞本，内含《李君虞诗集》，均收有《从军诗序》。席氏《诗百名家全集》的"凡例"说："诸家诗集有以官名者，有以地名者，有以名字者，有以年号者，悉照宋雕善本模勒付梓，不复轻改，遵旧制也。至卷首辑传则概用官爵或赠谥，稍存划一之义。"这表明席本卷首所标《李尚书诗集》之名，是席氏"划一"的名称，而《李君虞诗集》则是从宋本的名称相沿而来。实际上，李益的集子一直是以两个版本系统流传的。宋人尤袤《遂初堂书目》在"别集类"中既

---

① （清）丁丙：《善本书室藏书志》卷二四，《续修四库全书》本，上海古籍出版社2001年版，第927册，第445页。

义理与考据

著录有《李益集》,又著录有《李君虞集》;明人高儒《百川书志》卷一四亦著录:"《李益集》二卷,《李君虞集》二卷。"高氏对这种"一人而两集并行"的奇特情况未作详细的考证,只说:"抑为传者之别更有说欤?"①根据笔者目前所见到的李益集的十种版本,可以断定:凡名为《李益集》的本子,均未收诗序,它们是明刊本《唐人诗》(藏北京图书馆)、明铜活字本《唐五十家诗集》(上海古籍出版社1981年影印)、明朱警刊《唐百家诗》(藏北京大学图书馆)、明黄贯曾嘉靖甲寅刊本《唐二十六家诗》(藏北京大学图书馆)、《全唐诗》。凡名为《李君虞诗集》或《李尚书诗集》者,均收有《诗序》,它们是明抄本《唐四十四家诗》与《唐四十七家诗》(藏北京图书馆)、清初钱谦贞竹深堂抄本《李君虞诗集》(藏北京图书馆)、席启寓康熙刊本《唐诗百名家全集》(藏北京大学图书馆)、张澍道光刊本《二酉堂丛书》。由此可知,席本既名作《李君虞诗集》,又收有《诗序》,是渊源有自的。

第四,《全唐诗》何以未收《从军诗序》?如所周知,《全唐诗》的编纂参考了季振宜的《唐诗》与胡震亨的《唐音统签》,但主要以季本为主。北京图书馆藏有抄本《唐音统签目录》一册,其《丁签》目录有:"李益,三卷,《统签》之二百八十六——二百八十八。"该记载的卷数适比目前所见李益集多一卷。《唐音癸签》卷三〇著录:"李益诗一卷,从军诗五十首。"②《癸签》所录的一卷是否就是《丁签》所多出的一卷呢?如果真如此,则《丁签》可能收有《诗序》。席本"自序"说:"《唐音统签》丁集行世盖寡,所见者唯《戊集》耳。辱诸公寻息壤一言,或邮寄,或手授,或以束修羊借抄者,多至数卷,少仅数篇,必为录副详校。"席本与《丁签》有何种关系,只有待以后《唐音统签》全部影印出版后才可作结论了。《全唐诗》成书仅二年,极为仓促,漏收《诗序》是完全可能的。

---

① (明)高儒:《百川书志》卷二四,古典文学出版社1957年版,第209页。
② (明)胡震亨:《唐音癸签》卷三〇,上海古籍出版社1981年版,第309页。

综上所述，《从军诗序》是完全可靠的，可以据之考订李益的从军经历。

那么，"束发言兵"、"诗名早著"同《诗序》中"自建中初（时李益三十三岁左右——笔者），故府司空巡行朔野……荏苒从役"的"矛盾"又如何解释呢？"束发即言兵"是李益《赴邠宁留别》一诗中的句子，如果再参照他另一首《来从窦车骑行》诗中"束发逢世屯，怀恩抱明义。读书良有感，学剑惭非智"四句，显然，"言兵"与"学剑"都是以项羽自比，事见《史记·项羽本纪》，"言兵"仅是学习与研究兵法而已。李益生长边陲，又逢乱世，束发之年（十五岁曰束发之年）就开始对兵书战策发生兴趣，毫不足怪。至于"诗名早著"，更与他从军的早晚没有必然的联系，这在文学史上不乏其例。谭先生非疑《诗序》，当系一时失考，为将就"束发言兵"，把李益首次参佐幕府的年龄从三十三岁提至二十七岁（实际也超过束发之年十二岁），就更难以服人了。

二

李益《从军诗序》说：

> 君虞长始八岁，燕戎乱华。出身二十年，三受末秩；从事十八载，五在兵间。故其为文咸多军旅之思。自建中初，故府司空巡行朔野，迨贞元初，又忝今尚书之命，从此出上郡、五原四五年，荏苒从役。其中虽流落南北，亦多在军戎……

根据这些记载，考以诗人的作品及其他材料，李益的从军经历就大体明确了，卞孝萱先生①与谭优学先生已为此做了不少工作，现参考二家之说，断以

---

① 卞孝萱：《李益年谱稿》，《中华文史论丛》第八辑，上海古籍出版社1978年版。以下引用卞先生观点，同此，不再出注。

己意，综述如下：

李益（748—829?），字君虞。陇西姑臧（今甘肃武威）人。他八岁时，安史之乱席卷中原，诗人的家乡也不可避免地遭受到战争的荼毒。据《旧唐书》卷三八《地理一》记述："永泰（765）之后，河朔、陇西沦于寇盗。"①李益时年十六七岁，其《从军有苦乐行》所谓"仆居在陇上，陇水断人肠"，②就是诗人对遭受战乱的家乡人民颠沛流离生活的概括。李益青少年时期的动荡生活激发了他"束发即言兵"的热情，为他以后从军报国与边塞诗的创作打下了牢固的基础。

李益十七八岁时移居内地，二十二岁在东都洛阳考中进士，二十四岁又登制科，授华州郑县尉，不久又升为郑县主簿。据《罢秩后入华山采茯苓逢道者》一诗推断，他曾一度罢官，以后又在长安附近做过县尉一类的小官。③碌碌无为的县尉生活，久不得升迁的苦闷激励着诗人从军报国的雄心。三十三岁时，他终于进入朔方节度使司空冀公崔宁幕中去"秉笔参帷幕"了，并随即跟崔宁巡行朔野，"去矣勿复悲，所酬知音遇"（《将赴朔方早发汉武泉》）代表了他将要参与巡行时的思想。由于朝廷内部发生矛盾，这次巡行只到夏州，崔宁就被召回朝，李益并没有随之而去，而是在接替崔宁职务的李怀光幕下继续充当幕僚，巡行朔野。毕竟赏识他的崔宁已去，"将军失恩泽，万事从此异"（《来从窦车骑行》）。不久，诗人又离开了李怀光。这次巡行，诗人的足迹踏遍了黄河中游一带，从夏州、盐州、宥州、灵州、丰州直至黄河以北的三受降城，都留有诗人的行踪。李益许多著名的边塞诗就写于这次巡行间，如

---

① （后晋）刘昫等：《旧唐书》卷三八，吉林人民出版社1995年版，第873页。
② 本文引用李益诗皆出自《全唐诗》卷二八二、卷二八三，中华书局1960年版，第3202—3231页。下文引用李益诗不再出注。
③ 谭优学先生认为："'小臣欲上封禅表，久而未就归文园'似已更授其他'末秩'而官于长安。"这个观点值得重视。按上述诗句是李益《大礼毕皇帝御丹凤门改元建中大赦》诗中的末二句，作于建中元年（780），时李益年三十二岁。

《五城道中》、《从军夜次六胡北》、《夜上受降城闻笛》、《暮过回乐烽》、《拂云堆》、《度破讷沙》、《六州胡儿歌》、《暖川》等众多优秀作品，都是李益三十三岁至三十四岁时的创作，可称是他边塞诗创作的丰收期。

李益三十五岁又入幽州节度使朱滔幕，时间不长即因朱滔叛唐，弃之而归。从军报国之路竟如此坎坷，诗人心中又燃起跻身仕途的希望之火。三十六岁，李益再登拔萃科，授官侍御史。由于朱泚之乱的影响，满目荆棘的官场生涯又敦促诗人开始了从军的征程。三十九岁，李益又到鄜坊节度使论惟明幕中栖身，约有一年之久。四十一岁，李益再入邠宁节度使张献甫幕，一去就是八年。在论、张二幕中，李益写有《上黄堆烽》、《再赴渭北使君留别》、《赴邠宁留别》、《立春日宁州行营因赋朔风吹飞雪》等边塞诗篇。《从军诗序》就是诗人入张幕不久的贞元四年（788）写下的，这一年他辑录了自己的五十首从军诗送给另一位诗人卢景亮。张献甫卒后，李益曾游河东、河北，五十岁又入幽州节度使刘济幕，这是他从军历程的最后一站。五十三岁他到扬州，几年后回到长安，一直做到礼部尚书致仕，八十余岁卒。

纵观诗人一生经历，李益从三十三岁至五十三岁的二十余年中曾六次栖身幕府，在军中断断续续有十五六年之久。这一时期正是他精力充沛的壮年时代，黄河中游广大地区（包括今天陕西、宁夏、内蒙古中部、甘肃部分地区）的边塞风光、紧迫的军事形势陶冶着他的诗思，这是诗人边塞诗创作的生活基础。根据《资治通鉴》作一简单统计，从唐代宗大历九年（774）至唐德宗贞元十九年（803）的三十年中，唐王朝与吐蕃的大小军事冲突在以上地区达四十余次之多。[①]贞元二年（786），吐蕃进攻泾、陇、邠、宁一带，竟至"诸镇守闭壁自固，京师戒严"[②]的严重地步。诗人"边城已在虏尘中，烽火南飞入汉官"的吟咏（《赴渭北宿石泉驿南望黄堆烽》），真实地反映了那一时期的边塞形势。相对而

---

① 参见（宋）司马光：《资治通鉴》卷二二五至二三六，中华书局1956年版，第7225—7604页。
② （后晋）刘昫等：《旧唐书》卷一二，吉林人民出版社1995年版，第224页。

言,中唐时期唐王朝与东北各少数民族的战争较少,据《资治通鉴》统计,从唐代宗大历九年(774)至唐德宗贞元十九年(803)的三十年中,幽州一带只发生过两次较大的民族冲突。① 幽州地处唐王朝与东北各少数民族政权的交际处,距长安较远,东部又有卢龙塞的扼守,这一带比黄河中游地区平静得多。李益五十岁进入幽州刘济幕府后,可入边塞诗的材料已经不多,加之垂老之年的暮气又渐渐笼罩了他的诗思,他希图于军中建功立业的初衷终于随时间的流逝而消磨殆尽,反而产生了"感恩知有地,不上望京楼"(《又献刘济》)的怨望心理。尤其是他五十三岁南下扬州之后,"天下三分明月夜,二分无赖是扬州"②的无限城市风光,"夜市千灯照碧云,高楼红袖客纷纷"③的旖旎夜间景象更令这位才子心灰意懒,"年发已从书剑老,戎衣更逐霍将军"(《上黄堆烽》)的豪言壮语终于被"可怜江上月,遍照断根蓬"(《扬州早雁》)的凄凉之音所替代了。

如果说李益北走幽州以后,其边塞诗渐成强弩之末;那么他的南下扬州,就使以往那种奋发蹈厉的雄壮之音也终于销声匿迹了。李益返长安之后,随着官阶的提升,更远离了丰富多彩的生活,已经创作不出脍炙人口的诗篇了。

三

边塞诗是唐代诗歌的一个重要组成部分。陈寅恪先生说:"虽已登进士第之李益以不得意之故,犹去京洛而北走范阳,则董召南之游河北盖是当日社会之常情而非变态。"④ 唐代知识分子得中进士却不能马上跻入仕途,他们

---

① 参见(宋)司马光:《资治通鉴》卷二二五至二三六,中华书局1956年版,第7225—7604页。
② (唐)徐凝:《忆扬州》,《全唐诗》卷四七四,中华书局1960年版,第5377页。
③ (唐)王建:《夜看扬州市》,《全唐诗》卷三○一,中华书局1960年版,第3430页。
④ 陈寅恪:《隋唐政治史论述稿》,上海古籍出版社1982年版,第25页。

往往以夤缘幕府作为进身之阶,大批文人进入幕府,生活于军旅之中,造成了唐代边塞诗的空前繁荣。唐代边塞诗,特别是盛唐边塞诗,题材广泛,风格多样。对爱国精神的讴歌,对征人思妇的同情,对边将昏庸的谴责,对朝廷政策的批评,对边塞风光的描写都可成为边塞诗吟咏的主题。这些主题同人民的命运息息相关,受到人们的喜爱,甚至歌伎都以演唱边塞诗歌较胜争强,所谓"旗亭画壁"[①]的故事就是一个生动的例证。

随着唐王朝国势的逐渐衰弱,边塞诗发展至中唐已不像初、盛唐那样慷慨激昂、气象雄浑了,然而它所独具的清醒深沉的写实特色仍能获得人们的青睐。顾况、戴叔伦、戎昱、卢纶等诗人都是中唐时期擅长边塞诗的作者,在反映现实的广度与深度上,他们似比李益稍逊一筹。李益的边塞诗占其诗歌总量的三分之一,共有五六十首,为数虽不算太多,内容却极为丰富,这使他的边塞诗篇在中唐占有突出的地位。

李益的边塞诗中有许多洋溢着爱国主义精神的作品。爱国主义属于一个历史的范畴,不同的时代有不同要求,讨论爱国主义,就是要把问题局限于一定的历史范围之内。我们今天分析古人的爱国主义精神,就要从祖国是个历史的概念出发,而非以今范古,胶柱鼓瑟。李益边塞诗中的爱国精神是同他建功立业的思想紧密交织在一起的,正如一曲气势磅礴的边塞交响乐,时而在慷慨激昂的高音区奔腾跳荡,时而又在深沉悲凉的低音区回旋婉转。如其《塞下曲》:

> 伏波唯愿裹尸还,定远何须生入关。莫遣支轮归海窟,仍留一箭定天山。

这是一首情调高昂的战歌,奏出了边塞交响乐的最高音。全诗以气壮山河的

[①] (唐)薛用弱:《集异记》卷二,中华书局1980年版,第11页。

无畏胸怀歌颂了战功卓著的历史人物,末二句与王昌龄《出塞二首》其一诗中"但使龙城飞将在,不教胡马度阴山"①的理想是一致的。唐玄宗天宝十四载(755)以后,八年之久的安史之乱极大地破坏了社会生产力;唐代宗广德元年(763),吐蕃又乘虚而入,攻陷长安,代宗仓皇东奔。历时半月的长安大乱给人民的心理投下层层阴影,陇右十余州也从此战乱频仍。据《资治通鉴》卷二三三记述,贞元三年(787)九月"吐蕃大掠汧阳、关山、华亭,老弱者杀之,或断手凿目,弃之而去",②景况异常惨烈!"幸应边书募,横戈会取名"(《赴邠宁留别》),诗人在国家多事之秋毅然从军,体现了他的爱国思想。尽管唐王朝国力不足,诗人收复故土的雄心犹在,在《送常曾侍御使西蕃寄题西川》一诗中吟道:

今日闻君使,雄心逐鼓鼙。行当收汉垒,直可取蒲泥。

他热情鼓励朋友立功塞外,杀敌报国:"君逐嫖姚将,麒麟有战功。"(《送柳判官赴振武》)又说:"为报如今都护雄,匈奴旦暮下云中。请书塞北阴山石,愿比燕然车骑功。"(《塞下曲四首》其一)诗人这样歌颂边塞将士们的乐观献身的精神:"昔时征战回应乐,今日从军乐未回。"(《暮过回乐峰》)这些诗句语调铿锵,意气风发,与"宁为百夫长,胜作一书生"③及"黄沙百战穿金甲,不破楼兰终不还"④的气概一脉相承,显示了初、盛、中唐边塞诗讴歌爱国精神的传统性和继承性。

然而从军的失意也往往消磨着诗人报国的壮志,"汉将不封侯,苏卿劳远使"(《来从窦车骑行》)的牢骚,"莫笑关西将家子,只将诗思入凉州"(《边思》)的

---

① (唐)王昌龄:《出塞二首》其一,《全唐诗》卷一四三,中华书局1960年版,第1444页。
② (宋)司马光:《资治通鉴》卷二三三,中华书局1956年版,第7501页。
③ (唐)杨炯:《从军行》,《全唐诗》卷五〇,中华书局1960年版,第611页。
④ (唐)王昌龄:《从军行七首》其四,《全唐诗》卷一四三,中华书局1960年版,第1444页。

自嘲，也时而出现在李益的边塞诗中。"去矣勿复言，所酬知音遇"《将赴朔方早发汉武泉》，为国建功立业的雄心同希图个人显身扬名的思想交织在一起，回旋在边塞交响乐的低音区，潜伏着悲观感伤、知音难遇的情调。这真实地反映了封建文人的内心苦闷。

李益边塞诗的另一主题，是对广大人民苦难的同情：

> 回乐峰前沙似雪，受降城外月如霜。不知何处吹芦管，一夜征人尽望乡。《夜上受降城闻笛》
>
> 胡儿起作和蕃歌，齐唱呜呜尽垂手。心知旧国西州远，西向胡天望乡久。回头忽作异方声，一声回尽征人首。《六州胡儿歌》

这两首诗感情真挚，意境含蓄。前一首反映了汉族士兵久戍边庭，怀念故乡的惆怅情感；后一首描绘了六州少数民族人民离乡远徙，追怀故土的缱绻心理。二诗表现手法同"碛里征人三十万，一时回首月中看"《从军北征》有异曲同工之妙，都是抓取住人们思乡时的某种凝神状态，形象鲜明地表现了他们的思想感情。相同的表现手法来源于相同的感情，相同感情又基于表现对象的共同遭遇，战争给各族人民所造成的苦难，在诗人的笔下升华为对各族人民和睦相处的憧憬。为了最大限度地减少各族人民的苦难，诗人含蓄委婉地告诫还军的使节："平生报国愤，日夜角弓鸣。勉君万里行，莫使虏臣惊。"《送辽阳使还军》这些诗句已流露出对那些轻启边衅、急功好战的边帅们的不满，表现了诗人清醒的头脑。他在描写广大士兵怀乡恋土的同时，还进一步揭示了产生这种厌战心理的历史原因与社会原因。中唐时期，不但吐蕃对唐王朝虎视鹰瞵，朝廷内部也纷乱不堪。各藩镇拥兵自重，尾大不掉，日益嚣张。唐德宗建中四年(783)，朱泚之乱逼得德宗仓皇出逃，西奔奉天。元马端临《文献通考》卷二引《通典》所云"开元、天宝以来，法令弛坏，并兼之弊，有逾汉成、哀之间"，①正是对这种大混乱局面发出的浩叹。这种混乱的局势增长了广大士兵的厌战思乡情绪，在边塞诗中，诗人始终将士兵的呼吸同时代的脉搏联系在一起："今日边庭战，缘赏不缘名。"（《夜发军中》）"来远赏不行，锋交勋乃茂。未知朔方道，何年罢兵赋。"（《五城道中》）

别林斯基说："任何伟大的诗人之所以伟大，是因为他的痛苦和幸福深深植根于社会和历史的土壤里，他从而成为社会、时代以及人类的代表和喉舌。"②李益基于对广大征战士兵的理解与同情，曾有"表请回军掩尘骨，莫教士卒哭龙荒"（《回军行》）的呼吁，体现了他作为士兵的"代表"与"喉舌"的伟大。

李益对于各族人民的和睦相处是赞同的，"当今圣天子，不战四夷平"（《登长城》）；"万里江山今不闭，汉家频许郅支和"（《临滹沱见蕃使列名》）。这些诗句已隐约地表达了诗人的理想。中唐时期，唐王朝与北方回纥民族的关系较为融洽。安史之乱中，回纥曾帮助唐王朝一收长安，两复东京（当然唐王朝也曾为此付出了代价）。从唐肃宗至唐穆宗几十年的时间里，唐王朝曾有三位公主嫁给回纥可汗，这促进了汉与回纥两族人民的团结。对周围的少数民族是战抑或和，唐代边塞诗往往触及。由于"和"常以和亲的形式开始，因而从对待和亲的态度上可以窥见边塞诗人们的思想。从历史上看，唐代多数边塞诗人认为和亲不过是权宜之计，如盛唐诗人高适说："转斗岂长策，和亲非远图。"③中唐诗人戎昱的态度更为强硬："汉家青史上，计拙是和亲……岂能将玉貌，便拟静胡尘。"④和亲虽不是解决民族矛盾的根本办法，但在一定历史条件下，常可起到缓和矛盾的润滑剂作用，对于发展社会生产力是积极的。李益的边塞诗不非议和亲，体现了他思想的现实性，"不战四夷平"正是诗人的理想。

---

① （元）马端临：《文献通考》卷二，中华书局1986年版，第42页。
② [苏]别列金娜选辑《别林斯基论文学》，梁真译，新文艺出版社1958年版，第50页。
③ （唐）高适：《塞上》，《全唐诗》卷二一一，中华书局1960年版，第2190页。
④ （唐）戎昱：《咏史》，《全唐诗》卷二七〇，中华书局1960年版，第3011页。

长期的边塞生活与从军经历，使李益更能敏锐地看到朝廷的腐朽与无能。他曾万分感慨地吟道："几处吹笳明月夜，何人倚剑白云天。"（《盐州过胡儿饮马泉》）沈德潜评这两句诗说："言备边无人，语特含蕴。"①为什么会备边无人？诗人在《从军夜次六胡北》一诗中痛苦地指出："年移代去感精魄，空山月暗闻鼙鼓。秦坑赵卒四十万，未若格斗伤戎虏。"然而，阋墙内讧以至自相残杀只是回答了问题的一个方面，对问题的主要一面，诗人在《南望黄堆烽》一诗中不无愤慨地作了回答："汉庭议事先黄老，麟阁何人定战功！"其矛头所向，正是腐败的唐朝政权，可谓一针见血。

唐代有许多文人以唐玄宗和杨玉环的故事为题材作诗，其中不乏对安史之乱原因探讨的作品。李益有两首《过马嵬》诗，在总结安史之乱的教训时，似是矛盾的，其实二诗的内容反映了诗人思想随时间推移而逐步深化的过程：

汉将如云不敢言，寇来翻罪绮罗恩。托君休洗莲花血，留记千年妾泪痕。（七绝《过马嵬》）

丹銮不闻歌吹夜，玉阶唯有薜萝风。世人莫重霓裳曲，曾致干戈是此中。（七律《过马嵬二首》其一）

前一诗四句，直接将安史之乱的责任归罪于朝中臣子身上，后一诗四句则批判了唐玄宗的荒淫误国。李益能在李唐王朝统治之下直言不讳地指出唐玄宗的责任，毕竟难能可贵。

描写边塞风光，歌颂祖国的壮丽山河也是唐代边塞诗的一个重要内容。李益笔下的边塞景象是这样的：

---

① （清）沈德潜：《唐诗别裁集》卷一四，中华书局1975年版，第201页。

> 边地多阴风，草木自凄凉。断绝海云去，出没胡沙长。(《从军有苦乐行》)
> 回乐峰前沙似雪，受降城外月如霜。(《夜上受降城闻笛》)
> 有日云长惨，无风沙自惊。(《登长城》)

这些诗句基本写实，与盛唐诗人同类作品相比，浪漫色彩消失殆尽，那种"忽如一夜春风来，千树万树梨花开"[①]的吟咏在李益诗中见不到了。对于春光难到边地，王之涣《凉州词二首》其一在雄壮中绘景言情，响遏行云："黄河远上白云间，一片孤城万仞山。羌笛何须怨杨柳，春风不度玉门关。"[②]李益《度破纳沙》则于哀怨中状物见意，声咽悲风："眼见风来沙旋移，经年不省草生时。莫言塞北无春到，总有春来何处知？"李白的《塞下曲六首》其一对姗姗来迟的边塞春色旷达疏放："五月天山雪，无花只有寒。笛中闻折柳，春色未曾看。"[③]李益的《邠宁春日》对已感受到的春景却感慨万端："桃李年年上国新，风沙日日塞垣人。伤心更见庭前柳，忽有千条欲占春。"同是吟咏一种风物，李益的描写明显缺乏盛唐边塞诗的那种雄浑的意境与瑰丽的色彩，他眼中的边塞景象总是弥漫着感伤的情调，写景抒情虽亦不失为佳作，但恢宏的盛唐气象却难以见到了。"物理兴衰不可常，每从气韵见文章。谁知万古中天月，只办南楼一夜凉。"[④]中唐国运衰微的时代特点决定了诗人们的情调与风格。

纵观唐代的边塞之作，总不外讴歌理想与描写现实两种表现手法，中唐诗人李益的边塞从军诸作是以擅长写实的风格赢得人们的称赏，明人有云："君虞生习世纷，中遭顿抑，边朔之气身所经闻，故从军出塞之作尽其情

---

① (唐)岑参：《白雪歌送武判官归京》，《全唐诗》卷一九九，中华书局1960年版，第2050页。
② (唐)王之涣：《凉州词二首》其一，《全唐诗》卷二五三，中华书局1960年版，第2849页。
③ (唐)李白：《塞下曲六首》其一，《全唐诗》卷一六四，中华书局1960年版，第1700页。
④ (元)刘因：《宋理宗南楼风月横披》二首其二，《静修先生文集》卷一一，中华书局1985年版，第218页。

理,更深遐思。"①这是极中肯的评价。李益的边塞诗丰富的内容与思想,至今仍有很高的认识价值。

(原载《文学遗产》1987年第4期)

---

① (明)徐献忠:《唐诗品》,(明)朱警:《唐百家诗》,北京大学图书馆藏本。

《四溟诗话》考补

《四溟诗话》，是明后七子之一谢榛的一部诗歌理论著作。谢榛，字茂秦，号四溟山人，山东临清人。他生活于明嘉靖、万历年间，在当时诗坛中虽曾一度受到李攀龙等人的排挤，但其论诗主张影响颇大，后七子"诸人心师其言，厥后虽争摈茂秦，其称诗之指要，实自茂秦发之"。[①]《四溟诗话》集中体现了他以盛唐十四家为法的诗论，对于研究明代诗风变化有着重要的认识价值。1961年，人民文学出版社出版了四卷点校本《四溟诗话》，与王夫之《薑斋诗话》合在一起（以下简称"人民本"）。人民本以《历代诗话续编》本作底本，并用《海山仙馆丛书》本作了一些校补工作。人民本由于底本选择欠妥，对于原本中多处错讹与缺失，点校者又没有做更详尽的校勘，所以漏收、失校不少条目。对此，王季欣先生写有《四溟诗话校补》一文，发表在《文学评论丛刊》1979年第3辑上。作者据胡曾耘雅堂刻本《四溟诗话》对人民本进行了一番细致的校补，共增补诗话6条，校改文字8处。其中卷四末条中一字，耘本原缺，作者校补为"青"，与耘本之祖本《四溟山人全集》不谋而合，可见作者的功力。这一工作对于研究者无疑是大有助益的。然而由于王先生未能见到这一祖本，致使校补工作仍不完全。笔者不揣冒昧，仅就闻见所及，略述《四溟诗话》的版本源流，并对人民本再作一次辑补，以使这

---

① （清）钱谦益：《列朝诗集小传》丁集上，上海古籍出版社1959年版，第424页。

一工作更为完善。

一 《四溟诗话》的版本源流

《四溟诗话》原名《诗家直说》,《明史》卷九九《艺文志》著录:"谢榛《四溟山人集》二十卷、诗四卷。"[①]又著录:"谢榛《诗家直说》四卷。"[②]前者所录当指万历二十四年丙申(1596)赵府冰玉堂刊本《四溟山人全集》二十四卷,该本于万历甲辰(1604)又曾重修,订原本之错讹有千处之多,是为重修本。现全国约有二十家图书馆藏有此原本或重修本,台湾亦有收藏,台北伟文图书出版社有限公司于1976年曾影印此本,作为《明代论著丛刊》之一出版。赵府冰玉堂本(以下简称"全集本")前二十卷为诗,以诗体分卷;后四卷,即第二十一至第二十四卷就是《诗家直说》,《明史·艺文志》所谓"诗四卷"者当为"诗说四卷"之讹。《艺文志》另著录的"《诗家直说》四卷",当是一单行本,今北京图书馆有藏,该本四册,签题"重修诗家直说",前有李本纬撰写于万历辛亥(1611)的《重刻谢山人四溟诗家直说序》(以下简称"李本"),内有云:

> 不佞释褐后,思一步武韵学而未窥其径。维时昌邑邢维钦席皋京兆,携有谢四溟《诗家直说》,不佞受而读之,恍然有悟。手抄一编,司李天水,不啻饮食。及浮湛中外,垂十余年,手编逸散,梦想久之。岁庚戌,于役东海,式庐邢公,得原编,喜如探环,又虑其踵天水也,付铩青氏。

据此可知,《诗家直说》先有刊本流布,故李本称"重修"。用李本与全集本相

---

① (清)张廷玉等:《明史》卷九九,中华书局1974年版,第2482页。
② 同上,第2500页。

校，两者条目排次相同，数目一致，唯李本卷四第66条①与全集本卷四第66条不同（见后），卷二第88条，"许用晦"，全集本误刻为"许应晦"，李本则不误。以此推断，全集本在编纂时收入的《诗家直说》四卷系李本之祖本，而李本重修时，抽换了一条，该条可作补遗。

嗣后，万历壬子（1612），盛以进刻《四溟山人诗》十卷行世，并附《诗家直说》二卷于首（以下简称盛本）。《四库全书总目》著录者即盛本，唯将《诗家直说》二卷入"存目"，内有云："榛诗本足自传，而急于求名，乃作是书以自誉，持论多夸而无当。又多指摘唐人诗病，而改定其字句。甚至称梦见杜甫、李白登堂过访，勉以努力齐名。"②今考盛本，实系一选本，刊于全集本之后，所收诗仅及全集本之半，卷数亦如之。《四库》采用该本，称"临清州知州盛以进得赵邸旧本，重为补订"，③但究竟如何补订并未言及。傅增湘《藏园群书题记》卷七《万历赵府本四溟山人集跋》云："余谓赵府二十四卷本流传殊罕，余生平仅两见之。当时馆臣实未尝寓目，故仅据汪氏进本著录耳。"④查《四库采进书目》，江苏两次进书均为全集二十四卷本，唯浙江第四次汪汝瑮所呈进者为盛本，可知傅氏所言证据不足。宣统元年（1909）问影楼复用盛本翻刻《四溟山人集》十卷，有胡思敬跋云："余尝疑《总目》'补订'之说，因取万历丙申本及旧抄本与盛本互相校对，盛选之诗竟有出赵本外者。以此推《四库》著录之初或有意弃取轩轾于其间，未可知也。"胡氏的推断建立于实际校勘的基础上，较为可信。但宣统本未梓《诗家直说》，笔者所见在京的盛原刻本又系残本，不足判断《直说》二卷是否也有超出全集本之外者，姑志以存疑。

刻于顺治三年（1646），陶珽所辑《说郛续》卷三四录有《诗家直说》一

---

① 为行文方便，除特别标示人民本者外，各版本之条目序号皆为笔者所加。
② （清）永瑢等：《四库全书总目》卷一九七，中华书局1965年版，第1801页。
③ 同上，卷一七二，第1512页。
④ 傅增湘：《藏园群书题记》卷七，上海古籍出版社1989年版，第853页。

卷，共收诗话17条，其中10条不见于全集本，余7条与全集本相校，删削处或异文也很多。刻于顺治间，陈允衡所编《诗慰》初集，首录《四溟山人集选》一卷，卷前收《四溟山人诗说》11条。其中3条不见于全集本（2条同《说郛续》本），余8条与全集本相校，或增或删，异文甚多，有2条改动甚大，可附补遗之后。

《诗慰》本录有陈文烛《四溟山人集序》与谢榛《自序》各一篇，均不见于他本，弥足珍贵。兹录其《自序》全文如下：

> 诗本无说，古人独妙在心，所蕴深矣。汉魏有诗无法，托之比兴不浅；魏晋诸家同一源流，各见体裁。铿然声律之渐，至鲍、谢辈，对偶已工，绮丽相炫，骎骎乎唐初调矣。暨李、杜二老并出，以骨为主，以气为辅，其机浑涵而不露。晚唐以来，谈诗者纷纭，互以雄辩相高，使人愈趋愈远，不得捷要故耳。予梓《诗说》若干篇，譬诸筑基起楼，势必高大，所思不无益也。夫天地如笼，万形罗于内，身与世浮，神与物游，飘然四极无不可。生也何劳，死也何寂，圣哲安在哉！吾以一技束身，终不失为善人也欤！万历丙戌仲秋四日，寓汾阳七十九岁山人谢茂秦甫识于天宁兰若。

按：万历丙戌乃1586年，时谢榛已故，不当作《自序》，"丙戌"当是"甲戌"之讹。甲戌为公元1574年，恰是谢榛谢世之前一年，按我国传统纪年龄方法，逆推其生年，当在1496年，与今各书所记者相较，适晚一年。①

---

① 李庆立《谢榛全集校笺》（江苏古籍出版社2003年版）卷二十六"补佚诗家直说三十四则、诗家直说自序一篇"，后者系"据盛以进编刻《四溟山人诗家直说》，又见于《诗慰初集》卷一"，又有"校注"云："甲戌：诗慰本误作'丙戌'。六：盛本、诗慰本均作'九'，径改。谢榛自言：'予自正德甲戌，年甫十六，学作乐府商调，以写春怨。'（卷二十四之二九九则）按我国古代传统计算年龄方法推算，他实生于弘治戊午（1498），'万历甲戌'（1574）时应为七十六岁。"笔者重订拙作，在此特加追录，以便读者加以辨识。

义理与考据

《诗慰》本陈文烛序云:"谢山人茂秦有诗名在海内,往茂秦寄余书又寄余诗。顷过邺下,赵王遣使置酒与茂秦会,甚欢也。出《诗说》一帙,命余以言。"陈文烛,字玉叔,嘉靖四十四年(1565)进士,比谢榛稍后,尝刻《四溟山人集选》。《诗慰》选谢诗系从《适晋稿》①、《四溟山人集选》、《列朝诗集》三个本子择录,收谢诗近二百首,上述二序即是从陈文烛本辑录。据二序可知,《诗家直说》于谢榛生前即有刻本,由于《直说》诸条是陆续写成的,所以其生前刻本并非全帙,仅是"若干篇"而已。《诗慰》编者陈允衡注云:"谢山人《诗说》,从儿时读之,喜其简要,便于初学,稍删数行,揭诸集首,亦由浅入深之正路也。"所录11条仅是"稍删数行",可知其所据《诗说》底本并非今之四卷本,而当是一个较早的本子,故所收条目与四卷本多有不同,系属于未经定稿的本子。赵王恒易道人刊谢全集,只收入当时已通行的四卷本,并未顾及卷帙较小的其他版本,有所遗漏,在所难免。《诗慰》本与《说郛续》本恰为我们保存了这一较早本子的吉光片羽,而其真貌究竟如何,已不可知。

《诗家直说》改称《四溟诗话》,始见于乾隆甲戌(1754)胡曾耘雅堂刊本《四溟诗话》。耘本沈维材跋云:"行箧中有先王父一斋公手抄《四溟诗话》,然非足本。"可知《四溟诗话》之名源于一抄本,而耘本则是最早改称《四溟诗话》的刊本。耘本即王季欣先生据以校补人民本的本子,该本胡曾序云:"全集中有《诗家直说》四卷,校订而授之梓,惜未得善本补其残缺,又何敢嫌其繁冗,谬加删削哉!"胡曾所言"残缺"不谬,经对照可知,耘本之底本就是全集本,但他所据之全集本适缺卷二一(即《诗家直说》卷一)中之第十一叶,漏收7条诗话(见后)。耘本并非足本,但该本校订了全集本中的一些刻讹,仍是一个值得重视的版本。

---

① (明)谢榛:《适晋稿》六卷,明刻本,录存谢榛癸亥至乙丑(1563—1565)客居山右时所作诗五百首,冯惟讷、孔天胤批点受梓。今浙江图书馆有藏。

刊于道光乙巳(1845)的《海山仙馆丛书》本《四溟诗话》系据耘本翻刻，而所据耘本又缺失一叶有余，这样又漏收了卷三与卷四中两条半诗话。其后，光绪十一年(1885)王启原所辑《谈艺珠丛》本《诗家直说》四卷以及《历代诗话续编》本、《丛书集成初编》本《四溟诗话》，又均据海山本翻印，并未校全集本或耘本，缺漏相承，无足深论。尤其《历代诗话续编》本不知何故又漏收了海山本卷二中的6条，更无足论。人民本以诗话本为底本，仅据海山本增补了卷二中的4条，工作不够细致。1982年中华书局标点本《历代诗话续编·四溟诗话》吸收王季欣先生的校补成果，整理成与耘本最为接近的本子，虽未顾及全集本、李本、《说郛续》本与《诗慰》本，但整理一部诗话总集，做到如此地步已属难能可贵了。

二 《四溟诗话》再补

如上所述，人民本很不完善，笔者据所见到的全集本、李本、《诗慰》本、《说郛续》本，在王季欣先生校补工作的基础上，再作增补如下：

（一）据全集本补人民本卷一第50条后所缺之7条：

《朝野佥载》：徐彦伯作文酷尚新奇，以"鸟狗"为"卉犬"，以"竹马"为"篠骖"之类，杜撰甚矣。

刘禹锡《送黔南僧》曰："猿狖窥斋林叶动，蛟龙闻咒浪花低。"太白《僧伽歌》曰："瓶里千年舍利骨，手中万岁猢狲藤。"调高气雄，大过禹锡。

托物寓意，贵乎浑成，犯题亦可，不犯亦可。若子美"黑鹰不省人间有"、"双飞玉立并清秋"是也。范德机"明暗"之说凿矣。

许浑《金陵怀古》曰："英雄一去豪华尽，惟有青山似洛中。"盖谓江左君臣偏安一隅，无复中原之志，感慨深矣。林梦屏"直把杭州作汴州"，意出于此而语不逮。

《古杭杂记》曰："白塔桥边买地经，长亭短驿甚分明。如何只说临安路,不较中原有几程。"此诗可哀可恨,南渡君臣,得无愧乎!

《闲谈录》:葛天民《尝北梨》诗曰:"甘酸尚带中原味,肠断春风不见花。"此意婉味长,不减唐调。

《云仙散录》:杜甫寓蜀,茧熟。每与妻子躬行乞曰:"如或相悯,惠我一丝两丝。"《自京赴奉先》诗曰:"老妻既异县,十口隔风雪。谁能久不顾,庶往共饥渴。入门闻号咷,幼子饥已卒。吾宁舍一哀,里巷犹呜咽。所愧为人父,无食致夭折。"子美贫到骨矣,千载之下,使人酸鼻。予《邺城秋雨》诗曰:"七月雨多烟火稀,茅堂燕雀傍人飞。山妻自是怜儿女,不顾秋风要典衣。"

以上辑自万历二十四年赵府冰玉堂《四溟山人全集》卷二一(即《诗家直说》卷一)。该卷共录诗话129条,人民本该卷仅标120条,加上述7条,尚缺2条,原因是:人民本第17条按全集本当作2条,"作诗不可用难字"以下当别列一条;人民本第40条后一条漏标序号。

(二)据全集本补人民本卷三所缺首条:

古乐府云:"有所思,乃在大江南,何用问遗君,双珠瑇瑁簪。"此承上三句而言。鲍明远《行路难》因学此句发端云:"奉君金卮之美酒,瑇瑁玉匣之雕琴。"元徽之《金珰玉佩歌》云:"赠君金珰太霄之玉佩,金锁禹步之流珠。"欧阳永叔《送王原甫》云:"酌君以荆州鱼枕之蕉,赠君以宣城鼠须之管。"黄山谷《送王郎》云:"酌君以蒲城桑落之酒,泛君以湘累秋菊之英。"明远不以古乐府为法,而起语突出,诸公转相效尤,何邪!

以上辑同上卷二三(即《诗家直说》卷三)。此条王季欣先生已据耘本补出,但耘本有三十四字漫漶不清,王先生校补了二十五字,并不尽如原文。今全录此条,字体变更为宋体者即据全集本所校补者,读者与王文对照,自可辨识。此则诗话中"元徽之",王文作"元微之"。按:考《全唐诗》卷二六五,《金珰玉佩歌》当为顾况所作。

（三）据李本补遗1条：

　　顺轩子《郊居》一绝云："田园自幽寂，谁访野人居。碧草斜通径，白云低覆庐。"此作闲雅可爱。

以上辑自万历间李本纬序本《重刻诗家直说》卷四第66条。此条与全集以下各本卷四本第66条（人民本同）完全不同，可作人民本之补遗。

（四）据《诗慰》补遗3条：

　　作诗别有想头，能暗合古人妙处，法在其中矣。如为将者当熟读兵书，又不可执泥，神奇自从里许来。
　　生得想头远，打得机关破。立得脚跟牢，占得地步阔。洗得肚肠净，养得面皮好。此六者，诗之统要，重在想头，庶得完美。
　　夫梦由乎思，思有偏正，见乎梦，正则升于太霄，凤鸾前导；偏则落于阴谷，狐狸后随。此偏正之验也。然想头亦有误人处，学者当自察之。

以上辑自《诗慰》初集卷一《四溟山人选集》第9至11条，前2条亦见《说郛续》本。3条均可作人民本之补遗。

（五）据《说郛续》本补遗8条：

　　诗境由悟入，愈入愈深妙。法存乎仿佛，其迹不可捉，其影不可缚。寄声于寂，非叩而鸣；寓像于空，非写而见。不造大乘者，语之颠末，若矢射石，石而弗透也。沧海深有包含，青莲直无枝蔓。诗法禅机，悟同而道别，专者得之。
　　大篇浑雄，长律精工。泥文藻失之冗长，理音节得之浏亮。此虽正法，出乎有心矣。予以至寂、至洁为主，凡欲摘辞，腹中空洞无物，一字不萌，夐然如洗。

凡作长歌有两说：通篇一韵，择字成章，若蜀栈驭马，形虽太局而神自飘逸，勿令赘言夺气。几韵一篇，意到为主，若河源西来，荡乎九曲，力在转折而愈大。二者殊不易得。

少陵超悟之妙，若"白摧朽骨龙虎死，黑入太阴雷雨垂"，至蕴至深，此不必解。李长吉超悟之妙，若"金盘玉露自淋漓，元气茫茫收不得"，明畅而有风刺。凡造语太奇，较之杜老，异轨同辙耳。

槌黄金为片叶，不无气薄而体轻耶！刘随州五言长城，乃坐是病。若少陵"甲子混泥涂"之句，气自沉着，体自厚重，安得樽酒夜与谪仙神会，可解饭颗山之嘲耳。

凡造句迟则愈见其工，铿然彻耳，焕然夺目，其充盛何如也。譬诸西洋贾客携所有张肆，其珠玉金宝、珊瑚琥珀、犀角象牙之类，具罗满前，以惬众观，增之弗觉其多，减之弗觉其少，不免冗句杂于中焉。有时翻然改削，调乃自调，格乃自格耳。少陵与太白论文，穷其蕴奥，非出诗草互相点搴，作手自不同也。

有客问曰："作诗与评诗孰难？"曰："作者固难，评者尤难。能定句字愈倍骨力，此过目尽其所见耳。步骤威其势，变化神其机。然重迩轻远，所思未周也。譬如边将选兵，用其勇者、壮者，去其老者、弱者也。此备之不备，可屯部伍以守关塞，岂战伐持胜之计耶。夫动之定之，由乎权衡，何啻用兵也。秦汉之将，意不骄而成功大；近代之将，意自满而成功小。功之全否，各在其人，亦随时有待耳。兵也，诗也，事异机同，然法外之法，妙在增减，减一字若掷片石，增一字若加泰山。予以字多则删削之，此孙膑减灶之法；以字少则敷演之，此虞诩增灶之法。二者超悟有因，天使然也。"客笑曰："观子论文，能受万篇之益，而不受一字之损尔。"

太白《梦游天姥吟》、《蜀道难》、《大鹏赋》，造句参差，下笔豪荡。

以上辑自《说郛续》卷三四《诗家直说》第9、第10、第12至17条。可作人民本之补遗。

（六）《诗慰》本中2条与全集本以下各本相关条目异文过多者，可并存于人民本补遗之中：

> 大梁李生，诗友也。早过敞庐留酌，谈及造句之法。予曰："得句不在迟速，以工为主。若丽而雅，清而健，奇而稳，此善造句者。务令想头落于不可测处，信乎难矣。"因出"灯"字为韵，遂得四十句云："烟苇出渔灯，书声半夜灯，山扉树里灯，风幢乱佛灯，心空一慧灯，塔闪半空灯，石火点船灯，蛾影隔笼灯，厨烟夜罩灯，倦客望树灯，风雨异乡灯，山鬼弄魂灯，夜惨病中灯，穴鼠暗窥灯，霜风逼旅灯，纪梦坐呼灯，江楼两岸灯，屋漏夜移灯，金粟吐华灯，仙家月里灯，思妇背孤灯，窗昏梦后灯，调鹰彻夜灯，农谈共瓦灯，棋罢暗篝灯，呼卢夜尽灯，树隐酒楼灯，村夜绩麻灯，除夜两年灯，鬼火战场灯，林疏见远灯，夜泊聚船灯，海船浪摇灯，殿列九华灯，灵焰凤膏灯，春宫万户灯。"李生曰："少陵止有'舟雪洒寒灯'之句，子何灯字之多耶？"予曰："此乃想头重紧处，专于一，关乎三，偶得自然，思得精致，搜得入玄，此又炼想头之法，使人易入悟尔。"

上条与全集本、李本卷三第18条（人民本卷三第17条）内容文字异文甚多，《诗慰》本录"灯"三十六句（比所言四十句少四句），全集本等仅录"灯"三十四句，两者相校，相同者仅二十四句，"予曰此乃想头要紧处"以下，两者内容迥异，似非编者增删之迹。

> 宗考功子相过旅馆曰："子尝谓作近体之法，如孙登请客。未喻其旨，请询示何如？"曰："凡作诗先得警句，以为发兴之端、全章之主。格由主定，意从客生。若主客同调，方谓之完篇。譬如苏门山深松草堂，具以琴樽，其中纶巾野服，兀然而坐者，孙登也。如此主人，庸俗辈不得跻其阶矣。唯竹林七贤，相继而来，高雅如一，则延上座，始足其八数尔。务

匀净则浑成，可造名家，若能骋于远近险夷之间，存乎神气，何往不妙？此李、杜之流也。并观沧浪所云，一法两喻，悟同得其全，悟不同得其半，得其半工乎一律，得其全贯乎诸体，吾子以为如何？"子相曰："妙哉斯论，虽开我心机，不能加人力量耳。"

上条与全集本、李本卷三第50条（人民本卷三第49条）前半部相同，从"始足其八数尔"以下，两者内容迥异。

三 结语

人民本共录诗话405条（实际标示403条，问题出在卷一，见上述），全集本共录诗话416条，土季欣先生已据耘本补人民本4条（其余2条为增补），笔者据全集本又增补7条，据李本补1条，据《诗慰》本补3条，据《说郛续》本补8条，共得诗话428条。由于篇幅所限，对于各本之异文与正误不再一一校勘，这一工作要留待今后重版《四溟诗话》时再进行了。①

（原载《古籍整理研究学刊》1987年第2期）

---

① 李庆立《谢榛全集校笺》（江苏古籍出版社2003年版）卷二二至卷二五即《诗家直说》四卷，收录诗话416条，卷二六补佚34条，共得诗话450条，是为目前所录谢榛《诗家直说》内容最完备者。是书相关校注，可与拙作相参阅，俾读者加深对《诗家直说》版本源流的了解。同时，此篇拙作又是笔者与李庆立先生建立长达二十六年亦师亦友交谊的媒介，"君子以文会友"，信非虚语！先生已于2015年5月3日驾鹤西归，思之凄然！

《红楼梦影》的作者及其他

《红楼梦影》是《红楼梦》问世以来的三十余种续书之一，1988年初已由北京大学出版社作为《红楼梦资料丛书·续书》整理出版。原书二十四回，扉页题"云槎外史新编"，又题"光绪丁丑校印，京都隆福寺路南聚珍堂书坊发兑"二十字。卷首有咸丰十一年(1861)七月西湖散人所撰《红楼梦影序》一篇，各回之下均有"西湖散人撰"五字。北大整理本即以此本为底本点校的。

孙楷第《中国通俗小说书目》卷四《明清小说部乙》著录此书，内云："存。光绪丁丑北京聚珍堂活字印本。清无名氏撰。题'云槎外史新编'，亦题'西湖散人撰'。首咸丰辛酉(十年)西湖散人序。"[①]北大整理本《点校说明》认为此书："成书于咸丰(1851—1861)末年。作者署名根据原书扉页题作'云槎外史'，原书每回前题'西湖散人撰'，与云槎外史当为一人。"《红楼梦影》的作者云槎外史到底是谁？与西湖散人是否为同一人，这是始终没有搞清楚的一个问题。其实云槎外史并非无名之辈，乃是清季著名女词人太清（一般称之为顾太清或顾春）；撰序者亦非等闲之人，乃是作者闺中密友、清季才女沈善宝。要说清这个问题，先要从太清家世生平及其著述流传情况谈起。

[①] 孙楷第：《中国通俗小说书目》卷四，人民文学出版社1982年版，第141页。按："咸丰辛酉"后括注之"十年"，当为"十一年"。

一 《红楼梦影》作者的家世生平

太清生于清嘉庆四年正月五日(1799年2月9日)，卒于光绪三年十一月初三日(1877年12月7日)，名春，字梅仙，①别号太清，又号云槎外史，②属满族西林觉罗氏。本籍铁岭(今属辽宁)，她有《食鹿尾诗》云："海上仙山鹿食苹，也随方贡入神京。晚餐共饱一条尾，即有乡心逐物生。"③可证其家乡在东北产鹿之区。其祖父鄂昌是雍正、乾隆两朝重臣鄂尔泰的侄子，鄂昌在乾隆朝官至甘肃巡抚，后因胡中藻《坚磨生诗抄》案牵连，被赐自尽，其族遂趋衰微。④恩华纂辑《八旗艺文编目》"别集七"著录其《天游阁诗》五卷、《东海渔歌》四卷，下注："太清幼育于姑母顾氏，故姓顾，名春，字子春，号太清道人。其族望西林觉罗，为鄂文端之族人，自署名为西林太清春。初入第贝勒奕绘，后晋夫人。富察敦崇为其外孙也。"⑤又富察敦崇《紫藤馆诗草·哭砚诗》自注："外祖母姓西林觉罗，鄂文端公之族人，幼育于姑母顾氏家，故又姓顾。"⑥顾氏为何许人？白育《清代女诗人西林春姓氏里贯考》引杨钟羲语曰："老人为西林觉罗，为鄂文端公曾孙女，寄食于顾氏，故世称顾太清。顾为荣邸护卫，被选为幻园贝勒侧福晋。"⑦启功先生《书东海渔歌后》一文谓："此顾某乃荣邸之庄头，盖以冒之报挡子者，或以避获罪者后裔之故。"⑧

---

① 拙作原作"卒于光绪二年(1876)，名春，字子春"，有误。今依金启孮先生《顾太清与海淀》一书改订。参见本书中编"书评编"中《清代第一女词人的信史——读金启孮〈顾太清与海淀〉》一文。
② 日藏抄本《天游阁集》诗卷七首署"云槎外史太清春著"。
③ (清)太清西林春原著，金启孮、乌拉熙春编校：《天游阁集》诗一，辽宁民族出版社2001年版，第40页。下文引用太清诗与词皆依此本，恕不一一出注。
④ 参见拙作《坚磨生诗抄案与弘历的用心》，《文史知识》1988年第8期。
⑤ 恩华：《八旗艺文编目·别集七》，辽宁民族出版社2006年版，第184页。
⑥ 张璋编校：《顾太清奕绘诗词合集》附录五，上海古籍出版社1998年版，第759页。
⑦ 白育：《清代女诗人西林春姓氏里贯考》，《故都旬刊》1946年11月创刊号。
⑧ 启功：《坚净居随笔·书东海渔歌后》，《学林漫录》第10集，中华书局1985年版，第34页。

考奕绘《明善堂集·流水编一》，有《题故仆护卫顾文星春水壁障》[①]一诗，显然，顾文星就是荣王府的护卫。奕绘又有《知乐堂画壁图歌》，题下自注："画为护卫顾文星作，东西壁间各一。"金启孮笺云："顾文星，荣恪郡王邸中之二等护卫，西陵易州韩村人，原为内务府包衣。乾隆四十九年恪王分府，随侍至邸中。文星知书善画，深为恪王所喜。恪王薨后，贝勒奕绘欲纳西林太清夫人为侧室，邸中故事，得征女子于包衣家，如宫掖选秀女之制，遂以文星女报宗人府，夫人署名顾太清，即以此之故。外间讹传吴人，或幼养于顾氏，或顾八代之裔者，皆非也。"[②]恽珠《国朝闺秀正始集》、震钧《天咫偶闻》、徐世昌《晚晴簃诗汇》皆称其为顾太清，即本此，却又不尽妥当。启功先生认为："近世人于夫人名字曰顾太清，或曰太清春，皆非其实。称西林春，亦似是而非。"[③]根据满族习惯，称名多不联姓氏，笔者以为径呼"太清"较为合适。

太清幼时，生活漂泊无定，曾到过江南及福建一带，有人或称其为吴人，可能与此有关。太清幼年生活已难以考见，只知后来她成为多罗贝勒奕绘（1799—1838）的侧室。奕绘正室为妙华夫人（1798—1830），据启功先生说法，夫人乃太清堂姑，太清则"依姑为媵"随嫁奕绘，[④]当属传闻异辞。奕绘，字子章，号太素道人，别号幻园居士。他是清高宗乾隆帝弘历的曾孙，至他这一辈已降袭贝勒。奕绘曾管理宗学、御书处与武英殿修书处，官正白旗汉军都统，37岁以后辞官家居。平生工诗词，通书画，著有《明善堂集》(包括诗集《流水编》和词集《南谷樵唱》) 以及《妙莲华集》等，是一位贵胄才子。奕绘与太清一向感情很好，二人闺中极尽唱和之乐。妙华夫人早逝，太清"九年占尽专房宠"，成了奕绘实际上的正室夫人。

---

① （清）奕绘原著，金启孮校笺：《明善堂文集校笺》，天津古籍出版社1995年版，第48页。
② 同上，第8页。拙作发表于1989年，原无此引文，为便于读者查考，这次结集出书，特加此一段。
③ 启功：《坚净居随笔·书东海渔歌后》，《学林漫录》第10集，中华书局1985年版，第34页。
④ 同上，第33页。

奕绘有五子四女，长子载钧与三子载钦（早夭）皆为妙华夫人所出，其余三子四女则为太清所出。奕绘40岁即辞世，太清生活也随之发生了变化，在太福晋的逼迫下，仓皇从京师太平湖府邸移居西养马营。关于这次家庭变故，人们有不少猜测。龚自珍《己亥杂诗》第209首"忆宣武门内太平湖之丁香花"云："空山徙倚倦游身，梦见城西阆苑春。一骑传笺朱邸晚，临风递与缟衣人。"①冒广生刺取太清遗事，关合龚诗赋六绝句，暗寓二人关系暧昧，这就是有名的"丁香花公案"。嗣后三人成虎，飞短流长，曾朴又将此事虚构一番，写进其小说《孽海花》第三、四回。其实此传言纯属子虚乌有，史学家孟森先生与文学史家苏雪林女士都曾为太清辩诬，恕不赘言。②

载钧无子，以太清所出载钊之子溥楣为嗣，太清与嫡长子的关系也随之好转。太清寡居中曾与许云姜、许云林、沈湘佩、李纫兰、石珊枝、项屏山、栋阿少如、富察蕊仙诸女友结社唱和，生活并不清贫，儿孙绕膝，四世同堂。太清77岁双目失明，又患有喘嗽之疾。去世以后，与奕绘合葬南谷。

太清丰才美貌，工诗善画，尤以词名，王鹏运论满族词人，曾有"男有成容若，女有太清春"之誉，将太清与清初大词人纳兰性德相提并论，可见推崇。

二 太清诗词的流传与《红楼梦影》的写作

太清著有《天游阁集》，为其诗集与词集的总名，正与奕绘《明善堂集》取义相对。《天游阁集》中诗集无专名，词集名《东海渔歌》，又与奕绘词集《南谷樵唱》取偶。太清诗词于其身后流传不广，19世纪末，词学名家况周颐就曾以不见《东海渔歌》全帙为恨事。况周颐于"光绪戊子、己丑（1888—

---

① 刘逸生等：《龚自珍编年诗注》，浙江古籍出版社1995年版，第697—699页。
② 参见拙作《留得四时春，岂在花多少——太清及其词略论》，《宁夏社会科学》1986年第4期。

1889)间，与半塘(王鹏运)同客都门，于厂肆得太素道人所著《子章子》及顾太清春《天游阁诗》，皆手稿"。①这部手稿后为文廷式门人徐乃昌借得，于1909年刊印《天游阁诗集》，分上、下两卷，收诗197首，今北京图书馆有藏。这一年的春天，陈士可也从厂肆购得《天游阁集》抄本，包括诗五卷，缺卷四；词四卷，缺卷二。今藏中国科学院图书馆。1910年排印的《风雨楼丛书》本《天游阁集》(仅录诗)，底本即用陈士可所购抄本的诗集部分，原缺之卷四，以将卷五一分为二凑成，加补遗六诗，共收诗528首。

1914年西泠印社活字本《东海渔歌》也是以陈士可所购抄本词集部分为底本排印的，该本又从《闺秀词话》中录得太清词5首作为补遗，共收词164首。这个本子曾为况周颐删改，已失其真。1941年，王佳寿又在西泠三卷本《东海渔歌》的基础上，排印了竹西馆本《东海渔歌》四卷，原缺之卷二，用新觅得的朱祖谋所藏抄本《东海渔歌》一卷补足，除去重复者外，共收词212首。

以上所述皆非太清诗词全帙。胡文楷《历代妇女著述考》著录《风雨楼丛书》本、西泠印社本与竹西馆本三种版本，《清史稿·艺文志》仅著录《天游阁集》五卷。太清好友沈善宝(湘佩)所著《名媛诗话》卷六谓："太清工倚声，有《东海渔歌》四卷，巧思慧想，出人意外。"②其实太清诗集不止五卷，词集亦不止四卷。1928年储皖峰曾著文介绍日本所藏《天游阁集》抄本，他说："据日人铃木虎雄所见内藤炳卿所藏《天游阁集》抄本诗词集，各多三卷，很可证明现存的刻本也不完全。"储氏不无感慨地说："这种抄存的稿本，藏于海外异国人之手，我国反找不着，真是憾事。"③他用《风雨楼丛书》本《天游阁集》、西泠印社本《东海渔歌》与日藏抄本的目录作了比较，

---

① (清)况周颐：《东海渔歌·序》，西泠印社1914年版，卷首。
② (清)沈善宝：《名媛诗话》卷六，光绪间鸿雪楼刊本。
③ 储皖峰：《关于清代女词人顾太清——天游阁集抄本》，《国学月报》1928年2卷12号。

并把日藏抄本的目录发表在《清华周刊》29卷14号上。

长期以来，国内学界仅知日藏抄本《天游阁集》目录，而以不见全豹为憾。20世纪80年代中，我国学者终于从日本携回该抄本的副本，这对于研究太清诗词及确切证明《红楼梦影》的作者与作序者诸问题，有举足轻重的作用。该抄本显然是早期抄本，早年即流入日本，是收太清诗词最全的一个本子。抄本书写严整，存诗七卷，收诗767首；存词六卷，收词313首，比国内所见各本各多出三分之一的数量，国内本仅有六七首词不见于日藏抄本。此抄本弥足珍贵，自不待言。

日藏抄本《天游阁集》诗集卷七有《哭湘佩三妹》二首，其中一首云：

> 红楼幻境原无据，偶耳拈毫续几回。长序一篇承过誉，花笺频寄索书来。

诗后自注："余偶续《红楼梦》数回，名曰《红楼梦影》，湘佩为之序，不待脱稿即索看。常责余性懒，戏谓曰：'姊年近七十，如不速成此书，恐不能成其功矣。'"很显然，《红楼梦影》的确是太清闺中之笔墨无疑。此诗作于同治元年（1862），其时《红楼梦影》尚未全部脱稿，而沈湘佩之序则写于咸丰十一年辛酉（1861），又在此前一年，正可印证序中所言："今者云槎外史以新编《红楼梦影》若干回见示，披读之下，不禁叹绝。"《红楼梦影》的写作大约开始于太清寡居以后，至其64岁左右尚未完成。沈湘佩（1808—1862），即沈善宝，湘佩是其字，西湖散人为其字。张美翊《名媛诗话题词》云：

> 武林沈君补愚久客甬上，出示其祖姑湘佩女史《名媛诗话》稿本八卷，辑清初顾和知迄道光间太清主人，凡闺秀名章秀句、遗闻韵事都萃于此，诚古今诗话所未有也。女史讳善宝，钱塘沈韵秋州判长女，幼随侍江右，稍长即工诗善画。逮州判官义宁，以失意郁郁死，老弱流滞，越四年始奉母吴浣素夫人回里，旋即弃养。是时女史至贫苦，以鬻诗画度日。久之，

积资葬其先世八棺祔于祖墓。大事既终,乃适道光乙未进士、礼部主事、吏部郎中、山西朔平知府来安武君凌云,时武君供职京曹,女史从夫侨寓都门。①

可见沈善宝也是一位历经磨难的女子。她是浙江钱塘(今浙江杭州市)人,所以为《红楼梦影》作序署其别号"西湖散人",也就不足怪了。她除著有《名媛诗话》十二卷(十二卷原刊本罕见,今习见者为民国十二年排印的八卷本)外,尚有《鸿雪楼初集》四卷,是其诗词的结集,集中有与其同乡龚自珍的妹妹龚自璋(瑟君)的唱和之作,通过沈湘佩的介绍,太清与龚自璋可能也有交往。另外,龚自珍于1835年6月以后任宗人府主事,与当时管理宗学的奕绘当有来往。由于有这种双重关系,太清一家与龚自珍即使有所交往也就不足以为怪了,至少太清与龚自珍的续弦何吉云是有过来往的,《己亥杂诗》中"一骑传笺朱邸晚,临风递与缟衣人",或即谓此。

太清与沈湘佩交好,二人曾有来世兄弟之约。日藏抄本《天游阁集》诗卷七《哭湘佩三妹》有"一语竟成今日谶,与君世世为弟兄"的吟哦,自注谓:"妹殁于同治元年六月十一日,余五月二十九日过访,妹忽言:'姊之情何以报之?'余答曰:'姊妹之间何言报焉?愿来生吾二人仍如今生。'妹言:'岂止来生,与君世为弟兄。'"从这段话中,我们可以得知沈湘佩逝世为公元1862年7月7日,即沈善宝为《红楼梦影》撰写序文后不足一年就撒手人寰了。②

---

① (清)沈善宝:《名媛诗话》卷首,民国十二年(1923)刊本。
② 《红楼梦影》一书何以"原书每回前题'西湖散人撰'"?据太清五世孙、著名学者金启孮先生说:"刻本每回前题'西湖散人撰',那是为了纪念湘佩的假托。湘佩卒于同治元年,《红楼梦影》光绪三年始刊行。湘佩去世时,《红楼梦影》尚未成书。"见《著名红学家周汝昌与著名满学家金启孮聚谈纪要》,《满族研究》1993年第3期。

三 《红楼梦影》的内容

　　《红楼梦影》二十四回，是诸多《红楼梦》续书中较晚的一种。它直接《红楼梦》程乙本第一百二十回撰写。第一回"贾侍郎药医爱子，甄知县刑讯妖僧"，开首从"贾政扶贾母灵柩"至"宝玉未及回言"近三百余字，直接从高鹗续书第一百二十回中的一段录得，以为接榫之处。全书内容大致述宝玉随一僧一道于毗陵驿巧遇贾政，被贾政救回，并除掉僧、道。袭人不从蒋玉菡，又被送归宝玉。宝钗生子名贾芝，贾家重兴。宝玉于花朝之夕至潇湘馆祭花神，与黛玉幽魂重叙旧好，了却一段相思。平儿扶正后为贾琏生一子贾苓。宝玉、贾兰同举进士，又同入翰林院作庶吉士，贾政以功擢授东阁大学士，拜相。一家花团锦簇，锦上添花。最后宝玉又神游太虚幻境，见到种种先前景物，一阵狂风过后，红楼碧户化作一片荒凉，见有许多白骨髑髅跳舞，"宝玉吃了一大惊，却也不知是真是假"。书到此戛然而止，可能是作者难以为继，因而匆匆搁笔，没有将对人生的思索淋漓尽致地表达清楚。

　　这部续书的语言风格明快流畅，与原作近似，有浓厚的北京方言味道。书中对于富贵家庭中琐事的描写，如宝钗诞子，贾府过年，探春倡起联芳社，芦雪亭众姊妹消寒诗会等，都带有作者个人家庭生活的痕迹。九首消寒诗也写得清通雅致，非流俗之笔。如《寒鸦》一首：

　　　　三三五五聚成群，风雪飘摇何处归。晓角城西声历乱，夕阳天半影希微。
　　　　江枫冷落和霜宿，苑柳萧条绕月飞。指点寒山烟树里，丈人屋在好相依。

诗内容虽稍觉空泛，但取意尚属淡雅，显示出作者的才华。第七回写苏州虎丘、镇江金山，以及柳湘莲与宝玉"还要出山海关逛逛医吾闾山呢"一段对话，也明显透露出太清的半生踪迹。第三回写薛家给宝钗送摇车儿（即悠车儿），也符合满族人养育孩子的习俗,无疑是太清自身经历的体现。

19世纪以后的中国封建社会已是百孔千疮,气息奄奄,人命危浅。太清是生活于这一特定时代的贵族妇女,她不愿意看到本阶级的消亡,因而同其他许多续书者一样,希图通过笔墨给贾府行将就木的必然命运注入一线生机,以满足个人心理上的需求。这正如鲁迅《红楼梦》续书之语:"然而后来或续或改,非借尸还魂,即冥中另配,必令'生旦当场团圆',才肯放手者,乃是自欺欺人的瘾太大,所以看了小小骗局,还不甘心,定须闭眼胡说一通而后快。"①

《红楼梦影》一书虽未堕入"借尸还魂"或"冥中另配"的恶道,却也对已土崩瓦解的封建大家庭无限追怀留恋,思想内容并不足取。吴组缃先生在北京大学出版社出版的这套续书丛书的"前言"中说:"各种《红楼梦》续书的思想倾向各不相同,反映了作者各自的伦理道德观念。各书对《红楼梦》中的人物的命运有不同的安排,艺术水平也有差异。同时,这些续书也从各个角度反映了当时的社会政治、经济以及民俗世情,对《红楼梦》续书进行研究,可能为红学研究者及《红楼梦》爱好者提供一个感兴趣的新的领域。"

《红楼梦影》的作者是清季著名的女词人太清,可能也是诸多续书作者中的唯一女性,②这部小说除了可开辟红学研究的新领域外,对于诗词研究者研究这位女词人的晚年心态以及清末封建贵族家庭妇女的生活,也有着不容

---

① 鲁迅:《坟·论睁了眼看》,人民文学出版社1973年版,第197页。
② 笔者"续书作者中的唯一女性"一说有失考证。张云女士《谁能炼石补苍天——清代〈红楼梦〉续书研究》一书第四章第四节(中华书局2013年版,第198页):"清代女性作者撰写的《红楼梦》续书,见于记载的至少有三部,流传下来的,却仅存著名诗人和词人顾太清的《红楼梦影》。"文后又出注云:"据考,有清一代,女性作家续红作品并非仅此一部,惜已不见。如铁峰夫人撰写过《红楼觉梦》,现只见《红楼觉梦弁言》存于梅成栋《梅树君先生文集》中;彭宝姑作过《续红楼梦》,孙桐生《国朝全蜀诗钞》卷六十二收录宝姑诗四首,在小传中提到她'著有《续红楼梦》等书'。"可参考。

忽视的参考价值，值得引起我们的瞩目。

（原载《红楼梦学刊》1989年第3辑；此文获中国艺术研究院1991年中青年优秀论文三等奖）

《古夫于亭杂录》成书时间及其版本

《古夫于亭杂录》，又名《夫于亭杂录》、《夫于亭笔记》，是清代著名文学家王士禛(1634—1711)的一部笔记作品，内容广博，它与作者的另外四部笔记《居易录》、《池北偶谈》、《香祖笔记》、《分甘余话》属于同一类型，《四库全书总目》将它们均收入"子部杂家类"。康熙四十三年(1704)，王士禛因王五一案"失出"（即重罪轻判），受到牵连，被罢刑部尚书，回到故乡新城（今属山东淄博市桓台县）家居，《古夫于亭杂录》即是他这一时期的著述。作者自谓此书"无凡例，无次第，故曰杂录"，又谓："所居鱼子山下有鱼子水……山上有古夫于亭，因以名之。"此书究竟撰写于何时，由于作者自序末未缀时日，其最早刊本亦无刻印年代，论者鲜有述及者，笔者不揣冒昧，略作考辨如下。

《四库全书总目》卷一二二著录《古夫于亭杂录》谓："士禛以康熙甲申罢刑部尚书里居，乙酉续成《香祖笔记》之后，复采掇闻见，以成此书。"①此系据是书自序之言推断。《古夫于亭杂录·自序》云："甲申之秋，复有《香祖笔记》八卷。是岁冬，罢归田里，迄明年乙酉，续成四卷，通十二卷，又刻之吴门。"该段以下，王士禛略述其老年景况后即言《杂录》之写作与命名。据此可知，《总目》所言不误。乙酉为康熙四十四年(1705)，《古夫于亭杂录》之撰写当始于是年。王士禛有《渔洋诗话》三卷，为其晚年所自订，其

---

① （清）永瑢等：《四库全书总目》卷一二二，中华书局1965年版，第1056页。

自序云:"余生平所为诗话,杂见于《池北偶谈》、《居易录》、《皇华纪闻》、《陇蜀余闻》、《香祖笔记》、《夫于亭杂录》诸书者,不下数百条……戊子秋冬间,又增一百六十余条。"①这篇序撰写于戊子秋冬间或稍后,已提到《夫于亭杂录》一书。又《杂录》卷五有记张复我编修一条,其中有"今又三年戊子"一语。戊子为康熙四十七年(1708),《杂录》之成书当在是年。

《分甘余话》四卷为王士禛罢官里居后的另一部笔记作品,前有己丑所写自序,故一些书目著录或图书馆编目咸谓此书刊于康熙四十八年己丑(1709),实则有误。按《分甘余话》卷四有记宋荦(1634—1713)一条,内有"庚寅六月,宋太宰牧仲书来"一语,庚寅为康熙四十九年(1710),适过己丑作序之年一载,可知是书自序并非全书杀青之后所撰,而是在全书撰写之初或中途所构。特别是该自序不像《古夫于亭杂录》自序,明确提到成书卷数,亦可证《分甘余话》自序撰写之日,全书尚未脱稿。《渔洋诗话》自序并未言及《分甘余话》,亦可证是书于戊子秋冬之际尚无消息,不可能于下一年己丑刊刻。

依照一般常例,作者不会同时撰写两部体裁相同、内容近似的笔记,据《分甘余话》卷一首条所录康熙皇帝于四十七年五月初十日所写《御制广群芳谱》一文推断,《分甘余话》撰写之初适在《古夫于亭杂录》成书之后,即开始于康熙四十七年末或翌年,《杂录》之杀青则在此前。御制序文不入《杂录》而置诸《余话》卷首,无非示其尊崇之意,此亦可证《古夫于亭杂录》与《分甘余话》之撰写是连续性质的。《古夫于亭杂录》的撰写自1705年至1708年,共费时约四年之久。

关于《古夫于亭杂录》的版本,向有五卷本与六卷本之别。《四库全书总目》著录者为两江总督所呈进之六卷本,而文渊阁《四库全书》所录者却是

---

① 清王士禛:《渔洋诗话》,《清诗话》本,上海古籍出版社1963年版,第164页。

五卷本。①该本删削改字，错讹颇多，不足为据。若用六卷初刻本与五卷初刻本相校，就会发现二本编次虽异，而文字内容却大致相当，并非如某些图书馆著录卡所记五卷本系"残缺一卷"者。若就两本所录条数而言，五卷本尚较六卷本多出三条，而六卷本卷一第54条"追赠父母"又为五卷本所无，②卷五第297条"何采"后半有一百十九字亦为五卷本所无。因涉及文字无多，为考其源流，特录两本相异者如下。

一 六卷本多出五卷本者

李文正昉为相，为本生父故工部郎中超、母陈留郡君谢氏请以郊祀覃恩追赠，太宗嘉之，诏赠超太子太师，谢氏郑国太夫人。此封赠本生父母之始。王沂公曾、欧阳文忠公修，皆幼育于叔父，祈恩追赠。此又宋朝忠厚立国之一端也。

按：此条见于六卷本卷一第54条，系节录宋王栐《燕翼诒谋录》卷二"许封本生父母"、卷四"报叔父母恩封赠"两条③，王士禛仅在其后加一句评语而已。

法方伯黄石若真在金陵，方典武闱而奉家讳，仓卒不得出，黾勉终事。第五遣人送诗云："门人只读《孙武传》，何必教渠废《蓼莪》。"巨商某者，其母大寿，走厚币请故相至金陵游山，主于其家。是日，宾客方群集上寿，第五送诗曰："朝贩纲盐暮沸笙，满堂宾客尽鸡鸣。可怜丞相张苍老，也

---

① 据台北商务印书馆1986年影印文渊阁《四库全书》第870册。
② 为行文方便，便于探讨，条目顺序与标题皆为笔者所加。下同。
③ （宋）王栐：《燕翼诒谋录》，中华书局1981年版，第16页，第32页。

拜高台寡妇清。"金陵人竞传之。

按：此条系六卷本卷五第297条的后半部分，五卷本该条适无上录文字。文中"第五"系何采之字，"故相"则不知何所指。后出六卷本如广陵本、啸园丛书本（详见下文），"故相"与"丞相"四字皆以墨围代替，似有所忌使然。

二 五卷本多出六卷本者

弇州《盛事述》载父子官三品以上者，工部尚书毕亨，子副都御史昭，吾邑人也。司空为弘、正间名臣，今墓在系河北岸，中丞祔焉。碑版尚存而宰树剪伐尽矣。每过之，辄为叹息。

按：此条见五卷本卷二倒11条，文中"吾邑人也"以上系节录出明王世贞《弇山堂别集》卷二《皇明盛事述·父子至三品九卿》一条，[①]与六卷本卷三第145条"王世贞笔记三则"之第一则略同。五卷本卷三亦有"王世贞笔记三则"一条，与其卷二倒11条显然重复。

国初目满洲及辽人为旧人，各直省汉人为新人。一汉人入馆选，在院中一满洲同官谓之曰："先生绝似旧人，而背立尤酷似。"旁一同年同官者口号赠之曰："相君之面，不过新人；相君之背，旧不可言。"众大笑。

按：此条见五卷本卷二末条，乃用《史记·淮阴侯列传》中蒯通借为韩信相面劝其造反一事：

---

① （明）王世贞：《弇山堂别集》卷二，中华书局1985年版，第21页。

> 齐人蒯通知天下权在韩信,欲为奇策而感动之,以相人说韩信曰:"仆尝受相人之术。"韩信曰:"先生相人何如?"对曰:"贵贱在于骨法,忧喜在于容色,成败在于决断,以此参之,万不失一。"韩信曰:"善。先生相寡人何如?"对曰:"愿少间。"信曰:"左右去矣。"通曰:"相君之面,不过封侯,又危不安。相君之背,贵乃不可言。"①

这一条为文渊阁《四库全书》五卷本《古夫于亭杂录》所删,当有所忌使然。

> 明时,京师士大夫冬日制貂为套,著冠帽上以御寒,名曰帽套。一词林乘马谒客,有骑而过者,掠而去之。明日入署,诉于其僚,同年某公好谑,改崔颢《黄鹤楼》诗赠之曰:"昔人已偷帽套去,此地空余帽套头。帽套一去不复返,此头千载空悠悠。"众皆大笑。

按:此条见于五卷本卷三第36条,六卷本未收。

六卷初刻本与五卷初刻本除有上述不同以外,文字抑或有小异,但异文不多。文渊阁《四库全书》本则将有关钱谦益的文字概行删除,钞讹亦很多。钞讹系草率所致,删去钱氏相关内容,盖乾隆修《四库》时禁令使然。据《清史编年》第六卷"乾隆四十一年十一月十六日甲申(12月26日)":"谕定《四库全书》抽毁改易'违碍悖逆'书籍原则:一、钱谦益、金堡、屈大均等'其人实不足齿,其书岂可复存?'应概行毁弃。"②《古夫于亭杂录》中凡涉及钱谦益的有关文字皆在抽毁之例,可见清代文化专制之一斑。

---

① (汉)司马迁:《史记》卷九二,中华书局1959年版,第2623页。
② 中国人民大学清史研究所编:《清史编年》第六卷,中国人民大学出版社2000年版,第260页。

笔者所见六卷与五卷两种初刻本，均为上下黑口，双黑鱼尾，半叶十行，行十九字，唯六卷本中缝题"夫于亭杂录卷×"，五卷本中缝题"古夫于亭杂录卷×"，仅有一字之差。两本"禛"、"弘"、"曆"均不避讳，唯"玄"缺末笔或作"元"，可见都是康熙间刊本，因俱无刊刻年月，故统称为初刻本或原刊本。这两种原刊本流传不广，今已罕见，两者孰先孰后，有何关系，值得探讨。北京师范大学图书馆所藏《古夫于亭杂录》六卷本为广陵刊本，有清代藏书家陈鳣（1753—1817）的朱笔眉批。陈氏于该刊本卷首批云："此书本六卷，厥后翻刻缩为五卷，无原序，而有俞兆晟序，盖恐原序刻则卷数不合也。翻刻本版心俱加'古'字。"陈氏所言五卷本为翻刻缩印六卷者，显然失于考校。

陈氏眉批所言俞兆晟序，笔者所见两部五卷原刊本均缺失，亦无自序，唯文渊阁《四库全书》本收有俞兆晟序。俞兆晟为浙江海盐人，康熙四十五年（1706）丙戌二甲一名进士。其序作于康熙辛丑（1721）十二月二十日，内云：

> 岁晚，长安残雪初霁，九衢泥深三尺，蹇卫驾小车，阻淖不得前，徘徊道左。识蒋五静山故居，问绿杨红杏之轩，已易他姓，访其子于街南颓垣败篱，昔之香盎酒彝、缥囊缃帙，零落不可复睹，独大司寇新城先生《夫于亭杂录》镂板插架，蓬勃尘沙。亟取归，补其残缺，使复完好。

此外，《渔洋诗话》卷首亦有俞兆晟写于雍正乙巳（1725）八月之序，内言："《渔洋诗话》三卷，板藏蒋氏；辛丑岁暮，余同《夫于亭杂录》并载以归。"①上引两序可相印证。蒋静山，即蒋仁锡，字静山，康熙三十八年（1699）举人，康熙四十八年（1709）三甲第三十五名进士。徐世昌编《晚晴簃诗汇》卷五五著录蒋仁锡为山西临汾人，《明清进士题名碑录》著录蒋为顺天府

---

① （清）王士禛：《渔洋诗话》卷首，《清诗话》本，上海古籍出版社1963年版，第163页。

大兴人，孙殿起《贩书偶记续编》著录蒋为析津（即顺天大兴）人。光绪《顺天府志》著录其人，蒋仁锡当是寄籍直隶大兴（今北京市）的山西临汾人。蒋仁锡有《绿杨红杏轩诗集》及《续集》，《渔洋诗话》卷下录有蒋仁锡哭陈奕禧诗二句。俞兆晟序《杂录》有"今先生（指王士禛）天上骑箕，静山又玉楼赴召"之语，可知蒋仁锡约与王士禛为同时人或略晚，《杂录》与《渔洋诗话》之刻板即藏于其家。俞序有云"积日累月，荟成《杂录》五卷"，可知《杂录》的五卷本原板并非如陈鳣所云是"厥后翻刻缩为五卷"者。

广陵六卷本系根据王士禛的最后定本重刊，有范邃《刻古夫于亭杂录附记》之跋语云：

> 庚寅春，余随侍南归，过济南拜渔洋先生于里第。家君，先生门下士也。先生门生故吏遍宇内，邃后出五十年，如昔人得见鲁山已为大幸，又与家君前后捧贽，附名弟子之籍，与有荣焉。先生见示《夫于亭笔记》，车中、枕上诵之忘疲。私念《池北》、《香祖》诸巨编，已炳如日星，为学者津筏，而此六卷尚阙流布，乃携归刻之广陵，以餍远近慕好者之意。其卷册先后一仍原本，不敢妄加排纂。至于依据辨证，上可以畜德，而次可以资博闻，犹前志也。刊竣，因识其岁月于卷尾。如皋范邃。①

按：范邃（1683—1728），字密居，江苏如皋人，康熙间举人，官内阁中书，有《凤味斋霜研词》。他与其父先后拜于王士禛门下，同为渔洋门人，且比王士禛小五十岁。庚寅为康熙四十九年（1710），这一年的春天，《古夫于亭杂录》尚未见刊本，王士禛见示于范者当为原稿本之副本，故跋中仅用《夫于亭笔记》名之。但此时是书的五卷本当已开雕，我们仔细比较五卷本、六卷本两种本子写的条目、文字、编次，即可看出五卷本，至少其雕版年月当早于六

---

① （清）王士禛：《古夫于亭杂录》附录，中华书局1988年版，第145页。

义理与考据

卷本。

先从条目上看。五卷本多出的三条（见前述），其第一条内容与另外一条部分重复，故为作者定稿时删去。其第二、第三条内容，言所谓"新人"、"旧人"，言秃头，皆有干清廷之忌，故也一并删去。这透露出庄廷钺《明史》案后，康熙朝文字狱的阴影已有逐渐扩大之势，文人士大夫的文字自检也日趋严格。如果五卷本果真为六卷本的翻刻缩印之本，其所多出的三条就无法得到合理的解释了。至于六卷本有而五卷本缺的一条半内容，显然是王士禛在厘定原稿并重分卷时追加的。

其次，从文字上看。六卷本与五卷本的某些异文多为传写致讹。如卷二第72条"焉为单名"中："唐有丘为，南唐有江为、张为。"《四库全书总目》卷一二二著录《古夫于亭杂录》有云："以张为为南唐人，以俞文豹为元人，亦失于考核。"① 考五卷本此条作："唐有丘为、张为，南唐有江为。"并没有将张为划为南唐人，纪昀等撰写《古夫于亭杂录》的提要，系根据两江总督采进的六卷本，为刻讹所惑，故有此论。此外，从两本的少量异文中，我们亦可窥见作者有意加以修订的痕迹。如六卷本卷二首条"新唐书刊削诏令"中有"史近古对偶宜"一句，五卷本该条作"史近古不对偶"，这两句异文所言内容适相反，难以用传刻致讹为释。按：此句语出《宋景文笔记》卷上："大抵史近古对偶宜，今以对偶之文入史策，如粉黛饰壮士、笙匏佐鼙鼓，非所施云。"② 显然，六卷本后出转精，据宋人笔记修订了五卷本的讹误。六卷本卷六"阴符经墨迹"一条，言米芾书《阴符经》，"卷首有黄帝像，两童子捧剑印侍，前有一鼎，亦名笔也"，五卷本后四字作"亦古作也"，显然"名笔"义胜。从以上两例可知，六卷本经过王士禛润色修订，当晚于五卷本。

再次，从二本的编次上看，五卷本亦当先于六卷本。作者重分卷数是从

---

① （清）永瑢等：《四库全书总目》卷一二二，中华书局1965年版，第1056页。
② （宋）宋祁：《宋景文笔记》卷上，台北商务印书馆1986年影印文渊阁《四库全书》本。

书末开始的,他先将原稿第五卷划出一部分为第六卷,又从原稿第四卷划出一部分置于第五卷之首。为均衡各卷容量,王士禛又将原稿卷一、卷二、卷三、卷四分别抽出卷首数条,顺序置于卷五中;又将原稿卷一、卷二、卷三、卷四分别抽出卷末数条,顺序置于卷六末,厘定工作至此告终。如果五卷本为后人所翻刻缩编,只要拆开六卷本的任何一卷,均分于其他五卷即可,不会有现在两本编次上的对应关系。再者,将六卷本无端搞成五卷本,内容基本不动,未必有如此好事者。

综上所述,可以断定,王士禛撰写《古夫于亭杂录》时,正如其自序所言"无次第,无凡例",仅随手分为五卷。由于作者名气大,书甫脱稿即流传于友朋,并有人谋刻板行世。不久,王士禛对原稿又重加审订,改动并不大,厘分为六卷似是有意取双数,随后写了自序。序中"积成六卷"之语本次。五卷之本雕竣,未及时印行,板仅藏于蒋仁锡处。六卷原刊本印行于庚寅春后,但流传不广,所以俞兆晟从蒋氏后裔手中携归五卷本的板刻时,并不知六卷本与渔洋自序,故五卷本亦印行传世。乾隆间张宗柟篆刻《带经堂诗话》,选录《古夫于亭杂录》即以五卷本为底本。文渊阁《四库全书》抄录此书亦用五卷本,这又与《四库全书总目》书写提要时所据底本为六卷本产生了分歧。此亦可证,当时五卷本远较六卷本流传广泛。

《古夫于亭杂录》的五卷本除用作文渊阁《四库全书》底本外,再未重梓。六卷本除原刊者外,尚有范邃广陵本,为重刻本,文字与原刊者正文仅有两处不同,一为避嫌挖去四字(见前述),一为改动一字,见卷二第123条"犀带"一则:

> 张横浦家蓄犀带一,胯中有一月,过望则见。盖犀牛望月之久,故感其影于角。

按:末一字,五卷、六卷原刊本均作"犀",文字不通,仅广陵本改订为"角",是。可见广陵本校勘之细。嗣后至光绪丁丑(1877)复有仁和葛元煦

《啸园丛书》六卷本《古夫于亭杂录》，其所用底本乃广陵本，但鲁鱼豕亥，错讹颇多，不足为据。此外，《增订四库简明目录标注》著录《古夫于亭杂录》六卷，附录有"上海新刊小字本（鸿缦）"一种[1]，未见。

（原载《文史》第 32 辑，中华书局 1990 年版）

---

[1] 邵懿辰、邵章续：《增订四库全书简明目录标注》，上海古籍出版社1959年版，第542页。

寻诗与灵感
——读钱钟书《寻诗》诗

《钱钟书研究》第二辑刊载方舟《我所认识的钱钟书》一文，前附钱钟书先生书赠作者"旧作小诗"《寻诗》的墨迹一帧，是为七律一首，今依原墨迹誊出。诗曰：

> 寻诗争似诗寻我，伫兴追逋事不同。巫峡猿声山吐月，灞桥驴背雪因风。药通得处宜三上，酒熟钩来复一中。五合可参虔礼谱，偶然欲作最能工。

这是一首专谈诗歌创作灵感问题的论诗诗，1990年11月22日《文汇报》第三版曾刊登钱钟书"论诗七律三章"，后有王辛笛先生和诗三首。钱诗前两首为《说诗》，后一首即为《寻诗》，与前引字句小有出入：颈联"药通"，后者作"兰通"；尾联"可参"，后者作"好参"。

这首七律字句典雅，富有理趣，很值得钱学研究者瞩目。但若不明诗句使事用典之处，极易引来误解。虽说"作者用一致之思，读者各以其情而自得"，①但断章取义，穿凿附会，毕竟未得全豹；离题万里，郢书燕说，也易节外生枝，有伤大雅。笔者不揣冒昧，愿就此诗写下若干体会，以就正于方家学者。

---

① （清）王夫之：《薑斋诗话》卷一《诗译》，人民文学出版社1981年版，第4页。

一

"灵感"是什么？从来是文学创作——特别是诗歌创作中一个难以一言蔽之的问题。它与作者的日常积累以及学识修养等后天努力有关，既是才力的见证，又是机缘的宠儿。它因某种难以喻解的触媒引发，不期然而至，致令其人情思泉涌、意象纷呈，却又兔起鹘落、稍纵即逝，难以人为控制。钱钟书《谈艺录》有云："尼采自道其'烟士披里纯'之体验云：'心所思索，忽如电光霍闪，登时照彻，无复遁形，不可游移。'"[①]按"烟士披里纯"是英语"inspireation"的音译，即灵感。《谈艺录》又引席勒与友人书云："作诗灵感，每非由于已得题材，新意勃生；乃是情怀怦然有动，无端莫状，而郁怒喷勃，遂觅取题材，以资陶写。"[②]宋苏轼《次韵孔毅父集古人句见赠五首》其三云："名章俊语纷交衡，无人巧会当时情。前生了美只君是，信手拈得俱天成。"[③]宋陆游《文章》诗："文章本天成，妙手偶得之。"[④]上引诸说，或体验，或论说，中外一理，都讲的是创作灵感问题。灵感并非只惠顾天才人物，搞过创作的人似乎都有过类似的体验。就此而论，灵感的获得似乎又是诗歌创作中一个较有普遍性的问题，只是可遇而不可求而已。

《寻诗》首联出句所谓"诗寻我"三字即有灵感袭来之意。晋陆机《文赋》有云："若夫应感之会，通塞之纪，来不可遏，去不可止。藏若景灭，行犹响起。"[⑤]所谓"应感"，所谓"通塞"，皆可以释为灵感袭来之状况，它是能否顺利进行创作的前提。梁刘勰《文心雕龙·神思》："是以秉心养术，无

---

① 钱钟书：《谈艺录》，中华书局1984年版，第601页。
② 同上，第607页。
③ （宋）苏轼：《苏轼诗集》卷二二，中华书局1982年版，第1157页。
④ （宋）陆游：《陆游集·剑南诗稿》卷八三，中华书局1976年版，第1933页。
⑤ （晋）陆机：《文赋》，郭绍虞主编：《中国历代文论选》，上海古籍出版社1979年版，第1册，第174页。

务苦虑，含章司契，不必劳情也。"①又《养气》云："意得则舒怀以命笔，理伏则投笔以卷怀。"②以上所列举的论说实则都涉及了创作的关键问题——灵感。灵感是一种兴到神来、忽有所悟的境界，皎然《诗式·取境》有云："有时意静神王，佳句纵横，若不可遏，宛如神助。"③这无疑就是对灵感顿生时的准确描摹。宋人严羽论诗讲求"妙悟"，也自有其重视灵感的内涵。明人谢榛《诗家直说》（即《四溟诗话》）卷三："凡作文，静室隐几，冥搜邈然，不期诗思遽生，妙句萌心，且含毫咀味，两事兼举，以就兴之缓急也。"④这已然是于"我寻诗"中突遇"诗寻我"的感觉了。清人张实居对于灵感的突发性更有独到的认识："古之名篇，如出水芙蓉，天然艳丽，不假雕饰，皆偶然得之，犹书家所谓偶然欲书者也。当其触物兴怀，情来神会，机括跃如，如兔起鹘落，稍纵则逝矣。有先一刻后一刻不能之妙。"⑤古人对于灵感的认识是符合实际的，诗歌创作中，灵感之有无就是"我寻诗"与"诗寻我"两者不同状态的反应。

灵感之来既然来去无踪，难以人为加以控制，诗歌创作与其无病呻吟，"为赋新词强说愁"，不如屏虑静心，以待"神与物游"的契机。"寻诗争似诗寻我"一句，正以浅易之言道出灵感于创作之重要性。宋杨万里《船过灵洲》诗云："江山惨淡真如画，烟雨空濛自一奇。病酒春眠不知晓，开门拾得一篇诗。"⑥又《晓行东园》诗云："老眼读书长作睡，病身得酒忽全苏。好诗排闼来寻我，一字何曾捻白须。"⑦杨万里的两首诗堪称是"诗寻我"的最佳

---

① 陆侃如、牟世金：《文心雕龙译注》，齐鲁书社1995年版，第360页。
② 同上，第506页。
③ （唐）释皎然：《诗式》，（清）何文焕：《历代诗话》本，中华书局1981年版，第31页。
④ 李庆立：《谢榛全集校笺》，江苏古籍出版社2003年版，第1186页。
⑤ （清）王士禛等：《师友诗传录》，《清诗话》本，上海古籍出版社1963年版，第128页。
⑥ 傅璇琮等主编、北京大学古文献研究所编：《全宋诗》，北京大学出版社1998年版，第42册，第26313页。
⑦ 同上，第26581页。

义理与考据

诠释。钱钟书《谈艺录》有云：

> 诗人觅句，如释子参禅；及其有时自来，遂快而忘尽日不得之苦，知其至之忽，而不知其来之渐……若夫俯拾即是之妙悟，如《梁书·萧子显传》载《自序》所谓"每有制作，特寡思功，须其自来，不以力构"；李文饶外集《文章论》附《箴》所谓"文之为物，自然灵气，惝恍而来，不思而至"。①

若能如此吟诗，如此行文，自然飘逸潇洒至极。然而清人袁枚对于灵感之获得似乎有了可以召之即来的把握，其《遣兴》诗其七云："但肯寻诗便有诗，灵犀一点是吾师。夕阳芳草寻常物，解用都为绝妙词。"②袁枚论诗崇尚性灵，此诗亦不啻性灵说之宣言。性灵说并不排斥学识，袁枚就说过："诗境最宽，有学士大夫读破万卷，穷老尽气，而不能得其阃奥者。有妇人女子、村氓浅学，偶有一二句，虽李、杜复生，必为低首者。此诗之所以为大也。作诗者必知此二义，而后能求诗于书中，得诗于书外。"③《谈艺录》也如此评说袁枚的诗论：

> 初学读《随园诗话》者，莫不以为任心可扬，探喉而满，将作诗看成方便事，只知随园所谓"天机凑合"，忘却随园所谓"学力成熟"；粗浮浅率，自信能诗。④

可知"诗寻我"绝非是天上掉下馅饼的美事，亦非守株待兔者所能巧逢，唐杜甫"读书破万卷，下笔如有神"之吟，庶几得之。宋严羽《沧浪诗话·诗

---

① 钱钟书：《谈艺录》，中华书局1984年版，第102页。
② （清）袁枚：《小仓山房诗文集》卷三三，上海古籍出版社1988年版，第932页。
③ （清）袁枚：《随园诗话》卷三，人民文学出版社1960年版，第88页。
④ 钱钟书：《谈艺录》，中华书局1984年版，第205页。

辨》有云:"夫诗有别材,非关书也;诗有别趣,非关理也。然非多读书,多穷理,则不能极其至,所谓不涉理路不落言筌者上也。"①这已辩证地将诗歌创作与学识两者的对立统一关系言简意赅地概括了出来。清王应奎《柳南续笔》卷三有云:"钱圆沙先生云:'凡古人诗文之作,未有不以学始之,以悟终之者,而于诗尤验。'此论虽本沧浪,而'以学始之'一语,实可圆'非关书也'之说,尤足为后学指南耳。"②学识在触发灵感过程中的作用不可忽视,在某种意义上说,它还可能是灵感产生的基础。

清赵翼《闲居无事取子才心余述庵晴沙白华玉函璞函诸君诗手自评阅辄成八首》其三有云:"少时学语苦难圆,只道功夫半未全。到老方知非力取,三分人事七分天。"③可见学识积累固然重要,但若无心领神会,也是枉然。所谓"诗寻我"也并非如功到自然成那般轻易,"才"在灵感的触发上也有举足轻重的巨大作用。古罗马的贺拉斯曾说:"有人问:写一首好诗,是靠天才呢,还是靠艺术?我的看法是:苦学而没有丰富的天才,有天才而没有训练,都归无用;两者应该相互为用,相互结合。"④清王鸣盛《瓯北诗钞序》亦云:"诗之道大矣,非才与境相遭,则无以发之。"⑤对于"才",钱钟书也自有看法:

> 王济有言:"文生于情。"然而情非文也。性情可以为诗,而非诗也。诗者,艺也。艺有规则禁忌,故曰"持"也。"持其情志",可以为诗;而未必成诗也。艺之成败,系乎才也。才者何,颜黄门《家训》曰:"为学士亦足为人,非天才勿强命笔。"……虽然,有学而不能者矣,未有能而不学者也。大

---

① 郭绍虞:《沧浪诗话校释》,人民文学出版社1983年版,第26页。
② (清)王应奎:《柳南随笔续笔》卷三,中华书局1983年版,第182页。
③ 郭绍虞等:《万首论诗绝句》,人民文学出版社1991年版,第452页。
④ [罗马]贺拉斯:《诗艺》,人民文学出版社1962年版,第158页。
⑤ (清)赵翼:《瓯北诗钞》,王云五主编:《万有文库》本,商务印书馆1935年版,第7页。

匠之巧，焉能不出于规矩哉。①

灵感之来去或与创作主体之才分关系不大，但能得心应手地将灵感转书于纸上，成为永久的记录，就与人之"才"密切相关了。宋陆游《草堂拜杜陵遗像》诗云："公诗岂纸上，遗句处处满。人皆欲拾取，志大才苦短。"②宋陈与义《题酒务壁》诗亦云："莺声时节改，杏叶雨气新。佳句忽堕前，追摹已难真。"③

灵感光顾诗人的突如其来性质，常见于古人吟诵。宋戴复古《论诗十绝》其八有云："诗本无形在窈冥，网罗天地运吟情。有时忽得惊人句，费尽心机做不成。"④可谓深谙个中甘苦之言。清张问陶《论诗十二绝句》其四有云："凭空何处造情文，还仗灵光助几分。奇句忽来魂魄动，真如天上落将军。"其五又云："跃跃诗情在眼前，聚如风雨散如眠。敢为常语谈何易，百炼功纯始自然。"⑤这些都是古人吟诗的经验之谈，不可等闲视之。类似经验，西方人或称之为神秘经验，《谈艺录》有云：

> 然则神秘经验，初不神秘，而亦不必为宗教家言也。除妄得真，寂而忽照，此即神来之候。艺术家之会心，科学家之物格，哲学家之悟道，道家之因虚生白，佛家之因定发慧，莫不由此。《奥义书》屡以"睡眠"为超识入智之门。《西京杂记》卷二载司马相如为《子虚》、《上林》时，"意思萧散，不复与外事相关。忽然如睡，焕然而兴"。⑥

---

① 钱钟书：《谈艺录》，中华书局1984年版，第39—40页。
② （宋）陆游：《陆游集·剑南诗稿》卷九，中华书局1976年版，第247页。
③ （宋）陈与义：《陈与义集》卷一三，中华书局1982年版，第207页。
④ 郭绍虞等：《万首论诗绝句》，人民文学出版社1991年版，第120页。
⑤ （清）张问陶：《船山诗草》卷一一，中华书局1986年版，第262页。
⑥ 钱钟书：《谈艺录》，中华书局1984年版，第280页。

这种深具创造力的经验获得似乎轻易，然而消逝亦迅速。《谈艺录》又云："亚里斯多德论有创造力之思想，亦云：'无时间性，变易不居，勿滞于物，不可记忆。'"①这种经验有时又会给人以似曾相识的感觉，《谈艺录》对此也有论说："海涅曰：'新意萌生，辄如往事忆起；毕达哥拉斯尝云，宿生转世为今生而一灵不昧，诗人得句时，颇有此感。'"②实际上，类似"往事记忆"的奇妙感觉，就是日常间一种不自觉的积累所致，或许并不神秘。如果说这种形式的积累尚属消极，那么有意识地捕捉灵感，并随时加以只言片语式的记录，就属于积极的自我积累了。

唐李商隐《李贺小传》："每旦日出，与诸公游，未尝得题，然后为诗，如他人思量牵合，以及程限为意。恒从小奚奴骑距驴，背一古破锦囊，遇有所得，即书投囊中。及暮归，太夫人使婢受囊，出之，见所书多，辄曰：'是儿要当呕出心始已耳。'"③偶来的灵感稍纵即逝，随时储材于囊，方能以备不时之需。类似的积累诗材的方式，又见于宋梅尧臣的"算袋"。据《宋人轶事汇编》卷九引《孙公谈圃》："梅圣俞寝食游观，未尝不吟咏。时于坐上忽引去，奋笔书一小纸，纳算袋，同人窃取视之，皆诗句也。或一联，或一句，他日作诗有可用者入之。"④无论锦囊、算袋，皆用以预储诗材，可见捕捉灵感、积极积累的重要性。对此，宋叶梦得《石林诗话》卷上也有所议论：

前辈诗材，亦或预为储蓄，然非所当用，未尝强出。余尝从赵德麟假陶渊明集本，盖子瞻所阅者，时有改定字，末手题两联云："人言卢杞有奸邪，我觉魏公真妩媚。"又："槐花黄，举子忙；促织鸣，懒妇惊。"不

---

① 钱钟书：《谈艺录》，中华书局1984年版，第289页。
② 同上，第574页。
③ （清）董诰等：《全唐文》卷七八〇，山西教育出版社2003年版，第4801页。
④ 丁传靖：《宋人轶事汇编》卷九，中华书局1981年版，第409页。

知偶书之邪,或将以为用也。然子瞻诗后不见此语,则固无意于必用矣。①

《谈艺录》对于诸如此类的预储诗材方式也有记述:

> 翁方纲《复初斋文集》卷二十九《跋山谷手录杂事墨迹》,略谓所录皆汉晋间事,预储为诗文材料;昔在《永乐大典》中见山谷《建章录》,正类此。按《山谷老人刀笔》卷三《答曹荀龙》云:"要读左氏、前《汉书》精密。其佳句善事,皆当经心,略知某处可用,则下笔时源源而来。"②

以上所引诸多材料表明古人预储诗材虽皆为"寻诗",但性质有所不同:一种属于灵感的瞬间捕捉,一种是单纯诗材的荟萃。如果仅就灵感的捕捉而论,的确需要坚持不懈的长时间努力,因为灵感属于不喜拜访懒人的来宾,只有日积月累的笔随意动,才能妙手偶得,否则就会两手空空,一无所获。

二

学识、才情、积累,对于灵感的触发属于对创作主体的要求,即求之于内的条件;相关情境的感发属于客体的刺激,则是求之于外的条件因素。两者缺一不可,而以后者最为重要。灵感之来有因人成事者,南朝梁钟嵘《诗品》卷中引《谢氏家录》云:

> 康乐(即谢灵运)每对惠连,辄得佳语。后在永嘉西堂,诗思竟日不就,寤寐间忽见惠连,即成"池塘生春草"。故尝云:"此语有神助,非我语也。"③

---

① (宋)叶梦得:《石林诗话》卷上,(清)何文焕:《历代诗话》本,中华书局1981年版,第413页。
② 钱钟书:《谈艺录》,中华书局1984年版,第23页。
③ 陈延杰:《诗品注》,人民文学出版社1980年版,第46页。

对此，宋叶梦得《石林诗话》卷中提出了另一种解释：

> "池塘生春草，园柳变鸣禽"，世多不解此语为工，盖欲以奇求之耳。此语之工，正在无所用意，猝然与景相遇，借以成章，不假绳削，故非常情所能到。诗家妙处，当须以此为根本，而思苦言难者，往往不悟。①

"无所用意"乃由于腹笥深厚猝遇适当之情境所致，并非无所用心、信手拈来之谓。情境若遭破坏，灵感也就消逝得无影无踪了。宋葛立方《韵语阳秋》卷二有云：

> 诗之有思，卒然遇之而莫遏，有物败之则失之矣。故昔人言覃思、垂思、抒思之类，皆欲其思之来，而所谓乱思、荡思者，言败之者易也……小说载谢无逸问潘大临云："近日曾作诗否？"潘云："秋来日日是诗思。昨日捉笔得'满城风雨近重阳'之句，忽催租人至，令人意败，辄以此一句奉寄。"亦可见思难而败易也。②

按潘大临事又见宋释惠洪《冷斋夜话》卷四，与上引《韵语阳秋》所录文字小异，今移录如下，以资辨识：

> 黄州潘大临工诗……临川谢无逸以书问有新作否，潘答曰："秋来景物，件件是佳句，恨为俗氛所蔽翳。昨日闲卧，闻搅林风雨声，欣然起，题其

---

① （宋）叶梦得：《石林诗话》卷上，（清）何文焕：《历代诗话》本，中华书局1981年版，第426页。
② （宋）葛立方：《韵语阳秋》卷二，（清）何文焕：《历代诗话》本，中华书局1981年版，第500—501页。

壁曰：'满城风雨近重阳。'忽催租人至，遂败意，止于一句奉寄。"闻者笑其迂阔。①

灵感之云来雾去，固难捉摸；客体感发，还要创作主体心态的契合，方能有引发灵感光临的机会。主、客体两者缺一不可，否则灵感就难以光顾。灵感的获得既难以人为驾驭，而其稍纵即逝的特质也殊令诗人怅惘。宋方回《秀亭秋怀十五首》其九有云："登高见佳句，意会无非诗。顾视不即收，顷刻已失之。"②为了追寻这一闪即逝的灵感火花，宋苏轼《腊日游孤山访惠勤惠思二僧》诗云："作诗火急追亡逋，清景一失后难摹。"③此即为钱钟书《寻诗》首联对句"追逋"两字所本。宋陆游《晚眺》诗："鸣雁沙边惊客橹，行僧烟际认楼钟。个中诗思来无尽，十手传抄畏不供。"④灵感的捕捉，才思敏捷而外，更需要及时记录，其状态竟然如同追捕逃亡者那样急如星火，谈何容易！

吟诗若不得灵感，或与灵感于无意中失诸交臂，就只能依靠创作主体苦吟成癖，孜孜以求了。唐代诗人卢延让有《苦吟》诗云："莫话诗中事，诗中难更无。吟安一个字，撚断数茎须。"⑤贾岛《题诗后》言个中苦境更是有过之而无不及："二句三年得，一吟双泪流。知音如不赏，归卧故山秋。"⑥为吟诗而如此呕心沥血，若是毫不夸饰的写实，实在可令今人咋舌了。唐方干《贻钱塘县路明府》诗："志业不得力，到今犹苦吟。吟成五字句，用破一

---

① （宋）释惠洪：《冷斋夜话》卷四，中华书局1985年版，第19页。
② 傅璇琮等主编、北京大学古文献研究所编：《全宋诗》，北京大学出版社1998年版，第66册，第41500页。
③ （宋）苏轼：《苏轼诗集》卷七，中华书局1982年版，第318—319页。
④ （宋）陆游：《陆游集·剑南诗稿》卷二五，中华书局1976年版，第698页。
⑤ 《全唐诗》卷七一五，中华书局1960年版，第8212页。
⑥ 同上，卷五七四，第6692页。

生心。"①如此从事诗歌创作，总会令人感觉杜甫"语不惊人死不休"那种执着精神的误人。这一类苦吟派诗人未必有灵感光顾，自属于"我寻诗"的范畴。中国古典诗歌创作者中有"清水出芙蓉，天然去雕饰"一派，也有"才吟五字句，又白几茎髭"一派，前者吟诗从容不迫，后者作诗剜心剔肠。清钱澄之《田间文集》卷八《诗说赠魏丹石》有云："造句心欲细而功欲苦，是以诗贵于苦吟也。苦吟无他，情事必求其真，词义必期其确，而所争只在一字之间。此一字确矣而不典，典矣而不显，显矣而不响，皆非吾意之所许也，于是惨淡经营。"②从中可见苦吟派诗人心力交瘁的状态。归根结底，这其中仍有一个"才"的问题萦绕于其中，钱钟书《说诗》诗曾一针见血地指出："才尽只堪耽佳句，绣鞶错彩赌精工。"③堪称中肯之言。

金元好问《论诗三十首》其二九有云："池塘春草谢家春，万古千秋五字新。传语闭门陈正字，可怜无补费精神。"清施国祁注后两句云："诗话：陈无己平时出门，觉有诗思，便急归拥被，卧而思之，呻吟如病者，或累日方起。故曰'闭门觅句陈无己'。"④元好问此诗前两句用谢灵运事，已见前引《诗品》与《石林诗话》。宋陈师道"闭门觅句"之举有为作诗而作诗之嫌，《宋元学案》卷一五有黄百家之按语云："深思之久，方能于无思无虑忽然撞着。"⑤正可借用为对陈师道一类诗人的写照。"诗寻我"后，再由"我"千方百计地去"寻诗"，虽似强于苦吟一派，却终不如纯粹的"诗寻我"那般潇洒自如。上引元好问诗牵合谢灵运与陈师道两人诗歌创作中的情事，赞许与否

---

① 《全唐诗》卷六四八，中华书局1960年版，第7444页。
② （清）钱澄之：《田间文集》卷八，《续修四库全书》本，上海古籍出版社2001年版，第1401册，第102页。
③ 钱钟书：《说诗》，《文汇报》1990年11月22日。
④ （清）施国祁：《元遗山诗集笺注》，人民文学出版社1958年版，第534页。
⑤ （清）黄宗羲等：《宋元学案》卷一五，《续修四库全书》本，上海古籍出版社2001年版，第518册，第294页。

定意向，皦然可见。钱钟书《寻诗》首联对句亦大致就诗歌创作的这两种状态而言，并明显将情感的天平倾斜于谢灵运一边，出句"寻诗争似诗寻我"已透露出个中消息。

如前所述，无论是李贺的锦囊还是梅尧臣的算袋，抑或苏轼随感式的笔录、黄庭坚诗文材料的预储，全属于"伫兴"之为，但其中也不无主动寻觅灵感的因素。善于随时随刻俘获如电石火光般闪现的灵机，正是古代诗人成功的重要因素。

灵感的袭来须要有一定的情境，绝非平地所能涌出者，已如前述。古代诗人深悟此理，非常重视客体感发作用。《宣和画谱》卷一五："胡擢不知何许人也，博学能诗，气韵超迈，飘飘然有方外之志。尝谓其弟曰：'吾诗思若在三峡之间闻猿声时。'其高情逸兴如此。"①三峡猿啼可唤来诗思，或许从《巴东三峡歌》"巴东三峡巫峡长，猿鸣三声泪沾裳"那凄清的意绪感染而来，又或许从唐李白《早发白帝城》诗"两岸猿声啼不住，轻舟已过万重山"那般洒脱的情境感悟而出。若这一类因果关系成立，其本身也应当算是一种客体感发。宋孙光宪《北梦琐言》卷七有关于唐相国郑綮的一段类似记述："或曰：'相国近日有新诗否？'对曰：'诗思在灞桥风雪中驴子上，此处何以得之？'盖言平生苦心也。"②旧题宋尤袤《全唐诗话》卷五引《古今诗话》记述郑綮对语为："诗思在灞桥风雪中驴子背上，此何以得之。"③字句稍有不同，无关宏旨。清王士禛《分甘余话》卷一："唐郑綮云：'诗思在灞桥驴子背上。'胡擢云：'吾诗思若在三峡闻猿声时也。'余少在广陵作《论诗绝句》，其一云：'诗情合在空舲峡，冷雁哀猿和竹枝。'用擢语也。后壬子秋典蜀试，归舟下三峡，夜泊空舲，月下闻猿声，忽悟前诗，乃知事皆前定尔。"④空舲峡，一作

---

① 《宣和画谱》卷一五，台北商务印书馆1986年影印文渊阁《四库全书》本。
② （宋）孙光宪：《北梦琐言》卷七，中华书局1060年版，第58页。
③ （宋）尤袤：《全唐诗话》卷五，中华书局1981年版，第216页。
④ （清）王士禛：《分甘余话》卷一，中华书局1989年版，第18页。

空泠峡，故址在今湖北秭归东南。《渔洋精华录集释》卷二《戏仿元遗山论诗绝句三十二首》其三十一："曾听巴渝里社词，三闾哀怨此中遗。诗情合在空舲峡，冷雁哀猿和《竹枝》。"①灞桥驴背的典故，古代诗人每喜用于诗中，如清初蒲松龄《题玉斧立雪诗思图》："鹤氅从容意态闲，苍茫无尽雪漫天。人疑京洛羊车里，思在灞桥驴背间。"②

《寻诗》颔联"巫峡猿声山吐月，灞桥驴背雪因风"两句，即关合胡擢、郑綮两人事，渲染古人获取灵感的情境，并因特殊显现出一般的规律性。灞桥风雪是"情由境生"之"境"，"驴子"则是古代诗人的"专利"，含有"情"的因素。前引李贺骑驴觅诗自不必言，杜甫、李白、贾岛、孟浩然等著名诗人也都与驴结下了不解之缘。《谈艺录》引元吴师道《吴礼部集》卷一六《跋跨驴觅句图》云："驴以蹇称，乘肥者鄙之，特于诗人宜。甫旅京华，白游华阴，岛冲尹节，浩然、郑綮傲兀风雪中，皆画图物色。第不知此卷所写何人。"③在唐宋，骑驴似乎成了诗人行吟的专利，宋陆游《剑门道中遇微雨》诗："此身合是诗人未？细雨骑驴入剑门。"④可为一证。在陆游看来，骑驴与入蜀再加上细雨绵绵，都可算是诗人的标志。《三国演义》第三十七回叙述诸葛亮岳父黄承彦踏雪吟诗，就有"骑驴过小桥，独叹梅花瘦"之句，颇具诗人雅客的风调。

灵感之来，多出于无意之间，吟诗属文，也不全在正襟危坐之际。宋欧阳修《归田录》卷二有云：

> 钱思公虽生长富贵，而少所嗜好。在西洛时，尝与僚属言："平生惟好读书，坐则读经史，卧则读小说，上厕则阅小词。"盖未尝顷刻释卷也。

---

① 李毓芙等整理：《渔洋精华录集释》卷二，上海古籍出版社1999年版，第352页。
② 盛伟编：《蒲松龄全集》，学林出版社1998年版，第1826页。
③ 钱钟书：《谈艺录》，中华书局1984年版，第343页。
④ （宋）陆游：《陆游集·剑南诗稿》卷三，中华书局1976年版，第84页。

义理与考据

谢希深亦言："宋公垂同在史院，每走厕，必挟书以往。讽诵之声琅然闻于远近。"其笃学如此。余因谓希深曰："余平生所作文章，多在三上，乃马上、枕上、厕上也。"盖惟此尤可以属思耳。①

《寻诗》颈联出句"宜三上"者即本于欧阳修之语。如果联系古希腊科学巨匠阿基米德在洗澡时灵感袭来，发现了浮力定律的传说，所谓"三上"说是很有道理的。

"宜三上"之前"药通"两字何谓？典出唐李商隐七律《药转》一诗，今全录如下：

郁金堂北画楼东，换骨神方上药通。露气暗连青桂苑，风声偏猎紫兰丛。长筹未必输孙皓，香枣何劳问石崇。忆事怀人兼得句，翠衾归卧绣帘中。②

此诗的诗题与诗句皆写得有些扑朔迷离，令人初读之下难得要领，这竟如同这位诗人的另一首《锦瑟》诗一样费解，从而引来众说纷纭，莫衷一是。清何焯谓："此自是登厕诗。"清姚培谦谓："玩诗意，必有以女侠如红线之类隐青衣中为厕婢者，故于其去后思之。"清冯浩则云："此篇旧人未解，而妄谈者托之竹垞先生（即朱彝尊），以为药转乃如厕之义，本道书，午桥（即程梦星）采以入笺。余曾叩之竹垞文孙稼翁，力辨其诬也。颇似咏闺人之私产者，次句特用换骨，谓饮药堕之，三四谓弃之后苑，五六借以对衬，结则指其人归卧养疴也。"刘学锴、余恕诚《集解》按语谓："冯谓咏闺人私产，以药堕胎，似

---

① （宋）欧阳修：《归田录》卷二，中华书局1981年版，第24—25页。
② 刘学锴、余恕诚：《李商隐诗歌集解》，中华书局1988年版，第1679页。

之。"①叶葱奇《李商隐诗集疏注》注"药转"云："这是用通便药通便后，感到畅适，戏作的诗。"又总结说："结二句言便后归卧，体中畅适，因而闲闲想起旧事，想到朋友，并且吟得了诗句。"②

细味《药转》一诗的诗意，似当以"如厕"解之为妥，因为这首诗的颈联分别用吴孙皓遗溺金像与晋石崇于厕中干枣塞鼻的典故，两典皆与如厕事相关。《寻诗》颈联出句中的"药通"两字即巧妙运用"药转"诗意，以"如厕"解之最为贴切；若再牵合李诗尾联出句"忆事怀人兼得句"，更可见《寻诗》作者不乏幽默风趣地将欧阳修"三上"说融入，轻松活泼地阐释灵感突如其来又随时可至的特征，并与本联对句"酒熟钩来复一中"相呼应，分别讲出灵感获取的无意与有意之分殊，耐人寻味。

三

古人认为饮酒能钓取诗兴，感发诗思，于是就给酒起下了"钓诗钩"的美名。宋苏轼《洞庭春色》诗有云："要当立名字，未用问升斗。应呼钓诗钩，亦号扫愁帚。"③《寻诗》颈联对句中"酒熟钩来"即指酒的钓诗钩功能。又苏轼《赠孙莘老七绝》其六："乌程霜稻袭人香，酿作春风雪水光。时复中之徐邈圣，无多酌我次公狂。"④此诗第四句用汉人盖宽饶（字次公）参加酒宴的故事，因与《寻诗》无关，恕不赘言。第三句运用三国魏徐邈的故事，据《三国志·徐邈传》：

徐邈字景山，燕国蓟人也……魏国初建，为尚书郎。时科禁酒，而

---

① 以上诸说引《李商隐诗歌集解》，第1681—1683页。
② 叶葱奇：《李商隐诗集疏注》，人民文学出版社1985年版，第113页。
③ （宋）苏轼：《苏轼诗集》卷三四，中华书局1982年版，第1836页。
④ 同上，卷八，第409页。

义理与考据

> 邈私饮至于沉醉。校事赵达问以曹事,邈曰:"中圣人。"达白之太祖,太祖甚怒。度辽将军鲜于辅进曰:"平日醉客谓酒清者为圣人,浊者为贤人,邈性修慎,偶醉言耳。"竟坐得免刑……文帝践阼……车驾幸许昌,问邈曰:"颇复中圣人不?"邈对曰:"昔子反毙于谷阳,御叔罚于饮酒,臣嗜同二子,不能自惩,时复中之。然宿瘤以丑见传,而臣以醉见识。"帝大笑,顾左右曰:"名不虚立。"①

钱钟书《管锥编》亦提及三国徐邈事,对于《太平广记》卷二三三"徐邈"条加以辨正云:

> 《徐邈》(出《异苑》)。按何不径采《三国志·魏书·徐邈传》?鲜于辅解"中圣人"曰:"醉人谓清酒为'圣人',浊酒为'贤人'";俞德邻《佩韦斋辑闻》卷一谓其说出于邹阳《酒赋》:"清酒为圣明,浊酒为愚骏。"皇甫松《醉乡日月》中"圣"、"贤"、"愚"、"君子"、"中庸"、"小人"诸品目皆本之。是也。赵一清《东潜文稿》卷下《徐邈"中圣人"说》谓鲜于辅"未得其解";《左传》襄公二十二年御叔曰:"焉用圣人?我将饮酒而已!"邈用其语为廋词,他日文帝问:"颇复中'圣人'不?"邈引子反、御叔事为答,足见其以《左传》语为调笑。窃谓鲜于得邈语原意,邈作游词以乱本真耳。②

《寻诗》颈联"复一中"三字用徐邈事,极言酒于诗之用。古人嗜酒,文人更与酒有不解之缘。东汉末曹操《短歌行》:"何以解忧,唯有杜康。"三国魏阮籍于酒畅饮无度,或是远祸之举;张翰则留下了"使我有身后名,不如

---

① (晋)陈寿:《三国志》卷二七,中华书局1959年版,第739页。
② 钱钟书:《管锥编》,中华书局1979年版,第730页。

即时一杯酒"的名言。晋陶渊明饮酒对菊,更饶情趣,其《饮酒二十首》其十五有云:"悠悠迷所留。酒中有深味。"①晋人豪饮成风,寻求刺激而外,有时竟然成为衡量名士的重要标准,南朝宋刘义庆《世说新语·任诞》:"王孝伯言:'名士不必须奇才,但使常得无事,痛饮酒,熟读《离骚》,便可称名士。'"②酒到了唐代大诗人李白手中,除了"举杯邀明月"自有一番雅趣外,更明确了酒与诗歌创作的紧密关系。杜甫《饮中八仙歌》有云:"李白一斗诗百篇,长安市上酒家眠。天子呼来不上船,自称臣是酒中仙。"③诗人有"酒中仙"的雅号,实在飘逸得可爱了。

饮酒恰到好处,的确能够促发灵感,引无限诗绪奔来笔底。《管锥编》有云:"盖言神秘经验者可分二门:一为'冷静明澈宗',斋慑其心,一为'昏黑沉酣宗',陶醉其身;殊路同归,皆欲证'圣人'、'真人'、'至人'境界……借陶醉以博超凡入'圣',豁妄归'真',乞灵于酒或药,如钱起《送外甥怀素上人》所谓'醉里得真如'者,是处有之,而域中自庄生以来,只颂酒德。"④《谈艺录》也有类似论述:"可见不必参禅,而亦能证禅境。《庄子·达生》、《列子·黄帝》论全于酒;《法藏碎金录》卷三称'酒功德,醉人内外两全';波德莱尔自云食麻醉品,可臻人神融合之境。"⑤《寻诗》"酒熟钩来复一中"句是写引发灵感的手段之一,这在古代文人士大夫中是一个较为普遍的经验。

古人触发灵感的手段远非仅有饮酒一途,明代诗家谢榛还总结出"阅书醒心"之法,其《诗家直说》卷四有云:

---

① (晋)陶渊明:《陶渊明集》卷三,中华书局1979年版,第95页。
② 余嘉锡:《世说新语笺疏》,中华书局1983年版,第764页。
③ (清)仇兆鳌:《杜诗详注》卷二,中华书局1979年版,第83页。
④ 钱钟书:《管锥编》,中华书局1979年版,第525页。
⑤ 钱钟书:《谈艺录》,中华书局1984年版,第288页。

> 或造句弗就，勿令疲其神思，且阅书醒心，忽然有得，意随笔生，而兴不可遏，入乎神化，殊非思虑所及。或因字得句，句由韵成，出乎天然，句意双美。若接竹引泉而潺湲之声在耳，登城望海而浩荡之色盈目。此乃外来者无穷，所谓"辞后意"也。①

这种因前人创作而触发诗思的状况，《谈艺论》也有论及：

> 往往意在笔先，词不逮意，意中有诗，笔下无诗；亦复有由情生文，文复生情，宛转婵媛，略如谢茂秦《四溟诗话》所谓"文后之意"者，更有如《文心雕龙·神思》篇所云"方其搦翰，气倍词前，暨乎篇成，半折心始"者。②

谢榛"外来者无穷"之说，不过是以前人经验为触媒，于艺术接受的审美联想中感发兴会，唤醒自己心中的潜意识，以引起平时难以想象出的几个缺少必然联系的意象巧妙组合起来，构成若有神助的诗句，这对于格律严整的旧体诗写作，未尝不是一条易于行走的捷径。据说法国作家司汤达偶阅报刊，见一则杀人案件的报道而思绪泉涌、灵感袭来，从而萌生了《红与黑》这部不朽名著的构思。可见灵感之引发有多重渠道。

谢榛为引发诗思，极为重视日常积累，他有所谓捡拾碎铜烂铁之法。《诗家直说》卷三有云：

> 作诗譬如有人日持箕帚，遍于市廛扫沙，簸而拣之，或破钱折簪、碎铜片铁，皆投之于袋，饥则归饭，固不如意，往复不废其业。久而大有所获，

---

① 李庆立：《谢榛全集校笺》，江苏古籍出版社2003年版，第1285页。
② 钱钟书：《谈艺录》，中华书局1984年版，第206页。

非金则银，足赡卒岁之需，此得意在偶然尔。夫好物得之固难，警句尤不易得。扫沙不倦，则好物出；苦心不休，则警句成。①

这样的积累诗思法与李贺的锦囊用心类似，体现出古人对"我寻诗"与"诗寻我"两者对立统一关系的认识。

《寻诗》尾联两句用唐代书法家孙过庭语，是点题之笔。孙过庭（646—691），名虔礼，以字行。吴郡富阳（今浙江富阳）人，一作陈留（今河南开封）人。著有《书谱》，今仅存"序"的部分，此书属于著名的书法理论著作。孙过庭论书法有所谓"五合五乖"之说：

> 又一时而书，有乖有合，合则流媚，乖则雕疏。略言其由，各有其五：神怡务闲，一合也；感惠徇知，二合也；时和气润，三合也；纸墨相发，四合也；偶然欲书，五合也。心遽体留，一乖也；意违势屈，二乖也；风燥日炎，三乖也；纸墨不称，四乖也；情怠手阑，五乖也。乖合之际，优劣互差。②

"偶然欲书"为第五合，《寻诗》中改为"偶然欲作"，此与首句"寻诗争似诗寻我"遥相呼应，都提及一个创作时机的问题。汉代蔡邕《笔论》云："书者，散也，欲书先散怀抱，任情恣性，然后书之。若迫于事，虽中山兔毫，不能佳也。"③所谈也是一个创作时机的问题。创作主体只有在灵感偶来时进行创作，才能收到最佳效果。

创作灵感与作品的客观效果的关系是一个相当复杂的问题，许多作家、

---

① 李庆立：《谢榛全集校笺》，江苏古籍出版社2003年版，第1213页。
② 马国权：《书谱译注》，上海书画出版社1980年版，第57页。
③ 潘运告编注：《中国历代书法选》，湖南美术出版社2007年版，第8页。

义理与考据

学者对此都发表过精辟的见解。钱钟书先生能于五十六个字中将"偶然欲作最能工"的道理讲清楚、讲生动，的确引人深思，给人以启迪，当然这是排除了文学功利性目的的纯文学理想。行文至此，笔者又记起了著名美学家朱光潜先生《作文与运思》中一段富于辩证色彩的议论，今特移录如下，以与读者共赏并作为本文的结束：

> 普通所谓"灵感"，虽然源于潜意识的酝酿，多少也含有机会的成分。大约文艺创作的起念不外两种。一种是本来无意要为文，适逢心中偶然有所感触，一种情境或思致，觉得值得写一写，于是就援笔把它写下来。另一种是预定题目，立意要做一篇文章，于是抱着那题目想，想成熟了然后把它写下。从前人写旧诗，标题常用"偶成"和"赋得"的字样，"偶成"者触兴而发，随时口占；"赋得"者定题分韵，拈得一字，就用它为韵作诗……照理说，只有"偶成"作品才符合纯文学的理想，但是事实上现存的文学作品大半属于"赋得"的一类，细看任何大家的诗文集就可以知道……"赋得"是一种训练，"偶成"是一种收获，一个作家如果没有经过"赋得"的阶段，"偶成"的机会不一定有，纵有也不会多。①

在现实创作中，有"偶成"固然好，但"赋得"也需要下功夫去作、去完成的！

（原载《钱钟书研究》第三辑，文化艺术出版社1992年版）

---

① 朱光潜：《朱光潜美学文集》第2卷，上海文艺出版社1982年版，第287—288页。

附记：

《钱钟书研究》第二辑刊方丹先生文，误解钱钟书《寻诗》尾联出句"五合"有反讽意味（天地六合，是为宇宙，今缺一合，当别有取意）。笔者以为钱先生之诗纯为文学之"灵感"而作，本无与政事，故不揣冒昧，獭祭饾饤一文以串释《寻诗》诗意，唯于是诗颈联出句"药通"两字难以索解。笔者才疏学浅，于其出典久思不得，求之对句有"酒熟"为偶，似又可加诠释。曾以魏晋间人服食所谓"寒食散"后的"行药"（又称"行散"）之举为释，又以"药能破病"，可令人血脉通畅为解。反复掂量二说，终觉穿凿，于是奉上拙作草稿并致函钱钟书先生请益，钱先生及时复函，指出"药通"出典及相关释义，令笔者受益匪浅并深感前辈学者虚怀若谷之高风。钱先生复函如下：

伯陶先生文几：奉
手教及大稿，感愧交集。拙诗何足道，方文有其言论自由，乃辱先生认真，费心劳神，牛刀割鸡，惶悚之至。所言运典皆甚确切，足征明眼。"药通"二字本李义山《药转》七律首句"换骨神方上药通"，牵合末句"忆事怀人兼得句"。忆冯注《玉谿集》引释道源、朱竹垞说，此篇乃咏如厕，而冯不从其说。陆祁孙《合肥学舍札记》卷五亦云"盖咏腹疾"。拙诗取其与"三上"呼应（厕上）耳，点窜古语，不值方家一笑也。尊文论此二字处一节，或可改动，何如？草复。即颂
日祉

钟书上
十月十七日晚

病拇，不能用毛笔及多作字，恕之。

伯闓先生文几奉

手教及大稿感愧交集批讀何至逈異方文且徵文言語自由乃停
先生燃心苦思神乎其劍鵠愴悵之至所言運典皆甚確切且
徵明眼藥迹二字出南朝山葉轉韓七律有句撫骨神方上
藥逈憶馮注玉溪詩道朱竹詫談此處乃詠如周窗寬
歌西邁不從其說陸耶詩合肥次倉扎記卷五六云盡詠腹疾擽
詩取出呼應一刻士耳點竄告語不值方家一笑也
書文極佳△△此一字處一部也其夜改動何妨筆改即可
日祉
㦸廔拜 不能用毛筆一度多文作字愧之。
　　　　　　　　　　　　十一月十七日晚

《人中画》版本演化及其他

《人中画》是一部话本集，明末清初即已在坊间流行。今所见传世版本并不多，但所收话本篇数不同，即同一话本，内容也明显有繁简之分。其版本是由简变繁，还是由繁入简？论者对此意见龃龉。本文拟就《人中画》的版本情况及其演化轨迹作一检讨，以就正于方家。

一 概说

《人中画》有啸花轩刊本，写刻，无序跋亦不题撰人。内封三栏，右上题"留人眼"三字，中镌大字"人中画"，左下题"啸花轩藏板"五字。正文前为"新刻人中画总录"，依次是《风流配》(占四卷)、《自作孽》(占二卷)、《狭路逢》(占三卷)、《终有报》(占四卷)、《寒彻骨》(占三卷)，一共是五个话本，联属为十六卷。每卷之下即为话本之回目，皆为联语，与正文回目相校，仅个别一两处小有参差。正文半叶十行，行二十八字，单黑鱼尾，其上镌"人中画"三字下标卷数，与"总录"卷数相应。但正文中皆无卷数，仅有回数及回目，回数各话本自为起讫，不与其他话本联属。首篇话本《风流配》正文前有"新镌批评人中画"七字。

孙楷第《中国通俗小说书目》、谭正璧等《古本稀见小说汇考》著录此本，胡士莹《话本小说概论》引董康《书舶庸谈》，谓日本藏有《留人眼》小说，可能即是此书。按啸花轩所刊小说，内封多题有别名，如《巫山艳史》

题"意中情",《醉春风》题"自作孽",《一片情》题"奇阅快览",《灯月缘奇遇小说》题"醒世奇观"等等,不一而足。此或是书贾为广招徕,特于内封饰以俏词丽语以助正题之不足而诱人购买者。"留人眼"梓于《人中画》内封中,为日人误认为书名著录,或有此事;则《留人眼》云云竟是啸花轩本《人中画》,亦未可知。路工《访书见闻录》中《古本小说新见》一文谓啸花轩刊《人中画》"玄字不缺笔,可以肯定是顺治年间（约1650）所刊",[①]所论近是,但订以明末清初刊本似更稳妥。

路工编《明清平话小说选》,入选《人中画》中四篇,删去《狭路逢》一篇。1984年人民文学出版社出版路工、谭天合编《古本平话小说集》,将啸花轩刊本《人中画》标点后全部收入。原本藏路工先生处,20世纪80年代初为中华书局资料室所得,流行甚少,尚未见国内藏书机构著录。啸花轩刊本《人中画》在诸本中为繁本。

《人中画》乾隆乙丑（1745）刊本,国内未见收藏。大连图书馆藏有《海内奇谈》一书,系抄本,共含四种,《人中画》即其一种,抄录所依底本即乾隆乙丑本,可推见原貌。孙楷第《大连图书馆所见小说书目》著录此本,题"乾隆乙丑新镌,风月主人书,三传奇,植桂楼藏板"。此本仅存三篇话本,为《唐季龙传奇》、《李天造传奇》、《柳春荫传奇》,各篇之下分别缀一联语,为"唐秀才持己端正,元公子自败家政";"李天造有心托友,傅友魁无意还金";"尚书慷慨认螟岭,春荫始终全气骨"。此即啸花轩本之《终有报》、《狭路逢》、《寒彻骨》三篇话本。

《人中画》又有乾隆庚子（1780）刊本,内封三栏,右上题"风月主人书",中镌大字"人中画",左下题"泉州尚志堂梓"六字,栏外之上横题"乾隆庚子新镌"六字。首"人中画目录",作四卷。第一卷"唐秀才持己端正 元公子自败家声";第二卷"柳春荫始终存气骨 商尚书慷慨认螟岭";第三

[①] 路工:《访书见闻录·古本小说新见》,上海古籍出版社1985年版,第160页。

卷"李天造有心托友　傅友魁无意还金";第四卷"杜子中识破雌雄　女秀才移花接木"。正文半叶十行,行二十五字,单黑鱼尾,鱼尾之上分别镌"唐季龙"、"柳春荫"、"李天造"、"女秀才"字样。四篇话本正文之首镌"唐季龙丑下"、"柳春荫酉上"、"李天造未下"、"女秀才戌上"。

尚志堂本之第四卷"女秀才",另见于《二刻拍案惊奇》卷一七"同窗友认假作真,女秀才移花接木",自非《人中画》之旧貌,可不论。其前三卷的三篇话本与植桂楼本相同,唯次序略有不同、联语小有参差而已。读者自可辨识,此不赘言。令人费解的是,此刊本正文题下之"丑下"、"酉上"、"未下"、"戌上"的地支标识,不知何意,似是由残板拼凑而成者。另有话本集名《再团圆》者,镌板行款与此《人中画》本完全相同,皆当为泉州尚志堂藏板。

《再团圆》五卷,含五篇话本,分别见于《古今小说》、《警世通言》和《初刻拍案惊奇》,也各标有"午集"、"巳下"、"寅下"、"未上"、"五上"(当是"丑上"之刻讹——笔者)字样。孙楷第《日本东京所见小说书目》、谭正璧等《古本稀见小说汇考》著录《人中画》尚志堂本,皆注意到此一情况,而以"究竟如何,不得而知"为憾。中华书局出版《古本小说丛刊》第七辑选《再团圆》,对这一现象作出了较为合理的解释,其"前言"中有按语云:

> 日本天理大学天理图书馆藏有《今古奇观》别本,清乾隆二十年(1755)泉州尚志堂刊本,行款与《再团圆》、《人中画》全同。选辑小说二十一篇,分别选自《今古奇观》、《拍案惊奇》、《人中画》三书,不分卷,而以地支分集。自子集起,止于亥集。除卯、午、亥三集外,其他九集均分上下集。《再团圆》五篇、《人中画》四篇均列于其中。由此可知,《再团圆》、《人中画》尚志堂刊本系自该书析出,另立书名而单行者。[①]

---

① 刘世德等主编:《古本小说丛刊》第七辑《前言》,中华书局1990年版。

义理与考据

《今古奇观》别本（与通行之抱瓮老人辑《今古奇观》完全不同）的发现，解决了《人中画》尚志堂本的拼凑问题，这完全是书贾射利行为所造成的，分合由己，不顾本来面目，致《人中画》又阑入《女秀才》一篇，造成疑窦。孙楷第曾说："凡书贾图售其私，于书随意改窜分割，或移易书名，或妄增名色，致失本来面目；非目睹祖本，无从订之。在他书不免，而小说为尤甚，亦可恨之事也。"① 观千剑而后识器，此经验之谈切中肯綮。尚志堂本与植桂楼本文字同，皆属简本。尚志堂刊本《人中画》旧本内阁文库有藏，中华书局版《古本小说丛刊》第三十六辑所影印者即此本。前此，台湾天一出版社1985年影印出版《明清善本小说丛刊初编》第一辑收《人中画》，亦用尚志堂本，无内封，板裂及漫漶处加多，显然后于内阁文库本上板，唯不知此底本藏于何处。1990年，上海古籍出版社出版《古本小说集成》第一辑，入选《人中画》，也用尚志堂本，从板裂情况看，与天一出版社所据底本略同，皆后于内阁文库所藏本上板刷印。该《古本小说集成》本《人中画》前言云："啸花轩本虽较植桂堂本多二事，然从标目来看，颇疑即增补离析植桂堂本而成。"这一论断颇值得商榷，所谓增补离析，在通俗小说印行中并非没有，即以《人中画》论，就有一例。北京图书馆藏有《姻缘扇》（或名《风流配》），原为八回，残存六回。《中国通俗小说总目提要》著录此书云："'玄'字缺笔，康熙后所刊。"又云："内容与啸花轩刻本短篇小说集《人中画》中之《风流配》同，唯回目异。"② 啸花轩本《人中画·风流配》为四回，此本析为八回，又在前者之后，显然系书贾改头换面印行渔利者。

尚志堂《人中画》从《今古奇观》别本析出，而《今古奇观》别本的部分篇目即全从植桂楼本《人中画》辑得，这二者刊刻年代仅距十载，承继痕

---

① 孙楷第：《日本东京所见小说书目》卷二，人民文学出版社1958年版，第24页。
② 江苏省社会科学院：《中国通俗小说总目提要》，中国文联出版公司1990年版，第410页。

迹明显。那么植桂楼本与啸花轩本是何种关系呢？我们只要比较一下尚志堂本和啸花轩本的异同即可明了。其中《风流配》、《自作孽》二篇，尚志堂本没有，可不论；而尚志堂本中《女秀才》一篇系阑入者，亦可不论。

二 从文句上考查

啸花轩本《终有报》（即尚志堂本《唐季龙》）正文：

话说苏州府长洲县，有一个少年秀才，姓唐，因慕唐寅为人，便起名叫做唐辰，因唐寅号伯虎，他就号季龙，有个要与唐寅相伯仲之意。他生得……

尚志堂本《唐季龙》正文：

话说苏州府长汀县，有一个少年秀才，姓唐名辰，字季龙。他生得……

按：苏州府没有长汀县，在清代，长汀属福建汀州府，后者显系刻讹，此姑且不论。从字句繁简而断，后者有意压缩前者的文字，以减省篇幅；若是前者增补后者，唐辰名与字号已定，实难恰巧找出名人唐寅为衬托以增补文字。盖由繁化简易，以简变繁难也。

此外，在文句情韵上也有轩轾。

啸花轩本《终有报》：

庄玉燕正色道："张娘娘，这就说得没理了。我一个闺中女子，甚么元公子、方公子，忽然问起我来！"

尚志堂本《唐季龙》：

> 玉燕正色道:"你这话说得没理了,我一个闺中女子,晓得甚么元公子,你忽然问我起来!"

比较而言,显然前者反诘有力,更饶情韵;后者并没有减省多少文字,却味道尽失。

尚志堂本的删减,有时过于草率,致使上下文意难通,然而这又恰恰暴露了其变繁为简的痕迹。

啸花轩本《寒彻骨》（即尚志堂本《柳春荫》）:

> 商春荫奉母亲之命,不敢推辞,接了会票,带了家人,往杭州去取。商春茂兄弟二人在家,暗暗商量道:"包管他有去无来矣。"过了三五日,不见消息,二人愈加欢喜。

尚志堂本《柳春荫》:

> 春荫奉母亲之命,接了会票,带两个家人往杭州去。过了三五日,不见消息,春茂、春芳愈加欢喜。

商春茂兄弟以利引诱商春荫败行,以便在父亲面前中伤他。尚志堂本删去兄弟二人商议一段,则"愈加欢喜",没有了"包管他有去无来"的铺垫,显得不合情理了。

三 从结构上考查

啸花轩本各篇话本皆分为二回至四回不等,尚志堂本各篇话本则不分回,如何调整结构变化,也可见二者由繁化简的痕迹。以啸花轩本《终有报》为例，尚志堂本将其第一回回目联语变动自不必论，但回前诗未动，只是该回回末一段被删除，又将第二回回目联语及回前诗"赏花损德不须提，好色从来着鬼迷，只道暗奸他妇女，谁知原是自家妻"四句删除，如此一来，就填平了回间的沟壑，联结了上下文意。这篇话本的第二、第三回之间，啸花轩本原有回末诗和回前诗，分别是：

> 媒婆奸狡计如神，白吃东西还要银。不是诱人偷妇女，便牵妇女去偷人。（二回末）
> 已从花下窃温柔，又露春光与柳仇。谁识一场闺阁丑，到头都是自家羞。（三回前）

尚志堂本删除了二诗，毫不费力地将原第二、第三回缝合了起来。原第三、第四回间的回前诗也被尚志堂本删除，原诗为：

> 伎俩饶他小儿多，冰心铁骨任磋磨。纵然瞒得一时过，其奈终身败露何。

对于正文中的诗，尚志堂本一般不删除，但较长的词或判词，尚志堂本也如"偷工减料"般地作了压缩，致令原文文采受损。以下作一对比。啸花轩本《终有报》县官判词：

> 审得元晏宦家子弟，已聘花氏为妻，礼宜速速完亲，以笃夫妻伦好，乃游冶窥楼，而妄投贞女之梭；花氏贵室名姝，既纳元衙之采，法合静守女仪，以彰窈窕之风，乃潜行江汉，反赠伊人之管……

这段文字如同八股文中的两大股一样，洋洋洒洒，信笔而就，但尚志堂本《唐季龙》则压缩成：

> 审看元晏已聘花氏为妻，礼宜速速完亲，乃游冶窥楼，妄投贞女之梭；花氏既纳元衙之采，法合静守女仪，乃潜行江汉，反赠伊人之管。

朗读起来，后者远不如前者铿锵上口。这也可证明，是后者压缩了前者，而不是前者增饰了后者。由《终有报》到《唐季龙》的删繁就简属于"顺水推舟"式，无非"逢山开道，遇水搭桥"而已，不必花费太大力气。但由《寒彻骨》到《柳春荫》的删繁就简，就需要有"展闪腾挪"的一番功夫了。

啸花轩本《寒彻骨》第一回的回前诗：

> 世间冤苦是谁深，痛煞天涯孤子心。劝我解眉偏有泪，向人开口却无音。恶言似毒还须受，美色如花不敢侵。却喜成功仇尽报，芳名留得到而今。

此诗被尚志堂本《柳春荫》移到全篇之末，啸花轩本《寒彻骨》第二回的回前词，则被尚志堂本移到全篇之前：

> 美玉千磨，真金百炼，英雄往往遭贫贱。凌云豪气不能伸，泼天大志无由见。拭泪花憎，舒眉柳厌，逢人难得春风面。哀哀城上白头乌，飞飞巷口乌衣燕。

缩写者之所以如此处理，是经过一番斟酌的。打破分回的结构，最省事的办法就是删除回末、回前诗词，以便过渡承接，天衣无缝。但有些诗词实难割爱，就要移至全篇之末，而诗的分量较词重一些，将诗放置篇末，较为郑重其事，也更符合人们的阅读欣赏习惯，于是就出现了上述的调整结果。第三回前的词一首难以安排，只好在合并回目中舍弃了。无独有偶的是，由啸花轩本《狭路逢》到尚志堂本《李天造》的删繁就简，也是如此处理的，即将原第二回的回前词移至篇首，而将原第一回的回前诗移至全篇之末。为省篇幅，缩写中除删减文句外，还删去了一首与内容关系不大的写景词。

值得注意的是，尚志堂本《柳春荫》结尾一段比啸花轩本《寒彻骨》结尾的内容还多一些，也不尽相同。今比较如下。

啸花轩本《寒彻骨》结尾：

> 自家拜别了商尚书，竟回贵州，将父母棺椁移葬。贵州有司皆来祭奠，好不光耀。葬事已毕，回朝复命。后来柳春荫由翰林直做到侍郎，他不贪仕宦，二年间，即告终养，回绍兴侍奉商尚书夫妻。二人终天之后，哀恸居丧。孝服满后，与孟夫人另卜宅，与孟尚书家相邻，抚育孟公子成人。后生二子，俱成伟器。其功名显大，皆贫贱能守而成，故曰"寒彻骨"。

尚志堂本《柳春荫》结尾：

> 自家拜别商尚书，回贵州营葬。此时朝廷旨意，久到贵州，柳府产业，皆清理交还。刘恩先前到家，已暗暗将先老爷并夫人与至亲骸骨俱已收殓。春荫一到家，满城官员皆来迎贺，春荫重新挂孝开吊，将父母安葬。事毕，分付刘恩掌管产业，遂进京复命。后在绍兴住家，直待商尚书谢世，服过三年丧，扶持孟小姐兄弟登了科甲，方与孟夫人回贵州。生了二子，俱继书香，自家官至尚书，扶持刘恩一子中举。谚云："不是一番寒彻骨，怎得梅花扑鼻香。"诗曰：（不录，见前引）。

二本结尾不同如此，揆情度理，以后者为是。但后者是前者的缩写，何以又有所改动扩充呢？这就要从啸花轩刻本《人中画》本身探求了。

《寒彻骨》位于全书之末，其最后一叶字迹草率，笔划单弱，与全书刻工风格明显不同，或是刷印时，其藏板中最后一、二块已经损坏或丢失，而不得不重新雕板一块。今天所见最后一叶字已刻满，只有一字之空在"终"字之上，则原板必不止此，重雕时为了节省一块、半块刻板，经过算计，削足适履,将文字压缩,雕满一板即草草结束,致"故曰寒彻骨"无所依傍。而"孟尚书"之称不见前文(前文称孟官拜春坊学士,多以孟学士或孟老爷相称),可见重雕时,书者因原板残损,无所依据,随意编写几句上板,露出马脚。尚志堂本源于植桂楼本,植桂楼本压缩《人中画》时所据底本是啸花轩的原印本,所以与今天的传本有了这样一些差异。

四 从校勘上考查

通俗小说的梓行,原本草率,今人非用乾嘉学派校勘经书、诗文的方法校勘小说,实属无谓。但略事校勘也可发现各版本之间的联系、演变,分出优劣。

尚志堂本《人中画》改正了啸花轩本《人中画》中的一些明显刻讹,如《寒彻骨》中"贵州抚按人速差兵围宅擒斩",尚志堂本将"人速"之刻讹改作"火速",是。"不觉虚心欢服",尚志堂本将"欢服"之刻讹改作"叹服",是。但也有些刻讹,尚本改动不尽妥当。如啸本"商春荫尚默默看书不妨","妨"系"放"之音讹,尚本改"妨"为"动",虽无伤文意,但毕竟离原文文意稍远。

尚本有些改动属于弄巧成拙,如啸本《寒彻骨》中一诗:

伯乐只一顾,已得千里神。丈夫遇知己,肝胆自有真。

尚本《柳春荫》将第二句尾字"神"改作"驹",不但混淆了"虞"、"真"二韵,难以成诗,而且毫无诗味可言。这是有意的改动,而非刻讹所致,可见缩写者的水平。

此外,尚本还出现了许多新的刻讹,如误"全"为"金",误"乍"为"年",误"托"为"此"等等,所在多有,不胜枚举。无论阅读,还是研究,在所收话本篇数、文采、校勘三方面,尚本都不如啸本。

植桂楼、尚志堂二本《人中画》未收的《风流配》、《自作孽》两篇话本，在啸花轩本为前六卷，植桂楼等刊本所据以缩编者或系残缺本，故仅得三篇，亦未可知。谭正璧等《古本稀见小说汇考》："此外，又有改名《世途镜》的刻本，亦仅三篇，与日本内阁文库所藏同。"此本未见，但从其定名上可推知所谓"人中画"者，也如"世途镜"之命名一样，是反映世态人生的方方面面的。

啸花轩本所收五个话本，《风流配》属于才子佳人小说。司马玄才子风流，觑科举如探囊取物，激于义气，不惜作弊让出功名；又视婚姻为儿戏，陇尚未得，复又望蜀。虽经波折，终得双美。明清之际，这种类型的小说颇多，《生花梦》、《宛如约》等即是。旧时文人青云无路，"舍我其谁"的抱负既难实现，白日梦的缠绵自会潜伏心底。幻想偶至，顷刻之间，以为天下之才尽在于己，则天下之美亦必尽归于己。顾影自怜，绮思丛生。唯受孔孟礼教束缚，道德堤坝不至冲决而已，其间做作之态也足令人生厌。作者心态正如小说《生花梦》之序中所云："吾欲有其遇而不得其遇，姑为设一不即遇而终遇者用自解焉。"

《自作孽》意在劝善，似亦久沉下僚者所为。热衷科举而又蹭蹬场屋，士子不第境遇窘态描画如见，暴露官场腐败与刻画小人得志之态亦多妙笔。唯大器晚成，一跃龙门而奉公守法，则又似理想所寄。文章有价，命途多舛，慨叹时运中无可奈何，故时时思以善行弥补命运之缺憾，于是就有了劝善的说教，也无非"但行好事，莫问前程"之意。

《狭路逢》以神灵为契机，以巧合为基础，以因果为依归，将惴惴然之市民心态和盘托出。经商风险，固多天灾，而相互间道义纽带亦当维系，反映商人义利观及果报思想与《醒世恒言》中《施润泽滩阙遇友》一篇异曲同工。书中对傅星欲携金潜逃的心理刻画极为成功，可称细致入微。

《终有报》旨在戒淫，以张媒婆为穿针引线之人，两相瞒哄，情节巧设而无伤大雅。元晏欲淫人妻反而自家出乖露丑，自作自受，天理昭彰。寓果报于市民情趣中，虽为喜剧，亦有劝世之心在。

《寒彻骨》鼓吹忠孝节信、礼义廉耻,以逆境之中刻苦攻读、我行我素为尚,虽屡受引诱迫害,而不改故常,一往直前。柳春荫众善所归,十全十美,终于吐气青云,得报家仇且获美妻。其作为或有悖于常情常理,亦是不得志文人梦想中之人格,无足深论。

纵观《人中画》,五篇故事于酒、色、财、气皆或多或少皆有所涉及,人物则或才子,或才女,或商人,或儒生,或市井俗辈,或官宦子弟,均有穷形尽相之描写。构思既巧,文笔尚佳。将五种不同类型的故事纳于一书,可见编者用心亦苦。在诸多话本(包括拟话本)集中,《人中画》当属中乘偏上之品,值得今人一读。

(原载《徐州师范学院学报》1993 年第 1 期)

市井文化刍议

市井文化是伴随着封建社会商品经济的萌生发展而产生并成长起来的，其内容丰富庞杂，所谓"商人精神"贯穿始终。伴随着社会物质文化的不断发展，市井文化也逐步产生出自己的载体，如说话伎艺、宋杂剧、南戏、杂技、傀儡戏等，并逐渐走上了商品化、职业化的道路。对于今天而言，研究市井文化不仅是一个饶有趣味的话题，对于我们研究中国文化与文学的发展也有其不容忽视的观照作用。

文化的发展是以物质为基础的，每一历史阶段都有与其社会物质生产程度相适应的文化，这使文化的历时性研究有了逻辑划分的基础。而文化研究中对其中某一部类文化的纵深研究，其本身就是历时性的。文化的历时性逻辑划分及其研究非常繁复，其共时性逻辑划分及其研究也千头万绪。但无论是精神文化还是物质文化，一般都直接或间接地体现或反映了社会生产力的发展水平。

仅就研究中国封建社会文化而言，又可以将文化研究逻辑分类的历时性与共时性综合起来考虑，从而有了市井文化、乡村文化、士林文化、宫廷文化的四分法。[①]尽管如此分类尚不能涵盖封建文化的方方面面，如宗教文化、制度文化、科技文化等等就很难在此四分法中找到适宜或固定的位置，然而

[①] 这一分类法参考了袁行霈先生《中国文学概论》（高等教育出版社1990年版）一书中的观点。

在文化研究的一定范围之内,四分法自有其优越性。况且宗教文化、制度文化等可由其各自的专史负担,它们与上述四类文化的部分重叠并无纠缠不清的混乱。

在中国封建社会的四种文化中,市井文化无疑是最活跃的。它伴随封建社会商品经济的萌生发展而不断成长丰富,又伴随唐代以后市民阶层的形成与不断壮大而向旧制度、旧秩序进行着顽强的挑战。市井文化作为产生于封建社会内部的一股逐渐强大的力量,不仅成为联系其他三种文化的桥梁,而且一直不断冲击、侵蚀着封建专制统治基础。它是一种蓬勃发展却又不免夹杂一些污泥浊水的文化。

一

市井文化的产生与人类交换活动的演进密切相关。农业与畜牧业、农业与手工业前后两次社会大分工,早已促成人类的交换活动,但起初由于其性质简单,尚不足以孕育出市井文化。第三次社会大分工,即商业产生以后,市井文化才获得了成长的土壤。第三次社会大分工创造了最早的商人与手工业者,他们是后世城市居民的前身。市井文化的商品经济属性即由商人的出现体现出来。

春秋战国时期是中国历史上一个颇为重要的历史阶段,它是中国商品经济迅速发展的时期——尽管这种商品经济始终只是自然经济占主导地位下的简单商品经济。在这一历史阶段中,城市的发展为市井文化的繁荣拓展了空间,并奠定了进一步发展的物质基础;而"百家争鸣"的局面无疑又给各诸侯国都注进了青春的活力,先秦诸子关于义与利的大争辩,就是市井文化已宣告成型的标志。

"市"是伴随商品交换行为而形成的,古代典籍中"神农作市"、"祝融作市"的有关记述只是一种传说。《周礼·考工记·匠人》中"左祖右社,面朝后市"①的城市建制记述，表明那一时代的商品交易已有了固定区域，这显然是在夏朝原始城市建制基础上逐步发展而来的。"市"的独立为市井文化的兴起创造了生态空间。春秋时期由于商业发达，贸易活动频繁，一城一市已有发展成为一城两市乃至数市的趋势。

中国的早期城市同世界大多数地区的早期城市一样，不同于经济因素起决定作用的欧洲中世纪城市，作为统治者发号施令的驻地，其政治、军事因素远远超过其经济因素。郑国大夫祭仲对郑庄公所说关于城墙高矮的一段议论，②就是明证。对城市建制有如此限定，显然不利于市井文化的发展。然而春秋时期又是"礼崩乐坏"的动荡时代，一些诸侯国开始用扩展城市的方法扩充自身的势力，《左传》中有关筑城的记载就多达五十余处，社会政治变革背后隐藏着经济因素，市井文化就是在政治、经济这两种因素的夹缝中成长起来的，并以其朝气蓬勃的生命力又反过来影响着政治的进程。

作为市井文化的生存空间，市井繁荣依赖于城市的发展，城市的发展也须有市井的繁荣。

长安是西汉的首都，人口已达三十余万，有所谓："内则街衢洞达，闾阎且千，九市开场，货别隧分。人不得顾，车不得旋。阛城溢郭，旁流百廛，红尘四合，烟云相连。"③汉代已有如此规模的长安城，发展至唐代已成为国际文化与贸易中心，纵横交错的街道将长安分割成一百单八坊，且东西各有一个市场，皆占两坊之地。市上商品云集，景象繁荣，市井文化的空间得到了进一步拓展。

严格地讲，未形成阶层的城市居民并不具备市民的资格。宋代以前城市

---

① （清）阮元校刻：《十三经注疏》，中华书局1980年版，第927页。
② 《左传·隐公元年》："祭仲曰：'都，城过百雉，国之害也。先王之制：大都，不过参国之一；中，五之一；小，九之一。今京不度，非制也，君将不堪。'"杨伯峻：《春秋左传注》，中华书局1981年版，第11页。
③ （汉）班固：《西都赋》，（梁）萧统编：《文选》卷一，中华书局1977年版，第23页。

的坊市制形态并不适宜市井文化的全面发展和繁荣，也阻遏了市民阶层的形成。两宋城市建置中坊市制度的崩溃，使古老的中国终于开启了市民涌现的大门，一个新的阶层凭借自身的力量走上了历史舞台，从而令市井文化日益丰富多彩，并从而发生了质的飞跃，使其娱乐性特质不断加强。

宋代以前，中国古代城市建制上的一大特点就是坊与市的封闭性构造，这种出于封建统治者政治考虑的城市形态，限制了市井文化的发展。随着商品经济在封建社会经济中比重的不断增加，坊市制已成为经济发展的阻碍，它的崩溃就成为历史的必然。所谓坊就是城内数条东西道路与数条南北道路有规则的直角相交所形成的矩形区域，坊周围设有围墙，围墙四面或开四门，或仅设两门。坊内居住着一般城市居民及官僚人等，也有寺院。市则是贸易买卖之所，为经济活动的中心。唐代长安有东、西二市，各占两坊之地，设有围墙，每面围墙各开二门，共计八门，其间道路交错恰成"井"字。坊门与市门启闭时间严格，一般为天明开启，日落关闭。围墙上不许向街开门。唐长孙无忌等《唐律疏义》卷八称："坊市者，谓京城及诸州县等坊市。"[①]可见不仅都城如此，坊市在当时是一个普遍性的城市建制形式。

《隋书·令狐熙传》记述令狐熙任沂州刺史有"下车禁游食，抑工商，民有向街开门者杜之"[②]之语，可见坊市制围墙限制商品经济发展之一斑。这种限制至唐代中后期已发生动摇，商店已有移出于市的现象，唐沈既济小说《任氏传》中有升平坊的坊门旁开设卖饼家的记述，即为一例。宋代立国之初虽也承袭唐代坊市制，但夜市的兴盛终于使这一制度形同虚设，至宋仁宗中期以后，坊制终于崩溃。[③]此后，坊没有了围墙，只作为一级基层行政单位被保留下来。

---

① （唐）长孙无忌等：《唐律疏义》，台北商务印书馆1986年影印文渊阁《四库全书》本。
② （唐）魏徵等：《隋书》卷五六，中华书局1973年版，第1386页。
③ 日本学者加藤繁利用"街鼓制"的废除时间，考证出坊制的崩溃当在宋仁宗中期以后，参见《中国经济史考证·宋代都市的发展》，吴杰译，商务印书馆1959年版。

坊市制的崩溃为市民开拓了发展的空间，并为"瓦子"的形成创造了条件。尽管学者对"瓦子"的理解有所不同，但作为一种"来时瓦合，去时瓦解"的"易聚易散"[①]空场，"瓦子"容纳了市民的经济活动、娱乐活动，从而构成市井文化的生态空间。正是在如此生态环境中，北宋城市人口急速膨胀，十万户以上的城市全国已有四十余座，首都汴京的人口则已近百万之众。市民队伍不但在数量上日益壮大，在成分组成上也日趋复杂，市民阶层终于在两宋时代形成。

秦汉时代，城市中的坐贾有专门的户籍，即"市籍"。有市籍者大多为中小商人，也含有手工业者。他们地位低下，不许他们穿丝戴绸，也不准他们自身及其子孙仕宦为吏，可以算是"前市民"。唐代出现"坊廓户"，泛指城镇人口，以与乡村农民区别。宋代的坊廓户扩大到城外的草市居民，与农民区别更加显著。这时的坊廓户也有等级，大致言之，上等坊廓户包括富商大贾、城居地主等；中等者以市驵及手艺高超的手工业者为主；下等坊廓户则是小商小贩、小手工业者等市井细民了。

讨论市民阶层，宋代的坊廓户难以涵盖，城市中的官府仆役、无业游民甚至贵族浮浪子弟以及驻扎京师周围的禁军士兵等等，也当属市民的范畴，因为在促进都市精神与物质文化的发展中，这些闲暇人众也有不可忽视的作用。我们之所以称上述人等为市民阶层，乃是因为他们之间虽有贫富之别、职业之分，却同受商品经济的支配，从而有了某种意义上的认同感。《梦粱录》卷一八"民俗"记述临安城内市民的"睦邻之道"，就是他们相互认同的标志。

两宋以后，商品经济的发展因元朝的建立而减缓了速度，但市井文化并未因此而停止发展。明朝建立以后，随着生产力的恢复，商品经济的活跃因素在不断削弱原有县以上都市的政治、军事中心作用的同时，又不断刺激着

---

① （宋）吴自牧：《梦粱录》卷一九，文化艺术出版社1998年版，第291页。

一些交通便利、物产丰富的江南水乡逐渐形成市镇。这样形成的市镇所具有的经济中心作用，对于市井文化的发展以及市民阶层的壮大并走向近代，具有举足轻重的意义。江南市镇的勃兴至明代中后期已如雨后春笋，发展极其迅速。

由于经济作用突出，市镇的主要居民自以商贾、手工业者以及各类雇佣劳动者为主，这一成分组成更具商品经济色彩，对封建统治也就更具有反抗力量。明中叶以后新兴市镇中的市民阶层有比两宋市民阶层更强烈的反封建主义色彩，因而有了近代的内涵。市镇作为联系乡村与城市的纽带，也是联系乡村文化与市井文化的桥梁。明代中后期是一个"天崩地解"的时代，这一时期在中国历史上具有特殊的意义，讨论所谓"中国资本主义萌芽"问题也大都集中于这一历史阶段，绝非偶然。

然而，即使到明代中后期，中国的市民阶层也不同于中世纪欧洲新兴的市民。在欧洲，相对独立的城市使"每个在城墙内住满一年另一天的农奴，就确定无疑地享有了自由"，[①]在这种类型城市中居住的市民无疑是新兴势力的代表。在马克思、恩格斯的著作中，"市民"作为资产阶级的前身，更染有浓厚的近代色彩："从中世纪的农奴中产生了初期城市的城关市民；从这个市民等级中发展出最初的资产阶级分子。"[②]若用此论断硬套中国的市民，未免方枘圆凿。

从春秋战国到1840年的鸦片战争，中国由封建社会演变为半封建、半殖民地社会，市民作为一个阶层始终不具备资产阶级前身的资格，但明中叶以后，这一发展态势却有迹可循。市民阶层已有迎接近代曙光的勇气，如果不是清人入主中原、帝国主义列强问鼎中华两次中断这一进程，中国的市民阶

---

① ［比利时］亨利·皮雷纳：《中世纪的城市·城市制度》，陈国梁译，商务印书馆1985年版，第119页。

② 马克思、恩格斯：《共产党宣言》，《马克思恩格斯选集》，人民出版社1972年版，第252页。

层也终将发展成为封建主义的彻底否定力量而彪炳后世。

中国市民的不够成熟,决定了市井文化带有较多的封建主义影响,但从其发展轨迹考察,市井文化摆脱封建禁锢的内力也很强大,明中叶以后尤为显著。如果将春秋战国时期看作是市井文化的普遍确立期,将两宋时代视为市井文化的空前繁荣期;那么,明中叶以后,市井文化就染有了启蒙的色彩。抓住这三大阶段,也就大致把握住了市井文化的发展方向,而其背后所隐藏的商品经济发展的杠杆作用也就灼然可见了。

二

市井文化内容丰富庞杂,一言蔽之,商人精神贯串始终。春秋战国之际,百家争鸣,其说各异,但各家各派却都难以回避"利"的困扰,从而形成历史上第一次"义利之辨"的高潮,这显示了市井文化难以抵御的巨大威力。以"仁"为中心的儒家学说也受到社会中逐利思想的剧烈冲击,孔子一方面大声疾呼"克己复礼为仁",一方面发出"放于利而行,多怨"的告诫;但在承认"富与贵,是人之所欲也"的前提下,又主张"以其道得之"。在义与利的关系问题上,孔子自有其无可奈何的苦衷。他说:"富而可求,虽执鞭之士,吾亦为之。"其弟子子贡曾向孔子发问:"有美玉于斯,韫椟而藏诸?求善贾而沽诸?"孔子连忙答道:"沽之哉!沽之哉!我等贾者也。"如此商人意识还融合于他"学也,禄在其中矣"、"学而优则仕"等追求中,在自我心理调整的背后隐藏有商品价值规律。然而在原则问题上,孔子仍坚持"不义而富且贵,于我如浮云"的价值取向。[①]孔子对于"利"的困惑与不安,体现了商品经济对意识形态的冲击,其影响的深刻性则无疑显示了市井文化的伟力

---

① 以上所引孔子之语皆出自《论语》,分别见于《颜渊》、《里仁》、《述而》、《子罕》、《卫灵公》、《子张》等章。杨伯峻:《论语译注》,中华书局1980年版,第123页,第38页,第36页,第69页,第91页,第168页,第202页,第71页。

所在。

在孔子学说的继承人孟子以及荀子那里,义和利的关系问题也每每言及。孟子主张先义后利,他甚至对梁惠王说:"王亦曰仁义而已矣,何必曰利?"①荀子在承认"义与利者,人之所两有也"的前提下,主张"从士以上皆羞利而不与民争业"。②市井文化中所包蕴的竞争意识,对于专制社会森严的等级制度具有腐蚀性,商品经济所带来的"富无经业,则货无常主,能者辐凑,不肖者瓦解。千金之家比一都之君,巨万者乃与王者同乐"③的社会现象,迫使思想家们不得不对这一问题作出回答。

儒家而外,先秦诸子对于义利问题都有涉及。墨家主张"兼爱",带有小生产者的幻想;道家一副超然面孔,老子的"无为",庄子的"掊斗折衡",虽不切实际,却也是市井文化冲击下的产物。法家虽认为"商工不卑"足以"乱国",却又因势利导,主张"设利害之道以示天下",甚至标榜"主卖官爵,臣卖智力",④将商品等价交换原则运用于君臣关系,显示出市井文化影响的广泛性。这种广泛性体现于政治,就有吕不韦以奇货可居而"立国家之主"赢无数⑤的移花接木计谋的实施,用经商之道控制了秦国。体现于人际关系,则有所谓"市道"的盛行。《史记·廉颇蔺相如列传》中廉颇的门客一番话虽厚颜无耻,却是社会的真实写照:"夫天下以市道交,君有势,我则从君,君无势则去,此固其理也,有何怨乎?"⑥

如果说"市道"仅是市井文化对社会的表层影响,那么,义与侠的合流

---

① 杨伯峻:《孟子译注》,中华书局1960年版,第2页。
② 章诗同:《荀子简注·大略》,上海人民出版社1974年版,第304—305页。
③ (汉)司马迁:《史记·货殖列传》,中华书局1959年版,第3282页。
④ 以上所引法家言论皆出自《韩非子》,分别见于《五蠹》、《奸劫弑臣》、《外储说右下》等章,陈奇猷:《韩非子集释》,上海人民出版社1974年版,第1075页,第247页,第772页。
⑤ 《战国策》卷七《濮阳人吕不韦贾于邯郸》,上海古籍出版社1985年版,第275页。
⑥ (汉)司马迁:《史记·廉颇蔺相如列传》,中华书局1959年版,第2448页。

就体现了这一影响的深层效果。《战国策》中冯谖在薛地尽烧债券，替其主子孟尝君市"义"而归，并终得薛人之报，"义"居然也可成为商品买卖。所谓"士为知己者死，女为悦己者容"的等价交换的"义"，若偏重于精神层面，上升到施德不望报的境界，就是"侠"的行为了。这些"趋人之急，甚己之私"的游侠，多活动于城市之中，有许多人本身就是市井中人。

春秋战国时代处于社会大变动中，商品经济刺激下市井文化空前活跃，秦汉时代仍可见其绪余。《史记》有异于其后的正史体例，专为游侠、刺客立传，并有《货殖列传》的撰写，正是那一时代文化特色的反映。后世市井文化的一些内容都可以在春秋战国时代找到滥觞的线索，如《水浒传》中宣扬的异姓兄弟之义，《三国演义》中宣扬的仁义、恩义之情，愈发展想象成分愈多的武侠小说中的侠义等等，作为市井文化中的重要内容，一直受到社会的普遍欢迎。尽管历代统治者出于政治需要，往往推行抑商政策，但市井文化的发展却未受太大影响。

随着社会物质文化的不断发展，市井文化也逐渐产生出自己的载体，堂而皇之地走上商品化、职业化、通俗化的道路，不再仅仅作为一种本质的体现活跃于社会了。

两宋物质文化的繁荣以及坊市制的崩溃，为市井文化载体的形成或确立创造了条件。丰富多彩的京瓦伎艺如雨后春笋涌现出来，说话伎艺、宋杂剧、南戏、杂技等等，不一而足。《武林旧事》卷六列有诸色伎艺人五十五种之多，可见繁盛。作为讲唱艺术，"说话"滥觞于唐，定型于宋，至南宋，已有小说、讲史、说铁骑儿、说经四家的分殊，其中小说尤受市人欢迎。讲唱小说的艺人，《武林旧事》卷六记有粥张二、酒李一郎、故衣毛三、枣儿徐荣等人，从其绰号可推知这些职业化艺人与商业的关系，也可证市井文化载体商品化、职业化的过程。某些京瓦伎艺本身就来源于商业行为，《东京梦华录》卷五有"文八娘，叫果子"的记载。叫果子即所谓"吟叫"伎艺，宋人高承《事物纪原》卷九云：

> 市井初有叫果子之戏,其本盖自至和、嘉祐之间,叫紫苏丸泊乐工杜人经十叫子始也。京师凡卖一物,必有声韵,其吟哦俱不同。故市人采其声调,间以词章,以为戏乐也。今盛行于世,又谓之吟叫也。①

这种源于市井交易而又反过来娱乐广大市民的伎艺,最能体现出市井文化的特色,商业性与娱乐性的巧妙统一,是这一伎艺受市民欢迎的重要原因。

傀儡戏在唐代走向市井,宋代市民阶层的形成以及物质条件的改善,又为傀儡戏在市井普及打下了基础。从中可见市井文化须有一定的社会物质基础,而后世多种文学艺术以及曲艺艺术形式皆可在两宋找到渊源,这也是由两宋物质条件的优越所决定的。

市井文化伴随社会经济的发展而发展,还体现于其质的飞跃上,这在明代中叶以后尤为显著。王阳明心学中泰州学派的代表人物王艮"过市井启发愚蒙",认为"百姓日用条理处,即是圣人之条理处"。②晚于王艮四十余年的李贽,在哲学上则将王学发展到了"异端"的地步。他在《答邓石阳》一文中鼓吹"穿衣吃饭即是人伦物理",③肯定人的私欲的合理性,启蒙意味甚浓。至于明清之际顾炎武、黄宗羲、王夫之等具有启蒙意识的学者的出现,更属于时代精神的代表人物。上述哲学或学术思想并不代表市井文化本身,但却是以市井文化为基础产生的,这是市井文化走向近代的反映。明代万历年间,市民运动风起云涌,表现这些斗争的文艺作品也不断出现,市井文化已有了部分质的飞跃。

明中叶以后,各类小说大量印行,拟话本风行海内,戏曲声腔竞相驰骛与交流,通俗化的内容与表现形式令市井文化得以迅猛发展。其中肯定人

---

① (宋)高承:《事物纪原》卷九,中华书局1989年版,第496页。
② (清)黄宗羲:《明儒学案》卷三二《泰州学案一》,中华书局1985年版,第715页。
③ (明)李贽:《焚书·续焚书》卷一《答邓石阳》,中华书局1975年版,第4页。

欲、追求自我价值实现的蕴涵，已染有浓厚的个性解放色彩，亦即这时的市民阶层已有了迎接近代曙光的勇气。在商品经济发展的杠杆作用下，市井文化在中华民族走向近代的历程中起过不容忽视的巨大作用。

三

在宫廷文化、士林文化、乡村文化的相互影响与交融中，市井文化的纽带作用也很明显。宫廷文化与士林文化属于雅文化的范畴，市井文化与乡村文化则属俗文化的范畴。雅俗之间并没有一条不可逾越的鸿沟。

汉高祖刘邦为博得老父的欢心，竟特意将新丰"搬"到了长安附近，有意将市井文化引入宫廷。宋代市井文化进入宫廷更为方便，汴京东华门外许多饮食店铺就是直接为禁中服务的。南迁以后，宋高宗因垂青已搬到西湖的宋五嫂鱼羹，终于帮助她成了富媪。饮食作为沟通市井与宫廷的渠道，是物质文化的作用。在精神文化上，市井文化也大量涌入宫廷："小说起宋仁宗，盖时太平盛久，国家闲暇，日欲进一奇怪之事以娱之，故小说得胜头回之后，即云话说赵宋某年。"[①]不仅是小说，宋代宫廷中还有许多供奉艺人，也是市井文化流入宫廷的渠道。市井文化对宫廷也有消极影响，宋代大僚蔡攸为了控制君主："与王黼等预宫中秘戏，或侍曲宴，则短衫窄袴，涂抹青红，杂倡优侏儒，多道市井淫媟浪语，以蛊帝心。"[②]至于唐宋以前，如晋愍怀太子、刘宋少帝、齐东昏侯等帝王将市井交易买卖引进宫廷，大过商人瘾，不至败亡不休，更体现出市井文化的巨大吸引力。"上有所好，下必甚焉"，汉乐府诗《城中谣》中"城中好高髻，四方高一尺"之吟，即是宫廷文化通过市井向四方流布的写照。市井文化与乡村文化都可算是民间文化，但前者具有

[①]（明）郎瑛：《七修类稿》卷二二，文化艺术出版社1998年版，第265页。
[②]（元）脱脱等：《宋史》卷四七二，中华书局1977年版，第13731页。

更灵活的中介作用，这显然是其商品经济特性所决定的。

言及市井文化与士林文化的关系，更加耐人寻味。在意识形态上，市井文化作用于士林具有表层及深层两种影响。官僚士大夫经商置产业、见利忘义只是其表层的影响，毋庸赘言。最深层也最隐蔽的影响则是士人渴求知己的心态，即"士为知己者死"所蕴含的等价交换原则。行于市井，则为侠义合流，已如前述；行于士林，即成一种情感的慰藉，看似与市井文化无关，其实人生得一知己足矣，正是情感等价交换的实现。

在文学艺术上，市井文化作用于士林也有两方面的影响。《诗经》中的国风本是各地民歌，对文人诗创作影响深远；乐府诗被唐人拟作，充实了士林文化。这些形式上的继承或许还看不出市井文化的作用。词与曲被士林接受，小说与戏曲成为文人寄情的载体，读书人参加编写各种曲艺底本，就是市井文化载体的传承了。宋代的柳永、元代的关汉卿、明代的冯梦龙、清代的韩小窗等，都是其中的代表人物。市井文化滋养了士林，明李开先《市井艳词序》所谓"故风出谣口，真诗只在民间"，①就是此意。

市井文化不仅在形式上作用于士林，在内容与本质上也有非同寻常的作用，这又有两方面的趋向。在本属市井文化的小说、戏曲中，文人在继承形式的同时，也深化了作品的内涵。神魔小说《西游记》中的市民情趣盎然；《金瓶梅》在暴露人欲横流的世事中，作者显然已发现某些本质的东西。吴敬梓《儒林外史》、曹雪芹《红楼梦》，仅从反映的生活面来考察，实在难以纳入于市井文化，其间深刻内涵也绝非一般市井中人所能领略。但两部小说却从内质上集中了那一时代市民走向近代的憧憬与追求，也更能体现出市井文化中积极的一面。这两部小说与《西游记》相比，就有神似与形似的差别了。明汤显祖的《牡丹亭》在"情"与"理"的对立中，歌颂了"情"的永恒，呼唤着个性解放时代的到来。尽管其曲辞高雅（当然也有些庸俗描写），属于士

---

① 郭绍虞主编：《中国历代文论选》，上海古籍出版社1980年版，第3册，第85页。

林奇葩,在本质上却更接近市井文化。市民阶层在那一时代尚不曾意识到身边所发生的一切,但变革的信息却为比他们敏感的文人捕捉到了,于是成了他们的代言人。这是市井文化深刻性的体现。

文人创作诗文中性灵派的出现,也具有启蒙色彩,体现着市井文化的作用,不过更为间接而已。明末公安派、竟陵派的继起,高揭性灵大旗,以情反理,也是时代潮流使然。清代袁枚也倡性灵说,他并不承认己说与上述流派的关系,但本质上却没有什么明显的不同,发现自我,实现自我所具有的反专制色彩不能忽视。清冯班指责竟陵派的钟惺:"钟伯敬创革弘、正、嘉、隆之体,自以为得真性情也,人皆病其不学,余以为此君天资太俗,虽学亦无益。所谓性情,乃鄙夫鄙妇市井猥媟之谈耳,君子之性情不如此也。"①清姚鼐评价袁枚说:"世人心所欲出不能达者,悉为达之。士多效其体,故《随园诗文集》,上自朝廷公卿,下至市井负贩,皆知贵重之。"②两者皆拈出"市井"二字评人,前者贬,后者褒,皆因立场所致。细绎两者天差地别之"酷评",联系评者各自的人生经历,当非偶然。

市井文化内涵丰富,远非本文所能全面概括,无论其本身还是其影响,都无比深刻。如果一言蔽之就是:其商品经济属性使之有面向未来的勇气,

---

① (清)冯班:《钝吟杂录》卷三《正俗》,中华书局1985年版,第47页。
② (清)姚鼐:《惜抱轩诗文集》卷一三《袁随园君墓志铭并序》,上海古籍出版社1992年版,第202页。

而未来是充满生机的！①

（原载《学习与探索》1993 年第 5 期；此文获《学习与探索》杂志社 1994 年首届优秀论文评选二等奖）

---

① 笔者另有《市井文化与大众文化》一文，刊于1999年3月4日《文艺报》，《新华文摘》1999年第6期全文转载。拙作认为："大众文化是一个现代的概念，它比市井文化所受商业原则支配的程度更高，效果也更为显著。随着大众传播媒介的日益先进与迅捷（如电视的普及、信息高速公路的开通、电脑联网的普遍化等等），大众文化联系社会与个体的纽带作用将愈来愈强，以至于它的对立面——高雅文化或精英文化也不得不千方百计地去设法搭上大众文化的'班车'，才有可能在社会大背景下一显身手。比较属于古典文化范畴的市井文化与属于现代文化的大众文化，我们会发现两者在本质上有一定的相似性，尽管后者在范围、规模、程度以及影响力诸方面都远远大于前者。"在拙作文末又说："京剧产生于清代中叶以后，仅有二百多年的历史，它曾在宫廷文化占有一席之地，但更多的机会却是搬演于会馆戏院之内，接受城市市民阶层的喝彩，当属市井文化的一个艺术门类无疑。然而曾几何时，今天的京剧却转化为大众文化的对立面，成为高雅艺术的代表，而常需'国粹'捍卫者们为之奔走呼号才得以顽强地生存下去。这一'转化'的历程对我们不无提示：今天被视为通俗的属于大众文化的某些文学艺术作品，若干年后，未尝没有纳入那一时代高雅文化的可能。我们今天已受到日益强盛的大众文化的包围，因身在其中而难识庐山真面，但当我们有了属于历史的市井文化这一参照系时，我们对大众文化的认识就可能清醒一些，而不至于手足无措了。"

《聊斋志异·婴宁》的命名及其蕴涵

在蒲松龄的《聊斋志异》中，有许多关于男女恋情的瑰丽篇章，《婴宁》一篇向为国内论者所重视。这不仅取决于这篇小说情节的曲折、语言的精彩，鲜明的人物形象刻画也是小说获得极大成功的关键。女主人公婴宁的笑态，恰如达·芬奇笔下蒙娜丽莎的神秘微笑一样，曾引起后世鉴赏者见仁见智的诸多评说，从而更反衬出小说的魅力无穷。

小说中几乎处处可闻女主人公的笑声，作者用意何在？鄢书燕说的理解虽无悖于接受美学的原则，但毕竟不是作者的本意。蒲松龄作为旧时代的一位下层文人，其妇女观固然与现代隔膜，而常年的乡村坐馆生涯，也令他与明中叶以来有所发展的个性解放思潮有一定的距离。他的女性理想究竟如何？宽泛言之，未免茫无头绪，而从《婴宁》一篇的命名入手，则为我们提供了解决问题事半功倍的契机。

一

诚如众多研究者所共同指出的那样，作者蒲松龄对于他笔下这位性格鲜明的女性倾注了无比炽热的情感，篇末"异史氏曰"以"我婴宁"称之，即可见一斑。

"婴宁"作为《聊斋志异》中聪慧少女的命名，是有其特点的。这一命名没有"嫦娥"、"云翠仙"般的神话色彩，也不像"娇娜"、"翩翩"那样轻巧艳丽，更不具"莲香"、"胭脂"的世俗风情，的确耐人寻味。有论者在探讨《聊斋》人物的命名规律时，曾以《韩非子·说难》中的"婴鳞"说加以诠解，所谓"婴鳞"即触及龙之喉下逆鳞，常用来比喻人臣犯颜直谏；用于人名，当是敢于触犯封建伦理与道德之意。这与一般所论认为该作品具有反封建礼教的意义的观点同调，体现出艺术接受中的某些时代色彩。实则"婴宁"二字取材于《庄子》。

《庄子·大宗师》中有一段专论学道历程之语，其中阐释"道"之内涵有云："其为物，无不将也，无不迎也，无不毁也，无不成也。其名为撄宁。撄宁也者，撄而后成者也。"究竟"撄宁"何谓？唐成玄英疏云："撄，扰动也。宁，寂静也。夫圣人慈惠，道济苍生，妙本无名，随物立称，动而常寂，虽撄而宁者也。"①宋林希逸《庄子口义》："撄者拂也。虽撄扰汩乱之中而其定者常在。宁，定也。撄扰而后见其宁定，故曰撄宁。"明释德清说："撄者，尘劳杂乱，困横拂郁，挠动其心曰'撄'。言学道之人，全从逆顺境界中做出，只到一切境界不动其心，宁定湛然，故曰'撄宁'。"②综合上述各家之说，以"扰乱中保持内心安宁"诠释"撄宁"，大致不差。

在古代文献中，"婴"与"撄"为通假字。《孟子·尽心下》有"虎负嵎，莫之敢撄"之语，意即老虎以背靠山角，没有人敢于迫近它。③《后汉书·马融传》引《广成颂》运用同一比喻作"负隅依阻，莫敢婴御"。④可见"撄"与"婴"皆有触犯之义。蒲松龄以"婴宁"两字为其心目中之理想女性取名，显然本于《庄子》，这与他的个人的读书爱好也有关联。

蒲松龄对于《庄子》一书极为喜好，他58岁时有《庄列选略》之作，其《庄列选略小引》一文中称《庄子》为"千古之奇文"，并加赞叹地说："其文

---

① （清）郭庆藩：《庄子集释》卷三上《大宗师》，中华书局1961年版，第253—255页。
② 陈鼓应：《庄子今注今译》，中华书局1983年版，第186页。
③ 杨伯峻：《孟子译注》，中华书局1960年版，第332页。
④ （南朝宋）范晔：《后汉书》卷六〇上，中华书局1965年版，第1962页。

洸洋恣肆，诚足沾溉后学。时文家窃其唾余，便觉改现。"①他喜读《庄子》，并非倾向于其间"无为"的哲学思想，而是为其论说形式、语言文采所折服。他说："余素嗜其书，遂猎狐而取其白，间或率凭管见，以为臆说，但求其顺理而便于诵，其虚无之奥义，固余所不甚解，即有所能使余解者，余亦不乐听也。"②可见，作者以《庄子》中的词语为自己笔下的女性命名，虽无深沉的哲学蕴涵，却也是深思熟虑后的选择。不同于《聊斋志异》其他篇章的人物命名，"婴宁"二字已不完全是人物姓名的符号或标记，而是凝聚有作者理想女性之内蕴，质而言之，即"扰动外表下的内心安宁"。这从小说的人物形象中也可以分析出来。

二

爱花与善笑是小说《婴宁》中女主人公的两大性格特征。

以花写美人或美人与花两相映衬，相得益彰，是古人文学创作的习见手法。唐李白《清平调词三首》将牡丹花与杨贵妃交相辉映而写，人花合一，所谓"名花倾国两相欢"之吟，千百年来脍炙人口。唐玄宗也将杨贵妃视为"解语花"，③属于以花喻人而人胜于花。唐罗隐《牡丹》诗："若教解语应倾国，任是无情亦动人。"④则是以人喻花，风神毕肖。"情所最先，莫如男女"，⑤清代性灵派诗人袁枚如是说。花与美人的合二而一无非是古人男女之

---

① （清）蒲松龄著、路大荒整理：《蒲松龄集·聊斋文集》，上海古籍出版社1986年版，第54页。
② 同上。
③ （五代）王仁裕：《开元天宝遗事》卷下，《开元天宝遗事十种》，上海古籍出版社1985年版，第96页。
④ （唐）罗隐：《牡丹花》，《全唐诗》卷六五五，中华书局1960年版，第7532页。本文为小说论文，故以下引用古人名诗句，借为旁证而已，不再出注。
⑤ （清）袁枚：《答蕺园论诗书》，王运熙等主编：《清代文论选》，人民文学出版社1999年版，第527页。

情的自然流露。唐无名氏《菩萨蛮》："牡丹含露真珠颗，美人折向庭前过。含笑问檀郎，花强妾貌强？檀郎故相恼，须道花枝好。一面发娇嗔，碎挼花打人。"这集中反映了古人的一种审美情趣，而在文人中更为显著。

"以爱花之心爱美人，则领略自饶别趣；以爱美人之心爱花，则护惜倍有深情。"①稍后于蒲松龄的清初文人张潮如是说。"国色乃人中之花，名花乃花中之人，二物可称同调。"②略早于蒲松龄的清初词曲家李渔也如是说。《婴宁》中写花写人杂错纷呈，拈梅花，执杏花，种海棠，探碧桃，以至爱花成癖；典金钗，购佳种，攀木香，惩恶人，无一不与花为伴。这恰如《西厢记》中"他那里尽人调戏亸着香肩，只将花笑捻"③的意境渲染一样，蒲松龄以花映衬婴宁，从写作技巧来看，属于侧写法的妙用。

蒲松龄在《与诸侄书》中谈自家写作经验时曾说："意乘间则巧，笔翻空则奇，局逆振则险，词旁搜曲引则畅。虽古今名作如林，亦断无攻坚摭实、硬铺直写而其文得佳者。"④他深知"意态由来画不成"的规律，同时也为了适应文言行文的特点，《聊斋》中众多女性的形象往往不具有肖像式的精雕细琢，而多以"娇波流慧，细柳生姿"或"姿容秀美"一类的朦胧线条勾勒。这种"乘间"、"翻空"的艺术手法，避免了可能是费力不讨好的具体形容描绘，既可以使作者幻想中的女性形象常新，也扩大了读者的想象空间。然而不可否认的是，较模糊的女性形象，也易令读者产生千篇一律的枯燥感，难以与作者发生情感的共鸣。为了弥补这有一利必有一弊的缺憾，蒲松龄对于笔下女性的性格特征多作夸张的描写，即不妨超脱于生活的逻辑，以自己的独到理念塑造女性形象。婴宁的笑无疑是夸张的，但却是可爱的，这源于人类追求审美愉悦的天性。

---

① （清）张潮著、黄庆来等注释：《幽梦影》，江西教育出版社1993年版，第31页。
② （清）李渔：《闲情偶寄·声容部·治服》，作家出版社1995年版，第140页。
③ （元）王实甫著、王季思校注：《西厢记》一本一折，上海古籍出版社1978年版，第7页。
④ （清）蒲松龄：《与诸侄书》，盛伟辑注：《聊斋佚文辑注》，齐鲁书社1986年版，第5页。

《诗经·卫风·硕人》以"巧笑倩兮,美目盼兮"形容齐庄公之女庄姜的美丽容姿。战国楚宋玉《登徒子好色赋》以"嫣然一笑,惑阳城,迷下蔡"夸饰其东邻之女。晋陶渊明《闲情赋》以"瞬美目以流眄,含言笑而不分"刻画自己心目中的理想女性。至于"回头一笑百媚生"(唐白居易《长恨歌》)、"笑渐不闻声渐悄"(宋苏轼《蝶恋花》)等有关女性笑的文学描写更是车载斗量,更仆难数。笑作为描写女性美丽的一种手段,是动态的,受到历代文人的青睐也就不足为奇了。趋乐避苦是人类的普遍心理祈向,笑即是人情愉悦的一种显而易见的自然属性。尽管《庄子·天运》中"西施病心而颦其里"也会引来观者的赞赏,甚至得到同里丑人的效法,然而这毕竟是以西施过人之美为基础的。离开了"美","颦"也就失去了动人的魅力,所谓"东施效颦"之所以令人生厌,其原因正在于此。

在以男性为中心的封建社会中,女性许多美的自然属性被压抑,而代之以"三从四德"的伦理规范。东汉班昭撰有《女诫》,鼓吹女子要有四行:"一曰妇德,二曰妇言,三曰妇容,四曰妇功。"其中所谓"妇功"的内容即是"专心纺绩,不好戏笑,洁齐酒食,以奉宾客"①。要求女子"不好戏笑",并非因男子厌恶所致,恰恰是视女子为私有财产者不令妻女投其他男子所好的举措。在桎梏女子的同时,男子也丧失了部分追求美的自由,于是作为一种畸形的补充,追欢逐乐于青楼北里就成了部分男子的嗜好。人们称这种行为为"买笑",这也可反证"笑"的魅力所在。清来集之《倘湖樵书》卷一一有专论《妇人之笑》一篇,认为"妇人之美多在于笑",然而"诸美人以一笑而倾人城,杞梁妻又以一哭而崩圮长城,是妇人者笑又不得,哭又不得,笑既不得,而不笑又不得。"②旧时代妇女的这种两难抉择,也反映出古代男性对

---

① (南朝宋)范晔:《后汉书》卷八四,中华书局1965年版,第2789页。
② (清)来集之:《倘湖樵书》卷一一,《续修四库全书》本,上海古籍出版社2001年版,第1196册,第380页。

这一问题的矛盾心态。

蒲松龄笔下的婴宁天真活泼、无所拘束,任性而笑,显然是为写其美与可爱而设计的。笑作为女主人公的一个突出性格特征,已超脱于时代与社会的禁锢,而有了"这种美是永恒的,无始无终,不生不灭,不增不减"[①]的品格。王子服郊游初遇,婴宁即以"容华绝代,笑容可掬"[②]出场,此后山中探访,二遇心上人,婴宁则"含笑拈花而入"。几乎何处有婴宁在,何处就有笑声伴随。从"户外隐有笑声"、"户外嗤嗤笑不已"至"犹掩其口,笑不可遏",是由远及近写婴宁的笑声。从"以袖掩口"到"至门外笑声始纵",又由里而外写婴宁的笑声。写婴宁的笑态与笑貌,作者更是点丑成画,情趣盎然。如"女复笑,不可仰视","见生来,狂笑欲堕","女笑又作,倚树不能行,良久乃罢","才一展拜,翻然遽入,放声大笑","孜孜憨笑而已"。所有这些有关笑的描写,皆涉笔成趣,惟妙惟肖。作者对婴宁的笑倾注了极大的情感,不惜以牺牲生活的部分真实去实现幻想世界的自由驰骋。婴宁的形象已凌驾于社会与时代之上,成为作者对女性美的纯粹的理想,因而在这一层面上,作者崇尚自然的心理早已压抑了他可能具有的如上所论的矛盾心态。如此而论,一些论者赋予婴宁的所谓"个性解放"、反封建礼教色彩也就不那么鲜明了。"然笑外嫣然,狂而不损其媚,人皆乐之","房中植此一株,则合欢、忘忧并无颜色矣",从作者的这些评价中,我们也可以看出他的真切向往。就某种意义而言,婴宁深藏于作者的内心,打有强烈的个体审美意识的印记,只不过以"笑"写人符合了一般人对美的追求,因而又获得了普遍的意义。

从心理学角度考察:"每一个男子,至少每一个文明社会里的男子,在相

[①] [古希腊]柏拉图:《文艺对话集》,朱光潜译,人民文学出版社1963年版,第272页。
[②] 本文引用《聊斋志异》原文,系用张友鹤辑校《聊斋志异会校会注会评》本,上海古籍出版社1963年版。以下不再出注。

当限度以内，总独自有一个女性美的理想。这理想往往有两个根据，一是他个人的机体和此种机体的需要，二是他有生以来一些偶然机遇而有性的吸引力的经验。"①蒲松龄有《山花子》一词，上片有云："十五憨生未解愁，终朝顾影弄娇柔。尽日全无个事，笑不休。"②词中的这位天真少女，整日间"笑不休"，很有些像婴宁，虽未必是小说女主人公的原型，却也表明了作家生活经验的可贵。蒲松龄31岁时，曾因生计关系应友人、宝应知县孙蕙之邀请到江南作幕，官场应酬的生涯使他有机会接触到如顾青霞等能歌善舞、才艺双绝的年轻女性。这对于孙蕙而言，可能是"司空见惯浑闲事"，而对常年生活于乡村的蒲松龄来讲，就是一次大开眼界，并留有难以忘怀印象的机遇了。《聊斋志异》中众多可爱女性，如花姑子、香玉、小谢、阿霞、素秋、聂小倩、辛十四娘等等，都或多或少地染有作者自身理想女性色彩，这与其宝应经验密不可分，《聊斋》中一个色彩斑斓的女性世界即由此产生。

　　李渔说："想当然之妙境，较身醉温柔乡者倍觉有情……幻境之妙，十倍于真。"③人类的幻想本不受时空的限制，而辅以鬼狐的云来雾去，更易将自己的理想和盘托出。蒲松龄笔下的女性常带有作者偶像崇拜的迹象，他所追求的不是现实生活中的情爱自由，而是幻想世界中的男女之恋，当其笔力又足以将这种心理祈向淋漓尽致地渲染而出时，就获得了能够超越时代的隽永魅力。

　　盛行于明末清初的才子佳人小说，也多是青云无路的封建文人的幻想产物，但集众美于一身的白日梦，毫无生活的可信度，反而大多丧失了审美价值。《聊斋志异》则将关于理想女性的想象分散于众多的篇章之中，每篇小说只突出写作者心目中理想女性的一种性格或形象的一个侧面，于是就获取了

---

　　① [英]霭理士：《性心理学》第二章第九节，潘光旦译，生活·读书·新知三联书店1987年版，第73页。
　　② (清)蒲松龄著、路大荒整理：《蒲松龄集·聊斋词集》，上海古籍出版社1986年版，第717页。
　　③ (清)李渔：《闲情偶寄·声容部·选姿》，作家出版社1995年版，第119页。

游刃有余的自如从容。无论是《珊瑚》篇中的逆来顺受,《妾击贼》篇中甘于卑贱的命运认知,还是《侠女》篇中"艳如桃李,而冷如霜雪"的写照,《荷花三娘子》篇中或怪石玲珑、或纱帔一袭的女性柔姿,无一不是作者女性审美理想的体现。作者刻画婴宁最着力之处是深藏于笑貌之下的聪慧与痴情,篇末"异史氏曰"中"我婴宁殆隐于笑者矣"一语已透露出几许消息,而这与婴宁的命名又是遥相呼应的:扰动外表下的内心安宁!

三

通过男女恋情描写女性形象,话本小说"三言"、"二拍"也有其显赫的文学史地位。不可否认,"三言"、"二拍"也由文人改编或创作,但为了适应市井大众的需要,以获取商业利益,其间的女性形象大多染有一层市民色彩。这些小说在表现男女情爱的题材中,多反映情对理的冲突与斗争,具有一定的现实性与广泛的社会性,唯其如此,方能博得市井细民的青睐。就文化品格而论,"三言"、"二拍"是属于市井文化范畴的。《聊斋志异》的创作,用作者《聊斋自志》中的话说就是:"集腋为裘,妄续《幽冥》之录;浮白载笔,仅成孤愤之书。"这并非是"稻粱谋"的追求,其书因而带有强烈的自娱倾向。大体上讲,《聊斋志异》虽也取材广泛,接触到社会的各个角落,但却多是封建正统知识分子自我心灵的写照,特别是小说中有关女性形象的刻画,士林文化品格非常明显。在婴宁"笑"的背后,我们可以寻觅出这种品格的印记。

从小说的情节分析,婴宁的笑固然因其性格而定,但也有不得已而为之的一面。婴宁本是狐产,在未取得王子服一家人的充分信任之前,暴露自家的身世是不明智的,而"狂而不损其媚"的笑是她自我保护的最有效武器。她的笑迥异常人,从而给未来的婆母留下了"此女亦太憨生"的印象,为自己留于王家打下了良好的基础。人们怀疑她是鬼,又侦察到她的母家已然"庐舍全无",在如此不利于她的境况中,婴宁正是以"众莫之测"的"孜孜憨笑",巧妙掩饰住内心的凄凉与悲伤并获得了一家人的信任与爱戴。

《聊斋志异》中有《花姑子》一篇,反映了与《婴宁》略同的女性审美理想。花姑子替父为安生温酒,因贪玩致令"酒沸火腾",貌似性憨;安生入室勾引花姑子,花姑子疾呼父至,却又以"酒复涌沸,非郎君来,壶子融化矣"为辞,为愧惧万分的安生巧作掩饰,无情中又似多情。在"异史氏曰"中,作者就此评价道:"至于花姑,始而寄慧于憨,终而寄情于恝,乃知憨者慧之极,恝者情之至也。仙乎,仙乎!"花姑子的女性形象在作者心目中也占有重要的地位,可见其好尚所在。由此而论,婴宁正是寄慧于笑,寄情于憨的,作者极写其笑,是在夸张女性形美、态美的前提下,又加强其内在美的渲染,可谓一箭双雕。作品所以感人,重要原因或在于此。

王子服以珍惜保存多日的婴宁上元日所遗梅花相示,向女方表示相思之深,婴宁却故作不解之态,并将"大哥欲我共寝"之语,故意当王生之面说给有些耳聋的母亲听。这些耐人寻味的细节,是女子试探男方的手段,符合作者"寄情于憨"的女性审美理想。至于婴宁以笑严惩西邻之子,尽管有论者认为有损于婴宁可爱形象的蛇足,但从作者的写作用心考察,未始不是表现其寄慧于笑的笔墨。"异史氏曰"中"观其孜孜憨笑,似全无心肝者;而墙下恶作剧,其黠孰甚焉",道出了这一用心。严惩西邻之后,婴宁"竟不复笑",似乎是婆母劝阻的结果,实则是"寄情于憨"的目的已然达到,因而"凄恋鬼母,反笑为哭",向王子服道出自己的凄凉身世,流露出无限真情。

作者并非为写婴宁之笑而写笑,这同话本小说《快嘴李翠莲记》写女主人公心直口快、不通世故人情的主旨不同。如前所述,婴宁的笑表现出女性的魅力,却不具有反封建礼教的社会意义。婴宁的性格不是反抗性的,而是近似于大智若愚的韬晦。作者极写婴宁之笑,在笑与凄凉意绪的感情强烈反差中,映现出女性美的理想色彩,这也是封建社会知识分子的审美积淀,有其传统性。

《霍小玉传》、《莺莺传》等唐人传奇中,女主人公即使在两情相悦的场合,也常常带有淡淡的哀愁,就是传统文人审美理想的体现。《红楼梦》中的贾府富贵荣华，偏偏是多愁善感的林黛玉引来贾宝玉的钟情。历代诗词中描摹这类情态的句子也不罕见，唐刘禹锡《三阁辞四首》："不应有恨事，娇甚却成愁。"宋欧阳修《诉衷情》(眉意)："拟歌先敛，欲笑还颦，最断人肠。"宋王寀《浣溪沙》(扇影轻摇一线香)："斜红匀过晚来妆，娇多无事做凄凉。"清人史震林在其笔记《西青散记》中甚至用小说笔法塑造了一位怨而不怒的理想女子贺双卿，并替她写了许多意绪凄凉的诗词，引来后人的兴趣。最能总结这一文人心态的则非辛弃疾莫属，他的《青玉案·元夕》词写了"一夜鱼龙舞"的节日热闹景象，也写了"蛾儿雪柳黄金缕，笑语盈盈暗香去"的众多观灯妇女，然而词人"众里寻他千百度"的理想所在，却是"灯火阑珊处"一位独立不群的女子。蒲松龄为写婴宁的笑费了许多笔墨，但其最终理想所在却是思报鬼母的人情美与"隐于笑"的聪慧与痴情。情感色彩前后对比的强烈，更加重了女主人公"反笑为哭"的情感震撼力，王夫之所谓"以乐景写哀，以哀景写乐，一倍增其哀乐"，①用来评价人物形象的塑造，也是非常适宜的。

　　南村《聊斋志异跋》："聊斋少负艳才，牢落名场无所遇，胸填气结，不得已为是书。余观其寓意之言，十固八九，何其悲以深也。"②所谓"十固八九"的比例，未免过甚其辞，然而《聊斋志异》中有些小说可寻绎出深层次的潜在意识，也并非穿凿附会之谈。如《邵女》一篇，邵女甘为人妾，受大妇凌辱，"以命自安，以分自守"是其人生信条，最终云开日出，且生贵子，皆大欢喜。将一切委之于命，显然是作者科场蹭蹬而不乏等待勇气的表征。《素秋》一篇在主考"衡命不衡文"的背景下，写了一位聪慧灵巧而又恬淡自守的女性，透露出作者因英雄气短而导致儿女情长的心路历程。至于

---

① 戴鸿森：《薑斋诗话笺注》卷一《诗译》，人民文学出版社1981年版，第10页。
② （清）南村：《聊斋志异跋》，张友鹤辑校：《聊斋志异会校会注会评》本，上海古籍出版社1963年版，卷首第31页。

《婴宁》一篇,则有作者自身虽处纷扰世间而终有别于芸芸众生的优越心理潜存于婴宁形象的背后,简言之,即《庄子》中"撄宁"两字的蕴涵。

四

古代文人士大夫于风云气少之际往往产生强烈的知己之求,"一字褒疑华衮赐,千秋业付后人猜",①是蒲松龄对身居上位的知己的感激涕零之情,而更多的情况则是他通过男女之情的摹写来宣泄心中的不平。《连城》中"异史氏曰"解释这一现象说:"此知希之贵,贤豪所以感结而不能自已也。顾茫茫海内,遂使锦绣才人,仅倾心于蛾眉之一笑也,悲夫!"在《聊斋志异》中,婴宁的笑声、青凤的啜泣、娇娜的医术、小翠的聪慧,都辉映出作者的理想与追求,但那不是人世间爱情的憧憬,却是想象中感情的避风港。

清代尚未跻入仕途的朱彝尊写有《解佩令》一词,内云:"落拓江湖,且分付歌筵红粉,料封侯、白头无分。"正是以潦倒颓唐向命运抗击。蒲松龄没有流连歌筵红粉的机会和条件,更不具备这样的性格。就后者而言,他很像唐代的李商隐。李商隐为后人留下了不少有关艳情的《无题》诗,朦胧迷离中自有绵绵不尽的情思。然而诗人本身并非登徒子一流人物,他39岁时妻子亡故,府主柳仲郢欲将能歌善舞、才貌双全的张懿仙嫁与他,他却以"至于南国妖姬、丛台妙妓,虽有涉于篇什,实不接于风流"②为辞,谢绝了这桩婚事,内向的性格使他更愿意在想象的世界中满足对"情"的渴望。李商隐的想象天地是诗,蒲松龄的想象世界则是小说。《聊斋志异》中许多小说都是作者自我观照下的性格体现,他愿在凝思默想中完成对理想的实现或升华。自

---

① (清)蒲松龄:《偶感》,路大荒整理:《蒲松龄集·聊斋诗集》,上海古籍出版社1986年版,第539页。

② (唐)李商隐:《上河东公启》,周振甫选注:《李商隐选集》,上海古籍出版社1986年版,第413页。

称"生忧患之中,处落魄之境"的李渔,毫不隐讳自己以制曲填词为"作两间最乐之人"的手段,他说:"我欲娶绝代佳人,即作王嫱、西施之元配;我欲成仙作佛,则西天蓬岛即在砚池笔架之前……"①同《娇娜》、《青梅》、《瑞云》等篇一样。《婴宁》也是蒲松龄想象中的理想女性的传记,美丽的容貌、动人的仪态又辅之以略带伤感的柔情,其形象都具有很大的非现实性,然而她又不是作者神游八极的想入非非,其原因就在于作者情感的真挚。

《毛狐》篇末"异史氏曰"中作者自谓:"非祖宗数世之修行,不可以博高官;非本人数世之修行,不可以得佳人。信因果者,必不以我言为河汉也。"这可视为是作者的心里话。奋志青云与佳人作妇,在作者看来都是命中注定,除了表明"风云气"与"儿女情"在作者心目中的紧密联系外,也表明作者笔下有关男女恋情的描写绝非婚姻问题所能涵盖。"我有佳人,不羡贵官;我有佳妇,不羡绮纨。"(《翩翩》)"闭户相对,君读妾织,暇则诗酒可遣,千户侯何足贵!"(《细侯》)"得远山芙蓉与共四壁,与以南面王岂易哉!"(《云翠仙》)"作一日仙人,而死亦无憾!"(《嫦娥》)这些"宣言"表明"风云气"与"儿女情"两者联系的牢固,这也正是作者"孤愤"之所在。值得注意的是,我们不当由此认为作者对现实婚姻极为不满或与他的刘氏夫人关系不好,因为现实与理想本来就是隔膜的,何况作者的"儿女情"有相当的"风云气"成分呢!

在理想世界,作者的男女之情不是心猿意马式的胡思乱想,因而极少淫滥之笔,也非《红楼梦》中警幻仙姑所谓的"意淫"。作者对科举考试的执着(他所反对的仅是科举的弊端而非制度),令他对研习八股文必需的孔孟儒家思想及传统道德深信不疑,这一价值取向与其文人自恋心理结合在一起,并投射于笔下的女性,就有了理想化的恋情与婚姻。作者认为"情之至者,鬼神可通"(《香玉》),因而时刻有自警式的评论:"卿防物议,我畏人言。略一失足,廉耻道

---

① (清)李渔:《闲情偶寄·词曲部·宾白》,作家出版社1995年版,第55—56页。

丧。"（《聂小倩》）"绝世佳人，求一而难之，何遽得两哉！事千古而一见，唯不私奔女者能遘之也。"（《小谢》）"然爱人之色而渔之，妻亦将食人之唾而甘之矣。天道好还，但愚而迷者不悟耳，可哀也夫！"（《画皮》）尽管作者不乏男子家室以外的绮思（如《竹青》），也不乏一男兼拥双美的幻想（如《小谢》、《莲香》等），但这是古今性心理的常态，无足深论。作者的道德自我约束是以文人的自恋心理为依据的。"君子固风雅士，妾乃多所畏避"（《连琐》），"君汹汹似强寇，使人恐怖；不知君乃骚雅士，无妨相见"（《香玉》）。至于温姬知公子无才而断然离去（《嘉平公子》），更是文人自恋心理的真实反映。

对女性的寄托辅之以自律和自恋，就必然于缱绻旖旎中伴以怜香惜玉的柔肠，从而对感情上的男女平等作出肯定的回答。这种平等追求与现代所提倡者不尽相同，因为前者仅是因自身不遇而寻求异性知己过程中的反应。《乔女》中作者赞女主人公："知己之感，许之以身，此烈男子之所为也。"此语同《瑞云》中作者赞誉贺生之语是相同的："天下唯真才人为能多情，不以妍媸易念也。"至于《阿宝》中男子"得近芳泽，于愿已足"的期望，《连城》中男子"诚恐连城未必真知我，但得真知我，不谐何害"的感叹，都是男女平等基础上萌生出的生死之情。这极易为现代接受者理解为对封建婚姻制度的否定，作出与作者心态不相吻合的阐释。

联系《聊斋志异》的有关篇章，令我们更易发现《婴宁》一篇的底蕴并不具有所谓"资本主义萌芽"下个性解放的色彩，而是如其为女主人公命名那样，代表了作者的某种人生理想——尽管这种理想没有作者其他篇章表现得那么印迹明显。这并非贬低该作品的价值，从时代氛围观照，作者的理想契合于他这一时代的读书人；从历史角度考察，他的理想又与人类进步的方向一致。

只有超越时代的文学作品，才具有无限的生命力。

（原载《明清小说研究》1995年第1期）

神韵说三论

清人王士禛所倡导的神韵说涉及中国古代诗论中的诸多问题，如风格论、鉴赏论、创作论，它皆有所议论，这一诗说的产生是多重因素共同作用下的结果。同时，神韵说始终处于一个不断自我丰富的过程之中，这就决定了它博采众长又难以系统化的特点。自然淡远是神韵说的一个侧面，含蓄婉转则是其另一个侧面。王士禛倡导神韵说，其论诗与其创作实践并非完全统一。探讨神韵说风靡清初多年的原因，寻绎隐藏于此说背后的时代因素、文化意蕴、士人心态等，对于我们正确理解和把握神韵说的方方面面诚属必要之举。

一

如所周知，王士禛倡导神韵说，并没有一套系统完整、缜密详尽的理论做后盾。其有关表述或只言片语，略事诠解；或借评诗句，稍加引申。康熙元年（1662），29岁的王士禛在扬州选唐律绝句五七言为《神韵集》，此选本并不见传世，但人们一般认为这是他标举神韵的开始，因为以"神韵"二字名集，已足以表明他论诗价值取向的确立了。

司空图"味在酸咸之外"与严羽"言有尽而意无穷"的论诗之语，无疑都是王士禛倡导神韵说的理论基础，在《唐贤三昧集序》一文中，王士禛已作出明确表白。《古夫于亭杂录》是王士禛晚年所撰笔记，该书卷二有云：

> 庄周云："送君者皆自崖而返，君自此远矣。"令人萧寥有遗世意。愚谓《秦风·蒹葭》之诗亦然，姜白石所云"言尽意不尽"也。①

送别是感伤的，用意味深长的语言表达更易使人低回往复；而《蒹葭》诗中"所谓伊人，在水一方"的难以相聚情境的渲染，令企盼、凄凉兼而有之，正可引发读者的无穷联想。这二例皆符合神韵说的标准，但都有感伤意味，王士禛拈出此二例解释"言尽意不尽"的神韵，恰可说明神韵说与人生感叹的天然联系。这一诗说所具有的拓展心理空间的祈向，并染有淡淡的感伤色彩也就不言而喻了。

从历史角度考察，清初感伤主义在文人士大夫间的弥漫是多重因素造成的，只归结为民族矛盾的加深是片面的。明代中后期城市经济的迅猛发展以及江南市镇的勃兴，常被现代论者作为中国资本主义萌芽的因素写入有关文章中，对此，本文不作探讨。值得瞩目的是，伴随社会经济结构的变化与发展，个性解放思潮已在明代中后期出现，反映于哲学领域而外，在文学领域的小说、戏曲中也得到共鸣。汤显祖《牡丹亭》的问世，表现了世人以情抗理的斗争，反映出市民与士人阶层对于个性解放要求的呐喊。坚决不与清统治者合作的史学家黄宗羲，撰写出《明夷待访录》一书，闪烁着那"天崩地解"时代反封建专制主义启蒙思想的光辉。

李自成农民军攻占北京，一个新的封建王朝行将站稳脚跟，清人突然叩关南下，使大顺王朝的美梦终成泡影。个性解放的呼声被压抑，明中叶以来的社会经济进程也暂时被中断。顺治间清统治者所执行的圈地、迁海等不得人心的政策，极大地破坏了社会生产力，历史发生了暂时的倒退。对时代脉搏最为敏感的士人阶层处于这样的历史阶段，他们无法力挽狂澜，实现治国

---

① （清）王士禛：《古夫于亭杂录》卷二，中华书局1988年版，第31页。

义理与考据

平天下的梦想，困顿中自然会陷入时代的伤感与悲哀之中。清代日趋严密的思想控制，也促使士人更愿意向内心去寻求净土，以规避因文字交往可能惹来的诸多困扰。汉族士人从上到下，在清初都怀有一种莫名的失落感，却又难以用确切的言语表达出这种属于时代的苦闷，于是力主含蓄淡远的神韵说就有了生长发育的土壤。

清初的几代帝王比明后期那些不理政事、昏庸透顶诸如嘉靖、万历、天启诸帝强胜百倍，而且多有所作为。处于这样的封建统治下，即使民族思想活跃的士人也无可奈何。随着时间的推移，大多数士人终于耐不住"穷则独善其身"的贫困与寂寞，纷纷出应科举。这些人未必怀抱有"达则兼善天下"的雄心，并付诸实践有一番"舍我其谁"的作为，但若能于科举中一试身手，总算没有辜负自己多年的寒窗苦功。一些人由此入仕，就更属于自我价值的实现了。无论是场屋中屡败屡战者，还是官场上驱驰奔竞者，都有各自的内心苦闷，无可名状又难以排遣。这时，神韵说的应运而生，恰可以令人于流连山水中找到容纳自身的心理空间，于徜徉外物时发出淡化现实的人生感喟。也唯有如此才有利于化解内心的矛盾，使焦虑的张力得到一定程度的释放。

清初统治者加强了专制集权，魏晋人那样的生态环境早已不复存在，士人只能在程朱理学与现实的不协调中保持一种故作超然又自我约束的态度，而言行的自律与态度的超脱或许更有助于心灵向自由方向的发展。王士禛《池北偶谈》卷一八有云："大抵古人诗画，只取兴会神到，若刻舟缘木求之，失其指矣。"①神韵说的类似见解与当时的士人心态是契合的。王士禛《香祖笔记》卷一又云："释氏言羚羊挂角，无迹可求。古言云羚羊无些子气味，虎豹再寻他不著，九渊潜龙，千仞翔凤乎？此是前言注脚，不独喻诗，

---

① （清）王士禛：《池北偶谈》卷一八，中华书局1982年版，第436页。

亦可为士君子居身涉世之法。"①神韵说与士人人生哲学竟可相应共振，在这段议论中恰可得到印证。

两宋时代城市中坊市制的瓦解，拓展了市井文化的生态空间；封建社会商品经济的发展，更使以之为依托的市井文化日益丰富多彩。明清时代，小说、戏曲、时调、曲艺等属于市井文化的文学样式，影响已经很大，这使属于士林文化的正统诗歌的接受天地相对狭小了。对于士人阶层而言，"旗亭画壁"的荣耀早成往事，"小红低唱我吹箫"的风雅也多为私家戏班所取代。文人结社既受限制，过于情感外露的诗歌也有失温柔敦厚的诗教，并易招惹是非。在不违背"言志缘情"传统认知的前提下，诗人创作向含蓄发展，朝淡远澄澈的风格靠拢，就成为一种较佳的选择。王士禛于《戏仿元遗山论诗绝句》其七鼓吹"解识无声弦指妙"②的境界，就是意图用诗歌语言所构筑的有限客观时空展示出无限的主观心理时空。在这一意义上，诗人的责任不在于将个人情感一览无余地暴露于读者的面前，而仅仅是提供一些足以引人深思、回味无尽的语言材料与意象的巧妙组合，从而造成一唱三叹并且"遇之匪深，即之愈希"③的艺术效果，以获取风流自赏下的审美愉悦。

神韵的审美趣味是内敛的，而非偏重于外表的，这在明清之际的士人中也有普遍性。明后期鼓吹独抒性灵的袁宏道强调诗文之"趣"，他在《叙陈正甫会心集》中说："世人所难得者唯趣。趣如山上之色，水中之味，花中之光，女中之态，虽善说者不能下一语，唯会心者知之。"④清初李渔在《闲情偶寄》卷三"声容部"专有议论女子"态度"一节，也是这种审美趣味的体现，不能仅视为好色者的宣言。王士禛标举神韵，也是企图寻求"会心者"

---

① （清）王士禛：《香祖笔记》卷一，中华书局1982年版，第20页。
② 郭绍虞等：《万首论诗绝句》，人民文学出版社1991年版，第232页。
③ （唐）司空图：《二十四诗品·冲淡》，（清）何文焕辑：《历代诗话》本，中华书局1981年版，第38页。
④ 钱伯城：《袁宏道集笺校》卷一〇，上海古籍出版社1981年版，第463页。

的主张，这恰与明清之际的士人情趣相契合，从而才有"天下遂翕然应之"的声势。

如果从中国诗歌发展的内部规律考察，神韵说的出现也有其必然性。唐诗主情韵，宋诗尚议论，有两座丰碑屹立于诗歌发展的道路中，这无疑令其后的元、明两朝的诗坛失去了超越的勇气，然而大树之下好乘凉，也激发了明、清两代诗人赏鉴、总结与学习前人的热情。明人论诗大多宗唐，总结态势尚不够全面；清人则分唐界宋，各有所趋，这并非明人结社树党之风的延续，而是对诗歌艺术广泛探索的表证。清代先后出现了神韵说、性灵说、格调说、肌理说的论诗主张，四说与清人分唐界宋的崇尚纠缠交织在一起，呈现出全面总结古典诗歌创作经验的态势。概言之，王士禛的神韵说与袁枚的性灵说基本上是求诸内的，沈德潜的格调说与翁方纲的肌理说基本上是求诸外的。孤立地看，各说不无或大或小的缺失，甚至有违反艺术规律的地方。然而若将四说综合起来加以考察，又可以发现中国古典诗歌发展的某些线索，因为四说都不是突然创生的，而是与前人论诗主张都有或多或少的联系。仅就神韵说而论，它本于唐末司空图与宋末严羽的诗说，已如前述。神韵说包括风格论、鉴赏论、创作论，对于古代诗论中的思与境、言与意、情与景、虚与实、主观情思与客观物象之间的关系问题，皆有涉及。它们尽管支离破碎、不够集中或显得有些闪烁其词，但论者如果细心寻绎，却也可以按图索骥般地找到其精蕴所在。

二

从王士禛29岁在扬州编选《神韵集》开始，到他55岁在家中编迄《唐贤三昧集》，乃至他71岁罢官里居直至去世，神韵说始终处于一个不断丰富的过程之中，这决定了是说博采众长却又难以系统化的特点。

神韵一词最早是用来论人的，《宋书》中以"神韵冲简，识宇标峻"形容王敬弘，本转引自宋顺帝诏书中语。南宋谢赫《古画品录》又用以论画，是书评价顾骏之的画曾说:"神韵气力,不及前贤。"唐张彦远《历代名画记·论画六法》也用"须神韵而后全"之语论画。明人杨慎则将神韵二字分别释义,用以论画与诗:"东坡先生诗曰:'论画以形似,见与儿童邻。作诗必此诗,定知非诗人。'言画贵神,诗贵韵也。"①较早地将神韵一词用于文学批评,则见于明胡应麟《诗薮》一书。在胡应麟笔下,神韵是作为诗歌内在品格的一项标准被使用的,其外编卷五有云:"诗之筋骨,犹木之根干也;肌肉,犹枝叶也;色泽神韵,犹花蕊也。筋骨立于中,肌肉荣于外,色泽神韵充溢其间,而后诗之美善备。"②显然,在字义的使用上,胡应麟所云"神韵"与其后王士禛所倡导者并无本质的区别。

王士禛对于胡应麟的论诗主张是有过一番探讨的,《分甘余话》卷三有云:"胡元瑞论歌行,自李、杜、高、岑、王、李而下,颇知留眼宋人,然于苏、黄妙处,尚未窥见堂奥。在嘉、隆后,可称具眼。"③可见,王士禛对于胡应麟的诗学观是大致赞同的。《诗薮》外编卷四云:

> 韦苏州:"春潮带雨晚来急,野渡无人舟自横。"宋人谓滁州西涧,春潮绝不能至,不知诗人遇兴遣词,大则须弥,小则芥子,宁此拘拘?痴人前政自难说梦也。又张继"夜半钟声到客船",谈者纷纷,皆为昔人愚弄。诗流借景立言,惟在声律之调,兴象之合,区区事实,彼岂暇计?无论夜半是非,即钟声闻否,未可知也。④

王士禛《池北偶谈》卷一八论王维诗亦云:

---

① (明)杨慎:《升庵诗话》卷一三,丁福保辑:《历代诗话续编》本,中华书局1983年版,第897页。
② (明)胡应麟:《诗薮》外编卷五,上海古籍出版社1979年版,第206页。
③ (清)王士禛:《分甘余话》卷三,中华书局1989年版,第79页。
④ (明)胡应麟:《诗薮》外编卷四,上海古籍出版社1979年版,第195页。

> 世谓王右丞画雪中芭蕉,其诗亦然。如"九江枫树几回青,一片扬州五湖白",下连用兰陵镇、富春郭、石头城诸地名,皆寥远不相属。大抵古人诗画,只取兴会神到,若刻舟缘木求之,失其指矣。①

联系观照上引两段议论,观点如出一辙。可见后者对于前者不仅是"神韵"一词的借用,论诗大旨也有明显的承续关系。

至于所谓"雪中芭蕉"之论,也非王士禛的独到之见,宋人沈括《梦溪笔谈》卷一七早有论及:"书画之妙,当以神会,难可以形器求也……如彦远《画评》言王维画物,多不问四时,如画花往往以桃杏、芙蓉、莲花同画一景。予家所藏摩诘画《袁安卧雪图》,有雪中芭蕉。此乃得心应手,意到便成,故造理入神,迥得天意,此难可与俗人论也。"②王士禛倡导神韵,明显受到沈括此论的启发。稍晚于沈括的释子惠洪,在其《冷斋夜话》中也有类似之论。而宋人朱翌《猗觉寮杂记》却太讲岭外有雪中芭蕉的实景,未免画蛇添足;明人俞弁《逸老堂诗话》卷上赞同朱翌之说,更属多此一举。质言之,朱、俞两人都缺乏艺术思维中兴会神到的自由因子。

王士禛的论诗之语,有些还直接参考了胡应麟的观点。《诗薮》内编卷六云:"子厚'渔翁夜傍西岩宿',除去末二句自佳。"③王士禛《分甘余话》卷一也说:"余尝谓柳子厚'渔翁夜傍西岩宿'一首,末二句蛇足,删作绝句乃佳。东坡论此诗亦云,末二句可不必。"④他虽找到了更早的同调人,却未始没有受过胡氏的潜移默化。王士禛曾说:"神韵二字,予向论诗,首为学人拈

---

① (清)王士禛:《池北偶谈》卷一八,中华书局1982年版,第436页。
② 胡道静校注:《新校正梦溪笔谈》卷一七,香港中华书局1975年版,第169页。
③ (明)胡应麟:《诗薮》内编卷六,上海古籍出版社1979年版,第121页。
④ (清)王士禛:《分甘余话》卷一,中华书局1989年版,第19页。

出,不知先见于此。"①所谓"先见于此",系指明代薛蕙(西原)以清远为神韵的论诗之语,不提胡应麟,或许因薛蕙略早于胡氏,也可能别有考虑。

胡应麟之后,陆时雍《诗镜总论》、王夫之《古诗评选》等著述也常以"神韵"论诗。如《诗镜总论》有云:"诗之佳,拂拂如风,洋洋如水,一往神韵,行乎其间。"②如果说这一番描绘仍觉空泛的话,那么当陆时雍将神韵二字拆开运用时,其含义就更为明晰了。《诗镜总论》又云:"凡情无奇而自佳,景不丽而自妙者,韵使之也。"③是书还认为那些"不琢而工"、"不淘而净"、"不修而妩"、"不绘而工"的诗作"皆有神行乎其间矣"④,若具体而论就是:"陶(渊明)之难摹,难其神也;何(逊)之难摹,难其韵也。"⑤在陆时雍笔下,"神韵"两字无论分与合,都是就诗歌自然淡远的风格立论的。王士禛论诗与陆氏有略同的价值取向,他崇尚司空图《诗品》中"冲淡"、"自然"、"清奇"三品,认为"是三者,品之最上",⑥这正是将自然淡远的诗风作为其神韵说的一个侧面加以提倡的。

含蓄婉转是神韵说的另一侧面,《香祖笔记》卷六云:"余尝观荆浩论山水,而悟诗家三昧,曰远人无目,远水无波,远山无皱。"⑦在王士禛的诗论中,含蓄与朦胧意义相近。唐司空图《与极浦书》有云:"戴容州云:'诗家之景,如蓝田日暖,良玉生烟,可望而不可置于眉睫之前也。'象外之象,景外之景,岂容易可谭哉!"⑧这一赞赏诗歌朦胧色彩的论点深契于王士禛之

---

① (清)王士禛:《池北偶谈》卷一八,中华书局1982年版,第430页。
② (明)陆时雍:《诗镜总论》,丁福保辑:《历代诗话续编》本,中华书局1983年版,第1403页。
③ 同上,第1406页。
④ 同上,第1406—1407页。
⑤ 同上,第1409页。
⑥ (清)王士禛:《鬲津草堂诗集序》,袁世硕主编:《王士禛全集》,齐鲁书社2007年版,第1799页。
⑦ (清)王士禛:《香祖笔记》卷六,中华书局1982年版,第109页。
⑧ 郭绍虞主编:《中国历代文论选》第2册,上海古籍出版社1979年版,第201页。

心,所以《香祖笔记》卷八云:"表圣论诗,有二十四品,予最喜'不著一字,尽得风流'八字,又云:'采采流水,蓬蓬远春。'二语形容诗境亦绝妙,正与戴容州'蓝田日暖,良玉生烟'八字同旨。"①陆时雍则将诗歌的这种风格喻为"生韵":"善言情者,吞吐深浅,欲露还藏,便觉此衷无限。善道景者,绝去形容,略加点缀,即真相显然,生韵亦流动矣。"②可见王士禛的神韵说源于司空图、严羽,而与明人的有关诗论也不无关系。

刘大勤有一次问王士禛:"孟襄阳诗,昔人称其格韵双绝,敢问格与韵之别?"王士禛即以"格谓品格,韵谓风神"为答。③其实"格韵"与"神韵"在内涵上也有重合之处,南宋陈善《扪虱新话》卷八《诗有格高韵胜之辨》云:

> 予每论诗,以陶渊明、韩、杜诸公皆为韵胜。一日见林倅于径山,夜话及此。林倅曰:"诗有格有韵,故自不同,如渊明诗是其格高,谢灵运'池塘春草'之句,乃其韵胜也。格高似梅花,韵胜似海棠花。"予听之矍然若有悟,自此读诗顿进,便觉两眼如月,尽见古人旨趣。然恐前辈或有所未闻。④

所谓"格高"、"韵胜"之辨,与上引王士禛的八字判语的意义近似。王士禛《古夫于亭杂录》卷二云:"六朝人诗如'池塘生春草'、'清晖能娱人',及谢朓、何逊佳句多此类,读者当以神会,庶几遇之。"⑤陈善与王士禛都以谢灵运"池塘生春草,园柳变鸣禽"诗句为例讨论"韵"之含义,可见其取义具有一定的历史传承性。

---

① (清)王士禛:《香祖笔记》卷八,中华书局1982年版,第148页。
② (明)陆时雍:《诗镜总论》,丁福保辑:《历代诗话续编》本,中华书局1983年版,第1416页。
③ (清)王士禛:《师友诗传续录》,《清诗话》本,上海古籍出版社1963年版,第154页。
④ 宋陈善:《扪虱新话》卷八,上海书店1990年影印上海涵芬楼版。
⑤ (清)王士禛:《古夫于亭杂录》卷二,中华书局1988年版,第30页。

应当看到，王士禛鼓吹神韵，并非仅受到六朝人评人论画以及唐人、宋人、明人的有关诗论中一些观点的启发，他所谓的"神韵"，与前人文学批评中的用语"味"也有渊源关系。刘勰《文心雕龙·宗经》云："往者虽旧，余味日新。"①旧有作品可以在历史长河中接受者的不断体味下日见新意，这一充分重视审美活动中接受者想象力与主观能动性的论点，体现了"余味"说的精义所在。王士禛《画溪西堂诗序》讨论宋严羽以禅喻诗，有"妙谛微言，与世尊拈花、迦叶微笑，等无差别，通其解者，可语上乘"②之论，他强调接受者审美活动中的非理性因素，与"余味"说一样，都肯定了接受者的审美创造力。钟嵘《诗品·总论》有云："五言居文词之要，是众作之有滋味者也。"③司空图《与李生论诗书》亦云："辨于味，而后可以言诗也。"④前者谈"滋味"，后者言"味"，全属于强调诗歌内在品格之语，对神韵说自然也不无影响。

《渔洋诗话》卷上云："余于古人论诗，最喜钟嵘《诗品》、严羽《诗话》、徐祯卿《谈艺录》，而不喜皇甫汸《解颐新语》、谢榛《诗说》。"⑤对喜好者固多借鉴，对于所谓不喜者，王士禛也未必就弃若敝屣或拒之千里之外。王士禛《戏仿元遗山论诗绝句》其二六有"何因点窜澄江练，笑杀谈诗谢茂秦"⑥的诗句，对明代布衣诗人谢榛颇有微词，其实他的神韵说有不少观点与谢榛《诗家直说》(即《四溟诗话》)的相关议论若合符契，甚至毫无二致。

谢榛《诗家直说》卷三："凡作诗不宜逼真，如朝行远望青山，佳色隐然可爱，其烟霞变幻，难于名状；及登临非复奇观，惟片石数树而已。远近所

---

① 陆侃如、牟世金：《文心雕龙译注》，齐鲁书社1995年版，第113页。
② (清)王士禛：《画溪西堂诗序》，袁世硕主编：《王士禛全集》，齐鲁书社2007年版，第2014页。
③ 陈延杰：《诗品注》，人民文学出版社1980年版，第2页。
④ 郭绍虞主编：《中国历代文论选》第2册，上海古籍出版社1979年版，第196页。
⑤ (清)王士禛：《渔洋诗话》卷上，《清诗话》本，上海古籍出版社1963年版，第170页。
⑥ 郭绍虞等：《万首论诗绝句》，人民文学出版社1991年版，第236页。

见不同，妙在含糊，方见作手。"①这与神韵说讲求诗歌含蓄朦胧之论如出一辙，却更为形象透彻。《诗家直说》卷一又说："诗有可解、不可解、不必解，若水月镜花，勿泥其迹可也。""写景述事，宜实而不泥乎实。有实用而害于诗者，有虚用而无害于诗者。此诗之权衡也。"②谢榛分别从读者与作者两方面阐述了诗歌的写实与想象之间的辩证关系，这要比王士禛"古人诗只取兴会超妙，不似后人章句，但作记里鼓也"③等议论，通晓平易得多。

王士禛论诗是否受过谢榛的某种启发，从以上简单的比较中，我们已可以作出肯定的判断。这并非王士禛才力欠缺的证明，而是他善于向前人学习并集思广益的体现。清人邵墩《阅四溟诗话》一诗，注意到谢、王二人的联系："长留诗卷在，序次有渔洋。"④堪称具眼，不过因邵氏人微言轻，始终没有引起论者的瞩目罢了。

画中须有空白，诗中也存在空白，有空白即可视为含蓄。它是容纳作者创造力与读者（或欣赏者）想象力的无限空间，所谓意境，即因有这一空间而生成。重视包括作者自己在内的接受者的再创造力，充分调动其能动性，本是现代接受美学的一大内容，而神韵说早有此用心，的确耐人寻味。神韵说标榜"妙悟"、"兴会"，就是讲作者或读者通过诗的语言材料感悟世界后重新获得的一种豁然开朗的境界，类似于禅宗心领神会的顿悟。可以说，神韵说已经给予了读者以一定的地位，如果将它仅视为古人对某种诗歌艺术风格的追求，显然具有一定的片面性。

---

① 李庆立：《谢榛全集校笺》，江苏古籍出版社2003年版，第1198页。
② 同上，第974页，第1040页。
③ （清）王士禛：《渔洋诗话》卷上，《清诗话》本，上海古籍出版社1963年版，第183页。
④ （清）邵墩：《冶塘诗抄》卷六，道光十五年刻本。

三

《香祖笔记》卷九云："南城陈伯玑允衡善论诗，昔在广陵评予诗，譬之昔人云'偶然欲书'，此语最得诗文三昧。"①所谓"偶然欲书"本诸唐孙过庭《书谱》论书法创作时机的"五合五乖"之说，它是有利于书法创作的五种良好时机（五合）之一，意即只有当创作冲动突然来临时进行创作，才会得心应手写出优秀作品。王士禛将此说视为"诗文三昧"，这与他倡导的神韵说有一定的联系，但并非神韵说的必要条件。"偶然欲书"即创作灵感突然袭来的那一瞬间，不可预期，也无法人为求至；但也可以理解为是"思与境偕"条件下萌生的创作冲动。前者不常出现，后者则有众多的机会。两种状况，长年从事文学艺术创作的人都有体会，具有一定的普遍性，并不神秘。然而论及灵感，由于人们经常混淆了上述两种状况的不同，而令此问题也随论述角度的差异而有了层次深浅的不同。

《香祖笔记》卷七云："越处女与勾践论剑术曰：'妾非受于人也，而忽自有之。'司马相如答盛览论赋曰：'赋家之心，得之于内，不可得而传。'诗家妙谛，无过此数语。"②论中"忽自有之"与"得之于内"数语，颇似灵感的获得，却又与古希腊柏拉图所说"诗人的迷狂"状态不同，与唐释皎然《诗式·取境》所述灵感之来也有差异："有时意静神王，佳句纵横，若不可遏，宛如神助。"③王士禛的同时代人张实居对于灵感也有类似皎然的说法："当其触物兴怀，情来神会，机括跃如，如兔起鹘落，稍纵则逝矣，有先一刻后一刻不能之妙。"④清初金圣叹《读第六才子书〈西厢记〉法》也说过："文章最妙是此一刻被灵眼觑见，便于此一刻放灵手捉住。盖于略前一刻亦不见，略

---

① （清）王士禛：《香祖笔记》卷九，中华书局1982年版，第182页。
② 同上，卷七，第123页。
③ （唐）释皎然：《诗式》，（清）何文焕辑：《历代诗话》本，中华书局1981年版，第31页。
④ （清）王士禛等：《师友诗传录》，《清诗话》本，上海古籍出版社1963年版，第128页。

后一刻便亦不见,恰恰不知何故,却于此一刻忽然觑见,若不捉住,便更寻不出。"①上述议论都强调了灵感发生的瞬间性与不可重复性,而在王士禛的有关诗论中,我们却难以找出类似的议论。《渔洋诗话》卷上有云:

> 萧子显云:"登高极目,临水送归,早雁初莺,花开叶落,有来斯应,每不能已。须其自来,不以力构。"王士源序孟浩然诗云:"每有制作,伫兴而就。"余生平服膺此言,故未尝为人强作,亦不耐为和韵诗也。②

"须其自来"和"伫兴而就",同晋陆机《文赋》"来不可遏,去不可止,藏若景灭,行犹响起"③所述灵感袭来的状态还是有一定距离的,反而与王士禛所不喜欢的明诗人谢榛的有关论述近似。《诗家直说》卷四云:"作诗有相因之法,出于偶然。因所见而得句,转其思而为文。"④论中的"偶然"就是"心中本无些子意思,率皆出于偶然"⑤之意,这与王士禛所标榜的"偶然欲书"的意义近似。

谢榛《诗家直说》有多处探讨灵感问题,但都注意实践效果,不像《文赋》《诗式》等所说的那样云来雾去,难以捉摸。《诗家直说》卷二云:"诗有天机,待时而发,触物而成,虽幽寻苦索,不易得也。"⑥"天机"之论类似灵感,但不又是宋苏轼所云"作诗火急迫亡逋,清景一失后难摹"(《腊日游孤山》)的状态,而是陆游所云"文章本天成,妙手偶得之"(《文章》)的景况。

---

① (清)金圣叹:《金圣叹文集》,巴蜀书社1997年版,第344页。
② (清)王士禛:《渔洋诗话》卷上,《清诗话》本,上海古籍出版社1963年版,第182页。
③ 郭绍虞主编:《中国历代文论选》第1册,上海古籍出版社1979年版,第174页。
④ 李庆立:《谢榛全集校笺》,江苏古籍出版社2003年版,第1306页。
⑤ 同上,第1304页。
⑥ 同上,第1105页。

《直说》卷三又云:"凡作诗,悲欢皆出乎兴,非兴则造语弗工。"①如何有"兴"?《直说》卷四提出一个行之有效的"阅书醒心"法:"或造句弗就,勿令疲其神思,且阅书醒心,忽然有得,意随笔生,而兴不可遏,入乎神化,殊非思虑所及。"②论中之"兴"与我们今天所常说的灵感有所不同,与王士禛"伫兴"说之"兴"倒颇相仿佛。

钟嵘《诗品·总论》:"文已尽而意有余,兴也。"③这是就诗的赋、比、兴三义而言的。本是诗歌的创作方法之一。"伫兴"之"兴"则有兴会之意,所谓"伫兴"即长久聚集下而有所兴会。王士禛对此有论云:

夫诗之道,有根柢焉,有兴会焉,二者率不可得兼。镜中之象,水中之月,相中之色,羚羊挂角,无迹可求,此兴会也。本之风雅,以导其源,泝之楚骚、汉魏乐府诗,以达其流,博之九经、三史、诸子,以穷其变,此根柢也。根柢原于学问,兴会发于性情,戬于斯二者兼之,又斡以风骨,润以丹青,谐以金石,故能衔华佩实,大放厥词,自名一家。④

"兴会"即触景生情下的一种感悟状态,同时观赏同一景物,有人无动于衷,有人却能思如泉涌,差异的产生就在于欣赏个体阅历与学识及注意力等等的不同。王士禛将根柢(学问)与兴会(性情)并举,正表明"伫兴"有两者相兼之意,所以他说:"司空表圣云'不著一字,尽得风流',此性情之说也;扬子云云'读千赋则能赋',此学问之说也。二者相辅而行,不可偏废。若无性情而侈言学问,则昔人有讥点鬼簿、獭祭鱼者矣。'学力深,始能见性情',此

---

① 李庆立:《谢榛全集校笺》,江苏古籍出版社2003年版,第1221页。
② 同上,第1285页。
③ 陈延杰:《诗品注》,人民文学出版社1980年版,第2页。
④ (清)王士禛:《突星阁诗集序》,袁世硕主编:《王士禛全集》,齐鲁书社2007年版,第1560页。

义理与考据

一语是造微破的之论。"①

袁枚《随园诗话》卷二云："改诗难于作诗，何也？作诗兴会所至，容易成篇。"②性灵派诗人运用"兴会"一词，也讲的是身临其境而适有其情感发的状态。神韵派后期诗人田同之《西圃诗说》说："诗歌之道，天动神解，本于情流，弗由人造者是也。故中有所触，虽极致而不病其多；中无可言，虽不作亦不见其少。"③此所论即"兴会"的状况，其说或许源于王士禛《池北偶谈》卷一三："祖咏试终南山雪诗云云，主者少之，咏对曰：'意尽。'王士源谓：'孟浩然每有制作，伫兴而就，宁复罢阁，不为浅易。'山谷亦云：'吟诗不须务多，但意尽可也。'古人或四句，或两句，便成一首，正此意。"④王士禛《香祖笔记》卷二也曾将他自己所作的五首五绝称为"皆一时伫兴之言，知味外味者当自得之"。⑤

从某种意义上讲，伫兴就是诗来寻我，而非我去寻诗。稍晚于王士禛而倡导性灵说的吴雷发《说诗管蒯》说："作诗固宜搜索枯肠，然着不得勉强。故有意作诗，不若诗来寻我，方觉下笔有神。诗固以兴之所至为妙，唐人云：'几处觅不得，有时还自来。'进乎技矣。"⑥然而就任何一位诗人而言，诗来寻我的机会毕竟不多，袁枚《老来》诗："老来不肯落言诠，一月诗才一两篇。我不觅诗诗觅我，始知天籁本天然。"⑦他等待诗来寻我是以不多作诗为代价的，因而更多的情况是其《遣兴》其七所云："但肯寻诗便有诗，灵犀一点是吾师。夕阳芳草寻常物，解用都为绝妙词。"⑧对此，袁枚在《随园诗

---

① （清）王士禛等：《师友诗传录》，《清诗话》本，上海古籍出版社1963年版，第125页。
② （清）袁枚：《随园诗话》卷二，人民文学出版社1960年版，第39页。
③ （清）田同之：《西圃诗说》，郭绍虞编选：《清诗话续编》本，上海古籍出版社1983年版，第750页。
④ （清）王士禛：《池北偶谈》卷一三，中华书局1982年版，第319页。
⑤ （清）王士禛：《香祖笔记》卷二，中华书局1982年版，第24页。
⑥ （清）吴雷发：《说诗管蒯》，《清诗话》本，上海古籍出版社1963年版，第897页。
⑦ （清）袁枚：《小仓山房诗文集》，上海古籍出版社1988年版，第628页。
⑧ 同上，第932页。

话》卷四又进一步解释说："盖诗有从天籁来者，有从人巧得者，不可执一以求。"①若说诗来寻我是得之于天籁，但还够不上灵感的层次，只是"伫兴"所致；那么，我去寻诗就是得之于人巧，与灵感根本绝缘了。同理，王士禛以神韵论诗，"伫兴而就"也不过是他的一种最佳创作状态，所以值得在诗话或有关笔记中郑重记上一笔；他更多的创作实践是备极修饰下见于人巧的吟哦。理论的倡导未必就与其创作实践合拍，古今中外这种情况在所多有，不足为奇。

（原载《桓台国际王渔洋讨论会论文集》，山东大学出版社1995年版；《阴山学刊》1996年第3期转载）

---

① （清）袁枚：《随园诗话》卷四，人民文学出版社1960年版，第126页。

宋词的文化品格

就实质而言,词原本是合乐的歌词。它滥觞于隋唐,极盛于两宋,衰弱于元明。清代的词虽曾有过复兴的迹象,却终因中国社会的性质蕴含变机,而失去了发展的基础,逐渐湮灭于历史的洪流之中。同古典文学的其他体裁一样,词这种文体也走过一条从发生、发展到衰亡的道路。宋代曾是词这一文体发展的黄金时代,宋词曾被国学大师王国维誉为"一代有一代之文学"的代表性文体之一,与所谓"楚之骚"、"汉之赋"、"六代之骈文"、"唐之诗"、"元之曲"同享"代胜"之美,[①]皆成为彪炳于世并令后世难以企及的里程碑式的文体。

从文化角度考察,宋词的荣耀得力于其市井文化与士林文化相互影响的双重品格。这一点,我们可以从词的别名入手加以探讨。词又称"诗余"或"长短句",前者循其文体嬗变脉络而言,后者就其形式立名。至于"曲子词"、"曲子"、"今曲子"的别名,则强调其音乐属性。从隋唐至宋,这一属性是造就词的双重文化品格的基础。

南北朝是中华民族大融合的历史阶段,伴随这一过程的完成。西域音乐在隋唐时代传入中土,并与汉族的传统音乐融合产生出与雅乐对立的燕乐。燕乐即俗乐,词在初期就是与之相配的歌词,其市井文化的品格不言而喻。

---

① 参见王国维:《宋元戏曲考·序》,《王国维戏曲论文集》,中国戏剧出版社1984年版,第3页。

宋王灼《碧鸡漫志》卷一有云："盖隋以来，今之所谓曲子者渐兴，至唐稍盛。今则繁声淫奏，殆不可数。"①文中所谓"曲子"即指燕乐，这是对词音乐属性的概括描述。明俞彦《爰园词话》云："词何以名诗余？诗亡然后词作，故曰余也；非诗亡，所以歌咏诗者亡也。"②此论也从音乐入手探讨词的产生。反言之，词之所以能够继诗之后获得演唱者或者吟咏者的青睐，又与其表现形式的灵活多样密不可分。词打破了古近体诗较为齐整的句式，参之以变化错落，因而更适于倚声弦歌与抒情达意。明徐渭《南词叙录》云："夫古之乐府，皆叶宫调；唐之律诗、绝句，悉可弦咏……至唐末，患其间有虚声难寻，遂实之以字，号长短句。"③这一高度概括性的阐述不无偏颇，但指出有关韵文与音乐的密切关联，因而有相当的认识价值。

作为配乐的歌词，词作者必须按照乐谱的音律、节拍进行创作，才能用于演唱实践，于是"倚声"、"填词"等相关术语就应运而生了。填词须有词牌，据清人所编《词谱》统计，传世词牌有826调，如果算上变体就有2306种之多。词的句法参差错落，又有多种词牌可供创作时选择，因而在传达人们复杂隐秘的内心世界时，它就有了诗所无法比拟的灵活性。古人作文吟诗，往往正襟危坐，以体现"诗言志"的尊严；却独于倚声填词较少顾忌。这就是"诗庄词媚"或"词为艳科"说之由来。在反映社会生活的深度与广度上，或许词不如诗；但若表现复杂的感情世界，词又有胜于诗的优越性。王国维曾就此论道："词之为体，要眇宜修，能言诗之所不能言，而不能尽言诗之所能言。诗之境阔，词之言长。"④他言简意赅地概括出诗与词的不同文体

---

① （宋）王灼：《碧鸡漫志》，中国戏曲研究所编：《中国古典戏曲论著集成》第1册，中国戏剧出版社1959年版，第106页。

② （明）俞彦：《爰园词话》，唐圭璋编：《词话丛编》第1册，中华书局1986年版，第399页。

③ （明）徐渭：《南词叙录》，中国戏曲研究所编：《中国古典戏曲论著集成》第3册，中国戏剧出版社1959年版，第240页。

④ 王国维：《人间词话》，唐圭璋编：《词话丛编》第5册，中华书局1986年版，第4258页。

特征，的确很有见地。

词的文体特征与其音乐属性密切相关，而其接受方式也有了双重选择的可能。它除可供文人案头欣赏外，婉转于歌伎之口以愉悦听众也是一种普遍的方式。词演唱时的受众不仅限于文人士大夫，其中也有相当一部分属于市井中人，听众成分的复杂化要求词的写作须向俚俗靠拢。当然，除字句须易于听懂而外，情趣的共鸣也是不可或缺的。此外，耳听与目治的接受方式的不同，也要求词的写作不宜晦涩艰深，而要有一定的口语化基础。所有这些要求都无疑会令词的市井文化品格得到加强，否则，词将失去其赖以发展的土壤，而成为纯粹的仅供文人欣赏的案头文学——恰如词在两宋以后的遭际那样。

柳永《鹤冲天》一词渲染男女依依惜别之情："假使重相见，还得似旧时么？"李清照《永遇乐》的歌拍书写人生无奈之情："不如向帘儿底下，听人笑语。"前者写恋人细语温柔，缠绵悱恻；后者感人生苍凉，寓悲于乐。两首词的词句皆浅显易懂，毫无费解之处，甚便于听唱；如果换用诗的形式表现，就很难传达出个中细腻微妙的情愫。当然，词也并非只局限于风月情怀或身世之愁的抒发中。在言志咏史与挥洒壮志的有关题材中，也自有其区别于诗的潇洒风度。苏轼"大江东去"（《念奴娇》）的放歌，辛弃疾"千古江山"（《永遇乐》）的抒怀，皆可以为佐证。

文体因素是文学艺术内部发展规律的体现，词之所以在两宋得以充分展现其瑰丽多彩的风姿，还有其受外部制约的重要原因。赵匡胤陈桥兵变，黄袍加身，从归德军节度使一跃而成为宋太祖，深知兵权在手的重要性。加之有唐中后期藩镇割据致令军阀混战、国家分裂的严重教训，赵匡胤为自家王朝的长治久安计，采取了欲求一劳永逸的两手策略。他一方面用"杯酒释兵权"的方法，将军队完全置于中央的直接控制之下；另一方面制订优待官僚的政策，鼓励这些人"不如多积金、市田宅以遗子孙，歌儿舞女以终天年"①。开国帝王如此施政，无非意图最大限度地削弱军人对于皇权的威胁。连类而及，两宋文人士大夫也多在剪红刻翠中讨生活，消费的膨胀极大地促进了两宋城市经济的迅猛发展，于是词就获取了广泛发展的历史机遇，并通过歌伎之口传播于市井间。然而赵匡胤的这些举措也有其"双面刃"效果，军人干政的局面固然难以出现，但对外孱弱，面对金以及蒙元等少数民族政权，始终处于被动挨打的地位，则难以改变。厓山之变，南宋最终覆亡于蒙元的铁蹄之下。

两宋城市经济的发达，促使隋唐以来城市建制的坊市化结构迅速走向解体，这无疑又给市井文化的发展开拓了生态空间，可容纳勾栏、百戏的"瓦子"的出现，即是这一生态环境的具体体现。词是隋唐时期音乐革新的产物，来源于民间，敦煌曲子词中就有许多反映商人与妓女生活的篇什，其本身就是市井文化繁荣的展示。如《望江南》："莫攀我，攀我太心偏。我是曲江临池柳，这人折了那人攀。恩爱一时间。"②这首词显然是城市中妓女自感身世的吟唱。《长相思》三首，则是唐代行商生活的具体写照，如其中一首："作客在江西，寂寞自家知。尘土满面上，终日被人欺。朝朝立在市门西，风吹泪点双垂。遥望家乡长短，此是贫不归。"③

宋代极其发达的城市经济，无疑给诸如上述有关市井文化内容的词创作开辟出坦平的大道。《东京梦华录》中关于汴京酒楼的描述，《武林旧事》中对于临安（今杭州）这口"销金锅儿"的渲染，无不显示出两宋物质文化的极大丰富。而物质文化的提高又势必呼唤精神文化的繁荣，可见适于歌伎演唱的词能够大行于世，正是时代潮流使然。这正如今天市场经济大潮下，流行歌曲伴随通俗唱法风靡于世的状况，皆属于社会经济发展下的产物，不足为奇。

---

① （元）脱脱等：《宋史》卷二五〇，中华书局1975年版，第8810页。
② 张璋、黄畲编：《全唐五代词》，上海古籍出版社1986年版，第879页。
③ 同上，第888页。

义理与考据

宋人在词中大量表现男欢女爱的风月情怀,也与当时市井文化的需求有关,并不纯粹是文人士大夫的"闲情"所致。宋词中有一首无名氏的《御街行》:"霜风渐紧寒侵被,听孤雁、声嘹唳。一声声送一声悲,云淡碧天如水。披衣起。告雁儿略住,听我些儿事。塔儿南畔城儿里。第三个、桥儿外。濒河西岸小红楼,门外梧桐雕砌。请教且与,低声飞过,那里有、人人无寐。"① 从其内容以及表现技巧而论,可以大致判定是一位有一定文化且薄有资财的市井细民的吟唱。词中主人公怀念自己的心上人(可能是一位妓女),于夜里辗转反侧之际,期望有一只大雁传心,却又怕其嘹唳的叫声搅乱了情人的清睡。全词以口语化的白描手法抒发思恋之情,真挚感人。这首词的市井文化品格极为鲜明。

两宋城市中可容纳百戏伎艺的众多"瓦子"的出现,使士林文化与市井文化有了碰撞交融的机会。北宋柳永长期混迹于歌楼舞馆之中,与下层市井细民接触频繁,其词不同于与他大约同时的晏殊与欧阳修等人的作品,就是因为柳词明显带有两种文化交融的痕迹。特别是柳永作品中的一些较为俚俗的词作,市井味道就相当浓厚了。因而柳永词在当时得到市民阶层的广泛欢迎,从而有了"凡有井水饮处,即能歌柳词"② 的普及状况。作为词的变革者,柳永丰富了词的体制,创作出大量的慢词,并广泛汲取民间艺术精髓,从而为宋词的发展起到了奠基的巨大作用。柳永因擅长市井风情的描摹,曾受到上层正统文人的排斥。据宋张舜民《画墁录》记述,柳永《定风波》一词因有"针线闲拈伴伊坐"一句,而遭到晏殊的白眼。然而这并不能阻碍住词的发展道路,正是因为有了市井文化的依托,宋词才有了堂而皇之地走进祖国神圣艺术殿堂的可能。南宋俞文豹《吹剑续录》有如下一段趣闻:

---

① (唐)圭璋编:《全宋词》,中华书局1965年版,第3841页。
② (宋)叶梦得:《避暑录话》卷下,中华书局1985年版,第49页。

> 东坡在玉堂，有幕士善讴，因问："我词比柳词何如？"对曰："柳郎中词，只好十七八女孩儿，执红牙拍板，唱'杨柳岸晓风残月'；学士词，须关西大汉，执铁板，唱'大江东去'。"①

如果将这一段栩栩如生的刻画仅视为宋人对词的婉约、豪放两种风格的形象概括，未免褊狭；其实幕士之语在辨识二人作品风格的同时，也暗示出具有市井文化蕴涵的词作更适于演唱接受的特点。

仅就词而言，士林文化与市井文化在其中相互交融，并没有森严的壁垒。处于文人士大夫上层地位的晏殊与欧阳修，他们的词也有市井文化的影子在，此不赘述。柳永以后，凡是对宋词发展作出贡献的作家，也都曾有意无意、或多或少地接受过市井文化的影响。苏轼使词"无意不可入，无事不可言"，扩充了词的题材。秦观、贺铸等词家也分别作出了各自的贡献，在词史中占有一定的地位。至于北宋词的集大成者周邦彦，他更能博采众家之长，令词体成熟。如他所填《少年游》一词："并刀如水，吴盐胜雪，纤手破新橙。锦幄初温，兽烟不断，相对坐调笙。　低声问向谁行宿，城上已三更。马滑霜浓，不如休去，直是少人行。"②这首词纯用白描手法，适合于当时市民阶层的欣赏习惯，属于作者有意向市井文化靠拢的词作。周邦彦精通音律，曾提举大晟府，对于宋词于多种文化因素兼容并包起过积极的作用。著名女词人李清照的词也以擅长白描手法流芳后世，她的词作也明显有市井文化的因子，读来别有风味，被人称为"易安体"。词发展至南宋，更如日中天，辉煌灿烂。辛弃疾堪称南宋词坛的巨擘，他的词境界开阔雄壮，用典自如，爱国之情辅以江湖豪气，士林与市井两种文化在其词中贯汇交融，流传

---

① （宋）俞文豹：《吹剑续录》，张宗祥辑录：《吹剑录全编》，古典文学出版社1958年版，第38页。
② （唐）圭璋编：《全宋词》，中华书局1965年版，第606页。

下许多不朽之作,并深刻影响了后世许多词人的创作,清代的陈维崧即是一例,此不赘言。

由于宋词的创作有相当一部分不局限于案头欣赏,而是要在瓦子勾栏的演唱中博得各色人众的喝彩,这就要求词的写作须即事言情,直抒胸臆,避免过多的跌宕起伏与别有寄托。只有通俗流畅的词句,才有可能令演唱者得心应口,并能令以市民为主的广大听众舒心适意。然而在宋代也有一些文人填词并不顾及市民的审美情趣,而仅是将词的写作作为一种自娱的手段,这就令词向另一个方向——文人化或雅化的道路上发展。南宋姜夔《过垂虹》诗中"自作新词韵最娇,小红低唱我吹箫"的场景,就是一种将词仅作为自娱手段的描写。将词演唱的受众仅局限于自我或狭窄的文人圈内,可以加强词的文学效果,也更能体现出士林与市井两种文化在审美情趣上的不同。南宋是宋词艺术完全成熟的时代,姜夔、史达祖、吴文英、王沂孙、蒋捷、张炎等词家,对于词的艺术表现皆作出过不懈的追求,留下了脍炙人口的众多词作。他们的词作大多属于士林文化品格,同时,词写作艺术的成熟也限制了这一文体向前进一步发展的可能,恰如胡适在其《词选自序》中曾经总结出的"文学史上有一个逃不了的公式":

> 文学史上有一个逃不了的公式。文学的新方式都是出于民间的。久而久之,文人学士受了民间文学的影响,采用这种新体裁来做他们的文艺作品。文人的参加自有他的好处:浅薄的内容变丰富了,平凡的意境变高超了。但文人把这种新体裁学到手之后,劣等的文人便来模仿:模仿的结果,往往学得了形式上的技术,而丢掉了创作的精神。天才堕落而为匠手,创作堕落而为机械。生气剥丧完了,只剩下一点小技巧,一堆烂书袋,一套烂调子!于是这种文学方式的命运便完结了,文学的生命又须另向民间去

寻新方向发展了。①

胡适的这一说法尽管有些绝对化，但对于我们探讨宋词文化品格的双重性不无启发作用。可以说，宋词既属于士林文化，又属于市井文化，而后者是以封建社会商品经济的发展为杠杆的，充满了活力，宋词也正是在这一基础上方能放射出空前绝后的耀眼光芒。

两宋以后，当词在后世的继承中完全走向案头，而其本来具有的市井文化品格逐渐为元之曲、明之《打枣竿》、《挂枝儿》所取代时，词也就丧失了其两栖的文学艺术特点，而成为纯文学体裁。就大多数词作而言，文化品格的单调是元明清词难以与宋词媲美的重要原因。可以说，探讨宋词的文化品格，也许是我们真正理解宋词的一把钥匙。

（原载《文史知识》1996年第9期）

---

① 胡适：《胡适文存》三集，黄山书社1996年版，第498页。

17世纪：小品精神的末路

晚明小品是中国散文史中一种具有代表性的文体，王阳明心学的哲学理论、性灵派的文学主张蕴涵了其精神，士林文化、市井文化与老庄、禅悦思想的相互交融，构成了晚明小品的文化品格。17世纪中叶的明清易代暂时中断了中国迈向近代的步伐，从而也令具有近代意识的小品精神衰落，最终走向了末路。

就语言形式而言，晚明小品与历代散文并没有明显的不同，全用文言文写作且一般不用骈偶之形式，这是构成晚明小品作为散文一脉的基础。晚明小品在文学史上之所以能够独树一帜，主要在于其内质的变化，质言之，也即小品的精神有异于传统散文的"文统"。何谓小品精神？如果从晚明小品的哲学基础与文化品格角度加以观照，问题就有迎刃而解的可能。晚明小品的文化品格主要取决于明代中后期时代的变迁，正是因为这一时代的变迁有别于宋元以前的社会风貌，才熔铸了晚明小品的独特精神。明代中后期是中国历史走向近代的开端，清人入主中原，是代表相对落后生产力的少数民族政权以武力征服生产力相对先进的汉族政权的结果，无情地阻遏了中国的近代化进程。17世纪——也即明末清初这百年的历史，就是小品精神走向末路的历史。探讨这一文学现象，将有助于我们对"文变染乎世情"的深刻理解，而不仅局限于对某一文体兴衰的总结。

17世纪：小品精神的末路

一

"小品"一词本为六朝时称谓佛经略本的用语，最早见于南朝宋刘义庆《世说新语·文学》及南朝梁刘孝标注语。在佛经以外使用"小品"一词，则集中出现于明代中叶以后。自名其集者，如田艺蘅《煮泉小品》、朱国祯《涌幢小品》、陈继儒《晚香堂小品》、王思任《谑庵文饭小品》等等；清初廖燕于康熙二十年(1681)七月间，曾检自家以往"短幅杂著"九十三首，"目为小品，附《二十七松堂集》刻之"，①可见这一习气之影响。明代以"小品"名选本者，如《苏长公小品》、《皇明十六家小品》、《闲情小品》等等；至于不用小品冠名而实为小品选本者，如郑元勋《媚幽阁文娱》、陆元龙《明文奇艳》、刘士鏻《文致》等等。明末张岱《陶庵梦忆》、《西湖梦寻》，皆为自家小品的结集却并非以"小品"冠名者，二书被后人目为晚明小品的极致，至今脍炙人口。

这一已带有文体自觉意识的现象，发生于明代中叶以后不是偶然的。从哲学角度考察，王阳明心学的兴起，为散文小品的崛起奠定了时代精神的基础。阳明心学从"六经皆我注脚"走到"致良知"，发展了陆九渊之学。何为"良知"？王阳明《答聂文蔚》有云："是非之心，不虑而知，不学而能，所谓良知也。良知之在人心，无间于圣愚，天下古今之所同也。"②然而"良知"又深藏于人心之中，必须善于挖掘才能发见，也就是要有一番"致良知"求诸内的修养功夫才能大功告成。他在《答顾东桥书》中又云："吾心之良知，即所谓天理也。致吾心良知之天理于事事物物，则事事物物皆得其理矣。致吾心之良知者，致知也。事事物物皆得其理者，格物也。是合心与理而为一者也。"③良知乃人心中所固有，不假外求，恰与文人高扬主体意识的时代诉

---

① （清）廖燕：《二十七松堂文集》卷四，上海远东出版社1999年版，第81页。
② （明）王守仁：《王阳明全集·知行录二》，红旗出版社1996年版，第81页。
③ 同上，第48页。

求不谋而合,这一哲学流派能对文学发生重要影响也就不言而喻了。

明代唐宋派散文是文学史中一个重要的流派,正好处于前、后七子两次拟古主义高潮之间。其主将之一的王慎中任职南京礼部时,曾受王阳明弟子王畿的影响,从而彻底改变了以前"汉以下著作无取"的拟古主张,取宋代曾巩、王安石、欧阳修的文章加以效法。唐顺之对于王慎中的转变,起先并不以为然,后来竟也随之转向,且有过之而无不及①。唐顺之的转向王学也是他与王畿直接交往的结果,他有《书王龙溪致知议略》一文,评论王畿《致知议略》,已显示出他对阳明心学"心有灵犀一点通"的悟性。唐顺之《荆川集》中的文章,其文化品格已近似于其后发展起来的晚明小品作家的作品了。至于他在《答茅鹿门知县二》一文中提倡写文章要真有一段"千古不可磨灭之见"的"本色"说,主张:"即使未尝操纸笔呻吟,学为文章,但直据胸臆,信手写出,如写家书,虽或疏卤,然绝无烟火酸馅习气,便是宇宙间一样绝好文字。"②唐顺之主张文人个性的张扬,这与其后公安派所倡导的"独抒性灵"的性情之论的内涵已颇为接近了。茅坤为文从复古走向唐宋,也是因唐顺之而接受了王学的影响,这从他《复唐荆川司谏书》等有关文章中已可看出,恕不赘言。

值得一提的是,被某些论者划入唐宋派中坚作家的归有光,尽管其《项脊轩志》、《寒花葬志》、《先妣事略》等文章写得隽永有味,但其内在精神却与日后发展起来的小品精神难以同日而语。归有光一生维护程朱理学,对于阳明心学则壁垒森严,因而其散文的文化品格远较王、唐、茅三人单纯,不当被划入唐宋派。日本学者佐藤一郎认为:"归有光在文章流派上属于唐宋

---

① 参见(明)李开先:《李开先集·闲居集》卷一〇,《遵岩王参政传》,文化艺术出版社2004年版,第782页。

② 蔡景康编选:《明代文论选》,人民文学出版社1993年版,第162页。

派，思想上属于朱子学的系统。"①结论前半部分因袭陈说，似有偏颇。②散文的文化品格问题，有时只可意会，难以言传；然而若从艺术接受的角度加以审视，就会事半功倍。清代桐城派的散文文化品格也是以程朱理学为依归的，因而他们对归有光的散文大为推崇，并将他视为"文以载道"的文统传承中的一环；而对唐顺之等人，方苞、刘大櫆、姚鼐等桐城派中人并没有特别加以垂青，可见散文文化品格在文学批评中的重要性。归有光抨击前、后七子的拟古主义，是从散文发展的内部规律着眼的，不同于王慎中、唐顺之等人从个性解放的角度去迎击文坛拟古的潮流。然而两者殊途同归，就会令后人觉得他们之间仿佛有了一定的内在联系。几百年以后的"五四"新文化运动中，文坛多将"桐城谬种"与"选学妖孽"等量齐观，把他们当作封建文化的代表加以讨伐；而周作人、林语堂诸人提倡小品文，弘扬的却是公安派倡导性灵的文学主张，可见这一问题即小品的内在精神问题，绝非等闲，不容忽视。

晚明小品精神的最终确立是在公安三袁手中完成的，而其背后的动因仍与阳明心学的广泛传播脱不开干系。泰州学派是王学的一派分支，开创者即

---

① [日] 左藤一郎：《中国文章论》，上海古籍出版社1996年版，第126页。
② 廖可斌《明代文学复古运动研究》（上海古籍出版社1994年版）一书在讨论"唐宋派与嘉靖中叶文坛风尚"一节中，肯定"唐宋派追求主体精神的独立，倡导主体精神的自由表达"的同时，并没有提到归有光，表明作者并不认同文学史将归有光划入唐宋派的观点。黄毅《归有光是唐宋派作家吗》（载《中国典籍与文化》1997年第一期）一文认为归有光与王慎中、唐顺之、茅坤几乎没有交往，他们的思想倾向、文学观念和创作风格也不相同，因而"归有光不是一个唐宋派的代表作家，他充其量不过是王慎中、唐顺之、茅坤等反对前、后七子的同盟军罢了"。陈书录《明代诗文的演变》（江苏教育出版社1996年版）一书则认为："正是王慎中、唐顺之、归有光和茅坤等人开创了王学与文学相互融合的新阶段，在正宗文学领域引出了理性化与生活化并列，法式之工与自然之美结合的新思潮。"（第259页）沈新林《归有光评传》（安徽文艺出版社2000年版）在肯定归有光"崇尚程朱理学，排斥陆王心学"的同时，却总结说："我们可以理直气壮地说，归有光是唐宋派的领袖和贡献最大的代表作家。"（第241页）拙作《明清小品：个性天趣的显现》（广西师大出版社1999年版）一书也曾将归有光划入唐宋派加以讨论（第256页），但在此后的拙作《归有光文选·前言》中，笔者已将归有光与唐宋派加以区别，而非一概而论了。

王阳明的半路弟子王艮。因为此派的平民色彩浓厚，兼之其离经叛道的价值取向，论者咸以"王学左派"称之。黄宗羲《明儒学案》有云："泰州之后，其人多能以赤手搏龙蛇，传至颜山农、何心隐一派，遂复非名教之所能羁络矣。"①李贽晚于王艮四十余年，为王艮之子王襞的弟子，又一度问学于王艮的再传弟子罗汝芳，故与泰州学派甚有渊源。在思想启蒙中，李贽对阳明心学与泰州学派皆有所超越，他公开宣扬人有私心私欲，已具备近代的人文主义精神，而最能体现其进步文艺观的则是其"童心说"的提出。

晚明性灵派的三袁兄弟全都拜见过李贽，他们与李贽半师半友，气味相投，即源于对文艺启蒙的共识。从王阳明的"致良知"到李贽的"童心说"，显示了中国传统文人在封建专制主义统治下一条思想解放的途径，而晚明小品也正是沿着这一途径才开放出朵朵异花奇葩。作为一个文学流派，公安派的性灵说则是联结阳明心学与小品精神的纽带。换言之，在自我意识的觉醒上，公安三袁将哲学的主观唯心主义转化为文学的小品精神。

公安派的性灵说所追求的是一种心灵唱叹的自由，欲获取这样的自由，就要自出手眼，打破古人的藩篱。袁宏道《叙小修诗》曾发议论道："惟夫代有升降，而法不相沿，各极其变，各穷其趣，所以可贵，原不可以优劣论也。"②以通变观看待文学与时代的关系，必然导致高扬主体意识的文论产生。性灵派文人大多尊重自我，率性而行且不与世俯仰；袁宗道《论文下》所谓"大喜者必绝倒，大哀者必号痛，大怒者必叫吼动地，发上指冠"③，就是其个性的彰显。袁宏道尺牍有《聂化南》，更道出其性灵的本质："且丈夫各行其志耳，乌纱掷与优人。青袍改作裙裤，角带毁为粪箕，但辨此心，天下事何不可为？安能俯首低眉向人觅颜色哉！"④但在封建社会，人格的独立

---

① （清）黄宗羲：《明儒学案》卷三二《泰州学案一》，中华书局1985年版，第703页。
② 钱伯城：《袁宏道集笺校》卷四，上海古籍出版社1981年版，第188页。
③ （明）袁宗道：《白苏斋类集》卷二〇，上海古籍出版社1989年版，第285页。
④ 钱伯城：《袁宏道集笺校》卷六，上海古籍出版社1981年版，第262页。

一般只能局限于精神方面,而非政治性或社会性的,小品显然就成为精神上人格独立的一种载体。这一只能求诸内的精神诉求,发展至竟陵派,就走向"幽深孤峭"一途,而小品精神的末路也就隐约浮现了。

在走向自我的路径中,竟陵派比公安派走得更远。竟陵派以钟惺、谭元春为主将,《明史·文苑传》有论云:"自宏道矫王、李诗之弊,倡以清真。惺复矫其弊。变而为幽深孤峭。与同里谭元春评选唐人之诗为《唐诗归》,又评选隋以前诗为《古诗归》,钟、谭之名满天下,谓之竟陵体。"[1]在个性化写作的追求中,竟陵派向往幽、怪、奇、峻的风格,以充分发挥真、活、诚、灵的性情为职志,受到以正统文人自居的钱谦益"鬼趣"、"兵象"的讥诮[2]。钟惺对自己的求异思维毫不掩饰,他有《跋林和靖秦淮海毛泽民李端叔范文穆姜白石王济之释参寥诸帖》一文云:"古人作事不能诣其至,且求不与人同。夫与人不同,非其至者也;所谓有别趣,而不必其法之合也。宁生而奇,勿熟而庸。"[3]其论事可谓蹊径独辟,只眼独具。这一审美情趣,正是竟陵派"幽情单绪"说的底蕴。

可以说,没有公安派、竟陵派走向自我的精神追求,就不会有晚明小品的繁荣。晚明小品也正因为有了其充盈的内在蕴涵,才具有了传统散文所难以呈现的文化品格。

二

晚明小品若从文体的微殊加以区分,就有尺牍、序跋、游记、寓言、传记、笔记、诗话乃至清言等等。其中清言是一种类似格言警句式的文字,流行于明末清初,另有隽语、法语、清话、清记、语录、冰言、冷语等称谓,

---

[1] (清)张廷玉等:《明史》卷二八八《文苑四》,中华书局1974年版,第7399页。
[2] 参见(清)钱谦益:《列朝诗集小传》丁集中"钟提学惺",上海古籍出版社1983年版,第571页。
[3] (明)钟惺:《隐秀轩集》卷三五,上海古籍出版社1992年版,第575页。

不一而足。其形式有别于传统概念的散文,而与发轫于先秦的"连珠"近似。若从内容观照小品,则又有抒情、咏物、山水、幽默、论学、品艺、怀旧等等的不同。可以说,无论从形式上还是从内容上审视小品,都很难避免逻辑上的混乱;然而若从文化品格加以把握,我们或许可能对这一已于文体有所超越的文学现象,作出较为准确的估价,从而举重若轻地找到解悟其艺术精神的钥匙。

在中国漫长的封建社会中,儒家思想在士林文化中始终占有核心地位,晚明小品的这一文化品格与传统散文并无不同。儒家强调社会责任,这构成了封建文人士大夫的现实生活内容;然而从儒家祖师孔子那里也不难找出渴求审美与心灵自由的期盼。《论语·先进》中所谓"浴乎沂,风乎舞雩,咏而归"一章[1],即代表了孔子的一种人生价值取向。人生的现实与理想永远难以同一,两者的间距就是容纳文人士大夫诸多复杂情致的心理空间。当社会动乱频仍或走上物欲横流的畸形发展道路时,读书人的理想与现实就愈发背离,亟须一个宣泄情感的渠道。晚明社会正处于这样一种状态,于是散文小品——这种追求精神慰藉与心灵自由并有所隔膜于现实的文学样式,就成为一些文人抒情写志的利器。唐寅《菊隐记》开首即云:"君子之处世,不显则隐,隐显则异,而其存心济物,则未有不同者。苟无济物之心,而泛然于杂处隐显之间,其不足为世之轻重也必然矣。"[2]这一番自我表白与《孟子·尽心上》中所谓"穷则独善其身,达则兼善天下"[3]的说教如出一辙。至于屠隆《答李惟寅》中"身穿朝衣,心在烟壑"[4]的向往,袁宗道《极乐寺纪游》中"予因叹西湖胜境入梦已久,何日挂进贤冠,作六桥下客子,了此山水一段

---

[1] 杨伯峻:《论语译注》,中华书局1980年版,第119页。
[2] (明)唐寅:《唐伯虎诗文全集》卷五,华艺出版社1995年版,第157页。
[3] 杨伯峻:《孟子译注》,中华书局1960年版,第304页。
[4] (明)陆云龙:《明人小品十六家·屠赤水先生小品》,浙江古籍出版社1996年版,第87页。

情障乎"①的心绪，更可见文人士大夫追慕闲适之趣的审美情调，这突出地表现了士林文化中"雅"的品位。

摆脱官场虚伪应酬，在物质生活有一定保证之后，随心所欲地追求"无官一身轻"的闲适之情，正是晚明文人士大夫欲冲破封建藩篱、追求心灵自由的理想。也许这种理想有时只是说说而已，难以付诸实践，但此一种心态，却也不是汲汲于功名利禄的钻营者所能具有的。散文小品篇幅短小，又无韵律的限制，形式自由，与晚明文人之心态若合符契，于是小品的写作在反映士林雅趣上就有了其他文体所欠缺的得天独厚的优势。可以说，小品文化品格中的士林文化基础造就了其鲜明的个性，从而有了享誉千秋的资本。

《论语·雍也》记述了孔子"知者乐水，仁者乐山"②一段话。文人可以从山水反观自身，从而寻觅到精神寄托的所在。他们徜徉于大自然的怀抱中，与山水清景合而为一，并从中找到领悟人生的途径，暂时与纷披的物质世界告别，发现精神自由的天地。这就是晚明文人喜低回流连于山水之间的心理依据。如果把个人一时一地的感受写成率意而就的小品，就使瞬时的感受永久化地存在于世上，有可能在失落的现实中重新发现自己的价值。袁宏道《游骊山记》有云："天子之贵，不能与匹夫争荣，而词人墨客之只词，有时为山川之九锡也。"③其中对自我价值的肯定，也反映出文人自恋心理的执著。《论语·卫灵公》记孔子之语有"志士仁人，无求生以害仁，有杀身以成仁"④之论，《孟子·告子上》也有"舍生取义"⑤之语。在传统儒家理念中，忠君与爱国往往同一，晚明文人或称之为节侠心。明末天启进士陈仁锡议论西湖之语，可称正直文人的自我写照，其《题春湖词》中有云："尝笑红粉心

---

① （明）袁宗道：《白苏斋类集》卷一四，上海古籍出版社1989年版，第193页。
② 杨伯峻：《论语译注》，中华书局1980年版，第62页。
③ 钱伯城：《袁宏道集笺校》卷五一，上海古籍出版社1981年版，第1468页。
④ 杨伯峻：《论语译注》，中华书局1980年版，第163页。
⑤ 杨伯峻：《孟子译注》，中华书局1960年版，第265页。

长，节侠气短；西湖不然，节侠心即红粉心。"①作者有感于西湖畔之岳飞庙与大好湖山相映生辉，写下此段文字，一片忠正之气灼然可见。这也是晚明小品绝非"嘲风月，弄花草"一类无聊文字的表证。王思任是一位性格倜傥诙谐的文人，然于大节面前绝不苟且，关键时刻能保持操守。清兵南下攻破绍兴后，年已73岁的他誓不投降，绝食而死。其《思任又上士英书》（又名《让马瑶草》）就是一篇富有战斗力的小品文字。文中"吾越乃报仇雪耻之国，非藏垢纳污之区也"②二语，怒斥南明奸佞马士英，铁骨铮铮，义正词严，至今脍炙人口。归庄虽未仕明朝，却也有遗民气节，明亡后誓不投靠清廷，志节可敬。其《跋登楼赋》有云："虽桑梓依然，不敢云我土也。所不同于王仲宣者，无楼之可登，无刘荆州之可依耳。"③堪称语语沉痛，一片爱国之情如在目前。晚明小品在打破"文以载道"的文统的同时，并没有舍弃儒家文化。

文字须有民间的滋养，才能不断发展，推陈出新。诗歌如是，散文亦如是。明代中叶以后，文人士大夫的思想已染有浓厚的市民阶层意识，标举性灵，强调个性解放，向某些传统意识挑战以及大胆承认私欲等等，无不折射出市井文化的辉光。一般而论，士林文化强调对传统的继承，趋向于保守；市井文化则重视现实的享乐，有移风易俗的力量。两种文化在冲撞交融的整合中，必然使其体现者产生某种躁动，而躁动的心态只有通过精神的运作才有望平复。从某种意义讲，散文小品（不是全部）恰恰可以充当创作主体的心理平衡器，而这也是晚明小品有别于历代散文的本质之处。袁宏道《识张幼于箴铭后》中有"性之所安，殆不可强，率性而行，是谓真人"④的文字，面对这样的小品，几百年后我们仍能谛听到作者那颗有意冲破传统的心在有力地跳动。在《叙小修诗》一文中，袁宏道又说："故吾谓今之诗文不传矣。

---

① （明）陆云龙：《明人小品十六家·陈明卿先生小品》，浙江古籍出版社1996年版，第561页。
② （清）计六奇：《明季南略》卷五，中华书局1984年版，第286页。
③ （清）归庄：《归庄集》卷四，上海古籍出版社1984年版，第282页。
④ 钱伯城：《袁宏道集笺校》卷四，上海古籍出版社1981年版，第193页。

其万一传者，或今闾阎妇人孺子所唱《擘破玉》、《打草竿》之类，犹是无闻无识真人所作，故多真声，不效颦于汉、魏，不学步于盛唐，任性而发，尚能通于人之喜怒哀乐嗜好情欲，是可喜也。"①这一超越于士林文化之上的追求，与时代的脉搏相应共振，绝非个别孤立的现象。清初廖燕《山居杂谈》也有类似文字："凡事做到慷慨淋漓、激宕尽情处，便是天地间第一篇绝妙文字，若必欲向之乎者也中寻文字，又落第二义矣。"②

袁宏道在其尺牍《徐汉明》中提倡"于业不擅一能，于世不堪一务"③的"适世"之道；于尺牍《龚惟长先生》中又写出文人放浪形骸之外的"五快活"之情景。张岱于《自为墓志铭》中对自家少年时代"十二好"的放荡生涯既不讳言，也无忏悔之意。这些文人对物质生活、精神生活的多方位追求，突破了儒家较为单调的人生价值取向，是市井文化品格在他们小品中的反映。

全面探讨晚明小品的文化品格，就应注意到老庄与禅悦对小品作家的深刻影响。儒释道三教合一之论，唐代以后即为社会所广泛认同，这无疑给文人士大夫"行藏出处"的人生取舍增加了多重选择。从哲学角度考察道家学说，主要体现在"避世"二字上，这与儒家的积极人世精神适相反对。然而两者又并非形同水火，往往是你中有我，我中有你。文人士大夫在出世与避世的人生抉择中，常常是在朝以儒，在野以道，或者外儒内道，交相为用。从文化角度考察，中国政治与伦理等领域较多地打上了儒家的烙印，而文学艺术、科技等领域则较多地打上了道家的烙印。现代学者张岱年曾说："儒、道两家学说是中国古代哲学的核心部分，同时也是中国固有文化的主要思想基础。"④竟陵派主将谭元春《又答袁述之》有云："古人无不奇文字，然所

---

① 钱伯城：《袁宏道集笺校》卷四，上海古籍出版社1981年版，第188页。
② （清）廖燕：《二十七松堂文集》附录一，上海远东出版社1999年版，第415页。
③ 钱伯城：《袁宏道集笺校》卷五，上海古籍出版社1981年版，第218页。
④ 张岱年：《玄儒评林》，湖南人民出版社1985年版，第1页。

谓'奇'者，漠漠皆有真气。弟近日止得潜心《庄子》一书，如'解牛'何事也，而乃曰'依乎天理'；'渊'何物也，而乃曰'默'；'惑'有何可钟也，而乃曰'以二缶钟惑'。推此类具思之，真使人卓然自立于灵明洞遂之中。"①这是用道家学说阐释文艺创作问题，带有这一派的幽深孤峭的色彩。

袁宏道《德山麈谭》作三教会通之论，有意将老庄之说引入儒学，服务于其性灵说，因而晚明小品染有老庄色彩就非偶然了。向往老庄而外，禅悦之风盛行于晚明文人士大夫间，又使小品的文化品格向佛学发生了一定程度的偏转。明代万历以后，士大夫多喜谈禅，僧与士人交往也成风气。袁中道于《西山十记》之十有云："今予幸而厌弃世膻，少年豪习，扫除将尽矣。伊蒲可以送日，晏坐可以忘年；以法喜为资粮，以禅悦为妓侍，然后淡然自适之趣，与无情有致之山水，两相得而不厌，故望烟峦之窈窕突兀，听水声之幽闲涵淡；欣欣然沁心入脾，觉世间无物可以胜之。"②参禅在文人那里不是目的，只是通往心灵自由的一个途径。袁宏道《叙小修诗》中有一段著名的话："独抒性灵，不拘格套，非从自己胸臆流出，不肯下笔。"③这一番话就直接脱胎于岩头与义存的参禅之语："(岩)头曰：'他后若欲播扬大教，一一从自己胸襟流出，将来与我盖天盖地去。'师于言下大悟，便作礼起。"④可见性灵派与禅宗的密切关系。阳明心学即带有以禅诠儒的倾向，这无疑加强了小品的禅学品格。何良俊《四友斋丛说》卷二一曾就此论道："然释教之所以大明于世者，亦赖吾儒有以弘之耳。"⑤士人盛禅悦之风与民间好佛之尚，前者是追求精神的超越，后者多注重现实痛苦的解脱，目的或有不同，但基础也有相近处，那就是反抗封建专制主义对人性的压抑。在小品的写作实践中，禅

---

① (明)谭元春：《谭元春集》卷二八，上海古籍出版社1998年版，第772页。
② (明)袁中道：《珂雪斋集》卷一二，上海古籍出版社1989年版，第542页。
③ 钱伯城：《袁宏道集笺校》卷四，上海古籍出版社1981年版，第187页。
④ (宋)普济：《五灯会元》卷七，中华书局1984年版，第380页。
⑤ (明)何良俊：《四友斋丛说》卷二一，中华书局1959年版，第187页。

学与文学创作的联系主要通过意象或意境的营构而显现,我们在公安派与竟陵派作家的有关作品中不难发现这一特点。

小品中的禅味,自以清言中为多,如明洪应明《菜根谭》即是一部说禅劝世的清言小品集。其中多为独处自省、明心见性之语,故作达观中也隐约透露出几许苦涩的无奈。在心学盛行的时代,在儒、释、道三教合一的大背景下,晚明小品具有多重文化品格,就是事物发展的必然,标志出它不同于传统散文的内质所在。

三

17世纪的明末清初是一个"天崩地解"的时代,"王纲解纽"的社会趋势为小品精神的形成,营造了适宜的生态环境。清人扣关入主中原,中断了晚明走向近代的历程,也逐渐窒息了士林阶层要求个性解放的呼声,小品精神走向末路就成为历史的必然。

明末清初的文人士大夫总结明亡的教训,或归罪于朋党,或遗憾于"盗寇"(农民军),或抨击王朝的腐败,或痛惜人才的缺乏。也有一些文人从学术角度加以审视,认为学术之坏,也就是阳明心学的泛滥颠覆了明王朝的统治。①阳明心学于明末清初之际仍不乏信奉者,如著名的思想家黄宗羲即是,但从总的发展趋势而言,程朱理学还是逐渐占了上风,这大约也符合事物发展的辩证法原则。特别是程朱理学得到清代最高统治者的大力提倡,成为官方哲学以后,其对士林的影响就更不言而喻了。阳明心学是晚明性灵派文学家的哲学基础,当程朱理学取而代之,重新占据士人的头脑以后,这对于小品精神的传承无异于釜底抽薪,小品之所以在17世纪的中国走上末路也就顺理成

---

① 有关论述可参见(清)陆陇其《三鱼堂文集》卷二《学术辨》、(清)张尔岐《嵩庵闲话》卷一中的有关文字。

章了。当然这一变化也并非突然而至,明亡以后,晚明小品精神也不是戛然而止,它具有一个渐变的过程,这就是桐城派逐渐走上散文的统治地位,并最终取小品地位而代之的文学史历程。

桐城派是清代影响最大的散文流派,开创于桐城人戴名世、方苞,形成于17世纪末至18世纪初,正好是晚明小品已渐式微之际。桐城派的形成并非是一种文学的自觉,诸多客观因素促成了它的出世。桐城派以程朱理学为本,论文讲究"义法",技巧形式则以"雅洁"为主;发展至姚鼐,又提出文章四粗、四精之八大要素以及阴柔、阳刚之风格论,至于义理、考据、辞章三者相济的追求,也是桐城派的文章特色。桐城派散文有通经明道的实质内容,在一定程度上迎合了专制统治者的政治需要,但这不应当由该文派本身负责,时代风会是不容忽视的因素。以清代桐城文派的产生为参照系,可以使我们更清楚地认识到晚明小品精神的近代性特色,从而对中国17世纪的文学发展脉络作出准确的把握。

如前所述,晚明小品源于公安派的崛起,袁中道《中郎先生全集序》盛称其兄袁宏道云:"先生出而振之,甫乃以意役法,不以法役意,一洗应酬格套之习,而诗文之精光始出。"①晚明小品正是以"精光"为其外在特色的。陈继儒是晚明小品家,其《文娱序》借他人之口指出"以文自娱"说,论小品写作则有:"芽甲一新,精彩八面,而法外法,味外味,韵外韵,丽典新声,络绎奔会,似亦隆、万以来,气候秀擢之一会也。"②小品与传统散文迥异的风貌是与晚明的时代相应合的。陈继儒生当明嘉靖、万历至崇祯间(1558—1639),比袁宏道年长十岁,却颇长寿,晚卒近三十年,差五年就可能遭遇易代之悲了。袁、陈二人以当代人之眼光审视自己钟爱的文体,固如是说。廖燕生当明亡之际,卒于清康熙四十四年(1644—1705),当属一位完全的清代人,然

---

① (明)袁中道:《珂雪斋集》卷一一,上海古籍出版社1989年版,第522页。
② 胡绍棠选注:《陈眉公小品》,文化艺术出版社1996年版,第24页。

而日人盐谷世弘于日本文久二年（1862）为廖燕集所写《刻二十七松堂集序》却将廖氏视为明朝人，并说："盖明季之文，朝宗（侯方域）为先驱，冰叔（魏禧）为中坚，而柴舟（廖燕）为大殿矣。"①侯、魏二人以古文名世，属于传统意义上的散文家，不当入于小品文家之列；廖燕为文则多晚明小品习气，带有自觉继承的印记。就此而言，将廖燕之文视为"朱明三百年之殿"，也并非大谬不然者。

廖燕对于晚明小品精神情有独钟，理解也极深刻，他有《选古文小品序》一文，将优秀的小品之作甚至比为"刺人尤透"的匕首。其文有云："大块铸人，缩七尺精神于寸眸之内。呜呼，尽之矣。文非以小为尚，以短为尚，顾小者大之枢，短者长之藏也。若言犹远而不及，于理已至而思加，皆非文之至也。故言及者无繁词，理至者多短调。巍巍泰岱，碎而为嶙砺沙砾，则瘦漏透皱见矣；滔滔黄河，促而为川渎溪涧，则清涟潋滟生矣。"②如此论说小品，比上述袁宏道的"精光"说、陈继儒的"精彩八面"说都要深刻。置身于热闹世局之外，也许更能看穿事物的本质，廖燕作为晚明小品精神的传人，在时代氛围已然大变的情况下仍能执著于小品的写作，为明清之际小品的末路皴染上鲜艳的一笔。应当指出的是，廖燕于清初文坛并不处于主流位置，他少习举业，中途放弃，专以著述为乐，浸染晚明余风，自主意识极强。其性格决定了他始终自外于主流社会，处于文坛边缘的地位；而这一边缘的处境又令他远离时代的政治——不像王士禛等身居官场的文人，必须俯首低眉于清统治者的专制淫威下讨生活——这反而玉成了他自我精神的熔铸。廖燕所处的时代为清顺治与康熙中，文字狱的阴影远不如其后雍正、乾隆两朝浓重，所以只要不与其王朝统治发生正面的冲突，就允许一些自外于主流社会的文人在书斋中发挥自我。廖燕如是，写过清言小品集《幽梦

---

① （清）廖燕：《二十七松堂文集》卷首，上海远东出版社1999年版，第1页。
② 同上，卷四，第84页。

影》的张潮亦如是。随着清代专制主义的加强，文人的这块自由天地也被无情地剥夺了，其后虽也有史震林的《西青散记》一类的小品文字，也有郑燮情真语挚的尺牍小品文字，也有袁枚性灵说的提出，但与晚明小品精神终究隔了一层，其近代意识反而没有晚明人强烈。文坛起主导作用的是桐城派，作为正统散文的承继，有其是处，但终究缺乏超迈古人的革新精神。这是时代的悲哀，也是中国文学的悲哀。

晚明小品精神走向末路，于竟陵派已见端倪，如前所述，此不赘言。在晚明能继承公安、竟陵二派的性灵之风，于创作实践又有所发扬光大者是张岱（1597—1689）。他身历国破家亡的巨痛，既有过珠环翠绕、富贵温柔的生活，也受过辗转流离、贫困不堪的磨难。张岱将近"知命"之年遭遇国变，结束了他较为优裕的诗酒生涯，然而他没有就此消沉下去，作为一位坚守民族气节的读书人，著书自娱，以明遗民的身份走完了其生命的最后旅程。张岱一生著述宏富，约有三十余种，内容涉及史学、文学、经学、医学、饮膳、地理等，其中《陶庵梦忆》、《西湖梦寻》两部笔记与其一部文集，就是其优秀小品创作的展现。在《梦忆》、《梦寻》二书中，《湖心亭看雪》、《西湖七月半》、《小青佛舍》、《飞来峰》等都是耐人寻味的小品之作，无不闪现出自我徘徊于昔日梦境中的身影。张岱的梦是痴迷的，他并不愿从梦中走出，重回令人神伤的现实世界，去体味那梦醒以后无路可走的悲哀；他只想流连于梦中的虚幻，以涵泳于理想的精神世界。这一祈愿本身就是晚明小品精神的体现。正是主、客体的两相融合，造就了一代小品文的大师，给已走上末路的晚明小品抹上了一层亮丽的色彩。

在小品精神走向末路的历程中，有两位堪称过渡人物的文人值得我们瞩目。二人性格不同，遭际迥异，但二人皆具有的挥洒自如的晚明文人的气度，为17世纪的中国又添注了一笔不菲的文化遗产。他们就是金圣叹与李渔二人。

金圣叹（1608—1661），是一位才子，又是一位狂生，干事率性而为，又好发惊世骇俗之论，当时就颇为人所侧目。他有所谓"六才子书"的评点计划，但只完成了《水浒传》、《西厢记》二书的评点,《杜诗》只完成了一部分。他的评点文字与一些序跋文字都可纳入小品的行列,且不乏真知灼见。金圣叹文风汪洋恣肆,痛快淋漓,充盈着晚明小品的精神。然而这样一位有极强自主意识的文人却难以适应清初的政治环境,终因清顺治十八年(1661)的苏州学子"哭庙案"而为清廷所杀。他的死,在某种意义上预示了小品精神必然走向末路的命运。

李渔(1611—1679?),原为明诸生,家中富有;清兵南下,家道中落。李渔入清后不曾走应试求官之路,而是以著述、刻书与编演戏曲为乐。他是诗文家,也是小说家、戏曲家,市井文化与士林文化在他身上融会贯通,成就颇大。其诗文集名《笠翁一家言》,即包括著名的《闲情偶寄》这部小品精神甚浓的作品。《闲情偶寄》分为"词曲部"、"演习部"、"声容部"、"居室部"、"器玩部"、"饮馔部"、"种植部"、"颐养部"八部分,一望即知,这的确是一部包罗万象的闲适之作,其内在精神的潇洒超出了其外在形式上的严肃。其中发抒性灵的文字是与晚明小品精神一脉相承的。李渔曾在南京开有芥子园书铺,家中还养有戏班,从事经营性演出,堪称是一位亦儒亦商的文人。这样的"儒商"是晚明社会氛围下的产物,在清初尚有一定的生存空间。但随时间的推移,这样的空间逐渐趋于狭小,李渔式的文人毕竟没有蔚成风气。而李渔身后毁多于誉,也可证明小品精神的走向末路与时代氛围具有密不可分的关系。

中国的17世纪向为历史学家所关注,20世纪80年代以前,论者多从政治、经济角度讨论所谓"资本主义萌芽"问题,而忽略了对文化的深入探讨。17世纪本是明清易代之际,而市井文化的繁荣,如冯梦龙"三言"、凌濛初"二拍"等话本和拟话本的出现,才子佳人小说的盛行,戏曲的普及,又无不回响着中国迈向近代的脚步声。因而,晚明与"五四"新文化运动的联系，也逐渐引起论者的兴趣①。晚明小品作为那一时代一种有代表性的文体，从有关文论的角度出发，结合其文化品格的讨论，拷问其由盛而衰的缘由，对于我们准确把握17世纪中国文学的发展脉络是大有助益的。

（原载《武汉大学学报》2003年第5期；中国人民大学《中国古代、近代文学研究》2004年第1期转载）

---

① 参见吴承学、李光摩：《"五四"与晚明——20世纪关于"五四"新文学与晚明文学关系的研究》，《文学遗产》2002年第3期。

陈廷敬及其文学地位略论

陈廷敬是康熙朝一代重臣，有两千一百余首古今体诗传世，然而在文学史上，其地位似乎无足轻重。本文从后世对其生年记述模糊不清的状况入手，探讨了其文学地位不彰的原因，分别就其主观因素与客观因素加以分析，并与其同时代诗人王士禛作了简单的比较，试图揭示文学史中的一个较为普遍的规律。

作为清初的一代重臣，陈廷敬出入禁闼几五十年，回翔内阁三十余年，侍奉一代英主康熙皇帝，卓有建树，而于修史编书，业绩最为显著。在康熙一朝，他领衔编纂《大清一统志》、《明史》、《佩文韵府》、《康熙字典》、《鉴古辑览》等，沾溉后学，至今影响犹在。然而这样一位在当时地位甚高的文臣，后世文名却并不特别响亮，其文学地位似也无足轻重，众多文学史著述有关康熙诗坛的篇章，对陈廷敬几乎很少述及，遑论专章专节的讨论！造成这一明显落差的原因，主要当从其自身寻求，然而一些客观因素也起了不容忽视的作用，这须从陈廷敬的确切生年谈起。

一

《清史列传》、《清史稿》、《山西通志》卷一二二于陈廷敬本传皆载其卒岁而无"享年"，故难推知其生于何年。陈廷敬生于何年？对于历史上这样一位赫赫有名、具有"南书房行走"资格的人来讲，似乎不应当成为一个问

义理与考据

题。然而多少年来,恰恰是这样一个不当成为"问题"的问题,长期以来有关研究者似乎都没有搞清楚,这从反面也印证了生前显赫的陈廷敬"寂寞身后事"遭遇的不幸。

朱彭寿《清代人物大事纪年》成书于清末,重编出版于2005年2月,是书记述陈廷敬:"崇德四年己卯(明崇祯十二年,公元一六三九年),生辰:陈廷敬生(原名陈敬),字子端,号悦岩、午亭。山西泽州人。享年七十四。"又:"康熙五十一年壬辰(公元一七一二年),卒岁:陈廷敬,入阁办事原任文渊阁大学士。四月卒,年七十四,谥文贞。"①1981年出版吴海林、李延沛编《中国历史人物生卒年表》著录陈廷敬生卒年为"1639—1712"。②1992年出版《中国历史大辞典·清史》(上)括注陈廷敬生卒年亦为"1639—1712"。③1996年出版钱仲联主编《中国文学家大辞典·清代卷》括注陈廷敬生卒年为"1640—1712"。④

邓之诚《清诗纪事初编》是一部有关清诗研究的力作,至今为有关研究者案头必备之书。是书卷六著录陈廷敬《午亭文编》五十卷、《午亭山人第二集》三卷,述其生卒有云:"卒于五十一年,年七十三。"⑤康熙五十一年为公元1612年,以"七十三"逆推其生年,陈廷敬当生于明崇祯十三年庚辰(1640)。袁行云《清人诗集叙录》卷一一著录陈廷敬《午亭文编》诗二十卷、《二集》三卷,记其享年采用了邓之诚的说法。⑥"七十三岁说"从何而来?《午亭文编》卷四《十二月二十六日湘北、贻上、幼华、蛟门见过,用东坡

---

① 朱彭寿编著,朱鳌、宋苓珠整理:《清代人物大事纪年》,北京图书馆出版社2005年版,第60页、第460页。
② 吴海林、李延沛编:《中国历史人物生卒年表》,黑龙江人民出版社1981年版,第350页。
③ 戴逸、罗明主编:《中国历史大辞典·清史(上)》,上海辞书出版社1992年版,第280页。"陈廷敬"词条后括注"冯尔康"。
④ 钱仲联主编:《中国文学家大辞典·清代卷》,中华书局1996年版,第450页。"陈廷敬"词条后括注"吴正名"。
⑤ 邓之诚:《清诗纪事初编》卷六,上海古籍出版社1984年版,第732—733页。
⑥ 袁行云:《清人诗集叙录》卷一一,文化艺术出版社1994年版,第394页。

馈岁、别岁、守岁韵三首》其三有句云："座中汪舍人，少年未蹉跎。岂惟争一岁，一日犹可夸。"自注："蛟门长予一岁。"①蛟门即汪懋麟，字季用，号蛟门，江都（今江苏扬州）人。康熙六年进士，授内阁中书，官刑部主事，入史馆，充纂修官。工诗善词，为王士禛弟子，著有《百尺梧桐阁集》等。王士禛《比部汪蛟门传》有云："既得疾弥留，令洗砚磨墨嗅之，复令烹佳茗以进，自谓香沁心骨，口占二绝……大笑呼奇绝而逝。实康熙二十七年四月十一日也，年止五十。"②康熙二十七年为公元1688年，以"五十"逆推其生年，汪懋麟当生于明崇祯十二年己卯（1639），汪既长陈廷敬一岁，则陈当生于明崇祯十三年（1640），此或为邓之诚推算陈廷敬生年之依据。《碑传集》卷五九载徐乾学《刑部主事汪君懋麟墓志铭》，内云汪懋麟"年仅四十有九，位止于郎署"，又云"以康熙二十七年四月十八日卒"，③卒日及享年与王士禛所记皆有不同。据此，则汪懋麟当生于公元1640年（吴海林、李延沛编《中国历史人物生卒年表》同此），而转推陈廷敬之生年，又当错后为公元1641年矣！

细味陈廷敬"座中汪舍人"四句诗意，不当为年少者之口吻，其自注"蛟门长予一岁"，似当为"蛟门少予一岁"，一字之讹，或因传抄所致。若所推测不误，则陈廷敬当生于明崇祯十一年戊寅（1638）。此从《午亭文编》中亦可寻出内证。

《午亭文编》卷一四有《五十初度》一诗，在《丁卯元日即事示两儿》一诗之后、《戊辰元日左阙下呈南溟容斋两少宰》一诗之前，可知《五十初度》必写于康熙二十六年丁卯（1687），以"五十"逆推其生年，当在公元1638年。又此诗排于《九日晚晴台泥饮》一诗之后，诗中有句"梅柳眼看过至日"，此"至日"当为冬至（在九月九日重阳节之后故），康熙二十六年丁卯冬至为农历

---

① 袁行云：《清人诗集叙录》卷一一，文化艺术出版社1994年版，第394页。
② 参见汪懋麟：《百尺梧桐阁遗稿》卷首，上海古籍出版社1980年影印康熙间刻本（瞻芑堂藏版）。
③ （清）钱仪吉：《清代碑传全集·碑传集》卷五九，上海古籍出版社1987年影印本，第307页。

十一月十七日，则可推知其生日当在十一月十七日后不久。

明确陈廷敬生年最有力之内证，见《午亭文编》卷三《食榆关驿有老卒语世父侍御公令乐亭时事》一诗。陈廷敬一次在榆关驿（今山海关附近）就餐，遇到一老卒言说前明乐亭陈县令之德政，此县令即陈廷敬的伯父陈昌言。驿东有古神祠，为当年乐亭陈县令经常驻留之所，陈廷敬感慨系之："驰马往视之，祠门日斜暮。故额宛犹存，戊寅字细署。戊寅吾以降，老大凛百虑。酹酒再拜行，春风吹独树。"此诗已明确道出自家的生年在戊寅年，即明崇祯十一年（1638）。

雍正《山西通志》卷二〇〇载李光地《皇清诰授光禄大夫经筵讲官文渊阁大学士兼吏部尚书说岩陈公墓志铭》，内云："康熙五十一年四月十九日，大学士泽州陈公疾终京邸……三月廿四，不幸遘疾，越二十六日以终。公生于前戊寅十一月二十七日巳时，年七十有五。配王氏，封一品夫人，侧室李氏以子贵，封孺人子。"这篇《墓志铭》已将陈廷敬的生卒年月日记录得清清楚楚，后世似乎不当出现上述有关记述的混淆不清状况。然而遗憾的是，不知何故，李光地的这篇墓志铭并未收入其《榕村集》中，因而流传不广。钱仪吉《碑传集》及后续者皆未收录，上世纪30年代王重民、杨殿珣等编《清代文集篇目分类索引》亦未见著录，笔者也是经检索电子版文渊阁《四库全书》才找到的，并与台北商务印书馆1986年影印文渊阁《四库全书》本作了校勘。

刘伯伦所著《陈廷敬》一书后附《午亭山人年谱》，标示陈廷敬生卒年月日与李光地所撰《墓志铭》全同，其生年即根据上引"戊寅吾以降"之诗句。可惜是书未注明此"年谱"之来源，实为憾事。此"年谱"流传不广，杨殿珣编《中国历代年谱总录》（1980年出版）未见著录，来新夏所著《近三百年人物年谱知见录》（1983年出版）未见著录，黄秀文主编《中国年谱辞典》（1997年出版）亦未见著录。《陈廷敬》一书广泛搜辑材料，撰写费时费力，作者下了很大功夫，廓清了有关陈廷敬生平的不少问题，但也有一些疏漏。如第二章开首介绍陈廷敬生平说："陈廷敬出生于明崇祯十一年十一月二十七日。但以崇祯十一年对照公元纪年是1638年,但当年农历十一月二十七日系公元1639年的元月2日。"①此说不知何所据而云然。经检索陈垣《二十史朔闰表》、郑鹤声《近世中西史日对照表》,崇祯十一年十一月二十七日正巧为公元1638年12月31日,所以括注陈廷敬公历生卒年依然当为"1638—1712"。

从纯粹的接受角度而言,陈廷敬生年推断的混乱情况正可说明后世对其历史地位的漠视。我们今天讨论其文学地位,亦应当实事求是,既结合当年的历史状况,也要考虑到后人的有关接受反应,才能准确地把握住这一文学个案的实质。

二

明清科举取士,特别是清代场屋,考试内容以八股文与试帖诗为主。因乃进身之阶,一生荣辱所系,所以八股文以外,五言八韵一类的诗歌写作,从事举业者也都要举重若轻,人人必会,还须一丝不苟,精益求精,否则一字不妥或一韵失审,就会名落孙山之外。科举而外,平时文人士大夫之间交际乃至官场上下宴饮应酬,也少不了赋诗助兴。广义而论,诗在古代是作为一种交际语言而普遍存在的,不纯粹是现代意义上的文学创作。古代所谓诗人与现代的诗人,在概念上是有所不同的,如果混淆了这一"语境"上的差异,就会令我们在评价古代诗歌作品时失去"准星",甚至歧路亡羊。

古人写诗,无论古体还是近体,都须遵从一定的韵律,讲求典雅,崇尚比兴,试帖诗、应制诗以及一切交往应酬诗概莫能外。这就要求写诗者要具有一定的传统文化素养,腹笥充盈,方能临题构思,游刃有余。一般而言,学问愈富,写诗就愈能挥洒自如,左右逢源,至于境界若何,有无耐人寻味之隽永魅力,则又另当别论了。南宋严羽《沧浪诗话·诗辨》中所谓"以文

---

① 刘伯伦:《陈廷敬》,国际炎黄文化出版社2001年版,第19页。

字为诗，以才学为诗，以议论为诗"者，即属于这一类诗人。这一类人所写诗多有流传，我们可称之为"学人之诗"。

然而明清两代也有不少人有意突破诗歌的实用价值，专意在抒发性灵或表现自我上下功夫，诗在这些人的手中已经成为一种高级创作活动，并有相关的理论与其创作相互发明。在今人所写的古代诗歌史中能够占据一席之地者，大多属于这一类诗人。南宋严羽《沧浪诗话·诗辨》中所谓"诗有别材"、"诗有别趣"以及"惟在兴趣"诸说，大致可以范围这一类诗人。这一类人所写诗也多流传，我们可称之为"诗人之诗"。

学殖浅陋又无风雅情性的芸芸众生，也能作诗，因为古代具有一定文化基础的人掌握诗歌韵律并非难事。这些人所写的诗常常被人讥为"打油"、"钉铰"，虽在各种典籍中也时常可以见到，但已难以引起人们的注意，我们可称之为"常人之诗"。研讨古代诗歌，常人之诗可以不论，学人之诗、诗人之诗却皆难以回避，因为两者之间并没有明显又不可逾越的界限，往往你中有我，我中有你。然而大致上将古代诗歌用"学人之诗"与"诗人之诗"两种风格区以别之，我们还是能够做到的，这样做有益于我们解决文学史研究中的一些问题。

清初诗坛，钱谦益而后，执其牛耳者为神韵说的倡导者王士禛。王士禛受知于康熙皇帝，陈廷敬的极力推荐功不可没。《清史稿·陈廷敬传》："廷敬初以《赐石榴子》诗受知圣祖，后进所著诗集，上称其清雅醇厚，赐诗题卷端。尝召见问朝臣谁能诗者，以王士禛对，又举汪琬应博学鸿儒，并以文学有名于时。"[①]这段记述当源于陈廷敬的自我表白，其《午亭文编序》有云："年二十释褐登朝，优游词馆，与二三同学独多为诗。新城王阮亭方有高名，吾诗不与之合。王奇吾诗，益因以自负，然卒亦不求与之合。非苟求异，其才质使然也。其间亦复稍稍为古文以自娱，长洲汪钝翁见而大异之。

---

① 赵尔巽等：《清史稿》，中华书局1977年版，第9969页。

苕文故世父所知士,吾感汪言,遂肆力于古文,若自有得焉。后召见殿中,余言贻上;诏求文学之士,余言苕文。两人皆官翰林。"不因诗风相异而加排斥,反而在帝王面前为之说项,显示出陈廷敬为人厚道、不嫉贤妒能的品格。《午亭文编》卷二四《困学绪言》:"知妨贤病国之罪大,则知荐贤为国之功钜矣。"可见陈廷敬并非口是心非者,这在独裁专制体制下尤为难能可贵。所谓"非苟求异,其才质使然也",自信之中兼有自知之明的旷达。所谓才质的不同,质言之,也就是学人之诗与诗人之诗风格取向的不同,显然,陈廷敬的诗风属于前者。

前举《赐石榴子》诗在《午亭文编》卷一〇,题为《赐石榴子恭纪》,题下自注"时侍宴外藩郡王"。此诗前有《立春日漫兴》、《晚秋怀张西园先生》二诗,前者首句云"吾今三十五",可知当写于康熙十一年壬子(1672);此诗之后又有《七月二十一日赐宴瀛台迎薰亭》、《癸丑除夜》二诗,可知皆当写于康熙十二年(1673)。农历七月为孟秋,在所谓"晚秋"之前,可推知《赐石榴子》诗当写于公元1672年中,而非公元1673年。诗云:

> 仙禁云深簇仗低,午朝帘下报班齐。侍臣早列名王右,使者曾过大夏西。安石榴栽红豆蔻,火珠光迸赤玻璃。风霜历后含苞实,只有丹心老不迷。

《午亭文编》卷一二另有《召见懋勤殿应制》一诗,有序云:"戊午正月二十二日,召臣廷敬同户部郎中臣士正(即王士禛,后以避雍正帝胤禛讳追改——笔者),且命各以近诗进见于懋勤殿,温语良久。至诵《赐石榴子》诗'风霜历后含苞实,只有丹心老不迷',蒙恩褒美,命至南书房,撤御膳以赐。内侍赍二题命赋诗,夜漏下乃退。"戊午即康熙十七年(1678),距写《赐石榴子》诗之年已过将近六年,细味该序,并未涉及康熙帝对王士禛所进诗的评价。康熙帝褒奖其"风霜"二句诗,主要是从其对帝王耿耿丹心的政治角度出发的,而这种具有象征意味的艺术手法,正是获取帝王青睐的原因;就全诗而言,并无大过人之处。陈廷敬进呈《赐石榴子》诗时年四十一岁,是否即如《清史稿》

义理与考据

本传所言"初以《赐石榴子》诗受知圣祖",恐未必尽然。据《午亭文编》卷三八《也红亭记》:"康熙十七年闰三月二十一日,予与侍读王君贻上被召入直乾清宫之南殿,宫中所谓南书房者。"又《午亭文编》卷一二《赐五台山新贡天花恭纪》前有序云:"闰三月,臣廷敬同翰林侍读臣士正(禛)直南书房。"《清史列传·陈廷敬传》系其入直南书房事于是年七月:"十七年……七月,廷敬偕侍读学士叶方蔼入直南书房。"①当以陈廷敬自己所记述者为准。其实,陈廷敬受知于康熙帝并非因此一诗之故,当有一个循序渐进的过程。据《清史列传》,此前一年即康熙十六年,康熙帝对陈廷敬等已多奖赐:"九月,同掌院学士喇沙里、侍讲学士张英奉谕曰:'尔等每日进讲,启迪朕心,甚有裨益。嗣后天气渐寒,特赐尔等貂皮各五十张、表里缎各二匹。'"②这在专制社会堪称殊荣。王士禛《渔洋精华录》卷八《九日寄说岩院长屺庵学士》题下自注:"二公向同内直。"惠栋注引《召对录》云:"康熙十七年,予由户部郎中改翰林院侍讲。是年夏,与泽州陈说岩、昆山叶屺庵、桐城张敦复同直南书房,每有御制,必命和进。"③可见,陈廷敬、王士禛等是作为康熙皇帝的文学侍从之臣而蒙"受知"的,庙堂文学自当以清醇典雅、雍容大度为准的;而康熙皇帝也的确是以升平宰相、风雅才士看待陈廷敬的。

康熙四十四年(1705)初,康熙帝有诗赐与陈廷敬,诗题云:"览《皇清文颖》内大学士陈廷敬作各体诗,清雅醇厚,非集字累句之初学所能窥也。故作五言近体一律,以表风度。"诗云:

横经召视草,记事翼鸿毛。礼义传家训,清新授紫毫。方姚比就韵,

---

① 《清史列传》卷九《陈廷敬传》,中华书局1987年版,第638页。
② 同上,第638页。
③ (清)王士禛著,惠栋、金荣注:《渔洋精华录集注》,齐鲁书社1992年版,第1000—1001页。

李杜并诗豪。何似升平相，开怀官锦袍。①

一代帝王作诗褒扬臣子，将之拟之为唐代贤相房玄龄、姚崇，比之为享誉千古的诗人李白、杜甫，几乎无以复加。这一年陈廷敬已六十八岁。《午亭文编》卷一八有《臣诗迭蒙圣恩奖赏，每聆天语，感激之下，涕泪零落，累日愧悚，恭纪以诗》一诗为答：

衰钝何堪感至尊，频蒙激赏是殊恩。抛残绮语文焉用，老罢丹心事可论。一饭不忘如杜甫，平生无憾胜虞翻。传闻多恐遗青史，留取新诗示子孙。

这首诗排列在《甲申七夕二首》、《御书大福字恭纪》二诗之后，在《六日祈谷前一日雪》一诗之前。清朝皇帝于每年除日书写大"福"字赐与朝中大臣，《御书大福字恭纪》有句"今岁预知明岁喜，万家先占一家春"可证，是诗即写于甲申最后一日。"祈谷"是古代祈求谷物丰熟的祭礼，多在孟春元月举行，《六日祈谷前一日雪》当写于农历乙酉元月五日。从上二例可证，"衰钝"一诗当写于康熙四十四年乙酉（1705）元月初，是蒙康熙帝赐诗"横经召视草"云云后的感恩之作。诗中颔联二句"抛残绮语文焉用，老罢丹心事可论"是对自己早年《赐石榴子》诗中"风霜历后含苞实，只有丹心老不迷"一联的追忆与照应，更可见其老而弥坚的赤胆丹心。诗中颈联出句"一饭不忘如杜甫"，是对康熙诗"李杜并诗豪"的回答。苏轼《王定国诗集叙》有云："古今诗人众矣，而杜子美为首，岂非以其流落饥寒，终身不用，而一饭未尝忘君也欤！"②这也无非表达自己对帝王的耿耿忠心。然而杜甫一生坎坷不遇，自

---

① 王志民、王则远校注：《康熙诗词集注》，内蒙古人民出版社1994年版，第522页。是集诗以编年为序，此诗前有《康熙四十四年元旦……》一诗，后有《乙酉仲春南巡船窗偶作》一诗，乙酉即康熙四十四年，是知赐诗亦当作于是年。

② （宋）苏轼：《王定国诗集叙》，《苏轼文集》，中华书局1986年版，第318页。

己却青云路坦；于是对句"平生无憾胜虞翻"又以不得志的虞翻为反衬，表达对帝王知己的感激涕零。虞翻事语本《三国志·吴志·虞翻传》裴松之注引《虞翻别传》："自恨疏节，骨体不媚，犯上获罪，当长没海隅，生无可与语，死以青蝇为吊客，使天下一人知己者，足以不恨。"①陈廷敬对康熙帝此次赐诗的荣耀一直津津乐道，《午亭文编》卷三七《史蕉饮过江诗集序》："上尝有是言矣，赐廷敬诗序有曰：'清醇雅厚，非积句累字之学所能窥也。'于戏，此风雅之本原，诗人之极致，廷敬何足以当之！"帝王的表彰并非无的放矢，康熙帝所看重的正是陈廷敬的学识丰厚与立身惟谨，他不像高士奇那样锋芒毕露，也不似徐乾学那般专横跋扈，诗歌才气或许稍逊于王士禛，"而工力深厚似过之"②；他又遵臣子本分，小心翼翼，不敢越雷池一步。与这样的大臣朝夕相处，在康熙帝心目中自然属于理想的境界。感恩戴德的陈廷敬尽心尽力、忘怀自我地辅佐康熙帝也就不足为奇了。

三

纵观陈廷敬一生，自其二十一岁考中顺治十五年 (1658) 三甲第一百九十五名进士以后③，就一帆风顺。三甲进士且名次靠后，居然可选入翰林院庶常馆，三年后散馆即充会试同考官，授秘书院检讨，具有了"储相"的资本，这在科举时代确属异数。康熙八年 (1669) 以后，陈廷敬历官国子监司业、侍讲学士、日讲起居注官、侍读学士、内阁学士、经筵讲官、翰林院掌院学士，入直南书房，迁礼部右侍郎，调吏部右侍郎，擢左都御史，又历工部、户部、吏部尚书，堪称青云直上。康熙二十六年 (1687) 年杪发生的湖广巡抚张汧贪黩案，曾在陈廷敬步步高升的仕途中投下过一层阴影，但不到两年又乌云

---

① （晋）陈寿：《三国志》，中华书局1959年版，第1323页。
② 邓之诚：《清诗纪事初编》卷六，上海古籍出版社1984年版，第733页。
③ 朱保炯、谢沛霖：《明清进士题名碑录索引》，上海古籍出版社1980年版，第2093页。

散尽，逢凶化吉。张汧为陈廷敬的儿女亲家，其犯罪属咎由自取，但因之牵涉姻戚，在结党营私、上下其手的封建官场，也非罕见。①康熙帝有意保护陈廷敬等文学侍从之臣，终于使陈廷敬绕过了这一险滩，这与陈廷敬平时居官廉介的品性、黾勉国事的忠诚、勤奋修书的业绩也不无关系。

文学即人学，"诗品出于人品"，②陈廷敬的为人处世极大压抑了自家个性，其诗歌创作走向"学人之诗"的路径，也就顺理成章了。《午亭文编》卷三十七《吴元朗诗集序》："予尝谓元朗，古人有言，声画之美者无如文，文之精者无如诗，夫文以载道，诗独不然乎？自昔宋初学者祧少陵而宗义山，虽以欧阳公之贤，犹舍杜而学韩。欧阳公诗不逮文，固无可论，然亦岂非以韩诗之为尤近于道与？"在陈廷敬看来，文以载道，诗歌也要载道，他真将诗歌视为"载道"之具，这与其忘怀自我的恋君情结密不可分。而这一情结显然与表现自我以及抒发情性的较为进步的诗学观背道而驰，并不符合诗歌健康的发展方向。

王士禛《渔洋诗话》卷中有云："陈说岩（廷敬）相国少与余论诗，独宗少陵。"③陈廷敬诗学杜甫，未尝不基于后人对杜甫"每饭不忘君"的赞赏，但两人经历迥异，沉郁顿挫之诗风，少年得志的陈廷敬是难以学到的。陈廷敬有《杜律诗话》二卷，在《午亭文编》的四十九、五十两卷中。然而此诗话并非宋代以后寻常意义上带有诗歌评论性质的"诗话"，而仅是对杜甫五十五首七言律诗的再诠释，尽管旁征博引，不乏新意，但所走却是汉儒解经的学问一路，证明的是大诗人杜甫诗作无一字无来历的典雅工整。索解其间微言大义，也多带有夫子自道的蛛丝马迹。如评杜甫《野人送朱樱》一诗云："此诗油然忠爱，遂为独绝，遇固不幸，诗反因之据胜。人谓诗能穷人，又谓穷

---

① 有关张汧一案，可参见王政尧：《试论陈廷敬的历史地位》，载其所著《清史述得》，辽宁民族出版社2004年版，第197—211页。
② （清）刘熙载：《诗概》，郭绍虞编选：《清诗话续编》本，上海古籍出版社1983年版，第2445页。
③ （清）王士禛：《渔洋诗话》卷中，《清诗话》，上海古籍出版社1963年版，第200页。

而后工,由此论之,不独穷而工也。"言外之意,即杜诗之妙即由其发自肺腑的"致君尧舜上"的忠爱之心所致。以今人视角来看陈氏之"忠爱说",未免迂腐,①但作者发抒此论时,态度却是相当认真的,这无疑与其自身春风得意的仕途大有关联。在其《午亭文编》中,我们很难发现陈廷敬细致探讨诗歌艺术的话语,他所追求的是"道尊而学正,学正而文兴"(《午亭文编》卷三五《癸未会试录序》),俨然一副神圣不可侵犯的儒家正统面孔。延君寿《老生常谈》盛赞这位大名鼎鼎的乡先贤有云:"午亭全是一团学力,抱真气而能独往独来者也。余谓其深造之能,直驾新城、竹垞而上之。世人见其用力过猛,使笔稍钝,看去觉得吃力,遂轻心掉之耳。"②"学力"、"真气"说正是陈廷敬之诗乃"学人之诗"的绝佳写照,而略微辩护之词,也将陈诗不同于王士禛等人的"才质"一语道破。

  两汉以后,中国历代文人往往外儒内道,"修齐治平"的追求之外,常以老庄思想填补内心的空虚或慰藉遭际的不平。唐宋以后佛教禅宗的盛行与明代王阳明心学的崛起,更使众多文人士大夫在寻觅精神家园的过程中有了更多的选择。特别是明代中后期,城市商品经济的发展与市井文化的勃兴,更令士林文化受到多方面的影响,思想启蒙反映于文学就产生了倡导"独抒性灵"的公安派与标举"幽情单绪"的竟陵派。崇尚心灵的自由曾导致晚明小品的繁荣,在文学史上留下了鲜明的印迹。清人入主中原,对于晚明蓬勃发展起来的思想解放潮流具有阻遏之势,民族矛盾的尖锐与封建专制集权势力的加强,都促使有思想的文人士大夫转而向内心深处开辟属于自己的一方净土。顺治十四年(1657)的秋天,已会试中式尚未经殿试取得进士资格的王士禛在济南大明湖写下了七律《秋柳》四章,由于用典灵巧,取义晦涩,意

---

① 李正民《陈廷敬〈杜律诗话〉的贡献》(《山西大学学报》2005年第2期)一文认为陈廷敬"不独穷而工也"之论,"这一点是陈廷敬对诗论的新贡献"。笔者认为此评价似可商榷,恕不赘言。

② (清)延君寿:《老生常谈》,郭绍虞编选:《清诗话续编》,上海古籍出版社1983年版,第1826页。

象朦胧，具有一种无奈的悲凉意绪，竟取得了意想不到的成功，此组诗轰动一时，大江南北唱和者，前后多达数百人。一时兴到之举取得始料不及的效果，促使作者有意令以后的诗歌写作向朦胧靠拢，追求"解识无声弦指妙"的境界，并认为"羚羊挂角，无迹可求"的释氏话语"不独喻诗，亦可为士君子居身涉世之法"。[①]可以说，其神韵说的产生既有其个人才质的偶然因素，也有时代发展的必然因素，王士禛顺应时代倡导神韵说，使他在文学史上获得了不朽的声誉。

陈廷敬比王士禛小四岁，会试中式比王士禛晚三年，但殿试考中进士全在顺治十五年（1658），算是"同年"。王士禛殿试二甲，名次远在陈之前，却未能选庶吉士，只能到扬州去做推官。两人皆属少年得志，但馆选与否的遭际不同，又令两人的命运就此分途。陈廷敬一直身居庙堂之中，真正接触社会的机会不多，这是他诗歌题材范围较为狭小的根本原因。加之他谨小慎微的处世态度、一丝不苟的学人气质以及其后烦琐冗杂的编书事务，都无情地压缩了他心灵自由驰骋的天地，诗歌作为文学创作，如果缺乏个性，也就丧失了其久长的生命力。特别是陈廷敬无暇或不屑于在诗歌理论上有所建树，似乎"文以载道"就可一以贯之，这也影响了他文学地位的确立。后于他的沈德潜、翁方纲，在诗歌创作上也许比他还稍逊一筹，但前者提出"格调说"，后者以"肌理说"名世，几乎有了与王士禛"神韵说"、袁枚"性灵说"并驾齐驱的荣耀，文学史讲到清代文学或文学批评史讲到诗歌理论发展史，就不能绕过沈、翁二人的诗论。

在中国文学史上，个人作品的数量具有一定说服力，如唐代白居易、宋代陆游，皆以传世作品众多享誉后世；但数量并非决定性因素，否则的话，乾隆皇帝弘历早就成为历史上最优秀的诗人了，他的传世诗歌（包括大量的臣属代笔之作）有五万余首，几可与《全唐诗》等量齐观。王之涣，《全唐诗》卷

---

① （清）王士禛：《香祖笔记》卷一，上海古籍出版社1982年版，第20页。

义理与考据

二五三只存其诗六首,但一首《登鹳雀楼》、一首"黄河远上"的《凉州词》,已足以令其名千古不朽。陈廷敬存诗两千一百余首,交游唱和者也多当时有名诗人,如王士禛、宋琬、朱彝尊、施闰章、田雯、汤右曾、赵执信、查慎行、顾嗣立等,但有关其警句的诗话却流传不多。这并非说陈廷敬的诗没有表现力或艺术追求,作为学人之诗,其研究价值还是存在的,特别是他陪同康熙帝南巡的一些诗,以北方人之目光欣赏江南风景,别有气象。如《午亭文编》卷一九《西湖八首》之一:

> 不愁平展涟漪水,最爱斜堆断续山。谁识天公才思好,留将诗画与人间。

杨际昌《国朝诗话》卷一:"泽州陈相公(廷敬)《闻笛》诗云:'一片长安秋月明,谁吹玉笛夜多情。关山万古无消息,肠断风前入破声。'风致洒然,绝不妆点台阁气象。"① 上引二诗可算是陈诗中的上乘之作了。就总体而言,陈廷敬的诗的确没有特别引人入胜的艺术魅力,也很少耐人寻味的不尽之情,总之,可以用"才学有余而情韵不足"一言蔽之。《四库全书总目》著录《午亭文编》五十卷有云:"文章宿老,人望所归,燕许大手,海内无异词焉,亦可谓和声以鸣盛者矣。"② 所谓"燕许大手",无非官样文章,并无盛誉之意。

作为封建时代的一介书生,陈廷敬风云际会,侍奉康熙皇帝有始有终,无论其"相业",还是组织编纂史书、地志、类书、字典,都取得了令后人瞩目的业绩,儒家所津津乐道的治国平天下理想也不过如此。至于他的文学地位如何,众多文学史早已有了邺下无讥的回应,我们实在不必为之再争得这

---

① (清)杨际昌:《国朝诗话》卷一,郭绍虞编选:《清诗话续编》,上海古籍出版社1983年版,第1663页。
② (清)永瑢等:《四库全书总目》卷一七三,中华书局1965年影印本,第1522页。

"一杯羹"的荣耀了！

（原载《中华文化论坛》2006年第1期；中国人民大学《中国古代、近代文学研究》2006年第5期转载）

明清八股取士与文学及士人心态

八股文作为科举考试的功令文字，发轫于明初，发展变化于明代中后期，至清代基本定型，直至退出历史舞台。作为一种文体，八股文本不属于文学范畴，仅为考试而设，但明清两代的读书人若欲出仕，就必须钻研其技法，以赢得考官的青睐，争来获隽的荣耀，打通仕途的入口。长期的耳濡目染，必然影响读书人的思维方式，撰文吟诗也无不有八股文潜移默化的影响在，从而令这一考试文体与文学发生了密不可分的关系，同时也影响了两代士人的心态。

科举制度是中国大一统的封建社会的特有产物，因为只有统一的、集权的封建王朝才具备长期、稳定地实施这一选才制度的基础。同时，"学而优则仕"，封建文人根深蒂固的儒家传统思想与依附性的心理祈向，也时刻巩固着这一基础。在官本位的封建专制社会中，科举取士作为联系庶族地主阶层与封建官僚的纽带与桥梁，集经济、官僚、知识三位于一体，构成了封建社会的统治基础，并将不断发展的商品经济因素所必然导致的对封建专制制度的冲击效应，降低至最弱，同时也消解了知识阶层内部所蕴积的反抗力量。就此而论，中国封建社会的长期性与科举取士的实行不无关系。

明清科举考试，皆以八股文为主要内容。明代中后期，随着社会生产力的不断提高，市民意识的觉醒，个性解放思潮的汹涌澎湃，八股取士已逐渐暴露出其与社会不相适应的一面。明清之际的大思想家顾炎武于《生员论中》一文即有过"废天下之生员,而用世之材出也"①的议论,这一取士方式在明末似乎就已经走到了面临抉择的十字路口。

但是明亡以后,清人并没有废止八股科举,反而变本加厉,极为有效地运用这一人才选举制度,很迅速地巩固了政权。史学家孟森曾就此评论说:"明一代迷信八股,迷信科举,至亡国时为极盛,余毒所蕴,假清代而尽泄之。盖满人旁观极清,笼络中国之秀民,莫妙于中其所迷信。始入关则连岁开科,以慰蹭蹬者之心,继而严刑峻法,俾恹求之士称快。丁酉之狱,主司、房考及中式之士子,诛戮及遣戍者无数。其时发难者汉人,受祸者亦汉人。汉人陷溺于科举至深且酷,不惜假满人以为屠戮,以泄多数侥幸未遂之人年年被摈之愤,此所谓'天下英雄入我彀中'者也。"②清统治者以科举为笼络、控制汉族文人的利器,比明朝统治者多了一层深谋远虑的政治因素;而汉族文人为能实现个人价值,奋志青云,也乐得俯首就范,有时为达目的,甚至无所不用其极。

一

如何看待历史上最为后人所诟病的八股取士,也是一个耐人寻味的话题。八股取士基本上适应的是自然经济为主的农耕社会的人才需求,如出题取自"四书"、"五经"中的成句或一章,要求"代圣贤立言",并以宋代程朱理学为依归。以维护封建专制统治为出发点,八股文作为功令文字对于广大读书人而言,就是对其思想的一种无形的控制,影响是全面的。读书人欲猎取功名,就很难绕过这一"龙门"。对于八股取士,清初一些有识之士,如顾炎武就曾指出:"八股盛而《六经》微,十八房兴而《廿一史》废。"③清代文

---

① (清)顾炎武:《顾亭林诗文集》,中华书局1983年版,第24页。
② 孟森:《明清史论著集刊·科场案》下册,中华书局1959年版,第391页。
③ (清)黄汝成集释:《日知录集释》,岳麓书社1994年版,第584页。

义理与考据

字狱的一位著名受害者戴名世甚至说："欲天下之平必自废举业之文始。"①上述两人都是从经世致用的角度批评八股取士制度的，而统治者对此也未尝没有认识。据《清史稿·选举三》记述，从康熙二年到康熙七年（1663—1668），也的确曾一度废止八股文，试士只用策论，但仅两科而罢，其原因可看当时礼部侍郎黄机的进言："制科向系三场，先用经书，使阐发圣贤之微旨，以观其心术。次用策论，使通达古今之事变，以察其才猷。今止用策论，减去一场，似太简易。且不用经书为文，人将置圣贤之学于不讲，请复三场旧制。"②这是清廷内部第一次对八股文应否废止的讨论。乾隆三年（1738），距这次讨论七十年之后，废止八股文的问题又由兵部侍郎舒赫德重新提出，所得答复是："时艺之弊，今该侍郎所陈奏是也，圣人不能使立法之无弊，在因时而补救之。"③于是这一有关人才选举的大事就这样不了了之。可见，八股文之弊，清代君臣上下并非不知不晓，但在当时也的确拿不出更合适、更简便的考试方法来，这是由其政权性质所决定的。八股文用于科举考试通行于明清两代，长达近六百年，基本与封建之世的彻底垮台同步，明乎此，其封建主义的社会属性也就昭然若揭了。

从实际效果而言，八股科举取士基本适应了封建社会的人才需求。能够跃此龙门而进入举人、进士行列者，大部分并非庸才，而奋斗数十年艰于一第者也不乏高才之士。正是这一看似矛盾的选举效果，造成了问题的复杂性。作为一种人才选举制度，科举制如果不过多讨论它的考试内容，这一制度至少为全国人才的流动调配起到了积极作用，也为庶族地主阶级与平民子弟参与政治提供了机会，"学而优则仕"的儒家理念，在这一制度下有了实践的可能。历代科举由于弥封糊名、誊录考卷等一系列防弊措施的不断

---

① （清）戴名世：《戴名世集》卷四《吴七云制义序》，中华书局1986年版，第109页。
② （清）赵尔巽等：《清史稿》卷一〇八，中华书局1976年版，第3149页。
③ 同上，第3150页。

完善，以及考试组织的逐渐严密，使科举竞争有了较为平等的保障。以清代为例，社会学者潘光旦、费孝通曾统计过915本从康熙至宣统年间的朱墨试卷，在这些贡生、举人、进士中，五代之内皆无功名者122人，占统计总数的13.33%。[①]这一百分比表明了清代平民入仕的机会，尽管不大，却足以令有清一代读书人"三更灯火五更鸡"般地焚膏继晷，兀兀穷年，为一第之荣而孜孜以求了。在天下基本承平的时候，社会的中下层读书人若想出人头地，步入仕途，恐怕也只有科举一途最具吸引力了。

从统治者角度而言，八股文之所以为明清两代帝王奉若神明，其根本原因就在于八股文从内容到形式，与封建专制政体的适应性。对于旧制度批判意识极为强烈的鲁迅曾为八股文下判语云：

> 八股原是蠢笨的产物。一来是考官嫌麻烦——他们的头脑大半是阴沉木做的——什么代圣贤立言，什么起承转合，文章气韵，都没有一定的标准，难以捉摸，因此，一股一股地定出来，算是合于功令的格式，用这格式来"衡文"，一眼就看得出多少轻重。二来，连应试的人也觉得又省力，又不费事了。这样的八股，无论新旧，都应当扫荡。[②]

今人讨论八股文，说它是陈腐旧套，称之为呆板僵死的文体，把它贬得一无是处，似乎怎么说都不过分。然而若仔细加以分析，这种用于考试的功令文字能够通行于明清两代，并为封建王朝选拔出大批并非无用的官员，就绝非简单的一句"反动"或"愚蠢"所可一言蔽之了。

八股文又称制艺、制义、时文、八比文等等，用"四书"为题者又称"四书义"或"四书文"，用"五经"为题者即可称"经义"。《明史·选举

---

① 潘光旦、费孝通：《科举与社会流动》，《社会科学》1947年10月4卷1期。
② 鲁迅：《伪自由书·透底》，人民文学出版社1973年版，第86页。

二》云:"科目者,沿唐、宋之旧,而稍变其试士之法,专取四子书及《易》、《书》、《诗》、《春秋》、《礼记》五经命题试士。盖太祖与刘基所定,其文略仿宋经义,然代古人语气为之,体用排偶,谓之八股,通谓之制义。"①在明代,八股文的规则随时代不同而屡有变化,顾炎武在《日知录》中所论最为精当:

> 经义之文,流俗谓之八股,盖始于成化以后。股者,对偶之名也。天顺以前,经义之文,不过敷演传注,或对或散,初无定式,其单句题亦甚少。成化二十三年,会试"乐天者保天下"文,起讲先提三句,即讲"乐天"四股,中间过接四句,复讲"保天下"四股,复收四句,再作大结。弘治九年,会试"责难于君谓之恭"文,起讲先提三句,即讲"责难于君"四股,中间过接二句,复讲"谓之恭"四股,复收二句,再作大结。每四股之中,一反一正,一虚一实,一浅一深(亦有联属二句、四句为对,排比十数对成篇,而不止于八股者)。其两扇立格(谓题本两对,文亦两大对),则每扇之中,各有四股,其次第之法,亦复如之。故今人相传谓之八股。若长题则不拘此。嘉靖以后,文体日变,而问之儒生,皆不知八股之何谓矣。孟子曰:"大匠诲人,必以规矩。"今之为时文者,岂必裂偭矩矣乎!发端二句或三四句,谓之破题,大抵对句为多,此宋人相传之格(本之唐人赋格)。下申其意,作四五句,谓之承题,然后提出夫子(曾子、子思、孟子皆然)为何而发此言,谓之原起。至万历中,破止二句,承止三句,不用原起。篇末敷演圣人言毕,自摅所见,或数十字,或百余字,谓之大结。明初之制,可及本朝时事,以后功令益密,恐有藉以自衒者,但许言前代,不及本朝。至万历中,大结止三四句,于是国家之事,罔始罔终,在位之臣,

---

① (清)张廷玉等:《明史》卷七〇,中华书局1974年版,第1693页。

畏首畏尾，其象已见于应举之文矣。①

就大体而言，特别是清代，八股文要由破题、承题、起讲、入手、起股、中股、后股、束股等几个部分组成。其中起股、中股、后股、束股等四个部分各自须有两股相比偶的文字，共成八股，这就是八股文名称的由来。至于作两大股为双扇题，作三大股为三扇题等，属于求异的变例，或许能投合某些考官的心理，一般情况下，谁也不敢轻易为之。

八股文的命题取自"四书"与"五经"中的文句。仅取一句为题者称"小题"，主要用于乡试以下的考试。如以"今之从政者殆而"一句（取自《论语·微子》）为题，即为小题。取几句、一章或几章文义为题者称"大题"，用于乡、会试。如以"富岁，子弟多赖一章"（取自《孟子·告子上》中第七章，共五十余句）为题，就是大题。所谓大题、小题，只可约略言之，还有所谓"枯窘题"、"援引题"、"横担题"以及上述"双扇题"、"三扇题"等等，花样繁多，不一而足。据清代高塘《论文集抄·题体类说》统计，共有48类之多。最莫名其妙者称为"截搭题"，即分取"四书"中的个别成句，重加组合，搭配成题。其中又分长搭、短搭、有情搭、无情搭多种，可谓五花八门。

作八股文，应试者首先要用两句话总括点明题义，这就是"破题"；接下用四五句话引申"破题"之义，谓之"承题"；以下再用几句或十几句话概括全体，议论开始，谓之"起讲"，这里须讲求文字的起承转合。"入手"以一二句或四五句过渡到正式议论的"起股"、"中股"、"后股"、"束股"四大部分。中股乃文章的核心，至关重要。四部分共成八股，必须结构相同，两两对仗，妥帖工稳（虚字可以重复），其他部分则用散体。启功有《说八股》一文，曾以旅行社导游向游客介绍游览北京的"燕京八景"为例，说明八股文的结构形式，言简意赅又不乏风趣，俘录如下：

---

① （清）黄汝成集释：《日知录集释》，岳麓书社1994年版，第594页。

义理与考据

  导游者向旅游人介绍："今天游燕京八景"（破），"八景是本市的名胜古迹，已有几百年的历史"（承），"它们有的在市内，有的在近郊，游起来都很方便"（讲）。a景、b景（提比），"太液秋风不易见，金台夕照已迷失"（小比），c景、d景（中比），"卢沟加了新桥，蓟门换了碑址"（后比），"今天天气很好，六景全都看了"（收）。哪个旅游人会向这位导游抗议说他作了八股呢？①

  清乾隆十六年 (1751) 所定燕京八景，"太液秋风"在中南海中，早已谢绝参观；"金台夕照"旧址迷失②；其他六景即"居庸叠翠"、"琼岛春阴"、"西山晴雪"、"玉泉趵突"、"卢沟晓月"、"蓟门烟树"，除"玉泉趵突"以外，寻常都不难见到，所以"收束"云"六景全都看了"，也是约略言之。这番释义通俗明白，文中所云"提比"、"小比"、"中比"、"后比"，即略相当于前述的"起股"、"中股"、"后股"、"束股"四大部分，称谓有所不同而已。

  八股文的字数随时代每多变化，明代"四书"的题目规定要写二百字以上，"五经"的题目规定要写三百字以上。应试者为求胜出，往往愈写愈多，到了清康熙四十三年 (1704)，始规定每篇八股文不能超过七百字，以后即奉为定则。这些仅就八股文的形式而言，其内容也自有一定之规。行文自"起讲"开始，就须"入口气"，即代圣人孔子或贤者孟子、朱熹等人的口吻说话，谓之"代圣贤立言"。至于代言的内容，也不能凭空捏造或搞乱了时代，只能依照"朱注"的文字加以构思，若天马行空，自由发挥，必遭黜落。

  对于八股文这种功令文字，明清两代文人不乏赞誉者。如明代赵南星曾

---

  ① 启功：《启功丛稿·论文卷》，中华书局1999年版，第336页。
  ② 乾隆御题"金台夕照"碑，2002年已在北京东三环路一带出土，今复立于财富中心广场。出土之地在清代原为关东店东南的苗家地镶白旗校场，20世纪50年代建有3501工厂。

说:"文各有体,不容相混,今取士以时艺,言古无此体也。然主于明白纯正,发明经书之旨,亦足以端士习,天下之太平由之。"①他将天下太平与八股文联系在一起,可谓称赏有加。明代主张"性灵"的公安派领军人物袁宏道,常将八股文章与文学创新等量齐观,他在《诸大家时文序》中甚至说:"独博士家言,犹有可取。其体无沿袭,其词必极于才之所至,其调年变而月不同,手眼各出,机轴亦异,二百年来,上之所以取士,与士子之伸其独往者,仅有此文! 而卑今之士,反以为文不类古,至摈斥之,不见齿于词林。嗟夫,彼不知有时也,安知有文!"②所谓"博士家言",即谓学中生员从事科举必须学习的八股文章。明代"前七子"李梦阳等倡导"文必秦汉,诗必盛唐",拟古风气弥漫于朝野。袁宏道以时文反对拟古风气,无非是打鬼借助钟馗,且借题发挥,用"与时俱新"来抨击"泥古不化"。这种斗争方式在李贽的《童心说》中也有反映:"诗何必古《选》,文何必先秦。降而为六朝,变而为近体,又变而为传奇,变而为院本,为杂剧,为《西厢曲》,为《水浒传》,为今之举子业,皆古今至文,不可得而时势先后论也。"③袁宏道另有一篇《时文叙》,撰写于此后三年,内云:"举业之用,在乎得隽。不时则不隽,不穷新而极变,则不时。是故虽三令五督,而文之趋不可止也,时为之也。"④也从一"时"字立论,可见其一以贯之的趋新求变的思想。在明代,古文的好手也往往是八股文的大家,如归有光以及唐宋派的唐顺之等皆是。以古文为时文,以时文为古文,在明中期以后几成文人共识,茅坤《复王进士书》即云:"举子业,今文也;然苟得其至,即谓之古文亦可也。"⑤明清人对八股文持批评态度者不乏其人,但钻研其写作技巧,以求文章出奇制胜得

---

① (明) 赵南星:《赵忠毅公诗文集》卷七,《叶相公时艺序》,明崇祯十一年刊本。
② 钱伯城:《袁宏道集笺校》卷四,上海古籍出版社1981年版,第184页。
③ (明) 李贽:《焚书·续焚书》,中华书局1975年版,第99页。
④ 钱伯城:《袁宏道集笺校》卷一八,上海古籍出版社1981年版,第703页。
⑤ (明) 茅坤:《茅坤集》,浙江人民出版社1993年版,第321页。

义理与考据

一第之荣者也大有人在。袁宏道以及前后"七子"拟古派中人，大多属于凭借八股文掇拾青紫者，以之为利器攻击拟古派的主张，自然而然处于无可辩驳的强势地位。清代焦循《易余籥录》卷一五曾将明代八股文视为堪与唐律诗、宋词、元曲并列的"一代之所胜"的文体，阮元更将唐以诗赋取士与明清以八股取士作过一番比较：

> 唐以诗赋取士，何尝少正人？明以《四书文》取士，何尝无邪党？惟是人有三等，上等之人无论为何艺，所取皆归于正。下等之人无论为何艺，所取亦归于邪。中等之人最多，若以《四书文》囿之，则其聪明不暇旁涉，才力限于功令，平日所诵习者惟程朱之说，少壮所揣摩者皆道理之文，所以笃谨自守，潜移默化，有补于世道人心者甚多，胜于诗赋远矣。①

阮元 (1754—1849)，字伯元，号云台，江苏仪征人。乾隆五十四年 (1789) 进士，官至体仁阁大学士，为清中叶的学界闻人。他对八股文的认定自出于宦达者的立场，将八股文与维持世道人心、巩固封建统治联系起来看，的确道出了这一文体的封建主义属性。

有清一代对八股文深致诟病并持尖锐批评态度的也大有人在。清初顾炎武等大思想家，对八股文之弊看得较为清楚透彻，此处不赘言。写八股文极见才思，十二岁进学，二十四岁中进士的袁枚，对于八股文的态度却较为复杂。其《随园诗话》卷一二记述当时名医徐大椿 (字灵胎) 的《刺时文》道情，认为此道情"语虽俚，恰有意义"：

> 读书人，最不齐，烂时文，烂如泥。国家本为求才计，谁知道，变做了欺人技。三句承题，两句破题，摆尾摇头，便道是圣门高弟。可知道《三

---

① (清) 梁章钜：《制义丛话》，世纪出版集团、上海书店出版社2001年版，第20页。

通》、《四史》是何等文章？汉祖、唐宗是那一朝皇帝？案头放高头讲章，店里买新科利器。读得来肩背高低，口角嘘唏，甘蔗渣儿嚼了又嚼，有何滋味？孤负光阴，白白昏迷一世。就教他骗得高官，也是百姓朝廷的晦气。①

这篇道情诗将八股文骂得体无完肤，袁枚将之录入《诗话》，是有一定同情感的。吴敬梓反对八股文的态度最为坚决与鲜明，《儒林外史》中那些热衷八股制艺、利欲熏心的读书人，一个个全都不学无术或面目可憎。操八股选政的马二先生虽敦厚有余，却全无生活之趣，初游杭州，西湖美景全不上心，一路上无非是吃与喝时在念中，一派迂腐之态可掬（见第十四回）。而那个中举后又考中进士的范进，竟不知道著名文学家苏轼是哪朝人（见第七回）。小说讽刺八股愚人，可见一斑。

道光间杨文荪为《制义丛话》作序，曾总结说：

> 重之者曰：制义代圣贤立言，因文见道，非诗赋浮华可比，故胜国忠义之士轶乎前代，即其明效大验。轻之者曰：时文全属空言，毫无实用，甚至揣摩坊刻，束书不观，竟有不知史册名目、朝代先后、字书偏旁者。故列史《艺文志》，制义从未著录。②

八股文到底是"因文见道"呢，还是"全属空言"？两种观点势同水火。我们今天如何评价这一在历史上曾左右明清两代文人命运的考试文体，仍然众说纷纭，莫衷一是，可见此问题的复杂性。骂之者可以将它批得一无是处，恨不能食肉寝皮而后快；赞誉者虽少见，但说好话的人仍有不少。有论者认为八股文有严格训练思维的作用："经过几层考试出来的人，大多数都有工作能

---

① （清）袁枚：《随园诗话》卷一二，人民文学出版社1982年版，第411页。
② （清）梁章钜：《制义丛话》，世纪出版集团、上海书店出版社2001年版，第4页。

力，有不少甚至能力很强，管理地方的事，管理国家的事，一批一批的人，一代一代的人，明清两代的政治、经济都几十年、几百年的稳定。这八股文教育，起到的是什么作用呢？"①这是一种反证法，但的确可以说明问题，引人深思。我们今天应当如何评价八股文，绝非三言两语所能廓清。

二

八股文仅是一种文体，但绝不属于一种文学体裁，它只是为科举考试而制定的功令文字，如果非要求它像文学作品一样，具有形象思维的特点和心游万仞的潇洒，也就模糊了其考试的目的性。八股文的"破题"是"出马枪"，用一两句话点明题意，须肖题之神，扼题之旨，考官看后才能印象深刻，增加录取的希望。如以"子曰"二字为题，有人破题即云："匹夫而为百世师，一言而为天下法。"就极妥帖中肯，没有一定的概括力与巧思是难以写出的。至于"起讲"有关文章起承转合的讲究，其后两相比偶的八股文字的呼应映衬，都须滴水不漏，这就绝非头脑冬烘的三家村学究所能结撰。总之，烦琐的诸多文字限制对于应试者的逻辑思维是一种严格的训练方法。有一些研究心理学的专家认为，八股文的写作甚至带有一些智力测验的性质，而不只是记忆与知识的考察。从内容上讲，八股文以朱熹等后世儒家对"四书"、"五经"的解释为依归，代圣贤立言，其核心是维系封建社会的三纲五常的，带有某种"政治"测试的因素，这与相对封闭的封建社会基本相适应。此外，严格的形式要求，也便于标准的执行，令考官的衡文去取有一定的规则可循，尽量减少了衡文中的不确定因素，有利于公平竞争。试后"闱墨"的公开印行，也便于社会的监督。可以设想，没有经过相当严格训练与扎实文字功底的读书人，是很难由生员而举人、而进士，一级一级地跃过科

---

① 邓云乡：《清代八股文》，中国人民大学出版社1994年版，第284—285页。

举龙门的。太平天国本是抗清的农民政权,也曾开科考试,其内容虽非孔孟之道,但文字形式却仍依样葫芦,以八股为式。可见这一文体与封建旧时代的广泛适应性。

随着清朝的国门被帝国主义列强用炮舰轰开,中国的社会性质也随之发生了变化,原先适应于闭关自守的八股文取士制度,也日益暴露出它保守落后与不切于用的弊病。龚自珍、魏源等有识之士,皆大声疾呼废止八股;地主阶级中的一些开明人士,包括洋务派人士、维新派人士等等,反对八股文也渐成势力。正是在各界舆论的强大压力下,这一行世将近六百年的考试文体,才终于在光绪二十八年(1902)寿终正寝,这一年光绪帝下诏次年改以经义、时务策问试士。三年以后,整个科举考试制度也在中国走到了尽头,永远成为历史。

综观明清两代,读书人对待八股文也时常处于难以化解的矛盾之中。作为应试者,他们一方面于试前处心积虑地揣摩八股文的应试技巧,"不求文章中天下,只求文章中试官",总期望毕其功于两榜,迅速拿到进入统治者行列的入门券。然而这些满怀希望的读书人一旦铩羽败北而归,又往往大骂考官的糊涂,讽刺八股的荒唐;随着时间的流逝,心平气和之后,就又冯妇再作,旧业重操,重新打起精神钻研起八股文的诀窍。有一些读书人甚至一辈子目不斜视,只知八股文是安身立命之本,无暇他顾,终老于牖下而后已。《儒林外史》第十三回,那位呆头呆脑的八股选家马二先生,曾对蘧公孙说过如下一席话,可代表当时读书人的心声,有一定的认识价值:

"举业"二字,是从古及今人人必要做的。就如孔子生在春秋时候,那时用"言扬行举"做官,故孔子只讲得个"言寡尤,行寡悔,禄在其中",这便是孔子的举业。讲到战国时,以游说做官,所以孟子历说齐、梁,这便是孟子的举业。到汉朝用贤良方正开科,所以公孙弘、董仲舒举贤良方正,这便是汉人的举业。到唐朝用诗赋取士,他们若讲孔孟的话,就没有官做了,所以唐人都会做几句诗,这便是唐人的举业。到宋朝又好了,都用的是些理学的人做官，所以程、朱就讲理学，这便是宋人的举业。到本朝，用文章取士，这是极好的法则。就是夫子到而今，也要念文章，做举业，断不讲那"言寡尤,行寡悔"的话。何也？就日日讲究"言寡尤,行寡悔"，那个给你官做？孔子的道也就不行了。①

马二先生的这一番肺腑之言，全属实用色彩极浓的势利之见，代表了热衷于八股举业的清代文人的一般心理。小说第三回，广东学道周进教训"诗词歌赋都会"的童生魏好古的一席话："当今天子重文章，足下何须讲汉唐！像你做童生的人，只该用心做文章，那些杂览，学他做甚么？况且本道奉旨到此衡文，难道是来此同你谈杂学的么？"②在当时的社会，读书人似乎只有研习八股文才是正业，其余全属杂学，这一心态在明清读书人中带有相当的普遍性。

顾炎武《日知录》有云："余少时见有一二好学者，欲通旁经而涉古书，则父师父相谯呵，以为必不得专业于帖括，而将为坎坷不利之人。"③明代归有光《跋小学古事》一文也说："自科举之习日敝，以记诵时文为速化之术。士虽登朝著，有不知王祥、孟宗、张巡、许远为何人者。"④广大读书人为求宦达，研习八股而不暇他顾，缺乏相关知识的链接，遂令社会人才的基本素质受到影响，此虽非统治者的初衷，却是这种"应试教育"所带来的必然结果。明清两代，皆以八股文章取士，因而文人风气若合符契，如出一辙。今再举数例如下：

明代公安派三袁中的大哥袁宗道写有《送夹山母舅之任太原序》一文，内云：

---

① （清）吴敬梓：《儒林外史》，人民文学出版社1977年版，第167页。
② 同上，第36页。
③ （清）黄汝成集释：《日知录集释》，岳麓书社1994年版，第584页。
④ （明）归有光：《震川先生集》卷五，上海古籍出版社1981年版，第120页。

> 余为诸生，讲业石浦，一耆宿来见案头摊《左传》一册，惊问是何书，乃溷帖括中？一日，偶感兴赋小诗题斋壁，塾师大骂："尔欲学成七洲耶？"吾邑独此人能诗，人争嫉之，因特举为诫。故通邑学者，号诗文为"外作"，外之也者，恶其妨正业也。至于佛、老诸经，则共目为妖书。而间有一二求通其说者，则诟之甚于盗贼。此等陋俗，盖余廿年前所亲见。①

明清科举考试，属于"通才教育"的范畴，只知时文帖括，不晓经史子集为何物者，未必可以"春风得意马蹄疾"。然而愈难入彀，读书人就愈苦苦研习八股，知识面就愈狭小，形成恶性循环。这对处于龙门以外的广大读书人来说，的确是一场真正的悲剧。而对于那些能够考中进士，"一日看尽长安花"的成功者而言，却未必是只钻研八股文的结果。这些人大部分并非"不知有汉，遑论魏晋"的陋儒。《儒林外史》中不知苏轼为何许人的范进，能中举，能中进士，相当程度上属于吴敬梓讽刺艺术的成功运用，我们不能就此认为明清的举人、进士大多数是不值一提的庸才。清王士禛曾记有下面一则趣闻：

> 莱阳宋荔裳（琬）按察言幼时读书家塾，其邑一前辈老甲科过之，问："孺子所读何书？"对曰："《史记》。"又问："何人所作？"曰："司马迁。"又问："渠是某科进士？"曰："汉太史令，非进士也。"遽取而观之，读未一二行，辄抵于案，曰："亦不见佳，何用读为？"荔裳时方髫髻，知匿笑之，而此老夷然不屑。②

---

① （明）袁宗道：《白苏斋类集》卷一〇，上海古籍出版社1989年版，第128页。
② （清）王士禛：《香祖笔记》卷八，上海古籍出版社1982年版，第149页。

义理与考据

梁绍壬也曾于笔记中转录此则，题曰"进士不读《史记》"，并加评述云："夫方伯（指宋瑶——笔者）非妄语者也，尚书（指王士禛——笔者）非妄记者也，世果有如是之甲榜耶？异矣！"[①]以此而论，明清时代只知时文八股而能进士中式者，虽有，亦属偶然，毕竟是少数。然而被排斥于龙门以外的广大读书人，到底有多少终生只习八股而不识其他者，今天已难以进行定量的分析，但将封建社会的多数读书人的愚昧记于八股文的账上，大约是不会错的。八股文所败坏的人才，并非是已经跨跃过龙门的文人，而是作为科举基础的广大读书人，因为这些人皓首穷经，一辈子钻研八股而不辍，将该做的事情全耽误了。顾炎武说："八股之害，等于焚书，而败坏人材有甚于咸阳之郊，所坑者但四百六十余人也。"[②]如此立论，显然是就徘徊于龙门以外的读书人而言的。

在明清两代，若只中得举人，或以贡生等身份求官，虽也算正途出身，但其间坎坷之状，也一言难尽。《清史稿·选举五》有云："乾隆间，举人知县铨补，有迟至三十年者，廷臣屡言举班壅滞，然每科中额千二百余人，综十年计之，且五千余人，铨官不过十之一。"[③]以清代而论，其内阁学士或高官大僚，多出于翰林，而若欲跻身翰林，朝考、大考是免不了的，这些考试也都离不开八股文。倘若外放学道或为乡试同考官，出去衡文也须懂得八股文章起承转合的奥妙。说八股文是清代文人入仕的敲门砖，仅是大略言之，实则这块"砖"并非一"扔"即完事大吉，在封建官场中有时还须时时捡起的。至于终身不得一第的大多数文人，这块砖就须臾难以离手了。康熙六年（1667）丁未科会试，因这一年取消了八股文的考试，于是就有了此前一年，某

---

① （清）梁绍壬：《两般秋雨庵随笔》卷八，上海古籍出版社1982年版，第432页。
② （清）黄汝成集释：《日知录集释》，岳麓书社1994年版，第591页。
③ （清）赵尔巽等：《清史稿》卷一一○，中华书局1976年版，第3150页。

人梦见与逸民周仁用天平兑卷之轻重,以预定来年春闱录取名额的怪闻①。这无疑是一则文人的寓言,其底蕴则是文人于八股文被停试后的某种茫然心态的流露,详下文。

三

八股文虽不是文学,但明清一些文人大都认为二者有极为密切的关系。王士禛笔记一则有云:

> 予尝见一布衣有诗名者,其诗多有格格不达,以问汪钝翁编修,云:"此君坐未尝解为时文故耳。"时文虽无与诗古文,然不解八股,即理路终不分明。近见王恽《玉堂嘉话》一条:"鹿庵先生曰:作文字当从科举中来。不然,而汗漫披猖,是出入不由户也。"亦与此意同。②

无独有偶,《儒林外史》第十一回,热衷于科举功名的鲁编修曾对其女儿说:"八股文章若做得好,随你做甚么东西,要诗就诗,要赋就赋,都是一鞭一条痕,一掴一掌血;看人文字,要当如此,岂可忽略!"③看来以八股文作为衡量文字水平的标志,在明清两代大有市场。

清中叶的性灵派诗人袁枚对于八股时文不无微词,但他却承认时文与诗有着暗中相通的奥妙。《随园诗话》卷六有云:"时文之学,有害于诗,而暗中消息,又有一贯之理。余案头置某公诗一册,其人负重名。郭运青侍讲来,读之,引手横截于五七字之间,曰:'诗虽工,气脉不贯。其人殆不能时文者

---

① (清)褚人获:《坚瓠集·秘集》卷六《兑卷》,《坚瓠集·秘集》卷五《必然偶然》,《笔记小说大观》本,广陵书社2007年版。
② (清)王士禛:《池北偶谈》卷一三《时文诗古文》,中华书局1982年版,第301页。
③ (清)吴敬梓:《儒林外史》,人民文学出版社1977年版,第139页。

耶?'余曰:'是也。'"①桐城派是清代具有"一代正宗"地位的散文流派,倡导以古文为时文,以时文为古文,创自戴名世,成于方苞。《清史稿·选举三》:"桐城方苞以古文为时文,允称极则。"②桐城派推崇明代归有光的散文,除两者皆以程朱理学为依归的文化品格外,将时文的写作技法运用于古文,也是他们的共同追求。袁枚曾评价归有光的散文成就说:"然古文虽工,终不脱时文气息;而且终身不能为诗;亦累于俗学之一证。"③

在明清人心目中,八股文甚至与戏曲都有一定的关联。此论发轫于明代的徐渭,他在《南词叙录》中评价邵灿说忠教孝的《香囊记》传奇说:"以时文为南曲,元末、国初未有也,其弊起于《香囊记》。《香囊》乃宜兴老生员邵文明所作,习《诗经》,专学杜诗,遂以二书语句匀入曲中,宾白亦是文语,又好用故事作对子,最为害事。"④这是从语言特色评价时文与戏曲的关系。袁枚则从"代言"的角度阐述两者的关系:"从古文章皆自言所得,未有为优孟衣冠,代人作语者。惟时文与戏曲则皆以描摹口吻为工。"⑤清初来集之讨论杂剧体制也说:"其法一事分为四出,每出则一人畅陈其词旨,若今制业之'某人意谓'云者。"⑥清中叶的焦循曾将时文与元曲作过系统的比较,张祥河甚至自称他的时文完全得力于元代王实甫的《西厢记》杂剧。考试的功令文字竟与诗、古文与戏曲发生如此微妙的关系,今天看来,的确有些匪夷所思。

八股文写得好,有文学才能,未必就能科场获隽。明代的八股大家归有

---

① (清)袁枚:《随园诗话》卷六,人民文学出版社1982年版,第197页。
② (清)赵尔巽等:《清史稿》卷一〇八,中华书局1976年版,第3153页。
③ (清)袁枚:《随园诗话》卷六,人民文学出版社1982年版,第224页。
④ (明)徐渭:《南词叙录》,中国戏曲研究院编:《中国古典戏曲论著集成》第三册,中国戏剧出版社1959年版,第243页。
⑤ (清)袁枚:《小仓山房尺牍》卷三《答戴敬咸进士论时文》,同治间《随园三十种》本。
⑥ (清)来集之:《周次修冯驩市义剧序》,转引自袁行云:《清人诗集叙录》卷二,文化艺术出版社1994年版,第46页。

光,九上春官,在将近六十岁时方考中进士;清初文学家蒲松龄,却一生连乡试的门槛也未迈过。有清一代将近三百年,举人数额姑且不论,进士只有28747人,内中包括状元114人。这一数目与从事举业的庞大知识阶层显然不成比例。科举之路的艰辛与坎坷,必然成为郁结于文人头顶之上的永久阴云。"大丈夫之遇知于天子,用力于当世",其可能性是存在的,但难以捉摸,所以唐代的韩愈接下又说:"是有命焉,不可幸而致也。"①将人生的贫富穷达完全委之于命,归结为命运的安排,并非全是吃不着葡萄的悲凉,也包含有对人生的几许无奈。至于宋人叶适所论:"用科举之常法,不足以得天下之才,其偶然得之者幸也。"②也将科举制度下的人才遇合完全归结为偶然一途。所幸在他本人身上,葡萄并没有变酸。

围绕着科举取士的命数观、果报说乃至堪舆家言,反映于从事举业的读书人,似都可以纳入于"必然偶然"的争论之中。再以清代为例,清代人口,特别是康熙之后,大量增加,导致知识阶层的人数也相对膨胀,于是科举得中的偶然与必然之争也就日趋激烈了。

褚人获《坚瓠集·秘集》卷五有《必然偶然》一则,是一篇富于象征性的文字:

> 新安张山来先生《忆闻录》:吾邑某生从师读书山中,一日徒问其师曰:"读书欲何为?"师曰:"为科第也。"某曰:"科第亦偶然耳,安可必乎?"师曰:"读书以搏科第,乃必然者,何谓偶然?"后师徒二人同登贤书,各建一坊。师题曰"必然",徒题曰"偶然"。历年既久,"必然"者圮于地,而"偶然"者尚无恙云。③

---

① (唐)韩愈:《送李愿归盘谷序》,《唐宋八大家全集》,国际文化出版公司1997年版,第187页。
② (宋)叶适:《水心先生文集》卷三《制科》,明正统间刊本。
③ (清)褚人获:《坚瓠集·秘集》卷六《兑卷》,《坚瓠集·秘集》卷五《必然偶然》,《笔记小说大观》本。

义理与考据

无疑,这是一篇寓言,世界上不会有为一句争论而建坊唱对台戏的师徒。然而读书为科第的目的性一旦陷入于"必然偶然"的泥淖之中,就有可能失去对广大士子的巨大感召力与吸引力,师徒二人的争论,其实就是科举取士制度下读书人矛盾心态的真实反映。师傅所立"必然"之坊的倒塌,暗示出读书人的心理天平更倾向于"偶然"这一命题的事实。"偶然"之坊正是左右读书人心态的象征物,因而"无恙",由此而产生的各种与之相关的应试心态诸如命数观、果报论、堪舆说等等,其盛行于读书人之中也就不足为奇了。

命数观是读书人思想中一个较为普遍的存在,特别是在久困场屋的读书人中更有市场。孔夫子尽管"罕言利与命与仁"(《论语·子罕》)[①],但子夏所言"死生有命,富贵在天",也分明代表了孔子的思想(《论语·颜渊》)[②]。至于孔子,他自己也说过"道之将行也与,命也;道之将废也与,命也。公伯寮其如命何"(《论语·宪问》)[③]一类的话,更下过"不知命,无以为君子也"(《论语·尧曰》)[④]的断语。命数观在孟子那里表述得更为明确:"莫之为而为者,天也;莫之致而至者,命也。"(《孟子·万章上》)[⑤]明清读书人从事八股举业者,"四书"为日习月诵、须臾难以离手的看家书,耳濡目染,若不受其思想影响,反而是咄咄怪事了。科举时代的广大文人,对于命数观似乎有一种天然的亲和力,他们往往将之作为聊以自慰的解释。明代归有光在《王梅芳时义序》一文中,发挥"梅芳论人之命运,穷达早晚,皆有定数"之论,认为:"夫人之所遇,非可前知,特以其至此若有定然,而谓之数云尔。"[⑥]可见自古以来命

---

① 杨伯峻译注:《论语译注》,中华书局1980年版,第86页。
② 同上,第125页。
③ 同上,第157页。
④ 同上,第211页。
⑤ 杨伯峻译注:《孟子译注》,中华书局1960年版,第222页。
⑥ (明)归有光:《震川先生集》卷二,上海古籍出版社1981年版,第49—50页。

数观在读书人心目中牢不可破的地位。

鲁迅曾对命运说加以剖析说:"运命并不是中国人的事前的指导,乃是事后的一种不费心思的解释。"①将科举考试成功与否完全委之于命,对于中式者而言因木已成舟而无须深论;然而对于久试不售者却有莫大的心理安慰作用,至少可以证明自己并非低能,考不中不过是命运的捉弄使然,也许下一次就会得到老天的青睐。如此一想,自己的焦灼情绪似乎就可以释然了,心理也就达到了平衡。袁枚算是少年得志者,并当过乡试、会试的考官,因而对科举命数自有看法。乾隆九年(1744),袁枚作为某乡试的同考官参加阅卷,写有《分校》一首古风。作者在诗中透露了"朱衣可得点头无,偷眼还看主司面"的录取情状。作者发现一考生的试卷优秀超群,欲荐于主考,然而"主司摇手道额满,怪我推挽何殷勤。明知额满例难破,额内似渠有几个。狱底生将宝剑埋,掌中空见明珠过"。于是,作者发出了"吁嗟乎,科名有命文无功"的叹息②。这是从乡试同考官口中道出的实情,无怪乎命数观在落第文人中大肆蔓延了。乾隆三十三年(1768)九月,南闱乡试榜发,袁枚回思三十年前自己北闱乡试中举景况,不禁悲喜交集,写有《戊子榜发日作一诗寄戊午座主邓逊斋先生》五古一首,淋漓尽致地写出参加乡试者的诸多复杂心态。开首十句描写应试诸生延颈企盼与悲喜交集景象如画:"九月十一日,戊子秋榜悬。门外车马走,彻夜声喧阗。群官一帘彻,诸生万颈延。得者眉欲舞,失者泪涌泉。恐此得失怀,贤圣难免焉。"诗中描写自己中举则云:"苦记戊午岁,待榜居幽燕。夜宿倪公家,昏黑奔跄跄。道逢报捷者,惊喜如雷颠。疑误复疑梦,此意堪悲怜。觥觥邓夫子,两目秋光鲜。书我到榜上,拔我出重渊。敢云文章力,文章有何权。敢云时命佳,时命谁究宣。父母爱儿

---

① 鲁迅:《且介亭杂文·运命》,人民文学出版社1973年版,第104页。
② (清)袁枚:《小仓山房诗文集》卷四,上海古籍出版社1988年版,第59页。

子，不能道儿贤。惟师荐弟子，暗中使升天。"①现身说法，感谢邓座主之识拔，的确是真情的流露，有相当的认识价值。

嘉庆间，科场屡屡败北的缪艮撰有《文章游戏》一书，其中《浙江乡闱诗》一诗，道出了无数不得鱼跃龙门者的苦衷，有句云："庚也科来辛也科，无人不想吃天鹅。须知时运亨通少，到底文章遏抑多。试帖墨试徒刻苦，桂花明月暗消磨。笑看济济英才士，任尔才高奈命何？"②这是与科名无缘者的唱叹，联系上述袁枚所言闱中考官录卷之状，士子的所谓命数观就实在难以用"迷信"二字加以概括了。清代末年有署名子厂的《科场概咏》诗多首，其中《抽换》一诗有题注云："凡书榜，临时发觉朱墨不符，或有大疵者，则于各卷中抽补之。"这一填榜操作程序也许是随意的，但针对于某一考生而言，不幸见黜或侥幸获隽，也犹如掷骰赌博一样具有了相当的偶然性。其诗云："上枝重见落花红，茵浊无心一霎中。科举虽微天意在，此中有命有阴功。"③因卷面突然发现违例而遭抽换，可以说带有一定的偶然性，但无论抽下或换上者，都一定会对此发出命运或功德的思索与猜测，这又是读书人心态的必然。

将科举与命运紧密地联系在一起，老于场屋的文言小说家蒲松龄在其《聊斋志异》中反映尤多。如《素秋》一篇有书中蠹鱼化为书生应考情节，此书生文才之高无与伦比，但乡试却屡屡不能中式，于是他为此悲伤而逝。小说末"异史氏曰"就此评论说："管城子无食肉相，其来旧矣。初念甚明，而乃持之不坚。宁知糊眼主司，固衡命不衡文耶？一击不中，冥然遂死，蠹鱼之痴，一何可怜！伤哉雄飞，不如雌伏。"④这一番议论分明是夫子自道式的辛酸之语，其间有关命数之论也代表了作者的真实想法。《司文郎》中的

---

① （清）袁枚：《小仓山房诗文集》卷二，上海古籍出版社1988年版，第494—495页。
② （清）缪艮：《文章游戏》二编卷三，嘉庆二十一年（1816）刻本。
③ 子厂：《科场概咏》，《中和》杂志1卷第11期，1940年11月出版。
④ 任笃行辑校：《全校会注集评聊斋志异》，齐鲁书社2000年版，第1969页。

宋生劝慰落榜书生王平子说："凡吾辈读书人，不当尤人，但当克己。不尤人则德益宏，能克己则学益进。当前蹶落，固是数之不偶；平心而论，文亦未便登峰，其由此砥砺，天下自有不盲之人。"①这一番议论可视为作者自慰之语，他相信命数，却又不甘心听天由命并就此沉沦，而是总希望通过自身的不懈努力去突破命运的羁绊，实现梦寐以求的理想。可以说，这正是众多读书人屡败屡战的精神动力，从而显示了读书人对科举一往情深的执着心态。

在蒲松龄的诗文中，我们也能轻而易举地随处发现这一执着心态的踪迹。作者把科场失意归结为"命数"的同时，又对未来无限憧憬："盖当鸿隐凤伏，斥鷃得而笑之，而不知一朝发迹，阊阖可叫而开不难也。"②他的幻想无非是一朝时来运转，得到考官的青睐而一鸣惊人。在《试后示篪笏筠》一诗中，蒲松龄如此教诲其子弟："益之幕中人，心盲或目瞽。文字即擅场，半犹听天命。矧在两可间，如何希进取。"③这是一首五言古诗，写于康熙四十一年（1702），蒲氏时已六十三岁。作者对赴试铩羽归来的三个儿子大加训诫，他一面大骂考官的心盲目瞽，哀叹天命的难违；一面又勉励他们奋力挣扎，以求得"万一"的机遇。在作者看来，自家的文章若只在"两可"之间，就连天命也靠不住了；只有依靠自身的努力将文章作好，才有听凭命运摆布的资格。该诗最后以"不患世不公，所患力不努"来结束，这与他在另一首诗中所云"天命虽难违，人事贵自励"④的态度毫无二致。

总之，科举制以及明清八股取士在封建社会的实行，自有其广泛的社会基础，并由此形成了一个在地方上举足轻重的绅士阶层，维系着社会的稳定。但在帝国列强的坚船利炮面前，在科学日益昌明的新形势下，科举八股

---

① 任笃行辑校：《全校会注集评聊斋志异》，齐鲁书社2000年版，第1623页。
② 盛伟编：《蒲松龄全集·贺章丘县周素心人泮序》第二册，学林出版社1998年版，第68页。
③ 赵蔚芝笺注：《聊斋诗集笺注·试后示篪笏筠》，山东大学出版社1996年版，第410页。
④ 赵蔚芝笺注：《聊斋诗集笺注·试后示篪笏筠》，《喜立德采芹》，山东大学出版社1996年版，第605页。

显然已经是穷途末路，难以继续走下去了。然而中国的科举制曾经影响了周边的一些国家，如日本对我国唐朝科举的借鉴[①]，高丽科举曾实行于我国五代以后，占城、安南的科举也在我国元明时期有迹可循[②]，都是事实。也有一些研究者将英国等欧洲国家实行的文官制度（CivilServant）来比附中国封建时代的科举制度，甚至径称中国的科举制为中国的文官制度，其实两者从社会基础、产生原因到内容实质，皆难以同日而语。如果仅从"择优录取"的考试形式来考察两者，显然有失片面。中国科举制度是中国封建社会的产物，统一的中央集权国家是这一制度实施的保障，君主专制则是这一制度超越朝代得以延续的基础。科举制虽不与封建制社会相"始"，却基本与封建社会相"终"，这已足以表明它的适应范围。欧洲诸国的文官制度是资本主义发展下的产物，如英国的文官制度，其真正建立是在19世纪中叶，尽管这一过程的发生还可以追溯到东印度公司的官制改革。英国的文官制度是在资产阶级取代封建贵族统治的斗争中确立的，在这一制度下，文官并不随其政府内阁的更迭而进退，属于常任制。但文官仅是事务官，而非政务官，即只担任常务次官以下的政策执行官员，而决策官员是要通过选任的。这无疑适应了资本主义社会多党竞争体制下政策的延续性，并保证了政府换届过程中的工作效率[③]。中国科举制为士人所提供的是跻入中央决策圈子——宰辅的可能，以及金字塔形官僚结构中的不同位置，科举是维系这一官僚结构的有力纽带，其中并无所谓事务官与政务官的明确划分。从教育方式讲，中国科举制度属于通才教育，它所选拔出的人才并非某一方面的专家，这与英国文官制度的通才教育形式相近，但由于两者实质内容不同，可比性就不强了。

讨论科举制度，就不能无视与其相适应的政治体制。清末废科举后，欲

[①] 参见吴光辉：《日本科举制的兴亡》，《厦门大学学报》2003年第5期。
[②] 参见萧源锦：《古代朝鲜和越南的科举制》，《文史杂志》1990年第4期。
[③] 参见龚祥瑞：《文官制度》，人民出版社1985年版。

行"新政",《清史稿·选举志八》言及"新选举"有云:"昔先哲王致万民于外朝,而询国危国迁,实开各国议院之先声。日本豫备立宪,于明治四年设左、右院,七年开地方会议,八年立元老院,二十三年遂颁宪法而开国会。所以筹立议院之基者至详且备。谨旁考各国成规,揆以中国情势,酌拟院章目次,凡十章。"①文中之"院章目次"当谓《各省谘议局及议员选举章程》的草案,向欧美政体看齐的设想已较戊戌变法的内容激进了许多。抛开其中"古已有之"的耀祖、法祖意识不论,其间有多少真诚虽值得怀疑,但终究有了目标,不过武昌首义的枪声随即结束了这一设想实践的机会而已。1928年,南京国民政府根据孙中山"五权宪法"的精神,建立行政、立法、司法、监察、考试五权分立的五院制政府,考试院掌握考试权,下设考选委员会与铨叙部,分别掌理文官考试与公务员的铨叙,设想极其周到,其中吸收了科举考试传统资源的合理因素,但推行举步维艰,部分原因即由于政治体制的不完善。②

2005年,中国迎来了科举制退出历史舞台的"百年祭",学界既不乏为科举制"平反"的呼声,也不乏极力反对为其招魂的议论。有论者引用孙中山《五权宪法》中语,认为:"孙中山曾充分肯定科举制'是世界各国中所用以拔取真才之最古最好的制度',西方人将之称为'中国第五大发明'。"③如果不局限于科举制具体的是非功过问题,仅抽象地考察其"择优录取"相对公平的人才选拔原则,不言而喻,这一原则可以为今天所借鉴者正多,不容忽视。

(原载《深圳大学学报》2009年第1期;此文获2009年度《深圳大学学报》[人文社会科学版]嘉乐祥优秀论文奖二等奖)

---

① (清)赵尔巽等:《清史稿》,中华书局1976年版,第3248—3249页。
② 参见曹志敏:《国民政府文官考选制度行之维艰的原因》,载《齐鲁学刊》2007年第3期。
③ 石寒、欧亚英:《科举:中国的"第五大发明"》,刘海峰主编:《科举百年祭》,湖北长江出版集团、湖北人民出版社2006年版,第327页。

李东阳《怀麓堂诗话》的融通意识

作为明代中叶一部较为重要的诗歌理论著作,《怀麓堂诗话》继诗风雍容典雅、以歌功颂德为能事的"三杨"台阁体之后,上承南宋严羽《沧浪诗话》诗宗盛唐的格调论,下启前、后"七子"复古的诗学崇尚,企图在雅、俗两种文化品格中的交会中找到平衡点,调和山林与台阁两种不同取向的诗文格调,明显带有某种融通意识,而非其前后出现的、有意识结社的诗人呼吸相应以求改变一代诗歌风习者比。所谓"茶陵派",在明代当属于不自觉的文学流派,惟其如此,在今天就更有进一步认识其价值的必要。

以李东阳为首的所谓"茶陵派"文学主张,散见于其《李东阳集》中,《怀麓堂诗话》则是其诗歌理论全面集中的呈现,首由其弟子王铎编刊于正德初。王铎之序有云:"是编乃今少师大学士西涯李先生公余随笔,藏之家笥,未尝出以示人,铎得而录焉。其间立论,皆先生所独得,实有发前人之所未发者。"[①] 然而细按其诗话内容,其实所谓"独得"之见并不常有,反而是因袭、发挥前人之论者居多,但一百三十八则诗话旁征博引、融会贯通,洵非苟作。知人论世,欲讨论《怀麓堂诗话》,当先对李东阳所处时代之特点以及其自身经历加以观照。

---

① 李庆立:《怀麓堂诗话校释》"附录三",人民文学出版社2009年版,第346页。

一

朱元璋以一介布衣在元末逐渐崛起于群雄，建立大明政权，若从他于元顺帝至正二十八年(1368)正月在应天府即皇帝位算起，到明崇祯十七年(1644)三月十九日明思宗朱由检自缢煤山(今北京市景山)，有明王朝存续凡二百七十六年。开国皇帝明太祖朱元璋生怕江山易主，不惜翻云覆雨，对众多功臣与手无寸铁的读书人大开杀戒，明初相当一段时期，海内文人的生态环境异常险恶，其时文人士大夫动辄得咎，一代文学之士高启、宋濂皆惨遭不测，开国有功的刘基也死得不明不白。清人吴敬梓《儒林外史》第一回借王冕之口形容明初文人之困难处境有云："你看贯索犯文昌，一代文人有厄！"①算是后人对那一段士人伤心史言简意赅的总结。朱元璋的四儿子朱棣以"靖难"为由从其侄子建文帝的手中武力夺取政权，是为明成祖，他暴虐恣睢，与其父一脉相承，有"读书种子"之誉的方孝孺因拒不为"篡位"者起草即位诏书，即被灭"十族"，且株连甚广。这种对读书人政治高压的紧张态势，历经仁、宣、英、代、宪宗，至明孝宗朱祐樘在位期间逐渐好转。孝宗年号弘治，在位十八年，励精图治，政治尚较清明。《明史·孝宗本纪》有赞云："明有天下，传世十六，太祖、成祖而外，可称者仁宗、宣宗、孝宗而已。仁、宣之际，国势初张，纲纪修立，淳朴未漓。至成化以来，号为太平无事，而晏安则易耽怠玩，富盛则渐启骄奢。孝宗独能恭俭有制，勤政爱民，兢兢于保泰持盈之道，用使朝序清宁，民物康阜。"②但明孝宗于明朝历史不过昙花一现，孝宗一死，人亡政息，继位者明武宗朱厚照正德皇帝既荒唐又荒淫，四下巡游，寻欢作乐，不务正业，折辱臣工士气的"廷杖"非刑在他手中又被发挥到极致。明武宗以后，世宗、穆宗、神宗、光宗、熹宗直到亡国之君崇

---

① (清)吴敬梓：《儒林外史》，人民文学出版社1977年版，第16页。
② (清)张廷玉等：《明史》卷一五，中华书局1974年版，第196页。

祯帝，皆无足论矣。

　　李东阳（1447—1516），字宾之，号西涯，祖籍湖广茶陵（今属湖南），从其曾祖辈，即以戍籍在洪武初流寓北平，故其生卒皆在京师（今北京市），终年七十岁，赠太师，赐谥文正，备极哀荣。李东阳为明英宗天顺八年（1464）二甲第一名进士，时年方十八岁，旋选翰林院庶吉士，继授编修，从此开始了他任职中央进而回翔内阁的官宦生涯。他升任侍讲、侍讲学士，充东宫讲读官，皆完成于明宪宗成化十年（1474）以后，迁左庶子、升太常寺少卿、擢礼部右侍郎兼文渊阁大学士，加封太子太保，迁礼部尚书、户部尚书、谨身殿大学士，则全为明孝宗弘治间事。他进入内阁参预机务即在弘治八年（1495），这时李东阳年仅四十九岁。明武宗即位后，李东阳的仕途走上顶峰，正德元年（1506）以后，任内阁首辅多年，期间曾与权阉刘瑾虚与委蛇，自身避祸兼救护善类。明代诸帝，曾被鲁迅戏称之为"无赖儿郎"①，朱元璋、朱棣以后，明武宗朱厚照更将暴虐与荒淫发挥到了极致，气焰嚣张的刘瑾等宦官当政，正是在这位莫名其妙的帝王卵翼之下有恃无恐，作恶万端。《明史》本传有云："凡瑾所为乱政，东阳弥缝其间，亦多所补救。"②可见这时的李东阳虽贵为首辅，却难以发挥影响，实现治国平天下的理想。从上述李东阳的简单仕履介绍可知，他风云际会仅在明孝宗弘治的十八年间，而此一期间正是明代最为清明的时代，其《怀麓堂诗话》也大约撰成于这一时期，就不能不带有一种气象恢宏雍容的融通意识。

　　李东阳少年得志，在官场上也基本属于春风得意，一帆风顺，终生无大坎坷。他在京师为官，一生只有三次短暂出京，他工诗文、精赏鉴，擅书法，又长期处于与其前倡导台阁体的"三杨"类似的强势地位，"居高声自远"，一呼百应，其诗歌崇尚一度风行海内，实为当时诗坛之必然。在官本

---

① 鲁迅：《致曹聚仁》，《鲁迅书信集》上卷，人民文学出版社1976年版，第379页。
② （清）张廷玉等：《明史》卷一八一，中华书局1974年版，第4822页。

位的封建专制社会，李东阳凭藉其久居阁臣地位的优势，众望所归，论文品诗自不乏拥戴者，他也不必通过相互标榜的集结文社诗会等活动达到出人头地的目的，更不必将一种文学主张极而言之或发挥到无以复加的地步作为旗帜，以求得士人的某种认同。较为宽松优越的生态环境是造就李东阳诗论趋向融通的前提，因而其论诗不必有故作惊人之语即可领袖群英，也不必独立门户或倡立壁垒森严的诗派即可获得众多的追随者，这是所谓"茶陵派"之流派意识远不如其后"前七子"或更后之"后七子"、公安派、竟陵派浓厚的主要原因。明末清初之思想家王夫之极为反感明人复古派与竟陵派之开门立户，故巧妙设喻，加以抨击。其《薑斋诗话》卷二《夕堂永日绪论内编》有云：

> 一解弈者，以诲人弈为游资。后遇一高手，与对弈至十数子，辄揶揄之曰："此教师棋耳！"诗文立门庭，使人学己，人一学即似者，自诩为"大家"，为"才子"，亦艺苑教师而已。高廷礼、李献吉、何大复、李于鳞、王元美、钟伯敬、谭友夏，所尚异科，其归一也。才立一门庭，则但有其局格，更无性情，更无兴会，更无思致；自缚缚人，谁为之解者？昭代风雅，自不属此数公。若刘伯温之思理，高季迪之韵度，刘彦昺之高华，贝廷琚之俊逸，汤义仍之灵警，绝壁孤骞，无可攀蹑，人固望洋而返；而后以其亭亭岳岳之风神，与古人相辉映。次则孙仲衍之畅适，周履道之萧清，徐昌谷之密赡，高子业之戌削，李宾之之流丽，徐文长之豪迈，各擅胜场，沉酣自得；正以不悬牌开肆，充风雅牙行，要使光焰熊熊，莫能掩抑，岂与碌碌余子争市易之场哉？李文饶有云："好驴马不逐队行。"立门庭与依傍门庭者，皆逐队者也。①

---

① 戴鸿森：《薑斋诗话笺注》卷二《夕堂永日绪论内编》，人民文学出版社1981年版，第98—99页。

义理与考据

王夫之借用唐人李德裕所谓"好驴马不逐队行"之语，贬斥诗坛"立门庭与依傍门庭者，皆逐队者也"。其意下所不屑者：高棅、李梦阳、何景明、李攀龙、王世贞、钟惺、谭友夏数辈，皆因其或极力鼓吹盛唐，或为前、后"七子"之领袖，或为竟陵派之首倡者；其所称许者：刘基、高启、刘炳、贝琼、汤显祖、孙蕡、周砥、徐祯卿、高叔嗣、李东阳、徐渭数人，大多为诗歌主张不甚彰显鲜明者。实则徐祯卿名列"前七子"之中，并非"不逐队"者；至于李东阳，至少可以证明至明末，所谓"茶陵派"是否属于明人诗歌流派之一，文坛并无确切的评断。

明末陈子龙《皇明诗选》卷二、清初朱彝尊《静志居诗话》皆未承认有"茶陵派"的存在；而明人徐泰《诗谈》、明末清初钱谦益《列朝诗集小传》丙集则已有"西涯之派"或"西涯一派"的指称①。明确以"茶陵"为派而称谓者，先见于清永瑢等《四库全书总目》卷一七一著录明顾清《东江家藏集》四十二卷："清学端行谨，砥砺名节。当正德时，谏疏凡十数上。嘉靖初，力请停遣旗校，于时政皆有所献替。其诗清新婉丽，天趣盎然。文章简练醇雅，自娴法律。当时何、李崛兴，文体将变，清独力守先民之矩矱。虽波澜气焰未能极俶奇伟丽之观，要不谓之正声不可也。在茶陵一派之中，亦挺然翘楚矣。"②清末陈田（1850—1922）《明诗纪事》丙签卷八选邵宝诗七首，有按语云："文庄诗格平衍，其蕴藉入古处，则学为之也。在茶陵诗派中，不失为第二流。"③无论"茶陵一派"抑或"茶陵诗派"，皆为对这一面目不甚清晰又不甚自觉的流派的默认，近现代论者也就顺水推舟，明确"茶陵"的文学

---

① 参见薛泉《李东阳研究——以政治心态、文学思想为核心》第三章《李东阳与茶陵派成员交游》第一节《茶陵派的形成》，第二章《李东阳文学思想探微》，湖南人民出版社2007年版，第88—101页。
② （清）永瑢等：《四库全书总目》卷一七一，中华书局1965年版，第1497页。
③ 陈田：《明诗纪事》丙签卷八，上海古籍出版社1993年版，第2册，第1057页。

流派地位，在"人以群分"的思维定势下便于展开有关论述，因为从理论角度以诗派或文学团体为枢纽，的确可以沿波讨源，事半功倍。这是我们今天讨论《怀麓堂诗话》的融通意识首先应当明了的。

二

《明史·李东阳传》谓李东阳："为文典雅流丽，朝廷大著作多出其手。工篆隶书，碑版篇翰流播四裔。奖成后进，推挽才彦，学士大夫出其门者，悉粲然有所成就。自明兴以来，宰臣以文章领袖缙绅者，杨士奇后，东阳而已。立朝五十年，清节不渝。"①李东阳立身于明朝较为清明的弘治之治下，以其官居显宦的位置以及诗文创作的典雅工丽，不必在文学主张上刻意领异标新，就会有一批追随者围绕左右。作为其诗歌理论的专著《怀麓堂诗话》，共有一百三十八则，尽管其说大多是在前人论诗的基础上继续发挥，因势利导，然而作者于融会贯通中也时时露出有丰富创作经验积累的真知灼见。

如何认识与评价李东阳的诗学主张，随着上世纪80年代以来研究者对于明代诗论的日益关注，诸多论者皆发表不少高见，探讨这一问题。如司马周即以"诗文各体论"、"格调说"、"创新论"三点分论《怀麓堂诗话》之诗论纲领②，以简驭繁，简明扼要。薛泉用"三说"概括之，即"文体辨析说：文学思想的理论基石"，"复古通变说：文学思想的发展动力"，"中和言情说：文学思想的核心内容"③，全面系统，面面俱到。韦江以"诗歌的本体性"、"诗歌的创作论"、"诗歌的鉴赏与评论"、"诗歌的接受与传播"四点细加分剖④，

---

① （清）张廷玉等：《明史》卷一八一，中华书局1974年版，第4824—4825页。
② 司马周：《〈麓堂诗话〉：茶陵派的诗论纲领》，《求索》2007年第2期。
③ 参见薛泉《李东阳研究——以政治心态、文学思想为核心》第三章《李东阳与茶陵派成员交游》第一节《茶陵派的形成》，第二章《李东阳文学思想探微》，湖南人民出版社2007年版，第56—87页。
④ 韦江：《李东阳〈麓堂诗话〉探析》，《唐山师范学院学报》2009年1月第31卷第1期。

视阈开阔,不无新见;李庆立《怀麓堂诗话校释》的代前言《李东阳诗学体系论》中则以三纲加以概括:"概而言之,以诗文辨体为旗帜,以诗歌音律为主线,以诗歌真情为宗旨,就是李东阳诗学体系的三条纲。纲举目张,其《怀麓堂诗话》以及其他著述中有关诗论的文字便大都为其统摄,于是看似纷杂无章的论说,就按照一定的内在的逻辑互相连接形成了有机的整体。"①提纲挈领,重点突出。

在解决李东阳"说什么"的问题上,上述各家都做出了大小不同的贡献,然为当下学者所忽略的是李东阳"怎么说"的问题,仍有必要进一步探讨。明代诸家文学思想或诗学观皆非无源之水、无本之木,在中国文论发展的链条中,细心寻绎,总会找到其渊源有自的根据所在。文论中完全属于创新的"凭空说"自难产生,因袭挦撦的"照着说",拾人牙慧或人云亦云,认识价值也不高,而如果属于"接着说",即在前人有关议论的基础上加以淋漓尽致的发挥并有所进步,对当时以及后世就会有较高的认识价值。今天如何准确地评价《怀麓堂诗话》,也许并不完全在于对其相关内容的条分缕析,而在于对其"怎么说"的准确定位,也就是其文学思想对于前人相关成果到底是"照着说"抑或"接着说"的问题。总的说来,李东阳的诗学思想既非刻板纯粹的"照着说",也非新意迭出的"接着说",而是在"照着说"与"接着说"的夹缝中找到栖息之所,这种生存方式也决定了他诗学观染上了极为浓厚的融通色彩,从而消弭了其开门立派的独立意识。

清沈德潜《明诗别裁集序》开宗明义即说:"宋诗近腐,元诗近纤,明诗其复古也。"②所谓"复古",在此并非如谓宋、元诗"近腐"、"近纤"一样含有贬义,而是带有相当认同或赞赏的态度。李东阳强调诗文辨体问题,在尊体的旗帜下推崇唐风,贬抑宋调,讲求音律、格调,归根结底就是一种

---

① 李庆立:《怀麓堂诗话校释》"代前言",人民文学出版社2009年版,第24—25页。
② (清)沈德潜:《明诗别裁集·序》,中华书局1975年影印本,第1页。

复古取向。这一复古取向也影响了稍后崛起的"前七子"的论诗主张,王世贞有云:"长沙公少为诗有声,既得大位,愈自喜,携拔少年轻俊者,一时争慕归之。虽模楷不足,而鼓舞攸赖。长沙之于何、李也,其陈涉之启汉高乎?"①而《怀麓堂诗话》又与宋代严羽论诗颇多契合,显示了其"接着说"的特点。这一点,日本学者铃木虎雄早已指出:"东阳诗论与宋代严羽之论颇有契合之处,但与严羽又有不尽相同之处。他在推崇唐代的李杜的同时,亦不排斥元白,同时又高度评价王、孟、韦、柳,可见其论诗趣旨是较为广阔的。"②下面即具体分析一下《怀麓堂诗话》是如何融通《沧浪诗话》有关论述话语的。

《怀麓堂诗话》第七则有云:"唐人不言诗法,诗法多出宋,而宋人于诗无所得……惟严沧浪所论超离尘俗,真若有所自得,反复譬说,未尝有失。"③这无疑是作者"接着说"的前提。第四〇则直接引用严羽《沧浪诗话·诗辨》中语:"夫诗有别材,非关书也;诗有别趣,非关理也。然非多读书,多穷理,则不能极其至。"④李东阳在引用此段文字(小有变动,无关宏旨)后又另加引申云:"论诗者无以易此矣。彼小夫贱隶、妇人女子,真情实意,暗合而偶中,固不待于教。而所谓骚人、墨客、学士、大夫者,疲神思,弊精力,穷壮至老而不能得其妙,正坐是哉。"⑤这一席重视诗歌真情的议论与明中叶社会较为重视民间俚曲的大环境息息相关。

明代中叶及其以后,"真诗在民间"是一个很有意味的命题,诗歌复古派人士如李梦阳、何景明、李开先等人皆曾加以提倡,其后性灵派人士如袁宏道、冯梦龙等人则更热衷于此道,这种向民间俯首的观念似乎已经打破了诗

---

① 罗仲鼎:《艺苑卮言校注》卷六,齐鲁书社1992年版,第300页。
② [日]铃木虎雄:《中国诗论史》,许总译,广西人民出版社1989年版,第125页。
③ 李庆立:《怀麓堂诗话校释》,人民文学出版社2009年版,第27页。
④ 郭绍虞:《沧浪诗话校释》,人民文学出版社1983年版,第12页。
⑤ 李庆立:《怀麓堂诗话校释》,人民文学出版社2009年版,第132页。

歌流派的界限，几乎成为一代诗人的共识。明沈德符有云："元人小令，行于燕赵，后浸淫日盛，自宣、正至成、弘后，中原又行《锁南枝》、《傍妆台》、《山坡羊》之属。李空同先生初自广阳徙居汴梁，闻之以为可继《国风》之后。何大复继至，亦酷爱之。"①李梦阳晚年所撰《诗集自序》有云："夫诗者，天地自然之音也。今途咢而巷讴，劳呻而康吟，一唱而群和者，斯之谓风也。孔子曰：'礼失而求诸野。'今真诗乃在民间。"②李开先《市井艳词序》亦云："正德初尚《山坡羊》，嘉靖初尚《锁南枝》，一则商调，一则越调。商，伤也；越，悦也。时可考见也。二词哗于市井，虽儿女子初学言者，亦知歌之。但淫艳亵狎，不堪入耳，其声则然矣，语意则直出肺肝，不加雕刻，俱男女相与之情，虽君臣友朋，亦多有托此者，以其情尤足感人也。故风出谣口，真诗只在民间。《三百篇》太半采风者归奏，予谓今古同情者此也。"③其后，公安派之中坚人物袁宏道《叙小修诗》则云："故吾谓今之诗文不传矣。其万一传者，或今闾阎妇人孺子所唱《擘破玉》、《打草竿》之类，犹是无闻无识真人所作，故多真声，不效颦于汉、魏，不学步于盛唐，任性而发，尚能通于人之喜怒哀乐、嗜好情欲，是可喜也。"④至于冯梦龙，曾亲自编选民歌集《挂枝儿》、《山歌》，也是文人士大夫俯首民间的明证。朱东润有云："明代人论诗文，时有一'真'字之憧憬往来于胸中。惟其知'真'之可贵，故不忌常俗而一味求之于俚歌野曲之中……此种求'真'之精神，实弥漫于明代之文坛。空同求'真'而不得，则赝为古体以求之；中郎求'真'而不得，则貌为俚俗以求之；伯敬求'真'而不得，则探幽历险以求之。其求之之道不必正，而其所求之物无可议也。"⑤所谓"求真"，也是就明

---

① （明）沈德符：《万历野获编》卷二五"时尚小令"，中华书局1959年版，第647页。
② 赵伯陶选注：《明文选》，人民文学出版社2006年版，第149页。
③ 郭绍虞主编：《中国历代文论选》第3册，上海古籍出版社1980年版，第85页。
④ 赵伯陶编选：《袁宏道集》，凤凰出版社2009年版，第132页。
⑤ 朱东润：《述钱谦益之文学批评》，《中国文学论集》，中华书局1983年版，第88—89页。

中叶以后文人士大夫深受当时民歌俚曲影响的独特现象而立论的，值得研究者重视。

所谓"真情实意"，当源于创作主体对社会与生活的切实感受，在明代中叶，又是雅与俗两种文化品格在某种情势之下交会的产物。李东阳论诗与时代潮流可谓相应共振，他欲图在涵泳古事的拟古乐府中找到真情的寄居之地，从而弥补其接触社会的不足与底层生活经验的缺位，正如其《拟古乐府引》中所言："予尝观汉魏间乐府歌辞，爱其质而不俚，腴而不艳，有古诗言志依永之遗意……间取史册所载，忠臣义士，幽人贞妇，奇踪异事，触之目而感之乎心，喜愕忧惧，愤懑无聊不平之气，或因人命题，或缘事立义，托诸韵语。各为篇什。"[①]这一类似于"代偿"作用的创作倾向，由于作者文学功底的积累深厚，的确可以极大地满足诗人发抒"真情实意"的欲望。但"求真"并不就意味着作者取向于"俗"，《诗话》第二四则云："质而不俚，是诗家难事。乐府歌辞所载《木兰辞》，前首最近古。唐诗，张文昌善用俚语，刘梦得《竹枝》亦入妙。至白乐天令老妪解之，遂失之浅俗。其意岂不以李义山辈为涩僻而反之？而弊一至是，岂古人之作端使然哉？"[②]《诗话》第五九则又云："作诗必使老妪听解，固不可；然必使士大夫读而不能解，亦何故耶？"[③]这两则诗话所云实为一事，体现的是作者"求真"历程中既要避俗韵又要反晦涩的诗歌创作追求。除上述者外，借职务出行之便观览山水风景也是作者诗歌创作"求真"之一法，李东阳《东祀录序》有云："礼成之后，谒孔林，登尼山，经曲阜，挹洙泗之余波，访邹鲁之遗风，观汉魏以来遗文断刻，山川灵秀之秘，礼乐声容之美，衣冠文物之会，信一时之盛也……感事触物，又安能已于情哉！凡悲欢喜愕郁抑宣泄之间，一出于正，

---

① （明）李东阳：《李东阳集》第一册，岳麓书社1984年版，第1页。
② 李庆立：《怀麓堂诗话校释》，人民文学出版社2009年版，第85页。
③ 同上，第167页。

虽不敢以自谓，而亦因以自考也。"①拟古乐府属于间接生活经验的涵泳，徜徉山水之间的创作则属于直接生活经验的获取。

诗歌的雅致韵调，当是李东阳终生所极力追求的，也体现了他接着《沧浪诗话》有关论述而说的精义。李东阳在其《诗话》中倡导"兴致"而外，更强调"本色"，其以禅喻诗更与严羽一脉相承。如《诗话》第六七则云："六朝宋元诗，就其佳者，亦各有兴致，但非本色，只是禅家所谓'小乘'，道家所谓'尸解'仙耳。"②所谓"兴致"，与"兴趣"涵义略同，《沧浪诗话·诗辨》云："诗者，吟咏情性也，盛唐诸人，惟在兴趣；羚羊挂角，无迹可求。故其妙处，透彻玲珑，不可凑泊。如空中之音，相中之色，水中之月，镜中之象，言有尽而意无穷。"又云："近代诸公乃作奇特解会，遂以文字为诗，以才学为诗，以议论为诗……且其作多务使事，不问兴致。"③至于"本色"，当谓诗家不加矫饰的自然之趣，须有所悟方可获取，亦即严羽所谓"大抵禅道惟在妙悟，诗道亦在妙悟……惟悟乃为当行，乃为本色。"④对比不同时代产生的这两部《诗话》，仅就所谓"兴致"、"本色"之论而言，可见有些时候李东阳"照着说"的成分似更多于"接着说"，这是毋庸讳言的。

李东阳论诗的融通意识除对《沧浪诗话》顶礼膜拜以外，广泛吸取前人有关论诗精华也属于应有之义。《诗话》第二八则有云："诗用实字易，用虚字难。盛唐人善用虚字，其开合呼唤，悠扬委曲，皆在于此。用之不善，则柔弱缓散，不复可振，亦当深戒，此予所独得者。"⑤其实有关诗中虚字、实字的运用问题，宋人范温《诗眼》早有论议，元人方回《瀛奎律髓》卷四三评宋黄庭坚《十二月十九日夜中发鄂渚晓泊汉阳亲旧载酒追送聊为短句》一诗

---

① （明）李东阳：《李东阳集》第一册，岳麓书社1984年版，第681页。
② 李庆立：《怀麓堂诗话校释》，人民文学出版社2009年版，第181页。
③ 郭绍虞：《沧浪诗话校释》，人民文学出版社1983年版，第26页。
④ 同上，第12页。
⑤ 李庆立：《怀麓堂诗话校释》，人民文学出版社2009年版，第98页。

有云:"所以诗家不专用实句、实字,而或以虚为句,句之中以虚字为工,天下之至难也。"①这种近似,倒未必属于"照着说"或"接着说",很有可能是英雄所见略同。李东阳在学习前人以及个人创作经验总结的基础上,也许只是暗合前人已有的相关议论,而非渊源所自,但仍能体现其论诗在某一方面融通古今的态势。

关于诗文创作的迟速快慢问题,《怀麓堂诗话》曾两次论及。如第一一〇则探讨唐代李、杜两人创作特点的问题。李东阳认为李白的一些诗歌"皆信手纵笔而就",杜甫《曲江对酒》七律"手稿有改定字",则非一挥而就,于是得出"然则诗岂必以迟速论哉"的结论②。又如第一三七则云:"'巧迟不如拙速',此但为副急者道。若为后世计,则惟工拙好恶是论,卷帙中岂复有迟速之迹可指摘哉?对客挥毫之作,固闭门觅句者之不若也。尝有人言:'作诗不必忙,忙得一首后,剩有工夫,不过亦是作诗耳,更有何事?'此语最切。"③上举两则诗话皆融通前人有关议论,如宋罗大经《鹤林玉露》甲编卷六有"作文迟速"一则云:"李太白一斗百篇,援笔立成;杜子美改罢长吟,一字不苟……余谓文章要在理意深长,辞语明粹,足以传世觉后,岂但夸多斗速于一时哉!"④又如旧题晋葛洪《西京杂记》卷三亦有《文章迟速》一则:"枚皋文章敏疾,长卿制作淹迟,皆尽一时之誉。而长卿首尾温丽,枚皋时有累句,故知疾行无善迹矣。"⑤以上所举为前人相关议论较著者,实则类似说法实难备举,从中可见李东阳论诗融通意识的强烈与执著。

---

① (元)方回:《瀛奎律髓》卷四三,影印文渊阁《四库全书》本,台北商务印书馆1986年版,第1366册第477页。
② 李庆立:《怀麓堂诗话校释》,人民文学出版社2009年版,第263页。
③ 同上,第308页。
④ (宋)罗大经:《鹤林玉露》甲编卷六,中华书局1983年版,第99—100页。
⑤ 旧题晋葛洪:《西京杂记》卷三,中华书局1985年版,第22页。

三

　　台阁诗与山林诗的融通问题，在李东阳的《怀麓堂诗话》中也占有一定的位置。《诗话》第六九则有云："至于朝廷典则之诗，谓之'台阁气'；隐逸恬澹之诗，谓之'山林气'，此二气者，必有其一，却不可少。"①第八七则又云："作山林诗易，作台阁诗难。山林诗或失之野，台阁诗或失之俗。野可犯，俗不可犯也。盖惟李杜能兼二者之妙。若贾浪仙之山林，则野矣；白乐天之台阁，则近乎俗矣。况其下者乎？"②

　　文坛中"台阁"与"山林"的分殊，并非创自李东阳，也属于"接着说"的范畴。宋吴处厚《青箱杂记》卷五有云："文章虽皆出于心术，而实有两等，有山林草野之文，有朝廷台阁之文。山林草野之文，则其气枯槁憔悴，乃道不得行，著书立言者之所尚也。朝廷台阁之文，则其气温润丰缛，乃得位于时，演纶视草者之所尚也。"③明宋濂也认同台阁、山林诗文的分殊，其《汪右丞诗集序》有云："昔人之论文者，曰有山林之文，有台阁之文。山林之文，其气枯以槁；台阁之文，其气丽以雄。岂非天之降才尔殊也，亦以所居之地不同，故其发于言辞之或异耳？濂尝以此而求诸家之诗，其见于山林者无非风云月露之形、花木虫鱼之玩、山川原隰之胜而已，然其情也曲以畅，故其音也眇以幽。若夫处台阁则不然，览乎城观宫阙之壮、典章文物之懿、甲兵卒乘之雄、华夷会同之盛，所以恢廓其心胸，踔厉其志气者，无不厚也，无不硕也，故不发则已，发则其音淳庞而雍容，铿鏓而锽鞈。甚矣哉！所居之移人乎？"④其实将诗文分为"台阁"与"山林"两种类

---

① 李庆立：《怀麓堂诗话校释》，人民文学出版社2009年版，第185页。
② 同上，第225页。
③ （宋）吴处厚：《青箱杂记》卷五，中华书局1985年版，第46页。
④ （明）宋濂：《文宪集》卷六，影印文渊阁《四库全书》本，台北商务印书馆1986年版，第1223册，第396页。

型，就是古代文人士大夫诗文作品不同文化品格的反映。文化品格的形成与作家所处社会地位相关，所谓"言为心声"，自有一定道理。但无论"台阁"还是"山林"，这两种文化品格皆属于士林雅文化的范畴，与市井文化或俗文化不可同日而语。李东阳论诗主张"山林"、"台阁"二体并作，不可偏废，却又力避"俗"气，正是其坚守诗文作品士林雅文化品格的表征。"台阁"，或称"馆阁"，他在《倪文僖公集序》中曾认为"馆阁"、"山林"诗文"二者，固皆天下所不可无"，只是"所施异地，故体裁亦随之"："馆阁之文，铺典章，裨造化，其体盖典则正大，明而不晦，达而不滞。而惟适于用。山林之文，尚志节，远声利，其体则清耸奇峻，涤陈薙冗，以成一家之论。"[①]这是李东阳明显区别于台阁体"三杨"的诗文创作取向的标志。

应当指出的是，李东阳所谓"山林气"，是一个较为宽泛的概念，如若仅局限于对个别诗人或团体的认知，就有可能缩小其外延。明杨慎《升庵诗话》卷七《胡唐论诗》一则云："弘治间，文明中天，古学焕日。艺苑则李怀麓、张沧洲为赤帜，而和之者多失于流易；山林则陈白沙、庄定山称白眉，而识者皆以为傍门。"[②]陈文新认为："山林诗继台阁体而起，其题材、宗旨、气象均与台阁体迥异。山林诗的代表作家是明代心学的几位前驱，一是陈献章，一是庄昶。他们的诗，人称'庄陈体'。"[③]此说法确有见解，特别是将李东阳的诗歌某些主张纳入对明代心学萌芽的哲学观照中，发人深省。但如果将"山林"概念理解得更为宏大一些，对于我们体会李东阳论诗的融通意识也许更有认识价值。

值得我们注意的是，明代心学的兴起与当时城市商品经济的不断发展是同步的，市井文化又是伴随社会商品经济的发展而不断丰富蔓延的，这一具

---

① （明）李东阳：《李东阳集》第2册，岳麓书社1984年版，第128页。
② （明）杨慎：《升庵诗话》卷七，丁福保辑：《历代诗话续编》中册，中华书局1983年版，第774页。
③ 陈文新：《从台阁体到茶陵派——论山林诗的特征及其在明诗发展史上的意义》，《文学遗产》2008年第3期。

有无限生命力的文化形态培育了明代的市民阶层逐渐走向成熟,并孕育了与这一文化形态相关的文学载体的兴盛和成熟,白话小说、民歌、戏曲传奇在明代逐渐风行,共同铸就了封建时代市井文化的辉煌。市井文化本属于"俗"的范畴,但与士林雅文化却既相对立又有渐相融合的趋势,山林士大夫群体由于接触社会较为广泛,其受市井文化的影响势必较台阁中人为明显。提倡"台阁"与"山林"二气并存的李东阳身居台阁重臣之位,有时却也不免为"俗"所染。《怀麓堂诗话》第五三则有云:"《红梅》诗押'牛'字韵,有曰:'错认桃林欲放牛。'《蛱蝶》诗押'船'字韵,有曰:'跟个卖花人上船。'皆前辈所传,不知为何名氏也。"①按《红梅》诗乃南宋末吕徽之所作,其诗云:"疏影离奇色更柔,谁将红粉点枝头。牧童睡起朦胧眼,错认桃林欲放牛。"②明正德间人郎瑛《七修类稿》卷三二"箕诗改红白"一则云:"尝有人招(箕)仙,请作梅花诗,仙箕遂写'玉质亭亭轻且幽',其人云'要红梅者',即承曰:'著些颜色点枝头。牧童睡起朦胧眼,错认桃林去放牛。'"③明代市井间人在扶箕(乩)中装神弄鬼,即将前人吕徽之《红梅》诗改易首二句,变换为从咏白梅到咏红梅的转折递进,虽属因袭挦撦,亦见巧思。这里的问题是,吕徽之的《红梅》诗能传到身居辅臣要职的李东阳耳中,其渠道当亦由市井中来,而非借助载籍文字,否则就不会有"皆前辈所传,不知为何名氏也"的感叹了。

所谓押"船"字韵之《蛱蝶》诗,当为年纪小于李东阳二十三岁的唐寅所作,《六如居士全集》卷三有《咏蛱蝶》七绝一首云:"嫩绿深红色自鲜,飞来飞去趁风前。有时飞向渡头过,随向卖花人上船。"④唐寅此诗或化用宋谢

---

① 李庆立:《怀麓堂诗话校释》,人民文学出版社2009年版,第157页。
② 傅璇琮等主编、北京大学古文献研究所编:《全宋诗》第68册,北京大学出版社1998年版,第42929页。
③ (明)郎瑛:《七修类稿》卷三二,文化艺术出版社1998年版,第410页。
④ (明)唐寅:《唐伯虎诗文全集》,华艺出版社1995年版,第97页。

逸吟蝴蝶诗三百首中"江天春晚暖风细，相逐卖花人过桥"之佳句，谢逸，字无逸，时人号为"谢蝴蝶"①。陈田《明诗纪事》丁签卷一一上有按语评价唐寅云："子畏诗才烂熳，好为俚句。"②唐寅在当时诗坛徒有才情而名位不彰，其《咏蛱蝶》一诗末句以巧思赢得士林青睐可以想见，流播众口而逐渐湮没原创者之名，致令李东阳误以为"前辈"云云，姑且不论，但山林之作伴随市井文化广泛传布之态势则可概见。李东阳在其《诗话》中不嫌词费，记下他所中意的来自市井哄传的两句不明所自的诗句，可见他在《怀麓堂诗话》中具有融通雅文化与俗文化、士林文化与市井文化等多重文化品格的价值追求的执着精神。

在前人的文学主张或有关议论的基础上寻求变迁——"照着说"到"接着说"，顺水推舟或因势利导而非另起炉灶或重张旗鼓，尽管步伐时大时小甚至裹足不前，但总的趋势是向前迈进的，一部《怀麓堂诗话》即当作如是观。是书所具有的"融通"意识，即表现在会通台阁与山林、雅文化与俗文化、士林文化与市井文化等多方面，其中讨论诗与画、诗与音乐的关系等论题，亦多真知灼见，特色或许不够鲜明，但在中国诗话史中的地位不可小觑，自有进一步探讨的必要。③

（原载《社会科学辑刊》2011年第4期；中国人民大学《中国古代、近代文学研究》2012年第1期转载）

---

① 参见宋魏庆之《诗人玉屑》卷一〇《谢蝴蝶》，上海古籍出版社1978年版，第227页。
② 陈田：《明诗纪事》丁签卷一一上，上海古籍出版社1993年版，第3册，第1306页。
③ 蔡镇楚《中国诗话史》认为："李东阳《怀麓堂诗话》尽管多谈汉魏、唐诗的法度、音韵、格调，却反对摹拟，这与后来前后七子的拟古主义是截然不同的。"（湖南文艺出版社1988年版，第151页）可惜所予篇幅太少，未及深入。刘德重、张寅彭《诗话概论》认为李东阳"为由'台阁体'向前后七子过渡的承上启下的代表人物"，"在明代诗坛上，是一个开风气的人物"（中华书局1990年版，第104、108页），议论虽较前者加详，但仍有待深入的开掘。

| 中编 书评 |

读《施愚山集》

清初继钱谦益之后，王士禛执清初诗坛牛耳近五十年，因倡神韵说而使"天下遂翕然应之"，[①]然而纵观清初文坛，诗家林立，各有千秋，绝非定于一尊。吴伟业才华丰赡，以"梅村体"七言歌行独步一时，与钱谦益、龚鼎孳素有"江左三大家"的美誉。明遗民诗人顾炎武、黄宗羲、王夫之、屈大均、钱澄之、吴嘉纪、归庄、傅山等人，诗风或有不同，但皆慷慨高歌，以冰节雪操光耀后世。朱彝尊开浙派诗风，与王士禛有"南朱北王"之号。论诗人以南北对举，除体现当时诗坛五音繁会的热闹景象而外，亦是一时风气使然，比朱、王二人略早的施闰章、宋琬二人，也有"南施北宋"之誉。清沈德潜《清诗别裁集》卷三谓："南施北宋，故应抗行。今就两家论之，宋以雄健磊落胜，施以温柔敦厚胜，又各自擅场。"[②]此外，又有人合"南施北宋"、"南朱北王"四家，又南取海宁查慎行、北取益都赵执信二人，号"六大家"，而有《六家诗选》之刻，[③]可见清初诗坛标榜之一斑。

上述几位清初诗人，在当时并非都有蜚声诗坛的遭际。王夫之誓不与清统治者合作，常年隐居于深山之中著书立说，默默无闻。道光以后，在他去

[①] （清）永瑢等：《四库全书总目》卷一七三著录《精华录》十卷，中华书局1965年版，第1522页。
[②] （清）沈德潜：《清诗别裁集》卷三，中华书局1975年版，第43页。
[③] （清）朱庭珍：《筱园诗话》卷二，郭绍虞编选：《清诗话续编》本，上海古籍出版社1983年版，第2357页。

世将近一个半世纪以后才渐为国人知晓,并成为近世哲学、文学研究者大为瞩目的热门人选。施闰章生前诗名早著,王士禛《池北偶谈》卷一一曾有云:"康熙已来,诗人无出南施北宋之右,宣城施闰章愚山,莱阳宋琬荔裳也。"①在施闰章身后相当一段时间,其名声仍然不减当年。晚于他百年之久,生活于嘉庆、道光间的文人陈文述甚至说:"国朝人诗,当以施愚山为第一,为其神骨俱清,气息穆静,非寻常嘲风弄月比也。"②然而清亡以后将近九十年的岁月中,有关研究者对于南施北宋似乎丧失了应有的热情,几部文学史提到二人,多因袭旧说缺少深入的探讨;有关文章寥寥,读后也难得要领。这与二人曾驰声清代的巨大诗名很不相称。何以如此?固然有清诗研究一向不受近现代研究者重视的具体原因,但若与钱谦益、吴伟业、王士禛、顾炎武、朱彝尊等清初诗人的有关研究相比,毕竟有失平衡。这是值得今天的文学史家深入思考的一个问题。

一

作为《安徽古籍丛书》之一种,由何庆善、杨应芹二位先生点校整理的《施愚山集》的问世,对于清诗研究自是功德无量,至少也为有心探索有关施闰章研究状况"何以如此"的论者提供了极其便利的条件。

施闰章的诗文集初刻于康熙四十七年(1708),包括文二十八卷、诗五十卷,总名《学余堂集》,由曹寅梓于扬州,故称楝亭刻本。此本问世距施氏辞世已二十五年。此后雍、乾间又有施氏别集《蠖斋诗话》二卷、《矩斋杂记》二卷之刻,外集《砚林拾遗》、《试院冰渊》各一卷之刻。据《增订四库简明目录标注》著录,施集另有"乾隆十二年刊全集九十六卷"本,此即汇

---

① (清)王士禛:《池北偶谈》卷一一,中华书局1982年版,第253页。
② (清)陈文述:《书愚山诗抄后》,《施愚山集》第4册附录三,黄山书社1993年版,第288页。

印本《施愚山先生全集》，除包括上述所列内容八十四卷外，尚有《家风述略》补刻本一卷、闰章子施彦恪《施氏家风述略续编》一卷、其孙施璂《随村遗集》六卷以及施念曾《愚山先生年谱》四卷，共成九十六卷。四库抄本《学余堂集》只收文二十八卷、诗五十卷与外集二卷。1911年，上海国学扶轮社又石印了乾隆间的《全集》本。这次何、杨二人整理施氏全集，即以乾隆间的《全集》本为工作底本，以四库本、扶轮本为校本，又参校了作者传世的稿本《学余集》三册、《愚山残稿》一册，以及作者改订本《使粤纪行》、《越游草》各一册。作者长孙施琮撰有《客问随述》，指出棟亭刻本的多处错讹，虽有意气用事之嫌，但其价值不容低估。整理者据以参校各本，系从北京图书馆发现，为提高新整理本《施愚山集》的质量打下了基础。整理者在该书《后记》中不无感慨地说：

> 我们从一九八二年开始整理《施愚山集》以来，时间已过去了整整十个年头。其间最大的收获莫过于：我们终于看到了施闰章的亲笔手稿和手订本，看到了沉睡近三百年的施琮《客问随述》及其他材料。我们把稿本、手改本与底本中相同的篇目，逐一进行认真的对照比较；对《客问随述》所列棟亭刻本与原本定本的每条"同异"都进行了认真的分析考订，从而据以改正了流传了几百年的棟亭刻本的讹误。

精心认真标点校勘而外，整理者又勤于搜辑，除棟亭本所收诗3264首、文460篇之外，共辑得佚诗190首，佚文38篇，从而使该书成为目前最完备的施闰章全集。

全书共包括文集、诗集、《蠖斋诗话》、《矩斋杂记》、《砚林拾遗》、《试院冰渊》、《施氏家风述略》、补遗、附录等九大部分。其中"附录"又分为传志表铭、序跋、杂评摘录、年谱书目四小部分，年谱为整理者新编，《寄云楼书目》系施琮所辑。为方便读者查阅，另由童晓岚编有四角号码检字《施愚山集篇名索引》，附于书后。如此整理清人别集，不可谓不细。尤为细致者，又明显体现于集中有关文字的校勘上。

文集卷一九有《袁胜之进士墓志铭》一文，中有云："君讳继梓，胜之其字。生明万历庚申五月十一日，登本朝顺治甲辰进士。"[①]文通字顺，似无讹误。而整理者偏能从中发现问题，故于"顺治甲辰"下出校记云："顺治似为康熙之误。顺治朝无甲辰年。施闰章于顺治朝最后一年辛丑（1661）年始守湖西，康熙丁未（1667）年裁缺去，据本文'余尝参守湖西；胜之举进士，来从余游者数年'云云，袁胜之举进士当为康熙初年事。康熙甲辰，即康熙三年（1664）。"此属理校，因无版本依据，故未改原文，仅出校勘记。考《明清进士题名碑录索引》，袁继梓为江西宜春人，考中康熙三年三甲第五十八名进士，与整理者之理校正合。

文集如是，诗集也有理校之处。如诗集卷三一《宗鹤问见过长干客寓》颈联"避俗且官阁，藏身谁钓竿"，整理者于"谁"字下出校云："疑为'唯'之误。"形讹的判断出于联语虚字相对的规律，可见整理者心细，因无版本依据，亦不改字而仅出校记。又如诗集卷三四《九华山中寄顾池州澹叟》一诗，整理者于诗题下出校云："顾，疑为'颜'之误。按颜敏号澹叟，顺治时池州知府。"考清代顺、康间有两位中过进士的颜敏，一位字乃来，号澹叟，寄籍顺天宛平，中顺治六年二甲第三十四名进士；一位字不敏，号铸莽，江南盐城人，中康熙四十八年三甲第十三名进士。整理者所指谓者当系前者，而二人于《清史列传》、《清史稿》中皆无传，需要辗转查考其他相关资料。可见一字之讹，发现不易，查考也颇费力气。点校清人别集能够做到这一步，绝非易事。

上述二例虽仅属个别情况，却颇可表明该书的整理质量。诗集中的大多数校记是与稿本或《客问随述》对校、参校后的异文记录，对于读者阅读与研究皆大有助益，并非率尔操觚。

[①] 本文所引用施闰章的诗文，皆源自《施愚山集》，黄山书社1993年版，以下不再出注。

此书整理工作的认真还体现于《蠖斋诗话》的校点。《蠖斋诗话》在施氏全集中原为二卷，与《矩斋杂记》二卷同入别集。该诗话另有《昭代丛书》本，仅一卷，内容全同，丁福保辑《清诗话》即据此一卷本，对于文中错讹多未加校改。这次校点《施愚山集》，整理者订正了原诗话中的部分遗漏或错讹。如诗话卷上有"禁捕放生鱼"一则，首云："唐元相国□□廉察江东，修龟山寺鱼池为放生之所。"整理者于二缺字句下出校云："缺字当是'微之'。元微之曾任浙东观察使，修龟山寺。"如果说此理校尚不难查考，那么"月诗"一则，校出引诗作者之讹，就非轻而易举之事了。该则有"右丞'松际露微月，清光犹为君'"一句，整理者于此句下出校云："'松际露微月'为常建诗，此谓右丞，误。"考《全唐诗》卷一四四，引诗二句为《宿王昌龄隐居》一诗中的颔联，的确为常建所作。此讹为整理者发现是不容易的。

限于《安徽古籍丛书》的统一体例，《施愚山集》只能以竖排简体字付印，这给整理者带来了诸多不便。众所周知，某些繁体字、异体字出现于古诗文中，若径直简化，往往容易产生歧义或发生误解，如"夥"与"伙"、"鳌"与"厘"、"蒐"与"搜"等等，不一而足。针对这些情况，整理者分别作出处理，煞费苦心。其实整理古籍，若非普及性的选本、注本，自当以繁体字付印为佳，可以避免诸多不必要的麻烦。标点古书采用专名线，甚便于阅读，但于诗中使用，特别是出现于近体诗的对偶句中时，往往上下句难以对应，就要牺牲一些形式美。如诗集卷三七《别纪孽子》一诗颈联"贵游每结王生袜，诗品群推记室篇"，整理者仅标"记室"以专名线，而漏标"王生"与"诗品"，似有未妥。王生乃人名，事见《史记·张释之传》；记室即指代钟嵘，他曾官宁朔记室，撰有《诗品》一书。"王生"当标人名线，"诗品"当标书名线。然而如此一标，又使对偶句中的平衡遭到破坏，实为两难之事。当然，诗集中的一些专名线漏标或位置有讹，可能是排印中发生的。如"蓼莪"本为《诗经·小雅》中的篇名，诗中出现多彰扬孝道，自应加书名线。《施愚山集》的诗集部分多处出现"蓼莪"，有时加线，有时未标，或是排印与校对中的疏失。标点古籍使用专名线，就有了对古籍"半注释"的性质，却又往往费力不讨好。上述疏漏即使是整理者一时失考，也属白璧微瑕，丝毫不能抵消整理者对于此书的良苦用心。正是由于两位整理者的精心工作，才为我们讨论施闰章其人其诗提供了极大的便利。

二

施闰章的诗驰名当世，与其人品不无关系。诗人极其注重个人修养，具有儒家传统的"慎独"精神，他将被传统文人视为名山事业的精神财富始终置于物质财富之上。施闰章于卷四《曹氏一家言序》曾说："夫家挟猗顿之富，不若藏名山之书；岁有九迁之官，不如成一家之言。子桓氏之论文也，以为年寿有时而尽，荣乐止乎其身，文章为不朽盛事，传之无穷。"出于对财利的淡薄，施闰章对于仕宦也有独到的见解："吾岂恶秩之崇，所惧者官高一级即人品减一等耳！"[①]

自律甚严，持身唯谨，不仅凸显于施闰章洁身自好、不随波逐流的人生价值取向中；对于家中子弟的教诲，他也以品行为重。补遗《试鸿博后家书十四通》之十四云："我前书屡言要极意收敛，只当我家不曾作官，地方不觉有此乡绅，乃是好消息。汝辈书绅志之，不是爱此一官，正爱一生品行也。"语重心长，正直坦荡，正是这种积极的人生价值观左右了他的诗风。施闰章在卷七《阳坡草堂诗序》中夫子自道般地说："诗言志，观其性情；苟非其人，虽学弗工也。"反映于诗中，就有"鹊巢须着稳，莫占最高枝"（《坐独树轩》）的吟哦，很见性格，正可印证他对儒家"诗言志"以及"温柔敦厚"之旨的执著追求。在卷五《曾子学陶诗序》中，施闰章曾说："古之诗人，代相祖述，人不相袭，亦各其志也。士各有志，故言不苟同。"他已自觉地认识到

[①] （清）梅文鼎：《施氏家风述略续编书后》，《施愚山集》附录三，黄山书社1993年版，第4册，第281页。

"诗如其人，不可不慎"（《蠖斋诗话》卷上"诗有本"），因而极力加强道德的自我完善。施肇元《越游草序》说："余始重尚白之诗，兹乃益重尚白之人矣。气逸而神淡，骨峻而守严，本是以为诗，何曹、刘、沈、宋之不足以肩随欤？"①

为了提高诗艺，施闰章除道德的自我修养以外，就是深治经史，以学力为本，孜孜以求。在卷四《顾赤方诗序》中他说："诗之工者，作者或不自知，有非学所能至，而非空疏不学者所能俸也。"所谓"非学所能至"无非是宋严羽"夫诗有别材，非关书也"②那段话的翻版，而施氏所强调的却是诗人不可"空疏不学"！显然他所追求的是"学人之诗"，却又不同于后世"肌理说"所倡导的学问诗。王士禛《渔洋诗话》卷中有云：

> 洪升昉思问诗法于施愚山，先述余凤昔言诗大指，愚山曰："子师言诗，如华严楼阁，弹指即现；又如仙人五城十二楼，缥缈俱在天际。余即不然，譬作室者，瓴甓木石，一一须就平地筑起。"③

施闰章之语有自谦以誉人之意，但却是他崇尚学力的明证。"诗品出于人品，人品悃款朴忠者最上"，④施闰章追求道与艺的合一，用他自己的话说就是"时有古今，风有正变，体虽则古，言必由衷"（卷四《西江游草序》）。对此，汪琬有更为通透的评论："顾后之诗人，从未有贯道与艺而一之者，惟其饾饤以为富，剽窃模拟以为工，不饮酒而乐，不疾痛而呻吟，是虽曰无诗，可也。是故学者之通患，而非诗之本教然也。愚山先生道孔孟之道，而学朱陆之学者也；及其为诗，则又命词简切，立意澹远。其体盖近汉魏，而发源则骎骎乎

---

① （清）施肇元：《越游草序》，《施愚山集》第4册附录三，黄山书社1993年版，第266页。
② 郭绍虞：《沧浪诗话校释》，人民文学出版社1961年版，第26页。
③ （清）王士禛：《渔洋诗话》卷中，《清诗话》本，上海古籍出版社1963年版，第199页。
④ （清）刘熙载：《诗概》，郭绍虞编选：《清诗话续编》本，上海古籍出版社1983年版，第2445页。

《三百篇》之间，庶几乎能贯道艺者欤！"① 施闰章的诗如是，文亦如是，全以道德、学力为依归。而他奖掖后进的蔼蔼长者之风，如大力汲引蒲松龄事即一例，也是他声名远播的一个重要原因，此不赘言。

古人评诗家的诗风，往往朦胧言之，或曰哀感顽艳，或曰纤巧侧丽，或曰清真雅正，或曰温柔敦厚。一言蔽之固难准确概括出一个人的诗风特色，却也大致可窥见诗人的艺术价值取向。若以上述词语概括施闰章的诗，即可以"清真雅正"与"温柔敦厚"形容之。如此风格正符合封建士大夫的文人雅致，但过分追求又极易丧失艺术上的自我。施闰章的诗受到同代人赞誉，诗中见人品与学力是一重要因素。而当道德自我过多地侵占了诗中艺术自我的位置时，同代人也许并不觉得是一种缺失，但随着时代的前行，那些非艺术因素逐渐隐退于诗歌之外以后，就缺少了感人的艺术魅力。这或许是清亡后研究者于施氏的诗没有过多瞩目的原因之一。

在清初诗人中，钱谦益力排明人拟古诗风，倡导真情，其诗歌创作也有很强的艺术个性；王士禛通过品评古今人诗倡导神韵说，虽缺乏一定的理论深度，却能适应时代的要求，从而引来后世论者的兴趣；吴伟业没有突出的诗歌理论传世，但能以华丽典雅的梅村体歌行倾倒世人，也能光耀后代。与上述三位诗人相比，施闰章的诗歌创作就显得工稳有余而才华稍逊了，其诗歌理论也因多沿袭旧说而失去光彩。他在卷五《闵子游草序》中曾说："诗以道性情，其次言事物、资赠答，盖犹有四始六义之遗。"在同卷《适余堂诗序》中他又说："必不得已而后言，其言于是乎至。古之诗人皆然，而得之行役羁旅者为多。"这些议论很正确，却缺少超越古人的建树。他的《蠖斋诗话》本当有独到之论，却也因"直录旧文"过多而不见精到诗论。《四库全书

---

① （清）汪琬：《施愚山诗集序》，《施愚山集》第4册附录三，黄山书社1993年版，第249页。

总目》认为这部诗话"殆偶然札记，不甚经意之作"，①极有见地。

《蠖斋诗话》上、下二卷各有"诗有本"一则，前者有"一落宋贤，便多笨伯"之论，后者批评"不得其意而专求之体制、风调、音响"的诗风。这些都不过是换个说法的人云亦云。卷下"唐人绝句"一则评崔护、刘禹锡等唐人的七绝"自然入妙"，认为："所谓诗家三昧，直让唐人独步；宋贤要入议论，着见解，力可拔山，去之弥远。"这似乎显示，施闰章是清初的尊唐派，刘大杰《中国文学发展史》第二十九章即认为施氏论诗尊唐抑宋。中国诗坛分唐界宋，肇始于南宋，历经元、明而壁垒森严，至清初，宗唐祧宋或独喜宋调者更各执一词。然而也有转益多师，取向不甚明显者，施闰章即是其人，将他划入尊唐派，有失公允。

邓之诚《清诗纪事初编》云："钱、吴而后，朱、王、施、宋继之。朱、王学钱，若闰章者，庶几足以继响娄东也。宣城诗教，倡自梅尧臣，闰章由之加以变化，章法意境，遂臻绝诣，愁苦之事，皆温柔敦厚以出之。"②所谓"娄东"，即指吴伟业，他是尊唐派，邓之诚认为施闰章继响吴伟业，以诗风而论，并不中肯。宋代梅尧臣则是施闰章的乡先贤，他诗风平淡，不尚铅华，这一点倒有些像施闰章的诗风；但他的诗又有议论化、散文化的倾向，因而被刘克庄《后村诗话》誉为宋诗的"开山祖师"。邓之诚认为施闰章有继承宣城诗教之处，有一定的根据。

施闰章有《柏山祠堂行》一诗，中有句云："嗟公以诗冠有宋，自许言皆媲雅颂。希声古调知者谁？推倒欧阳天下重。"对梅尧臣可谓推崇备至。施闰章《哭梅雨吉》一诗题下原有小序云："壬辰春，舟过楚中，读圣俞先生集。"可见他对梅氏的诗是喜欢的。然而王士禛《池北偶谈》卷一八似乎又说施闰

---

① （清）永瑢等：《四库全书总目》卷一九七著录《蠖斋诗话》二卷，中华书局1965年版，第1805页。

② 邓之诚：《清诗纪事初编》，上海古籍出版社1965年版，第580页。

章并不尊梅。总之，对于施闰章诗风趋向何在的不同甚至对立的见解，恰可表明其诗无意唐宋藩篱的事实。从他的诗歌创作来看，也难分出唐诗宋调的畛域，而这又是他诗歌艺术特色不够鲜明的表现。

三

施闰章的诗诸体皆备，但最擅长的是五言律诗，他自己曾说："平生诗五言律较多。"（见补遗一《五言律诗自注》）王士禛《池北偶谈》卷一三"摘句图"一则云："予读施愚山侍读五言诗，爱其温柔敦厚，一唱三叹，有风人之旨。其章法之妙，如天衣无缝，如园客独茧。"①实则施闰章的五律章法之妙倒在其次，而联语每见巧思却很常见，这或许就是王士禛为他作"摘句图"，一口气列举了八十二联之多的原因。可以句摘而难以全诗见佳，显示了施闰章诗的一个特色。诗集卷二九有《赠登封叶明府井叔》一诗云：

> 吏隐名山窟，高斋云气重。翠屏横少室，明月正中峰。苔绿前朝碣，秋清远寺钟。兴来飞舄得，何处有仙踪？

通览全诗并不觉如何精彩，但中二联却极精警，景中寓情，恬淡清雅，大有王维、孟浩然山水诗的味道。特别是领联，王士禛极其欣赏，有"十字令人揽结不尽"②的赞叹。其他如"野店寒烟外，山城夕照中"（《偕刘润伯舟发东溪》），句中不用动词而意境清远。"风帆争落日，佛火乱寒星"（《金山寺》），写景中暗寓时间进程，耐人寻味。"江路多春雨，山村易夕阳"（《怀蔡大美江行戏柬》），平易中透露出野趣无限，令人神往。至于"皎月故人远，离情秋水多"（《次韵胡智果

---

① （清）王士禛：《池北偶谈》卷一三，中华书局1982年版，第303页。
② （清）王士禛：《渔洋诗话》卷上，《清诗话》本，上海古籍出版社1963年版，第182页。

秣陵见寄》),"长歌花落径,独步鸟随人"(《春暮》),"乱山成野戍,黄叶自江村"(《泊樵舍》),这些联语,也各有逸趣,不减唐人风调。《寄芝麓先生》有"思苦易成梦,情多难寄书"之句,言情中不乏理趣,又见宋诗意味。

施闰章近体五律颇多佳联,七律中也时见警句,如"眼穿烽火三秋日,头白关河隔岁心"(《邺侯南村谷公》),"青山不改六朝色,斑鬓重惊千里回"(《乱后归至白门》),"春草迷离弦诵地,夕阳凭吊古今心"(《陶桓公读书台用韵》)等等,皆情景双绘,浑然天成,可见诗人造语功力。康发祥《伯山诗话》云:"施愚山闰章诗气味渊雅,而才力不甚雄富。"所谓"渊雅"正是诗人胸中书多所致,体现了其学人之诗的特征;"才力不甚雄富"则是其诗只宜句摘的原因。从佳联警句中,我们也可以观察到诗人努力追步前人的足迹。

纯从艺术上讲,施闰章的古诗也自有特点。如七古《为乔石林舍人题扁舟看花图》的前四句:"无数青山天际起,白云横曳山松里。花满东风云欲飞,扁舟谁坐看春水。"写景切合画中情韵,与后几句叙事抒情相映生辉。七古《竹亭短歌赠王贻上》流露一片疏闲散淡情怀,很见性情。然而人们评说施闰章的乐府、古诗,大多从其关心民瘼、慨叹时艰的内容着眼。乐府《浮萍兔丝篇》有小序云:"李将军言:部曲尝掠人妻,既数年,携之南征,值其故夫,一见恸绝。问其夫,已纳新妇,则兵之故妻也。四人皆大哭,各反其妻而去。"清沈德潜《清诗别裁集》卷三评此诗云:"状古来未有情事,以比兴体出之,作汉人乐府读可也,无书无笔人不敢道一字。"[①]诗中充满了诗人对战乱中人民苦难的同情,虽事属巧合,恰从特殊反映出一般。王士禛《香祖笔记》卷四记顺治初年京师卖水人赵逊的遭遇,也很离奇。赵无妻,同辈人为他酿金买妻,得一老妪,赵逊发善心以母事之,感动了老妪,老妪又出藏珠为赵买妇,入门则正是老妪的女儿。原来母女皆被清兵所掠而相失,至是得以团圆。稍晚于施闰章的文言小说家蒲松龄撰《聊斋志异》,其中有《乱

---

① (清)沈德潜:《清诗别裁集》卷三,中华书局1975年版,第44页。

离二则》，其一则也写某班役贫不能娶妻，其上官为他出资从清兵所俘获妇口中买妻，结果却接连为这位好心的上官找到了母亲与夫人。三事都有巧合成分，却异曲同工，真实地反映了清初社会混乱之一斑。由此而论，施闰章有关诗歌的认识价值就很高了。乐府《上留田行》："里中有啼儿，声声呼阿母。母死血濡衣，犹衔怀中乳。"诗中所叙惨状与明吕坤《实政录》卷二所记万历十四年灾荒时期一家四口惨死路上的情景略同，也有很高的认识价值。此外如《鸡鸣曲》、《皇天篇》、《大坑叹》、《竹源坑》、《弹子岭歌》、《棕毛行》等诗，以时事入诗，或为民请命，或太息民艰，都是诗人正直性格的体现。因论者已经多有论及，此不详析。

总之，施闰章的诗论与诗歌创作都体现了他作为封建时代一位正直文人的胸襟，受重于当世，理所当然。他的诗歌创作数量很多，却由于在继承中缺少创新的成分，没有鲜明的艺术特色，难以令今天的研究者从中找到深入探讨的切入角度，这或许也是施闰章的诗得不到更多研究的一个原因。文学的生命只有在创新中才能延续不断，读《施愚山集》，或许正可给我们以这样的启示。

（原载《江淮论坛》1995 年第 3 期）

略评《陈宏谋家书》

广西师范大学出版社留意于乡邦文献的挖掘整理，日前出版《陈宏谋家书》，即是一例。

在清代，广西因地处边远，其人文环境远逊于江浙一带，通过科举考试博取功名，就士子中第而言，两地考生也难同日而语。然而在有清二百六十余年的历史中，广西临桂却先后崛起两位同出自陈姓一门的名人：一位是官至极品的理学名臣陈宏谋（1696—1771），另一位就是他的五世孙陈继昌（1791—1849），字哲臣，号莲史。陈继昌官至江西布政使，政绩虽乏善可陈，但他在科举考试中春风得意，曾享受过"连中三元"（即乡试解元、会试会元、殿试状元）的殊荣。清世连中三元者，在陈继昌之前，只有长洲（今江苏苏州）人钱棨（1742—1799），陈之后，"三元"绝响，可见一生有此际遇殊为不易。嘉庆帝曾为陈继昌题诗云："大清百八载，景运两三元。旧相留遗泽，新英进正论。"[①]可见帝王对这位科场幸运儿的优礼。诗中所云"旧相"，即指陈继昌的高祖陈宏谋。

陈宏谋，字汝咨，号榕门，文恭是其死后的谥号。陈宏谋走上仕途在雍正元年（1723），这一年他二十八岁，考中三甲第十二名进士，改庶吉士，授检讨，迁吏部郎中，在官场中逐渐显露出行政才能，从而先后受到雍正与乾隆二帝的赏识。从雍正十一年他升任云南布政使开始，即辗转于各省任封疆大吏，三十

---

① （清）陈康祺：《郎潜纪闻二笔》卷三，中华书局1984年版，第373页。

多年为地方兴利除弊,干了许多实事。如在云南兴办义学,遗泽苗民;在江西兴修水利以工代赈,用苏民困;在湖南禁洞庭滨湖百姓壅水为田,以防水患;在天津以老河兵为师,得放淤之法,使沧、景一带皆成沃壤。彭启丰《陈文恭公宏谋墓志铭》有云:"公在外三十余年,历省十有二,历任二十有一,所至之处无问久暂,必究悉于人心风俗之得失及利害之当兴革者,筹其先后,以次图之。"可见陈宏谋在地方任职,治绩突出,甚有口碑。

乾隆帝即位后,因陈宏谋有丰富的治理地方的经验,又是比较廉洁的儒臣,就将之纳入阁臣之列。陈宏谋先后入主兵部、吏部,迁协办大学士,后又升任东阁大学士,爬上位极人臣的峰巅。

作为正统儒学的传人,陈宏谋学本程朱,符合清最高统治者的要求,因而被目为理学醇儒,是儒家"修身、齐家、治国、平天下"说教的信奉者与实践者。据《清史稿·艺文志》著录,他著有《培远堂偶存稿》四十八卷、《学仕遗规》八卷、《在官法戒录》四卷、《大学衍义辑要》六卷、《补辑要》十二卷以及《五种遗规》十五卷等。《五种遗规》一般包括《在官法戒录》在内的《养正遗规》、《教女遗规》、《训俗遗规》、《从政遗规》五种,这五种"遗规"类述作,皆源于前人有关修身、养性、治家、为官、处世、教育等方面的著述或言行,分门别类加以辑录而成。它们或单行,或合刻,并非同时成书。《五种遗规》还有一种合刻本,去《在官法戒录》而入《学仕遗规》。《五种遗规》为清代中叶以后的社会教育和蒙童教育教材,曾名列清末中学堂修身科教科书,可见其影响。其中许多内容,即使在今天仍有相当的借鉴价值。

广西师范大学出版社这次出版的《陈宏谋家书》分三大部分,即"家书手迹"、"历代名人题记"、"家书识读"。前两部分系用原件影印,属于传世孤本,俾读者得睹陈宏谋手书原貌之风采。后一部分属于整理者郭志高、李达林两先生用心用力之处,将陈宏谋从乾隆十九年到三十四年(1754—1769)凡十五年间寄与其子陈钟珂等晚辈的书信二十封,分别加以识读、标点和注释,已具有学术研究的性质。家书的前三封写于陈宏谋任福建巡抚、湖南巡抚以及江苏巡抚期间，从第四封家书开始，是陈宏谋调职中央后所写。家书不同于公文或文章的写作，纯属私人空间，因而写起来就随便率意得多；而写给晚辈的书信就更可不拘形迹、直言无隐了。从这二十封家书中，我们可以窥测到陈宏谋的内心世界。

如"家书之七"有云："念人生在世，原不可沽名，亦不重在寿文称赞，但为自己一生计，不可不常行几件好事，使做寿文者有所采取，说些实话，免于虚词欺人也。"所言皆为大实话，可见其理学名臣的大家风范，并非挂羊头卖狗肉的虚言欺世。此又与清代封建官场虚伪敷衍的顽固陋习密切相关，并非无的放矢。乾隆帝为维护其专制皇权的威望，最恨臣属办事沽名钓誉。据《宫中档乾隆朝奏折》第十辑，乾隆帝于乾隆十九年曾痛斥时在陕西巡抚任上的陈宏谋"仍蹈沽名邀誉之恶习"；另据《清史稿》本传，乾隆二十四年，皇帝又切责时任两广总督的陈宏谋"市恩沽名，痼习未改"。联系陈宏谋这封写于乾隆二十九年的家书，正可见其多年以来仍心有余悸、惴惴不安的心态。

"家书之十三"谈及京中同僚为自己七十大寿祝贺之举云："九月寿辰势不容已，竟至戏筵六日。诸物甚贵，费至一千四五百两，若以此银仿照大太爷前岁将所费作为修理桥路，岂不经久有益耶？悔之晚矣。"为祝贺陈宏谋七十寿辰，乾隆帝曾预赐"硕望延祺"的匾额，因而"若淡焉漠焉，非所以光君赐也"（见"家书之十二"）。事前深怕办寿简单，致令君主脸上无光；事后又追悔花费过多，惹得内心难安。这种两难心理的流露，正可见其居官廉洁实出于本心，绝非人前人后两张面孔的伪君子的门面虚语。

《陈宏谋家书》内容丰富，可为当今文史学者取资者甚多。从书籍的内容安排、版式设计以及开本装帧，也渗透着编辑的心血。广西师范大学出版社能出版这本文献价值甚高的书，可谓功德无量。

（原载《中国图书评论》1998 年第 3 期）

读《聊斋遗文七种》

清代蒲松龄(1640—1715),以其文言短篇小说集《聊斋志异》一书扬名后世,二百多年脍炙人口,谈狐道鬼几乎家喻户晓。20世纪30年代以后,《聊斋志异》又逐渐赢得研究者的垂青,有关作者的生平考证及其诗文、戏曲、俚曲、杂著的研究,也日益成为众多著名学者的关注对象。80年代中后期,"蒲学"一词也为学界所认可,虽未能与不世之显学"红学"或"曹学"方驾,却也不时在古典小说研究的汪洋中搅起几朵耀眼的浪花,惹来各方学人的瞩目。

北京大学教授马振方先生辑校的《聊斋遗文七种》一书,已由北京大学出版社于1998年8月出版,甫问世,即得到蒲学同仁的好评。辑校者审慎的辨伪、精细考证以及悉心的校注,令这部本属资料辑集范畴的图书,发出学术研究的辉光。笔者于70年代末就读北大中文系时,曾与众多同学共同选修了马先生的小说艺术课,受益良多。毕业之后又拜读到马先生所著《聊斋艺术论》一书,更为作者鞭辟入里、细腻入微之议论所折服。马先生过去曾写过小说,有创作经验,因而剖析《聊斋》的艺术特色往往能有真知灼见,而非隔靴搔痒的泛泛之论,其"表意说"就极准确地抓住了蒲松龄小说的主要特征。此后,笔者又陆续读到马先生《蒲松龄辛卯岁贡考》、《〈陈淑卿小像题辞〉考辨》等一系列显示深厚考证功底的论文,方知马先生不仅仅是探讨小说艺术的行家里手,也是擅长考据的学者,而后者正是《聊斋遗文七种》一书具有相当学术价值的保证。

读《聊斋遗文七种》

蒲松龄集的全面整理辑集，始于1936年上海世界书局出版的路大荒所编《聊斋全集》，限于当时条件与其他因素，此全集并不完备。上世纪60年代初，路先生又整理出《蒲松龄集》，包括蒲氏的诗词、文赋、俚曲、戏曲、杂著等，交由中华书局上海编辑所出版。1982年，上海古籍出版社又据该集旧纸型挖改若干处后重印出版。《蒲松龄集》的整理出版，耗费了路先生的巨大精力，推动了海内外有关《聊斋志异》的研究。然而限于时代因素，《蒲松龄集》并非蒲集之全帙。1986年，齐鲁书社出版蒲松龄纪念馆编、盛伟辑注之《聊斋佚文辑注》一书，辑集散佚于国内的蒲氏之序、论、书启、呈稿、碑祭文、挽联、拟表、俚曲（《琴瑟乐》）、诗赋、八股制艺及杂著多种，在一定程度上弥补了《蒲松龄集》的不足之处。

蒲学界学人久闻日本庆应义塾大学图书馆聊斋文库收有有关蒲氏遗著的抄本二百余种，日本学者虽有介绍，但毕竟一鳞半爪、真伪莫辨，国内学人每以难窥全豹为憾。庆应义塾大学的这批聊斋材料是由日本医生平井雅尾于20世纪30年代在蒲氏家乡淄川一带多方搜集的。他将这批材料带回日本，50年代初以重价转卖于某企业家，该企业家又转赠庆应大学，终于令这批材料有了公之于世的可能。

1992年春，马振方先生应邀赴日本九州大学任教，得便两访庆应大学聊斋文库，在日本友人的协助下，得将这批材料复印，于1994年3月携回北京。为考辨其真伪，马先生又进行了一番爬梳抉剔的研究，对携归的十六种庆大抄本复制件细心校证芟夷，写有《真伪考议》一文，整理出《聊斋佚文六种》（即《省身语录》、《历日文》、《作文管见》、《对联集萃》、《历字文》、《聊斋小曲》）。前者发表于《蒲松龄研究》纪念专号1995年第3、第4期合刊，后者分刊于《蒲松龄研究》1996年第1、第2两期，限于篇幅，其中《历字文》与《聊斋小曲》只是选录发表。《聊斋遗文七种》所录者为以上所列佚文六种的全文，并分别附录有若干参考资料。其中《对联集萃》是作为"附一种"处理的，而另辑"诗三首"（系辑自庆大所藏两种蒲氏遗著抄本）则作为遗文之一种。所云"七种"，系再加上俚曲《琴瑟乐》而言。对此，辑校者于"前言"中云：

义理与考据

《琴瑟乐》与《聊斋佚文辑注》收载的《闺艳琴声》是同一作品。但后者原本即有缺失，加之删削，非复全貌。庆大本之复制件由藤田佑贤先生于十年前携来中国，并经刘宣先生整理，发表于《蒲松龄研究》(总第二辑)。盛伟先生又将它与两种国内存本即蒲松龄纪念馆藏《琴瑟乐》和博山田氏抄本《闺艳琴声》对照校释，其文载于同期《蒲松龄研究》。由于抄本讹误甚多，甚而至于"难于卒读"(庆大本后附颇长的高珩跋文更是如此)，为整理工作带来较多的难题。笔者此次整理，以庆大抄本(复制件)为底本，意校之外，有刘本、盛文作参考，参校以《辑注》之《闺艳琴声》，择善而从，力求近其庐山面目。

辑校者认为《琴瑟乐》曲系在当时流行的民间小曲《闺女思嫁》的基础上扩大、生发创作的，另从《善本戏曲丛刊》所载《万花小曲》中录下《闺女思嫁》作为附录，以资比较，甚便研究者明其渊源。辑校者于此俚曲的校勘工作亦堪称精审，如该俚曲第一支曲【西江月】，原作【清江引】，辑校者改正之后出校云："按：曲牌'清江引'，蒲松龄在其所作《钟妹庆寿》、《快曲》、《磨难曲》中多次应用，字句格律大体一致，与'西江月'相去甚远，此处显系'西江月'之误。又，'西'字潦草，形近草体之'清'；'月'字由内起笔，一笔连书，形体似'引'，故此牌应为传抄讹误。"原抄本诸如此类的因形近、音近而讹之处，比比皆是，辑校者细加理校，可称是目前所见《琴瑟乐》最佳善之本。

雍正三年(1725)张元所撰《柳泉蒲先生墓表》碑阴所刻杂著五种，其第一种即为《省身语录》。路大荒编蒲集，只收《省身语录》序一篇，以为正文早佚。庆大有《省身语录》之抄本，但内容仅是"名词典故的解说和各种知识的汇述。其目不仅有'文事'、'朝廷'、'祖孙'、'父子'，还有'饮食'、'器用'、'珍宝'、'鸟兽'、'时岁'、'技艺'、'花木'之类。"(见《聊斋遗文七种·是否蒲松龄所作——庆应大学所藏十五种抄本真伪考议》。此文曾于《蒲松龄研究》1995年专刊即第3、第4期合刊发表) 这显然与《省身语录》序中所称 "敬书格言，用以自省，用以示后" 的宗旨不同。据此及其他有关证据，辑校者认为此非碑阴所提及的《省身语录》，且非蒲松龄之作；而庆大所藏另一抄本《聊斋编处世格言百全》，恰恰正是相传久佚的《省身语录》。辑校者对于这一认定有详细的考辨，颇有说服力，读者可参看，恕不赘言。这一发现廓清了蒲学界一个长久的谜团，功不可没。

所谓 "省身语录"，就是明末清初坊间曾经广泛流行的 "清言" 一类小品之作。古人对之还有清语、杂著、杂语、戏书、冰言、韵语、冷语、隽语、警语、嘉言、法语、格言、语录、清话等不同的称谓，也有径呼之为 "小品" 者。至今仍较著名者如明洪应明的《菜根谭》、屠隆的《娑罗馆清言》、陈继儒的《岩栖幽事》，清代申涵光的《荆园小语》、张潮的《幽梦影》等等，皆属这一类作品。它们皆以言简意赅之语，调和儒、释、道三家之论，作醒世之内容。或淡泊明志，自甘贫贱；或当头棒喝，冷语醒人；或辩证谈艺，另有寄寓；或机锋侧出，妙语惊人。往往三言两语，即收颊上三毫之效。其渊源当与战国间韩非著作中已具雏形的 "连珠" 这一文体有联系，其形式也受到唐以后语录体盛行的影响。清言之所以在明末清初能够大行其道，无非是社会剧烈变革下的产物，它于平衡文人士大夫倾斜的心理天平功莫大焉，因而极受士人欢迎。蒲松龄《省身语录》的被发现，对于蒲氏诸多著述研究的深入大有裨益。如《菜根谭》有 "评议" 一则云：

> 富贵是无情之物，看得他重，他害你越大；贫贱是耐久之交，处得他好，他益你反深。故贪商於而恋金谷者，竟被一时之显戮；乐箪瓢而甘敝缊者，终享千载之令名。①

无独有偶，蒲松龄《省身语录》也有一则云：

---

① 王同策：《菜根谭注释》，浙江古籍出版社1989年版，第48页。

义理与考据

> 富贵是无情之物，你看得他重，他害你越大；贫穷乃耐久之交，你处得他好，他益你反深。

对两者作一番比较，可见《语录》此则与《菜根谭》的渊源关系。对此，《真伪考议》在承认《省身语录》"抄本中的联对格言大多还是作者自作"的同时，也指出："但格言不同于文章，不必句句自作。古之名言、时人隽语，乃至成语、俗谚，均可抄录。"从中可见辑校者对考辨一事的审慎态度。

《历字文》抄本系残本，为蒲松龄汇集有关历史、星相、占卜等知识的杂纂，于了解蒲氏一生思想很有帮助。为考辨此抄本之真伪，辑校者"查阅一部分历象数术之书尚未发现《历字文》残本内容之所由来"，这也是辑校者对蒲氏遗文态度认真负责的体现。值得一提的是，其中《六十年花甲子日年月表》所录明嘉靖四十三年（1564）至万历二十八年（1600）不足三十七年的年干支，与陈垣《二十史朔闰表》全合，但月大、月小与置闰之法与陈《表》皆有不同，这是值得研究的。

《历日文》以四字之韵文概述从远古直至明末数千年的历史演变，辑校者认为："从内容和形式来看，它显然是受李翰《蒙求》一类书的影响而产生的启蒙读物，但不似《蒙求》及其拟作《十七史蒙求》那样打乱时序，广罗人物，而是由远及近地衍述史迹。"又经细致的考证，辑校者判定："这本以往未见著录的《历日文》是蒲松龄所作。大约由于是给学童写的启蒙读物，未予重视，便未被记入碑阴和有关著述。"

《作文管见》仅六百余字，是探讨八股文章写法的，辑校者认为是高珩（为《聊斋志异》作序之第一人）的曾孙辈高传绪录乡先贤蒲松龄之作，以向子弟传授制艺经验的。这一论断辅以有关考证，当是可信的。《作文管见》所论八股文题，"截止"、"截下"、"截上下"题，属于所谓"小题"；"二扇"、"三扇"、"二扇分轻重"则属所谓"大题"。另讲到"其法莫备于今文"的"搭题"，即截搭题，则属于花样翻新的八股文题中的"另类"。小题多用于小考，乡、会试方用大题或截搭题。如此而言，则蒲氏作文原意似非专为蒙学而写。

此外，书中所录《聊斋小曲》、"诗三首"等文字，辑校者也都有一番去伪存真的考证过程，此亦不赘言。辑校者最后下结论说：

> 以上考议的十五种抄本，除《聊斋小曲》外，可分为三类。第一类，蒲氏所作：《聊斋编处世格言百全》即《省身语录》、《历字文》、《历日文》、《作文管见》。第二类，很可能为蒲氏所作：《聊斋随笔录》（《对联集萃》）。此外九种都属第三类：非蒲氏所作，亦即伪作。至于《聊斋小曲》，只有《尼姑思俗曲》、《新婚宴曲》等七首能确定为蒲作，其余均难确断，有俟方家考定。便是拙文考定之论，亦孔见刍议，谬误恐多，谨俟厘正。

有一分材料说一分话，实事求是，正是考据者应持的态度，这也是《聊斋遗文七种》一书的特色所在。

蒲松龄著述宏富，尽管《聊斋志异》是人们的重点研究对象，但也不能忽视对其杂著、俚曲与戏曲的探讨，因为后者对于挖掘作者的内心世界以及讨论《聊斋》某些篇章的写作过程，都是不可或缺的。简言之，《聊斋志异》是作者不满现实而向虚幻世界去寻觅理想净土的一种寄托，体现了蒲松龄儒家理念的自觉性，作品反映了他的士林文化品格。而他的俚曲、戏曲及某些杂著，则是作者关注现实而向真实人生寻求公道人心的反映，体现了蒲松龄积极入世的坚定性，作品反映了他的乡村文化品格。两种文化品格的交融，才使其《聊斋志异》达到文言短篇小说的顶峰，有了百看不厌的艺术魅力。《聊斋遗文七种》为蒲学的深入研究提供了可信的材料，这正是该书的价值所在。

学术乃天下之公器，马振方先生从日本携回这批庆大珍贵材料以后，能于研读考证辨伪的同时，于1995年3月将这批抄本的复制件指赠给蒲松龄纪念馆，诚为难能可贵之举。这批材料与有关考证公诸世后，极大地推动了蒲学研究。在蒲学研究于我为前辈又是友人、现任《蒲松龄研究》杂志主编的

义理与考据

盛伟先生，80年代中即着手辑校《蒲松龄全集》，经过多年的不懈努力，该书三大册已于1998年12月由学林出版社出版，是目前辑集蒲氏之作最为完备之本，体现出"前修未密，后出转精"的规律。编者于该书"编订后记"中多次提及马振方先生对蒲学的贡献，文中有云："《全集》的辑校出版，我是托福于国内外诸专家、学者、师友、同仁的帮助与无私的支持。我自己的力量是微薄的，若没有他们的帮助与支持，我的工作不可能进展得如此顺利。"该文之末，编者又表示："对于北京大学马振方教授热情、无私的支持与帮助，特表谢意。"[①]引述这些虽是题外话，但也可从侧面看出马振方先生辑校的《聊斋遗文七种》一书的重要价值。

（原载《古籍研究》2000年第3期）

---

① 盛伟：《蒲松龄全集·编订后记》，学林出版社1998年版，第3451、3469页。

读《全校会注集评聊斋志异》

文言短篇小说家蒲松龄(1640—1715)一生淹蹇,未得一第,乡村教师的职业,一干就是四十余年。所幸一部《聊斋志异》脍炙人口,使蒲松龄之名不朽于世。

《聊斋志异》于作者生前没有刊刻的机会,其初刻本即赵起杲、鲍廷博编刻的青柯亭本,其风行天下,已是作者身后半个世纪了,时为乾隆三十一年(1766),在此之前,这部文言短篇小说集则只以抄本行世。流传至今的《聊斋志异》抄本有康熙间抄本(山东省博物馆藏)、雍正间抄本即《异史》本(北京中国书店藏)、乾隆间铸雪斋抄本(北京大学图书馆藏)、乾隆间黄炎熙抄本(四川大学图书馆藏)、乾隆间二十四卷抄本(山东人民出版社藏)等等。这些抄本收文多寡不一,分卷或分册情况也多不同,文字歧异则互有优劣,此皆因各抄本所遵祖本不同之故。究竟哪一部抄本与作者原稿最为接近,历来众说纷纭。

抄本之外,刻本也并非只有青柯亭本一家,比青柯亭本稍迟一年即有王金范刻本,因当时交通不便,刊于南方的青柯亭本尚未及传到北方,所以王本一度以《聊斋志异》的第一刻本自居。与王金范本刊于同年者尚有乾隆三十二年(1767)福建上洋李时宪刻本,传世极稀,系翻刻青柯亭本者。乾隆六十年(1795)又有步云阁刻本问世,乃节选青本,讹误较多。即使是青柯亭本,因初刻、重刻之不同,篇目及文字也小有差异。

刻本之中,还有《聊斋志异》的评本或注本,流行于清代中晚期。如道光三年(1823)经纶堂刻何守奇评本、道光五年(1825)观左堂刻吕湛恩注本、道光十九年（1839）南陵何彤文刻何垠注本、道光二十二年（1842）广顺但氏刻但明伦评朱墨套印本、光绪十七年（1891）合阳喻煜刻四家合评三色套印本（首次汇刻王士禛、冯镇峦、何守奇、但明伦四家评语于一书）等等，各有特点。此外，道光四年（1824）黎阳段甡刻《聊斋志异遗稿》（收刻本所缺文五十一篇，有段甡、胡泉、冯喜赓、刘瀛珍四人评语，署名为雪亭、者岛、虞堂、仙舫）等一类补遗、拾遗本，光绪十二年（1886）上海同文书局石印图咏本等一类绘图本，在《聊斋志异》的版本中也自有其价值。

有关《聊斋志异》的版本众多，约有六十余种，其中最具研究价值者首推蒲松龄亲自修订过的半部稿本。这半部稿本重新问世于20世纪40年代末，北京文学古籍刊行社于1955年据原稿影印出版。稿本存文237篇，缮写工整，上有蒲松龄亲自过录的王士禛评语，论者认为它与作者的定稿本非常接近，因而弥足珍贵。

在古籍校勘中，小说的文字异同也许不像经书或诗词那样有"一字千金"般的干系，但对于像《聊斋志异》这类用词典雅的文言小说来说，异文的存在仍有其一定的研究价值，不可忽视。如为广大读者所熟知的《促织》一篇，稿本与各种抄本皆未言及成名之子魂化促织一事，只有青柯亭本于小说之末多了以下一段文字：

> 后岁余，成子精神复旧，自言身化促织，轻捷善斗，今始苏耳。抚军亦厚赉成。

这一段话与小说中成子投井后被救，于"半夜复苏"的前叙情节照应，加深了小说的悲剧色彩。稿本与诸抄本皆未明确言及化虫事，是作者故作含蓄呢，还是无意疏漏？这是值得研究的。青柯亭本加上这样一段交代，是丰富了小说内涵、完整了情节呢，还是画蛇添足之举？这也是值得探讨的。

《聊斋志异》中的大多数小说为精雕细琢之作，经得起推敲寻味，但也有个别篇章不免千虑一失。《贾奉雉》一篇具有时空穿越的大胆幻想，耐人寻味。书生贾奉雉得仙人郎生之助,考中举人,自以为羞,乃从郎生入山学道。因持念不坚,被赶回尘世,不料山中一夜,世上已过百年,家中孙辈已年过半百。贾奉雉又考中进士为官,享十余年富贵,后因触犯权贵,充军辽阳,于海边遇一人接引舟中成仙。此人是谁?篇末云:"仆识其人,盖郎生也。"稿本、抄本与刻本皆如此,并无异文,实则为作者一大疏漏。贾奉雉成仙时身边之仆,系从山中再返尘世后所佣,安能识主人百年以前所结之友郎生?作者这一明显的漏洞,各本或抄或刻,皆未发现。可见有关小说的版本问题,也是举足轻重的。

1962年,中华书局上海编辑所出版张友鹤辑校之《聊斋志异》会校、会注、会评本,学界简称"三会本",对于《聊斋志异》的研究是一个有力的推动。该书之会校,主要以《聊斋》的半部稿本以及乾隆间的铸雪斋抄本为底本,而校以青柯亭刻本及段鲑《遗稿》本等。该书之会注,则采用吕湛恩与何垠两家的注文。该书之会评,辑录了王士禛、冯镇峦、但明伦、何守奇、王金范、段鲑、胡泉、冯喜赓、刘瀛珍、无名氏甲评、无名氏乙评等十一家评语,受到众多研究者的欢迎。三会本的分卷完全以铸雪斋抄本为依据,厘为十二卷,收文四百九十一篇,与稿本的次序多有参差。三会本于1978年经上海古籍出版社出版新一版,章培恒教授为之作新序,在肯定三会本的贡献的基础上,也指出其缺点:"由于辑校者误认为铸雪斋本的分卷编次皆与稿本相同,反而把两本在这方面的矛盾掩盖起来了。这是会校工作中最重要的不足之处。"

限于当时条件,三会本在某些方面未尽如人意是可以理解的。而随着康熙抄本、二十四卷抄本、《异史》本《聊斋志异》的陆续发现,随着学界对蒲松龄及其《聊斋志异》研究的不断深入,三会本的缺憾也日益显露,研究人员迫切希望有一个全面反映《聊斋志异》版本状况的会校、会评本《聊斋志异》。于是任笃行先生辑校的、目前最为完备的《全校会注集评聊斋志异》应运而生,2000年5月由齐鲁书社出版发行。全书精装三册,卷首附《聊斋志异》有关版本的书影十五帧,卷末附各抄刻本序跋品题以及重要版本编次对照表等，非常完备，甫出版即受到蒲学界研究者的好评。

任笃行先生是一位长期从事出版工作的老编辑，1962年即参加山东省蒲松龄著作编辑委员会属下的一个编辑室的编辑工作。十年浩劫使这项十分有意义的工作被迫中止。20世纪80年代初，学术研究的发展日渐蓬勃，任先生受到学界同仁的鼓励，利用业余时间，独立承担起这部书的整理工作，历经十数寒暑，终于蒇事。而这部全校会注集评本《聊斋志异》的问世，任先生已届七十八岁高龄。可以说，此书的出版是他对蒲学研究的最大贡献。

在古籍校勘方面，底本的选择至关重要。全校本中凡见于稿本的篇章即以稿本为底本，而以康熙抄本、《异史》本、二十四卷抄本、铸雪斋抄本、青柯亭刻本等为参校本；稿本中不见的篇章，即以最接近稿本文字的康熙抄本为底本，而参校其他几种本子；稿本、康熙抄本皆无的篇章，即以青柯亭刻本为底本，校以别本；青柯亭本仍无的篇章，即以《异史》本为底本，而校以别本，每篇的"校记"之下皆括注底本与参校本，俾读者一目了然。这一工作显然比三会本细致多了，甚便于研究者比勘对照。由于校勘中使用的版本较多，约有十一种，这给辑校工作也带来了诸多困难，诚如其《后记》所言：

> 使用版本较多，竟也未免捉襟见肘。例如校勘《锦瑟》，康熙本和异史本中有"不能员圆委曲以每其生"，二十四卷本作"不能圆容委曲以共其生"，铸本作"不能容委曲以共其生"，青本作"不能圆成委曲以谋其生"，额外参校摘抄本，作"不能圆和委曲以安其生"。异文眩目，考之，竟一无是处，原来语出《后汉书·孔融传论》："夫严气正性覆折而已，岂有员园委屈可以每其生哉！"只好据此改正。如果能收集到更多的善本、珍本，或许这类径改就能避免。但愿发现全部作者定稿，得识庐山真面，就省得这样捉迷藏了。

辑校者利用他校法解决了各本皆误的一处文字，其工作之细，可见一斑。

在集评方面，该书较三会本多辑了方舒岩与王芑孙两家评语共约二百三十余则。前者见于方舒岩先生批本《聊斋志异》，后者辑自王芑孙手批十八卷本《聊斋志异》。这两家评语，见到的研究者不多，这次随该书公之于世，有益学界，自不待言。如方舒岩评《画皮》一篇有云：

> 皮曷云画？冶容也。画曷云皮？臭囊也。乃世见容忘臭如王生者，以为眉若远山，眼如秋水，云鬓桃腮，樱唇犀齿，与夫鸡头乳、杨柳腰、金莲步、芙蓉脂肉，聚天下之怡情悦目者悉备于此。一旦抱襆独走，遂逃狮吼之忧；携手同归，我慰蝶随之慕。有不待玉体横陈，而魂已消于阿堵矣。蝇拂悬，寝门折，狞鬼口张，心止肚裂。呜呼！斩狞鬼首者狞鬼也，非道士也；掬王生心者王生也，非狞鬼也。设狞鬼能不害人，则可以免乎木剑；王生能不渔色，又何至使其妻遭夫亡之惨，复拒食唾之羞？由是观之，较视玉容为臭皮囊更为毛发悚然。其如狂且之不悟何。

用八股文的笔法评点小说，未免迂腐，不如冯镇峦评语的艺术鉴赏力的敏锐，也不如但明伦评语的细致精警。然而细味方氏之评，也绝非自郐以下，而是有其一定的研究价值，不能等闲视之。

在全书的编次方面，辑校者认为：“原稿编次，蒲箬《柳泉公行述》、张元《柳泉先生墓表》均记为八卷。可惜现存手稿本分卷不清，各刻、抄本任意分卷，所以近几十年来新整理的本子，莫不据铸本分为十二卷。但是事物总是因条件的变化而逐步改观的，新版本不断被发现，原稿八卷的编次痕迹日益显明，我们再也不可据某一种抄本或刻本分卷了。分全书为八卷，势在必行。”(见《后记》)辑校者对全书的分卷下了一番考校辨识的功夫，并专门写有《浅谈〈聊斋志异〉的编次》一文，发表于《蒲松龄研究》总第十八期。三会本分为十二卷，系据铸雪斋抄本的编次而订；全校会注集评本分为八卷，则是辑校者多年探索研究的结晶，这也是本书迥异于三会本的地方。

蒲松龄的原稿是否经作者进行了认真的分卷？是否仅是随意地装订为八册？原稿的编次是否有一定的规律？如果有，对于蒲学研究究竟有何助益？

这些问题，蒲学研究者的看法不尽相同，可谓见仁见智，众说纷纭。然而无论如何，整理古籍总是以最接近其本来面目为佳，就此而论，辑校者这番艰苦而认真的梳理工作就是值得的，至少也算是一家之言，对于蒲学研究不无助益。

在会注方面，清人注释《聊斋志异》者以目前所知，只有吕湛恩与何垠两家，比较而言，吕注又较何注为优。全校会注集评本所会注者即吕、何两家，这一点与三会本并无不同。三会本《后记》有云："关于会注，最后要说明一点，由于本书是从通行的十六卷本改为十二卷本，各篇的目次就有了变动，某篇原在前面的，现在移到后面了；某篇原在后面的，现在又提到前面了。可是吕注和何注却都是根据十六卷本的次序，一般是先见先注的。为了这个原因，本书不得不改换原注，从这一篇移到另一篇去，有的提前，有的挪后。原注也有应注在前而误注在后的，趁此也都加以调整。"全校会注集评本在会注工作中也遇到了与三会本相同的问题。在《辑校凡例》中有这样一段话："原注本篇次与本书不同。应注者，依篇次顺序先见者先注，故部分注文摘离原处，结合文义，改入新篇。"这实在是一项费力而又未必讨好的工作。

由于工具书的限制以及检索手段的缺乏，古人注书，特别是注释当时难登大雅之堂的小说作品，限于操觚者的学识，往往有不够确切甚至错讹的地方；有些注语仅释字词出处，郢书燕说，于理解文义并无多少帮助，至于注释出典张冠李戴者也不罕见。还有一个应该特别注意的问题，即明清文人多从事八股举业，于"四书"、"五经"早已烂熟于心，故遇经书语，以为尽人皆知，可以不注，若加注反而是蛇足了。这于今人就有了无限隔膜之感，如《司文郎》一篇中宋生与余杭生比试八股文的"破题"，出口皆用《论语》与《孟子》中的有关文字，妙趣横生，显示出文人间巧用经书相诘难的机智。而吕、何二家皆不注出，今人读来若不明出处，就索然无味了。1989年，人民文学出版社出版了朱其铠先生主编，朱其铠、李茂肃、李伯齐、牟通四人校注的《全本新注聊斋志异》，此注本虽也有一些当注未注的疏漏以及释义、注音等方面的诸多问题，但大体上解决了旧注中存在的一些不足之处，堪称是一部便于今天一般读者阅读的普及读本。

不可否认，全校会注集评本的辑校者花费了巨大力量来搞该书的会注工作，诚如其《辑校凡例》中所言："注中引文，多系摘抄，不予校补。引书书名、词语释义中讹误，明显易辨者加按语说明，为避免阅读中字音障碍，对部分文字注音也加按语。"显然，这一会注工作较诸三会本认真细致多了。袁世硕教授在该书《序言》中称赞辑校者的会注工作说："笃行学兄在整理过程中不避繁难，对两家注出的典故、语词几乎是一一做过核实，又发现了一些注释不确切、不正确的地方，也都改正了过来。虽然不能说已经尽善尽美，但也可以说是'更上一层楼'了。"古籍整理为旧注如此补苴罅漏，诚非易事。但若从效果而论，与其大费心力，为人作嫁，何如另起炉灶，再创辉煌！有全本新注在前，又有相关研究成果的不断涌现，可作参考，以任先生之学养，搞一个新注或许不比如此"会注"更为费心费力。一孔之见，率性而发，质诸辑校者，不知以为然否。

古籍注释，往往回避重复，注前不注后，严谨者在后加"参见前注"以为照应；通脱者略而不注，以为精简。实则如此处理，于读者甚为不便。无论诗、词、散文或文言小说，读者随手取阅，往往只从中取一二篇读，即使从头通读，也难以记忆前注文之解释。若无"参见"之指示，则无处可索解矣；或有"参见"路径，而前后翻检，亦不胜其烦。笔者以为，今人注古书，遇前后相同之词语典故，若注语无多，自可分别注出，所费篇幅无多，而甚便读者。若注语较多，后注不妨从简，而以参见前注再示索解之路径。此系题外话，说到注释问题，顺便言之，以求正于方家。

总之，这一部《全校会注集评聊斋志异》是古籍整理的精心之作，它的问世，对于蒲学研究当是一个有力的推动。

（原载《蒲松龄研究》2000年第3—4期；中华书局《书品》2001年第2期）

清代第一女词人的信史
——读金启孮《顾太清与海淀》

清代著名词学家况周颐《蕙风词话续编》卷二《太清东海渔歌》有云："曩阅某词话云，本朝铁岭人词，'男中成容若，女中太清春'，直窥北宋堂奥。"①将满族词人顾太清与纳兰性德并称，可见他对这位女词人的高度推重。其实顾太清词的艺术成就早已超越民族的界限，而成为整个华夏民族的骄傲，称之为"清代第一女词人"亦当之无愧。

顾太清（1799—1877），姓西林觉罗氏，名春，字梅仙，号太清，满洲镶蓝旗人，祖籍铁岭（今属辽宁），出生并成长于北京海淀香山健锐营，26岁入篯多罗贝勒奕绘（1799—1838）为侧福晋。因她是乾隆间被皇帝赐死的"罪臣"鄂昌的孙女，只得冒贝勒府二等护卫顾文星之女呈报宗人府备案，所以有"顾太清"之称。若依本性，自以称西林春或西林太清为宜。奕绘的祖父乃乾隆帝的皇五子荣纯亲王永琪，永琪的嫡福晋是鄂尔泰（鄂昌的叔父）之子鄂弼的女儿，以行辈论，太清尚长奕绘一辈。太清与奕绘由相互倾慕到终成眷属，这一层旧戚谊起了至关重要的作用。

奕绘虽为天潢贵胄，却自幼好学，能够世其家风，学兼中西又擅长诗词绘画，与当时著名学者王引之、阮元等皆有交往过从。他15岁与副都统福勒洪阿之女妙华成婚。妙华姓贺舍里氏，名霭仙，字妙华，成为奕绘的嫡福晋

---

① （唐）圭璋编：《词话丛编》第5册，中华书局1986年版，第4567页。

时年16岁,长奕绘一岁。妙华夫人亦好文学,可惜享年不永,33岁即遽尔辞世,留下嫡长子载钧(13岁)、长女孟文(12岁)、次女仲文(10岁)。随后,奕绘即以太清摄行嫡室之责,没有再娶正室。两人在以后的岁月中,极尽闺房唱和之乐。八年以后,奕绘亦归道山,年仅40岁。三个月之后,太清即奉太福晋之命移居府外,于是有关流言蜚语也随之而起。想来总因才高招妒,方令一代词人蒙冤。

著名词曲家如皋冒广生(1837—1959),于20世纪初曾写有《读太素明善堂集感顾太清事辄书六绝句》,其中有"人是倾城姓倾国,丁香花发一低回"之吟。而一代诗人龚自珍(1792—1841)的《己亥杂诗》第209首恰有"一骑传笺朱邸晚,临风递与缟衣人"的吟哦,后自注云:"忆宣武门内太平湖之丁香花一首。"[①]奕绘的老荣王府故址就在原宣武门内的太平湖畔,因而好事者关合龚、顾,以为两人有溱洧之嫌,飞短流长,不胫而走,乃至众口喧腾,三人成虎,甚至有人悬揣龚自珍暴死丹阳于道光二十一年(1841),即为奕绘家人追杀所致。这就是所谓的"丁香花公案",曾朴又将之写入小说《孽海花》第三回"领事馆铺张赛花会,半敦生演说西林春",第四回"光明开夜馆福晋呈身,康了困名场歌郎跪月",绘声绘色,毫无遮拦而外,又极尽小说家敷演虚构之能事。

20世纪30年代,史学家孟森撰《丁香花》一文,以严谨的考证之笔明确此事之虚妄不实;随后,民国才女苏雪林又为顾太清辩诬,冒广生也对自己先前出语不慎深感追悔莫及。至此,所谓"丁香花公案"之真相本来已经了然于世,无须再辩。然而限于有关资料的先天不足,近年来,一些论者仍以太清身世有若干扑朔迷离之处,坚持旧说不放,加之孟森、苏雪林的相关考证,因限于当时条件也有不够准确的地方。上世纪80年代中开始,笔者因较早见到学者从日本携归的顾太清《天游阁集》全帙,曾写过两三篇研究这位

---

① 刘逸生等:《龚自珍编年诗注》,浙江古籍出版社1995年版,第697—699页。

女词人及其文学成就的文章。1992年，笔者又曾就太清仓皇出府一事，致函向早已息影台南的苏雪林老人请益，老人时已96岁高龄，亲自复函千余言，提起半个世纪前为太清辩白一事仍然激动不已，但于信函中仍认为龚自珍的暴卒与奕绘嫡长子载钧误信谣传有关。1998年底，上海古籍出版社出版张璋先生编校的《顾太清奕绘诗词合集》，是目前国内较为完备之本，但终因材料所限，至卷末所附太清之年谱，也多语焉不详之处。2000年，山东教育出版社出版邓红梅女士所著《女性词史》，学者对之有"史、论、评兼优"的评价，然而论及顾太清事，也因对其身世有不甚了然之处，致令出现一些揣测语。可见如果欲深入细致地研究这位清代第一女词人，明其身世是非常必要的。

2000年12月，金启孮先生所著《顾太清与海淀》一书，已由北京出版社出版。从书名看，貌似一部乡邦文献，实则全书着重于对太清身世及其亲友的考述，资料翔实可靠，对于廓清有关事实大有助益，堪称一代女词人的信史。全书分为二十章，多角度地观照词人之生平与社会关系，所附年谱尤言简意赅，脉络清晰。作者系著名的女真文专家，于满学、蒙古史皆有造诣，其治学以严谨著称，著述宏富。金先生属爱新觉罗氏，为奕绘与顾太清的五世孙，其父金光平（恒煦）即是我国女真文研究的巨擘。金先生由于有查考《爱新觉罗宗谱》与《荣府家乘》的便利，太清又是自家先人，因而研究这位女词人就有外人难以比拟的材料上的优势。外人迷惑不解之处，金先生恰能游刃有余，洞见症结。

即以太清出府一事而论，如果仅用"嫡庶之争"解释太清"亡肉含冤谁代雪"之叹，似嫌牵强。金先生在书中提出一个研究的重要线索，颇为可信。原来奕绘辞世于道光十八年（1838）农历七月初七日，而这一天恰是太清长子载钧的生日，这有《爱新觉罗宗谱》的记载为证："追封镇国公载钧，道光五年乙酉七月初七日午时生。庶母顾氏，顾文星之女。"宗人府档的记录是一件严肃的事情，当然不会错。然而太清于奕绘卒后却似乎有意讳饰，如有所忌。太清有《初九清风阁望钊儿，钊儿生于乙酉七月初九日》一诗，诗云：

老眼凭高看不清，忽闻林际马嘶声。今朝骑马登山者，十七年前此日生。

此诗反复强调载钊的生日是七月初九日，而非初七，似为"立此存照"的有意之作。原来旧时迷信，如若长辈之忌日恰与晚辈之生日同，兼又涉及嫡庶问题，则此晚辈就有可能被家人视为"克星"，属于"不吉之人"而受到家中人的歧视。今人视为无稽之谈者，于旧时却是一个严重的问题，特别是载钊又与嫡室妙华夫人之次子载钦同一年出生，而载钦翌年即夭亡，这无疑更加重了庶室"克人"的说法。此外，清代王府中有许多"包衣"（奴才）人等充当护卫一类的执事人员，为数不少且各有其主，遂形成派系，人际关系复杂，俨然一个小型社会，远非汉人一般的八口之家甚至"五世其昌"的大家庭所可比拟。这种状况，读者如果熟悉小说《红楼梦》的相关描写，应当是不难体味的。

太清以"罪人之裔"的身份，冒档进入荣亲王府为侧室，本来就易遭到府中人妒；她与奕绘的伉俪情笃，就更为嫡室一派人马所难容。加之奕绘身故后，太清为人明察精细，每为下人所畏惮，一班宵小在太福晋周围造作一些不利于太清的流言蜚语，甚至诬蔑她有"夺嫡"之心，皆可以想见。太清以"亡肉含冤"这一《汉书·蒯通传》中的典故，诉说自己被冤之恨，是恰切的。金先生书中对太清出府的有关解释是有说服力的，如果联系太清于事平之后写给定郡王载铨的《金缕曲》一词，问题就更明朗化了。这首词中以"虽有覆盆终解释"一句感谢载铨之援手，若果真有"丁香花"一类的风月事件，即使皇帝出面当也难于"摆平"，更不用讲定郡王的出面调解了。

太福晋过世后，载钧因无子，即以载钊的长子溥楣为嗣。咸丰七年（1857）载钧病逝，其嫡福晋已经先于其夫而亡，只遗下侧室二人。太清重又入府居住。不过此时的王府早已经降袭为镇国公府，按清廷规矩，须搬出原王府，另奉旨到今北京大佛寺一带再建镇国公府。太清迁居大佛寺的镇国公府后，就资遣载钧的两位侧福晋移居府外。金先生书中对于太清家庭变故的如实讲述，透露出旧时满洲贵族之家嫡庶之争的激烈性，是可信的。

《顾太清与海淀》一书以存信于人为目的，用多重层次讲述了太清家世以及她26岁才得嫁出的原因，又旁及许多清代掌故，往往涉笔成趣，引人入胜。这部书不仅可为治清词者取资，也可为喜谈清人轶事者所收藏。最近又有论者撰文将顾太清与蔡文姬、李清照、朱淑真列为"四才"，[①]可见对于这一位清代第一女词人仍有深入研究的必要，而《顾太清与海淀》一书的问世，恰为此提供了丰富的资讯。

（原载《社会科学辑刊》2001年第4期）

---

① 罗继祖：《四才图》，《文汇读书周报》2001年2月10日。

从《明文选》一处疏漏谈起

拙作《明文选》由人民文学出版社2006年1月出版以后,友人多方鼓励,令我汗颜;也有学者指出其中疏漏之处,更令我感动。上海社会科学院文学研究所夏咸淳先生是国内明代文学研究专家,2006年2月25日致函笔者,就谭元春《三游乌龙潭记》中的有关注释、标点问题提出批评:

  偶然翻到谭元春传世之文《三游乌龙潭记》,原文标点如下:"潭上者,有灵应,观之。"继接下段:"冈合陂陀,木杪之水坠于潭。"
  "灵应"注:"灵验,古人的一种迷信观点。"
  《六十家小品》(指《明六十家小品文精品》,夏咸淳注释,上海社会科学院出版社1995年出版——笔者)及各种流行的本子也是这样断句标点的。后来所涉明籍既广,发现标点有问题,关键是如何理解"灵应"一词。"灵应",即灵应观,道院名,每见于明人关于乌龙潭的记述,如谭元春友人茅元仪(即记中"止生"者)就曾提到"灵应观"这座道观建筑。可见不能释为"灵验",又绝非"迷信观点"。那么应该如何断句呢?可有一种:
  一按原来标法:"潭上者,有灵应,观之。""灵应"者,灵应观也。观读作guàn,为避重复,省略。下"观"读作guān,参观、观览之观。
  另一种标法:"潭上者,有灵应观,之冈,合陂陀。"之,动词,往也。合,环绕也,"绿树村边合"之合。不知这样标点能解释通否?

言者谆谆，夏先生批评中肯，令我受益匪浅。尽管我不同意上述"另一种标法"，也不认同"省略"之说，但南京之乌龙潭旧有灵应观之建筑，的确给予我莫大的启发。湖北辞书出版社1994年出版蒋松源主编《历代山水小品》入选《三游乌龙潭记》，于"灵应"下有注云："灵应：即灵应观，在乌龙潭之南。"可惜未曾引起笔者注意。这一注释虽差近事实，但简单地将"灵应"释为道观名，既与主语"潭上者"抵牾，又未能将"观之"解释清楚。笔者所见之其他有关选本，入选《三游乌龙潭记》对此数语皆略而不注。文化艺术出版社1996年出版田秉锷选注《谭友夏小品》，标点此处作"潭上者，有灵应观之冈合陂陀"，大而化之，亦未释"灵应"。上海古籍出版社1998年出版陈杏珍标校之《谭元春集》卷二〇标点此处作："潭上者有灵，应观之。"似有误。我之疏漏在于将"观之"简单理解为"观览"之意，可以说没有读懂这句话，也未作进一步的查考。按"观"，在这里不是一般的动词，而是以名词作动词，即以"道观"作"建道观"解，当读 guàn，明代之时乃因乌龙潭有"灵验"（即下引文所称之"祷雨有验"），而赐名重建道观于其侧，有方志为证。乾隆《江南通志》卷四三："灵应观在府乌龙潭侧，与石城门近。宋名恩隆祠，明正统间以祷雨有验，赐今额。"竟陵派文风孤峭简古，于此可见一斑。《明文选》如果在现有"灵应"注后再引《江南通志》为证，并于"观之"下加一注，明其读音、释义，疏漏就完全可以避免了。

书囊无底，注释古人文章若腹笥有限，就难免捉襟见肘。诚如夏先生所指出的，其实灵应观建筑"每见于明人"记述，若稍加留意，疏漏当可避免。今就查考所及，再举数例如下：

明李东阳《怀麓堂集》卷九一《游灵应观》诗：

珠宫不见潭底日，碧涧俯通林外渠。市上人稀午烟静，山中草生春雨余。仙翁丈室爇清茗，溪叟尺盘束白鱼。缥缈云楼不可上，吾当驾鹤凌空虚。

按，是诗前一首为《登雨花台》，后一诗为《游鸡鸣寺》，此灵应观当在南京无疑。又《怀麓堂集》卷九三《兴隆平侯张公宣城伯卫公游灵应观》诗：

小有天高岂易攀，珠宫元不隔人寰。潭龙抱雾晴犹黑，庭鹤梳风午正闲。过岭松声闻浙沥，卷帘山色见屏颜。青童两两清如玉，缓听仙歌满树间。

明罗洪先《念庵文集》卷五《冬游记》：

早饭罢，别西皋，观朝天宫，西偏有卞将军墓，前为祠。由祠前去灵应观午饭，饭毕，登观后台，瞰乌龙潭，望清凉山，以天将雨，不及登，遂出清凉门。四人共乘小艇而北，观石头城。

明皇甫汸《皇甫司勋集》卷一六《中秋日游灵应观值雨》诗：

紫馆凌虚入，玄宫泝水开。池经龙濯后，坛记鹤飞回。雨即真人洞，云疑神女台。为燃芝炬引，不假桂轮来。

又《皇甫司勋集》卷二六《灵应观》诗：

长安西指望仙宫，蚩观崇台杳自通。候气还如逢柱史，采芝一为访园公。澄潭尽是桃花路，幽径俱成桂树丛。欲弃人间浑未得，年年辟谷汉庭中。

明王世贞《弇州续稿》卷六四《游金陵诸园记》：

亭西高阜，亭其上，曰碧云深处。可以东眺朝天宫，北望清凉瓦官浮图、乌龙之灵应观，亦有佳处也。

李东阳生于明正统十二年(1447)，其活动时代，灵应观早已由恩隆祠改建而成道院。李东阳《游灵应观》诗,是笔者所发现较早吟咏这一处景观的文学作品。此后,罗洪先、皇甫汸、王世贞、茅元仪、谭元春等文人的作品对灵应观皆有所涉及,可知因乌龙潭祷雨有验而于其侧改建的灵应观,着实风光了至少两百年之久。

经自检,拙作《明文选》疏漏处自不止上述一处。如入选虞淳熙《解脱集序》一文,系作者为公安派主将袁宏道早年诗文集所作序,其文畅所欲言,不拘一格,体现了晚明小品个性解放的自由精神。内有"人人唱《渭城》,听之那得不骇"二句,《明文选》于"渭城"下注云:"即《渭城曲》,一名《送元二使安西》,后人又称《阳关三叠》。唐王维作,诗云:'渭城朝雨浥轻尘,客舍青青柳色新。劝君更尽一杯酒,西出阳关无故人。'是为著名的送别诗。'人人唱《渭城》'是讽刺前后'七子'所谓'诗必盛唐'的复古之风。"其实文中句暗用唐人笔记中典故,笔者却失于查考。按唐韦绚《刘宾客嘉话录》:"刑部侍郎从伯伯刍尝言:某所居安邑里巷口,有鬻饼者。早过户,未尝不闻讴歌而当垆,兴甚早。一旦召之与语,贫窭可怜,因与万钱,令多其本,日取饼以偿之,欣然持镪而去。后过其户,则寂然不闻讴歌之声,谓其逝矣,及呼乃至,谓曰:'尔何辍歌之遽乎?'曰:'本流既大,心计转粗,不暇唱《渭城》矣。'从伯曰:'吾思官徒亦然。'因成大噱。"明乎此处用典,则知所谓"人人唱《渭城》"者,除讽刺当时复古之风蔓延外,也有嘲笑诗坛附庸风雅者众多,而作品实无足观之意。

《明文选》入选袁宗道《论文》(上、下),这是公安派文学理论的宣言,在中国古代文论史上具有重要价值。《论文上》有云:"司马迁之文,其佳处在叙事如画,议论超越;而近说乃云,西京以还,封建宫殿、官师郡邑,其名不雅驯,虽子长复出,不能成史。"所谓"近说"云云,是有针对性的,见于王世贞《艺苑卮言》卷三:"呜呼!子长不绝也,其书绝矣。千古而有子长也,亦不能成《史记》,何也?西京以还,封建宫殿、官师郡邑,其名不雅驯,不称书矣,一也;其诏令辞命、奏书赋颂,鲜古文,不称书矣,二也;其人有籍、信、荆、聂、原、尝、无忌之流足模写者乎?三也;其词有《尚书》、

《毛诗》、左氏、《战国策》、韩非、吕不韦之书足荟蕞者乎？四也。呜呼！岂唯子长，即尼父亦然，《六经》无可着手矣。"对所谓"近说"不注出其原始出处，如《明文选》即未注出，此前郭绍虞主编之《中国历代文论选》亦未注出，虽于理解文义并无大碍，但袁宗道之《论文》本是一篇论战文字，其对手即前、后"七子"，举"近说"之前已指名道姓拈出"空同"（李梦阳）其人，而此处姑隐其名，或因王世贞其时尚在世，有所忌讳而然。显然，注出此文"近说"之出处，对于读者理解《论文》的论战性质是完全必要的。

《明文选》自检不及之处，诚恳祈盼方家不吝赐教，感激不尽！应当指出的是，前人（包括古人）注书，虽腹笥充盈，但检索手段单一，只能凭记忆所及或依靠纸质文本，且有关引得、索引也不齐全；今则不然，纸质文本而外，可逐字检索的古籍有关电子文本的陆续问世，为注书者开辟了便当快捷并相对准确的广阔天地，只要善于应用，熟能生巧地掌握其查找路径，前人难免疏失的问题，今天的注者就有可能迎刃而解。这里以清代王士禛的诗歌注释为例，略加说明。

清初王士禛以倡导神韵说成一代诗宗，其创作实践虽未必与其诗论若合符契，但仍可从中寻觅其风格追求的线索，尤以绝句诗最为明显。如其《冶春绝句十二首》其三：

红桥飞跨水当中，一字阑干九曲红。日午画船桥下过，衣香人影太匆匆。

末句"衣香人影"，比喻两岸游女仪态优雅、服饰艳丽。若不明出处，并不妨碍对诗意的理解，但于鉴赏终觉欠缺。清惠栋注谓："衣香，荀粲事；人影，任育事。借咏丽人也。"清金荣注则分别引唐李商隐诗与冯曾《比红儿诗话》。二人之注，皆难以确切解释王士禛诗之内蕴。按唐骆宾王《咏美人在天津桥》诗云："美女出东邻，容与上天津。动衣香满路，移步袜生尘。水下看妆影，眉头画月新。寄言曹子建，个是洛川神。"如果对照骆宾王此诗来看王士禛诗"衣香人影"四字,则不但"衣香"可落实,"人影"亦因"水下看妆影"一句而有了着落,同时也与第三句"画船桥下过"相呼应,王诗之神韵也就通过前人诗句跃然而出了!檃括前人整首诗之意境为我所用,是王士禛诗创作获得"神韵"的一种方法,若不明其出处,其"神韵"也就在读者那里丧失殆尽了。又如《冶春绝句十二首》其十一末二句:"生前行乐犹如此,何处看春不可怜。"最后一句径用明李攀龙《赵州道中忆殿卿》诗:"重来此地逢寒食,何处看春不可怜。"王士禛不但将唐宋诗句采为诗材,明诗中的佳句也难逃其法眼。

又王士禛《雨后至天宁寺》诗云:

凌晨出西郭,招提过新雨。日出不逢人,满院风铃语。

诗效法唐代王维,给人一种从容幽静、舒缓空灵的韵外之致。且饶有禅味,意在言外,不知所以神而自神,可谓是作者倡导神韵说的具体实践。全诗处处用典,语语皆有来历,若不明所自,虽也能体会其中意境,但终觉相隔一层。全诗所写,无非雨后清晨,寺中人迹稀少,只有作者聆听塔上风铃之声,禅意悠然。二十字犹如唐王维《辛夷坞》诗中"涧户寂无人,纷纷开且落"的意境,兴象自生。"凌晨"句,语本宋范成大《次韵庆充避暑水西寺》诗:"佳晨出西郭,仰视天宇清。""过新雨",语本唐张籍《江南春》诗:"渡口过新雨,夜来生白蘋。""不逢人",语本唐韦应物《答杨奉礼》诗:"秋塘唯落叶,野寺不逢人。"又宋普济《五灯会元》卷一三《青原下五世·云居道膺禅师》:"问:'如何是西来意?'师曰:'古路不逢人。'""风铃语",宋释惠洪《石门文字禅》卷一八《清凉大法眼禅师真赞》:"非风幡动,非风铃语,见闻起灭,了无处所。何以明之?俱寂静故。"又宋苏轼《大风留金山两日》诗:"塔上一铃独自语,明日颠风当断渡。"一首二十字的小诗竟然如此大费周章,可见其吟诗之苦并不亚于唐代"一吟双泪流"的贾岛。对于此诗与另外四首绝句,王士禛很是得意,其《香祖笔记》卷二曾自诩为"皆一时伫兴之

从《明文选》一处疏漏谈起

言,知味外味者当自得之"。诗句之来历,除上引苏轼诗外,惠栋、金荣所注者皆未涉及;笔者若无文渊阁《四库全书》逐字检索的电子文本帮助,也难一一明其来历。可见,今人注释有关古籍,就应当站在前人的肩膀上再望远数步,否则就对不起当今优越的检索条件了![1]

(原载全国古籍整理出版规划领导小组办公室编《古籍整理出版情况简报》2006年第6期[总424期])

---

[1] 2011年12月,《明文选》获得再版机会,笔者除改正本文所举错讹外,又吸收学者研究新成果,改正了相关人物的生卒年、官职等的标注。特别是对归有光著名篇章《寒花葬志》的加注,更可见尊重学者新研究成果的重要性。再版时于《寒花葬志》首句"婢,魏孺人媵也"加注文云:"上海图书馆藏《归震川先生未刻稿》此句后有:'生女如兰,如兰死,又生一女,亦死。予尝寓京师,作《如兰母》诗。'二十三字。参邬国平《如兰的母亲是谁——归有光〈女如兰圹志〉、〈寒花葬志〉本事及文献》,(《文艺研究》2007年第6期)。"明确寒花乃归有光侍妾的身份,对于鉴赏这篇抒情散文大有裨益。

中华本诸史《选举志》商榷

《新唐书》、《旧五代史》、《宋史》、《金史》、《元史》、《明史》、《清史稿》七部史书，皆有《选举志》，对于研究我国从隋朝以后确立的科举制度以及相应的学校教育、选官制度等，参考价值颇高。笔者做《七史选举志校注》，均以中华书局整理本为底本，并参考今人诸多成果，受益匪浅，但也发现中华整理本存在标点与校勘方面的一些问题，特列出商榷，以就正于专家学者。

中国历代正史，若以"二十四史"计，则《新唐书》、《旧五代史》、《宋史》、《金史》、《元史》、《明史》皆有《选举志》；以"二十五史"计，1919年被北洋政府列入正史的柯劭忞所撰《新元史》也有《选举志》；以"二十六史"计，并非正式史书却又与旧史书体例相同的《清史稿》就赫然在列了，是书也有《选举志》，并且卷帙最多。这样就总共有八部史书有《选举志》了，但《元史》与《新元史》所述朝代重复，且后者之《选举志》多与前者雷同，取材亦未见优越之处，故可只计《元史》一家。唐、五代、宋、金、元、明、清，朝代相沿或并峙，基本与科举制度的兴亡相始终。但历代之《选举志》并非只瞩目有关科举（科目）的内容，学校教育、官吏铨选、文武考课以及封荫、保任，皆属于"选举"的范畴。各代随情况不同，又有繁简取舍之异，难以一概而论。如元代属于吏制社会，科举并不受统治者重视，仅开科十六次，取中进士不过一千二百人左右，故《元史·选举志》于"科目"语焉不详，而特详于吏员"铨法"。清中叶以后，捐例大开，《清史稿·选举志》特以一卷篇幅述及"捐纳";又因内外交困,社会面临变革,故特设"新选举"一卷。这是《清史稿》有别于其前六史的地方。就本质而论,所谓捐纳,又称"赀选",无非是卖官鬻爵的替代语,但出现于清代,又有其复杂的社会原因。在人口剧增的背景下,读书人的数量也水涨船高,科举一途更显得粥少僧多,捐纳则为一些家有余资的士人提供了或军界、或政界一试身手的机会。谢俊美先生曾就此论道:"清代捐纳制度在推行的二百多年中,除了为清政府增加了大笔财政收入外,还为那些怀抱经世之志、屡试不中的士人提供了从政机会。在这些捐员中,不乏'怀理繁治剧之才'、'抱御侮折冲之器'的人。就蔡冠洛所辑《清代七百名人传》一书所载人物的粗略统计,有清一代由捐纳起家,以后迁至督、抚、提镇以上的军政大员有岳钟祺、徐用仪、盛宣怀、端方等二十余人。至于迁其下官职的则不知其数。"[①]《清史稿·选举七》所云:"清制,入官重正途。自捐例开,官吏乃以资进。其始固以蒐罗异途人才,补科目所不及,中叶而后,名器不尊,登进乃滥,仕途因之殽杂矣。"[②]大约也属实情。就七部史书中《选举志》而言,"科目"所占之中心地位显而易见。《旧五代史》之修撰早于《新唐书》,但前者原书早佚,今传世之《永乐大典》重辑本所录《选举志》内容无多,且甚杂乱,当非旧貌。而《新唐书》之《选举志》简要明晰,若不讨论短暂的隋代,唐代为科举制之权舆的重要性,更显示了此史书《选举志》之不可或缺。

《新唐书》修撰于北宋仁宗时期,主要修撰人为欧阳修与宋祁,凡二百四十八卷。较之前此五代后期所修之《旧唐书》,《新唐书》的《地理志》、《选举志》、《兵志》、《食货志》、《艺文志》以及《宰相表》、《方镇表》等,皆保存了众多重要史料,其中《选举志》、《兵志》与表等,皆系《旧唐

[①] 谢俊美:《晚清卖官鬻爵新探——兼论捐纳制度与清朝灭亡》,《华东师范大学学报》2001年第33卷第5期。

[②] (清)赵尔巽等:《清史稿》卷一一二《选举七》,中华书局1977年版,第3233页。

书》所无，而这些部分正是欧阳修所修撰者。清王鸣盛称："《新书》最佳者志、表，列传次之，本纪最下；《旧书》则纪、志、传美恶适相等。"[①]可谓的评。《新唐书·选举志》在是书第四十四、四十五两卷，分上、下，包括学校、科目、铨选、用荫等内容。与以后各史之《选举志》相较，简括是其特点。应当明确的是，纯以史书而论，唐杜佑之《通典》二百卷，列《选举》一门为最早，凡六卷，显示了作者对选举制度的高度重视。中华书局1975年2月出版《新唐书》点校整理本。

《旧五代史》修撰于北宋太祖时期，早于《新唐书》之成书将近九十年，监修者署名薛居正，同修者则为卢多逊、扈蒙、张澹、李穆、李昉等，名《五代史》，又名《五代书》，凡一百五十卷。梁、唐、晋、汉、周五代各自为书，与《三国志》之修撰方法略同。此后，欧阳修私撰之《五代史记》（即后世所称之《新五代史》）行世，薛史至南宋以后渐失流传，终致散佚，今传本为清邵晋涵等从《永乐大典》所辑，重订为一百五十卷，虽非复旧貌，但大致不差。薛史有包括《选举志》在内的十志，乃正史中最早立《选举志》者，而欧史仅有《司天》、《职方》两考，这是薛史至今难以缺位的主要原因。《旧五代史·选举志》在是书第一百四十八卷，仅一卷，内容包括科目、铨选，皆较简单。中华书局1976年5月出版《旧五代史》点校整理本。此外，复旦大学出版社2005年12月出版今人陈尚君先生辑纂《旧五代史新辑会证》，补充史料甚多，以《选举志》为例，补充史料多辑自《册府元龟》与《五代会要》，对于今人研究科举甚有助益。

《宋史》修撰于元顺帝至正间，以脱脱为都总裁官，实际参与修撰者为欧阳玄、揭傒斯、张起岩等。《宋史》凡四百九十六卷，卷帙浩繁，加之成书仓促，未免芜杂，颇获后世讥评。但其十五志，史料丰富，可为后人取资者多。《选举志》从《宋史》第一百五十五卷至第一百六十卷，共六卷，内容包

[①] （清）王鸣盛：《十七史商榷》卷六九，上海书店出版社2005年版，第596页。

括科目、学校、铨法、补荫、保任、考课等。由于宋代历北、南两朝，其间官制又经变革，故所记述多杂乱不清。中华书局1977年11月出版《宋史》点校整理本。浙江古籍出版社1992年3月出版今人何忠礼先生著《宋史选举志补正》，是书利用《宋会要辑稿》与《续资治通鉴长编》等文献典籍，对《宋史·选举志》分段加以校勘、补正，廓清之功，驰誉史林。

《金史》之修撰，亦在元顺帝至正间，脱脱仍作为都总裁官署名于前，实际参与修撰者仍是欧阳玄等人。《金史》凡一百三十五卷，《四库全书总目》称其"首尾完密，条例整齐，约而不疏，赡而不芜"，[①]特多好语。《金史》有志十四篇，《选举志》从第五十一卷至五十四卷，共四卷，内容包括科目、铨选、廉察、荐举、功酬亏永等。中华书局1975年7月出版《金史》点校整理本。《辽史》与《宋史》、《金史》一同修撰，有志十篇，却无《选举志》，清厉鹗撰《辽史拾遗》二十四卷，方补《选举志》一卷，这里姑且不论。

《元史》修撰于明代初年，以宋濂、王袆为总裁，曾经两次开局纂修，时间总共不足一年，成书仓促，内容重复杂乱，人名不统一，是其书之大缺憾。《元史》凡二百一十卷，有志十三篇，《选举志》从第八十一卷至八十四卷，共四卷，内容包括科目、学校、铨法、考课等。由于《元史》中的《选举志》、《百官志》、《食货志》、《兵志》、《刑法志》皆取材于虞集、赵世延等主编之《经世大典》，故较有价值。中华书局1976年4月出版《元史》点校整理本。清汪辉祖撰有《元史本证》五十卷，可资参考。至于民国间柯劭忞之《新元史》二百五十七卷，已见前述。柴德赓先生谓"《新元史》问世后，对《元史》的改造并无过多出色之处"；[②]王树民先生亦称其"所用资料，一般的原书均可见，其史料价值反不如旧《元史》多为原材料"。[③]这些论述是

[①] （清）永瑢等：《四库全书总目》卷四六，中华书局1965年版，上册，第414页。
[②] 柴德赓：《史籍举要》，北京出版社1982年版，第152页。
[③] 王树民：《史部要籍解题》，中华书局1981年版，第130页。

有道理的。

《明史》的修撰经历了三个阶段共六十年的岁月，开始于康熙十八年（1679），蒇事于乾隆四年（1739），张廷玉以总裁署名奏上，而其撰述之功则应归于前此已故之万斯同等著名学者。在官修史书中，《明史》的成就居前，清赵翼《廿二史劄记》卷三一《明史》有云："近代诸史，自欧阳公《五代史》外，《辽史》简略，《宋史》繁芜，《元史》草率，惟《金史》行文雅洁，叙事简明，稍为可观，然未有如《明史》之完善者。"[①]《明史》凡三百三十二卷，其中志十五篇，《选举志》从第六十九卷至七十一卷，共三卷，内容包括学校、科目、荐举、铨选等。中华书局1974年2月出版《明史》点校整理本。黄云眉先生著《明史考证》，其中第二册包括《选举志》考证三卷，中华书局1980年6月出版。郭培贵先生著《明史选举志笺正》，内蒙古大学出版社1997年8月出版；此后，郭培贵先生又著《明史选举志考论》，考订又较《笺正》为详，中华书局2006年11月出版。黄、郭两位先生的学术考证成果，对于《明史·选举志》的研究无疑起到了极大地促进作用。

《清史稿》修撰于1914年至1927年间，先由修史时所立清史馆馆长赵尔巽主其事，赵以后，又由柯劭忞代理。先后参与撰述的学者包括王树枏、吴廷燮、缪荃孙、夏孙桐、吴士鉴、张尔田、朱孔彰、朱师辙等百余人，阵容可谓强大。由于国内形势的发展，《清史稿》的出版发行也同其修撰一样，仓促中不免混乱，致有关内本、关外一次本、关外二次本之别，文字内容也略有不同。《清史稿》初版于1927年底，由于未得到当时政府的承认，未被列入正史，只得仿照王鸿绪《明史稿》例，名之曰《清史稿》。今通行者共五百二十九卷，有志十六篇，其中《邦交志》、《交通志》为此前各史所无者。《选举志》从第一百六卷至一百一十三卷，共八卷，内容包括学校、文武科目、制科荐擢、封荫推选、考绩、捐纳、新选举等。中华书局1977年12月出

---

① 王树民：《廿二史劄记校正》，中华书局1984年版，第721页。

版齐《清史稿》点校整理本,所用底本为关外二次本。上世纪80年代中至90年代初,台湾以"国史馆"之编著者名义出版了《清史稿校注》一书,其编纂原则为"不动原文,以稿校稿,以卷校卷",所用底本当为关外一次本,故全书为五百三十六卷,征引典籍文献八百余种。名曰"校注",实则重在"校勘"而略于"注释"。张玉兴先生有《评〈清史稿校注〉》一文,所论至为中肯。如文章开首即云:"1986—1991年,台湾省以国史馆名义出版了16巨册的《清史稿校注》一书,以数十位学者的努力,对七十多年来一直牵动海内外人心而争议颇多的史书《清史稿》进行了一次全面清理。其工程浩大,共出校数万条注文,涉及方方面面的问题。这是一件很有意义的工作,其经验教训足资借鉴,值得人们高度重视。"①可见其大概。以《选举志》而言,《清史稿校注》于八卷中共出校勘记214则,于今人研究清代选举制度之嬗变,大有裨益。

有关七部史书《选举志》,学界已有之较新研究成果,如王庆生先生《〈金史〉校点拾遗》一文,②指瑕《金史·选举志》两处校勘未及处,赵树廷先生《〈元史·选举志〉勘误二则》一文③之有关考订等等,皆有重要参考价值。以下再就七部史书《选举志》有待商榷之处,列出若干千虑一得之愚,就正于方家学者(除上述《清史稿校注》外,已经学者指出者,不录)。

一 《新唐书·选举志》

《选举志上》:"翘关,长丈七尺,径三寸半,凡十举后,手持关距,出处无过一尺。"语义不明,似有误。当标点为:"翘关,长丈七尺,径三寸半,凡十举,后手持关,距出处无过一尺。"方通。"翘关",即比试举重,翘关当

---

① 张玉兴:《评〈清史稿校注〉》,《清史研究》2003年第1期。
② 王庆生:《〈金史〉校点拾遗》,《古籍整理出版情况简报》2006年第11期(总429期)。
③ 赵树廷:《〈元史·选举志〉勘误二则》,《学术研究》2006年第12期。

指一定重量的金属棍状物,似须垂直上举,故要求"后手"(即处于下方的手)不能离"关"端过远。"凡十举",《唐六典》卷五:"七曰举重(谓翘关,率以五次为上第)。"两者所记数目亦有差异。

《选举志下》:"长安二年,举人授拾遗、补阙、御史、著作佐郎、大理评事、卫佐凡百余人。明年,引见风俗使,举人悉授试官,高者至凤阁舍人、给事中,次员外郎、御史、补阙、拾遗、校书郎。"未出校勘记。"长安二年",即公元702年。长安,武则天的第十七个年号。按,其下当为天授二年(691)事。宋司马光《资治通鉴》卷二〇五《考异》引《统纪》曰:"天授二年二月,十道举人石艾县令王山龄等六十人,擢为拾遗、补阙,怀州录事参军霍献可等二十四人为御史,并州录事参军徐昕等二十四人为著作佐郎及评事,内黄尉崔宣道等二十二人为卫佐。"又,"举人",这里似当作"选人",以与乡贡者别也。明年,当为长寿元年(692)。长寿,武则天的第七个年号。按"风俗使",即"观风俗使",唐初使职名。贞观八年(634),唐太宗曾遣萧瑀、李靖等十三人巡省天下州县,观风俗之得失,察刑政之苛弊。其后不置。见宋王溥《唐会要》卷七七《观风俗使》。按,此处当作"存抚使",唐职官名,掌巡行天下,视察政治、民风。宋王溥《唐会要》卷七七:"天授二年,发十道存抚使,以右肃政御史中丞知大夫事李嗣真等为之。"又宋司马光《资治通鉴》卷二〇五:"长寿元年……春,一月,丁卯,太后引见存抚使所举人,无问贤愚,悉加擢用,高者试凤阁舍人、给事中,次试员外郎、侍御史、补阙、拾遗、校书郎。"可证。

二 《宋史·选举志》

《选举一》:"自敷奏以言,明试以功,三载考绩,三考黜陟幽明,始于《舜典》。"当标点为:"自'敷奏以言,明试以功','三载考绩,三考黜陟幽明',始于《舜典》。"按《尚书·虞夏书·舜典》:"五载一巡守,群后四朝。敷奏以言,明试以功,车服以庸。"又:"三载考绩,三考黜陟幽明,庶绩咸熙。"前者谓舜帝每五年巡视诸侯，诸侯在四岳朝见，向帝王报告自己的政绩，舜加以考察，赏赐车马衣服加以酬劳；后者谓舜帝三年考察政绩一次，考察三次后，罢免昏庸官员，提拔贤明官员，于是各项工作皆兴盛了。舜典，《尚书》篇名。中华整理本于《志》文引用《尚书》两段文字，皆未加引号。

《选举一》："天宝十一年，进士试一经，能通者试文赋，又通而后试策，五条皆通，中第。"此乃李淑所言唐朝事，按"天宝十一年"，当作"天宝十一载"，即公元752年。天宝，唐玄宗李隆基的第三个年号。据陈垣《二十史朔闰表》，唐玄宗天宝三年正月朔改年为载，至唐肃宗至德三年二月丁未，改至德三载为乾元元年。何忠礼《宋史选举志补正》未议及此。

《选举一》："与古所谓'三物宾兴，九年大成'，亦已邈矣。"当标点为："与古所谓'三物宾兴'、'九年大成'，亦已邈矣。"按"三物宾兴"，语本《周礼·地官·大司徒》："以乡三物教万民，而宾兴之。一曰六德：知、仁、圣、义、忠、和。二曰六行：孝、友、睦、姻、任、恤。三曰六艺：礼、乐、射、御、书、数。"三物，即三事，指六德、六行、六艺。"九年大成"，语本《礼记·学记》："九年知类通达，强立而不反，谓之大成。"中华整理本将"三物宾兴"与"九年大成"同用一引号归纳于一处，似二句同出于一部文献中者，显误。何忠礼《宋史选举志补正》未引及此。

《选举三》："草以章草、张芝九体为法。"当标点为："草以章草张芝、九体为法。"按"章草"，草书的一种。笔画有隶书的波磔，但每字独立，不连写。张芝，字伯英（？—约192），东汉书法家，善章草。按"九体"，即草书"九体书"。唐张彦远《法书要录》卷二："及宋中庶宗炳出九体书，所谓缣素书、简奏书、笺表书、吊记书、行狎书、槩书、稿书、半草书、全草书，此九法极真草书之次第焉。"按宗炳（375—443），字少文，南朝宋南阳涅阳人，工书法。中华整理本标点显然有误。何忠礼《宋史选举志补正》未引及此。

《选举四》："至是，增为四等。"中华校勘记云："'至是'，承上文当指开宝六年，而《长编》卷一八、《宋会要·选举》二四之九都系此事于太平兴国二年，此处误。"何忠礼《宋史选举志补正》与此略同。另考宋孙逢吉《职官分纪》卷九亦系此事于太平兴国二年 (977)；元马端临《文献通考》卷三八、《钦定续通典》卷一八皆系此事于太平兴国元年 (976)。可参考。

《选举四》："尝睹汉之公府有辞讼比，尚书有决事比。"按"公府"，汉代三公之官府称公府，置诸曹掾史等。这里指东汉司徒鲍昱的官府，陈宠为其辞曹之官。"辞讼比"，为东汉有关诉讼成例以类相从的法律文书。《后汉书·陈宠传》："(鲍) 昱高其能，转为辞曹，掌天下狱讼。其所平决，无不厌服众心。时司徒辞讼，久者数十年，事类溷错，易为轻重，不良吏得生因缘。宠为昱撰《辞讼比》七卷，决事科条，皆以事类相从。昱奏上之，其后公府奉以为法。"又按尚书，东汉协助皇帝处理政事的官员，这里指陈宠之子陈忠。"决事比"，东汉有关刑法条例的法律文书。《后汉书·陈忠传》："司徒刘恺举忠明习法律，宜备机密，于是擢拜尚书，使居三公曹忠。自以世典刑法，用心务在宽详。初，父宠在廷尉，上除汉法溢于《甫刑》者，未施行，及宠免后遂寝。而苛法稍繁，人不堪之。忠略依宠意，奏上二十三条，为《决事比》，以省请谳之敝。"中华整理本于"辞讼比"、"决事比"皆未加书名号，不妥。何忠礼《宋史选举志补正》未引及此。

三 《金史·选举志》

《选举一》："武举程式当与进士同时。"按"程式"，当为"程试"之误。程试，按规定的程式考试，多指科举铨叙考试。中华整理本未校出。

《选举二》："旧制，司天、太医、内侍、长行虽至四品……"按"长行"，当为金代司天监、太医院、内侍局等官署之未授职事者。《金史·百官二》："司天台。提点，正五品……长行人五十人（未授职事者，试补管勾）。"中华书局整理本在"内侍"与"长行"间加顿号，将"长行"当作并列于司天监、太医院、内侍局的官署，似有误。此外，金代帝王仪卫亦有名"长行"者，《金史·仪卫上》："金制，天子之仪卫，一曰立仗，二曰行仗。其卫士，曰护卫，曰亲军，曰弩手，曰控鹤，曰伞子，曰长行。"

《选举二》："两考者除从五品以上、正五品以下，节运同。"按"节运同"，不详所指，或系省称。考《选举二》另录"节运副"一职，秩从五品，当谓节度副使与转运司副使，则此"节运同"当指正五品之同知节度使与转运司同知。《金史·百官三》："诸节镇……同知节度使一员，正五品。通判节度使事，兼州事者仍带同知管内观察使。副使一员，从五品。"又金刘祁《归潜志》卷七："省吏，前朝止用胥吏，号'堂后官'。金朝大定初，张太师浩制皇家袒免亲、宰执子试补外，杂用进士。凡登第历三任至县令，以次召补充，一考，三十月出得六品州倅。两考，六十月得五品节度副使、留守判官，或就选为知除、知案。"若然，则"节运同"上之逗号当删去。

《选举三》："大定二十一年，定元帅府令译史三十月迁一官。"大定二十一年，即公元1181年。按"元帅府"，即"枢密院"。《金史·百官一》："都元帅府（掌征讨之事，兵罢则省。天会二年伐宋始置，泰和八年复改为枢密院）。"又云："枢密院，泰和六年尝改为元帅府。"泰和六年，即公元1206年，这里以"元帅府"代指枢密院，时间龃龉，疑有误，当出校勘记。

《选举三》："内侍御直。内直六十四人。"按"内侍"，谓内侍局，属宣徽院。《金史·百官二》："内侍局，令二员，从八品（兴定五年，升作从六品）。丞二员，从九品（兴定五年，升从七品）。掌正位阁门之禁，率殿位都监、同监及御直各给其事。"御直、内直，即内侍局属吏，受辖于局长。《金史·百官二》："局长二员，从九品，兴定五年升正八品。"有注云："御直、内直共六十四人。明昌元年，分宫闱局正位内直置，初隶宫闱局。"中华整理本于"内侍御直"下点句号，疑有误，当点顿号。

《选举三》："知把书画，十人，正隆二年格，与奉职同。"所谓"知把书画"当谓金代殿前都点检司下辖近侍局属吏。韩世明、都兴智《〈金史〉之〈食货志〉与〈百官志〉校注》第210页有注云："知把书画，应为书画局属吏，《金史》卷56《百官志二》书画局条失载。"似不确。按《金史·乌古论庆寿传》："乌古论庆寿，河北西路猛安人，由知把书画充奉御，除近侍局直长,再转本局使。"可推知知把书画为近侍局属吏。知把,金人语,或译作"扎布"。《钦定金史语解》卷六:"扎布,应答也。卷五十三作'知把'。"

《选举三》:"无荫及五十户有荫者,注八品刺郡、都巡检、副将。"按"刺郡都巡检",不当用顿号点断,乃指诸刺史州负责治安的都巡检使司属官副都巡检使,秩正八品。副将,诸边将中的副将,秩正八品。刺郡,谓刺史州,即以刺史为长官之州。

四 《元史·选举志》

《选举一》:"成周庠序学校,以乡三物教万民而宾兴之,举于乡,升于司徒、司马论定,而后官之。"按"举于乡",明柯尚迁《周礼全经释原》卷五释《周礼·地官·司谏》"司谏,掌纠万民之德而劝之朋友,正其行而强之道艺,巡问而观察之,以时书其德行道艺,辨其能而可任于国事者;以考乡里之治,以诏废置,以行赦宥"一节,有云:"此即俊秀有德行道艺可升于司徒,进之天子,入太学涵养之,司马辨论官材而任之是也。"司徒,西周始置,掌管民事的官,以教导民众为主。司马,周代掌军政及军赋的大官,位仅次于掌军政大权的大师。中华整理本于"升于司徒"后标顿号,疑有误,以标逗号为宜。

《选举一》:"今臣等所拟将律赋省题诗小义皆不用。"按"律赋",谓有一定格律的赋体。音韵和谐,对偶工整,音律、押韵皆有严格规定,为唐宋以来科举考试所采用。宋陈鹄《耆旧续闻》卷四:"四声分韵,始于沈约。至唐以来,乃以声律取士,则今之律赋是也。"按"省题诗",或简称"省题",唐宋时进士应省试按尚书省所出题目而作的诗,称"省题诗"。宋俞成《萤雪丛说·诗题用全句对》:"省题诗,考官以古人诗句命题,尾字属平,全押在第二韵上,不拆破者,并用全句对全句。"宋刘攽《中山诗话》:"自唐以来,试进士诗,号省题。"按"小义",当谓"四书"、"五经"中有关字义之训诂、解释,与"大义"相对。金代律科进士有"复于《论语》、《孟子》内试小义一道"之说，参见《金史·选举一》。中华整理本于"律赋"下皆未用顿号点断，易生误解，今当于"律赋"、"省题诗"下加顿号以点断之。

《选举一》："宣抚王楫请以金枢密院为宣圣庙。"按"王楫"，据《元史》卷一五三本传，当作"王檝"，人名之异体字当统一与保留。王檝，字巨川（1184—1243?），金凤翔虢县（今陕西宝鸡）人。金卫绍王授副统军，兵败，降蒙古，授宣抚使，兼行尚书六部事。后受命掌诸色工匠事。奉命五次奉使南宋，卒于宋。《元史·王檝传》："时都城庙学，既毁于兵，檝取旧枢密院地复创立之，春秋率诸生行释菜礼，仍取旧岐阳石鼓列庑下。"按金朝枢密院故址当在今北京市旧城区西南广安门一带。

《选举一》："中原州县学正、山长、学录、教谕，并受礼部付身。"按"礼部"，似当作"吏部"。《元典章新集·吏部·儒官》："除教授只受敕牒，学正受中书省劄付，学录、教谕并受吏部付身。"付身，即古代的一种身份凭证。

《选举二》："合将万户、千户、镇抚自奏准日为始。"按"镇抚"，即元代镇抚司长官或各卫镇抚所长官。元代万户府所辖官署称镇抚司，置镇抚二员，蒙古、汉人参用。上万户府秩正五品，中万户府秩从五品，俱金牌；下万户府秩正六品，银牌。元代各卫下镇抚所，各有镇抚二员，下辖行军千户所、弩军千户所、屯田左右千户所等，皆秩正五品。参见《元史·百官二》。中华整理本将"千户镇抚"用顿号点断，改修饰关系为并列关系，疑有误。

《选举二》："太禧院。天历元年，罢会福、殊祥二院而立之，秩正二品。"按《元史·百官三》："太禧宗禋院，秩从一品。"《元史·祭祀四》："旧有崇福、殊祥二院，奉影堂祀事，乃改为泰禧院。（天历）二年又改为太禧宗禋院，秩二品。"未知孰是，当出校勘记。

《选举三》："福建、两广、海北、海南、左右两江、云南、四川、甘肃等处荫叙之人，如父祖始仕本处，止以本地方叙用。"按"海北海南"，即"海北海南道宣慰司都元帅府"，为元湖广行省所辖。置司于雷州路（治今广东海康），辖境包括今广东西南部、海南省与广西小部分地区。中华整理本将"海北海南"用顿号点断，疑有误。

《选举三》："两考升补参议府、左右司、客省使令史、书写、检校、书吏。"按"检校书吏"，中书省掾属检校官之属吏。《元史·百官一》："检校官四员，正七品。掌检校左右司、六部公事程期、文牍稽失之事。书吏六人，大德元年置。"中华整理本将"检校"与"书吏"断开，疑有误。

《选举四》："新收抚州郡、准上例定夺。"按"新收抚州郡"，谓从南宋政权夺取的领土。中华整理本于此下点顿号，疑有误。

《选举四》："三年，省准：'章庆使司秩正二品……'"按"章庆使司"，元代徽政院下辖掌皇太后答己兴圣宫事宜的官署名。《元史·百官五》："章庆使司，秩正三品。司使四员，同知、副使、司丞各二员，经历、都事各二员，照磨、管勾各一员。至大三年立，至治三年罢。"《元史·武宗二》："(至大三年三月)壬辰，车驾幸上都，立兴圣宫章庆使司，秩正二品。"前者所记官署秩别与后者及本《志》有异，未知孰是，当出校勘记。

《选举四》："(至元十一年)省议：尚牧监正四品……"按"尚牧监"，元代太仆寺一度改为尚牧监。《元史·百官六》："太仆寺，秩从二品。掌阿塔斯马匹，受给造作鞍辔之事，中统四年，设群牧所。至元十六年，改尚牧监。十九年，又改太仆院。二十年，改卫尉院。二十四年，罢院立太仆寺。又别置尚乘寺以管鞍辔，而本寺止管阿塔斯马匹。"此言"至元十六年，改尚牧监"，与本《志》所云"至元十一年"龃龉，疑有一误，当出校勘记。元代另有尚牧所，秩从五品，至大四年(公元1311年)始置。参见《元史·百官三》。

《选举四》："大护国仁王寺、昭应宫财用规运总管府令译史人等……"按"大护国仁王寺昭应宫财用规运总管府"，即"会福总管府"，《元史·百官三》："会福总管府，秩正三品。至元十一年，建大护国仁王寺及昭应宫，始置材用规运所，秩正四品。十六年，改规运所为总管府。至大元年，改都总管府，从二品。寻升会福院，置院使五员。延祐三年，升正二品。天历元年，改为会福总管府，正三品。定置达鲁花赤一员，总管一员，同知一员，治中一员，府判一员，经历、知事、提控案牍各一员，令史八人，译史、通事、知印各一人,奏差四人。"大护国仁王寺,元代大都高良河北所建佛寺名。昭应宫,元代大都道观名。中华整理本于"大护国仁王寺"下用顿号点断,似不确。所谓"大护国仁王寺昭应宫财用规运总管府"当一体视之,中华整理本于《元史·顺帝四》、《元史·顺帝五》提及此称谓处皆未点断,是。

五 《明史·选举志》

《选举一》:"阜城、西直、安定、德胜俱二名,以半年满日回监。"按"阜城",当作"阜成"。《明史·地理一》:"永乐四年闰七月诏建北京宫殿,修城垣。十九年正月告成……门九:正南曰丽正,正统初改曰正阳;南之左曰文明,后曰崇文;南之右曰顺城,后曰宣武;东之南曰齐化,后曰朝阳;东之北曰东直;西之南曰平则,后曰阜成;西之北曰彰仪,后曰西直;北之东曰安定;北之西曰德胜。"阜成,取义使富厚安定,语本《书·周官》:"六卿分职,各率其属,以倡九牧,阜成兆民。"

《选举二》:"崇祯四年,朱统鉌成进士。"当作校勘。按"朱统鉌",《江西通志》卷七〇:"朱统鉌,字章华,瑞昌王之孙。中天启辛酉乡试,崇祯戊辰会试,选庶吉士,授简讨。充展书官,召对记注,编纂六曹章奏,升右谕德,经筵日讲,纂修《玉牒》、《大明会典》、《五经注书》。乙亥,册封襄藩。庚辰,分礼闱,壬午,典试江南。升南国子监祭酒,以父老疏辞。奉旨南雍,亟资造士,不得以私情陈请,遵旨赴任而殁。生平清介自守,居家以孝友称。每休沐,惟闭户读书,恂恂如书生。贯穿经史,习国典,熟朝报,能成诵。在宫詹日,极承宸眷,凡奏疏几盈尺。两试所拔多名俊。著有《我法居集》。"此言"崇祯戊辰",当为崇祯元年(1628),按《明清进士题名碑录索引》,朱统鉌籍贯江西新建,考中明崇祯元年三甲第七十名进士。《志》文言"崇祯四年",误。郭培贵《明史选举志考论》第248页亦指出此误,不赘。

六 《清史稿·选举志》

《选举一》:"举人潘永季、蔡德峻、秦蕙田、吴鼐……"此人名"蔡德峻"当作校勘。按"蔡德峻",生平不详。考《皇朝文献通考》卷五八、《钦定国子监志》卷三一亦作"蔡德峻",似辗转相袭,皆有误。乾隆初,礼部尚书杨名时所荐者中有"蔡德晋",当是。蔡德晋(生卒年不详),字仁锡,号敬斋,无锡(今属江苏)人。雍正四年(1726)举人,历官国子监学正、工部司务。著有《礼经本义》、《礼传本义》、《通礼》等。《清史列传》、《清史稿》皆有传。《清史稿校注》对此亦未作校勘。

《选举一》:"康熙元年,停副贡额。十一年,以查禄奏复,旧制优贡之选,与拔贡并重。"按文意,查禄所奏复者,"停副贡额"也,"旧制优贡之选,与拔贡并重"二句当属下一段内容,故"以查禄奏复"后当点句号。此,《清史稿校注》不误。

《选举一》:"健锐营、外火器营、圆明园、护军营等学,皆清代特设,习满、蒙语言文字。"按"圆明园护军营",全称"圆明园八旗内务府三旗护军营",清代禁卫军之一。雍正二年(1724)置,由圆明园八旗护军营和内务府三旗护军营组成,掌圆明园环园门汛的守卫及皇帝出入圆明园途中的警跸事宜。其下附设官学四所,教习六人,掌教营中官兵子弟。中华整理本将"圆明园"与"护军营"用顿号点断,疑有误。《清史稿校注》亦误。

《选举二》:"下军机大臣、总理各国事务王、大臣,妥议奏闻。"按"王大臣",清代满洲贝勒(王)和大臣的合称。中华整理本将"王"与"大臣"用顿号点断,似不妥。整理本《清史稿》多处亦如此点断,《清史稿校注》亦然。

《选举三》:"浙江监生查士韩……"人名未作校勘。按"查士韩",《清史稿校注》校勘记云:"案圣祖实录,康熙二十六年八月初三日己酉,特准顺天乡试浙江钱塘县监生'查嗣韩'、福建侯官县贡生林文英五经中式,光绪会典事例卷三四八同。此'查士韩'当作'查嗣韩'。"甚是。查嗣韩(1645—

1700），字荆州，号皋亭，钱塘（今浙江杭州）人。康熙二十七年（1688）一甲第二名进士，授编修。余不详。

《选举三》："江南举人顾天成……"人名未作校勘。按"顾天成"，当作"顾成天"，《清史稿校注》校勘记云："顾天成，案光绪会典事例卷三五四作'顾成天'。又案世宗实录，赐顾成天进士，一体殿试在雍正八年三月十二日庚辰。"甚是。顾成天（1671—1752），字良哉，号小崖，娄县（今上海松江）人。康熙五十六年（1717）举人，雍正八年（1730）特赐进士，历官编修、少詹事，以老乞归。著有《离骚解》、《花语山房诗文小钞》等。

《选举三》："亲军前锋，护军……""亲军"与"前锋"当用逗号点断。按"亲军"，即"亲军校"，清代亲军营之职官。清初设置，上三旗满洲、蒙古额设七十七人，秩正六品。掌分辖亲军以宿卫扈从。乾隆四十年（1775）复增设委署亲军校七十七人，初无品级，五十一年，定为从八品。按"前锋"，即"前锋校"，清代八旗前锋营之下级军官。初名噶布什贤壮达，顺治十七年（1660）定汉名为前锋校。位在前锋侍卫之下。每旗十二人，秩正六品，掌分辖前锋。《清史稿校注》亦未点断。

《选举四》："取一等袁家榖、张一麟……"对两人名未作校勘。按"袁家榖"，据朱彭寿《清代人物大事纪年》，当作"袁嘉榖"（1872—？），字叔五，号南耕，石屏（今属云南）人。光绪二十九年（1903）进士，选庶吉士，同年举经济特科，授编修，历官浙江提学使。按"张一麟"，据朱彭寿《清代人物大事纪年》、江庆柏《清代人物生卒年表》，当作"张一麐"（1868—1943），字仲仁，号公紱，又号民佣，吴县（今属江苏）人。光绪十一年（1885）举人，光绪二十九年举经济特科，授直隶饶阳知县，历官弼德院参议，入民国，任教育总长。著有《心太平室集》。以上，《清史稿校注》亦未作校勘。

《选举四》："山东巡抚李之奇以保荐滥及赀郎，诏旨切责。"未作校勘。按《清史稿校注》校勘记云："案世祖实录，'山东巡按'李之奇疏荐范复粹等三十一员，以滥及赀郎，诏旨切责在顺治二年十一月二十四日壬申。又案清史稿疆臣年表五，顺治二年任山东巡抚者二人，前为方大猷，后为丁文盛。

此‘山东巡抚’当作‘山东巡按’。"可参考。李之奇，交城（今属山西）人（生卒年不详），历官山东巡按、四川巡抚。巡按，清初沿明制，派遣监察御史巡按州县，考察府、州、县官，秩正七品。顺治十八年（1661）停废此制。

《选举四》："漕督帅颜保请复旧例……"只将"颜保"标人名号，误。按"帅颜保"，满洲正黄旗人（1641—1685），赫舍里氏。历官内国史院学士、吏部侍郎、漕运总督、工部尚书、礼部尚书。《清史稿》有传。《清史稿校注》不用专名号，正或误未显现。

《选举四》："侍读萧维豫……"未作校勘。按"萧维豫"，当作"萧惟豫"（1637—?），字介石，号韩坡，德州（今属山东）人。顺治十五年（1658）进士，选庶吉士，授编修，历官侍读。著有《但吟草》。《清史稿校注》亦未作校勘。

《选举四》："孙嘉淦为祭酒，举其弟扬淦为国子监学正。""学正"，当出校勘记。按"学正"，清代设于国子监之率性堂、修道堂、诚心堂、正义堂以及各厅、州儒学，秩俱正八品，掌所属监生或生员之学业等。《清史稿校注》校勘记云："案世宗实录，雍正十年十二月初二日乙卯，以孙嘉淦荐弟扬淦事，怀私欺罔，冒滥名器，著革职在户部银库效力行走。又案清史稿列传九十孙嘉淦传，孙嘉淦举其弟扬淦为'国子监监丞'，国朝耆献类征初编卷十八，清国史馆孙嘉淦传同。此'学正'二字当作'监丞'。"可参考。监丞，《清史稿·职官二》："（国子监）绳愆厅监丞，初制，满员五品，汉员八品。后并改正七品。"

《选举五》："初正一品、特进、光禄大夫……"标点有误，当作"初正一品特进光禄大夫"，中间不当点断。《清史稿校注》亦误。

《选举五》："定公、侯、伯依一品，子依二品，男依三品予荫。"当作校勘。按《清史稿校注》校勘记云："案高宗实录，定公、侯、伯依一品等事在乾隆三十四年十月二十七日乙亥。又'子依二品，男依三品予荫'当作'子依三品，男依四品予荫'，光绪会典事例卷一四四、清朝文献通考选举考同。"可参考。

《选举五》："定河道总督荫用员外郎、主事。"当作校勘。按《清史稿校注》校勘记云:"案光绪会典事例卷七十四,是年定河道总督荫生,内以主事用,外以通判用,未言用员外郎。"可参考。

《选举五》:"赠左都御史衔。"当作校勘。按《清史稿校注》校勘记云:"左都御史,案清史馆朱希祖纂选举志稿封荫作'右都御史',光绪会典事例卷一四四同。此'左'字当作'右'。"甚是。

《选举五》:"把总、经制、外委以上……"将"把总"与"经制"点断,有误。按"把总经制、外委",谓额设把总与外委把总。把总,清代绿营兵的基层组织"汛"的领兵官,秩正七品。经制,清代凡属国家额定编制额缺之内的正职官员,谓之经制官吏。外委,为清代绿营中的低级军官,有外委千总、外委把总,通称外委。其职掌与额设千总、额设把总相同,但因系额外差委之官,其品秩较额设千总、把总为低。这里专指外委把总,秩正九品。《清史稿校注》标点亦误。

《选举五》:"此外贡监生考职,用州判、州同、县丞、主簿、吏目、京通仓书、内阁六部等衙门书吏、供事,五年役满,用从九品未入流。"细详文义,于"吏目"下用顿号,疑有误。当用句号。京通仓书,当谓京师、通州十三仓的书役。清代户部仓场衙门下属京通十三仓,京仓包括禄米仓、南新仓、旧太仓、海运仓、北新仓、富新仓、兴平仓、太平仓、储济仓、本裕仓、丰益仓等十一仓;通州仓有中、西二仓。合称京通十三仓。凡各省运京之漕粮,按种类与支放用途,分存于京通各仓。书役,清代各级官府中掌文簿书记的小吏。书吏,官府中承办文书的吏员。清代内外各官署皆有定额之书吏,为雇员性质,大都父子兄弟相传,熟悉吏事。供事,清代中央机关书吏的一种,供职于宗人府、内阁、翰林院等处,任职到一定年限可以转为低级官员。清叶凤毛《内阁小志》:"供事即书办,惟宗人府、内阁、翰林院、都察院各书馆为供事,礼部曰儒士,外曰典吏,名异而实同也。"《清史稿校注》此处标点亦误。

《选举五》:"奉锦、山海、吉林、热河、口北、山西、归绥等道缺……"按"奉锦、山海"与"山西、归绥",两个顿号皆有误。"奉锦山海",谓奉天府、锦州府与山海关,即"奉锦山海关道"。《清史稿·穆宗一》:"(同治五年八月)裁山海关监督,改设奉锦山海关道。""山西归绥",即"归绥道",清代隶属山西省。治所归化城,故址在今内蒙古呼和浩特市西南。《清史稿校注》标点亦误。

《选举五》:"各直省驻防官、理事、同知、通判为满洲缺。""理事"与"同知"不当断开。按"驻防官",即"驻防八旗"的官员。驻守畿辅与各地的八旗官兵,即称"驻防八旗"。各按专城设将军、都统、副都统、城守尉等驻防长官,下设协领、佐领、防御、骁骑卫等职。镇守一方,控制险要。理事同知,即驻防将军的属官,协助将军掌听所属旗民狱讼之事。《清史稿·刑法三》:"旗营驻防省分,额设理事同知。旗人狱讼,同知会同州县审理。""通判",即"理事通判",亦驻防将军之属官。协助将军治理兵、民、钱谷等。《清史稿校注》标点亦误。

《选举五》:"外官从六品首领,佐贰以下官不授满洲、蒙古。"当作校勘。按《清史稿校注》校勘记云:"案光绪朝钦定大清会典(以下简称'光绪会典')卷七所谓'满洲、蒙古无微员',当即指此。揆其本意,乃在'当年八旗人少'故,皇朝经世文编卷三十五、道光五年,英和奏上'会筹旗人疏通劝惩四条疏'可参见。惟至光绪后,满、蒙生齿渐繁,任巡检、盐大使者,已于搢绅全书爵秩全览中可得见。又清谭卷十微官末秩之苦况条,光绪十一年,满洲人寿嵩选授靖州吏目,州吏目秩从九品,则更属微员之显证。"可参考。

《选举五》:"道员以下不授宗室。"当作校勘。按《清史稿校注》校勘记云:"案光绪会典事例卷五,自咸丰七年起,远支宗室已外放道府;光绪三十四年八月二十日癸酉政治官报(第三一九号)吏部奏酌拟变通京察事宜折,自是年起,近支宗室亦外放道府。则据此,道员以下不授宗室当属咸丰以前之成例。"可参考。

《选举五》:"福建闽侯等九县,为沿海缺。""闽侯"当断开。按"闽",即"闽县";"侯",即"侯官县"。治所皆在今福建福州市。1913年,闽县与侯官县方合并为闽侯县。

《选举五》:"其以资劳进用者,营伍差官,提塘,随帮,随营差操,经制及外委,千、把总、无责任效用官……"标点有误,当作:"其以资劳进用者,营伍差官提塘、随帮,随营差操经制及外委千、把总,无责任效用官……"所谓"营伍差官",清代谓军队受特命派往各处任职并执行特定任务的武职官员,中华整理本将"营伍差官"与"提塘、随帮"用逗号点断,将"差官"视为官名,有误。提塘,即"提塘官"。清制,各省派驻京师提塘官十六人,隶兵部捷报处,掌递本省与各部院往来文书,领送颁给各省官员敕书及州县印信。由督抚于本省武进士、武举人及候补、候选守备内拣选,咨兵部充补。光绪末,改隶邮传部。随帮,清代掌漕运的武职官员,在千总之下。《清史稿·食货三》:"江、浙两省运白粮船,原定苏州、太仓为一帮,松江、常州各为一帮,嘉兴、湖州各一帮,领运千总每帮二,随帮武举一。改行官运后,以府通判为总部,县丞、典史为协部,吏典为押运。旋裁押运。后白粮改令漕船带运,复裁总、协二部。苏、松、常每府增设千总二,更番领运,每帮设随帮百总一,押趱回空。浙江增设千总四、随帮二,苏州、太仓仓运白粮船,原定百十八艘,船多军众,分为前后两帮,增设千总二、随帮一。白粮减征后,并两帮为一,其千总随帮悉予裁减。"所谓"差操",按清制,差操是绿营的重要任务,弁兵以差操为专职。差,即差役,如解送、守护、缉捕、察奸、缉私、承催及站道、清道等等;操,就是训练,如习技、练阵、听令等等。绿营既有承担百役之责,应付各项差役,又要担负作战镇守之任,就必须进行训练。差操相混,为清代绿营制度的一大特点。中华整理本将"随营差操"与下"经制及外委"用逗号点断,将"差操"视为官名,有误。经制,清代凡属国家额定编制额缺之内的正职官员,谓之经制官吏。外委千把总,为清代绿营中的低级军官,有外委千总、外委把总,通称外委。其职掌与额设千总、额设把总相同,但因系额外差委之官,其品秩较额设千总、把总为低。中华整理本将"外委"与"千、把总"用逗号点断,有误。《清史稿校注》标点亦误。

《选举五》:"御史朱斐疏请定科目、行伍分缺选用之制……"按"朱斐",当作校勘,疑当作"朱棐",字小晋（？—1700）,号棐公,闻喜（今属山西）人。顺治三年（1646）进士,历官直隶易州知州、刑部员外郎、广东道御史、礼科给事中、工部侍郎。以疾归。《清史稿》有传。《清史稿校注》亦未作校勘。

《选举六》:"十七年,从左都御史魏裔介请,行纠拾之法,以补甄别所未及。"当作校勘。按《清史稿·魏裔介传》:"（顺治）九年,转吏科都给事中。十年,大计,疏请复纠拾旧制,言官纠拾未得当,不宜反坐,下所司,著为令。因复疏言顺治四年吏科左给事刘楷以纠拾被谴,宜予昭雪,上为复楷官。"此言"十年",与《志》文"十七年"有异,未知孰是。《清史稿校注》亦未作校勘。

《选举七》:"御史陆机言……"当出校勘。按"陆机",生平不详。《清史稿校注》校勘记云:"案御史题名录,康熙朝御史无陆机;陆稼书先生文集卷二请速停保举永闭先用疏,此'陆机'当作'陆陇其'。又碑传集卷十六,陈廷敬撰监察御史陆君墓志铭,陆陇其卒于康熙三十一年十二月十七日辛卯;清史列传卷八陆陇其传,此疏当陈于康熙三十年正月。"可参考。

《选举八》:"各省谘议局互选谘政院议员……"按"谘政院",为"资政院"之讹。当作校勘。资政院,清廷为筹备立宪而设立的中央谘议机关。此,《清史稿校注》不讹。

从以上所述标点之错讹情况而论,海峡两岸先后整理《清史稿》,虽使用底本有异,但至少可断定《选举志》,《清史稿校注》之标点曾参考过上世纪70年代中华书局出版之《清史稿》。

笔者腹笥有限,学识浅薄,以上"商榷",妄断金根、郢书燕说,在所难免,诚恳地希望专家学者提出批评意见。

（原载《古籍整理研究学刊》2009年第1期;中华书局点校本"二十四史"及《清史稿》修订工程办公室2009年3月20日《简报》第26期转载）

博观约取　考镜源流
——读程毅中先生著《古体小说论要》

程毅中先生钻研说部数十年，著述宏富，驰誉学林。其治学特点为从文献入手，辨章学术，考镜源流，脚踏实地，爬梳剔抉，"文章不写一句空"，因而于小说研究领域颇多斩获，成果累累。《古体小说论要》于2009年12月由华龄出版社出版，沿波讨源，因枝振叶，简明扼要地论述了"古体小说"从起源、界定、成熟到高峰的演变历程，所附录五篇论文也围绕全书有关内容有的放矢，烘云托月，相得益彰。据本书《后记》，2006年10月作者应邀去台湾参加学术会议，期间曾以"中国古代小说源流"为题分别至成功、嘉义、中正大学演讲，这部书就是在其讲稿的基础上修订补充而成。故若论此书最鲜明之特点，博观约取，要言不烦，可以一言蔽之。

将文学按照体裁分为诗歌、散文、小说、戏曲，这一所谓"四分法"的纯文学概念，是19世纪末至20世纪初从西方引进的，用这一概念去追认我国古代的文类，愈前溯则愈显方枘圆凿，难以自圆其说。在唐以前，短如诸家论、议，长如陆机《文赋》、刘勰《文心雕龙》，就很难在"四分法"中找到相应的位置，但你能说它们不属于文学范畴吗？仅以小说而论，其起源诚如《汉书·艺文志》所论："小说家者流，盖出于稗官。街谈巷语，道听途说者之所造也。"唐颜师古注云："稗官，小官。"又引如淳曰："《九章》'细米为稗'。街谈巷说，其细碎之言也。王者欲知闾巷风俗，故立稗官使称说之。"①而究竟何为"稗官"，余嘉锡《小说家出于稗官说》、袁行霈《〈汉书·艺文志〉小说家考辨》等皆有考述，但至今众说纷纭，莫衷一是。

程毅中先生在书中没有过多地纠缠于对"稗官"的探究，而是通过对记述晋文公返国中有关介子推或介之推的故事所涉及《龙蛇歌》的不同文献记述，意图廓清历史与小说的复杂关系问题。作者认为："如果说《左传》所记载的介之推故事是素材的话，那么后出的八种 (谓《新序》、《说苑》、《吕氏春秋》、《史记》、《淮南子》、《琴操》、《乐府诗集》有关《龙蛇歌》的不同文本，其中《说苑》同时记有两种文本) 《龙蛇歌》和《拾遗记》所载的故事就逐步小说化了。实际上，《左传》的记事也未必是实录，介之推与他母亲的对话又是谁听到了？谁记录的呢？"接下，作者又引《国语》中《周语》与《楚语》有关"瞽史"之说，进一步阐释道："瞽和史有密切关系，所谓'瞽史'大概就是稗官一类的职务，再加上'瞍'和'矇'，显然都是盲人。他们诵的诗歌和讲的故事，就相当于希腊荷马的史诗，也就是中国小说的源头。因为承受自盲人的口耳相传，没有文本，所以'传闻异辞'是不可避免的。据说左丘明也是一个盲人，但《左传》却是后人写定的文本。"将小说的源头与历史的记述联系起来考察，从而令"小说"这一概念具有了历时性因素。《左传》阐释《春秋》，本属史书，但其间文学色彩极为浓厚，不乏悬想揣测之辞；司马迁《史记》作为正史中的二十四史之首，虚构人物对话司空见惯，其文学性也历来受到论者的瞩目。"古今中外，都有人把中国小说和古代的史传、传说、寓言联系起来讨论"，程先生的这一认识与其对"古体小说"的命名也甚有关联。

作者在全书的卷首语中开宗明义即说："中国小说是历史发展的，体制不断变化，题材不断更新，范围不断扩展，门类不断增加。"这一对小说体裁历时性的观念，是作者对中国古代小说体系进行逻辑分类的基础，其卷首语

---

① （汉）班固：《汉书》卷三〇，中华书局1962年版，第1745页。

接下说:"简单说来,古代小说可分为文言小说和白话小说两大体系。古代的白话小说常被称为'通俗小说',大概是为了与'五四'以后的白话小说相区别。但通俗小说与文言小说不能构成对应的两分法,在逻辑上不是统一的分类概念。我在许多场合曾试用古体小说与近代小说的名称来对举古代的文言小说和白话小说,也得到不少同道的认可。中国的小说史,大半部是古体小说的发展史。"应该说,用"古体小说"来称谓文言小说,融入文体历史发展的因素于其间,比"文言小说"的称谓更为全面。1995年以后,中华书局出版程毅中所编宋元、明、清三代文言小说选辑,即以《古体小说钞》命名。

《古体小说论要》共分七部分,以上所述为其第一部分"小说的名称和起源"的有关内容。第二部分"小说的界定与门类",第三部分"中国小说的变迁",第四部分"中国小说的成熟与唐宋传奇",第五部分"'诗文小说'与古体小说的流变",第六部分"古体小说的新高峰——清代的《聊斋志异》系列及其它",第七部分"小说观的发展和古籍目录学的调整",论述皆以相关文献为依据,有一分材料说一分话,旁征博引,融会贯通。从以上所列七大部分的目录可见,作者之"论要"的确是循古体小说的发展线索展开论述,脉络清晰,因而具有"史"的内涵。

即以本书第四部分有关唐人传奇的讨论而言,鲁迅《中国小说史略》谓唐人"是时则始有意为小说"[1]但"传奇"之命名并非唐人所普遍认同,而是南宋人开始叫响,至明代才加以确定的;唐人传奇与志怪究竟如何区以别之,传奇之特征如何,仅从"文辞华艳"等审美特征立论是否合适?程先生认为这些"至今还是一个需要探讨的问题"。有鉴于此,作者审慎地加以议论说:"古人乃至今人(包括我自己)把艺术性较强的古体小说统称为'传奇',只是沿用一种约定俗成的说法,也可以说是指广义的传奇小说。我们在小说史的论述中,还是应该作一些历史的具体的分析。所以我曾多次提出,'唐人小说

---

[1] 鲁迅:《中国小说史略》,人民文学出版社1973年版,第54页。

大致可以分为两派,一派是史传派,一派是辞赋派。'前者偏重史才,后者偏重诗笔。至于辞赋派的流弊,在裴铏《传奇》里已经初现端倪,'到了明代的'诗文小说'就突显出来了。"如此判断,上下纵横,面面俱到,较符合历史实际情况,自当属于中肯之论。

将清代蒲松龄的《聊斋志异》称为"高峰"之作,并非程先生首创,但如何阐释这座"高峰"的无限风光,论者则春兰秋菊,各极一时之妍。比较唐人传奇与《聊斋志异》的创作异同是一件有趣的事情,笔者曾在一篇书评中就此论道:"唐人以浪漫人生为基础,用传奇表现自己更瑰丽的浪漫情怀;蒲松龄则以寂寞人生为依托,用《聊斋志异》幻想个人的诗意人生。也许纯属虚构的篇章更容易熔铸文人的审美理想,这就令后者有了超越前者的力量。"① 一隅之见,实卑之无甚高论。《论要》的第六部分视《聊斋志异》为古体小说的"新高峰",从几个方面讨论了蒲松龄小说创作的过人之处,如说:"蒲松龄有选择地继承唐传奇兼容'诗笔'的传统,在适当的场合插入一些诗歌,的确增加了小说的文采,也点染了人物形象的亮色。""蒲松龄则在'史才'的基础上恰当地运用'诗笔'与'议论',写出许多饱含诗意和诗性的名篇,超出了以往各个时期各种类型的传奇小说。""《聊斋志异》的创新,还在于加强了传奇性,首先体现于复合型的情节结构。书中写了许多两个以上的故事,两个以上的主要人物,成为双线式的结构。"作者最后又加以总结说:"蒲松龄以他的创作实践,总结了中国古体小说的经验教训,批判继承了唐宋传奇的优良传统,恰当处理了史才、诗笔、议论的关系,又多少借鉴了民间说唱文学的技巧,从而登上了古体小说的巅峰,这是值得我们研究的一个文学现象。"如此评价蒲松龄及其《聊斋志异》,堪称深入细致。而书中所有观点的形成与论述,皆是作者立足于"史"的考述的结果,其基础则是

---

① 赵伯陶:《沿波讨源 融会贯通——读〈文言小说审美发展史〉》,《武汉大学学报》2003年第4期。

作者有关小说版本目录之学的精深。可以说，作者厚实的文献功底与宽阔的学术视野是《古体小说论要》一书取精用宏、言简意赅、深入浅出的保证。

书之卷末所附录《叙事赋与中国小说的发展》、《唐人小说中的"诗笔"与"诗文小说"的兴衰》、《〈宋史·艺文志〉小说书目考辨》、《〈娇红记〉在小说艺术发展中的历史价值》、《〈聊斋志异〉对前代小说的借鉴和创新（节录）》五篇论文，仅从题目来看，即与本书正文有相互发明之效，这里不必赘言。

（原载中华书局《书品》2010年第3辑）

旁征博引　纵横观照
——读李庆立先生《怀麓堂诗话校释》

一

明代李东阳所著《怀麓堂诗话》是明代中叶一部较为重要的诗歌理论著作。它继诗风雍容典雅、以歌功颂德为能事的"三杨"台阁体之后，上承南宋严羽《沧浪诗话》诗宗盛唐的格调论，下启前、后"七子"复古的诗学崇尚，企图在雅、俗两种文化品格中的融合中找到平衡点，调和山林与台阁两种不同价值取向的诗文风习，认为两者"固皆天下所不可无"，[①]从而开辟明诗的新天地。作为一代宰辅，李东阳工诗文、精赏鉴，擅书法，又长期处于与其前倡导台阁体的"三杨"同样的强势地位，"居高声自远"，一呼百应，茶陵派一度风行海内，实为当时诗坛趋向。在前人的文学旗帜下寻求变迁，并非刻意标新立异，而是顺水推舟或因势利导，其中不无反复或曲折，但总的趋势是向前迈进，一部中国文学史即当作如是观。

以李东阳为首的茶陵派文学主张，散见于其《李东阳集》中，《怀麓堂诗话》则是其诗歌理论全面集中的呈现，首由其弟子王铎编刊于正德初。王铎之序有云："是编乃今少师大学士西涯李先生公余随笔，藏之家笥，未尝出以示人，铎得而录焉。其间立论，皆先生所独得，实有发前人之所未发者。"但长期以来，论者对于茶陵派关注并不多，远不如对前、后"七子"文学主

[①]（明）李东阳：《倪文僖公集序》，《李东阳集》第2册，岳麓书社1984年版，第128页。

张的瞩目。司马周先生曾说："笔者对64篇论文（著作）从时间上进行了统计：1901—1950年研究论文及相关著作5篇（部）；1951—1980年研究论文及相关著作3篇（部）；1981—2000年研究论文及相关著作56篇（部）。"[①]仅从数量上看，20世纪后二十年的有关研究就是前八十年的七倍，可见其发展趋势。2000年以后至今十年间，有关李东阳或茶陵派的研究更是成果斐然，不计单篇论文，有关著作就有尚永亮、薛泉《李东阳评传》(湖南人民出版社2006年版)，薛泉《李东阳研究：以政治心态、文学思想为核心》(湖南人民出版社2007年版)，周寅宾《李东阳与茶陵派》(湖南师范大学出版社2008年版)，姜衡湘主编《李东阳研究文选》(湖南人民出版社2009年版)等，堪称日益走红。人民文学出版社2009年出版李庆立先生所做《怀麓堂诗话校释》，可以用"旁征博引、纵横观照"八字形容之，近四十万言的篇幅细致详尽地阐释了李东阳的论诗主张，为今后李东阳研究提供了重要的参考文献。

二

李庆立先生数十年一直致力于明代文学研究，文献与义理并重，先后整理校注谢榛《诗家直说笺注》、《谢榛诗集校注》、《谢榛全集校注》、《谢榛诗选》等。《谢榛研究》则是其厚积薄发的一部专著，至今海内外研究谢榛的学者无出其右。由于有关于谢榛研究的丰厚基础，李庆立再做《怀麓堂诗话校释》就驾轻就熟、从容不迫了。就本书体例而言，人民文学出版社1961年所出郭绍虞《沧浪诗话校释》显然为所效法，不过也有改进之处，《沧浪诗话校释》之"校注"，后者以"校记"、"注释"分担；前者之"释"，后者则以"按语"代之；至于附录、附辑等，前者包括严羽论诗信函一通以及有关严羽传记、序跋提要、评论、题咏等；后者附录则分为六类：即"李东阳其他著述

[①] 司马周：《20世纪茶陵派研究回顾》，《南阳师范学院学报》2003年第2卷第1期。

中有关诗论的文字（一○二则）"、"李东阳论诗佚文、佚事（一○则）"、"序跋提要"、"有关李东阳诗学理论和诗歌创作的散评"（二五七则）、"李东阳的主要生平资料索引"、"主要参考书目"。可见当今如若研究明代诗学，《怀麓堂诗话校释》不可或缺。校释者在"代前言"《李东阳诗学体系论》中对《诗话》所标举之三纲，即"诗文辨体是其高扬的旗帜"，"诗歌音律是其贯穿的主线"，"诗歌真情是其追求的宗旨"，加以系统论述后说："纲举目张，其《怀麓堂诗话》以及其他著述中有关诗论的文字便大都为其统摄，于是看似纷杂无章的论说，就按照一定的内在逻辑互相连接形成了有机的整体。"正是因为有这样一个诗学体系的构建，才令茶陵派在明中叶诗坛有了举足轻重的地位。校释者从而认为："这一体系不仅对当时的茶陵派产生了巨大的引领作用，使台阁体末流弥漫的诗坛颓靡的景象大有改观，而且对其后的杨慎、公安三袁，以及钱谦益、王士禛、沈德潜等，皆有所启迪。""确实，李东阳诗学及其诗歌创作在明代中叶主流诗风由台阁向复古嬗变的过程中发挥了重要的作用。"这些判断皆是极中肯綮的。

《怀麓堂诗话校释》主体部分是对李东阳一三八则诗话的校释，先说底本与校本的选用。校释者选用文渊阁《四库全书》著录之《怀麓堂诗话》为底本，以《说郛续》本、《知不足斋丛书》本、《历代诗话续编本》以及1985年岳麓书社出版周寅宾所整理之《李东阳集》本为校本，其原因，校释者认为："一是因为明代各版本皆已佚散，而据《四库全书总目提要》知《怀麓堂诗话》来自'浙江范懋柱家天一阁藏本'，其'藏本'很可能就是王铎刊本或陈大晓翻刻的王铎刊本。虽然该底本在著录《四库全书》时，四库馆臣擅自对个别文字作了删改，但其版本价值是不容置疑的。二是因为清乾隆之后诸版本多据《知不足斋丛书》本翻印或整理，而于《四库全书》本关注不够。"在古籍整理中，以《四库全书》本为底本并非首选，但具体到《怀麓堂诗话》的整理，当属不得已而为之。

在全书的"校记"、"注释"以及"按语"中，校释者注意吸收学界当下已有成果或公认之事实，融会贯通。如第三五则："本朝定都北方，乃六代、五季所不能有；而又移风易俗，为一统之盛，历百有余年之久。"其"校记"云：

> "乃六代"三句：诗话本、全集本作"乃为一统之盛"。知不足本作"乃□□□所不能有，而又用□□□为一统之盛"。《北京大学学报》二〇〇五年第六期载马云愷（当作骏）《李东阳〈麓堂诗话〉考论》："案四库本前阙四字作'六代五季'，后'用□□□'竟改为'移风易俗'，而诗话本与岳麓本则全删两句，以首尾径接。实则前四字固不能臆必，后三字当为'夏变夷'无疑。"

又如第六五则："《杜律》非虞伯生注，杨文贞公序刻于正统某年，宣德初已有刻本，乃张姓某人注。"于"杜律"句出注云："《杜律注》实出自元代江西金溪进士张伯成之手，后人谓虞集注，乃是假托其名以行之。对于此，明代陆容《菽园杂记》卷一四、杨慎《升庵集》卷五《闲书〈杜律〉》、蒋冕《书元张伯成〈杜诗演义〉后》（见黄宗羲编《明文海》卷二一三）、徐𤊹《徐氏笔精》卷三《〈杜律〉虞注》、曹安《谰言长语》及清代王士禛《池北偶谈》卷一四《张伯成注杜》等皆有考证……"关于《杜律注》的撰者问题，上海古籍出版社1986年出版周采泉《杜集书录》，是书卷一一著录《杜工部七言律注》二卷，对于虞集注杜律问题所论甚详，有结论云："姚际恒《古今伪书考》而后，再经余嘉锡、程会昌等之考定，《虞注》之伪昭然若揭矣。"有关《杜律》非虞集所注的问题，《怀麓堂诗话校释》用四五百字的篇幅加以补充注释，简明扼要地参考前人有关成果，考证翔实有序，对于读者助益良多。又如第一三三则："僧最宜诗，然僧诗故鲜佳句。宋九僧诗，有曰：'县古槐根出，官清马骨高。'差强人意。"所谓"县古"二句是否为宋初九僧所作，清《陕西通志》卷九八所引《同官志》语，认为是唐杜甫壁间所题诗句，但传世杜甫集并未见此二句。校释者于"注释"中用三百余字加以考订，列举文献，有条不紊。最后总结说："总之，梅尧臣、谢希深、欧阳修、吕陶皆未指明作者，杜诗诸版本亦未收录此二句，其是否出自宋九僧，有待进一步考稽。"杭州师范学院中文系汪少华先生有《"县古槐根出，官清马骨高"出处之谜》一文，也并未最终解决其出处问题，文末提出"希望有学人在此基础上进一步证实或证伪"。① 所谓英雄所见略同，对于目前尚难以考订的问题存疑，显示了两位学者治学极其慎重的态度。

《怀麓堂诗话校释》纠正《诗话》原有之疏漏或讹误，也功不可没。如第四三则："李杜诗，唐以来无和者，知其不可和也。""注释"则云："'李杜诗'三句：此言不确。"其后有关和李白诗分别列举宋苏轼五古《和李太白》、宋郭祥正《和李太白诗四十三首》、元王奕一首、元李孝光一首，有关和杜甫诗分别列举宋王彦辅《凤台子和杜诗》三卷、宋邓忠臣、王之道、元王奕、程端礼等人之和杜诗，虽然未必竭泽而渔，穷尽文献，却也蔚为大观。近年来，电脑以及相关逐字检索电子书的应用，的确有助于注释工作中"博览"全书，但若无胸有成竹的路径选择或关键词确定，一切也就无从谈起。又如第七五则："杨文贞公亦学杜诗。古乐府诸篇，间有得魏、晋遗意者。尤精鉴识，慎许可。其序《唐音》，谓'可观世变'。序张式之诗，称'勖哉乎楷'而已。""注释"云："'其序'二句：杨士奇并未序《唐音》。其《东里集》之《续集》卷一九《跋》有《唐音》一篇，谓'余读《唐音》，间取须溪评王、孟、韦诸家之说，附之此篇，所选可谓精矣……余意苟有志学唐者，能专意于此，足以资益，又何必多也'，对《唐音》评价甚高，但无'可观世变'字样及类似的说法。元虞集《唐音原序》：'襄城杨伯谦好唐人诗……以盛唐、中唐、晚唐别之，凡几卷，谓之《唐音》。音也者，声之成文者也，可以观世矣。'(见杨士弘《唐音》) 杨士弘《唐音原序》：'夫诗之为道，非为吟咏情性，流通精神而已。其所以奏之郊庙，歌之燕射，求之音律知其世道，岂偶然哉？'(见《唐音》) 盖李东阳误记。"注释纠原《诗话》之讹，详其源流，认真细致，

---

① 汪少华：《"县古槐根出，官清马骨高"出处之谜》，《古籍整理研究学刊》2003年第6期。

极有学术价值。

《怀麓堂诗话》中论诗之语，或可参见于作者《全集》中之诗文，或可于《诗话》中寻得旁证，校释者"按语"中多有阐发，益见其钩沉索隐，用力之勤。今仅以第五六则"按语"为例：

> 此则针对"今之为诗者，一等俗句、俗字，类有'燕京琥珀'之味，而不能自脱"而发。联系第二四则"质而不俚，是诗家难事……唐诗，张文昌善用俚语，刘梦得《竹枝》亦入妙"，及《李东阳集》第三卷之《文后稿》卷一一《蒙泉公补传》所谓"其为文高简峻拔，追古作者；诗亦雅健脱俗"等，则知李东阳并不反对俗句、俗字入诗；他只是强调对俗句、俗字要加以改造、点染使之雅健而已。这与严羽《沧浪诗话·诗法》所谓"除五俗"不同。而宋周紫芝《竹坡诗话》："李端叔尝为余言，东坡云：'街谈市语，皆可入诗，但要人熔化耳。'"宋杨万里《诚斋集》卷六六《答卢谊伯书》："诗固有以俗为雅，然亦须曾经前辈取熔，乃可因承耳。"宋孙奕《履斋示儿编》卷一〇《诗说·用方言》："子美善以方言里谚点化入诗句中。"实为李东阳所本。

这一篇"按语"阐幽发微，左右逢源，校释者于古代文论轻车熟路般的驰骋纵横，是功力深厚的证明。因篇幅关系，上举"按语"属于短小精悍者，其他各则"按语"或有长出此则数倍者，如第一则有关"辩体"的"按语"、第二则辨析古诗与律诗的"按语"、第一一则针对诗歌"以辞达意"的"按语"、第一〇三则考证集句诗源流的"按语"、第一三五则有关杜甫诗"集诗家大成说"的"按语"等等，纵横观照，上联下挂，皆属有的放矢之论。特别是第一二则辨析诗与画异同的"按语"，长达两千余字，古今中外，引证丰富，洋洋洒洒，已形同一篇小论文。此外第三五则有关"唐以诗取士"的"按语"、第七九则有关韩愈、苏轼等人诗风异同的"按语"、第一一〇则关于李白、杜甫诗歌成就之比较的"按语"等，无论考订辨析、生发议论，都能要言不烦，探骊得珠。至于一些较为短小的"按语"，虽用语无多，却也往往颊上三毫，神采备见。

纵观《怀麓堂诗话校释》，"注释"以外，显然"按语"是最能体现本书学术价值的熠熠闪光之处。校释者在"后记"中有言："上世纪五十年代末以来，人民文学出版社出版的近六十种《中国古典文学理论批评专著选辑》，沾溉学林，影响巨大……每念及已推出的专著，多为前辈名家校点、注释，我则惴惴不安，唯恐佛头著粪、狗尾续貂，败坏其声誉。"这当然是校释者谦逊之言，实则是书之学术水平并不在"近六十种"之下，可为今后治古代文论以及明代诗学研究者备于座右，以供取资。

三

在拜阅全书的过程中，笔者也发现一些尚可商榷或可略加补充之处，谨此提出以商诸李庆立先生。或许因为篇幅所限，是书对于《诗话》中所涉及的前人诗句，注释多不引原诗，尝鼎一脔，难解全味，极易造成对李东阳品诗用心的理解障碍。

如第一三则："'鸡声茅店月，人迹板桥霜'，人但知其能道羁愁野况于言意之表，不知二句中不用一二闲字，止提掇出紧关物色字样，而音韵铿锵，意象具足，始为难得。若强排硬叠，不论其字面之清浊，音韵之谐舛，而云我能写景用事，岂可哉？""注释"云："'鸡声'二句：见温庭筠五言律诗《商山早行》。""鸡声"二句为古今传诵之名联，但读者一般对全诗并不熟悉，如能将《商山早行》全诗注出："晨起动征铎，客行悲故乡。鸡声茅店月，人迹板桥霜。槲叶落山路，枳花明驿墙。因思杜陵梦，凫雁满回塘。"[①] 则不但此联所处颔联位置不言而喻，于李东阳措语用意之理解也不无助益。

[①]（唐）温庭筠：《商山早行》，《全唐诗》卷五八一，中华书局1960年版，第6741页。

另如第一五则："'写留行道影，焚却坐禅身'，开口便自粘带，已落第二义矣。所谓'烧却活和尚'，正不须如此说。""注释"仅云："'写留'二句：见唐贾岛《哭柏岩和尚》（又作《哭柏岩禅师》）。"由于注释未引原诗，管中窥豹，总令读者有些莫名其妙，按原诗："苔覆石床新，师曾占几春。写留行道影，焚却坐禅身。塔院关松雪，经房锁隙尘。自嫌双泪下，不是解空人。"①可知所引二句在原诗颔联位置，与颈联皆工稳可诵，联系全诗意象，所谓"烧却活和尚"之论，当属略带调侃性的"酷评"；李东阳所谓"粘带"、"第二义"之论亦可商榷。

陈田《明诗纪事》被校释者列为"主要参考书目"之一，第一八则"注释"二所注潘祯，即引《明诗纪事》丙签卷五有关资料。第九〇则"注释"一："彭民望：湖南人。布衣。曾客游京师，与李东阳多有唱酬。余未详。李东阳有《赠彭民望三首》、《再赠三首用前韵》、《寄彭民望》等诗和《祭彭民望文》一篇。"有关彭民望的传记资料甚为难觅，唯见《明诗纪事》乙签卷一九选彭泽诗七首，小传略云："泽字民望，攸（今属湖南株洲市）人。景泰丙子（1456）举人，除应天通判。有《老葵集》。"陈田另引《沅湘耆旧集》云："民望诗宗法甚正，涯翁称其清而腴，简而有余，见之而可亲，追之而不能及其所之。其倾倒如此。"又有按语云："老葵风调遒上，七律尤推擅场，正统、景泰间不多见也。"②校释者若能引用《明诗纪事》有关彭泽的上述材料，当有益于读者研治。

是书第一三八则："元诗：'山中乌喙方尝胆，台上蛾眉正捧心。'""注释"云："'山中'二句：明田汝成《西湖游览志余》卷一二《才情雅致》谓明瞿佑有七言律诗《题伍胥庙》，其颔联为'江边敌国方尝胆，台上佳人正捧心'。瞿佑，由元入明之人。"如此注释写过传奇小说集《剪灯新话》的瞿佑，

---

① （唐）贾岛：《哭柏岩和尚》，《全唐诗》卷五七二，中华书局1960年版，第6630页。
② 陈田：《明诗纪事》乙签卷一九，上海古籍出版社1993年版，第890-891页。

义理与考据

似太简单,与全书体例亦不相合。按瞿佑(1347—1433,旧有1341—1427另一说),字宗吉,号存斋,钱塘(今浙江杭州)人。洪武中以荐授仁和、临安、宜阳训导,永乐间任周王府右长史,永乐十三年(1415)以作诗得祸,谪戍保安(今陕西志丹)十年,后赦还。一生博览群书,著述宏富,诗文集有《存斋遗稿》。清钱谦益《列朝诗集小传》乙集"瞿长史佑"云:"宗吉风情丽逸,著《剪灯新话》及乐府歌词,多偎红倚翠之语,为时传诵。"①陈田《明诗纪事》乙签卷一三选瞿佑诗十三首,有按语云:"宗吉才华烂漫,咏古之作最为警策。若徒赏其《安荣美人行》、《美人画眉歌》及《漫兴》、《书生叹》诸篇,鲜不为才人之累矣。"又选其《伍胥庙》诗云:"一过丛祠泪满襟,英雄自古少知音。江边敌国方尝胆,台上佳人正捧心。入郢共知仇已雪,沼吴谁识恨尤深。素车白马终何益,不及陶朱像铸金。"②可见风调。

是书第一二九则:"曩时诸翰林斋居,闭户作诗。有僮仆窥之,见面目皆作青色。彭敷五以'青'字韵嘲之,几致反目。予为解之,有曰:'拟向麻池争白战,瘦来鸡肋岂胜拳。'闻者皆笑。""拟向"二句用典,若不注出,读者实难以理解"闻者皆笑"的缘由。第一句典出《晋书》卷一○五《石勒下》载记:"初,勒与李阳邻居,岁常争麻池,迭相殴击。至是,谓父老曰:'李阳,壮士也,何以不来?沤麻是布衣之恨,孤方崇信于天下,宁雠匹夫乎!'乃使召阳。既至,勒与酣谑,引阳臂笑曰:'孤往日厌卿老拳,卿亦饱孤毒手。'因赐甲第一区,拜参军都尉。"③白战,即指互相搏斗;又指作"禁体诗"(即一种遵守特定禁例写作的诗)时禁用某些较常用的字。宋欧阳修为颍州太守,曾与客会饮,作咏雪诗,禁用玉、月、梨、梅、絮、鹤、鹅、银、舞、白诸字。这里即有双关搏斗与作限韵诗之义,自然浑成,所以可笑。第二句典出

---

① (清)钱谦益:《列朝诗集小传》乙集,上海古籍出版社1959年版,第189页。
② 陈田:《明诗纪事》乙签卷一三,上海古籍出版社1993年版,第785页、787页。
③ (唐)房玄龄等:《晋书》卷一○五,中华书局1974年版,第2739页。

《晋书》卷四九《刘伶传》："（刘伶）尝醉与俗人相忤，其人攘袂奋拳而往。伶徐曰：'鸡肋不足以安尊拳。'其人笑而止。"①有此句相衬，就更令人忍俊不禁了。

是书第五三则："《红梅》诗押'牛'字韵，有曰：'错认桃林欲放牛。'《蛱蝶》诗押'船'字韵，有曰：'跟个卖花人上船。'皆前辈所传，不知为何名氏也。""注释"一云：

《红梅》诗：清《御选明诗》卷一一六《七言绝句》："嘉兴乩仙《红梅》：'玉骨冰肌孰与俦，点些颜色在枝头。牧童睡起朦胧眼，错认桃林误放牛。'"明胡应麟《少室山房笔丛》卷二一《二酉缀遗下》："《七修类稿》……又曰：一人招（箕）仙请作梅花诗，箕遂书'玉质亭亭轻且幽'一句，其人云欲题红者，即续曰：'著些颜色点枝头。牧童睡起朦胧眼，错认桃林去放牛。'"按：潘德舆《养一斋诗话》卷四："然学诗之失，戒廓则每入于纤，纤亦不可不防也。如《红梅》诗云：'错认桃林欲放牛'，纤极矣！西涯又赏之。且桃林，地名，非桃花林也。桃林之放牛，乃周王武功告成时事，与牧人何干？由纤得误，直不堪一笑者，而犹以为名句耶？"其或未见全诗，或强作解事。因为从全诗看，"桃林"根本与"周王武功告成时事"无关，"直不堪一笑者"，应为潘德舆。

今人编《全宋诗》载录吕徽之《红梅》诗："疏影离奇色更柔，谁将红粉点枝头。牧童睡起朦胧眼，错认桃林欲放牛。"小传云："吕徽之，字起猷，号六松，仙居（今属浙江）人。宋亡，以耕渔自给，与同里翁森有交。事见《辍耕

---

① （唐）房玄龄等：《晋书》卷四九，中华书局1974年版，第1376页。

义理与考据

录》卷八。今录诗十二首。"①明人扶箕(乩),即将南宋吕徽之《红梅》诗改易首二句,变换为从咏白梅到咏红梅的转折递进,虽见巧思,究非原创,这里仍以注出原作者为宜。

第五三则"注释"二云:"《蛱蝶》诗:出处未详。"按:明唐寅《六如居士全集》卷三有《咏蛱蝶》七绝一首:"嫩绿深红色自鲜,飞来飞去趁风前。有时飞向渡头过,随向卖花人上船。"②唐寅(1470—1522),字伯虎,一字子畏,号六如居士、桃花庵主,又自称"江南第一风流才子",吴县(今江苏苏州)人。弘治十一年(1498)举乡试第一,翌年入京会试,受科场案牵连,谪为吏,耻不就,放浪诗酒。善书工画,著有《六如居士全集》六卷。《明史》卷二八六《文苑二》有传,内云:"寅诗文,初尚才情,晚年颓然自放,谓后人知我不在此,论者伤之。"③清钱谦益《列朝诗集小传》丙集"唐解元寅"有云:"伯虎诗少喜秾丽,学初唐,长好刘、白,多凄怨之词,晚益自放,不计工拙,兴寄烂漫,时复斐然。"④清朱彝尊《静志居诗话》卷九"唐寅"谓其:"于画颇自矜贵,不苟作,而诗则纵笔疾书,都不经意,以此任达,几于游戏。此袁永之辑其集,仅存少年之作,实未足以尽其长。"⑤陈田《明诗纪事》丁签卷一一上选唐寅诗九首,有按语云:"子畏诗才烂熳,好为俚句。选家淘汰太过,并其有才情者不录,此君真面不见。"⑥李东阳(1447—1516)长于唐寅二十三岁,当属其父执一辈,《诗话》录其诗以"皆前辈所传,不知为何名氏也"为记,是一件趣事。唐寅在当时诗坛徒有才情而名位不彰,其《咏蛱

---

① 傅璇琮等主编、北京大学古文献研究所编:《全宋诗》,北京大学出版社1998年版,第68册,第42931页。
② 陈书良编:《唐伯虎诗文全集》,华艺出版社1995年版,第97页。
③ (清)张廷玉等:《明史》卷二八六,中华书局1974年版,第7353页。
④ (清)钱谦益:《列朝诗集小传》丙集,上海古籍出版社1959年版,第297—298页。
⑤ (清)朱彝尊:《静志居诗话》卷九,人民文学出版社1990年版,第247—248页。
⑥ 陈田:《明诗纪事》丁签卷一一上,上海古籍出版社1993年版,第1306页。

蝶》一诗末句以巧思赢得士大夫青睐可以想见，但流播众口渐湮没原创者之名，致令李东阳误以为"前辈"云云，亦可见明代官本位社会下之人情世态。

以上所述可商榷之处，质诸庆立先生，若果属实，亦不过白璧微瑕。就全书而言，《怀麓堂诗话校释》的确属于当今古籍整理不可多得的优秀成果。

（原载全国古籍整理出版规划领导小组办公室编《古籍整理出版情况简报》2010年第6期，收入《凌云健笔话书情：人民文学出版社图书评论集：2000—2014》，人民文学出版社2015年版）

走近大师
——写在《季羡林全集》出版之后

外语教学与研究出版社历时两年，于2010年9月终于完成了《季羡林全集》30卷的全部编辑出版工作，为弘扬中华文化做出了应有的贡献。季羡林先生学问博大精深，作为中国现代大师级的学者，他是古代印度语言学家，古代中亚语言学家，又是汉传佛教传播史研究专家、教育家、翻译家、散文家与社会活动家，有关著述在全世界皆有广泛的影响。笔者忝列《季羡林全集》编辑委员会中，作为特邀编辑获得了一次"走近大师"的宝贵机会，受益良多。故撰写此文，在缅怀大师终生脚踏实地、兢兢业业、无怨无悔、求仁得仁的学者风范之余，或许对认识当下浮躁的学术风气能有所启示。

笔者有两次走近大师级学者季羡林先生的机会，第一次属于是空间意义上的"走近"，第二次则是学术或编辑意义上的"走近"。

上世纪90年代中期，笔者曾陪同北京师范大学古籍所的友人，为一套丛书的顾问事宜专程到北大季先生家中拜访。由于此前对于季先生的学术领域一无所知，只知他是国内少有的梵文大师之一，因而此行不免诚惶诚恐。然而接谈之后，季先生平易近人、虚怀若谷的大家风范顿使我们之间拉近了距离，原有的紧张情绪一扫而空。还记得他问我们是否听说过"新人类"与"新新人类"的标签，"中华民族"的提法最早见于何种典籍，可见这位年近耄耋的老人好学不倦的执著与童心未泯的情怀。

2008年6月，外语教学与研究出版社为弘扬中华文化，在取得季羡林先生的充分授权后，决定出版《季羡林全集》，并成立编辑出版委员会（包括专家委员会、出版委员会、编辑委员会），正式启动相关的编纂工作。经友人柴剑虹先生推荐，笔者忝列其中的编辑委员会，并成为六位社外特邀编辑之一，共同协助该社责任编辑王琳女士出版好这部有30卷之多的全集。正是由于全体编辑出版工作人员与该社汉语出版分社彭冬林社长等有关领导的不懈努力，历时两年有余，在2010年9月终于出齐第30卷"附编"部分，完成了《全集》的全部出版工作。这是笔者第二次走近大师，较之第一次，或许可称之为真正意义上的"走近"，回首这次《全集》的编辑历程，感慨良多。

江西教育出版社1996年出版《季羡林文集》，收录作者从1929年至1996年间各类著述，总共24卷。这次出版《季羡林全集》，主要增补《文集》出版后到2008年间所撰论文、散文、序跋、讲话、书评以及日记等，包括此前作者亲自编定的《牛棚杂忆》、《学海泛槎》，并辑录了作者于上世纪20、30年代所写诸多旧文（有一些未曾发表过）。诚如《全集·出版说明》所言："在《全集》编纂和编辑过程中，我们力求既保持作品最初发表及修正定稿时的原貌，又注意根据现行语言文字规范要求订正少许文字与标点。某些字词（包括一些异形词）、标点的使用，根据作者'保留不同时期风貌'的意见，我们未作改动与统一。依据作品内容或体裁——分类编排，是编纂中最难准确把握的问题，好在有作者自己的认定和'编委会数人定则定矣'的授权，也都尽力争取做到大致不差。"《全集》第30卷属于全书的"附编"，收录未及编入前29卷的作者文稿30篇、《季羡林年谱简编》、《季羡林作品编年》以及全书的《人名索引》。《人名索引》为《全集》所涉及中外人物的人名索引，以西文字母和汉语拼音首字为序，分别标出卷数、页码，当有便于研究者"按图索骥"。在编辑《人名索引》的过程中，也帮助编辑人员解决了全集某些人名的异写或误拼问题。

季羡林先生学问博大精深，有关梵文、巴利文的论著，国内外识者无多，有关吐火罗文A与吐火罗文B的辨识解译，更属于当代绝学，这无疑是对我们编辑《季羡林全集》的巨大挑战。所幸有专家委员会王邦维、张光璘、郭良鋆、黄宝生、葛维钧诸位先生可备顾问，他们在关键问题上的把关，令《全集》的编辑工作避免了不少可能出现的错误。以下试举几例说明《全

义理与考据

集》编辑工作中所遇到的问题。

  作者行文中或有记忆错误而原刊本未及订正,如第3卷《听雨》有云"唐人诗:'鸟鸣山更幽。'"按此句非唐人诗,乃取自南朝梁王籍《入若耶溪诗》"蝉噪林愈静,鸟鸣山更幽",经编委会讨论,径改原文"唐人诗"为"王籍诗"即可。又有排印中形讹致误未及校改者,如第3卷《故乡行·发思古之幽情·舍利宝塔》中有引《临清州志》一段:

  前明万历间州人柳大司空偕士人建立舍利宝塔。相传有舍利子七粒置其上。塔九级,嵌空玲珑,极工人巧。上出重霄,下临无地,风生八面,五月清秋。旁有禅林曰永寿,林木同遭,楼阁巍焕,水陆往来,咸瞻仰留连忘人间世。时有好事者,放舟临彼岸,听晚钟静、梵铎响、松涛琴韵思清,江声欲起,骀不仅以多宝琉璃侈壮观也。

其间形讹两字,标点亦有可商榷处,令文意不清。经核,径改错字及标点如下:

  前明万历间,州人柳大司空偕士人建立舍利宝塔,相传有舍利子七粒置其上。塔九级,嵌空玲珑,极工人巧。上出重霄,下临无地,风生八面,五月清秋。旁有禅林曰永寿,林木周遭,楼阁巍焕,水陆往来,咸瞻仰留连,忘人间世。时有好事者,放舟临彼岸,听晚钟静,梵铎响松涛,琴韵思清,江声欲起,殆不仅以多宝琉璃侈壮观也。

  诸如此类的径改,在《全集》编辑中并非个别事例。如"斗换星移"径改"斗转星移","司空见惯浑无事"径改"司空见惯浑闲事","逸兴湍飞"径改"逸兴遄飞","看花难近最高楼"径改"看花愁近最高楼"(系作者引用陈寅恪《庚辰暮春重庆夜宴归作》七律颈联之对句),"纷拏不已"径改"纷挐不已","石破天惊适秋雨"径改"石破天惊逗秋雨","浸浸乎"径改"骎骎乎","徒倚"径改

"徙倚","刘宾客：《嘉话录》"径改"《刘宾客嘉话录》","《七辨》"径改"《七辩》","亚芊里隔国"径改"亚咩哩隔国"（经查作者所引《海录注》，此乃America之音译，这里特指南美洲东岸之Brazil，即巴西），"《不空绢索陀罗尼经》"径改"《不空胃索陀罗尼经》","伏侯《古今注》"径改"《伏侯古今注》","徐继畬"径改"徐继畬","考中了秀才"径改"考取了秀才"（秀才即"进学"俗称，不当称"中"），"阴历"径改"农历"，等等。至于对引用史书、笔记以及《大正藏》等典籍形讹衍夺的订正，也属于径改的范畴。此外，唐天宝三载至十五载、至德二载，称"载"不称"年"，皆作统一；人名、地名、书名、专词（如"婆罗米字母"）称谓的统一，引用古书卷数称谓的统一，繁简字的规范化，标题层次的少量调整，公历与农历月日数字写法的区别等等，也皆在编辑加工径改的范围之内。

为慎重起见，《全集》编辑中有一些地方特加注释，以供读者参考。第5卷第111页《牛棚杂忆·自己亲手搭起牛棚》中一段话，坊间其他版本作："汉朝有'霄寐匪祯，扎闼宏庥'，翻成明白的话就是'夜梦不祥，出门大吉'。"《全集》改为："宋朝有'宵寐匪祯，札闼洪庥'，翻成明白的话就是'夜梦不祥，题门大吉'。"并出注云：

> 此事最早见于宋人编《锦绣万花谷》前集卷二〇，为北宋欧阳修与宋祁同修《新唐书》之轶事。后世亦多转述，较清晰者如明彭大翼《山堂肆考》卷一二〇《嘲文艰深》一则云："宋景文修《唐史》，好以艰深之辞，文浅易之说，欧阳公思有以训之。一日大书其壁曰：'宵寐匪祯。札闼洪休。'宋见之曰：'非"夜梦不祥，题门大吉"耶？何必求异如此？'欧公曰：'《李靖传》云、"震霆无暇掩聪"，亦是此类也。'景文惭而改之。按宋祁，谥景文，尝与欧公同修《唐书》，《李靖传》乃景文所作也。"

又如第5卷第175页《牛棚杂忆·余思或反思》中"批判武训，批判《早春二月》"之后特加注云："《早春二月》由谢铁骊执导，根据柔石同名小说1964

年拍成电影,公映后即与《北国江南》等影片被视为'宣扬资产阶级人性论',遭到全国性批判。'文革'后恢复名誉。作者此处将《早春二月》与50年代初批判电影《武训传》并提,可能记忆有误。"又如第18卷《糖史(一)》第412页"1615年(万历四十三年)闰六月三日"之后加注云:"疑为闰八月。见郑鹤声《近世中西史日对照表》。"

笔者参与编辑《季羡林全集》,即第二次走近大师,由于术业有异,虽仍难以真正"走进"季羡林先生的学术领域,对于其学术精华也仍有"隔岸观火"之感,但作者一生在学术道路上坚持不懈、孜孜以求的顽强精神却给予笔者以极大的教育。作者在《学海泛槎》中曾言"我少无大志,从来没有想到做什么学者";至于出洋留学,也只是"'镀金'之后,容易抢到一只饭碗,如此而已"。留德将近十一年之久,也许是作者在"二战"风云中的无奈选择,然而作者抓住了这次机遇,不但攻读并取得了博士学位,还在欧洲战火弥漫中静下心来,充分利用哥廷根大学梵文资料上的便利,撰写了数篇很有分量的有关中世印度语言研究的论文,奠定了其回国后的学术地位。由于研究资料的不足与社会活动的增加,回国后的季羡林难以继续他在哥廷根大学的梵文语言研究,然而他并没有停止问学之路,利用自己印欧语系语言研习上的优势,相继翻译了马克思的《论印度》,迦梨陀娑的剧本《沙恭达罗》、《优哩婆湿》,印度寓言故事集《五卷书》,甚至在"文革"的艰难岁月中,作者还在"看门"的闲暇里,历时五年"偷译"了印度古代两大史诗之一的《罗摩衍那》(收入《全集》第22卷至29卷)。从作者1946年回国受聘北京大学教授并兼东语系主任,一直到上世纪70年代末,除翻译以及散文创作、有关序跋或论文撰写外,季羡林先生的重要学术研究成果不多。80年代以后,年纪已逾"古稀"的季羡林先生却焕发出学术的第二个春天,随着《印度古代语言论集》、《中印文化关系史论文集》的结集出版,他主持的《大唐西域记校注》、校译的《大唐西域记今译》也相继问世,有关新博本吐火罗语A(焉耆语)《弥勒会见记剧本》四页译释的重要论文即发表于1983年。这一时期的作者不但撰写了大量论文、散文,还在80年代初开始了他大部头专著《糖史》的写作。

《糖史》是一部有关世界蔗糖制作、发展、传播历史的著述，分为"国内"、"国际"与"结束语"三编，总字数近80万，历时十余年。有关蔗糖历史的专著，国外已先后有德国李普曼（von Lippmann）与英国戴尔（Deerr）两部同名著作，中国则有李治寰的《中国食糖史稿》，但季先生的《糖史》撰写着重于文化交流，上举三书的材料远不敷用。为了爬梳有关典籍，一位年逾七十岁的老人无论酷暑严冬，连续两年的时间在北大图书馆一行行、一页页地翻览《四库全书》、《丛书集成》、《大正藏》等大型丛书以及《中华文史论丛》等连续性刊物，一点一滴地挖掘有关蔗糖的材料，可以说，《糖史》的最终完成正是作者一生执著于学术的反映。我们的问题是，早已功成名就且享誉海内外的季羡林先生何以在其晚年仍然如此嗜学术如命？他的学术生命何以在其步入学术殿堂后的人生两端放出更为灿烂的光芒？

从季羡林先生的散文写作可以看出，其文字清通自然，毫无造作之态或"外语腔"，国学功底确实深厚。但他的治学路向并不同于王国维或陈寅恪，坊间或称之为"国学大师"则无异于"张冠李戴"，因为误读一位学者绝不是一种尊重，这或许也是作者力辞这项"桂冠"的重要原因。季羡林先生是古代印度语言学家，古代中亚语言学家，又是汉传佛教传播史研究专家、教育家（在北大东语系他培养了梵文、巴利文几代专家）、翻译家、散文家与社会活动家……仅此几项，称之为"大师"已经绰绰有余，当之无愧！我们今天"走近"大师，也许还不能充分理解其学术内涵，但季羡林先生那种踏踏实实、终生无悔的学术追求，从无心做学者到终成大师的历程，给我们的启发就不止是清人黄景仁所谓"文章草草皆千古，仕宦匆匆只十年"一类有关"名山事业"自恋式的唱叹了。

在学术风气浮躁的当下，展读《季羡林全集》，"走近大师"也许可以使我们更清醒一些！

（原载《聊城大学学报》2011年第3期）

《聊斋志异》注释问题举隅

《聊斋志异》遣词用句常有出典，小说所涉及的人名、地名也多非虚构，注释《聊斋》切忌想当然或望文生义。小说中看似信手拈来的某些词语，实则蕴涵深刻，读者只有明其出处，方能于涵泳体味中识其雅趣，获得深层次的审美愉悦。今人注释《聊斋》从解析词语出典到深度诠释，自当面面俱到，指出作者写作中可能的疏漏之处，应当也为注家所责无旁贷。唯其如此，才有利于广大读者对这部文言短篇小说集深入细致的阅读接受。

阅读古人作品，真正"读懂"而非郢书燕说，绝非易事！蒲松龄《聊斋志异》的撰写，文辞典雅，多用典故。清人于"四书"典耳熟能详，相关注释故缺席；"四书"典外，今人之全注本或选注本于有关词语诠释亦有疏失，这对于理解小说真义，或有偏差。本文列举《聊斋志异》注释问题数端，以就正于方家。

一 从《聊斋志异》词语、地名与人名的诠释谈起

《聊斋志异》遣词用句极其讲究，同是一词，运用场合或情境有异，释义亦当有别，方能准确理解之。如"邂逅"一词，《聊斋》中屡用之，其释义或不同。卷三《青梅》中用之，谓不期而遇，语本《诗·郑风·野有蔓草》：

"有美一人,清扬婉兮,邂逅相遇,适我愿兮。"①卷三《公孙九娘》中用之,谓欢悦貌,语本《诗·唐风·绸缪》:"今夕何夕,见此邂逅。"②卷四《花姑子》中用之,谓事出于意料之外,语本《后汉书》卷五七《杜根传》:"周旋民间,非绝迹之处,邂逅发露,祸及知亲,故不为也。"③如此一词多义现象,阅读中不辨则罔。

有一些词语,如卷三《促织》中"成氏子以蠹贫"④一句,"蠹"者何指?以笔者所见,从清何垠注到今天的全注本、选注本乃至高中语文课本,皆谓"蠹"乃以蛀虫代指里胥;或翻译为"因为读书受贫"。其实皆有误,不准确外,也减弱了《促织》的批判锋芒。"蠹",这里当谓祸国害民的人或事,语本《左传·襄公二十二年》:"不可使也,而傲使人,国之蠹也。"⑤值得一提的是,蒲松龄这里故意将"使人"之原义"使者"误解为"差遣、使唤"义,飞白一笔,巧妙地讽刺了明代皇宫"岁征"蟋蟀的弊政。

又如卷七《长亭》中女主人公之狐母有"我非闲人,不能坐享甘旨"二句(第1943页),"闲人"何谓,诸注本皆不注,而仅注"甘旨"为"美味佳肴";以笔者所见各种白话译本,也多将此二句译为:"我不是清闲的人,不能坐享美味。"一位狐媪,有何忙事,连吃一顿饭以庆贺女儿终身大事的工夫皆无?其实所谓"闲人",这里乃谓"不相干的人",含蓄道出狐媪对于其狐夫萌生杀准女婿之心而自己也难脱干系的愧疚心理。《水浒传》第三十八回:"若真个是宋公明,我便下拜;若是闲人,我却拜甚鸟!"⑥至于"甘旨",则意为"养亲

---

① 高亨:《诗经今译》,上海古籍出版社1980年版,第125页。
② 同上,第155页。
③ (南朝宋)范晔:《后汉书》卷五七,中华书局1965年版,第1840页。
④ 任笃行:《全校会注集评聊斋志异》,齐鲁书社2000年版,第724页。本文以下引用《聊斋志异》原文皆用此本,仅于引文后括注页码,不再一一出注。
⑤ 杨伯峻:《春秋左传注》,中华书局1981年版,第1065页。
⑥ (明)施耐庵、罗贯中:《水浒全传》,岳麓书社1988年版,第306页。

的食物",语本唐白居易《奏陈情状》:"臣母多病,臣家素贫;甘旨或亏,无以为养;药饵或阙,空致其忧。"①将二句译成白话:"我非与行凶恶事不相干的人,自难享受女儿、女婿的奉养。"如此才见狐媪对于女婿的愧恶之心,这也正是蒲松龄构思匠心独运的巧妙之处。

卷六《司文郎》以"白服裙帽,望之傀然"(第1619页)形容已然化为异类的宋生,"白服裙帽",诸多注本不注,"傀然",清何垠注"大貌";《聊斋》现代全注本或选注本多注释"傀然"为"高大"或"伟大"貌;有注家或以为不妥,则据他本改字为训,校改"傀然"为"儽然",以"颓丧貌"为释;有注者又另以"超群独立的样子"勉强为解。"傀然",《汉语大词典》谓"魁梧貌";《汉语大字典》谓"魁伟;高大"。且这两部权威工具书皆以《司文郎》为"傀然"之书证,如此为解似已成定案。上述所举各例之所以致误,在于皆不明"白服裙帽"之出处。此四字语本《南齐书》卷二二《豫章文献王传》:"宋元嘉世,诸王入斋阁,得白服裙帽见人主,唯出太极四厢,乃备朝服。"②裙帽本为流行于六朝的一种头饰,因帽缘周围有下垂的薄纱细网,故名。显然,"白服裙帽"原意为穿着随便,乃谓非正式朝服之装束,类似便服,隋唐以后已不流行。蒲松龄以之描写宋生穿戴,即形容其穿着不合时宜且奇特怪异。《周礼·春官·大司乐》:"凡日月食,四镇五岳崩,大傀异灾、诸侯薨,令去乐。"汉郑玄注:"傀,犹怪也。"③《司文郎》以"傀(guī 规)然"形容宋生,即奇异貌。宋生乃鬼魂,何必"高大"?状以"奇异貌",则实至名归!

卷四《马介甫》"异史氏曰":"设为汾阳之婿,立致尊荣,媚卿卿良有故。"(第1090页)从清代何垠至笔者所见现代诸多注本,皆以"汾阳之婿"释

---

① (唐)白居易:《白居易集》,中华书局1979年版,第1257页。
② (南朝梁)萧子显:《南齐书》卷二二,岳麓书社1998年版,第216页。
③ (清)阮元校刻:《十三经注疏》,中华书局1980年版,第791页。

为唐代名臣郭子仪之婿，不确。据《新唐书》卷一三七《郭子仪传》，于郭子仪的确有"八子七婿"之记述。封建时代能作高官显宦家的女婿，固然荣耀，若言"立致尊荣"，则恐未必。所谓"汾阳之婿"乃谓郭子仪之子郭暧为唐代宗长女升平公主驸马一事，三句意谓：如果像唐代郭子仪的子孙多为帝王之女婿可尊荣立至，即使低声下气逢迎妻子也不为过。据《新唐书》，郭子仪第六子郭暧"以太常主簿尚升平公主……拜驸马都尉，试殿中监，封清源县侯，宠冠戚里"。郭暧四子，其中郭鏦尚德阳郡主，"顺宗立，主进封汉阳公主，擢鏦检校国子祭酒、驸马都尉"。又一子郭铦"累为殿中监，尚西河公主"。①郭氏一家子弟的确有为天子女婿的传统。另据唐赵璘《因话录》卷一，郭暧尝因升平公主不尊其父，致琴瑟不调，事情闹到唐代宗那里，代宗以俗谚"不痴不聋，不作阿家阿翁"为劝化解了这场婚姻危机。②宋司马光《资治通鉴》卷二二四亦记述此事，可见非同小可。正因郭暧夫妇有如此一段纠纷，方可坐实"媚卿卿"三字！

真正读懂《聊斋》中的一些典故并非易事，有关地名、人名的注释也须仔细考证。蒲松龄下笔审慎，小说中所涉及地名、人名多非臆造。如卷一《海公子》中"古迹岛"，即处于今黄海中的长门岩，今属山东省即墨市鳌山卫镇，笔者所见诸注本皆未注出。卷五《八大王》中所言"恒河"，即"恒水"，原为洮河支流，有宣统元年（1909）《狄道州志》为证，唯今已湮灭。或注恒河"即今河北曲阳县北横河"，则与故事发生地"临洮"一带相距甚远，难以为解。卷五《金姑夫》中"东莞"，属于浙江会稽一带地名，当系"东关"之讹。"东关驿"恰在明清上虞县与会稽县之间，与小说情节设计完全相符；或注"东莞"在山东沂水县，则风马牛不相及了。卷三《夜叉国》中之"交州"，唯二十四卷抄本作"胶州"，属山东，其方位符合小说中"南旋"返

---

① （宋）欧阳修、宋祁：《新唐书》卷一三七，中华书局1975年版，第4611—4613页。
② （唐）赵璘：《因话录》卷一，上海古籍出版社1957年版，第70页。

乡的逻辑，也符合《通典》及《文献通考》记述"夜叉国"在中国以北的地理位置。当据以校改。卷六《沅俗》所言"沅江"当系"元江"之讹，似属蒲松龄之笔误，因小说主人公李季霖即李鸿霖，曾官云南元江知府，有民国二十二年(1933)《重修新城县志》为证。上述诸例，拙作《〈聊斋志异〉注释中的地名辨析》①已详论之，此处恕不赘言。

卷八《李象先》，小说主人公即李焕章(1614—1692?)，字象先，号织斋，乐安(今山东省东营市广饶县)人，小说谓其为"寿光之闻人"，盖乐安与寿光接壤，在其西北，明清同属青州府。李焕章是明代生员，入清时不过三十岁，即主动放弃举业，堪称是一位有遗民心态的读书人。《李象先》谓其因"福业未修"而致功名坎坷，似非事实。笔者所见两种《聊斋》全注本皆未注出李象先的身份，对于小说所涉及的其子、其弟的相关内容就更付阙如了。若不注明李象先其人、其弟、其子，对于正确理解这篇小说的内容终隔一层。

二 注家望文生义与作者百密一疏

对《聊斋》中有关名物的注释皆不可掉以轻心，否则误导读者，不如不注。卷一《尸变》中之"搭帐衣"，乃吊丧者送给死者的衣衾等，为古代向死者赠送衣衾的吊丧之礼"襚"的遗存，停柩前吊丧者为死者穿衣，或停柩后将送死者之衣置于柩东，皆谓之"襚"。宋高承《事物纪原》卷九《含襚》言之甚详。或注"搭帐衣"为"灵堂中障隔灵床的帷幛"，则下文之"急开目，则灵前灯火，照视甚了，女尸已揭衾起"(第9页)数语凭空无据，既有帷幛为"障隔"，住店之客何以见之？

卷一《妖术》中之"高壶"，或注为"酒壶"，或注为"圆口方腹"之水壶，或译为"沉重的漏壶"，或谓"原文疑有误"。其实"高壶"就是古代投

---

① 赵伯陶：《〈聊斋志异〉注释中的地名辨析》，《长江学术》2014年第1期。

掷游戏中所用圆腹筒状的"投壶",西周晚期已滥觞,多为铜制,有两小耳,形状对称,且有一定分量,抱之作旋风舞,自能炫人眼目。明代小说《金瓶梅》第七十二回:"抬过高壶来,又投壶饮酒,四个小优儿在旁弹唱。"①恰可以为书证。

卷四《狼三则》有所谓"吹豕之法",注家多不加诠释。此乃"梃猪"之谓,即农家杀猪后,在猪的腿上割一个口子,用铁棍贴着腿皮往里捅。梃成沟以后,往里吹气,使猪皮绷紧,以便去毛除垢。以吹豕之法施之于狼,机智中不乏人生幽默感,失注,则可能令今天的读者莫名其妙。

卷五《鬼津》中之"参芦",注家常望文生义,以为乃人参与芦根两味中药,大误。所谓"参芦",又称"人参芦头",为人参根部顶端的根茎部分,性味苦微温,功能涌吐、升提,仅仅是一味药,过去中医主要用于体虚的痰饮病症。明李时珍《本草纲目》卷二言其功效甚详,此不赘。

卷六《查牙山洞》是蒲松龄对山东章丘长白山南麓的一座古溶洞的记述,小说中有如下刻画:"两壁嶙嶙岣岣然,类寺庙山塑,都成鸟兽人鬼形:鸟若飞,兽若走,人若坐若立,鬼罔两示现忿怒。奇奇怪怪,类多丑少妍。"(第1837页)"山塑"是什么?注家或谓"指山墙下的塑像",望文生义,实不得要领。所谓"山塑",当谓寺庙中带有一定故事性的人物、神鬼、动物等的系列群雕塑像。王学坚先生《潍县的寺庙文化》:"潍县东关鱼店街绿瓦阁的庙会,别具一格,值得一提。绿瓦阁供奉的是关老爷等神圣。阁里面不仅有关老爷的漂亮塑像,还有他一生中过五关斩六将等故事的系列群雕塑像。这些群雕形神兼备,栩栩如生,当时人们称其为'山塑'……'正月十五看山塑'成为潍县百姓的一大美谈。"②"山塑"一词,在诸多工具书中皆难以检索到,现代互联网的畅通为我们提供了准确诠释这一词语的便利。

---

① (明)兰陵笑笑生:《金瓶梅》,齐鲁书社1989年版,第1000页。
② 王学坚:《潍县的寺庙文化》,《潍坊学院校报》电子版2011年4月22日第19期。

卷七《湘裙》："湘裙无所出。一日，谓仲曰：'我先驱狐狸于地下可乎？'盛妆上床而殁。仲亦不哀，半年亦殁。"(第1931页)所谓"先驱狐狸于地下"，语本旧题汉刘向《列女传》卷五《楚昭越姬》："国人皆将为君王死，而况于妾乎！请愿先驱狐狸于地下。"①意谓先进入坟墓，即先死的婉转说法。狐狸钻地为巢穴，故建坟必先驱赶狐狸。有关注本或不注，自令读者一头雾水；或引《左传·襄公十四年》有关"狐狸豺狼"之语为书证，其前之诠释或不谬，所举书证则未是，并非"先驱狐狸于地下"一语之所本。

《聊斋》中一些短篇并非纯粹志怪之作，而是在一定程度上真实记录了某种临床病患，注家若能注出，自有锦上添花之妙。如卷三《产龙》，所述李氏"继下一女，肉莹澈如晶，脏腑可数"(第704页)，就属于"巨型脐膨出"患儿，或为基因变异所致。这在现代，治疗也有一定难度；更何况古代的医疗条件简陋，肯定造成患儿腹腔感染，随之内脏脱出，最终死亡。文中所谓"大如钱"的龙鳞，可能是血块或胎衣部分脱落的迹象。又如卷四《阎王》中所谓"盘肠而产"，即妇女产后"子宫脱垂"症，中医称阴挺、阴菌或产肠不收，此病的最早记载见于隋代《诸病源候论》，为"阴挺出下脱候"之症。发生在妇女产后者，多因难产、产程过长、临产时用力太过或产时处理不当等所致。有注本注释为"一部分肠子从产道流出"，匪夷所思；有全译本译为"子宫下坠"，正确。

不可否认的是，在《聊斋志异》中作者蒲松龄写作也有疏漏之处，在注释中亦当予以指出，这对于深层次阅读者当有所启发。如卷五《青娥》，为推动故事情节的进展，作者特意设计霍孟仙与霍仲仙兄弟二人在顺天府乡试同号舍巧遇相认一节，这就有违清初顺天贡院的考场规则，属于作者下笔偶疏之处。小说中有"以拔贡入北闱"语(第1390页)，明代科举无"拔贡"之名目，则故事时代背景显然为清初无疑。商衍鎏《清代科举考试述录》第二章《举

---

① (汉)刘向：《列女传》，辽宁教育出版社1998年版，第48页。

人及关于举人系内之各种考试》第一节《乡试之定制》:"顺天乡试普通称曰北闱。闱中分编字号以辨省分,属于生员者,直隶编贝字号(贡监编北贝归北皿),奉天编夹字号……此外贡监编为皿字号,顺治十四年分为北、南皿,以直隶二州、保安二州、辽东、宣府、山东、山西、河南、陕西、四川、广西之贡监为北皿,江南、浙江、江西、福建、湖广、广东之贡监为南皿。"①据此,霍孟仙以山西贡监资格应试顺天府,当入北皿字号舍,霍仲仙以直隶顺天府生员资格应试,当入贝字号舍,两人科举出身不同,不可能为同一号舍的考生。蒲松龄终生没去过京师顺天贡院应试,或以山东乡试济南府贡院之号舍想象顺天北闱号舍,故有智者千虑之一失,实无足怪。

卷五《鸽异》,蒲松龄着意参考了张万钟《鸽经》②的相关内容,张万钟为清初著名诗坛领袖王士禛的岳父。小说主人公张幼量即张万斛,为张万钟之弟。蒲松龄这篇《鸽异》是以真人为原型撰写的,尽管其中"白衣少年"纯属虚构,并非实事,但揆情察理,馈赠贵官名鸽靰鞡而致令双禽惨遭不测,亦非作者天马行空般的随意编造。《聊斋志异》近现代的校点整理者由于无暇参阅《鸽经》,致使在标点"又有靴头、点子、大白、黑石夫妇、雀花、狗眼之类"一句时,错标为"又有靴头、点子、大白、黑石、夫妇雀、花狗眼之类"(第1257页),几十年来递相沿袭,未予改正。标点有误,正确的注释也就无从谈起了。所谓"黑石夫妇",《鸽经》原文作"石夫石妇",羽色系因雌雄而不同,雄者"黑花白地",雌者"纯白",蒲松龄一时疏忽,仅将"黑"置于"石夫妇"之前,竟生歧义,这就难怪此处断句不易了。

为《聊斋志异》标点断句正确与否,即使不出注语,也涉及对原文的正确解读问题,不可忽视。即如卷一《娇娜》为《聊斋》中的名篇,有关选注本皆无一例外入选。其中有"几榻裙衣,不知何名,光彩射日"句(第86页),

---

① 商衍鎏:《清代科举考试述录》,北京生活·读书·新知三联书店1958年版,第50页。
② (清)张万钟:《鸽经》,《续修四库全书》本,上海古籍出版社2001年版,第1119册。

"几榻裙衣"四字如何点断?以笔者目前所见各注本皆点作"几、榻、裙、衣",四物成并列关系;唯本文所据底本点作"几榻、裙衣"。然而两种断句却皆有误。何谓"裙衣"?即围在靠几与卧榻等器具下边,像裙子一样的绣幕,此正与小说上文"处处悉悬锦幕"的描写照应。"裙衣"与几、榻为隶属或修饰关系,绝非并列关系,自当以"几、榻裙衣"这般断句为宜,否则"光彩射目"四字何以能形容几、榻?准确的注释只有在准确的标点断句基础上方能实现!

三 解析词语出典到深度诠释

《聊斋志异》的写作转益多师,语词、景物乃至习俗或直接取用于典籍、笔记。如卷三《公孙九娘》、《促织》,卷四《云翠仙》,卷五《八大王》,卷六《褚生》等,就与明刘侗、于奕正《帝京景物略》有关联。《促织》有关蟋蟀名目、捕捉、养育等知识,皆取材于《帝京景物略》卷三《胡家村》;其中有"坟兆万接"[①]一词,蒲松龄以为言简意赅,就直接将四字嫁接移用于《促织》的前一篇《公孙九娘》中,从中可以推想作者的创作构思过程,不无趣味。青柯亭本《聊斋志异》录清沈烺题词:"蒲君淄川一诸生,郡邑志乘传其名。假非诵读破万卷,安有述作千人惊。"(第2496页)《聊斋》语词、典故或直接取用于正史,特别是《左传》、《战国策》以及"前四史",即《史记》、《汉书》、《后汉书》、《三国志》,尤受作者青睐;至于《太平广记》等类书,更是其取资的宝山。

卷五《江城》"狱吏之尊"(第1282页),卷七《席方平》"狱吏为尊"(第1956页),皆用以形容狱吏对于犯人居高临下的威焰。语本《史记》卷五七《绛侯周

---

① (明)刘侗、于奕正:《帝京景物略》卷二,北京古籍出版社1983年版,第122页。

勃世家》："吾尝将百万军，然安知吏之贵乎！"①又南朝梁任昉《为范尚书让吏部封侯第一表》："赭衣为虏，见狱吏之尊。"②注明四字之出处，对于体味蒲松龄用心之深沉大有裨益。

卷五《罗祖》"绝匿名迹"（第1349页），谓踪影全无，语本《后汉书》卷八一《李业传》："隐藏山谷，绝匿名迹，终莽之世。"③卷五《仙人岛》"世上岂有仙人"（第1405页），意谓尘世间并无仙人，语本《三国志》卷五七《虞翻传》："彼皆死人，而语神仙，世岂有仙人邪！"④清吕湛恩已注出，现代诸多注本反而失注。卷六《张鸿渐》"千里一息"（第1799页），意谓千里之遥，在一呼一吸的极短时间即可到达，语本汉王褒《圣主得贤臣颂》："追奔电，逐遗风，周流八极，万里一息。"⑤以上各例，若不注出其出处，读者也能读懂；但明其出处后，则读来别有韵味，也可循知作者的构思过程。这一点很像王士禛对于诗歌神韵的追求，化用前人成句为己用，且踏雪无痕，唯通晓者能得其典雅之趣。

卷六《采薇翁》"浮云白雀之徒"（第1654页），即以东汉末形形色色各具奇特名号的农民军比喻毫不知晓军事策略的乌合之众。语本《后汉书》卷七一《朱儁传》："自黄巾贼后，复有黑山、黄龙、白波、左校、郭大贤、于氐根、青牛角、张白骑、刘石、左髭丈八、平汉、大计、司隶、掾哉、雷公、浮云、飞燕、白雀、杨凤、于毒、五鹿、李大目、白绕、眭固、苦哂之徒，并起山谷间，不可胜数。"⑥清何垠注"浮云白雀之徒"引《剑侠传》、《酉阳杂俎》，谓妙手空空儿能隐身浮云，浑然无迹；渔阳人张坚曾罗得一白雀，后

---

① （汉）司马迁：《史记》卷五七，中华书局1959年版，第2073页。
② 严可均：《全上古三代秦汉三国六朝文》，中华书局1958年版，第3194页。
③ （南朝宋）范晔：《后汉书》卷八一，中华书局1965年版，第2669页。
④ （晋）陈寿：《三国志》卷五七，中华书局1959年版，第1321页。
⑤ 严可均：《全上古三代秦汉三国六朝文》，中华书局1958年版，第358页。
⑥ （南朝宋）范晔：《后汉书》卷七一，中华书局1965年版，第2310页。

义理与考据

借其力而登天。以今所见两种《聊斋》全注本亦皆因袭何注。大误。类似张冠李戴的注释,今人作注自应极力避免。

  清代文人自幼从事八股举业,于"四书"、"五经"早已烂熟于心,所以吕湛恩、何垠注释《聊斋》,遇有经书语,以为尽人皆知,多不加注,若注出反成蛇足。然而经书典对于今天的读者则相当陌生,必须出注方妥,否则就会莫名其妙。如卷六《于去恶》"夫人而能之"(第1712页),意谓很多人都可以做出来,不足为奇。此一语语本《周礼·冬官·考工记》:"粤无镈,燕无函,秦无庐,胡无弓车。粤之无镈也,非无镈也,夫人而能为镈也;燕之无函也,非无函也,夫人而能为函也;秦之无庐也,非无庐也,夫人而能为庐也;胡之无弓车也,非无弓车也,夫人而能为弓车也。知者创物,巧者述之守之,世谓之工。"①又如卷五《江城》"是诚何心"(第1286页),意谓这个连我自己也不懂是什么心理。语本《孟子·梁惠王上》:"是诚何心哉?我非爱其财而易之以羊也。"②上述二例,不注明出处,也能读懂;但一经注出,对于深层次的阅读者就别有会心了。卷六《司文郎》"其为人也小有才"(第1620页),为余杭生暗讽宋生之语,语本《孟子·尽心下》:"盆成括仕于齐,孟子曰:'死矣盆成括!'盆成括见杀,门人问曰:'夫子何以知其将见杀?'曰:'其为人也小有才,未闻君子之大道也,则足以杀其躯而已矣。'"③不明出处,就根本体会不到作者暗示宋生为游魂野鬼之深刻用心。至于宋生巧用《孟子·告子下》中"三子"(伯夷、伊尹、柳下惠)来"破"出自《论语·微子》"殷有三仁焉"(微子、箕子、比干)④的八股文题,巧换"三仁"概念,若不注出前者之原文:"三子者不同道,其趋一也。一者何也?曰,仁也。君子亦仁而已矣,何必同?"⑤则宋

---

① (清)阮元校刻:《十三经注疏》,中华书局1980年版,第905页。
② 杨伯峻:《孟子译注》,中华书局1960年版,第15页。
③ 同上,第336页。
④ 杨伯峻:《论语译注》,中华书局1980年版,第192页。
⑤ 杨伯峻:《孟子译注》,中华书局1960年版,第284页。

生口诵"破题"之机智变通的雅趣全部丧失，读之味同嚼蜡了。

卷三《罗刹海市》"引领成劳"（第680页），"引领"，即伸颈远望，形容殷切期望，语本《左传·成公十三年》："及君之嗣也，我君景公引领西望曰：'庶抚我乎！'"①至于"成劳"，诸注本多不注，以笔者所见三种全译本来看，皆有望文生义之嫌。三者分别译"引领成劳"作"抬头盼望，颈项酸劳"②；"时时引领远望，徒然只增劳顿"；③"翘首遥望致劳"。④译文皆未准确理解"劳"为何义。有选注本于此篇注"劳"为"忧伤"，⑤是为得之，惜又未明出处。按："劳"，语本《诗·邶风·燕燕》："瞻望弗及，实劳我心。"高亨注："劳，愁苦。"⑥显然，若明其出典，则"引领成劳"四字意境全出，蒲翁遣词之苦心孤诣可见一斑。

有关《聊斋志异》的注释问题还有不少，以上仅举其荦荦大者数端。一般读者对于《聊斋志异》中所用语词、典故等都需要有一个大致的了解，方能从中体味到作者的真实用意；而对深层次阅读者而言，绝难就此止步，他们不仅需要明晰其中词语、典故的确切含义，对于其出处或相关书证也要问个究竟，以期进一步体味或重温作者创作中的甘苦，从而达到深层次的审美愉悦。《聊斋》注释作为联系作者与读者的津梁，不可或缺。为避免以讹传讹、误导读者，今人诠释《聊斋》词语应当力求正确。

（原载《厦门广播电视大学学报》2014年第2期）

---

① 杨伯峻：《春秋左传注》，中华书局1981年版，第863页。
② 马振方：《聊斋志异评赏大成》，漓江出版社1992年版，第719页。
③ 孙通海等：《文白对照聊斋志异》，中华书局2010年版，第589页。
④ 丁如明等：《聊斋志异全译》，上海古籍出版社2012年版，第203页。
⑤ 李伯齐、徐文军：《聊斋志异选》，人民文学出版社2006年版，第134页。
⑥ 高亨：《诗经今译》，上海古籍出版社1980年版，第38页。

《聊斋诗集笺注》商榷举隅

同《聊斋志异》的写作一样，蒲松龄吟诗作文，使事用典也纯熟自然，如同盐著水中，浑然无迹；至于化用前人诗句为我所用，更是蒲松龄诗歌创作的常用技法。1996年山东大学出版社出版的赵蔚芝先生《聊斋诗集笺注》，百余万字，注释蒲松龄诗全面细致，于古典、今典皆有所发明，对于推动蒲松龄的研究工作功不可没。

注释古人诗词，简言之，"读懂"、"打通"四字足以概括。"读懂"是注释工作的基本功，通晓其使事用典而外，有何引申义、隐含义、言外义乃至情韵义也须明确注出；"古典"而外，有关作者心态以及其交游、时事、背景等"今典"，合格的注释自然也不可或缺。"打通"则是重构诗人抒情运思线索联系的一种尝试，尽管有时"作者未必然而读者何必不然"，而"他人有心，予忖度之"，实为解诗"以意逆志"之必须；指出作者对前人诗句的借鉴或套用的痕迹，是为"打通"其间意象联系的主要路径。同《聊斋志异》中典故纷呈一样，蒲松龄创作诗歌也极喜使事用典，至于化用前人诗句或诗意为我所用，更是司空见惯。诠释聊斋诗，若不注明其出典，读者也能略知其味，但其间雅趣则尽皆丧失，"打通"的重要性可见一斑。赵蔚芝先生所撰《聊斋诗集笺注》，于"读懂"、"打通"用力甚勤，问世以后即受到学界好评，绝非偶然。如卷二《同沈燕及饮园中》颈联对句"四面青山补缺墙"，注云："缺墙：断缺而不完整的垣墙。马致远《夜行船》套曲：'绿树偏宜屋角遮，青山正补墙头缺。'"①又如卷五《老乐》排律第五句"人城恐以真为怪",注云:"人城以真为怪:真,指诚实质朴。城市尚诈伪,逐财利,故以真为怪。杜甫《暇日小园散病将种秋菜督勒耕牛兼书触目》:'不爱入州府,畏人嫌我真。'"(第628页)上述二例所举书证,有关工具书难觅检索路径,若非平常留意积累,实难打通今古,加以引证。唯其不易,正可见笺注者的学术功力所在。笔者在拜读学习《聊斋诗集笺注》的过程中,也陆续发现一些问题,或为智者千虑偶疏,特提出商榷意见,以就正于方家。

一

先探讨《聊斋诗集笺注》的"读懂"问题。

卷一《平河桥贻孙树百》颈联:"弦歌原子推廉吏,庐舍何曾问水滨。"笺注者认为出句"原子"其义未详,当作"言子",即孔子弟子言偃,《论语·阳货》有孔子赞美言偃以弦歌礼乐教化治理武城一事。又认为对句"何曾"乃西晋以豪奢著称的何曾,"问水滨"则用《左传·僖公四年》楚使屈完回答齐相管仲之语:"昭王之不复,君其问诸水滨。"从而总结说"此句以何曾比视察水灾的钦差大臣"(第6页)笺注指出"问水滨"之出典,甚是。如果说出句中"弦歌"与所谓"言子"的用典虽有叠床架屋之嫌,但尚属一事;那么对句中"何曾"与"问水滨"有何关联?实则若校改"原子"为"原自"之音讹则较为顺畅,它与并非人名的"何曾"皆为修饰或限制动词的副词,巧用副词为对,正凸显了孙蕙为官原本清廉并勇于承担民事责任的形象,实与钦差大臣视察水灾无关。此外,这首诗尾联"百尺楼头湖海气,年年屈膝向风尘",笺注者注"风尘"为"比喻世俗的纷扰",似不准确。向风尘,即"望尘

---

① 赵蔚芝:《聊斋诗集笺注》,山东大学出版社1996年版,第182页。本文以下引用蒲松龄诗之原文皆用此本,仅于引文后括注页码,不再一一出注。

而拜",谓迎候显贵,望见车尘即行叩拜。形容卑躬屈膝或敬畏的神态。《晋书·潘岳传》:"岳性轻躁,趋世利,与石崇等谄事贾谧,每候其出,与崇辄望尘而拜。"①尾联两句即赞誉孙蕙有三国陈登般的湖海豪气,可惜为官身所累,不得不屈膝迎候上司,而其情其境,实属无奈。

卷一《舟过柳园同孙树百赋》其二颔联:"扁舟左旋移天地,浊水东流老物华。"笺注者注对句"浊水"云:"黄河又称浊河,此处浊水指黄河。"(第26页)按,晋陆机《拟青青陵上柏》:"人生当几何,譬彼浊水澜。"唐李善注:"言浊水之波易竭也。"②蒲松龄"浊水东流"之句显然化用陆机诗意,藏前"人生当几何"一句,与"老物华"三字共同抒发了人生易老的感慨。以"黄河"释"浊水",非眼前景或当下事,似有未妥。

卷一《为友人写梦八十韵》,王士禛曾以"缠绵艳丽"评之(第28页)。《聊斋志异》有《狐梦》一篇,也是在为友人写梦的过程中融进了自己的奇思妙想。全诗多用典故,意象纷呈,须一一注明。其中"帐悬双翡翠,枕底两鸳鸯",笺注者于两句皆无注。按,出句中"翡翠",当谓用以装饰、编织帘帷的翠羽,唐罗隐《帘》诗其二:"翡翠佳名世共稀,玉堂高下巧相宜。"③对句中"鸳鸯",当语本五代王仁裕《开元天宝遗事》卷下《被底鸳鸯》:"五月五日,明皇避暑游兴庆池,与妃子昼寝于水殿中。宫嫔辈凭栏倚槛,争看雌雄二鸂鶒戏于水中。帝时拥贵妃于绡帐内,谓宫嫔曰:'尔等爱水中鸂鶒,争如我被底鸳鸯。'"④此诗另有"雅知骨有恨,宁似蚓无肠"一联,笺注者谓:"骨有恨,费解。《聊斋偶存草》作'鹃有恨',良是。"(第36页)按,"骨有恨"当用汉成帝妃班婕妤事。《汉书》卷九七下《外戚传·孝成班婕妤》:"赵

---

① (唐)房玄龄等:《晋书》卷五五,中华书局1974年版,第1504页。
② (南朝梁)萧统:《文选》,中华书局1977年版,第436页。
③ 《全唐诗》卷六六二,中华书局1960年版,第7594页。
④ (五代)王仁裕:《开元天宝遗事》,《开元天宝遗事十种》本,上海古籍出版社1985年版,第88页。

氏姊弟骄妒,婕妤恐久见危,求共养太后长信宫,上许焉。婕妤退处东宫,作赋自伤悼。"其《自悼赋》有云:"愿归骨于山足兮,依松柏之余休。"① 另有《怨歌行》:"常恐秋节至,凉飙夺炎热。"梁简文帝萧纲《怨歌行》:"裂纨伤不尽,归骨恨难袪。"两首《怨歌行》俱见于宋郭茂倩《乐府诗集》卷四二《相和歌辞十七》。② 可知"骨有恨"实有所本,婉转表达了宫廷后妃争风吃醋的争斗的残酷,与写男女情事之梦正合。至于此联对句中"蚓无肠",笺注者谓语出宋苏轼《张子野买妾》。按,苏轼此诗全名《张子野年八十五尚闻买妾述古令作诗》,有句"柱下相君犹有齿,江南刺史已无肠",③ 并无与蚯蚓事。三字实源于苏轼另一首《定惠颙师为余竹下开啸轩》诗:"饮风蝉至洁,长吟不改调。食土蚓无肠,亦自终夕叫。"④ 古人常以"断肠"形容极度思念或悲痛,如三国魏曹丕《燕歌行》:"念君客游思断肠,慊慊思归恋故乡。"⑤ 蚯蚓无肠可断,自然不懂忧伤。

卷一《戏酬孙树百四首》其一:"汾阳公子真豪迈,便使柔魂真个销。"笺注者谓:"柔魂:温柔之魂,指歌妓的心神。销,失掉。此句言歌妓之柔情使孙蕙销魂。"(第47页)其实诗中"柔魂"当是蒲松龄自谓之词,语带戏谑,故诗题曰"戏酬"者本此。魂销,即"销魂",谓灵魂离开肉体,形容极其欢乐。宋秦观《满庭芳》词:"销魂,当此际,香囊暗解,罗带轻分。"⑥ 明王世贞《艳异编》卷三〇:"詹天游,名玉可,字大。风流才思,不减昔人。故宋驸马杨震有十姬,皆绝色,名粉儿者尤胜。一日,召天游宴,尽出诸姬佐觞,天游属意于粉儿,口占一词云:'淡淡青山两黛春,娇羞一点口儿樱。一梭儿

---

① (汉)班固:《汉书》卷九七,中华书局1962年版,第3985页。
② (宋)郭茂倩:《乐府诗集》卷四二,中华书局1979年版,第616-617页。
③ (宋)苏轼:《苏轼诗集》,中华书局1982年版,第523页。
④ 同上,第1058页。
⑤ (南朝梁)萧统:《文选》,中华书局1977年版,第391页。
⑥ (唐)圭璋:《全宋词》,中华书局1965年版,第458页。

玉一窝云,白藕香中见西子,玉梅花下遇昭君,不曾真个也销魂。'杨遂以粉儿赠之,曰:'请天游真个销魂也。'"①"便使柔魂真个销"当用詹天游事以自我调侃。《聊斋志异》卷二《白于玉》:"人间尤物,仆求一而难之,君集群芳,能令我真个销魂否?"②小说中的此番话也语本《艳异编·詹天游》。

卷一《瓮口道夜行遇雨》:"渭城已唱灯火张,唤起老妪炊青粱。"笺注者谓:"渭城:渭城曲。即王维《送元二使安西》。因首句为'渭城朝雨浥轻尘',后入乐府,改名'渭城曲';又以末句为'西出阳关无故人',亦名'阳关曲'。渭城已唱,言已有为旅客送行之人。灯火张:言旅店主人已接纳旅客。"(第69页)按,"渭城已唱",以唐王维诗为释,无误,却又不甚切题。"渭城已唱"当谓客舍绝早即已为开门营业而劳作,语本唐韦绚《刘宾客嘉话录》:"刑部侍郎从伯伯刍尝言:某所居安邑里巷口,有鬻饼者。早过户,未尝不闻讴歌而当垆,兴甚早。一旦召之与语,贫窭可怜,因与万钱,令多其本,日取饼以偿之,欣然持锸而去。后过其户,则寂然不闻讴歌之声,谓其逝矣,及呼乃至,谓曰:'尔何辍歌之遽乎?'曰:'本流既大,心计转粗,不暇唱《渭城》矣。'从伯曰:'吾思官徒亦然。'因成大噱。"③

卷一《九月望日有怀张历友》颔联:"名士由来能痛饮,世人原不解怜才。"笺注者谓出句:"痛饮:尽情饮酒。杜甫《醉时歌》:'忘形到尔汝,痛饮真吾师。'"(第90页)按,"名士"句当语本《世说新语·任诞》:"王孝伯言:名士不必须奇才,但使常得无事,痛饮酒,熟读《离骚》,便可称名士。"④蒲松龄用此书典,略带调侃意味。

卷一《壮士行》末两句:"二十未娶无第宅,破阵贵来娶高国。"笺注者引

---

① (明)王世贞:《艳异编》卷三〇,春风文艺出版社1988年版,第426页。
② 任笃行:《全校会注集评聊斋志异》,齐鲁书社2000年版,第499页。
③ (唐)韦绚:《刘宾客嘉话录》,台北商务印书馆1986年影印文渊阁《四库全书》本,第1035册,第457页。
④ 余嘉锡:《世说新语笺疏》,中华书局1983年版,第764页。

《左传·僖公十二年》为解:"管仲辞曰:'臣,贱有司也。有天子之二守国、高在。'杜预注:'国子、高子,天子所命为齐守臣,皆上卿也。'"(第97页)以"国高"释"高国",似欠明确。按,《左传·成公十六年》:"齐声孟子通侨如,使立于高、国之间。"杨伯峻注:"高氏、国氏齐国世袭上卿。"①后世即常以"高国"借指世家望族。宋孙光宪《北梦琐言》卷三《李光颜太师选佳婿》:"与夫必娶高、国,求婚王、谢,何其远哉!"②

卷一《贻王淑子孝廉》颈联:"利市君能抛白纻,长鳋我自暴清流。"笺注者注出句云"白纻:白色的粗麻布,借指儒士未仕者之服。抛白纻:言科举顺利,将进入仕途。"(第105页)未明其出典,不详尽。按,宋王禹偁《寄砀山主簿朱九龄》诗:"利市襴衫抛白纻,风流名纸写红笺。"③抛却白纻,意谓脱离平民身份进入仕途。《聊斋志异》卷一《叶生》:"且士得一人知己可无憾,何必抛却白纻,乃谓之利市哉!"④意谓读书人平生最看重知己,不必以为进入官场才算是走运发迹。利市,好运气,这里谓科场得意。

卷二《闺情》其四:"晴窗睡起娇无那",笺注云:"无那:无奈。王昌龄《从军行四首》:'更吹羌笛关山月,无那金闺万里愁。'"(第231页)释"无那"为"无奈",不准确。按,无那,在此诗中犹言无限、非常。南唐李煜《一斛珠》词:"绣床斜凭娇无那,烂嚼红茸,笑向檀郎唾。"⑤《聊斋志异》卷六《霍女》:"应对间,娆婉无那。"⑥皆可用为"晴窗睡起娇无那"之证。

卷二《拙诗蒙毕振叔见和依韵答之》尾联:"与君共看吴州锦,花样年年

---

① 杨伯峻:《春秋左传注》,中华书局1981年版,第894页。
② (宋)孙光宪:《北梦琐言》卷三,中华书局1960年版,第14页。
③ 傅璇琮等主编、北京大学古文献研究所编:《全宋诗》,北京大学出版社1998年版,第2册,第688页。
④ 任笃行:《全校会注集评聊斋志异》,齐鲁书社2000年版,第121页。
⑤ 《全唐诗》卷八八九,中华书局1960年版,第10047页。
⑥ 任笃行:《全校会注集评聊斋志异》,齐鲁书社2000年版,第1608页。

更不同。"笺注谓"吴州锦"未详,并引《南史·江淹传》:"淹少以文章显,晚节才思微退。云为宣城太守时罢归,始泊禅灵寺渚,夜梦一人自称张景阳,谓曰:'前以一匹锦相寄,今可见还。'淹探怀中得数尺与之,此人大恚曰:'那得割截都尽。'顾见丘迟谓曰:'余此数尺既无所用,以遗君。'自尔淹文章踬矣。"又加按语云:"江淹曾为吴兴令,丘迟又为吴兴人,此处'吴州'疑为'吴兴'之讹。吴州为北周所置,隋改扬州,与此无关。此句借江淹、丘迟讽刺那些才尽词踬,拾人余慧的文士。"又注云:"花样不同:言炫耀求胜。"（第236页）臆断古人且又改字为训,不妥。按,尾联两句当语本《太平广记》卷二五七《嘲诮五》引《卢氏杂说·织锦人》:"唐卢氏子不中第,徒步及都城门东。其日风寒甚,且投逆旅。俄有一人续至,附火良久,忽吟诗曰:'学织缭绫功未多,乱投机杼错抛梭。莫教宫锦行家见,把此文章笑杀他。'又云:'如今不重文章事,莫把文章夸向人。'卢愕然,忆是白居易诗,因问姓名。曰:'姓李,世织绫锦,离乱前,属东都官锦坊织宫锦巧儿,以薄艺投本行。皆云:"如今花样,与前不同。"不谓伎俩儿以文采求售者,不重于世,且东归去。'"①诗中"吴州锦"当系泛指,无特殊意味。蒲松龄与毕盛钰（字振叔）皆蹭蹬乡试场屋,同病相怜中又有恃才傲物之情,故而借"织锦人"的牢骚发抒两人才高却又不为俗世所重的感叹。

卷三《答朱子青见过惠酒》其一颈联:"狂态久拚宁作我,高轩乃幸肯临臣。"笺注出句云:"作我:开始于我。刘知几《史通·称谓》:'唯魏收远不师古,近非因俗,自我作故,无所宪章。'此句言,自己甘愿保持狂态,狂态岂开始于我？"（第352页）因未明出典,似有误解。按"宁作我",谓保持自我本性,语本《世说新语·品藻》:"桓公少与殷侯齐名,常有竞心。桓问殷:'卿何如我？'殷云:'我与我周旋久,宁作我。'"②蒲松龄有一忘年交朱缃（1669—

---

① （宋）李昉等:《太平广记》卷二五七,中华书局1961年版,第2005页。
② 余嘉锡:《世说新语笺疏》,中华书局1983年版,第521页。

1707),字子青,号橡村,为闽浙总督朱宏祚之子,《聊斋志异》卷八《司训》曾提及这位"朱公子子青"所著《耳录》,可见两人忘年交的关系。

卷三《自嘲》末两句:"白头见猎犹心喜,起望长安笑向东。"笺注云:"白头见猎:指太公姜尚遇文王出猎。《史记·齐太公世家》:'吕尚盖尝穷困,年老矣,以渔钓奸周西伯。西伯将出猎,卜之,曰"所获非龙非彲,非虎非黑;所获霸王之辅"。于是周西伯猎,果遇太公于渭之阳,与语大说……载与俱归,立为师。'"又注:"起望长安:《史记·齐太公世家》:'或曰,太公博闻,尝事纣。纣无道,去之。游说诸侯,无所遇,而卒西归周西伯。'长安,周国都镐京,望长安,指'载与俱归'。笑向东:《史记·齐太公世家》:'于是武王已平商而王天下,封师尚父于齐营丘。东就国。'以上二句以太公老而富贵勉励自己。"(第400页)两注似皆误解诗人用典。按,前句乃"见猎心喜"之谓,语本《二程遗书》卷七:"明道(程颢)年十六七时,好田猎。十二年,暮归,在田野间见田猎者,不觉有喜心。"①后世常用来比喻旧习难忘,触其所好,便跃跃欲试。后句语本《太平御览》卷三九一《人事部·笑》:"桓子《新论》曰:关东语曰:'人闻长安乐,则出门西向笑。知肉美味,则对屠门而大嚼。'"②谓于想象中达成心底的愿望。"西向笑"改作"笑向东",属于作者限于全诗韵脚的无奈,也体现了诗人对于典故的活用。

卷四《二十五夜雪》末两句:"老夫深望终余年,不见山城复用武。"笺注云:"用武:借指荒年骚乱。"(第461页)未明其诗中用典。按,用武,谓使用武力。语本《史记·留侯世家》:"雒阳虽有此固,其中小,不过数百里,田地薄,四面受敌,此非用武之国也。"③

---

① (宋)朱熹:《二程遗书》卷七,台北商务印书馆1986年影印文渊阁《四库全书》本,第698册,第80页。
② (宋)李昉等:《太平御览》卷三九一,台北商务印书馆1986年影印文渊阁《四库全书》本,第896册,第555页。
③ (汉)司马迁:《史记》卷五五,中华书局1959年版,第2043页。

卷四《挽朱子青》："如何一炊黍，遂已变晨昏。"注云："变晨昏：晨昏借指昼夜，人死则有夜无昼，故言'变晨昏'。"(第521页)朱缃卒年三十九岁，属于夭折，但其时当已有儿女。晨昏，即"晨昏定省"，旧时指朝夕服侍慰问双亲。"变晨昏"当谓朱缃子女难以奉养父亲的变故，属于讳言"死"的婉词。

卷四《题石》七绝："遥望此石惊怪之，插青挺秀最离奇。不知何处曾相见，涧壑群言似武夷。"笺注云："武夷：山名，在福建崇安县，山中有九曲溪。"(第552页)笺注者只注出武夷山的所在位置与特色，并未明其石所以"似武夷"之故。按，此诗后两句或本于明章潢《图书编》卷六四《一都山》："旁有独峰，一名玉柱峰，高三百丈，三面临水，周一百六十丈。朱文公至此，爱其山水清绝似武夷，有'碧涧修筠似故山'之句。"①经考，宋朱熹之原诗也是七绝，即《追和李士举徐氏山居韵》："山岫孤云意自闲，不妨王事死连环。解鞍磅礴忘归去，碧涧修筠似故山。"②蒲松龄《题石》暗用玉柱峰典与朱熹诗意，可见作者吟诗用典的巧思；若非寻根溯源，则可能令读者一头雾水，莫名其妙。

卷五《悼内》其六之首句"浮世原同鬼作邻"，笺注云："同鬼为邻：人死为鬼，死生相继，故人世与鬼为邻。"(第636页)按，"同鬼作邻"，当语本晋陆机《挽歌诗三首》其二："昔居四民宅，今托万鬼邻。昔为七尺躯，今成灰与尘。"③汉王充《论衡》卷二二《订鬼》："《山海经》又曰：'沧海之中有度朔之山，上有大桃木，其屈蟠三千里，其枝间东北曰鬼门，万鬼所出入也。'"④"浮世原同鬼作邻"，意谓人生如梦，生与死并无分别，乃诗人悲恸

---

① （明）章潢：《图书编》卷六四，台北商务印书馆1986年影印文渊阁《四库全书》本，第723册，第970页。

② 傅璇琮等主编、北京大学古文献研究所编：《全宋诗》，北京大学出版社1998年版，第44册，第27659页。

③ （南朝梁）萧统：《文选》，中华书局1977年版，第407页。

④ （汉）王充：《论衡》卷二二，上海人民出版社1974年版，第344页。

已极中的悼亡之语。

二

欲"读懂"蒲松龄，尚须再进一步探讨《聊斋诗集笺注》有关"古典"与"今典"的判断与诠释问题。

先说"古典"。卷四《寂坐》末两句："卫生学趺坐，虚室生白光。"笺注云："卫生：养生。《庄子·庚桑楚》：'南荣趎曰：'……趎愿闻卫生之经而已矣。'"又注："白光：出现于仙人或修道者顶上的白色光辉。《太平广记》卷十一引《神仙传》：'泰山父老者，莫知姓字。汉武帝东巡狩，见老翁锄于道傍，头上白光高数尺。'此处生白光，由学趺坐，修佛道所致，是作者的幻想。"（第581页）此解似有郢书燕说之嫌。按，虚室生白，谓人能清虚无欲，则道心自生。此并非僻典，语本《庄子·人间世》："瞻彼阕者，虚室生白，吉祥止止。"晋司马彪注："室比喻心，心能空虚，则纯白独生也。"① 可见"虚室生白光"与泰山父老的头上白光并无干系。

卷五《惜斑狸坠井》中有句："不图羡黄雀，失足坠井水。"笺注云："不图：不料。《论语·述而》：'子在齐闻《韶》，三月不知肉味，曰：不图为乐之至于斯也！'羡黄雀：贪羡黄雀，言将捕而食之。"（第632页）"羡黄雀"与"失足坠井"有何关联？笺注者并未注出。按，诗中二句语本汉赵晔《吴越春秋·夫差内传第五》："适游后园，闻秋蝉之声，往而观之。夫秋蝉，登高树，饮清露，随风挍挠，长吟悲鸣，自以为安，不知螳螂超枝缘条，曳腰耸距，欲援其形。夫螳螂，翕心而进，志在有利，不知黄雀缘茂林，徘徊枝阴，踊跃微进，欲啄螳螂。夫黄雀，但知伺螳螂之有味，不知臣挟弹危掷，蹭蹬飞丸而集其背。今臣但虚心，志在黄雀，不知空坎其旁，暗忽坎中，陷于

---

① （清）郭庆藩：《庄子集释》，中华书局1961年版，第150页。

深井。"①这是吴太子友讽谏吴王夫差欲伐齐国的一段话,属于古人"谲谏"。所谓"深井",原意为陷阱,蒲松龄特意解作"水井",若不明此诗两句的出典,则有关"斑狸坠井"的典雅之趣全失。太子友的一番比喻系由"螳螂捕蝉,黄雀在后"之成语发展而来,《庄子·山木》已有类似寓言:"庄周游乎雕陵之樊,睹一异鹊……蹇裳躩步,执弹而留之。睹一蝉,方得美荫而忘其身,螳蜋执翳而搏之,见得而忘其形;异鹊从而利之,见利而忘其真。"②一只猫坠井身亡引来作者诗思泉涌,巧用古典,且总结出人生哲理,可见蒲松龄腹笥深厚,非同一般。

卷五《褚遂良》"廷争却似假喧嚣",笺注云:"廷争:指立魏王李泰与晋王李治之争。《新唐书·褚遂良传》:'太子承乾废,魏王泰间侍,帝许立为嗣,因谓大臣曰:"泰昨自投我怀中云:'臣今日始得为陛下子,更生之日也。臣惟有一子,百年后,当杀之,传国晋王。'朕甚怜之。"遂良曰:"陛下失言。安有为天下主而杀其爱子,授国晋王乎?陛下昔以承乾为嗣,复宠爱泰,嫡庶不明,纷纷至今。若必立泰,非别置晋王不可。"帝泣曰:"我不能。"即诏长孙无忌、房玄龄、李勣与遂良等定策立晋王为皇太子。'褚遂良之言,并未能为晋王争,而是顺从太宗心愿,为魏王划策,于立晋王为太子事无补,故云'假喧嚣'。"(第662页)所征古典与诠释似不确。所谓"廷争",即面折廷争,当谓直臣在朝廷上犯颜直谏,据理力争,唐太宗在确立太子一事上犹豫不决并征求大臣意见,并未引起"廷争",更谈不上"喧嚣"。《聊斋志异》卷八亦有《褚遂良》一篇小说,其中的狐仙穿越历史的时空,不计腌臜,有恩必报,的确感人至深。小说作者蒲松龄何以将"贫难自给"、狼狈万分的赵某前世托古于褚遂良,似乎比探究小说狐仙之报恩主旨更饶兴味。在唐代,褚遂良是一位著名书法家,其作品深得晋人王羲之的笔意,与欧阳

---

① 张觉:《吴越春秋全译》,贵州人民出版社1961年版,第212页。
② (清)郭庆藩:《庄子集释》,中华书局1961年版,第695页。

询、虞世南、薛稷有"初唐四大家"之誉；同时，他还是一代名相，颇为后世所称道。宋洪迈《容斋随笔·续笔》卷一〇《汉唐辅相》："若唐宰相三百余人，自房、杜、姚、宋之外，如魏徵、王珪、褚遂良、狄仁杰、魏元忠、韩休、张九龄、杨绾、崔祐甫、陆贽、杜黄裳、裴垍、李绛、李藩、裴度、崔群、韦处厚、李德裕、郑畋，皆为一时名宰，考其行事，非汉诸人可比也。"① 唐高宗因王皇后无子，欲改立武昭仪（即武则天），褚遂良直言极谏，《新唐书》卷一〇五本传有如下记述："遂良曰：'皇后本名家，奉事先帝。先帝疾，执陛下手语臣曰："我儿与妇今付卿！"且德音在陛下耳，可遽忘之？皇后无它过，不可废。'帝不悦。翌日，复言，对曰：'陛下必欲改立后者，请更择贵姓。昭仪昔事先帝，身接帷第，今立之，奈天下耳目何？'帝羞默。遂良因致笏殿阶，叩头流血，曰：'还陛下此笏，丐归田里。'帝大怒，命引出。武氏从幄后呼曰：'何不扑杀此獠？'"② 这次"廷争"事为褚遂良身后博得了极大声誉。然而全面考其生平，后人对之也不无微词。蒲松龄所作这首《褚遂良》全诗："金管书成誉满朝，廷争却似假喧嚣。奸言谮杀刘常侍，何怪传呼扑此獠！"虽大赞其书法成就，但对其谮杀刘洎（刘常侍）极为反感，全诗堪称贬大于褒。其后史家赵翼也曾言及褚遂良一生之短，《陔余丛考》卷一一《〈新唐书〉多回护》："《新书》于名臣完节者虽有小疵，而于本传多削之，盖亦为贤者讳之意。如褚遂良恶刘洎，遂诬之至死，是遂良生平第一罪过。乃本传中绝不及，仅于传赞中略见之，而详其事于《洎传》。遂良又于江夏王道宗有隙，诬其与房遗爱谋反，流象州。又尝构卢承庆、李乾祐，皆坐贬。及贱买中书译语人地，为韦思谦所劾。此皆遂良短处，《新书》各见于道宗、承庆、思谦等传，而本传不载。"③ 蒲松龄咏史之诗作不多，联系这首七绝，考察小

---

① （宋）洪迈：《容斋随笔》卷一〇，岳麓书社1994年版，第221页。
② （宋）欧阳修、宋祁：《新唐书》卷一〇五，中华书局1975年版，第4082页。
③ （清）赵翼：《陔余丛考》卷一一，河北人民出版社1990年版，第195页。

义理与考据

说《褚遂良》将其转世的后身描述为"孤贫"的可怜人，略微可见作者在佛家轮回的外衣下贬斥这位历史名人的用心，不过皮里阳秋，尚须读者仔细寻绎而已。显然诗中"廷争"当谓唐高宗欲废王皇后以立武昭仪，乃致褚遂良直言极谏、"致笏殿阶"并"叩头流血"一事，否则诗中所谓"假喧嚣"就无以为解了。

再说"今典"。卷二《钟圣舆以副宪公传见示即索诗因赋此》，笺注者谓"钟圣舆，名辕，时任章丘县令"云云（第237页），似不确。钟圣舆为顺天籍江西吉水人，其父钟性朴顺治六年（1649）曾官山东按察使司副使，钟圣舆却非任山东章丘县令者。蒲松龄另有七古《寿任学使》（代钟圣舆）一诗，诗题亦未提及钟圣舆的官宦身份，可见他没有在山东当过县令。《聊斋志异》卷六《盗户》："章丘漕粮徭役，以及征收火耗；小民常数倍于绅衿，故有田者争求托焉。虽于国课无伤，而实于官囊有损。邑令钟，牒请厘弊，得可。"①小说中提及的"邑令钟"乃谓章丘县令钟运泰（生卒年不详），字履安，仁和（今浙江省杭州市）人。康熙三十年（1691）《章丘县志》卷四《官师志·仕宦》："钟运泰，浙江严州府淳安县籍仁和县人，由拔贡康熙二十三年任。"②《盗户》所附录"章丘漕粮徭役"事与"盗户"事前后映衬，更深入挖掘出社会怪现象后面所隐藏的官府施政乖张的人为因素，对于这位章丘钟县令急功近利、不切实际的政治施为颇有微词，堪称嬉笑怒骂皆成文章。值得一提的是，蒲松龄与这位章丘钟县令并非毫无关联者。康熙二十五年（1686）就任淄川县令的张嵋，字石年，仁和人，与早其二年任章丘县令的钟运泰系同乡，张嵋走马上任之初曾到章丘治所明水镇拜访过这位有同乡之谊的同僚，并写有七律八首，蒲松龄则碍于父母官的情面，于这一年也写有《和张邑侯过明水之作》的和诗八首，对于章丘县令多有溢美之词，如第七首颔联："万户弦歌闻乐土，一时霖

---

① 任笃行：《全校会注集评聊斋志异》，齐鲁书社2000年版，第1602页。
② （清）钟运泰：《章丘县志》卷四，康熙三十年（1691）本。

雨遍穷乡。"笺注者认为此诗"描写了明水的自然风光，赞扬了张崏的文采和政绩"（第245页），似不妥。张崏至明水拜望同乡的章丘县令，其时履新未久，何来政绩？蒲松龄所写八首和诗当系附和张崏称颂钟运泰之作。或许正因有这层关系，蒲松龄以后又写有《章丘钟公寿序》一文，对于时为章丘县令的钟运泰又大加誉扬，应酬之作的官样文章自不可认真，但可证明《盗户》之作当为作者在钟运泰卸任章丘后的手笔，斯时张崏当也已升任甘肃巩昌府同知了（康熙二十八年），情面不必顾及，自然会放笔直书，用小说写出一段敢于臧否人物的真实文字。张崏，乾隆八年（1743）《淄川县志》卷四《秩官》有传，颇多美誉。张崏做淄川县令三年，与蒲松龄建立了良好的官绅关系，两人互有诗作唱和。张崏升任巩昌同知，蒲松龄写有《送别张明府》七律三首与《悲喜十三谣》七绝十三首送别，就已非虚应故事的应酬之作了。

卷五《十八日与诸孙出游欲补上元之缺大风苦寒而返》七绝首两句："家家儿女过桥头，云过桥头百病瘳。"（第610页）笺注者无注。按，此二句所言为汉族年节风俗，即"走百病"，或称"走桥"、"走桥祛病"。民间在农历正月十五元宵节前后，妇女结伴出行，或过桥，或走城墙，据说可以消除晦气，避灾求福。此风俗流行于我国大江南北，吉林、山东、河南、河北、陕西乃至江苏、安徽、福建、广东皆有其踪影，可见此一风俗的地域色彩并不浓厚，所以几种版别的《淄川县志·风俗》都没有记述。不过从有关地方文献仍能觅其踪影，如明刘侗、于奕正《帝京景物略》卷二《灯市》："妇女相率宵行，以消疾病，曰走百病，又曰走桥。"同卷《春场》又云："（正月）八日至十八日，集东华门外，曰灯市。贵贱相沓，贫富相易贸，人物齐矣。妇女着白绫衫，队而宵行，谓无腰腿诸疾，曰走桥。"[①]明人所撰《金瓶梅》中，对于"走百病"也有多次描写。旧时江苏一带或称此习俗为"走三桥"，据说祛病必历三桥而止；福建一带则以"转三桥"为名。蒲松龄这首绝句第三句云

---

① （明）刘侗、于奕正：《帝京景物略》卷二，北京古籍出版社1983年版，第58页，第66页。

"方欲偷闲学年少",用宋程颢《春日偶成》诗意:"云淡风轻近午天,望花随柳过前川。旁人不识予心乐,将谓偷闲学少年。"①可见其晚年自适怡然的心态,注家于此诗若不注出"走桥"之民间风俗,蒲松龄与诸孙出游之乐就实难窥见了。

三

我们再来探讨《聊斋诗集笺注》的"打通"问题。蒲松龄诗歌创作经常化用唐人诗意,令古今意象相通,妙手成春,笺注其诗自当予以指出,否则就难以体味其诗丰富的蕴涵。

卷一《雨后次严庄》:"系马斜阳一回首,故园已隔万重山。"(第2页)笺注者于此两句未出注。细味诗意,蒲松龄当化用唐李频《春日思归》诗意:"壮志未酬三尺剑,故乡空隔万重山。"②蒲松龄年在"而立"背井离乡,无非为实现平生壮志凌云的抱负踏上旅途;李频诗境一经点出,则蒲诗之隐含情韵,颊上三毫毕见。

卷一《早行》颈联:"万里风尘南北路,一蓑烟雨短长亭。"(第2页)出句似不难读懂,笺注者故未出注。唐杜牧《赠别》:"门外若无南北路,人间应免别离愁。"③显然,笺注者若能引证杜牧此诗,则蒲诗怅别故土的凄凉意绪全部浮现而出。

卷一《途中》其一首联:"青草白沙最可怜,始知南北各风烟。"(第3页)笺注者分别注出"可怜"、"风烟"两词,似未顾及整体。唐杜甫《公安送韦二

---

① 傅璇琮等主编、北京大学古文献研究所编:《全宋诗》,北京大学出版社1998年版,第12册,第8229页。
② 《全唐诗》卷五八七,中华书局1960年版,第6810页。
③ 同上,卷五二六,第6028页。

少府匡赞》："古往今来皆涕泪，断肠分手各风烟。"①笺注者若能引证杜诗此二句，蒲诗南下离家的伤怀情境自能凸显。

卷一《宿王家营》："尽道五更宜早渡，平明风起浪如山。"（第5页）笺注者分别注出"尽道"与"平明"两词，似未得蒲诗要领。唐李白《横江词六首》其三："白浪如山那可渡，狂风愁杀峭帆人。"②笺注者若能引李白诗中之语为证，蒲松龄南下旅途的艰难情状就可历历在目了。

卷一《闻孙树百以河工忤大僚》颔联："星斗夜摇银汉动，芙蓉醉击玉龙寒。"（第7页）笺注者注对句"芙蓉"为剑名，又注"玉龙"为飞雪，似有未妥。按，玉龙，这里仍然喻剑。唐李贺《雁门太守行》："报君黄金台上意，提携玉龙为君死。"③唐王初《送王秀才谒池州吴都督》："衣袂障风金镂细，剑光横雪玉龙寒。"④在大多数情况下，"玉龙"出现于古人诗词中常用来比喻剑之锋芒。

卷一《舟过柳园同孙树百赋》其一尾联："浪迹十年湖海梦，频教杨柳绾离愁。"（第25页）笺注者注对句仅注"绾"为"系"，忽视了对古人折柳送别习俗的诠释，此也可引用唐人有关诗作为证。刘禹锡《杨柳枝词九首》其八："长安陌上无穷树，唯有垂杨管别离。"⑤唐彦谦《柳》："晚来飞絮如霜鬓，恐为多情管别离。"⑥蒲松龄《寄刘孔集》其二末两句也可为内证："可怜陌上青青柳，尽日垂条绾别离。"（第85页）限于古代道路交通条件的限制，在古人心目中，杨柳以别离意绪入诗，情味十足。

卷一《独坐怀人》颔联："途穷书未著，愁盛酒无权。"笺注云："酒无

---

① 《全唐诗》卷二三二，中华书局1960年版，第2564页。
② 同上，卷一六六，第1720页。
③ 同上，卷三九〇，第4395页。
④ 同上，卷四九一，第5558页。
⑤ 同上，卷三六五，第4113页。
⑥ 同上，卷六七二，第7693页。

权：酒可以消愁，愁多则酒难以消，故云'无权'。李白《宣州谢朓楼饯别校书叔云》：'抽刀断水水更流，举杯销愁愁更愁。'，可为此句注脚。"(第80页)按，唐郑谷《中年》："情多最恨花无语，愁破方知酒有权。"[1]这首《独坐怀人》明显反用郑谷诗意。唐元稹《酬窦校书二十韵》："尘土抛书卷，枪筹弄酒权。"[2]权，称量意。《孟子·梁惠王上》："权，然后知轻重；度，然后知长短。物皆然，心为甚。"[3]"愁盛酒无权"，不可称量的忧愁与本可以称量的酒对举，更显现出忧愁的无限。

卷一《秋闺拟李长吉》末两句："脉脉开屏见杨柳，一宵变尽黄金色。"笺注者仅注"开屏"为"敞开室内屏风"，又注"变尽黄金色"为"由绿色完全变为金黄色"(第96页)，似未抓住"变尽"二字的情韵义。按，唐王昌龄《闺怨》："闺中少妇不曾愁，春日凝妆上翠楼。忽见陌头杨柳色，悔教夫婿觅封侯。"[4]笺注者若能在此引证王诗，则《秋闺》中少妇悲秋并慨叹光阴易逝的闺怨情怀就不言自明了。

随着古文献典籍数字化的进程，我们相关的检索手段也日益丰富，这无疑极大拓展了注家与古人对话的空间。"工欲善其事必先利其器"，工具的改善令我们有了可能超越前辈学人注释成果的利器。蒲松龄平生博览群书，腹中典故富有。同注释《聊斋志异》一样，今天我们注释聊斋诗也丝毫不可掉以轻心，其间寻觅正确路径，上下求索，打通今古，纵横捭阖，乃注家责无旁贷的义务。否则，"读懂"不易，"打通"就更难以得心应手了。

（原载《蒲松龄研究》2014年第2期）

---

[1] 《全唐诗》卷六七六，中华书局1960年版，第7747页。
[2] 同上，卷四〇六，第4525页。
[3] 杨伯峻：《孟子译注》，中华书局1960年版，第16页。
[4] 《全唐诗》卷一四三，中华书局1960年版，第1446页。

破解与传统文化的时代隔膜
——读中国古典小说四大名著校注本

在旧时文人士大夫心目中，诗文一向占据着不可动摇的正统地位，小说，特别是白话章回小说一向难登大雅之堂。明末冯梦龙重视市井文化，极大提高了通俗文学的历史地位。清初颇有商品经济头脑的文人李渔也是一位身体力行的市井文化倡导者，他在《古本三国志序》开首即云："昔弇州先生有宇宙四大奇书之目：曰《史记》也，《南华》也，《水浒》与《西厢》也。冯犹龙亦有四大奇书之目：曰《三国》也，《水浒》也，《西游》与《金瓶梅》也。"[①]王世贞将《史记》、《庄子》与《水浒》、《西厢记》相提并论，混同史部、子部、戏剧为一家，其"宇宙四大奇书"之谓有其逻辑的先天缺陷，不伦不类，故不为世人瞩目；冯梦龙(1574—1646)，字犹龙，其"四大奇书"专就章回小说而言，而且首为揭橥，与明末文学潮流相顺应，就有了深入人心的效果。大约因为《金瓶梅》向被正统文人视为"淫书"之故，所以自《红楼梦》问世以后，清人曹雪芹的这部世情小说就取《金瓶梅》而代之，从而有了明清小说四大名著的说法。

《三国演义》与《水浒传》皆问世于元末明初。前者讲史，虽多有虚构，却不乏人生睿智与"义"的展示；后者属于英雄传奇，痛恨贪官与官逼民反的主旨加之较为接近下层民众生活的内容，无不勾画渲染着市民心态。

[①] 丁锡根编著：《中国历代小说序跋集》，人民文学出版社1996年版，第899页。

《西游记》属于神魔小说,虽不直接反映尘世生活,但其间浓重的市民情趣却与社会息息相通。世情小说《金瓶梅》对于明代社会人欲横流赤裸裸的暴露,揭示了商品经济冲击下市井各类人物的心态,在反映市井文化的广度与深度上,前无古人。代《金瓶梅》而入围"四大"的《红楼梦》也属于世情小说,但却非市井文化所能涵盖。作为一部描写封建贵族家庭衰亡史的不朽巨著,它具有封建末世百科全书式的广博,虽非为市井人物写心,却在反映市民心态的内蕴上更深一层。鲁迅《华盖集续编·马上支日记》:"我们国民的学问,大多数却实在靠着小说,甚至于还靠着从小说编出来的戏文。虽是崇奉关岳的大人先生们,倘问他心目中的这两位'武圣'的仪表,怕总不免是细着眼睛的红脸大汉和五绺长须的白面书生,或者还穿着绣金的缎甲,脊梁上还插着四张尖角旗。"[①]在封建时代,小说中的四大名著作为沟通士林文化与市井文化的媒介,作用非凡;在大力弘扬传统文化的今天,四大名著也有其不可忽视的摆渡或桥梁功能。

上世纪80年代以后,市场经济大潮席卷出版界,上百家出版社竞相出版早已无版权归属的四大名著,书籍装帧各有千秋,但校勘质量却大多乏善可陈;至于充分为读者着想而详加注释者,更属凤毛麟角。除《三国演义》行文半文半白,与现代白话文有所差异外,其他三部小说几乎没有语言障碍,现代人极易读懂。即使阅读《三国演义》,若非字斟句酌、认真品味,一览之下也能对其内容情节的理解把握八九不离十。就此而论,为四部白话小说详加注释似无关紧要。然而包括市井文化与士林文化在内的传统文化与当代文化毕竟有一定的时代隔膜,举凡小说中所涉及的舆地山川、风俗人情、典章制度、名物掌故,皆有加以诠释的必要,否则于小说文本不求甚解,囫囵吞枣,只求读懂故事,不计传统文化的正确继承与弘扬问题,阅读的真正乐趣也就丧失殆尽了。

---

① 鲁迅:《华盖集续编》,人民文学出版社1952年版,第148页。

破解与传统文化的时代隔膜

一 先说《三国演义》

小说中"经天纬地"一语凡四见：第十二回陈宫对吕布说："操若来，诱之入城，四门放火，外设伏兵。曹操虽有经天纬地之才，到此安能得脱也？"①第十五回周瑜对孙策说："一人乃彭城张昭，字子布；一人乃广陵张纮，字子纲。二人皆有经天纬地之才，因避乱隐居于此。吾兄何不聘之？"第三十六回徐庶向刘备推荐诸葛亮："以吾观之，管、乐殆不及此人。此人有经天纬地之才，盖天下一人也！"第三十九回徐庶对曹操说："亮字孔明，道号卧龙先生。有经天纬地之才，出鬼入神之计，真当世之奇才，非可小觑。"所谓"经天纬地"无非形容人治理天下的才能巨大，无与伦比，然而若深究这一成语的来源出处及其确切含义，则非查阅有关词典不可。《汉语大词典》："《国语·周语下》：'经之以天，纬之以地，经纬不爽，文之象也。'本指以天地为法度。后以'经天纬地'、'经纬天地'谓经营天下，治理国政。"②经此一释，其意义方见显豁。

小说中涉及古代人名常不用全称，读者不明其所指，未免懵懂。第五十三回张纮劝慰孙权："愿抑贲、育之勇，怀王霸之计。"所谓"贲育"即战国时勇士孟贲和夏育的并称。《韩非子·守道》："战士出死，而愿为贲、育。"③贲育须加以注释不言而喻。

小说中人物对话常引经据典，读者若明其出处，对于深刻理解人物形象塑造不可或缺。第五十六回曹操大宴铜雀台，曾有一段自明心迹之语："或见孤权重，妄相忖度，疑孤有异心，此大谬也。孤常念孔子称文王之至德，此言耿耿在心。"孔子称誉周文王之语见于《论语·泰伯》："三分天下有其二，

---

① 本文讨论《三国演义》、《水浒传》、《西游记》、《红楼梦》四大名著，所用版本为中国编译出版社2014年出版的四大名著校注本，只于正文标注回数，不再一一另注页码。
② 罗竹风主编：《汉语大词典》第9卷，汉语大词典出版社1992年版，第860页。
③ 陈奇猷：《韩非子集释》，上海人民出版社1974年版，第491页。

以服事殷。周之德，其可谓至德也已矣。"①小说中曹操的这一席话当本于其《让县自明本志令》："齐桓、晋文所以垂称至今日者，以其兵势广大，犹能奉事周室也。《论语》云：'三分天下有其二，以服事殷，周之德可谓至德矣。'夫能以大事小也。"②看似谦逊大度，实则暴露了他令儿子篡汉的野心。《三国志》卷一《武帝纪》，裴松之注引《魏氏春秋》曰："夏侯惇谓王曰：'天下咸知汉祚已尽，异代方起。自古以来，能除民害为百姓所归者，即民主也。今殿下即戎三十余年，功德著于黎庶，为天下所依归，应天顺民，复何疑哉！'王曰：'施于有政，是亦为政。若天命在吾，吾为周文王矣。'"③意谓自己当效法周文王让自己儿子代商殷为帝，不代汉为天子，而让儿子为帝王。清中叶性灵派诗人张问陶有五律《魏家营》，其首、颔两联云："竟学文王死，奇奸到魏公。功多宜霸王，才大亦英雄。"④所吟咏的也是曹操的奸雄本色。

  小说中所运用的一些掌故，不注释就难明其妙。第七十七回法正劝刘备纳吴懿妹即刘焉之子刘瑁的寡妻为妃，刘备认为"刘瑁与我同宗，于理不可"，法正就说："论其亲疏，何异晋文之与怀嬴乎？"汉中王刘备终于依允纳吴氏为妃。怀嬴是秦穆公的女儿，先许配晋惠公之子太子圉（即后来的晋怀公）为妻。后来晋惠公死，他的哥哥重耳从其侄子晋怀公手中夺取晋国的政权，是为晋文公，并娶了自己的侄媳妇怀嬴。法正之喻并不十分确切，据第一回，刘备投靠幽州太守刘焉："玄德说起宗派，刘焉大喜，遂认玄德为侄。"如此，则刘瑁为刘备的兄弟行，其纳吴氏为妃与晋文公娶自己的侄媳妇毕竟有其辈分的不同。

---

① 杨伯峻译注：《论语译注》，中华书局1980年版，第84页。
② 安徽亳县译注小组：《曹操集译注》，中华书局1972年版，第136页。
③ （晋）陈寿：《三国志》卷一，中华书局1959年版，第53页。
④ （清）张问陶：《船山诗草》卷九，中华书局1986年版，第227页。

二 再说《水浒传》

小说第十九回:"这几个都是久惯做公的,四清六活的人,却怎地也不晓事,如何不着一只船转来回报?"所谓"四清六活",即机灵干练,首见于《水浒传》,不加注释虽也能略知其义,但终觉模棱。

小说第二十五回:"武大道:'我屋里又不养鹅鸭,那里有这麦秸?'郓哥道:'你说没麦秸,怎地栈得肥胀胀地,使颠倒提起你来也不妨,煮你在锅里也没气。'武大道:'含鸟猢狲,倒骂得我好!我的老婆又不偷汉子,我如何是鸭?'郓哥道:'你老婆不偷汉子,只偷子汉。'"旧时谓人为"鸭"属于詈语,类似"乌龟"、"王八",特指妻子有外遇者。宋庄绰《鸡肋编》卷中:"两浙妇人皆事服饰口腹,而耻为营生。故小民之家不能供其费者,皆纵其私通,谓之'贴夫',公然出入不以为怪。如近寺居人,其所贴者皆僧行者,多至有四五焉。浙人以鸭儿为大讳,北人但知鸭羹虽甚热,亦无气。后至南方,乃知鸭若只一雄,则虽合而无卵,须二三始有子。其以为讳者,盖为是耳,不在于无气也。"①此证鲁迅早已指出,见《马上支日记》。

小说第六十八回:"再说宋江同吴用说道:'未知此计若何?'吴用道:'如是郁保四不回,便是中俺之计。他若今晚来劫我寨,我等退伏两边,却教鲁智深、武松引步军杀入他东寨,朱仝、雷横引步军杀入他西寨,却令杨志、史进引马军截杀北寨。此名番犬伏窝之计,百发百中。'"所谓"番犬伏窝"之计不见于兵书战策,唯清俞万春在其小说《荡寇志》第二十三回《张鸣珂荐贤绝疑狱,毕应元用计诱群奸》中借押狱司狱官毕应元之口有以下阐说:"相公若依小吏时,但用一番犬伏窝之计:待小吏先去私和那厮们打成一路,与他一同私逃,却在东门外埋伏人马,连小吏一齐捉下。却不要去提吕方。却将小吏同那厮们一处监下,小吏自有方法去漏他的真情实话来。那

---

① (宋)庄绰:《鸡肋编》卷中,上海书店1990年版,第105页。

时相公再提出来审问，小吏便是老大一个把鼻，那厮们赖到那里去！解上都省，只说就捉得这干人，不必说到吕方，也见得相公能办事。那边宋江得了吕方，必不加兵于此地。岂不两全其美？"①诱敌深入之原意外，清人诠释"番犬伏窝"已有发挥，故以后者注前者，仅可作为参考。

三 三说《西游记》

《西游记》涉及佛教、道教诸多名物，又常于小说中的诗赋韵文中藏头露尾，极为琐碎，为之作注要有极大的耐心与细心。如第七回："只见赤脚大仙又至。向玉帝前颒囟礼毕，又对佛祖谢道：'深感法力，降伏妖猴。无物可以表敬，特具交梨二颗，火枣数枚奉献。'"所谓"交梨火枣"又见于第二十六回的韵文中："碧藕水桃为按酒，交梨火枣寿千秋。"据《汉语大词典》，"交梨火枣"就是道家所称的仙果，南朝梁陶弘景《真诰·运象二》："玉醴金浆，交梨火枣，此则腾飞之药，不比于金丹也。"宋王逵《蠡海集·鬼神》："老氏之言交梨火枣者，盖梨乃春花秋熟，外苍内白，虽雪梨亦微苍，故曰交梨，有金木交互之义。枣，味甘而色赤为阳，有阳土生物之义，故曰火枣。"②此外如"盂兰盆会"、"四德"、"八难"、"六道轮回"、"见善随喜"乃至"东岳长生帝"、"文昌开化君"等，若不出注，读者只能囫囵读过，不利于体味小说的谐谑之趣，也难以认识欣赏到作者的浪漫才华。

《西游记》虽为想象瑰丽的神魔小说，但其具体描摹形容，有时仍以现实为基础。第十二回："行够多时，来到东华门前，正撞着宰相萧瑀散朝而回，众头踏喝开街道。"何谓"头踏"？即古代官员出行时，走在前面的仪仗。此词若不加解释，一般读者很难根据上下文猜测到其准确的释义。

---

① （清）俞万春：《荡寇志》，世界书局1935年版，第202页。
② 罗竹风主编：《汉语大词典》第2卷，汉语大词典出版社1988年版，第337页。

小说第九十三回卷首:"起念断然有爱,留情必定生灾。灵明何事辨三台?行满自归元海。"这里的"三台"当系"三思台"的省称,元代俗语谓胸口、心窝。元郑庭玉杂剧《包龙图智勘后庭花》第二折:"我见他手搦着巨毒,把我这三思台揝住。"① 此注也不可或缺,否则就难以串讲"起念"、"留情"两句的含义了。

以上名词在有关辞书中不难查阅到,注释出来就消除了拦路虎,甚便于读者阅读。

四 最后说《红楼梦》

为《红楼梦》作注,难度似超过上述三部小说,这不仅由于"红学"在中国早已成为"显学",而且其间涉及诸多研究者的恩恩怨怨,"剪不断,理还乱",聚讼纷纭,莫衷一是。小说中大量的诗词曲赋,不像《西游记》作者为有意炫才之作,其内容往往草蛇灰线,与人物的性格命运息息相关,这引发了部分学者红楼探佚的极大兴趣。特别是作者有意朦胧含蓄或无心的疏漏处,都可能令为《红楼梦》作注者左支右绌。

如明清科举称"大比",一般指的是乡试。《明史·选举二》:"三年大比,以诸生试之直省,曰乡试。中式者为举人。"② 《清史稿·选举三》:"三年大比,试诸生于直省,曰乡试,中式者为举人。"③ 记述文字大同小异。《红楼梦》第一回写甄士隐于八月中秋资助贾雨村白银五十两并冬衣两套进京,并说:"且喜明岁正当大比,兄宜作速入都,春闱一捷,方不负兄之所学。其盘费余事,弟自代为处置,亦不枉兄之谬识矣!"第二回接写:"原来雨村因那年士隐赠银之后,他于十六日便起身赴京,大比之期,十分得意,中了进士,

---

① (明)臧晋叔:《元曲选》,中华书局1989年版,第937页。
② (清)张廷玉等:《明史》卷七〇,中华书局1974年版,第1693页。
③ 赵尔巽等:《清史稿》卷一〇八,中华书局1976年版,第3147页。

选入外班，今已升了本县太爷。"小说中所谓"大比"显然指的是京师礼部会试与殿试，否则绝无"春闱一捷"与"中了进士"之说。然而贾雨村并没有直接赴京参加会试的资格，小说第一回已有交代："这士隐正在痴想，忽见隔壁葫芦庙内寄居的一个穷儒，姓贾名化、表字时飞、别号雨村的走来。这贾雨村原系湖州人氏，也是诗书仕宦之族。因他生于末世，父母祖宗根基已尽，人口衰丧，只剩得他一身一口，在家乡无益，因进京求取功名，再整基业。自前岁来此，又淹蹇住了，暂寄庙中安身，每日卖字作文为生，故士隐常与他交接。"从这段描写判断，贾雨村既非举人，也非贡生或监生，而且他只能参加浙江乡试方有中举的可能，不会直接到京师参加顺天乡试；况且直省乡试之前须有科试或录遗等"预备试"，不通过连参加乡试的资格都没有。如此而论，贾雨村的仕进之路未免"捷达"，这或许是作者特意为这位热衷者量身打造的仕履，然而今人为"大比"作注，就需要斟酌再三，且不免大费周章。

小说第九回："又有两个多情的小学生，亦不知是那一房的亲眷，亦未考真姓名，只因生得妩媚风流，满学中都送了两个外号，一个叫'香怜'，一个叫'玉爱'。别人虽都有羡慕之意，'不利于孺子'之心，只是惧怕薛蟠的威势，不敢来沾惹。"所谓"不利于孺子"五字并不难理解，然而却有其出典。《尚书·周书·金縢》："武王既丧，管叔及其群弟乃流言于国，曰：'公将不利于孺子。'"①这是记述周武王死后，管叔等散布流言，诬蔑摄政者周公旦将篡夺其侄周成王的王位一事。今天的注家若能注出五字之来源，小说作者对于经典信手拈来之趣就跃然纸上了。

小说第七十一回："贾母又叫把喜鸾、四姐儿二人叫来，跟他二人吃毕，洗了手，点上香，捧上一升豆子来。两个姑子先念了佛偈，然后一个一个的拣在一个笸箩内，每拣一个，念一声佛。明日煮熟了，令人在十字街结寿缘。"所谓"结寿缘"即旧时京师"舍缘豆"的民间风俗的展现，清富察敦崇

---

① （清）阮元校刻：《十三经注疏》，中华书局1980年版，第197页。

《燕京岁时记·舍缘豆》:"四月八日,都人之好善者,取青黄豆数升,宣佛号而拈之。拈毕煮熟,散之市人,谓之舍缘豆。预结来世缘也。谨按《日下旧闻考》:京师僧人念佛号者,辄以豆记其数。至四月八日佛诞生之辰,煮豆微撒以盐,邀人于路请食之,以为结缘。今尚沿其旧也。"[①]《红楼梦》的百科全书性质于此可见一斑!

综合上述可知,读者如果不想仅止步于对小说故事情节的大致了解,而是真正"读懂"小说所涉及的传统文化内容,没有注释的小说白文文本显然已经难以满足日益苛求的图书市场的需要。中央编译出版社于2014年一举推出中国古典小说四大名著的校注本,实为功德无量的选题策划。《三国演义》与《红楼梦》的校注者是裴效维先生,《水浒传》的校注者是冀勤先生,《西游记》的校注者是吕薇芬先生,他们或为中国社会科学院的资深研究员,或为中华书局的资深编审,常年涵泳于古典文学作品的汪洋之中,功力深厚,校注质量完全可以保证。

以《红楼梦》的校注为例,是书校勘以"程乙本"为底本,参校"程甲本"、"梦稿本"、"庚辰本"、"己卯本"、"甲戌本"等,持择审慎,循序有法。尤为值得称道的是本书的注释。裴先生先有《红楼梦全解本》问世,出版后颇受好评,这次出版格于丛书体例,对于以前的注释有所删减。尽管如此,本书的注释仍有其突出的特点。对于相关词语,明其出典仅是注释工作的第一步,解释其本义,探讨其引申义或比喻义,无疑会令读者理解小说文本更上一层楼。小说中所涉及的古代建筑、服饰、官制、医卜星象乃至琴棋书画等文化皆有探本求源的详注;对于小说中出现的诗词曲赋、酒令谜语等,疏通文义而外,还要揭示其隐义。古籍数字化的进程对于今天的注家无疑如虎添翼,裴效维先生在《校注前言》已提及《中国古典数字工程》对于他注释《红楼梦》的巨大帮助作用,文本于"读懂"之后,"打通"竟也不难了。今

[①] (清)富察敦崇:《燕京岁时记·舍缘豆》,北京古籍出版社1981年版,第61页。

义理与考据

以校注者对于小说第二回"那年周岁时,政老爷试他将来的志向,便将世上所有的东西摆了无数叫他抓"一段话的注释为例:

> 抓——即"抓周",亦作"试儿"、"试周"。旧俗于婴儿满周岁时,父母摆列各种小件器物,任其抓取,以测试其秉性、智愚、志趣。此俗始于江南,后亦传到北方,事见北朝周·颜之推《颜氏家训·风操》:"江南风俗,儿生一期(年),为制新衣,盥浴装饰,男则用弓矢纸笔,女则刀尺针缕(线),并加饮食之物及珍宝服玩,置之儿前,观其发意所取,以验贪廉智愚,名之为试儿。"(宋赵彦卫《云麓漫钞》卷二也有相同记载)又宋·叶寘《爱日斋丛钞》卷一:"《玉壶野史》记曹武惠王(曹彬)始生周晬日,父母以百玩之具罗于席,观其所取,武惠王左手提干戈,右手提俎豆,斯须取一印,余无所视。曹,真定人。江南遗俗乃在此(指真定),今俗谓试周是也。"

裴先生注释之认真详细可见一斑。试儿风俗至清盛传不衰,"提戈取印"更成为有关诗歌所必用的掌故。清沈德潜《清诗别裁集》卷一九选录吴廷桢《试儿行为为天标令子赋》,中有句云:"诸余玩好不挂眼,岂羡取印提戈殳。"后有评云:"提戈取印,试儿诗中所必用也。此以撇为用,便不觉其陈陈。"[①]

对古代小说详细完备并准确精审的注释可给予读者以启发,中央编译出版社近日推出的中国古典文学四大名著校注本就是这样一套有益于广大读者的读本。

(原载《中国教育报》2015年3月20日《读书周刊》,因篇幅所限,仅为节选;这里恢复全文。)

---

① (清)沈德潜:《清诗别裁集》卷一九,中华书局1975年版,第343页。

性灵与学识
——《船山诗草全注》问题举隅[①]

作为性灵派诗人，张问陶(1764—1814)享誉清中叶诗坛，《晚晴簃诗汇·诗话》有云："船山弱冠工诗，空灵沉郁，独辟奇境，有清二百余年蜀中诗人无出其右者。"[②]《船山诗草》二十卷及其《补遗》六卷收录张问陶古今体诗歌三千余首，其诗歌理论与创作皆有引人瞩目的成就，两百年来影响深远。《船山诗草》二十卷有嘉庆二十年(1815)刊本，《补遗》六卷有道光二十九年(1849)刊本，两编皆为张问陶身后刊行，相差三十四年。中华书局1986年合两编为一书名《船山诗草》标点整理出版。2010年5月，巴蜀书社出版成镜深先生主编之《船山诗草全注》(以下简称《全注》。引文凡出自该著者均只随文标注页码)，即以中华本《船山诗草》为底本加以注释。参与注释的学者有十七人之多，属于集体项目。《全注》订正了中华本的若干排印纰漏，如形讹误植、两诗连排为一诗以及个别标点问题，出版后，笔者有《读〈船山诗草全注〉》，刊于《古籍整理出版情况简报》2011年第2期(《四川职业技术学院学报》2011年第2期转载)；邵福亮《三点〈船山诗草全注〉》，刊于《四川职业技术学院学报》2011年第1期；刘雄《〈船山诗草全注〉订误》，刊于《四川职业技术学院学报》2013年第4期。三文在肯定《全注》取得某些成绩的同时，也分别指出了是书校注工作的诸

[①] 本文因篇幅过长，对于文中所涉及的习见的文学、史学典籍，仅随文标明篇名，不再一一出注。
[②] 徐世昌编：《晚晴簃诗汇》卷一〇八，中华书局1990年版，第4593页。

多不足之处。值得称道的是，《全注》主编成镜深教授为四川职业技术学院文化传播系副主任，能在本学院学报相继刊登指瑕《全注》的文章，体现了其怀有学术乃天下公器认识的大度。而笔者曾经是中华本《船山诗草》的责任编辑，对自己早前校点工作的相关疏漏，也深感难辞其咎并愧对读者。笔者也终因与张问陶有这一层因缘，三十年来每多关注学人对张问陶诗歌的研究与整理工作。最近再通读《全注》，除上述文章所指出的疏失外，又发现不少问题，值得引起以承传中国传统文化为己任者的瞩目。《全注》副主编之一的罗应涛先生另有《张问陶诗歌菁华录》之作，选注船山诗七百余首，大众文艺出版社2011年12月出版，所选船山诗的有关注释较《全注》准确，虽不能以"后出转精"遽下评断，但学人力求正确继承优秀文化遗产的不懈努力却是有目共睹的。

注家能否真正读懂古人作品并正确引导读者，在当今古籍整理界是一个具有普遍性质的问题。对前人作品有意的"断章取义"固然不可取，无心的"郢书燕说"也非严谨的治学态度。以下即从《船山诗草全注》有关注释问题分为三个方面加以探讨商榷，篇幅有限，难以备举，故以"举隅"名篇。

一 使事运典与化用融会

张问陶论诗力主性灵，然而其诗歌创作也绝非空无依傍或自铸伟词，博闻强记与腹笥深厚是其所为诗能够随心所欲发抒性灵的基础。性灵与学识关系密切，后者缺位，前者即成空中楼阁。张问陶《壬子除夕与亥白兄神女庙祭诗作》云："不抄古人书，我自用我法。"(第611页)《论诗十二绝句》其八又云："何苦颠顼书数语，不加笺注不分明。"(第786页)但在创作实践中，特别是其早期的诗作中，张问陶将使事运典作为一种修辞方法或写作技巧加以运用的诗作并不在少数，今天注家若失注，读者就有可能莫名其妙以致不知所云。今天研究性灵派诗人，就不能忽视张问陶对学养自我培育积累的努力。

《神驹篇》为一首咏马的五古，内有云："卓哉武皇帝，高识薄九霄。"(第

48页)《全注》仅注"薄"为"迫近","武皇帝"系何人？未予理会。按，此两句当用汉武帝遣贰师将军李广利征大宛以获取汗血宝马（天马）事，见《汉书》卷六一《张骞李广利传》。如此作注，诗人称颂汉武帝"高识"的用心方有可能昭然若揭。

七古《击筑吟》一诗以《史记·刺客列传》为诗材，反映出张问陶年轻时对于人生汲汲功名所抱的消极态度。首二句直入主题："久隐畏约无穷时，堂上击筑将何之。"(第49页)《全注》："畏约：怕赴约会。"此诚属误解。按，两句诗当语本《史记》卷八六《刺客列传》："高渐离念久隐畏约无穷时，乃退，出其装匣中筑与其善衣，更容貌而前。举坐客皆惊，下与抗礼，以为上客。使击筑而歌，客无不流涕而去者。宋子传客之，闻于秦始皇。秦始皇召见，人有识者，乃曰：'高渐离也。'秦皇帝惜其善击筑，重赦之，乃矐其目。使击筑，未尝不称善。稍益近之，高渐离乃以铅置筑中，复进得近，举筑朴秦皇帝，不中。于是遂诛高渐离，终身不复近诸侯之人。"畏约，当谓因穷困而畏缩，唐司马贞索隐："约，谓贫贱俭约，既为庸保，常畏人，故云畏约。"所谓"怕赴约会"显系望文生义。此诗第三四句"秦人食马尚能报，何况平生国士知"，"秦人食马"句用《史记·秦本纪》中秦穆公因赦免食其良马之岐下野人而终得恩报事，《全注》已注出。"何况"句串讲云："更何况你平生受到国内名人赏识。"大误。按，"国士"谓一国中才能最优秀的人物，全句当语本《史记》卷八六《刺客列传》："豫让曰：'臣事范、中行氏，范、中行氏皆众人遇我，我故众人报之。至于智伯，国士遇我，我故国士报之。'"诗中"国士"形容高渐离受到"国士"的知遇（其报恩也必将是最高规格的）而非称誉赏识他的人，不明出处，释义就会南辕北辙。第五六句"眼大心雄转飘泊，鸷鸟群中悲一鹗"，《全注》于两句仅注："鹗：指有才能者。"释义不误，却难以串通其义。按，两句意谓众人中拔萃者反而易遭灾难。"鸷鸟"句语本《文选》卷三九录汉邹阳《上书吴王一首》："臣闻鸷鸟累百，不如一鹗。"第九十两句"雄飞雌伏总平平，浮世何须识姓名。"《全注》谓前一句"从李白《蜀道难》'雄飞雌从绕林间'变来"，亦误。按，"雄飞雌伏"当反用《东观汉记·赵温传》:"大丈夫生当雄飞,安能雌伏!"①这首七古凡十二句,由于注者忽视了对于有关文献的引证与联系,造成释义的支离破碎,从而令全诗主旨晦涩难明。

如果说诗歌使事运典若仅局限于典籍文献尚不难查考的话,那么诗人化用前人文学作品为我所用,注家就不易找到检索的路径或关键词了。这正如张问陶《使事》一诗中所自我标榜者:"使事人不觉,吾思沈隐侯。书皆随笔化,心直与天谋。"(第881页)

七律《汉阳客舍题壁》尾联:"故人小别今如雨,零落春衣旧酒痕。"(第36页)《全注》:"小别今如雨:而今暂别,如雨散落。"这明显有望文生义之嫌。按,出句当语本唐杜甫《秋述》序:"秋,杜子卧病长安旅次,多雨生鱼,青苔及榻,常时车马之客,旧,雨来,今,雨不来。"谓与故交小别后竟难得一面,"今如雨"即暗喻"不来"。对句亦有所本,当化用唐白居易《故衫》:"袖中吴郡新诗本,襟上杭州旧酒痕。"此承出句意,谓昔日饮酒的欢宴难再。其实《全注》注者并非不明"今如雨"之出典,如其后注七律《与石琢堂同年夜语》首联"梦冷虚堂旧雨来,几年怀抱暂时开"(第1013页),已然指明作者此联出句乃化用杜甫《秋述》的事实。

五律《题黄州陈春亭汉上寓图》颈联:"萍踪悲汉水,鹤影梦黄州。"(第62页)《全注》:"汉水:在湖北境内,流经武汉。鹤影:仙鹤似的身影。"如此加注与诗意关联者无多。按,出句当语本唐张祜《思归乐二首》其二"连天汉水广,孤客未言归",隐喻寄寓他乡而难归的无奈。对句当语本宋苏轼贬官黄州时所写《后赤壁赋》:"时夜将半,四顾寂寥,适有孤鹤,横江东来,翅如车轮,玄裳缟衣,戛然长鸣,掠予舟而西也。须臾客去,予亦就睡,梦一道士羽衣翩跹,过临皋之下,揖予而言曰:'赤壁之游乐乎?'问其姓名,俯而不答。呜呼噫嘻,我知之矣!'畴昔之夜,飞鸣而过我者,非子也耶?'道士顾

---

① 吴树平:《东观汉记校注》卷一四,中州古籍出版社1987年版,第533页。

笑，予亦惊悟。开户视之，不见其处。"可见对句所表达的也是他乡之客的一种怅然若失之情。此诗尾联："我亦穷愁客，生涯付白鸥。"《全注》："白鸥：白色水鸟。栖息于沙洲上，称沙鸥。飞翔于海上，称海鸥。在古诗文中常是高尚隐者的象征。"此注与全诗意境也无大关系，属于臆断。按，尾联两句语本唐李白《观博平王志安少府山水粉图》"游云不知归，日见白鸥在"句意，进一步渲染出游子客居他乡的苦闷，这与张问陶当时困居湖北汉阳的心境正同。诗人时年二十岁，吟诗常须借古人酒杯以浇自家心中块垒，从而须多用巧思以成篇。七古《题法时帆式善前辈〈诗龛向往图〉》一诗已是诗人三十岁的作品，其中有"吁嗟乎！不写性灵斗机巧，从此诗人贱于草"（第718页）的呼吁，这与其十年前的诗风取向已有所不同了。今天注家正确诠释诗歌对于全面把握古人诗风演变的重要性可见一斑，因而对于诗中一词一句的诠释皆不能掉以轻心。

七律《春日感怀》四首其一颈联："狂到杜陵甘作客，穷如东野例工诗。"（第68页）《全注》："杜陵：杜甫。东野：孟郊。"诠解人名虽无误，但却忽视了对两句诗的取义究竟若何的阐幽发微，令读者仍如坠五里雾中。按，本联出句语本唐杜甫《秋尽》"不辞万里长为客，怀抱何时得好开"二句，对句则专就孟郊寒苦诗风而发议论，表达出诗人对诗与人生问题的某种思考。唐人孟郊、贾岛的诗，清峭瘦硬，好作苦语，论者故有"郊寒岛瘦"之谓。宋欧阳修《梅圣俞诗集序》则谓："然则非诗之能穷人，殆穷者而后工也。"①显然用以上书证诠释此诗颈联，就清楚明晰多了。此诗其四尾联："熟读《离骚》还痛饮，风尘偏笑不狂狂。"（第69页）《全注》谓出句"用《世说·任诞》王恭故事"，无误。注"不狂狂"则谓"不算狂的狂人"，则与原意适相反，大误。按，"狂狂"谓迷失本性，语本《庄子·盗跖》："子之道，狂狂汲汲，诈巧虚

---

① 陶秋英编选：《宋金元文论选》，人民文学出版社1984年版，第92页。

伪事也，非可以全真也，奚足论哉！"唐成玄英疏："狂狂，失性也。"①

五律《夜行》颈联："屺岵嗟行役，云山入卧游。"（第75页）《全注》："屺岵：（登）山。"以未指出用《诗经》与《宋书》典，致令诗意难明。按，此联出句语本《诗·魏风·陟岵》："陟彼岵兮，瞻望父兮。父曰：嗟！予子行役，夙夜无已。上慎旃哉，犹来无止！陟彼屺兮，瞻望母兮。母曰：嗟！予季行役，夙夜无寐。上慎旃哉，犹来无弃！陟彼冈兮，瞻望兄兮。兄曰：嗟！予弟行役，夙夜必偕。上慎旃哉，犹来无死！"诗人用"屺岵"二字表达对于父母与兄长的无限怀念，这于古人诗中并不罕见。此联对句语本《宋书》卷九三《宗炳传》："（宗炳）有疾还江陵，叹曰：'老疾俱至，名山恐难遍睹，唯当澄怀观道，卧以游之。'凡所游履，皆图之于室。"此诗尾联"但能营菽水，何必问皇州"，"菽水"，即豆与水，古人常谓晚辈对长辈的供养，语本《礼记·檀弓下》："子路曰：'伤哉！贫也！生无以为养，死无以为礼也。'孔子曰：'啜菽饮水尽其欢，斯之谓孝。'"②此诗尾联卒章显志，道出诗人孝亲较功名为重的用心，并与颈联两句前后呼应，因而具有较强的感染力。

五律《早秋夜雨寄怀毕展叔先生》四首其一尾联："别来多逸兴，古调向谁弹。"（第86页）《全注》仅注出句"逸兴"云："闲逸诗兴。"而于对句无注。按，唐刘长卿《听弹琴》："泠泠七弦上，静听松风寒。古调虽自爱，今人多不弹。"如果能够指出对句乃诗人有意融会刘长卿诗意境的巧思，作者孤芳自赏又企图寻觅知音的心理就跃然纸上了。

化用前人诗句或融会古人诗歌意境为我所用，属于张问陶诗歌创作的技巧之一，有时并不明显，注家稍不留心，就会失诸交臂，从而难以索解其诗真义。至于涉及前人诗坛旧闻或有关诗歌本事者，注家更当勤于查考，否则也难以确切理解张问陶诗歌创作的意旨。

---

① （清）郭庆藩辑：《庄子集释》，中华书局1961年版，第1000页。
② 《礼记·檀弓下》，清阮元校刻《十三经注疏》本，中华书局1980年版，第1310页。

七律《邺中吊谢茂秦》颈联："白雪诗坛元不古，朱门交道况难终。"（第82页）《全注》："元：原。朱门：权贵。况：更何况。"此颈联两句所言究竟何意，《全注》概无诠释。按，此联出句乃评论明"后七子"之一的李攀龙，他在家乡曾筑白雪楼，隐居高卧，杜门谢客，其诗文集最初结集即名《白雪楼集》。对句则谓也属"后七子"之一的谢榛与李攀龙等交恶一事。清钱谦益《列朝诗集小传》丁集上《谢山人榛》："是时济南李于鳞、吴郡王元美结社燕市，茂秦以布衣执牛耳。诸人作五子诗，咸首茂秦而于鳞次之。已而于鳞名益盛，茂秦与论文，颇相镌责，于鳞遗书绝交。元美诸人咸右于鳞，交口排茂秦，削其名于七子、五子之列。"①简明地记述了明代这一诗坛公案，注释若加引证，于读者当大有裨益。此诗尾联："荒坟颓堕无人吊，并为怜才哭计东。"《全注》仅注明计东小传，而未理会其本事。考计东《改亭诗集》卷五《邺城吊谢茂秦山人》："邺中怀古正秋风，词赋深惭谢氏工。生欲移家辞白雪，殁随疑冢对青枫。诸王礼数何尝绝，七子交期竟不终。自是贵游多薄幸，布衣未必叹飘蓬。"②注家如果引证计东此诗，显然对于理解全诗意旨不可或缺。

五律《彰德》尾联："独怜公宴日，王粲亦青袍。"（第83页）《全注》于两句概未出注，令读者不知所云。按，王粲乃东汉末年文学家，"建安七子"之一。他原为刘表幕僚，归顺曹操后被授丞相掾，赐爵关内侯，继迁军师祭酒。《文选》卷二〇选录王粲《公宴诗》一首，为其侍奉曹操之宴饮而写，曹植、刘桢亦各有一首。诗中"青袍"，当以唐人服饰借代曹操幕府官员的服饰。唐时幕府官居六品，六品服深绿，故称。唐杜甫《遣闷奉呈严公二十韵》："黄卷真如律，青袍也自公。"清仇兆鳌注："《唐志》：'尚书员外郎，从六品上。上元元年制，五品服浅绯，六品服深绿。'朱注：'公时已赐绯，而云

---

① （清）钱谦益：《列朝诗集小传》丁集上《谢山人榛》，上海古籍出版社1983年版，第423页。
② （清）计东：《改亭诗集》卷五，乾隆十三年（1748）刻本。

义理与考据

青袍者,以在幕府故耳。旧注谓青袍九品服,误矣。'"①尾联两句显然暗喻文人对于权臣屈从的无奈,"青袍"作为关键词,是理解尾联用意的关捩,注家失注,解释全诗就无从谈起了。

七律《乙巳八月出都感事》四首其三首联:"寇公家计魏三诗,鼎鼐楼台绝妙词。"(第102页)《全注》:"寇公家计:北宋宰相寇准,曾经思亲罢宴。魏三诗:魏国三曹的诗歌。鼎鼐:贵族家煮饭用的锅,所谓钟鸣鼎食之家。"注者在没有看懂全诗的情况下贸然为释,乃至令读者不知所云。按,其三首联两句典出宋吴处厚《青箱杂记》卷六:"魏野,陕府人,亦有诗名……有赠(寇)莱公诗云:'有官居鼎鼐,无地起楼台。'而其诗传播漠北,故真宗末年尝有北使诣阙,询于译者曰:'那个是无地起楼台的宰相?'时莱公方居散地,真宗即召还,授以北门管钥。"②所谓"魏三"乃魏野曾经的自我戏称,宋沈括《梦溪笔谈》卷一六:"蜀人魏野,隐居不仕宦,善为诗,以诗著名……当世显人多与之游,寇忠愍尤爱之。尝有赠忠愍诗云:'好向上天辞富贵,却来平地作神仙。'后忠愍镇北都,召野置门下。北都有妓女,美色而举止生梗,士人谓之'生张八'。因府会,忠愍令乞诗于野,野赠之诗曰:'君为北道生张八,我是西州熟魏三。莫怪樽前无笑语,半生半熟未相谙。'"③乾隆五十年(1785)八月间,年已二十二岁的张问陶携妻子周氏离京返归遂宁,因系其平生首次还乡,故诗中追念祖德家风实为应有之义。张问陶高祖张鹏翮(1649—1725)官至文华殿大学士兼吏部尚书,康熙帝曾以"一介不取,天下廉吏"八字奖勉之,张问陶显然以宋代为官清廉的贤相寇准比拟其高祖,此正与颔联"廉吏子孙贫不讳,先人清白世原知"呼应。颔联两句暗用《后汉书》卷五四《杨震列传》:"(杨震)性公廉,不受私谒。子孙常蔬食步行,故旧长者或欲令为开

---

① (清)仇兆鳌注:《杜诗详解》卷一四,中华书局1979年版,第1180页。
② (宋)吴处厚撰:《青箱杂记》卷六,中华书局1985年版,第60页。
③ 胡道静校注:《新校正梦溪笔谈》卷一六,中华书局香港分局1975年版,第167页。

产业，震不肯，曰：'使后世称为清白吏子孙，以此遗之，不亦厚乎！'"罗应涛《张问陶诗歌菁华录》选注此诗，除颔联未出注外，基本避免了《全注》注释的失误，显示了有关学者的严肃态度。

五律《与寿门弟饮土桥张氏山庄》颈联："蔗尾容分啖，桤林许借栽。"（第500页）《全注》谓出句语本《世说·排调》顾恺之食甘蔗"渐入佳境"一说，正确。对句"桤林"何谓？《全注》注云："树名，落叶乔木。果穗椭圆形，下垂。嫩叶可作茶叶代用品。"此注与诗旨全无干系。按，颈联对句语本唐杜甫七绝《凭何十一少府邕觅桤木栽》："草堂堑西无树林，非子谁复见幽心。饱闻桤木三年大，与致溪边十亩阴。"清仇兆鳌注："宋祁《益部方物记》：'桤木蜀所宜，民家莳之，不三年可为薪。疾种亟取，里人利之。'"①张问陶熟读杜诗，取其诗意信手拈来，但因无关键词可供查考，的确给今人注释带来一定的难度。

五绝《三月十一日李驭之云骧招游梵云山开善寺醉后有作刻寺东大竹上》两首其二："朝衫污酒痕，随意卧林壑。借问同游人，何如谢康乐？"（第535页）此诗后两句完全模拟南朝梁曹景宗诗，带有某种自我调侃的意味。曹景宗本是一位赳赳武夫，据《南史》卷五五《曹景宗传》记述，曹景宗破魏而归，梁武帝于华光殿宴饮联句，令沈约安排诗韵，每人各拈不同之韵，至曹景宗，韵已用尽，唯余下"竞"、"病"二字，很难入诗，不料曹景宗操笔立成一诗："去时儿女悲，归来笳鼓竞。借问行路人，何如霍去病。"这令梁武帝及群臣惊叹不已。曹景宗宴饮赋诗一事驰名后世，王士禛《吴历修竹吾庐图为汪季用题》五古"借问辋川人，何如斤竹岭"，也属模拟曹诗之作。《全注》对此未予理会，只注出谢康乐为南朝山水诗人谢灵运，显然未涉及此诗谐谑之趣。

诸如此类模拟或径用前人诗句，在《船山诗草》中并非罕见。五律《叶

---

① （清）仇兆鳌注：《杜诗详解》卷九，中华书局1979年版，第733页。

义理与考据

县》尾联:"汝濆东望好,春色满平芜。"(第664页)《全注》注"平芜"云:"平芜:杂草繁茂的原野。高适《田家春望》:'出门何所见,春色满平芜。'"注释举出船山这一因袭前人诗句的书证,对于体味诗人性灵之趣十分必要。然而船山大多数情况下的性灵诗写作并非如此直接,而是间接化用融会前人诗句或诗意,这无疑为今天的注释者出了难题。如五律《襄城》四首,其一颔联:"汝南鸡未唱,颍上月如环。"(第666页)《全注》:"汝南:郡名,今河南汝州市。颍上:县名,在今安徽西北,淮河、颍河交汇处。现属阜阳市。环:璧之一种,圆形,中心有孔。"注释词语选取失当。按,汝南鸡,据说古代汝南所产之鸡,善鸣,南朝陈徐陵《乌栖曲》之二:"惟憎无赖汝南鸡,天河未落犹争啼。"颍上月,唐李白《送别》:"看君颍上去,新月到应圆。"唐岑参《送杨子》:"看君颍上去,新月到家圆。"通晓诗人遣词既顾及眼前实景又能融会前人诗意境,赏析其创作艺术方有可能。再如此诗尾联:"荒途迷七圣,愁绝马蹄间。"《全注》仅注:"荒:边远。愁绝:极愁苦。"诗中关键处概未顾及。按,七圣,指传说中的黄帝、方明、昌寓、张若、謵朋、昆阍、滑稽七人。《庄子·徐无鬼》:"黄帝将见大隗乎具茨之山,方明为御,昌寓骖乘,张若、謵朋前马,昆阍、滑稽后车,至于襄城之野,七圣皆迷,无所问涂。"若引此书证为注,诗意就不难理解了。

七绝《汲县怀古》三首其二:"一首宾筵醉后诗,仙仙犹写旧丰姿。人生止酒谈何易,《周诰》謷牙已费词。"(第675页)张问陶以为汲县一带的牧野之地为商纣行乐之地,故以此处为酒池所在处,因而发思古之幽情。这首诗承其一之诗意,由商纣酒池联想到《诗经》中有关饮酒的《小雅·宾之初筵》一诗。据《诗序》,这是卫武公讽刺周平王朝中花天酒地荒淫生活的作品。卫武公姓姬名和,因佐周平王平定犬戎,被封为公,并入朝中为卿士。他见君臣上下饮酒无度,就写下《宾之初筵》一诗,陈古以刺今。仙仙,语本《诗·小雅·宾之初筵》:"宾之初筵,温温其恭。其未醉止,威仪反反。曰既醉止,威仪幡幡。舍其坐迁,屡舞仙仙。其未醉止,威仪抑抑。曰既醉止,威仪怭怭。是曰既醉,不知其秩。"旧丰姿,即谓公卿尚未完全烂醉时的轻盈舞态。周诰,谓《尚书·酒诰》,是中国最早的禁酒令,由西周统治者在推翻商代的统治之后发布。《全注》于上述内容多未顾及,仅注云:"仙仙:指非凡的人。丰姿:美好的容貌姿态。止酒:戒酒。陶潜《止酒》:'平生不止酒,止酒情无喜。'"又注云:"周诰:即《周书》,因其中有《大诰》等篇,故名。"由于未能指出全诗与《诗经》的关联,释义误解就在所难免。无独有偶,七古《自警》一首为自戒饮酒过度之诗,其中也涉及《诗·小雅·宾之初筵》。此诗末二句:"饮酒不师卫武公,三爵不识当终凶。"(第791页)《全注》因不明其出处,注释就言不及义,以其过长,不赘。《宾之初筵》末二句:"三爵不识,矧敢多又。"意谓喝下三杯酒已不清醒,何况再加劝饮。宋朱熹《诗集传》:"卫武公饮酒悔过而作此诗。"①这一释义与张问陶以"自警"为题的诗旨正合。

五律《送刘松岚之任奉天》颔联:"小妇司吟卷,奇山入讼庭。"(第873页)《全注》:"司吟卷:管诗卷。讼庭:旧时审理诉讼案件的场所。讼,争辩。"注释未明所以,令读者难解诗意。按,出句谓一门和乐,语本南朝陈张正见《三妇艳诗》:"大妇织残丝,中妇妒蛾眉。小妇独无事,歌罢咏新诗。"对句谓政简讼息,语本唐李颀《送刘四赴夏县》:"一朝出宰汾河间,明府下车人吏闲。端坐讼庭更无事,开门咫尺巫咸山。"若如此为注,诗人送人为官之殷勤祝福意就显豁了。

五律《咏小山斋中盆桂》,题中"小山"谓海宁查有圻,字止千,号小山。此诗尾联:"不须招隐士,风露满秋城。"(第963页)《全注》:"招隐士:招人归隐。这是晋人的诗题名,陆机、左思等人都有这类诗作。"不确。按,"招隐士"系借用汉淮南小山楚辞《招隐士》"桂树丛生兮山之幽,偃蹇连蜷兮枝相缭"句意并以此切合"小山"之号,极见诗人巧思。

五律《十月二十九日与介兹亥白同押煤字韵》颈联:"功名悲枥马,聚

---

① (宋)朱熹集注:《诗集传》卷一四,上海古籍出版社1980年版,第163页。

散怯风桅。"(第984页)《全注》:"枥:马槽。"释义不及"悲"的取意。按,枥马,谓拴在马槽上的马,多喻受束缚、不自由者。唐白居易《续古诗》其三:"枥马非不肥,所苦长絷维。"又尾联:"那得红炉炭,金尊泛绿醅。"《全注》:"醅:未经过滤的酒。"亦未指出两句所本。按,白居易《问刘十九》:"绿蚁新醅酒,红泥小火炉。晚来天欲雪,能饮一杯无。"从中可见张问陶对于白居易的推崇。

七绝《京师客夜有怀秦岵斋先生却寄》五首其一:"一自角巾归故里,料应无梦到长安。"(第1757页)《全注》:"角巾:角巾素服的省称。角巾素服,寒士的装束。长安:这里指京师,即北京。"按,角巾即方巾,为有棱角的头巾,属于古代隐士冠饰。《晋书·王导传》:"则如君言,元规若来,吾便角巾还第,复何惧哉!"梦长安,语本唐白居易《无梦》:"渐销名利想,无梦到长安。"秦岵斋,即秦朝纡(1721—1794),字大樽,号岵斋,江苏无锡人。乾隆十三年(1748)进士,历官楚雄知府。以遭母丧归里,不复出仕。诗意与秦仕履正相符合。

张问陶原配周氏,有女阿梅,母女俱早夭;继室林颀,美貌能诗文,育有四女,长女枝秀早夭,余下三女存,但苦无子①。张问陶年近五十岁时为能生子继香火而偷纳十六岁的杜素芬为妾,曾着意安排本不相识的林、杜两人在苏州虎丘可中亭偶遇,但收效似乎并不圆满,诗人有七律《壬申十一月二日闺人游虎丘即事有作》纪其事,其颈联云:"梅子含酸都有味,仓庚疗妒恐无灵。"(第1601页)诗人对自家妻妾失和的这种担忧在此后七律《感事》二首中更得到含蓄的表达。现仅分析其二,以凸显注家须认真寻觅诗中融会前人诗句的重要性。全诗云:

星小何缘拟聚奎,羲图火泽竟占睽。生原难养丹飞鼎,情不能忘素反

---

① 参见胡传淮著:《张问陶年谱》,巴蜀书社2005年版。

闺。幸脱罡风留劲草,且携明月赋柔荑。佳儿倘入熊罴梦,戈印还教左右提。

（第1640页）

首联两句谓杜素芬出生即命运不佳。"星小",以《诗·召南·小星》为书证,"羲图"句以《易·暌》为书证,《全注》大致无误。问题出在颔联,《全注》云:"二句中包含有隐曲难明之家庭纠葛。似乎指杜素芬在家中难处,离去而又念情复返。"因不明诗中用事,如此诠释终觉模糊不清。此联出句当谓诗人继室林颀（佩环）难以生男或谓杜素芬有孕而不幸流产,此当化用宋苏轼《红梅三首》其三:"丹鼎夺胎那是宝,玉人频颊更多姿。"对句则谓家中妻妾不相能,杜素芬险些被逐出家门。唐白居易因年老欲卖掉一匹名"骆"的老马以及侍姬樊素,樊素涕下陈词,不愿离去,白居易也不能忘情,遂将骆与樊素留下,并写下《不能忘情吟》,中有句云:"骆,骆,尔勿嘶;素,素,尔勿啼。骆反厩,素反闺。"唐孟棨《本事诗·事感》:"白尚书姬人樊素善歌,妓人小蛮善舞。尝为诗曰:'樱桃樊素口,杨柳小蛮腰。'"①杜素芬之"素"恰与"樊素"名同。再看本诗颈联,出句谓虽有正室林氏的刁难,但小妾终于被留下了。"罡风"泛指烈风,这里即暗喻林氏的气焰;"劲草"喻指杜素芬。对句含蓄表现了诗人对杜素芬日后顺利怀孕的企盼,其中"明月"以夜明珠代指灯。"携明月"三字语本唐李商隐七律《利州江潭作》（感孕金轮所）颔联:"自携明月移灯疾,欲就行云散锦遥。"据《旧唐书·则天皇后纪》,唐武则天于长寿二年（693）秋九月,加"金轮圣神皇帝"号,后世每以"金轮"代指武则天。武则天出生于利州（今四川广元）,李诗乃据传说书写武则天母与龙交合成孕之情景。明胡震亨《唐音癸签》卷二三谓此诗云:"《利州江潭作》自注'感孕金轮所'。《蜀志》:则天父士彟为利州都督,泊舟江潭,后母感龙交娠后。然史不载其事。虽建寺赐真容,不闻别有祠设,岂后欲讳之耶?'自

---

① 唐孟棨:《本事诗·事感》,丁福保辑:《历代诗话续编》本,中华书局1983年版,第13页。

携明月移灯疾,欲赴行云散锦遥',言龙啣珠为灯,而散鳞锦以交合。龙性淫,义山为代写其淫,工美得未曾有。"①对句中以"柔荑"代指其妾,语本《诗·卫风·硕人》:"手如柔荑,肤如凝脂。"最后看尾联,出句谓生儿子的佳兆,语本《诗·小雅·斯干》:"乃寝乃兴,乃占我梦。吉梦维何?维熊维罴,维虺维蛇。大人占之:维熊维罴,男子之祥;维虺维蛇,女子之祥。"对句是对儿子满周岁时"抓周"测试的愿景想象,所谓"抓周",即"试儿",旧俗在婴儿周岁时,家中将各种小件器物围绕其身旁,任其抓取,用来测试小儿的未来志趣或职业选择。据南宋叶寘《爱日斋丛钞》卷一引《玉壶野史》,北宋开国名将曹彬(卒谥武惠)初生周岁"抓周",就有左手提干戈、右手取印之异。清沈德潜《清诗别裁集》卷一九选录吴廷桢《试儿行为为天标令子赋》,中有句云:"诸余玩好不挂眼,岂羡取印提戈殳。"后有评云:"提戈取印,试儿诗中所必用也。此以撒为用,便不觉其陈陈。"②张问陶另有七律《癸酉四月九日闺人聚于山塘寓楼即事》一首,其颔联:"信有春鹅堪入药,笑看秋水不生波。"(第1658页)这是对于前举游虎丘可中亭诗颈联"梅子含酸都有味,仓庚疗妒恐无灵"的回应。从诗题可知,两诗写作相隔半年有余,家庭矛盾终于趋于缓和。然而不到一年,张问陶即在苏州撒手人寰,杜素芬始终未能替张家生一子为嗣。

对于张问陶暮年的这次家庭风波,每被后人视为才人韵事,梁绍壬《两般秋雨庵随笔》卷一认为诗人安排其妻妾在可中亭相遇事属于"韵人韵事,足为山塘生色"。③南社诗人王蕴章还写有《可中亭传奇》剧本以彰其事。当代学人温秀珍博士亦有评云:"船山把妾当作了自己的家庭中的一员,决没有玩弄之意。船山夫人林佩环更是一位有着大家风范的女子,以其聪明善良、

---

① (明)胡震亨:《唐音癸签》卷二三,上海古籍出版社1981年版,第245页。
② (清)沈德潜:《清诗别裁集》卷一九,中华书局1975年版,第343页。
③ (清)梁绍壬撰:《两般秋雨庵随笔》卷一,上海古籍出版社1982年版,第2页。

知书达理，必解夫君纳妾的苦衷。'故教相遇可中亭'，潜隐着的是船山与佩环几十年的知己知音、伉俪情笃，而且胸襟坦荡的诗人自己也跃然纸上，栩栩如生。"①从以上之误读古人可见，正确诠释船山诗对于了解诗人的内心世界何等重要！

二 名物诠索与人物注释

张问陶《论文八首》其五："笺注争奇那得奇，古人只是性情诗。可怜工部文章外，幻出千家杜十姨。"（第689页）其实笺注船山性灵诗也绝非易事，《全注》于名物之诠索、人物之注释每多误解乃至张冠李戴。

五古《月夜展读亥白兄书札》："翩然通尺素，重若双南金。"（第85页）《全注》："双南金：《尔雅·释地》：'东南之美者，有会稽之竹箭焉……西南之美者，有华山之金石焉。'古以南金东箭为南方之宝，此喻指宝贵之物。杜甫《题省中壁》：'衮职曾无一字补，许身愧比双南金。'"此注并不确切。按，"双南金"指品级高、价值贵一倍的优质铜，后亦指黄金。晋张载《拟四愁》诗："佳人遗我绿绮琴，何以赠之双南金。"这里即喻指宝贵之物。

七古《琉球刀歌为周补之作》："更遇天朝王会新，金函玉册去来频。"（第94页）"王会"，《全注》未出注。按，"王会"谓旧时诸侯、四夷或藩属朝贡天子的聚会，语本《逸周书·王会》："成周之会，墠上张赤帟阴羽。"孔晁注："王城既成，大会诸侯四夷也。"以上两例，《汉语大词典》已收录"双南金"、"王会"词条，不难查考。

七律《游安化禅林赠法灵果圆两师自先银台至余兄弟与寺僧相识四世矣》（第101页），《全注》："安化：湖南益阳。"大误。按，"安化禅林"即京师安化寺，清吴长元《宸垣识略》卷九《外城一》："安化寺在崇南坊兴隆街，明释

---

① 温秀珍：《也说乾嘉诗人张问陶蓄妾》，《今日科苑》2009年第19期。

义理与考据

昙蕴开山,正统八年赐额,有景泰六年三衢释大善、弘治十六年光禄卿张天骏二碑。"①安华寺故址在今北京市东城区(原崇文区)广渠门内。《全注》又注:"先银台:已圆寂的银台住持僧。银台,先人居处。"亦大误。按,先银台谓张问陶曾祖张懋诚(1667—1737),字孟一,号存庵,为张鹏翮长子。康熙二十六年(1687)举人,官至通政使司通政使,著有《通政诗集》一卷。银台司,宋门下省所辖官署,掌管天下奏状案牍,以司署设在银台门内,故称。这里即以宋代官名代称清通政使。

注释古籍,有时权威的《汉语大词典》也不可全以为据。七律《乙巳八月出都感事》四首其一尾联:"持较泥鸿更飘泊,香南雪北任迷茫。"(第102页)《全注》:"香南雪北:百花争艳的南方,千里雪飘的北方。"《汉语大词典》有"雪北香南"词条:"多雪的北方和花木飘香的南方。《随园诗话》卷十引清王鸣盛《赠内》诗:'一龛低处双栖稳,雪北香南结托同。'"此释义有误。按,"香南雪北"当谓不令人身心焦热苦恼(热恼)的理想境地,语本唐释圆晖述《俱舍论颂疏》卷一一:"有大雪山在黑山北,大雪山北有香醉山,此山有香,人嗅便醉。雪北香南有大池水,名无热恼。出四大河,一殑伽河……二信度河……三徙多河……四缚刍河……无热恼池纵广正等五十逾缮那量,八功德水盈满其中,非得通人无由能至。"②张问陶学识广博,佛典自然常奔竞笔底,"香南雪北"又见于其七绝《感事》二首其二:"香南雪北浑如梦,前世应为行脚僧。"(第1761页)

七律《咏蟹》尾联:"文章莫感寻常梦,回首临邛惜马卿。"(第1138页)《全注》注云:"临邛:今四川邛崃县。马卿:司马相如。"惜未注明蟹、梦、长卿三者的关系。按,此两句诗语本晋干宝《搜神记》卷一三:"蟛蜞,蟹也。

---

① (清)吴长元辑:《宸垣识略》卷九,北京古籍出版社1981年版,第170页。
② (唐)圆晖述:《俱舍论颂疏》卷一一,中国佛学院影印上海涵芬楼1941年版,下册第1页。

尝通梦于人，自称'长卿'。今临海人多以'长卿'呼之。"①晋崔豹《古今注》卷中《鱼虫》："蟛蜞，小蟹也，生海边，食土，一名长卿。"②《汉语大词典》收录"长卿"条，谓"螃蜞的异名"，并以《古今注》为书证，但未有"通梦于人"的内容。若据以为注，则本诗出句就难以为释了。

　　七绝《渡河》二首其二："却喜年来波浪稳，无人投犬祭浮尼。"（第674页）《全注》："投犬祭浮尼：投犬于江祭祀浮尸于江的伍子胥。"大误。"浮尼"，未见《汉语大词典》收录。按，"浮尼"乃传说中的绿鹅水怪，清袁枚《子不语》卷二二《浮尼》："戊戌年，黄河水决。河官督治者每筑堤成，见水面有绿毛鹅一群翱翔水面，其夜堤必崩。用鸟枪击之，随散随聚，逾月始平。虽老河员不知鹅为何物。后阅《桂海稗编》载前明黄萧养之乱，黄江有绿鹅为祟，识者曰：此名浮尼，水怪也，以黑犬祭之，以五色粽投之，则自然去矣。如其言，果验。"③

　　五律《栾城眉山书院》二首其一颈联："瘴海花猪肉，眉州纱縠行。"（第696页）《全注》："花猪：因其毛色驳杂，故称。苏轼《闻子由瘦》诗：'五日一见花猪肉，十日一遇黄鸡粥。'"所引书证无误，所谓"花猪肉"，当谓肥瘦相间之五花肉，而非毛色驳杂的猪。时苏轼贬居儋州，苏辙贬官雷州司户参军，出句言二苏兄弟情深。对句，《全注》："纱縠：轻而有皱的丝织品。"按，纱縠行当为苏轼母亲程氏经营纱縠所开创者，此言苏母教育儿子之功，与出句俱言苏氏一家伦理亲情。苏轼《东坡志林》卷三《先夫人不许发藏》："昔吾先君夫人僦宅于眉，为纱縠行。"④

　　七绝《送同年王礼部治谟随跸热河》四首其二："山庄清妙木兰奇，此去何曾算别离。"（第707页），《全注》："木兰：树名。初夏开黄红白诸色花。"大

---

① （晋）干宝：《搜神记》卷一三，中华书局1979年版，第164页。
② （晋）崔豹：《古今注》卷中，辽宁教育出版社1998年版，第12页。
③ （清）袁枚编撰：《子不语》卷二二，上海古籍出版社1986年版，第539页。
④ （宋）苏轼撰：《东坡志林》卷三，中华书局1981年版，第56页。

误!按,木兰,清廷围场名。故址约当今河北围场县地,"木兰"系满语吹哨引鹿之意。清康熙、雍正、乾隆诸朝帝王常于每年秋率王公等至此围猎习武,名木兰秋狝,称其地为木兰围场。"山庄",即指避暑山庄,地址在今河北承德。

七古《和王铁夫〈移居〉诗兼赠同门何工部道生兰士》有"不妨家累随杨朴"(第716页)一句,《全注》:"杨朴:字契玄,北宋人,善为诗,不仕。"所注不误,但杨朴与"移居"有何关联?并未注出。考宋刘克庄《后村题跋》卷四《跋杨通移居图》:"一帽而跣者,荷药瓢、书卷先行;一髻而牧者,负布囊,驱三羊继之;一女子蓬首挟琴,一童子肩猫,一童子背一小儿,一奴荷荐席、筇篮、帛槌之属又继之;处士帽带执卷骑驴,一奴负琴又继之;细君抱一儿骑牛,别一儿坐母前,持箠曳绳殿其后。处士攒眉凝思,若觅句然。虽妻子奴婢,生生服用之具,极天下之酸寒褴褛,然犹蓄二琴,手不释卷,其迂阔野逸之态,每一展玩,使人意消。旧题云'杨通老移居图',不知通老乃画师欤?或即卷中之人欤?本朝处士,魏野有亭榭,林逋无妻子;惟杨朴最贫而有累,恐是画朴。但朴字契玄,不字通老,当访诸博识者。"①清周亮工《书影》卷三亦记述此图,唯字句小有异同。张问陶诗中用杨朴事,可见其风趣。

五律《赠少白》二首其二颈联:"对酒情犹热,撚花意有余。"(第758页)《全注》:"撚花:用手指搓转着花。"不确切。按,此乃言对佛家精义的深入理解。考《五灯会元》卷一《七佛·释迦牟尼佛》:"世尊在灵山会上,拈花示众。是时众皆默然,唯迦叶尊者破颜微笑。世尊曰:'吾有正法眼藏,涅槃妙心,实相无相,微妙法门,不立文字,教外别传,付嘱摩诃迦叶。'"②"撚"与"拈"可替代,皆有搓转、揉搓义。

---

① (宋)刘克庄:《后村题跋》卷四《跋杨通移居图》,中华书局1985年版,第210—211页。
② (宋)普济:《五灯会元》卷一,中华书局1984年版,第10页。

七律《和王荐町给谏》颈联:"搜罗酒户科条密,踊跃骚坛壁垒新。"(第759页)《全注》:"酒户:卖酒人家。"大误。按,酒户,这里谓人的酒量。古称酒量大者为大户或上户,不能多饮的称小户或下户。唐白居易《久不见韩侍郎戏题四韵以寄之》:"户大嫌甜酒,才高笑小诗。"唐赵璘《因话录》卷六《羽部》:"(谭筒)问崔公:'饮酒多少?'崔公曰:'户虽至小,亦可引满。'"①诗中即以酒量大小形容文人筵席间行酒令为罚事。

七律《冬日遣怀》颈联:"细拈银笔传高士,醉掷金貂上酒楼。"(第770页)银笔,《全注》未注。按,银笔谓笔管饰银的笔。旧题宋尤袤《全唐诗话》卷六《韩定辞》:"或从容问韩以'雪儿''银管'之事。韩曰:'昔梁元帝为湘东王时,好学著书,常纪忠臣义士及文章之美者。笔有三品,或以金银珊饰,或以斑竹为管。忠孝全者用金管书之,德行清粹者用银笔书之,文章赡丽者以斑竹书之。'"②醉掷金貂,《全注》亦未注。按,醉掷金貂语本《晋书》卷四九《阮孚传》:"迁黄门侍郎、散骑常侍。尝以金貂换酒,复为所司弹劾,帝宥之。"此诗尾联:"此身可是无仙骨,石火光中闹不休。"先看出句,《全注》:"无仙骨:不是成仙的材料。唐曹唐《句》云:'谁知汉武无仙骨,满灶黄金成白烟。'"所引书证有误。按,无仙骨当语本唐罗隐《寄窦泽处士二首》其二:"牢山道士无仙骨,却向人间作酒徒。"此书证与酒有关联,契合全诗意旨。再看对句,《全注》:"石火光:击石产生的火光。比喻极其短暂的时间。"未引书证。按,对句系化用唐白居易《对酒五首》其二:"蜗牛角上争何事,石火光中寄此身。"当注出。

七古《责蠹鱼诗》:"蠹鱼不食神仙字,破壁咬人真怪事。"(第836页)《全注》未注。按,蠹鱼食神仙字,典出唐段成式《酉阳杂俎》续集卷二《支诺皋中》:"建中末,书生何讽尝买得黄纸古书一卷。读之,卷中得发卷,规

---

① (唐)赵璘撰:《因话录》卷六《羽部》,上海古籍出版社1957年版,第120页。
② (宋)尤袤:《全唐诗话》卷六,中华书局1981年版,第230页。

四寸,如环无端,何因绝之。断处两头滴水升余,烧之作发气。讽尝言于道者,吁曰:'君固俗骨,遇此不能羽化,命也。据《仙经》曰:蠹鱼三食神仙字,则化为此物,名曰脉望。夜以规映当天中星,星使立降,可求还丹。取此水和而服之,即时换骨上宾。'因取古书阅之,数处蠹漏,寻义读之,皆神仙字,讽方哭伏。"①七古《题魏春松比部成宪西苑校书图》末句"脉望如环不能蠹"(第843页),也用《酉阳杂俎》典,《全注》亦未注出。《责蠹鱼诗》另有"羊枣昌蒲菹,居然有偏嗜"两句,《全注》不明所以,将"羊枣昌蒲"视为一物,注云"多年生草本植物",不正确。按,羊枣,果名,君迁子之实,长椭圆形,初生色黄,熟则黑,似羊矢,俗称"羊矢枣",北方俗名"黑枣"。《孟子·尽心下》:"曾皙嗜羊枣,而曾子不忍食羊枣。"昌蒲菹,昌蒲腌菜。昌蒲,即"菖蒲",植物名,多年生水生草本,有香气。《韩非子·难四》:"或曰屈到嗜芰,文王嗜菖蒲菹,非正味也,而二贤尚之,所味不必美。"②所谓"羊枣昌蒲菹,居然有偏嗜",用典分别出《孟子》与《韩非子》,不可失注。

七律《七月五日谷人前辈招同尌町给谏小饮寄园花下》尾联:"樽前宾主更番作,好贮官钱作酒资。"(第850页)《全注》未注"官钱"。按,官钱,当谓居官之俸禄,对句语本唐白居易《自城东至以诗代书戏招李六拾遗崔二十六先辈》诗:"犹残半月芸香俸,不作归粮作酒资。"

五古《送李平山太守之任台州》颈联:"琴鹤虚名小,风尘实政难。"(第872页)《全注》:"琴鹤:古人常以琴鹤相随,表示清高、廉洁。"注者未看出用典。按,出句用宋赵抃"一琴一鹤"掌故。赵抃任成都转运使,到官时随身只带一琴一鹤。后来称人为官清廉,常用此典。事见宋沈括《梦溪笔谈》卷九《人事一》:"赵阅道为成都转运使,出行部内,唯携一琴一鹤,坐则看鹤

---

① (唐)段成式撰:《酉阳杂俎》续集卷二《支诺皋中》,中华书局1981年版,第215页。
② 陈奇猷校注:《韩非子集释》卷一六《难四》,上海人民出版社1974年版,第882页。

鼓琴。"①

七律《谢范摄生师赠白骡》颔联："拜赐不须书马券，程材先遣试车声。"（第908页）《全注》："马券，即马票（跑马场为赌马者发行的彩票）。"此注错得离谱，张问陶所处清中叶何来跑马场？按，马券，这里当谓买卖马、骡等牲畜的契据，因诗中白骡系人赠予，故用不着签押契据。

五律《咏宋澄泥小砚》首联："香姜铜雀外，片瓦亦千金。"（第910页）《全注》："铜雀：意为铜雀瓦（铜雀台的瓦）。后人取来制作砚，因此指代砚台。""姜香"何谓？未出注。按，姜香，谓北齐姜香阁瓦所制砚。清褚人获《坚瓠广集》卷二《铜雀台瓦》："铜雀砚，曹操台瓦。杨升庵云铜雀台瓦不可得，宋人所收，乃高欢避暑宫冰井台香姜阁瓦也，洪容斋铭可证。余得一瓦砚，上有'香姜'字。"②

七律《磨勘》（第964页），《全注》注释诗题："磨勘：琢磨核定。"不确切。按，此诗作于乾隆六十年（1795）秋，当谓这一年对顺天乡试试卷之覆核，这无疑是有关清代科举考试制度的一条重要史料。"磨勘"，又称"磨对"，即科举试后对乡、会试卷进行覆核。清代乡试、会试发榜后，各考官依限将朱、墨卷解送礼部，由皇帝派翰詹坊局以上京堂科道等官，共同核查，以稽察弊窦。《清史稿》卷一〇八《选举三》："定例各省乡试揭晓后，依程限解卷至部磨勘，迟延者罪之。盖防考官闱后修改试卷避吏议也。磨勘首严弊倖，次检瑕疵。字句偶疵者贷之。字句可疑，文体不正，举人除名。若干卷以上，考官及同考革职或逮问。不及若干卷，夺俸或降调。其校阅草率，雷同滥恶，杂然并登，及试卷不谙禁例，字句疵蒙谬颣，题字错落，真草不全，誊录错误，内、外帘官、举子议罚有差。禁令之密，前所未有也。磨勘官初礼部及礼科主之，康熙间，始钦派大臣专司其事。解额渐广，试卷日多，于是令九

---

① 胡道静校注：《新校正梦溪笔谈》卷九，中华书局香港分局1975年版，第108页。
② （清）褚人获：《坚瓠广集》卷二《铜雀台瓦》，浙江人民出版社1986年版，第501页。

义理与考据

卿公同磨勘。六部官牵于职事，以其余暇勘校，往往虚应故事。乾隆初，改任都察院科、道五品以上，科甲京堂、中、赞以上翰、詹官，集朝房磨勘。嗣复增编、检。额定四十人，以专责成。先是磨勘试卷不署名，亦无功过之条。与斯役者，每托名宽厚，不欲穷究。乾隆二十一年，始令磨勘官填注衔名。二十五年，复增大臣覆勘例，分别议叙、议处，功令始严。"①此诗颔联"到此犹难论成败，从前容易说功名"，正可为证。

七古《观津祈雨图为杨米人瑛昶大令题》："肯同俗吏肝人肉，空向神渊投虎骨。"（第989页）《全注》："'肯同'二句：爱民的米大令岂肯同俗吏一样吃人肉、空向神渊投虎骨呢？"将武邑（今属河北衡水市）县令杨瑛昶（1753—1809，字米人）注为"米大令"姑且不论，竟然出现"吃人肉"的俗吏，不免令人恐怖，且人吃人事与祈雨何干？按，两句诗反映了古代民间天旱祈雨中雇人自残肢体或"打旱骨桩"等一系列的愚莽行为。《明史·张骥传》："俗遇旱，辄伐新葬冢墓，残其肢体，以为旱所由致，名曰'打旱骨桩'，以骥言禁绝。""肝人肉"，语本《史记》卷六一《伯夷列传》："盗跖日杀不辜，肝人之肉，暴戾恣睢，聚党数千人横行天下，竟以寿终。"这里形容地方官允许并鼓励民间自残或"打旱骨桩"等求雨的行为。"投虎骨"则是旧时民间祈雨的另一种仪式。清丁绍仪《听秋声馆词话》卷四《林玉岩词》："福州为闽中省会，而商贾咸聚于距城十里之南台，面江背山，市廛栉比。山巅建闽越王庙，庙有钓龙台，台下一井，泓然深窈，相传天旱，投以虎骨，辄雨。"②

七绝《寄答杜㮚溪群玉》："尺书才到一樽开，始信朱提是雅才。"（第995页）《全注》："朱提：云南昭通的古称。杜大概是昭通人，故诗中以地望称之。"按，朱提本为山名，在今云南省昭通县境，因盛产白银，世称朱提银。这里

---

① 赵伯陶：《七史选举志校注》，武汉大学出版社2009年版，第781页。
② （清）丁绍仪撰：《听秋馆词话》卷四，唐圭璋编：《词话丛编》本，中华书局1986年版，第2623页。

当为银钱的代称。雅才，这里谓不同寻常之用，有调侃意味，正可与后二句"难得长安风雪夜，故人常送酒钱来"照应。此外，杜群玉乃江苏常熟人，并非昭通籍文人。

七绝《斗蟋蟀》："野人篱落浑无事，正好平章蟋蟀经。"（第1684页）《全注》于末一句仅注"平章"云："评议、商量、评论。"《张问陶诗歌菁华录》注同。实则此两句语带调侃，讽刺了南宋理宗、度宗时"朝中无宰相，湖上有平章"的奸相贾似道，从而令这首绝句有了耐人寻味的魅力。《宋史》卷四七四《奸臣四·贾似道》："时襄阳围已急，似道日坐葛岭，起楼阁亭榭，取宫人娼尼有美色者为妾，日淫乐其中……尝与群妾踞地斗蟋蟀，所狎客入，戏之曰：'此军国重事邪？'"今有传本《促织经》二卷，卷首题"宋秋壑贾似道编辑，明梅颠周履靖续增，金陵荆山书林梓行"，内容分论赋、论形、论色、决胜、论养、论斗、论病七部分，凡一万四千余言，据研究为世界第一部有关蟋蟀研究的昆虫学专著。此诗中"平章"即语带双关，除"商榷"、"品评"等义外，还是唐宋官名"同平章事"（宰相）之略称，自有其言外意。贾似道因其姊为宋理宗贵妃而得宠，宋度宗朝封太师，平章军国政事，专恣擅权，加速了南宋的覆亡。

张问陶诗中涉及书名、人名众多，注释稍有不慎，也易出错。

七绝《遂宁文峰阁》："小试神通地便灵，不教箕口困文星。凭伊仙尉囊中术，绝胜平沙玉尺经。"（第1963页）此诗第一句不费解，言汪少府择地筑阁有术，致令家乡科举兴盛。第二句，《全注》："箕口：撮箕口，喻狭小天地。""文星"则未注。按，此句以天文附会人事，箕，谓二十八宿之一的箕宿，共四星，二星为踵，二星为舌。踵窄舌宽，夏秋之间见于南方，故又称南箕。箕口，当谓箕宿之踵部。文星，即文昌星，又名文曲星。相传文曲星主文才，后亦指有文才的人。第三句，《全注》："仙尉：对汪少府的美称。"这与诗前小序相合："吾县西山文峰阁，为汪少府廷栋所造。阁成，科甲颇利。"第四句，《全注》："《玉尺经》：选拔人才、评价诗文的经书。"大误。按"平沙玉尺经"当为一书，四卷，或作《平砂玉尺经》，今传，乃旧时术数风水之

义理与考据

书。《四库全书总目》著录，谓"旧本题元刘秉忠撰，明刘基注"，又云："秉忠精于阴阳术数，世祖称其占事知来，若合符契。尝相地建上都于龙冈，又建大都城，其规制皆秉忠所定。顾史不载其著有是书，《永乐大典》备收元以前地理之书，亦无是编，明嘉、隆以前人语地学者皆未尝引及。知其晚出，特依托于秉忠。"①

七绝《自题寓虎丘近作》第三四句："仿佛江村销夏录，开编都是画图名。"(第2086页)《全注》："销夏录：以诗记录夏天生活。销夏，度过夏天，销磨夏日。"按，江村销夏录乃书名，三卷。《四库全书总目》著录："国朝高士奇撰。士奇有《春秋地名考略》，已著录。是编乃其告归平湖之日，以所见法书、名画，考其源流，记其绢素长短广狭，后人题跋图记，一一志载，汇为一书，其体例颇与《铁网珊瑚》、《清河书画舫》相以。惟间加评定之语，又以己所作题跋一概附入，稍有不同。"②

七古《胡城东唐刻船山小印见赠作歌谢之》："浅镂深镌疑鬼工，精妙直过王山农。"(第840页)《全注》："王山农：明代著名诗人。"不确。按，王山农谓王冕(1310—1359)，字元章，号煮石山农，亦号食中翁、会稽外史、梅花屋主等，浙江诸暨人，元末著名画家、诗人。他以画梅著称，尤工墨梅。有《竹斋诗集》。擅长治印，创用花乳石刻印章，篆法绝妙。罗应涛《张问陶诗歌菁华录》选注此诗，注释王山农无误。

七绝《排闷戏作》二首其一第三四句："却被转轮王看破，蔡邕前世即张衡。"(第943页)《全注》指出中华本沿袭嘉庆二十年刊本之音讹，误"蔡邕"为"蔡雍"，甚是。但何以"蔡邕前世即张衡"，并未注明。按，这一转世说源于《太平广记》卷一六四引《商芸小说》："张衡死月，蔡邕母始怀孕。此二人

---

① （清）永瑢等编：《四库全书总目》卷一一一，中华书局1965年版，第941页。
② 同上，卷一一三，第968页。

才貌甚相类，时人云：邕是衡之后身。"①

《正月九日顾亭王丈斋中小集分韵得于字限七言排律》第七联："衣钵望公传慧可，滑稽许我醉淳于。"（第1011页）《全注》："慧可：中国佛教禅宗六祖慧能，曾继承五祖宏忍衣钵。慧可实无其人，因协调平仄的需要，改能为可。"注释如此擅改慧可名，且强词夺理，大误；"宏忍"亦当作"弘忍"。按，慧可（487—593），南北朝时河南洛阳人，俗姓姬。初名神光，又作僧可，为我国禅宗二祖。北魏正光元年（520），参谒达摩祖师于嵩山少林寺，从学六年。据《景德传灯录》卷三载，慧可访达摩时，终夜立于雪中，至天明仍不许入室，慧可乃以刀自断左臂，以明求道之至诚，达摩乃付予大法，并传衣钵。另据《续高僧传》卷一六载，慧可手臂，系为贼所斫断。七律《达摩面壁图》二首其二颔联："题诗也是安心法，对画宁无断臂人。"（第1147页）《全注》："断臂：用禅宗二祖惠可求法事。谓僧人求法专心诚意。"除"惠可"当作"慧可"外，看来注者并非不知禅宗二祖事。这一注误，刘雄所撰文业已指出。

三 时事今典与文字校勘标点

张问陶诗有时涉及时事今典，注家释义，须明其原委，否则就会令读者莫名其妙。

七律《和冯孟亭浩前辈重赴鹿鸣诗》二首其一颔联："名大已超千佛外，丹成真到九还时。"（第1021页）《全注》："'名大'二句：称赞冯公名气大，已超越千佛之上；功力深，已炼成九转金丹。"大概无一读者能看懂如此注释的文字。按，"千佛"两字系借用佛学用语，释教谓过去、现在、未来各有一千尊佛出世，诗中"千佛"乃指当代出世之一千尊佛，诗人无非用以借喻同时

---

① （宋）李昉等编：《太平广记》卷一六四，中华书局1961年版，第1190页。

代的众多学者。何谓"丹成九还"?"九还"通"九转",这里并非言其"功力深",而是谓冯浩迁官多次以后致仕归里。冯浩 (1719—1801),字养吾,号孟亭。乾隆十三年 (1748) 进士。由编修官至御史,其间曾任乡、会试同考官与江南乡试主考。丁忧后以疾不复出,家居四十年,著述自娱。曾讲课于常州、浙东、浙西诸书院,注李商隐诗文尤有成绩,有《玉溪生诗评注》八卷及《樊南文集详注》八卷传世。自著有《孟亭诗文集》。闵尔昌《碑传集补》卷一〇引《桐乡县志》:"乾隆丙辰举于乡,戊辰成进士……甲寅重游泮宫,乙卯重宴鹿鸣,寿已八十有三。长子应榴、幼子集梧皆通籍,在朝同官清要。"①然而冯浩的声名比其长子冯应榴稍逊,应榴为乾隆二十六年 (1761) 进士,官至鸿胪寺卿,有《苏文忠公诗合注》五十卷,驰誉后世。所以《清史列传》卷七一《文苑传二》为应榴立传,而仅以其父冯浩附录。问陶诗颈联"乔南梓北声华美,舜丙尧辰际遇奇",出句即谓冯浩父子声誉隆盛,语本《尚书大传》卷四:"商子曰:'南山之阳有木焉,名乔。'二三子往观之,见乔实高高然而上,反以告商子。商子曰:'乔者,父道也。南山之阴有木焉,名梓。'二三子复往观焉,见梓实晋晋然而俯,反以告商子。商子曰:'梓者,子道也。'"后世即以"乔梓"比喻父子。古人以山阳为南、山阴为北,诗中"乔南梓北"除语本《尚书大传》外,也双关父子名声享誉大江南北。《全注》仅以"父子,典出《尚书·梓材》"为释,显然不够明确。至于对句"舜丙尧辰",《全注》谓"称赞冯公在乾嘉时受到特殊礼遇",更令读者不知所云。清乾隆帝即位于公元1736年,嘉庆帝即位于公元1796年,两者于农历甲子纪年皆为丙辰,"舜丙尧辰"乃称颂乾隆、嘉庆两帝为舜、为尧之语,正切合两者登极之年甲子相同。所谓"际遇奇"乃谓冯浩重宴鹿鸣的恩荣。冯浩乡试中举在乾隆元年丙辰,这一年的乡试非正科,而是为庆贺乾隆登极的恩科。乾隆六十年乙卯 (1795) 乡试,为正科兼恩科,以庆贺乾隆禅位嘉庆。冯浩以六十

---

① 闵尔昌编:《清代碑传全集》,上海古籍出版社1987年版,第1319页。

年前中举的老举人身份参与这次新举人庆贺宴（嘉庆丙辰非乡试年，故冯浩提前一年重宴鹿鸣），正如诗题所示。冯浩中举时年仅十八岁，因而在七十七岁时方有缘重宴鹿鸣，这在古人年寿普遍低于现代人的情况下是难得的；况且这前后两科皆属恩科，于文人士大夫就更属罕遇了。张问陶诗中以"际遇奇"为词，并非虚语，注家自当注明。

七律《闻言皋云刑部朝标朱少白同年锡庚将赴杨荔裳观察撵之招戏简一首》首联："征西万马救班禅，横槊题诗最少年。"（第750页）《全注》于出句只注班禅，未注征西事。按，乾隆五十六年（1791）冬十月廓尔喀（今尼泊尔）入侵扎什伦布寺（为班禅在西藏日喀则的驻地），清廷授福康安为将军，海兰察、奎林为参赞，征廓尔喀。次年八月廓尔喀悔罪乞降，事平班师。事见《清史稿》卷一五《高宗本纪六》。作者另一首七古《题沈砚畦昭兴射猎图》有云："前年将相征西番，从军戈马争喧阗。"（第756页）《全注》："西番：我国古代西南少数民族。"误！按，此亦当指廓尔喀，与上举诗所言为同一事。尾联："明日歌筵如醉客，可容郑谷去贪缘。"《全注》："郑谷：字守愚。晚唐僖宗时诗人。"因未明本事，大误！按，两句诗语本唐杜甫《宇文晁尚书之甥崔彧司业之孙尚书之子重泛郑监前湖》："不但习池归酩酊，君看郑谷去贪缘。"郑谷，谓郑谷口。西汉隐士郑朴，字子真，谷口县（治今陕西礼泉县东北）人。专心修道，宁静沉默，时人佩服他的纯洁高尚。成帝时，大将军阳平侯王凤（？—前22）持礼聘请他，他始终没有屈从。扬雄盛称其德说："谷口郑子真不诎其志，耕于岩石之下，名震于京师。"见《汉书》卷七二《王贡两龚鲍传》。张问陶当模仿杜甫以郑子真戏谓自己，可见船山诙谐之趣。

七古《瑛梦禅宝指画山雨欲来风满楼诗意为英煦斋和编修题》："我闻指画惊奇不游戏，我朝创自章皇帝。生面重开高侍郎，云龙风虎谈何易。"（第936页）《全注》："章皇帝：康熙帝。"又注："高侍郎：当是康熙朝人。"按，章皇帝乃谓清世祖顺治帝福临，他擅长绘画，兼收荆、关、倪、黄之长，常做山水画，尤善作指画，尝以指上螺纹蘸墨画渡水之牛，意态生动，据说正是这位帝王开清代指画艺术之先河，唯传世真迹较少。清王士禛《池北偶谈》卷

义理与考据

一三:"戊申新正五日,过宋牧仲慈仁寺僧舍,恭睹世祖皇帝画渡水牛。乃赫蹄纸上用指上螺纹印成之,意态生动,笔墨烘染所不能到。又风竹一幅,上有'广运之宝'。"①清福格《听雨丛谈》卷八《指画》:"以指头作画,不用毫管,从古所无,实自我世祖章皇帝而始。副都统汉军朱伦瀚亦工此法,朝鲜国王曾因使奏乞其画。都统汉军高其佩,尤工尺丈大幅,遂成一家。闻其画虎,辄以肘腕印墨,状其攫伏之势,今海内师其法者寖多矣。相传章皇帝创此指墨时,偶以手指螺纹,印于缣素,因勾勒作牛羊群牧图,遍体蒙茸,殊为生动,乃充此法而成画家一派。章皇帝冲龄开国,已为万古所无,且书画诗文,俱有法度,儒释经典,均能贯串旁通,一归于正,所谓命世真人,以启我亿万年无疆之业,非偶然也。"②高侍郎,谓高其佩（1660—1734）,字韦之,号且园、南村。奉天辽阳（今属辽宁）人,隶籍汉军。以荫由宿州知州迁四川按察使,官至刑部右侍郎。雍正五年（1727）以事革职。工诗善画,所绘人物山水苍浑沉厚;尤善指画,晚年遂不再用笔。有论者认为他是清代指画开山祖。此诗另有句云:"百年以来谁继起,弟子争夸朱与李。"《全注》未注。按,朱当谓朱伦瀚（1680—1760）,字涵斋,号亦轩,祖籍山东历城。康熙五十一年（1712）武进士,武艺高强,能左右开弓,官正黄旗汉军副都统。他虽系一员武将,却极富艺术天赋,工书善画,尤精于指画。李,当谓李世卓,乃高其佩的外甥,亦善指画。

六言诗《故博山令武君虚谷亿画像》:"不放古经难字,能鞭时相私人。"（第1254页）《全注》:"鞭时相:鞭挞当时丑恶现象。"大误。按,《清史稿》卷四八二《儒林二》本传记述武亿在乾隆五十七年（1792）任博山县令时,大学士兼步军统领和珅派遣缉捕差役杜成德等十一人以捉拿山东清水教王伦为名,横行州县,在博山更是为非作歹,终为县令武亿所执,按法痛杖杜成

---

① （清）王士禛撰:《池北偶谈》卷一三,中华书局1982年版,第295—296页。
② （清）福格撰:《听雨丛谈》卷八,中华书局1984年版,第169页。

德，武亿因而被罢官。当时和珅为乾隆宠幸的权臣，朝野侧目，武亿也因此获得"强项令"的美誉。张问陶诗中有"爱此书生强项"之论，诗末又以"一千三百五县，皆如此君太平"十二字赞美之，本此。注家未及史实，显然辜负了诗人赞美良吏的一片良苦用心！

七绝《题椒畦牡丹小幅》第三四句："莫羡此花真宝贵，有人为画欲残时。"（第944页）"宝贵"，嘉庆本、中华本皆作"富贵"，《全注》本作"宝贵"，显系形讹致误。《船山诗草》参校本无多，校读自当以校勘学中所谓"理校"为先。但须谨慎并有确切的文献依据，稍有大意，反而会造成新的错误。七律《观我四首》其四首联："胶革全崩傀儡场，岐雷医命竟无方。"（第1377页）《全注》："岐，岐伯；黄，黄帝。相传他们都是中华民族医家之祖。'雷'，疑为'黄'之误。"以质疑为注，幸未校改正文。刘雄《〈船山诗草全注〉订误》一文已指出："'岐雷'不误，是岐伯、雷公的合称，皆上古医家，见《黄帝内经》。"①"雷公"，《汉语大词典》仅有"神话中管打雷的神"一个义项，而未注意到《黄帝内经素问》后半部所出现的黄帝时代有善医术的臣子雷公一事。

七古《琉球刀歌为周补之作》："枉将切玉炫西湖，不用揽环夸大食。"（第94页）前一句"西湖"，当校改为"西戎"，嘉庆二十年本讹，中华本、《全注》皆未校改。按，《列子·汤问》："周穆王大征西戎，西戎献锟铻之剑、火浣之布。其剑长尺有咫，练钢赤刃，用之切玉如切泥焉。"②后一句，语本唐杜甫《荆南兵马使太常卿赵公大食刀歌》："揽环结佩相终始，万岁持之护天子……吁嗟光禄英雄弭，大食宝刀聊可比。"《全注》亦未注出。

七律《题愚亭智莹受之问彤两弟洛阳倡和诗后》尾联："凭君为吊长沙傅，绛灌无交计本疏。"（第773页）"无交"，系嘉庆二十年本形讹致误，中华本、

---

① 刘雄：《〈船山诗草全注〉订误》，《四川职业技术学院学报》2013年第4期。
② 杨伯峻：《列子集释》卷五，中华书局1979年版，第189页。

义理与考据

《全注》皆未校改。按,"绛灌无交"当作"绛灌无文"。绛灌,汉绛侯周勃与颍阴侯灌婴的并称,两人均佐汉高祖定天下,建功封侯。可惜因起自布衣,鄙朴无文,又曾谗嫉陈平、贾谊等,在历史上留下骂名。《晋书·刘元海载记》:"吾每观书传,常鄙随(随何)陆(陆贾)无武,绛灌无文,道由人弘,一物之不知者,固君子人所耻也。"唐韩愈《陪杜侍御游湘西两寺》诗:"椒兰争妒忌,绛灌共谗诐。"清顾嗣立《贾傅故宅》诗:"绛灌不知才子贵,漫轻年少洛阳人。"《汉书》卷四八《贾谊传》:"贾谊,雒阳人也,年十八,以能诵诗书属文称于郡中。"又云:"于是天子议以谊任公卿之位。绛、灌、东阳侯、冯敬之属尽害之,乃毁谊曰:'雒阳之人年少初学,专欲擅权,纷乱诸事。'于是天子后亦疏之,不用其议,以谊为长沙王太傅。"

七律《花朝陶然亭公饯王兰泉昶先生,予告归里,七律二首》(第802页),《全注》于诗题"予告"前点断,明显不明予告之意。汉代二千石以上有功官员依例给以在官休假的待遇,谓之予告。告,休假。后代凡大臣因病、老准予休假或退休的都叫予告。乾隆五十九年(1794)甲寅,王昶(1725—1806)年已七十,退休致仕,故云"予告归里"。

七古《题毕卓小像》:"不沽名,不窃位,便学穿窬亦清贵。盗有道中圣人,全无人欲惟天真。"(第898页)"中圣人",《全注》未注。按"中圣人",为酒醉的隐语,语本《三国志·魏志·徐邈传》:"魏国初建,为尚书郎。时科禁酒,而邈私饮至于沉醉。校事赵达问以曹事,邈曰:'中圣人。'达白之太祖,太祖甚怒。度辽将军鲜于辅进曰:'平日醉客谓酒清者为圣人,浊者为贤人,邈性修慎,偶醉言耳。'"唐陆龟蒙《添酒中六咏》之五:"尝作酒家语,自言中圣人。"明其释义,则知"盗有道"下当点断,适与上三句句式相同。中华本亦未点断,错误在先。

七古《蒯通墓》:"为厉须防伯有魂,有人偏爱要离墓。"(第903页)后一句,《全注》仅注出刺客要离,未释"有人"为何者。按,《后汉书》卷八三《逸民列传·梁鸿》:"及卒,伯通等为求葬地于吴要离冢傍。咸曰:'要离烈士,而伯鸾清高,可令相近。'"《蒯通墓》于上述两句之下又有如下六句:"与鬼卜邻情亦重，伤残地脉翻成讼。鬼不能争争以梦，椎埋太守真狂纵。鬼语虢虢亦凄绝，鬼谋难挽人谋决。"前三句，《全注》无注。按，此三句语本《后汉书》卷二九《申屠刚传》唐李贤注引《烈士传》，羊角哀梦见已死的挚友左伯桃诉苦，因自己坟墓与荆轲墓相邻，在地下惹来纷争，羊角哀就自杀到阴间，以魂魄助友抗击荆轲并取得胜利。后三句，《全注》仅注"椎埋"、"虢虢"两词，未明出典。按，后三句谓西汉酷吏王温舒事。《汉书》卷九〇《酷吏传》云："王温舒，阳陵人也。少时椎埋为奸。"他以后曾官河内太守，以嗜杀驰名，终因犯法被族诛。椎埋，谓劫杀人而埋之。弄清楚在这六句诗的出典，就明白此处标点应当以三句为一组，"成讼"后句号当改用逗号，"以梦"后逗号当改句号，"狂纵"后句号当改逗号。此六句，中华本标点已先误。可见校勘与标点古文献，皆当以"读懂"为基础。

"读懂"是注释古籍的基础，"打通"则是对注释提出的更高要求，有论者戏称为"挖脚跟"，钱钟书《宋诗选注》在这方面为我们做出榜样。而对古籍"读懂"、"打通"又是进一步研究的基础，陈寅恪《柳如是别传》等著述在这方面为我们做出表率。清中叶诗坛性灵派与学识究竟有怎样的关系，属于研究领域，但如何令研究结论无懈可击，足以服人，对张问陶诗歌的精准注释无疑就是其基础之一。就此而论，《船山诗草全注》如欲再版，显然还有极其繁重的工作要完成。我们可能没有乾嘉学者的学术功力，但古籍数字化的日新月异为我们搞好注释工作提供了千载难逢的机遇。就此而论，能够做出较为精良的古籍注本就非当代人的奢望了。

（原载《文艺研究》2015 年第 5 期）

下编 序跋

《明清八大家文钞》导读

本书的"明清八大家"指的是明代的归有光与清代的方苞、刘大櫆、姚鼐、梅曾亮、曾国藩、张裕钊、吴汝纶八位古文作家。选编者为清末民初的编辑家王文濡。

一

王文濡（1867—1935），原名王承治，字均卿，别号学界闲民、天壤王郎、吴门老均、虫天子、新旧废物等，室名辛臼簃，祖籍安徽广德，迁籍于吴兴（今浙江湖州市）南浔镇。幼年失怙，家贫好学。清光绪九年（1883），王文濡十七岁进学（俗称秀才），石继昌《春明旧事·王均卿与周越然》言其为清末贡生。他曾因拥护变法维新，触怒清廷，险遭不测。一度热衷新学教育，以后常年寓居上海，频操选政，建树颇多。1909年11月参加柳亚子等创办的南社。有关其生平，郑逸梅《南社丛谈》有其小传，言简意赅，今移录如下：

王均卿，名文濡，别署学界闲民，又号新旧废物，浙江吴兴人。前清明经，擅词章。寓居沪上，主进步书局、国学扶轮社辑政有年。后又为中华、文明二书局编刊各家诗文集及楹联尺牍甚多。尤以所刊《说库》、《笔记小说大观》、《香艳丛书》，考订周详，并加提要，费力更大。又觅得沈三白《浮生六记》所佚的《中山纪历》、《养生纪道》，合刊成为足本。又与邹翰飞、高太痴、张荨孙,合辑《香艳杂志》若干期。晚年购地吴中北寺塔东石塘湾,鸠工建屋,并辟场圃,名之曰"辛白簃",无非自谓"半新半旧不新不旧不合时尚"而已。他撰了许多楹联,悬于室中,如:"作文佣历史卅余年,笔秃墨干,垂垂老矣;谏我祖太平十二策,屈忧贾哭,郁郁居兹。"又:"春分绿杨,结邻吴太伯;诗吟红杏,偕隐宋尚书。"(原注:两邻一吴一宋) 又:"右寺左庵,偶过僧尼作闲话;先忧后乐,空谈民物负初心。"又集《徐文长传》、《后赤壁赋》云:"乌衣葛巾,纵谈天下事;月白风清,如此良夜何。"不久患瘫痪,时发时愈,不治死。遗著未刊,且无后嗣。先后编著的书,如《词话丛钞》、《晚唐诗选》、《唐诗易读》、《清代骈文评注读本》、《明清八大家文钞》、《现代十大家诗钞》、《历代诗评注读本》、《音注刘辰翁选本》、《赵云崧诗选》、《张南通诗文钞》、《音注古文辞类纂》、《联对大全》、《周秦两汉尺牍》、《魏晋尺牍》、《隋唐尺牍》、《宋金元尺牍》、《明代尺牍》、《清代尺牍》、《当代名人尺牍》、《春谜大观》。原来他喜射谜,参加萍社,为制谜及射谜能手。

除上述所列举者外,作为近代编辑大家,《中华新字典》、《续古文观止》与署名虫天子的《香艳丛书》等,也是王文濡亲操选政下的产物。不过,引文中所言觅得沈复《浮生六记》后"两记"事,则系作伪,学者已多有考证,此不赘言。此外,王文濡还私下改编过《金瓶梅》,以《真本金瓶梅》的名义面世(参见黄霖《金瓶梅考证》,辽宁人民出版社1989年版),无非旧时书贾射利的故技,亦可不论。

王文濡编选大量有关传统文化的丛书或选本,并在东吴大学教授黄人(摩西)身后,为其修订中国首部《中国文学史》,这与他旧学功底深厚、独具只眼,并先后就职商务印书馆、中华书局、大东书局、文明书局、进步书局、鸿文书局、乐群书局编辑、总编辑有关。光绪二十八年(1902)成立于上海的国学扶轮社,他也是创办者之一。1914—1915年,王文濡曾与友人合办《香艳杂志》,其第3期刊登了王文濡的一张照片,其下有"不新不旧,不隐不仕,不党不会,不求不伎,不老不少,不生不死,无以名之,废物而已"的题词,当是其牢骚满腹的夫子自道,从中也可见其性格之一斑。他早年相当自负,无疑怀抱有儒家"修齐治平"的理想,然而在欧风美雨、纷纭变幻的历史动荡中却屡遭碰壁,难以了却"舍我其谁"的志向,于是只得以编书为业,在为人作嫁中自得其乐,获得自我价值的实现。这一看似被动的选择,其实反而玉成了他一生的事业,绝非"废物而已"!《明清八大家文钞》即可谓是他留给世人的文化成果之一。

二

中国古代文学史上,时人或后人为论述或称谓的方便,往往将一些主张略同或创作成就相当的文学家冠以"几子"、"几友"或"几家"等等的美名,如建安七子、竟陵八友、初唐四杰、大历十才子等,基本上呈共时态存在。至于明代的"前七子"、"后七子"、"公安派"、"竟陵派"等,则属于文学流派的称谓,基本也属于共时态的存在。

文学流派问题,是一个较为复杂的文学现象,或以时代命名,如永明体、元和体、同光体等;或以地域命名,如诗歌有江西诗派、茶陵派,戏曲有吴江派、苏州派,词有阳羡派、浙西派、常州派,文有桐城派、阳湖派、湘乡派;或以代表作家命名,如韦柳诗派、元白诗派(此又与上述元和体同一);或以总集命名,如花间派、西昆派、江湖派等;其他以社团命名、以题材命名、以风格命名等(参见陈文新《中国文学流派意识的发生和发展》,武汉大学出版社2003年版),不一而足,难以一言蔽之,它们除以共时态呈现外,以历时态连绵于世者,也不乏其例,上述之桐城派就属于一个以历时态存在的文派。

至于后人以"八家"总结历代之古文创作的优秀作家,一般不属于文学流派的研究范畴,但又因"文统"与"道统"的继承延续因素,每每与文学流派问题纠缠在一起,难以分剥,特别是有关明清八大家文的持择,就更凸显出流派问题的重要性了。溯流探源,这自然要先从唐宋八大家说起。唐宋

义理与考据

八大家是对唐宋两代的优秀散文作家韩愈、柳宗元、欧阳修、王安石、苏洵、苏轼、苏辙、曾巩的称谓,最早由明初人朱右归纳总结而出,他有《八先生文集》之选,可惜不传。所幸朱右另有《唐宋六家文衡》(所谓六家,乃以"三苏"为一家,实则仍为八家)之选,卷首有贝琼所作序,揭其入选宗旨有云:"韩之奇,柳之峻,欧阳之粹,曾之严,王之洁,苏之博,各有其体,以成一家之言。"然而朱右名不彰于文坛,故而人微言轻。唐宋八大家之称是到明中晚期唐宋派的唐顺之与茅坤手中才得以名世的。唐顺之先有《文编》之选,自周迄宋,于唐宋两代只取朱右所订之八家;茅坤论文心折唐顺之,所以又以之为基础编选了《唐宋八大家文钞》一百六十四卷。茅坤的身份决定了他有一定的社会号召力,加之"八家"人数适中,便于记忆,唐宋八大家之称从此走向社会,有文化者皆耳熟能详。《四库全书总目》谓是书"一二百年来,家弦户诵",可见其深入人心的程度。茅坤所编《文钞》卷帙浩繁,于是清代有多人对唐宋八家文章重作简选,缩减卷数,以使之流通更为畅达。清道光二十五年(1845),李祖陶有《金元明八大家文选》五十三卷,入选金代元好问,元代姚燧、吴澄、虞集,明代宋濂、王守仁、归有光、唐顺之,共八家,显然是"跟风搭车"之举,以期借助唐宋八大家如雷贯耳的声誉,达到推行他自己所选金元明八大家的目的。然而此"八家"不是彼"八家",并没有在文坛与社会上叫响,当时知之者即不多,至今更是湮没无闻了。不过,"八家"与古文也从此有了不解之缘,倒是事实。民国四年(1915),王文濡编选《明清八大家文钞》,共录文三百八十六篇,上海文明书局出版,也无非是欲借"八家"之仙气,获得图书市场一定的经济效益。第二年,江苏武进人胡君复又有《当代八大家文钞》之选(今称《近代八大家文钞》),由中国图书公司印行。所选八家为王闿运、康有为、严复、林纾、张謇、章炳麟、梁启超、马其昶,共录文五百五十九篇,跟进速度之快,令人瞠目。

用"八大家"来概括明清两代将近六百年的散文成就,显然并非易事,取舍之际,当大费周章。值得瞩目的是,有关明清八大家,学界并无公认之人选,至今莫衷一是。民国二十年(1931),早已息影津沽的徐世昌也编有《明清八大家文钞》二十卷，与王文濡所选略有不同的是，八家未入选刘大櫆而另选贺涛。贺涛（1849—1912），字松坡，武强（今属河北）人。光绪十二年（1886）会试中式，三年后殿试成进士，以主事分刑部。受知于吴汝纶、张裕钊，以吴汝纶荐，曾任保定莲池书院教职。其学宗桐城，《清史稿》有传，谓其"于姚鼐义理、考据、词章三者不可偏废之说，尤必以词章为贯彻始终，日与学者讨论义法不厌"。著有《贺先生文集》四卷等。然而在今天的文学史上，我们已经很难找到贺涛的踪影了。可见所谓选政，在未经历史长期积淀并达成某种共识的情况下，除了不自觉地反映时代的要求外，操持者的学术个性及好恶也无不融会其中，从而具有某些个人化的印迹，这是无法回避的事实。已故著名学者钱仲联教授于2001年曾主编《明清八大家文选丛书》，由苏州大学出版社出版，入选八家，明代为刘基、归有光、王世贞三家，清代为顾炎武、姚鼐、张惠言、龚自珍、曾国藩五家。其入选标准，据钱仲联教授所撰《总序》云："首先考虑的，是八大家散体古文，必须是卓越杰出的，代表明清两代各种主要文派的，必须是学问高深，儒林文苑，人们一向仰为山斗的。"由于照顾到"文派"，一些大家如宋濂，就须割爱；而方苞也因姚鼐的重要性，在两相权衡中落选。张惠言在文学史上驰名后世，是以他常州词派的开山地位所决定的，而他与恽敬等人开创的阳湖文派，虽有继武桐城之功，似仍抵不上他的词学成就，然而顾及文派，又不能弃选。选择八大家须考虑到文学流派的多样性，虽属一家之言，却也无懈可击。

　　"五四"新文化运动中，主张文学革命的知识分子多将"桐城谬种"与"选学妖孽"相提并论，并将两者共同作为封建文化的代表加以口诛笔伐。周作人、林语堂等人在当时极力提倡小品文，所弘扬的是颇具个性解放精神的公安派的性灵主张，如果在那一时代请他们来确定明清八大家的人选，桐城派中人自然无望，取而代之的当是袁宏道、袁枚诸君子了。王文濡选明清八大家，恰在"五四"新文化运动之前，朝野上下风雨欲来，但传统的势力依然强大，这位"不新不旧"者偏向于"旧"的一方也是顺理成章的，所以其持择标准仍然是"文统"或"道统"观念的显现，并自然而然地与文学流派问题挂上了钩。

三

何谓道统？韩愈早在其《原道》一文中即明确指出："斯吾所谓道也，非向所谓老与佛之道也。尧以是传之舜，舜以是传之禹，禹以是传之汤，汤以是传之文、武、周公，文、武、周公传之孔子，孔子传之孟轲，轲之死，不得其传焉。"可见儒家价值体系的传承，就是韩愈所谓的"道统"，这一道统在孟子以后失传，兴灭继绝的历史重担似乎不言而喻地落到韩愈自家身上，并且以"文统"的形式，即"文以载道"继续负载着已经中断的"道统"前行。宋明理学的盛行本是传统儒家学说哲学化的过程，无论程朱，还是陆王，皆属于宋明理学的范畴，本没有人为轩轾的必要。但由于前者鼓吹"天理"，后者强调"人心"，取径不同，效果自然有异。程颐、程颢、朱熹鼓吹"天理"，可与封建专制主义桎梏人心的统治手段合拍，因而极易染上"官办"的色彩；陆九渊、王阳明（守仁）强调"人心"，恰可与个性解放的时代呼声相应共振，从而为反封建专制主义提供理论的依据。如果仅从学术的角度加以审视，程朱与陆王两派见仁见智，殊途同归，皆无悖于孔孟之道。明末清初的王夫之与黄宗羲皆以思想家享誉后世，并被后世学者等量齐观，但前者是程朱学说的维护者，后者则信奉陆王心学，似乎不存在孰优孰劣的差异。在君主专制的历史条件下，特别是明亡以后，程朱理学获得了强势地位，也就无可争辩地成为千年"道统"的继承者。咸丰元年（1851）戴钧衡《重刻方望溪先生全集序》有云："古文之学，北宋后绝响者几五百年，明正、嘉中，归熙甫始克赓之。然熙甫生程朱后，圣道阐明，其所得乃不能多于唐宋诸家。我朝有天下数十年，望溪方先生出。其承八家正统，就文核之，亦与熙甫异境同归。独其根柢经术，因事著道，油然浸溉乎学者之心而羽翼道教，则不惟熙甫无以及之，即八家深于道如韩、欧者，亦或犹有憾焉。盖先生服膺程朱，其得于道者备；韩、欧因文见道，其入于文者精。"这一观点代表了当时社会的主流意识，所谓"文统"附庸于"道统"，两者密不可分。以此考察王文濡选取明清八大家的标准，问题就迎刃而解了。

从哲学取向、文化品格角度来考察清代桐城派占据王选明清八大家主导地位的事实，事半功倍。有明一代，台阁体、茶陵派、前后"七子"，以及唐宋派、公安派等，在传统目光中似乎都没有资格充当上述"道统"的传人，只有归有光上承秦汉，又"继韩欧阳"，并且"不事雕饰，而自有风味，超然当名家矣"（王世贞《归太仆赞》），才得以肩挑传人的重担。清代的桐城文派窥此奥秘，极力推崇归有光的散文，也无非表明自家的出身高贵，天然就是这一统续中的一环，是古文一脉传承的正统。

有论者将归有光划入唐宋派的营垒，实在是一种误会，这可能是受了古人有关批评的影响。黄宗羲在《明文案序下》中将归有光与唐顺之、王慎中相提并论："至嘉靖而昆山、毗陵、晋江者起，讲究不遗余力……号为极盛。"其中昆山指归有光，毗陵指唐顺之，晋江指王慎中。吴伟业《致孚社诸子书》有云："震川、毗陵扶衰起敝，崇尚八家，而鹿门分条晰委，开示后学。"也将归有光与唐顺之、茅坤划入"同盟"；朱彝尊《报李天生书》有云："乃深有契乎韩、欧阳、曾氏之文，不自知其近于道思、应德、熙甫数子也。"王慎中、唐顺之与归有光又走到了一起；清代朱仕琇《与石君书》说得更为明确："盖自周以降，二千年间，文章每降衰，然其间辄有振起之者。故文衰于六朝，韩愈振之；降而五代，欧阳修振之；及其又衰，姚燧振之；明文何、李、王、李之伪，王慎中、归有光振之……"其实，归有光与唐宋派只是所处时代相同，就散文的文化品格而论，他们是不同的，难以并入一个营垒。

明代中叶以后，正是王阳明心学盛行天下之际，崇王抑朱成为许多文人士大夫的选择。王慎中任职南京礼部时，曾受阳明弟子王畿的影响，讲论阳明遗说，从而彻底改变了他以前认为"汉以下著作无取"的复古主张，取宋代欧阳修、王安石、曾巩的文章加以效法。唐顺之对于王慎中的转变，起初并不以为然，后来竟也随之转向，并且有过之而无不及（见李开先《遵岩王参政传》）。唐顺之的转向王学，也是他与王畿直接交往的结果，他有《书王龙溪致知议略》一文,评论王畿的《致知议略》,已显示出他对王氏心学"心有灵犀一点通"的悟性。此外,唐顺之《荆川集》中的文章,也有明显接受禅宗影响的痕迹。近代学者钱基博评价《荆川集》有云:"集中书牍最多,大半肤言心性,多涉禅宗,而喜为语录鄙俚之言,殊为不取。"(《明代文学》,商务印书馆1935年版)结论是否确切,这里不作讨论,但他一眼就看出唐顺之散文的文化品格,是值得我们注意的。茅坤为文从复古走向唐宋,则是受了唐顺之的影响,这从他《复唐荆川司谏书》等有关文章中可以明显看出来,此不赘言。

归有光散文的文化品格并不与唐、王、茅三人同趋,日本学者佐藤一郎所著《中国文章论》一书评价归有光云:"他在文章流派上属于唐宋派,在思想上可归入朱子系统。"但他又举出归有光对王阳明文章五体投地佩服的事实:"在他所编的《文章指南》全五卷中,作为明代文豪只选了方孝孺、宋濂、王祎、王守仁,而王守仁的比重最高。即与方孝孺一篇、宋濂三篇、王祎三篇相比,王守仁高达八篇。"如此选文是否就意味着归有光对其心学观点的认同呢?显然不能这样遽下结论。归有光散文的文化品格远较王、唐、茅三人单纯,以儒家"修齐治平"为职志的正统思想,始终占据着归有光的整个身心。为了保持士林文化的这种纯洁性,归有光一生维护程朱理学,对于陆王心学虽不大力反对,却也畛域森严,特别是对于王学末流,更是毫无通融余地。如其《送王子敬之任建宁序》一文有云:"朱、陆之辩,固已起后世之纷纷矣。至孟子所谓良知、良能者,特言孩童自然之知能。如此,即孟子之性善已尽之,又何必偏揭良知以为标的耶?……夫今欲以讲学求胜朱子,而朱子平生立心行事,与其在朝居官,无不可与天地对者。讲学之徒,考其行事,果能有及于朱子万分之一否也?奈何欲以区区空言胜之!"这一番话已将王阳明的"致良知"之说公开揭出批评了。此外,归有光在《送狄承式青田教谕序》、《示徐生书》、《戴楚望集序》等文章中,都表示出自己与王阳明心学"道不同不相为谋"的态度。佐藤一郎举归有光《送王子敬之任建宁序》中"其为之倡者,固聪明绝世之姿,其中亦必独有所见;而至于为其徒者,则皆倡一而和十,剿成其言,而莫知所以然"数语,认为他已将"阳明学的创始者与赞同者严格地区别开来"，这是有道理的，但这也可以作为归有光不屑于做王阳明心学信徒的证明。

　　散文的文化品格问题，有时只可意会，难以言传；然而若从艺术接受的角度加以审视，问题就会明朗多了。清代桐城派散文的文化品格也是以程朱理学为依归的，《望溪年谱》称方苞"学行继程朱之后，文章在韩欧之间"，准确地道出了这一文学流派的趋尚。桐城派视归有光为"文以载道"的文统传承中的一环，而对唐顺之等并没有特加垂青，可见散文文化品格在文学批评中的重要性。归有光抨击前后"七子"的复古主义，多从散文发展的内部规律着眼，不同于唐宋派是从个性解放的角度去迎击文坛复古的潮流。然而两者殊途同归，就会令后人觉得他们之间仿佛有了一定的内在联系。几百年以后的"五四"新文化运动中，"桐城谬种"受到严厉的批判，公安派倡导性灵的文学主张，则受到大力推崇。可见，古代散文的文化品格问题的确是不容忽视的。

　　王文濡选明清八大家，明代只取归有光，简而言之，大概基于上述原因。至于选清代七家，非桐城派及其支脉不取，将文学流派意识的鲜明烙印清清楚楚地打在入选者身上，也是其将"道统"与"文统"观念一以贯之的结果。民国十三年 (1924)，王文濡在《续古文观止序》中如是说："逊清以来，名人辈出，文界维新，有祖周秦诸子者，有宗《史》、《汉》者，有绍述唐宋者，其中以桐城之标建宗旨，传授徒党，自高坛坫，雄掌东南，为统系分明之一大派。湘乡突起异军，不名为派，其四大弟子以下，翕然同声，奉为宗主，别张一帜于桐城之外。今虽国体革更，故文凋落，而遗老耆宿羁旅他乡，支离斗室，风潇雨晦，鸡鸣不已，相与吮墨濡毫于举世不为之日，而毅然为千钧一发之系，信乎，其难能可贵者欤！"这一段感慨万千的文字，发表于桐城文派受到多方责难、围剿且日渐式微的时代，可见选编者对此派及其支脉的一往情深，也可见其流派统系意识的牢不可破。"天下之文章，其在桐城乎"，周永年一语石破天惊，至清末民初，其影响力在旧文人中仍不可简单地以明日黄花视之。

四

"五四"新文化运动中,陈独秀《文学革命论》一文曾将明代前后"七子"与归有光连同清代"桐城三祖"方苞、刘大櫆、姚鼐通通打入"十八妖魔"的行列,虽为彰显新文化的优势,替白话文的推行摇旗呐喊,却又不免于矫枉过正。形势使然,不必深诘。20世纪20年代以后,对于桐城派的评价与研究逐渐走向理性,刘声木《桐城文学渊源考》、姜书阁《桐城文派评述》属于研讨桐城派的专著,郭绍虞《中国文学批评史》、钱基博《现代中国文学史》涉及桐城派的内容,也皆有认识价值。20世纪50年代以后,桐城派基本处于被否定的地位,常被简单化地贬斥为维护封建反动统治的"帮闲"。"文革"十年中,桐城派作为反动的儒家帮凶遭到严厉批判,显然已出于学术研究之外,可以不论。80年代以后,桐城派研究逐渐回归正轨,硕果累累,如辽宁大学出版社1999年出版周中明著《桐城派研究》一书,即是一例。如今,客观公正地评价桐城派以及其支脉阳湖派、湘乡派等,已然成为学界的共识。

桐城派为文讲求"义法",文章逻辑脉络清楚,文字雅洁清通,要言不烦,并有一套较为精致的理论为基础。它能够盛行文坛两百余年,几与有清一代相终始,这在古代文学流派的发展史中当属绝无仅有。王文濡一派独尊地持择明清八家,自有其道理,无论从研究古代散文发展的脉络而言,还是从今人学习优秀传统文化的目的出发,这部《明清八大家文钞》的再版,都是一件极有意义的事情。为便于读者阅读本书,特将八家的有关字号、生平、著述以及选本等,简述如下:

归有光(1507—1571),字熙甫,又字开甫,早年自号项脊生,晚年号震川,明苏州府昆山县(今江苏昆山市)人。十九岁即以第一名补苏州府学生员,此后六赴乡试,才于三十四岁乡试中举;又九上春官,嘉靖四十四年(1565),他将近六十岁时终于考中一名第三甲进士。历官长兴县令、顺德府通判、南京太仆寺丞,与修《世宗实录》。其功名仕途,皆非顺畅。归有光的散文艺术特色,朴素简洁，叙事有法，正同其内容"原本经术"（《明史传本》）一样，也渊源有自。王世贞《归太仆赞》评归有光云："先生于古文词，虽出自《史》、《汉》，而大较折衷于昌黎、庐陵。当其所得，意沛如也。"他的散文有时借用小说笔法，读来亲切感人，如抒写亲情的《先妣事略》、《女二二圹志》等即是。《明史》有传。著有《三吴水利录》、《震川文集》等，今有周本淳校点本《震川先生集》，上海古籍出版社1981年出版。其散文选注本，如张家英《归有光散文选注》（上海古籍出版社1985年版）、赵伯陶《归有光文选》（苏州大学出版社2001年版），皆可参考。《明清八大家文钞》选归有光文五十九篇，但一些脍炙人口的名篇，如《寒花葬志》、《项脊轩志》等未入选，难免遗珠之叹。

方苞（1668—1749），字凤九，一字灵皋，老年自号望溪，学者称望溪先生。桐城（今安徽桐城市）人。康熙三十八年（1699）江南乡试第一，四十五年（1706）会试中式，以母病未与殿试。五十年，为戴名世《南山集》案牵连入狱，赦出后入直南书房，历官翰林院侍讲学士、内阁学士兼礼部侍郎，曾为文颖馆、经史馆、三礼馆总裁。《清史稿》、《清史列传》皆有传，前者云："苞为学宗程、朱，尤究心《春秋》、《三礼》，笃于伦纪。既家居，建宗祠，定祭礼，设义田。其为文，自唐、宋诸大家上通《太史公书》，务以扶道教、裨风化为任。尤严于义法，为古文正宗，号'桐城派'。"论文创"义法说"，被后人尊为桐城初祖（或谓戴名世为桐城派之先驱，此不赘言）。选有《钦定四书文》，著有《望溪全集》等。今有刘季高校点本《方苞集》，上海古籍出版社1983年出版；又有徐天祥、陈蕾点校本《方望溪遗集》，补《方苞集》未收文百余篇，黄山书社1990年出版。其散文选注本，如刘季高《方苞文选》（黄山书社1987年版）、王沛霖、王朝晖《方苞散文选注》（百花文艺出版社1995年版），皆可参考。《明清八大家文钞》选方苞文五十二篇。

刘大櫆（1697—1780），字耕南、才甫，号海峰，桐城（今安徽桐城市）人。雍正七年（1729）与十年，曾两举副贡，未能中举；乾隆元年（1736）举博学鸿词，十五年（1750）举经学，亦皆不遇。年逾六十，得官黟县训导。为文上承方苞，下启姚鼐，被视为"桐城三祖"之一。论文主张"神为主，气辅之"（《论文偶记》之三），刘师培《论文杂记》云："凡桐城古文家，无不治宋儒之学以欺世盗名，惟海峰稍有思想。"《清史稿》、《清史列传》皆有传。著有《海峰诗文集》、《论文偶记》等。今有吴孟复标点本《刘大櫆集》，上海古籍出版社1990年出版。其散文选注本，如吴孟复《刘大櫆文选》(黄山书社1985年版)，可参考。《明清八大家文钞》选刘大櫆文四十二篇。

姚鼐 (1731—1815)，字姬传，一字梦榖，又字稽川，室名惜抱轩，人称惜抱先生，桐城 (今安徽桐城市) 人。乾隆二十八年 (1763) 进士，历官礼部主事、刑部郎中，曾任四库全书纂修官。以病告归，历掌扬州梅花、安庆敬敷、歙县紫阳、江宁钟山诸书院四十年，启迪后学，管同、梅曾亮、方东树、姚莹四人为其高第弟子。姚鼐继方、刘之后为"桐城三祖"之一，是此派理论之集大成者。他不拘汉、宋门户，主张义理、考据、词章三者不可偏废，分文章风格为阳刚、阴柔两大类，提出文章"神、理、气、味、格、律、声、色"八方面要求，选《古文辞类纂》，成为学者范本。《清史稿》、《清史列传》皆有传。前者云："所为文高简深古，尤近欧阳修、曾巩。其论文根极于道德，而探原于经训。至其浅深之际，有古人所未尝言。鼐独抉其微，发其蕴，论者以为辞迈于方，理深于刘。"著有《惜抱轩诗文集》等。今有刘季高标校本《惜抱轩诗文集》，上海古籍出版社1992年出版。其散文选注本，如王镇远《姚鼐文选》(黄山书社1986年版)、周中明《姚鼐文选》(苏州大学出版社2001年版)，皆可参考。《明清八大家文钞》选姚鼐文六十篇。

梅曾亮 (1786—1856)，原名曾荫，后改曾亮，字葛君，一字伯言、柏枧，上元 (今江苏南京市) 人。师从姚鼐学，为姚门四弟子之一。道光二年 (1822) 进士，历官户部郎中，居京师二十余年。后辞官，主讲梅花书院。少工骈文，后肆力于古文。《清史稿》、《清史列传》皆有传，前者云："京师治古文者，皆从梅氏问法。当是时，管同已前逝，曾亮最为大师；而国藩又从唐鉴、倭仁、吴廷栋讲身心克治之学，其于文推挹姚氏尤至。"著有《梅伯言全集》，今有彭国忠、胡晓明校点《柏枧山房诗文集》，上海古籍出版社2005年出版。其散文选注本，如王镇远《梅曾亮文选》(华东师范大学出版社1992年版)，可参考。《明清八大家文钞》选梅曾亮文五十七篇。

曾国藩（1811—1872），原名居武，又名子成，字伯涵，号涤生，湘乡（今湖南湘乡市）人。道光十八年（1838）进士，改庶吉士，授检讨，历官礼部右侍郎兼兵部右侍郎、署理两江总督，以办湘军镇压太平军有功，加太子太保，封一等侯，授体仁阁大学士、武英殿大学士，调任直隶总督、两江总督。卒谥文正，追赠太傅。《清史稿》、《清史列传》皆有传，前者云："天性好文，治之终身不厌，有家法而不囿于一师。其论学兼综汉、宋，以谓先王治世之道，经纬万端，一贯之以礼。"他论文极尊桐城，集合古文作手，力图中兴桐城派，作为桐城派支脉，或称之为湘乡派。著有《曾文正公全集》，今有整理本《曾国藩全集》，岳麓书社1994年出版；王澧华校点《曾国藩诗文集》，上海古籍出版社2005年出版。其散文选注本，如涂小马《曾国藩文选》（苏州大学出版社2001年版），朱东安《曾国藩文选》（百花文艺出版社2006年版），皆可参考。《明清八大家文钞》选曾国藩文四十六篇。

张裕钊（1823—1894），字廉卿，一作濂卿，号濂亭，武昌（今属湖北）人。道光二十六年（1846）举人，考授内阁中书，后入曾国藩幕府，与吴汝纶、黎庶昌、薛福成皆师承曾氏，号称"曾门四弟子"。中岁后，历主金陵文正，江汉经心、鹿门，保定莲池书院。《清史稿》有传，内云："国藩既成大功，出其门者多通显。裕钊相从数十年，独以治文为事。国藩为文，义法取桐城，益闳以汉赋之气体，尤善裕钊之文。尝言：'吾门人可期有成者，惟张、吴两生。'谓裕钊及吴汝纶也。"著有《濂亭文集》、《濂亭遗文》等，今有王达敏校点《张裕钊诗文集》，上海古籍出版社2007年出版。《明清八大家文钞》选张裕钊文四十二篇。

吴汝纶（1840—1903），字挚甫，一作至父，桐城（今安徽桐城市）人。同治四年（1865）进士，授内阁中书，后入曾国藩幕府八年，曾门四弟子之一。历官直隶深州、冀州知州，主讲保定莲池书院十数年。马其昶、贺涛、姚永朴、姚永概、唐文治等皆其门下士。《清史稿》有传，内云："汝纶为学，由训诂以通文辞，无古今，无中外，唯是之求。自群经子史、周、秦故籍，以下逮近世方、姚诸文集，无不博求慎取，穷其原而竟其委。"著有《桐城吴先生全书》（七种），今有施培毅、徐寿凯校点《吴汝伦全集》，黄山书社2002年出版。《明清八大家文钞》选吴汝纶文二十八篇。

2008 年 6 月于京北天通楼

（原载《明清八大家文钞》，上海古籍出版社2008年版；《甘肃社会科学》2009 年第 1 期节选转载）

《古文观止》前言

《古文观止》是一部至今流行已三百余年的古文选本，其文化品格有异于梁昭明太子所编之诗文总集《文选》。《文选》一书甫问世即受到文人士大夫的追捧，至唐代李善、五臣之注风行海内，风光无限；传至宋代更有所谓"文选烂，秀才半"的谣谚，成了读书人常置座右的典籍，始终具有高踞于雅文化的品格。《古文观止》流行于清代村塾市井、山野坊巷，其文化品格徘徊于雅俗之间而更偏向于俗，开始仅作为城郭乡里从事举业者的参考书，稍后才逐渐为文人士大夫瞩目，却又闪烁其词，时时流露出不屑一顾的神态。乾隆间修《四库全书》，《古文观止》险些成为祭品，在湖南一度遭禁。据雷梦辰《清代各省禁书汇考》："乾隆四十六年十一月初七日奏准，湖南巡抚刘墉奏缴八十二种。"其中第六十种即《古文观止》："山阴吴乘权、吴大职同辑。查集内有钱谦益，应销毁。计六本。"所幸此举并未波及全国，所以影响不大。然而此书于有清一代藏书家不收藏，目录家不著录，也是事实。清末张之洞撰《书目答问》，其《略例》明言"此编为告语生童而设，非是著述"，但于书中并没有为《古文观止》留下一席之地。《清史稿艺文志及补编》及近年所出王绍曾主编之《清史稿艺文志拾遗》皆未见著录，孙殿起《贩书偶记》、《贩书偶记续编》竟也不见《古文观止》的踪影。《贩书偶记续编》卷一九著录《古文析观解》六卷："清晋安林西仲、山阴吴楚材同评选，古越章懋勋参注。乾隆七年三余堂刊。"林西仲即林云铭，据《清史稿艺文志及补编》著录，他撰有《庄子因》六卷、《读庄子法》一卷、《楚辞灯》四卷、《挹奎楼文集》十二卷、《吴山籲音》八卷、《春秋体注》三十卷，另据《清史稿艺文志拾遗》著录，林云铭另撰有《韩文起》十二卷、《古文析义》十六卷等。显然，章懋勋所参注之《古文析观解》系选辑林云铭《古文析义》与吴乘权等之《古文观止》而成，其书名"析观"，已约略透露出其中款曲。《古文观止》以刊本大行于世，在民国间又形成一个高潮，至今天，有关《古文观止》的各种"言文对照"本、新注本、精译本、鉴赏评注本等等，名目繁多，已不下数十家，与清人蘅塘退士编选的《唐诗三百首》一同风行海内，成为现代社会学习传统文化雅俗共赏的典籍。若欲明个中原因，须先从编撰者谈起。

一

《古文观止》的编者吴乘权，乾隆《绍兴府志》卷六一《人物志·义行下》有传，谓其字楚材，山阴（今浙江绍兴）人，传首即誉称其"善论议，谈锋所直，纵横莫能当"。嘉庆《山阴县志》卷一五《乡贤三》亦录吴乘权小传，除上录十二字未录外，文字与《绍兴府志》略同。内云：

> 吴乘权，字楚材，年十六病痿，日阅古今书。数年疾愈，而学以此富。辑录《纲目》九十二卷、《明史》十二卷、《小学初筵》二卷、周秦以来迄前明文十二卷。慷慨仗义，病垂殁，顾谓弟乘业曰："吾宗党贫乏者若而人、母党若而人、朋友若而人，他日能自拔，必分润若辈，毋忘吾志。"乘业字子立，年三十余，奔走数千里，所得馆谷，半以周宗戚。尝曰："待我有余而给之，则转沟壑者十八九矣。"年六十余，以疾归。既殁，启其箧，见一纸书某某名，皆乘权垂殁时所属者也。

吴乘权垂范乡里，并非因其多有编纂而入"艺文传"，却以所谓"义行"而驰名远近，可见当时人们并不重视他的这三部书，至少没有引起足够的重视。

吴乘权所编撰的三部书，全属通俗蒙学之作。所谓《纲目》、《明史》，当谓其所编《纲鉴易知录》九十二卷、《明鉴易知录》十五卷（或曰《明纪》，府、县二志谓十二卷，误），属于简明扼要的编年史读物，亦颇流行于世。《小学初筌》迄未见流传，当是有关文字、训诂以及音韵方面的入门书。"周秦以来迄明文十二卷"即指这部《古文观止》。史学、文字学与文章学俱备，可见编纂者蒙学之价值取向细致全面。

《纲鉴易知录》卷首有其自序，后署"康熙五十年秋七月十五日，山阴吴乘权楚材题于尺木堂"，康熙五十年即公元1711年。从该序文中可知，这部书是吴乘权与其忘年小友周之炯（静专）、周之灿（星若）兄弟费时六年共同编撰的。序首有云："少以足疾废，六经、诸子，无心涉猎，都邑山川，不一游览。"所谓足疾也者，当即府、县志所云"年十六病痿"，又云"数年疾愈"，小小年纪，当非脑血管疾病导致的偏瘫，也非外伤导致的伤残，而极有可能罹患病毒感染的脊髓灰质炎，以其多感染1—5岁之小儿，又名小儿麻痹症。此病极易侵损运动神经元，从而导致下肢肌肉瘫痪。无论"足疾"，还是"病痿"，不良于行，当限制了其个人发展。终其一生，吴乘权未曾进学，即连一个秀才也未考取，就是明证。这或许是他专心于编纂，努力实现其人生价值的一种无奈选择罢，然而这反而玉成了他的驰名后世，正所谓塞翁失马，安知非福。

有关吴乘权的传世资料无多，其伯父吴兴祚于康熙三十四年五月端阳日曾为《古文观止》作序，内云："楚材天性孝友，潜心力学，工举业，尤好读经史，于寻常讲贯之外，别有会心，与从孙调侯，日以古学相砥砺。调侯奇伟倜傥，敦尚气谊，本其家学，每思继序前人而光大之。二子才器过人，下笔洒洒数千言无懈漫，盖其得力于古者深矣。"这一评价当属实录，似非溢美。观《纲鉴易知录》与《古文观止》的自序，吴乘权的文字功夫上乘，绝非乡里冬烘学究所能望其项背者。从上引以及《古文观止》的自序，亦可知《古文观止》的第二编者吴调侯的简况，他名大职，字调侯，既是吴兴祚的"从孙"辈，与吴乘权当属叔侄关系，且年龄较为接近。

值得一提的是吴乘权的这位伯父吴兴祚，《清史列传》与《清史稿》皆有传，前者且列之于"大臣传"，算是清朝一位鼎鼎有名的人物。吴兴祚（1632—1698），字伯成，号留村，原籍浙江山阴，以父吴执忠客礼亲王代善幕，授头等护卫，入籍汉军正红旗。吴兴祚以贡生授江西萍乡知县，历官山东沂州知州、福建按察使、巡抚，以败台湾郑锦兵，进秩正一品。擢两广总督，后以铸钱事降级汉军副都统。康熙三十一年（1692）以副都统镇大同右卫，三十四年六月又以马匹事降三级调用。三十六年以康熙帝亲征噶尔丹，奉旨复原官，卒。据吴兴祚为《古文观止》所作序可知，"岁戊午"（即康熙十七年，1678），吴兴祚在福建巡抚任上时，曾请会稽章子、习子在福州教授其子古文，而吴乘权曾陪侍左右。十七年后，吴兴祚已降调大同右卫，吴乘权、吴大职又寄去新编成之《古文观止》。吴兴祚"阅其选简而该，评注详而不繁，其审音辨字无不精切而确当"，就为之作序，并加刊刻。一般认为，康熙三十四年（1695）即是《古文观止》首次刊印之年。

二

这部选本之所以名为"观止"，是用《左传·襄公二十九年》所载吴公子季札观周乐的故事（《古文观止》卷二已选）。季札在鲁国观赏乐舞，至舞《韶箾》，认为尽善尽美，已到极致，因而赞叹道："观止矣，若有他乐，吾不敢请已。"后世即以"观止"二字形容事物已经好到极点而无以复加。所谓"古文观止"，意即古文的最优秀选本。

吴兴祚序本《古文观止》初刻本尚未见传世，其后之翻刻本，据安平秋点校《古文观止》（中华书局1987年版）之《点校说明》，则有乾隆三十九年（1774）《鸿文堂增订古文观止》、乾隆五十四年（1789）映雪堂刊《古文观止》。鸿文堂本为点校者个人收藏，映雪堂本现藏于人民文学出版社图书馆。金开诚、葛兆光《历代诗文要籍详解》则认为吴兴祚序本以谷邑（今山东平阴）文会堂本《古文观止》为"今天我们看到的这一系统的最早刊本"。以目前所见，凡属于这一系统的刊本，皆有"大司马吴留村先生鉴定，山阴吴乘权（楚材）、大职（调侯）手录"之题记。

《古文观止》另一系统刊本为康熙戊寅（即康熙三十七年，1698）仲冬，吴乘权、吴大职在家乡所刊印者，即文富堂本《古文观止》，该刻有二吴"题于尺木堂"之自序、吴乘权之"例言"，无吴兴祚之序，但仍有"吴留村先生鉴定"之题记。据《清史列传》，吴兴祚卒于是年二月，此本最早当刊于是年十一月，吴兴祚未及见到此本。今中华书局图书馆藏有此本。以目前所见，文富堂本《古文观止》的翻刻本只有民国元年（1912）绍兴墨润堂刊本《增批古文观止》一种。

比较这两个系统的《古文观止》刊本，可以"稍有出入，大体相同，互有优劣"十二字概括之，但以二吴序本刻工粗糙且讹误较多。前述安平秋之《点校说明》，尚记有其个人所藏乾隆三十三年（1768）锡山怀泾堂刊本《古文观止》："此本虽据吴兴祚初刊本翻印，但显然用它本校勘过，凡与鸿文堂本、映雪堂本有异之处，大多与文富堂本相同，而文富堂本的讹误，此本多所纠正，但亦有个别属文富堂本、鸿文堂本、映雪堂本不误而此本有误之处。此本书前有牌记三行：'此书行世已久，坊间翻刻亥豕莫分，贻误不小，本堂重刻校对，一字无讹，同人共鉴。'说'一字无讹'未免言过其实，但讹误甚少确属不虚。这在今天，更是难得的好本子。"

作为一个为应试而编纂的通俗古文选本，今天探讨其版本问题，意义并不大，但透过其刊印的历史，却可以使我们窥见其流行状况，从而有助于我们充分理解《古文观止》的文化品格。其实在有清一代，《古文观止》的刊印当不限于上述的几个版本，正是因为当时刊刻众多，士子几乎家有其书，加之此书属于蒙学，纯为写好应试的八股文之用，所以人们大都不甚宝惜，致使流传至今者已成吉光片羽，为收藏者视若拱璧了。小说《儒林外史》中的八股文选家马二先生，为书商选刻了几多时文"闱墨"的选本，畅销一时，广为射利，可见科举时代这一类实用书籍的流传之广。但诸如此类的书籍，今天已难得一见了。从版本保留意义上而言，《古文观止》与当时诸多时文选本的命运并无二致，用过即随意丢弃，星流云散，难觅踪影。

三

  清代的古文选本众多，徐乾学等奉敕编选的《古文渊鉴》六十四卷、姚鼐编《古文辞类纂》四十八卷，前者有帝王背景，后者属桐城派的选政，如果说这两部古文选本难以普及流传是因其部头过大的缘故，那么，如金圣叹《才子必读古文》、谢友煇《古文赏音》、胡玉史《古文广注》、董汉策《历朝古文选》、余诚《古文释义》等，都属于卷帙相差无多的中型选本，在衡量这些选编者皆属人微言轻的布衣百姓的平等条件下，何以《古文观止》一枝独秀呢？这一问题，民国以前无人探讨，却引来了当代诸多学者的问个究竟的兴趣。

  若讨论此一问题，就不能脱离时代因素与选家的功利目的。明清两代皆以八股文为科举取士的主要文体，八股文又称"时文"、"时艺"等，形式上是与"古文"相对的一种文体。但两者并非判若水火，势不两立，而是息息相通，互有借鉴。明代的古文家归有光既是写散文的高手，也是时文大家，尽管他年届耳顺才得中进士。明末的艾南英也以古文、时文并驾齐驱之作手，有名于时。清初桐城派的先驱戴名世是古文大家，他编选时文，即倡导以古文为时文，其《甲戌房书序》尊崇唐代韩愈、柳宗元论文之语，认为："二家之言，益言为古文之法也。而吾以为时文之法能取诸此，则时文莫非古文也，而何必欲举古文、时文区划而分割之也耶！"戴名世后因《南山集》文字狱被杀，清人讳言其人其文。《清史稿·选举三》把这一主张完全归誉于方苞："桐城方苞以古文为时文，允称极则。"清初执诗坛牛耳的王士禛在其《池北偶谈》卷十三中，言及时文对诗古文的影响，曾意味深长地说："诗文虽无与于诗古文，然不解八股，即理路终不分明。"写作八股文，须"入口气"，即"代圣贤立言"，这就需要一定的揣摩想象，才能肖圣贤之声口；而八股两两相对，"破题"、"承题"环环相扣，又需要一定的逻辑思维，才能天衣无缝,不漏破绽。在这一时代氛围下,《古文观止》从编选到音释注评,都是围绕写作时文而进行的,所谓"山居寂寥,日点一艺以课子弟,非敢以此问世也"(二吴本序),道出了其间隐衷,这与我们今天读《古文观止》是纯粹为学习传统文化的目的迥然不同。

鲁迅曾说:"选本所显示的,往往并非作者的特色,倒是选者的眼光。"(《且介亭杂文二集·"题未定"草六》)有论者认为《古文观止》之所以三百年流传不衰,完全得益于操选政者的如炬目光。《古文观止》十二卷,按周文、秦文、汉文、六朝文、唐文、宋文、明文的次序选文二百二十二篇,长者如司马迁《报任安书》,短者如王安石《读孟尝君传》,可谓细大不捐;论辩者如《晁错论贵粟疏》,沉痛者如韩愈《祭十二郎文》,可谓应有尽有。然而这并非是二吴沙里淘金或另起炉灶的持择结果,而是参考了前人的各种选本并加以集中归纳的。对此,二吴并不讳言,其序有云:"且余两人非敢言选也,集焉云耳。集之奈何?集古人之文,集古今人之选,而略者详之,繁者简之,舛错者厘定之,差讹者校正之云尔。"其《例言》亦云:"古文选本如林,而所选之文若出一辙,盖较学相传即为轻车熟路,欲别加选录,虽蹊径一新,反多扞格。故是编所登者,亦仍诸选之旧。"所谓"选者的眼光"在此已完全转变为选者的集中概括与删繁就简的操作了。

今人评论《古文观止》,多从散文发展史的角度立论,如责其不入选先秦诸子之文、曹操与建安七子之文,批评二吴将金元之文概付阙如,又斥其漏选韩愈、归有光等人《与李翱书》、《项脊轩志》等优秀篇章,而入以《上宰相书》、《与陈给事书》、《吴山图记》等;还有论者指出《古文观止》选录了如《李陵答苏武书》、《辨奸论》等伪作,贻误后学。用今人的眼光与目的性要求古人,显然有失偏颇,也混淆了应试的功利性与鉴赏乃至研究的系统性这两种不同的文化诉求。

选目而外,《古文观止》的评注,某些论者也持异议。湖北人民出版社1986年出版张国光点校之《金圣叹批才子古文》,此书之成,早于《古文观止》三四十年,其《前言》有云:"《古文观止》选编的绝大部分文章与《才子古文》雷同不说,这个选本中的许多思想性较强,艺术分析较为细致精到的评语,往往也是从《才子古文》抄过来的。"甚至将《古文观止》的选编者骂为"拙劣的文抄公"。众所周知,明末清初的金圣叹(1608—1661)是一位有极高艺术鉴赏力的文人,如他批评《西厢记》与《水浒》,烦琐处往往三言两语,即画龙点睛;细微处一经点乩,便如颊上三毛,备见神采。无论识力或文采,二吴皆非金圣叹的对手,然而二吴勤能补拙且转益多师,正可弥补其不足。对此,二吴也不讳言,其《例言》有云:"诸选各有妙解,颇多阙略,是当取其所长以补其不足,便成全璧。是编遍采名家旧注,参以己私,毫无遗漏。"至于二吴有关评注的八股气息浓重、字词训释与文意理解的疏漏与讹误等,论者也多批评讲论。其实今天出版《古文观止》,因时代隔膜,已多不用旧注旧评,而是只用其选文,另作新注,别起炉灶,甚至译成白话,再加鉴赏,所以再无休无止地讨论二吴旧注旧评问题,已经意义不大了。

金圣叹的《才子必读古文》当非蒙学之书,又因其遭遇"哭庙案"而身首异处,其书难以广泛流传,不难理解。《古文观止》能于众多同类选本中脱颖而出,就其文化品格而论,自有其必然性,当然也不排除某些"幸运"的偶然因素。

首先,《古文观止》的书名较为吸引人,典雅而不晦涩,远较《古文赏音》、《古文释义》等取名响亮,这就有了接受基础。其次,有做过封疆大吏的高官吴兴祚为之作序,起到了招牌作用。再次,康熙以后,吴乘权所编《纲鉴易知录》刊刻以后,作为历史编年书,简明扼要,通俗易懂,逐渐风行,难有取代者,读者爱屋及乌,自然于其所编《古文观止》也青睐有加。其他因素如选文篇幅适中,评注钩玄提要,便于习举业者揣摩领会;不避《北山移文》、《归去来兮辞》、《阿房宫赋》等骈文入选,有益于视野的扩大;清代人口增加,从事科举的读书人日趋扩大等等。这些因素都为《古文观止》创造了广泛流行的条件。

清代八股文废止于光绪二十八年(1902),较科举制的寿终正寝尚早三年。作为学习八股时文的参考书《古文观止》却因基础广泛而重获新生,成为联系新、旧两种文化的津梁。"五四"新文化运动以后,文言文逐渐退出历史舞台,白话文成为文坛利器,但历史的难以割断与传统文化的无穷魅力,学习古文,涵泳于典雅的语境,仍为世人之精神需求。书贾为射利,就将《古文观止》作为一种知名品牌保存下来,而其文化品格也就此得到提升,从雅、俗之间的尴尬处境跃迁于雅文化的殿堂。民国十三年(1924),吴兴王文濡选辑《续古文观止》问世,补《古文观止》所未收之清文一百七十余篇,借重者正是这一品牌意识。而《续古文观止》的刊行,无疑又反过来加强了《古文观止》权威性,于是这部古文选本直到今天仍然为世所重视,被各出版社不断刊印,成为占据图书市场的常销书。

历史机缘造就了《古文观止》这一图书知名品牌,我们今天就应当爱惜它,维护它,让它为我们学习传统文化发挥出最大效力。

2008年于京北天通楼

(原载《古文观止》评注本,崇文书局2010年版;《厦门教育学院学报》2010年第1期转载,题目:《〈古文观止〉及其编者》)

李庆立《谢榛全集校笺》序

己巳季秋，有不速之客过余，视之，谦谦君子人。寒暄互道名姓，始知来者乃有声齐鲁间、聊城师范学院（今聊城大学）李先生庆立也。盖丁卯余尝有《四溟诗话考补》一文刊出，而是年李庆立等四十余万言之《诗家直说笺注》亦问世，因所同好，故结"疑义与析"之缘。以年齿论，庆立先生长余五岁，兄之可也；以闻道先后论，庆立先生丁未即大学毕业，适早余十五载，师之则可。亦师亦友，如切如磋，"既见君子，云何不乐"？古人固已先言之矣。

此后十余年，余与庆立先生虽无缘再晤，而鱼雁往还，著述互荐，未尝有间，益知庆立先生于治学真素心人也。《谢榛诗集校注》七十余万言，庚午刊于北京；《谢榛研究》二十五万言，癸酉镌于齐鲁；尚有十八万言之《谢榛年谱》，有待付梓。甲戌，江南国学大师程千帆先生驰书致贺其《谢榛研究》出版有云："先生独能于举世鄙视前后七子之时，深究茂秦之生平及业绩，庶为转移风气之嚆矢。蜀友王文才先生治杨升庵亦极勤审，与先生东西辉映，不可谓非学林之佳话也。"长者之言，信非虚誉。庆立先生治谢榛有年，半生心力，尽瘁于是，一剑精砺，故多有创获。撰《诗家直说笺注》际，二竖为虐，几于不起；先生奋力蒇事，争分夺秒，沉酣于乡先贤典籍之中，竟忘身染重疴，癌魔隐退，孰其佑之？诚异事也。四溟山人九原可作，当亦欣然。

今次《谢榛全集校笺》之撰，擘画有年，焚膏继晷，孜孜矻矻，多方裒集，厚积薄发。补赵府冰玉堂本之未足，有功学林；校总集、别集之异同，沾溉后学。信书囊无底，或有所漏；而以目前论之，"全集"之称，真不为过也。是集注释则顾此及彼，相互发明，或有待考校者，则明示阙如，不加掩饰。此全集之注释之所以难于选本，并见功力处也。是集笺评则辑集古人书海中有关评论，吉光片羽，于读者亦多裨益。

学问之道，孔子"绝四——毋意，毋必，毋固，毋我"，孟子曰"求其放心"。前者言方法，后者谓心术，皆不可偏废，故古人常以道德文章论人。庆立先生专治一家，方法不必论，其心术亦当入淡泊者之列，非汲汲者比。以与余有十数年文字之交，属序于余，敢不应命！清人袁子才论学尝谓："专则精，精则传。"庆立先生为学专且精，是以知是书之必传也。

是为序。

辛巳冬月赵伯陶序于京华一统楼

（原载《谢榛全集校笺》，江苏古籍出版社 2003 年版；《聊城大学学报》2003 年第 6 期转载）

李圣华《冷斋诗话》序

夫诗话之作,昉于先秦。季札郐下无讥,夫子兴观群怨,谈言微中,自接天籁。迨至魏晋,唐宋接迹,明清驰响,迭奏箫韶。《文赋》标新,心游万仞,言志缘情,宏开两途。《诗品》称首,专尚"滋味";《六一》名世,"以资闲谈"。《沧浪》继武,偏嗜妙悟;《四溟》恣肆,竞尚天真。嗣后群英蜂起,各呈芬华。寻章摘句,熔铸今古。事君事父,说有说空。甚且以丑为美,借端托寓;更有"频呼小玉",屡入禅机。云蒸霞蔚,五色朗畅;山环水绕,八音谐和。片言只语,可翻公案于既定;一时千载,恰见妙手于偶得。诚如山阴之行,不啻宝山而归焉。

海右光景,工部留恋;山左人文,渔洋焕发。李君圣华,钟灵毓秀,先天之禀既足,后学之功尤隽。谦谦君子,师承有绪。沂水风流,名下固无虚士;龙山韵致,座中不乏可人。冷斋嗒然,仰屋自娱。孜孜矻矻,耽情乎佳构;兢兢业业,赓响于前贤。飞兔灵蛇,固可炫世;吉光片羽,亦是名山。探骊得珠,已蓄十年之力;画龙点睛,方骋万古之情。微词奥旨,发覆起信;一鳞半爪,曲径通幽。踵事增华,俱得真髓;修辞立诚,更见文心。或语通绘事,或意在丹铅;或提纲挈领,或见微知著。破贱近贵远之陋习,见以少总多之用心。文章不朽,非必有补于今世;江山得助,是亦仰赖乎雅音。起桓谭于九原而问之,又当许以"必传"矣。

是为序。

丁亥孟夏赵伯陶识于京北天通楼

(原载《冷斋诗话》,上海古籍出版社 2007 年版)

张立敏《冯溥与康熙京师诗坛》序

诗本患忧，文缘发愤。欢愉难工，凄楚易好。歧路杨朱之悲，穷途阮籍之恸。庐江作妇之情，昭君入宫之怨。天地六合，固多恨事；阴阳两界，诚属同心。至若微波痴子建之遐想，素足逗渊明之闲情；雁字惹易安之愁绪，鹤背苏定公之花魂。盖饮食男女，人之大欲，《礼记》所言，天经地义。而长袖善舞，难夸赵步；多钱善贾，岂喻颜瓢。摘华捺藻，六义为先；弄月吟风，四始有藉。重华作歌，皋陶载赓；延陵听乐，孔子删诗。事君事父，言志言情。感而有韵，味之无极。然文章穷通，全凭运命；才人遇合，多属偶然。故经国大业，或成虚妄；不朽盛事，终致迷茫。此古今一揆、远近同风者也。

天道循环，时局往复。养虺成蛇，晚明蘖后金之强盛；为人作嫁，大顺启建州之贪婪。跂予望之，进吾往也。"偕亡"之恨，无奈"后来其苏"；"盍各"之言，竟难"复我邦族"。文人士夫，身当鼎革，行藏出处，反侧难消。东墅宾朋，赌棋之雅已渺。彭州兄弟，听雨之乐不存。挟山超海，力诚不逮；厉兵秣马，心有未甘。人虾成诮，或生折齿之羞；邻女效颦，何献捧心之丑。清歌奈何，旧园风物安在；狂啸无谓，新亭涕泪早干。后人吹求，动辄气节相诃；当时取舍，自是悲情难诉。盖乐生恨死，人有常情；好逸恶劳，物恒本性。文狱酷烈，众庶俯首；科举羁縻，万夫低眉。清廷施政，上下其手，暮四朝三，言集大成。虽北兵纵马赤县，无复华夏之旧；而客帝定鼎中原，犹胜朱明之初。士人可傲陆沉于高山流水，可效豹隐于伏鸾卧龙。

西台旧恨，亭林奔走湖山；南朝新愁，萱斋伏栖林谷。尝闻富贵逼臣，不知贫困移性。西山薇尽，忽现博学鸿词；东堂风软，竟来清歌妙舞。鼓吹休明，公孙平津起馆；扬扢风雅，易斋万柳名堂。历历黄图，金马待诏；迢迢紫陌，玉堂结缘。借灞桥之弱缕，赓兰亭之雅致。廊庙伴江湖同欢，华衮共缁衣齐乐。世情厌故，人心趋新。孙阳一顾，腾价十倍。祧宋宗唐，总领康熙诗坛；遗近贵远，变换京师风气。一呼百应，海内敛衽；千汇万状，神州服膺。此冯溥佐圣祖雍容文治之大较也。

诗曰："维桑与梓，必恭敬止。"申伯登是南邦，博望封侯宛邑。候风有术，本汉尚书之故土；佐刘建功，存蜀丞相之旧庐。市井有道，范少伯得计然之术；杏林飘芳，张仲景传扁鹊之功。文学则"岳阳"有记，政事则"五殳"驰名。张君立敏，南阳学人，尺璧非珍，寸阴是惜。心难二用，纵漂麦以何妨；事本两难，虽负薪而自若。一字一句，岂必中规；或质或文，务求合矩。加之高堂绛帐，函丈春风，师出名门，渊源有自。岁在辛卯，序值仲夏，张君挟其博士论文责序于予。予驽马安步，终无大用；而铅刀为铦，或贵微割。效前贤典型，识后生可畏，敢不效命？知张君已有告夫春及，将有事于西畴，故略书数语于简端，与共勉之。附骥之荣，幸何如之！

是为序。

公元二〇一一年六月赵伯陶识于京北天通楼

（原载《冯溥与康熙京师诗坛》，中国社会科学出版社2011年版；《厦门教育学院学报》2011年第3期转载）

罗应涛《张问陶诗歌菁华录》序

诗文盛衰，世运相关。感动之端，关乎心地；性灵之表，发于咏歌。呼吁杂遝，义激于内；吟哦连绵，情见乎辞。清溪水木楼头，六朝旧恨；灞桥风雪驴背，三闾新愁。画三秋树，删繁就简；写二月花，领异标新。既遇周郎，真能识曲；忽逢钟子，便是知音。两部鼓吹，鸣蛙讵成天籁；三尺枯桐，操缦自是仙音。鸡虫得失，事关物性；鹏鷃逍遥，理本人情。梅竹在园，达人之性；芝兰生室，君子之心。沛若江河，浩如烟海；灿比云锦，烂似文章。儒释相通，或生禅悦。将心用心，已入迷境；骑驴觅驴，固属痴心。临济四喝，声洪传广；曹溪一滴，源远流长。道心可慕，老庄亦尊。辞荣耽寂，贵柔守雌。纵浪大化，不喜不悲。折衷融会，蹊径独存。趋利不啻趋死，浮云等富贵；选官何如选佛，粪土视王侯。才俊有道，念兹在兹。高自位置，一何可钦！

《易》曰："利贞者，性情也。"天之生才，以有为也，修短是蓄，细大不捐。古来辞人，异代接武。吴江枫落有句，广陵散绝传神。蜀中物华天宝，人杰地灵，兆基上世，开国中古。岷水汤汤，溪谷肆其争竞；蜀山嵬嵬，岗峦盱其纠纷。章句不为，子云见知后世；辞赋常在，长卿恨不同时。眉山钟灵，有东坡之故里；桂湖毓秀，存升庵之旧园。风骨常存，太白、少陵皆属流寓；遗韵犹在，山谷、放翁亦曾客居。求是归真，常蕴倜傥之意；率性任质，颇多慷慨之情。诗海词山，纵横歌啸，斯惟天至，非由人功。卓彼船山，雅擅性灵。清中诗坛，名声籍甚。风月无边，扬葩振藻；河汉在望，夐玉敲金。红墙碧汉之地，尝留宦迹；岭树峡云之区，频印游踪。言风范则铅华尽洗，说情性则天韵多娇。山阳闻笛之叹，河梁把酒之悲；并州怀乡之感，潼关念乱之情；辋川别业之乐，春陵苍生之忧；钱唐早春之思，雁门壮士之怀。覆载河山，跃然纸上；风云月露，竞乎笔端。情志之舒，务期郁陶之畅；比兴之用，恒发绵邈之思。笔底烟云，胸中森森芒角；人中龙凤，眼底湛湛清泉。子畏"杜曲"、"灞陵"之讴，江山增色；昌谷"文章"、"烟月"之咏，口吻生香。匠心独运，尝恨二王无臣法；天性孤标，始信四始有旧章。句有余蕴，风神超迈；意有多重，兴象玲珑。庄子濠上之乐，精神熠熠；尼父沂水之游，文质彬彬。《宝鸡题壁》，每饭不忘之悃；《论诗绝句》，见猎心喜之殷。无奈昊天不弔，神妒英才，甫逾知命，大限溘至。呜呼哀哉，魂兮归来！

粤以重光单阏之年，仲春令月，蜀中应涛罗先生以《张问陶诗歌菁华录》责序于予，因予廿八年前尝司《船山诗草》整理之任，敢不应命！无奈腹笥蹇涩，学业疏荒。虽以索续组，诚才非所胜；而将勤补拙，或力有可施。因念释义贵真，横通尤须兼览之博；选政在识，纵贯毋蔽专门之精。"音实难知，知实难逢"，彦和之论，诚属不刊。郢书燕说，不妨拘谨；楚材晋用，未可旷遗。必也心会，方可神融；难乎情通，安得气畅！质诸应涛先生，其是耶，非耶？《诗》曰："其新孔嘉，其旧如之何？"予不知百年而后，览是选者将何说也。

是为序。

辛卯仲春赵伯陶识于京北天通楼

（原载《张问陶诗歌菁华录》，大众文艺出版社 2011 年版）

李圣华《初明诗歌研究》序

诗之为用，悦性怡心。言志缘情，关乎世运；抚事兴怀，系于人伦。故康乐吮毫，尝怀登楼之怨；明远摛藻，偏拟行路其难。山中月下之咏，多属逸致；桑间濮上之音，无非闲情。蒙元季世，政弊民溃。千夫所指，未必瘟死；百姓攸归，只切来苏。洪武崛起布衣，原凭运命；庚申遁走瀚漠，亦是天时。何当逐鹿人远，庶几操觚者来。本拟重睹汉官威仪，观照休明之举；无奈复遭独夫暴虐，宣泄幽微之辞。时迁事异，三径竟谳冤狱；物换星移，四始翻酿杀机。二顷负郭，难觅桃源之路；三窟狡兔，安适乐土之居？颂圣随波逐流，高太史魂归碧落；仕宦委时任运，汪丞相命丧黄泉。战乱中犹能抚缶，承平日反遭杀身。栗里晦迹，总成赊望；赤松游踪，难为效颦。明初文人之厄，一至于此！"壮夫不为"，扬子之浩叹；"倡优蓄之"，史迁之幽怀。汉家已如此，余世可知矣！更何况文人无行，汲汲人生之荣辱；青云有路，戚戚利薮之盈虚。祸福无常，士气斫丧殆尽；恩威难测，人心挫折已失。是故亡秦者秦，非刘项也；弱汉者汉，非莽卓也；乱唐者唐，非安史也；灭宋者宋，非金元也；至于明社之屋，亦当咎初明之政，非大顺、后金之力也。世有治乱，声有哀乐。或遐情远寄，或愁心自悼。宗唐摹宋，参伍相变；和陶法杜，因革为功。异代之诗，妍媸有异；共时之作，雅俗同归。是皆有可观者也，岂可忽焉？

李君圣华，山左俊彦。兰成射策之年，岐嶷早见；尼父而立之岁，风范初成。育才有方，中原司教数岁；诲人不倦，婺水迁乔期年。里仁为美，书室求洁；同学不贱，静者凝神。渭北春树依依，江东日暮；太行白云霭霭，山右风稠。原非痂嗜，刘邕怪癖安在；固是书淫，皇甫典型犹存。质文互成，逞潘陆之华彩；疏密相间，识齐鲁之遗风。持简驭繁，秉承良史传统；发凡起例，赓续前贤轨则。融会折衷于诗文，平心以论；取精用宏于典籍，任真而出。首倡"四明"之说，直须有故；继分"五派"之论，岂可无源？言务合矩，昔日座中惨绿；语必中规，今朝学界闻人。春草池边，会心处不必在远；黄花篱外，瞩目时未免多情。甚而仲则之誉才士，文章不尊仕宦；抑且定盦之过荒村，虫鱼远胜尚书。开口见胆，何妨痴儿说梦；望岫息心，不屑宋人守株。

继《晚明诗歌研究》一书，李君《初明诗歌研究》又成，发愤之际，责序于予。扬风扢雅，自当效力；附骥攀麟，诚可忘年。《诗》曰："独行踽踽，岂无他人？"其李君之谓欤！

是为序。

辛卯仲春赵伯陶识于京北天通楼

（原载《初明诗歌研究》，中华书局2012年版；《长江学术》2012年第3期转载）

胡传淮主编《张鹏翮研究》序

禹贡梁州之地，商周蜀国之区。广汉德阳，续承一时；遂宁蓬溪，缘结双邑。天山共色，乍含溪而怀谷；水云相激，忽触石而吐珠。明月山中，绿叶萋萋之旧貌；安居河外，朱实离离之新颜。荒烟古木，翠荫囊雾，昂藏者深秀；润雨新甲，碧湍潄崖，昳丽者清幽。更何况洪福回澜，家家沐潼川之淑气；书台应瑞，户户分涪水之碧波。加之黑柏沟郁郁，钟灵蕴抱；大樟湾菲菲，含馥送芬。触类生趣，固仁者之所乐；随方遣怀，乃智者而攸宜。

有清张氏，鹏翮飙发，与宋之眉山、明之新都，巴蜀鼎足，殊非异数。而奕代载德，更饶风韵。埙篪竞奏，于公早建高门之闾；笙瑟齐鸣，陈平常来长者之辙。诗书继世，陆子之橘常鲜；忠厚传家，考叔之羹犹热。若夫效力枌榆，操觚玉堂；至乃驰名桑梓，结绶金马。人中麟角，尊崇贤良；笔底龙文，裁抑侥幸。弃燕雀之愁，周任之"陈力"可效；悟爽鸠之喜，柱下之"止足"堪夸。荣启之乐有三，祸兆放佚；梁鸿之噫为五，福生忧患。坐帐无鹤，瓜李之嫌已慎；支床有龟，薏苡之谤何来？折冲御侮，清芬远播于异域；澹灾酾沈，遗爱近存乎本邦。名挂史笔，情尤深于爱物；事列朝英，韵当继乎憩棠。理繁治剧，老安少怀；激浊扬清，祸淫福善。鸡树腾声，子罕有辞玉之宝；鸦池播美，杨震传却金之廉。譬如为政，清慎勤而君子泽远，五世未斩；何莫学诗，风雅颂而骚人意深，千秋常新。

人情扰扰，愁闻烂柯；世事纷纷，厌见朽木。民为邦本，本固邦宁。是以逐鹿人远，故尔瞻乌者安。应天顺人，帝业或隆；悖理逆道，霸图尽废。

泥沙之用不惜，饕餮之行易成。上行下效，晋武尝焚雉裘；左支右绌，殷纣故为象箸。"示人以义，其患犹私；示人以私，患必难弭。"诚哉此语，敬舆之箴言。"良宰谋朝，不必借威；贞士卫主，修身则足。"谅哉此文，士衡之警句。至于城狐社鼠肆于朝，吮痈舐痔者居高位；木魅山妖窜于野，贩交卖名者为上僚。贿通官府，蘖末之风必起；利侵朝规，舆间之诽难息。天地否隔，屈子有沉江之痛；前后朦胧，卞和多泣血之悲。左右失序，货赂公行；上下沆瀣，名位私授。事遂不可问矣！盖"怨不在大，可畏惟人。"四聪不达，乱象亦何纷纶；百姓无冤，治世必多仁恕。元首康哉，任贤勿贰；股肱良哉，去邪勿疑。故致治首在用廉，图强尤须识路。南橘北枳，固地气之使然；楚材晋用，岂天命之有异？夷吾之遇桓公，诚属风云际会；宽宇之逢圣祖，亦是君臣遇合。其能传令名于后世者，非偶然也！

胡君传淮，谦谦君子，常年纂述乡邦文献，兢兢业业，经寒暑而匪懈；孜孜矻矻，历春秋以弥坚。近者以其所编《张鹏翮研究》问序于余，虽绠短汲深，力有未逮；而铅刀贵割，敢不效命！抑且书生援毫，无非纸上谈兵；甚而矮子观场，竟是痴人说梦。《诗》有云："岂不夙夜，谓行多露。"正此之谓也。

是为序。

辛卯孟冬赵伯陶识于京北天通楼

（原载《张鹏翮研究》，中国文联出版社2011年版；《聊城大学学报》2011年第6期转载）

《明清小品：个性天趣的显现》后记

余生多艰，幼失庭训。"志学"之年，即入建筑工地学徒，乃知工部"安得广厦千万间"之不易为也。虽日亲泥水，而劳作之暇，仰卧于沙堆之侧，手一编《古文观止》，但觉漫天云锦，渐入于无何有之乡，羲皇上人，无是过也。"而立"之年而不立，所幸者获缘问学于北大，偿平生夙愿。余性本愚拙，四年寒窗，未立程门，遑论登堂入室？而三余广学，天道酬勤，时亦不乏一得之见。职司编辑，为人作嫁，历有年所。每捧读新书，空对屠门大嚼，亟思铅刀一割，无奈绠短汲深，难遂名山之想。

山右乔力兄，慷爽人也，学广识博，常策划主编古典文学之有关丛书，读者学人颇多佳誉。蒙其不弃，先邀撰《市井文化与市民心态》，再命著《明清小品：个性天趣的显现》，前者已灾梨枣，后者即付剞劂。抚今追昔，思绪万千。

孔子有云："四十、五十而无闻焉，斯亦不足畏也已。"余今年届"知非"，崦嵫渐迫而修名不立，始识虞翻"青蝇吊客"之语，为无谓也。盖飘茵堕溷，理有固然；而吾爱吾庐，此乐何如！公余饭后，即块然一室，坐拥书城。或心驰万里，或骋思千载，真孟子所谓"独乐乐"也，万户侯何足道哉！亦赖黔娄之妻，奉姑相夫教女，未尝有懈，一应家常，毋庸问讯，使余能于熙来攘往中埋首素心人之事，幸甚至哉！昔归震川《世美堂后记》称其妻王氏之贤有云："庚戌岁，余落第出都门，从陆道旬日至家。时芍药花盛开，吾妻具酒相慰劳。余谓：'得无有所恨耶？'曰：'方共采药鹿门，何恨也？'"有妻如此，尚复何求？是以每读斯文，未尝不感慨唏嘘，常难自已。

广西师范大学出版社编辑为整套书系之编辑出版，前后奔波，精益求精，不辞辛苦，任劳任怨，诚同人之楷模。广西师范大学中文系李复波兄十年前尝与余同事于中华书局，今适为拙稿之审阅者，丹铅增色，莫非前缘！北京师范大学古籍所所长李修生教授，应余之请于百事倥偬中拨冗赐序，亦幸事也。谨此一并致谢。

虽曰家有敝帚，享之千金，而学术乃天下之公器，故"告我以吾过者，吾之师也"，拙作尚祈方家不吝赐教。

是为记。

戊寅正月赵伯陶记于京华一统楼

（原载《明清小品：个性天趣的显现》，广西师范大学出版社1999年版）

《香祖笔记》（选评）后记

  溽暑连旬，如蒸如烤。近岁夏日，长安居大不易。挥汗中审阅拙选评之《香祖笔记》校样，再复渔洋其文，如与古人晤谈于一室，謦欬亲聆，坐沐清风，顿觉凉意由心而生。开卷有益，信古人之不余欺也。

  渔洋一生坦途，惟暮年以司刑瞻循遭劾，罢官里居，仁心可鉴，亦不失乡里善人之望。盖康熙间政风尚廉，士大夫多以清节自励，渔洋公退之暇，惟以读书自娱，且勤于笔耕，故著述宏富，又当时文人之翘楚也。嗜书之乐，在于思接千载，心游万仞，能得内敛之趣，断非觥筹交错、纸醉金迷或簠簋不饰、帷薄不修者可知。渔洋深谙个中三昧，其论诗倡神韵之说，于文字含蓄中求性情之涵泳，亦人生之一境界也。读渔洋诗当作如是观，读渔洋笔记，亦当作如是观。宋荦序中所谓"人品高，师法古，兴会佳"之誉，其斯之谓欤？

  是为记。

庚辰七月赵伯陶记于京华一统楼

（原载《香祖笔记》，学苑出版社2001年版）

《归有光文选》后记

古人论诗，咸谓"穷而后工"。文章乃不朽之盛事，岂有异乎？吾观震川之文，信矣。归氏六赴乡试，九上春官，殚一生精力于八股举业，年近耳顺，始题名雁塔。方期大用，而仕途淹蹇，困顿下僚，难展鸿图于既老。其于世，虽未数数然也，而遽尔辞世，亦云悲矣。观其一生，蹩躠时多，展颜日少，失怙丧妻殇子，接二连三。所幸者枇杷树茂，景暧风暄，"随意眷属"，差可慰情；而文承《史》、《汉》，继武韩、欧，不废江河，亦足傲世。正所谓"欢愉之辞难工，而穷苦之言易好"也。《易》云："天行健，君子以自强不息。"太史公曰："《诗》三百篇，大底圣贤发愤之所为作也。"今捧读震川之文，益知古人之不余欺也。昔工部"骑驴三十载"，太白"我独不得出"，皆以碧海掣鲸之才而坎坷于时，此其人之不幸而文学之幸事也。盖熙熙攘攘之世，不少一"所治愈下，得车愈多"之庸官俗吏，所缺者文采风流以助江山之丽者耳。黄仲则"文章草草皆千古，仕宦匆匆只十年"，此之谓欤？

古文既衰，白话文兴，此则科学昌明、时代进步之效也，而美丑妍媸，益难言矣。荒江老屋素心人商量培养之事，或可铺终南之捷径，或俟成朝市之奇货，忘学须静也之古训，成浮夸叫嚣之学风。闻有自诩风流，睥睨万代，将谓五百年中舍我其谁者；又有顾盼自雄，薄积"厚"发，屡置作品于商贾炒作者；更有痞味十足，把笔四顾，以"无知"为利器者；甚而偷梁换柱，习为套路，以剽窃为能事。轻躁共媚俗一家，钻营与势利同行，肆无忌惮，伊于胡底！

海内文学研究巨擘钱仲联先生,年近期颐,司东南教席数十载,桃李芬芳,竞放于海内外。为弘扬我中华传统文化,主编"明清八大家文选丛书",先生之高弟王英志先生极力策划襄成。承蒙青睐,命余选注评点归有光之文,绠短汲深,敢不夙夜!得附骥于千里,诚幸事也。又蒙英志先生为拙作之责编,丹黄郢斧,多所匡正,殊出望外,固非一谢所可表情矣。

是为记。

辛巳暮春赵伯陶记于京华一统楼

(原载《归有光文选》,苏州大学出版社 2001 年版)

《落日辉煌：雍正王朝与康乾盛世》后记

百足之虫，死而不僵；日薄西山，犹见余晖。有清一代以康乾盛世，足傲千秋，究其原委，竟以君主一己之私而成就天下之公，帝王威焰，莫此为烈！梨洲"视天下为莫大之产业，传之子孙"者，此之谓也。而曾几何时，流水落花，春光不再，官贪吏墨，魍魉横行。大官大贪，小官小贪，上下其手，沆瀣一气。益知"廉吏而可为而不可为也"。何则？官场混沌，政以贿成，帷薄不修者成夷惠，簠簋不饰者为能员；洁身者将伯无助，反难保一位之尊，空书咄咄，徒呼负负而已。致令黄钟毁弃，瓦釜雷鸣；乾坤颠倒，成何世界！真聊斋所谓："黜陟之权，在上台不在百姓。上台喜，便是好官；爱百姓，何术能令上台喜也？"仕途"关窍"，固决于政体，甚矣，专制之为虐也。康乾以还，嘉道虽曰"守文"，而变生肘腋，白莲、天理，相继揭竿。迨及末造，中冓之言，终不可道；遽尔覆亡，事遂不可问矣。

山左乔力兄，与余交十余年，青鸾往还，时加青睐。今次策划"文化中国：永恒的话题"丛书，亦蒙不弃，幸甚幸甚。济南出版社副社长、副主编丁少伦先生及责任编辑赵志坚、张所建先生，不辞辛劳，亦多匡正。故黾勉以求，敢不夙夜？唐刘子玄谓："史有三长，才、学、识，世罕见之。"清人实斋又益以"史德"，盖"著书者之心术"亦不可不察。治史之难，一何至此！信夫史迁之"究天人之际，通古今之变，成一家之言"云云，为不可及也。今人涉史之作，或有不然：古人传记，多凭杜撰；荧屏影视，竞尚戏说。连篇累牍，惟是齐东野语；充耳炫目，无非海外奇谈。化屠伯之凶暴为谐谑，述帝王之专制近戏言。小说家言，自当虚构，必也寄之于史，则真真假假，不免鱼目混珠之讥。使作者才高八斗，何妨汪洋恣肆于炉灶另起，岂不优于削足适履、黥劓古人面目之为能事乎？盖"志学"者涉猎或有未广，一见之下，极易先入为主，其无穷贻患，不言而喻。

余与史学一道，本在门外，才、学、识、德，更无一可称述，操觚率尔，贻笑大方。欲入门者读拙著，不谓杜撰、戏说，于愿已足，遑论其他！

是为记。

辛巳正月初五赵伯陶记于京华一统楼

（原载《落日辉煌：雍正王朝与康乾盛世》，济南出版社 2001 年版）

《秦淮旧梦：南明盛衰录》后记

治乱相仍，事所必至；载舟覆舟，理有固然。有明之亡，非蹙于建州，有以自致者焉。万历政弛，萧墙之祸相联，疆场之忧频起，铜驼荆棘，早见端倪。国步维艰，庙堂巍阙，犹歌舞升平，贿赂竞尚，唯诺成风。迨及天启，厂寺喧嚣，莫敢谁何。聚敛相炫，各逞私欲。利之所在，上下交征。纵有故家乔木，百炼不为绕指，而漏卮难补，欲挽邓林之落日，瞠乎后矣。崇祯刚愎，自谓非亡国之君，而"微君之故，胡为乎中露"？盖上有秕政，下有菜色；民不堪命，实缘乱自上作。斯时也，吏奸法斁则昏天黑地，三饷苛派则铺天盖地，舆情言路则荆天棘地，士夫才人则花天酒地，贪官墨吏则欢天喜地，"公侯干城"则惊天骇地，志士仁人则感天动地，庶民百姓则呼天抢地，而永昌、大顺则终成掀天揭地之势矣，复欲求避秦之洞天福地，岂可得乎？

弘光蠖身金陵，燕巢危幕，犹荒嬉自如；臣工蚁聚槐安，犹背公行私，党同伐异。执"薰莸不同器"之说，竞论门户，不问是非。士大夫多流连风月，方选舞征歌之不暇，以为情之所钟，正在我辈。躧屦东山，伊其相谑，美其名曰典午遗韵、江左风流，而铁马冰河，已难入中原之梦矣。颓风所被，致风节慕义之士，亦不避坠鞭之迹，而倚门者崇尚东林，更以夫婿之为荣，甚者为求鲁文在手，不计齐大非偶。春秋叔向所云"才之不可以已者"，于斯可鉴。未几山河改色，惊心溅泪，临危赴难，巾帼东海之蹈、西山之饿，固有甚于丈夫者。秽壤芝兰，青泥莲花，此之谓乎？缙绅之衣冠更制者,家亦难全,处天下板荡之际,纵有黄衫客、古押衙之豪侠,亦难免东诸侯、沙吒利之怅恨耳。是以澹心寄"一代之兴衰,千秋之感慨"于秦淮板桥(《板桥杂记》),东塘"借离合之情,写兴亡之感"于梨园氍毹(《桃花扇》),皆令南部烟花之录,翻成东京梦华之忆。此又陶庵梦中说梦,慨乎言之于《梦忆》、《梦寻》二籍者也。

噫!昔之于今,城郭人民俱非,拈此"秦淮旧梦",不亦痴人说梦者乎?山左乔力兄以余撰《落日辉煌:雍正王朝与康乾盛世》差强人意,特命余冯妇再作;济南出版社诸君亦垂青者再,赵钟云先生与责编王菁女史丹黄郢斧,匡正颇多,故又成此一番"梦游"。读者不谓乘喧滥吹,则当庆万幸矣。

是为记。

壬午夏月赵伯陶记于京华一统楼

(原载《秦淮旧梦:南明盛衰录》,济南出版社2002年版)

《明文选》后记

经国大业，不朽盛事，文章草草，亦期千古。牛山之泣，岘山之叹，悲从中来，其致一也，爽鸠氏之乐可以休矣！前人每欲以"立言"名世，得失寸心，因寄所托；情动辞发，彬彬君子。纵难学究天人，成一家之言，亦足睥睨百代，逾年寿而无穷。盖白驹过隙，羊胛早熟，华表千年，空传鹤梦。笔补造化，其功或与日月争光；自出机杼，其声或同金石掷地。腹笥便便，故尔厚积薄发，陈言务去；神思邈邈，因之以少总多，词必己出。刻意效颦，拘于绳尺，或令生意尽失；师心自任，机锋侧出，亦觉矫枉过正。

有明文章，汗牛充栋，林林总总，文随世变。食古不化者有之，芽甲一新者有之，淹有众长者有之，别出心裁者有之。昌歜羊枣，性有偏嗜，或神游于晔华温莹之中，或思驰于江湖魏阙之外。五音繁会，流派纷呈，此消彼长，几近三百年。其间固有不变者存焉，无论尊程朱、尚陆王，儒学之教谆谆，沾溉文士，融道德文章于方寸，潜移默化，厥功伟矣。故虽末世浇漓，金令司天，钱神卓地，泰山妇人之哭日盈于耳，而水西桥畔，犹能抛洒西北神州之泪，哀郢之思，亦时寄之于篇什也。亭林《日知录》有所谓"亡国"与"亡天下"之辨，情见乎辞。明社既屋，而天下实未亡者，徒以有此千古士气也。

承人民文学出版社古编室主任周绚隆兄及诸君子垂青，命余作《明文选》，战战兢兢，夙夜匪解，无奈绠短汲深，犹多瑕疵。又幸遇责编葛云波兄学富心细，丹黄烂然，郢斧生风，补苴罅漏，匡正颇多，庶免乎大雅之讥焉。蕆事之际，思绪万千，卷末爰书数语，聊以寄慨云。

是为记。

乙酉季夏赵伯陶记于京北天通楼

（原载《明文选》，人民文学出版社2006年版）

《中国文学编年史·明末清初卷》后记

十七世纪，风云变幻，甲申之变，天崩地解。虽治乱相仍，事有必至，而铜驼荆棘，百姓涂炭，亦云悲矣！文学盛衰，固关乎国运，其间妍媸消息，又何与于政事？所谓"国家不幸诗家幸，赋到沧桑句便工"者，未必尽然也。文人士夫，于天下板荡之际，或义无反顾，致命成仁，或随波逐流，与世浮沉；或特立孤行，冰操雪节；或腼颜更仕，名标贰臣。行藏出处，人各相异，毁誉荣辱，总成寂寞身后之事。然身当鼎革之世，苍黄反覆，皆有难言之隐者，则人人尽同，不必以群分也。华表归鹤，服饰尽易；江头燕子，旧垒都非。昔日"顾误"之癖，转为"黍离"之歌；旗亭较胜，翻成泽畔之吟矣。加之圈地迁海，奏销文网，科场纷纭，三藩乱作，文人顾影自怜，何暇兼济？修齐治平，总成虚幻。于是感慨万端，形诸文字，或作变徵之声，或作和平之音，滔滔汩汩，言有尽而意无穷，差可为写心胜筹，此则渔洋神韵之所由兴也。将此百年文学，赓续编年，丛书体例俱在，雷池有界，不敢妄越。然时世有别，质文代变；资料参差，迥然相异。划一求之，难免胶柱鼓瑟，寿陵失步，何如会通规矩，我用我法，统一之下，不避变通，庶几春兰秋菊，各极其妍。

分百年为两段，以永历之亡为限，而不以建州定鼎中原划界，盖一代文学与文人心态如影随形：桂王之死，已绝遗民重见汉官威仪之望；而康熙登极，清廷渐趋盛世，人心思安，文风自有别于胜朝矣。

文学编年，以人为纲，则作品、形迹皆可集中，脉络清晰，纲举目张。

义理与考据

举事略于生年，详于卒年，则尊盖棺定论之传统。若卒年不详或在十七世纪之后，则视其人之文学地位与文学活动年代距康熙三十九年之远近，而于生年或多或寡胪列事实，以俾本书自成体系又能与前后文学编年相继有序。

编年以人为纲，并非执一而求。无作者或作者生卒年不详者，自当以作品或事迹为纲，按时间胪列。总之，以有限之篇幅提供读者尽可能多之信息为最终目的。

古人以帝王年号纪年，所遵者农历（或曰夏历），其岁末之若干日，或已交公历年分之翌年。本套丛书纪年概以公历为首，而以帝王年号纪年为括注，年下之月分又从农历，不无龃龉之处。为解决此矛盾，若遇文学家之生卒年在农历之岁末者，本书皆括注其公历之年月，并作为判定作家生卒公历纪年之依据。

本书选取明清文学家共三百余人，另有极少数与作家、作品两相关涉之人如柳敬亭、朱方旦等，亦在选中，共达三百三十三人（不计引文中所涉及者）。未知可否概括百年之文学风貌？

腹笥有限，益信书囊无底，绠短汲深，成此资料之书，总赖主编陈君文新之青睐与湖南人民出版社诸君子之大度，敢不黾勉以求？虽然，挂一漏万，混淆错讹亦在所难免，使读者阅后不作"扣槃扪烛"、"隔靴搔痒"之评，于愿已足，遑论其他！

是为记。

乙酉仲夏赵伯陶记于京北天通楼

（原载《中国文学编年史·明末清初卷》，湖南人民出版社2006年版）

《袁宏道集》(选注) 后记

青青翠竹，真如有相；郁郁黄花，般若无边。三袁赫赫，融儒释道；六尘扰扰，立德功言。龙湖童心，直寻苗脉；公安性灵，原本人情。四大皆空，何来五蕴？三界所有，惟是一心。伯修稳实，小修卓绝。友于鼎足，石公白眉。惜乎三英蕴藉，岁月不居；盛焉一门风雅，出处可观。天妒英才，功德天与黑暗女同在；世非灵谷，赵州茶共庐陵米相随。欹笠高岩，难离嚣崖利薮；濯缨清流，盍别尘网宦牢？禅道心多，无奈神佛路渺；风云气少，总因儿女情长。奈何身无所托，荆天棘地；幸而心有所寄，绿水苍山。将心用心，因何钻他故纸？骑驴觅驴，未必著粪佛头。检书寂寥，嗒然无偶；解衣盘礴，茫焉如痴。在官则清、勤、慎，退公则诗、文、禅。为人则开口见胆，处世则望岫息心。不为物转，不以己悲。其思致莫可蠡测，其学问安得管窥！公和情神，中郎才具，盛名不朽，良非偶然。噫！若与斯人并世，执鞭晏子，是所忻慕！

凤凰出版社卞岐学兄，家学渊源，司编政历有年所，适与余同道。承蒙不弃，责余选注《袁宏道集》，敢不夙夜？是以焚膏继晷，穷数月之力，勉为其难，幸不辱命。蒇事之际，戏缀宗门公案数语于卷末，涂鸦可憎，聊博达识之一哂而已。

是为记。

戊子秋月赵伯陶记于京北天通楼

（原载《袁宏道集》，凤凰出版社 2009 年版；《苏州大学学报》2008 年第 5 期先刊）

《七史选举志校注》后记

"千里马常有，而伯乐不常有"。《北门》之叹，岂徒然哉！故珠赏之誉，惟由病蚌；颖脱之效，须处革囊。而世事无常，人生如寄，数奇命偶，冥兆于天。用之为虎，不用则鼠。时异事异，念兹释兹。大道之行，选贤与能，固尝载于儒典；异姓一家，随才器使，犹可见于说林。牝牡骊黄之外，辨才有道；粉白黛绿之间，用志何卑？王侯无种，鸿鹄翔其云外；卿相有路，英雄入我彀中。利之所在，人无不化；心之所系，情有难言。荣身之阶，或生桎梏之木；雕甍之室，翻成囹圄之基。上蔡犬吠已杳，华亭鹤唳不闻。挂冠神武，谅非达人知命；脱屣场屋，岂是君子固穷。神龟当死，腐鼠成饥。瘦羊流芳，幸赖魏阙有禄；肥遯鸣高，亦须首阳生薇。北窗高卧，南山远望，总是雅人深致；柴扉寂寞，瓮牖萧疏，无奈痴儿饥肠。智以利昏，识由情屈。猎誉梯荣，何妨朝夷暮跖？趋炎附势，安知春华秋实。青云有路，拔赵旗可易汉帜；夜鹊无枝，去魏其自归武安。中冓之言，本不可道；城狐之恶，每下愈况。

远古禅让，洗耳遁耕，文献难考，事属周章。世卿世禄，商周世袭；尚贤尚能，战国客卿。入楚楚重，出齐齐轻。察举征辟，汉人先河；九品中正，魏晋迷茫。夫骏骨招贤，万世盛典；黄金有台，千古美谈。然荐贤有道，举内何如举外；任人无法，惟贤即是惟亲。迨及李唐，怀牒自举，乡举礼闱，进士独尊。宋金接武，取法渐密，明清踵事，宏开仕途。夫科举取士，虽不废门荫、纳赀，用意自出公允；八股衡文，犹须习试帖、策论，涉笔不离圣贤。然近朱近墨，终究耳濡目染；而说空说有，渐趋口是心非。至于末世浇漓，上下相乖，小人道长，君子道消，混淆黑白，倒错职能。金钟毁弃，瓦釜雷鸣，所治愈下，得车愈多。乃至箪篚不饬者成廉吏，帷薄不修者居上游。万几颓替，行吟泽畔者固有；百二荒唐，辍耕垄上者何来？山川激荡，江海翻腾，事遂不可问矣！是人治之过欤，抑科举之弊乎？吾不知也——"君其问诸水滨"！

陈君文新，饱学之士也，编撰文史书籍，屡邀不才。今次主政《科举丛书》，又蒙青睐，责撰《七史选举志校注》，敢不夙夜！武大出版社诸君子鼎力相扶，郢斧轻挥，亦书林佳话。蒇事之际，爰书数语，以志感慨。至于郢书燕说、妄断金根，尚祈方家教正。

是为记。

丁亥孟冬赵伯陶记于京北天通楼

（原载《七史选举志校注》，武汉大学出版社2009年版；《苏州大学学报》2008年第1期先刊）

《王士禛诗选》后记

渔洋论诗，独拈神韵，根柢兴会，导源风雅。世尊拈花，迦叶微笑，独喜沧浪宗门之喻；不著一字，尽得风流，深悟表圣含蓄之音。然其所自为诗，羚羊挂角，无可踪迹者，每每得诸后人意会；凝思伫兴，须其自来者，往往见诸前人篇什。是以秋谷有"王爱好"之论，随园有"才力薄"之评。然平心而论，顾影自怜者，固知其韵外多致；牛耳常执者，亦见其人中犹龙也。《秋柳》四章，"亲见知识"，是其入处，堪称神韵之发轫，所谓"见山不是山，见水不是水"者也；扬州以后，则渐入佳境，为其"得休歇处"，可见神韵之修炼，终究"见山只是山，见水只是水"矣。盖学须静也，躁则毋得。渔洋虽为官为宦，万里奔波，而宅心典籍，士不可不弘毅；民胞物与，泛爱众而亲仁。以九渊潜龙、千仞翔凤之诗喻，为士君子居身涉世之法，旨哉斯言！渔洋不吾欺也。夫人能独树一帜于天下者，岂偶然哉！

今之学界文坛，熙熙攘攘，纷纷扰扰，或有不然者。《黄麈》方歇，一旦得从大夫后，则沾沾乎以为天下莫己若焉，扪腹而喜曰："万物皆备于我矣！资源在握，所向披靡；灾梨祸枣，惟我所欲。"不知鱼与熊掌，岂可兼得？计然之术既深，《渭城》之唱休矣。连篇累牍，惟尚剽窃之能事；积案盈箱，仅有唾余之文章。巾学林宗，颦效西施，以其昏昏，使人昭昭。不知南橘北枳，其味顿殊。多歧亡羊，衢道徘徊，吴敖喧嚣，鼎沸学林。昔时步兵广武之叹，良有以也。惟不屑阳桥者，陶钧文思，匠心独运，删繁就简，夙兴夜寐。或祈素心之赏，或冀名山之藏。笃志虚心以求其放心，得意忘言而必有信言。曳尾于涂中或非其志，而仰屋以自娱亦已焉哉！

　　承蒙人民文学出版社古编室诸君子垂青，《明文选》之后又命冯妇下车，铅刀再割，何其幸哉！是以又成此《王士禛诗选》，谬误在所难免，尚祈读者批评教正。

　　是为记。

丙戌春月赵伯陶记于京北天通楼

（原载《王士禛诗选》，人民文学出版社 2009 年版）

《新译明诗三百首》后记

　　诗之为道，言志缘情。《击壤》之乐，帝力何有；《康衢》之谣，立我蒸民。卿云烂兮，南风薰兮。民之为本，莫之与京。是以其思无邪，《三百篇》之旨；其意多感，《十九首》之音。梗概多气而趋风华，曹魏直下六朝；情韵遥深而转理趣，赵宋遽变四唐。所谓"时运交移，质文代变"，前人之述备矣！

　　有明立国于蒙元驰骋中原之后，故老不图复见汉官威仪。明祖未有尺土之封而获秦鹿，其功盖与汉高同辉。而贯索犯文昌，致一代文人有厄，亦如桀纣，当可入独夫民贼之列。朱家帝胤，或嗜血如命，擅作威福；或刚愎自用，夥颐荒唐。加之厂寺弄权，天昏地暗；党争偾事，雨骤风狂。花开花谢，人去人来。虽时易代更，风会各别，自下难问狐狸，当路原有豺狼。方正学殒身灭族，一身正气；于忠肃忘己图国，两袖清风；言忠义则椒山自有胆；说纰陋则王祐本无须。用修之逍遥滇海，对山之放浪关中，状元遭际，亦多憾焉。誉传"长斋御史"，朱裳清峻；名高"埋羹太守"，王琎廉洁。盖原宪虽贫，于道则富；猗顿虽富，于道则贫。澄水鉴形，纤毫无遁。"天下有殊理之事，无非情之音"，李空同之叹琴操，总因伉俪尤笃；"官府酒易，故人酒不易"，吴匏庵之归林下，概以朋旧为先。杨慎见李生如临水月，谢客梦惠连忽现池塘。高致雄怀，原本真心诚意；凄风苦雨，亦是荆玉灵蛇。酒酣耳热之际，眉飞色舞之间，捻管四顾，沛然千里。烂烂成章，行艺相副；熠熠生辉，忠孝互标。未若后世士风之斫丧殆尽，寡廉鲜耻，仅知歌功颂圣，不屑为民请命。故有明政虽阘茸，而千古儒脉尚在；士或不堪，而万般风义犹存。陈卧子得中进士有言："一第不足喜，所喜者出黄石斋先生门下。"谅哉斯言，当可见晚明士风之一斑。三百年于历史不过一瞬，然其间文章、小说、戏曲亦颇可观。发为诗歌，倡言复古者有之，独标性灵者有之，或如秋鹤引吭，婉转天际；或如空谷传音，驰响云外。金戈铁马之吼，游子思妇之悲，叱咤则千人皆废，吟哦或万古长留。质言之，有明一代诗风固难方驾唐宋，而佳构时出，亦堪称大吕黄钟。此《新译明诗三百首》之所由作也。

承蒙台北三民书局诸同仁不弃，责予从事《古籍今注新译丛书》之一种，黾勉以求，年余杀青。虽非条入叶贯，亦拟窃窥百家。责编郢斧屡挥，匡正尤多，是当所铭心者。虽既竭吾才，终究绠短汲深，今不揣冒昧，献丑于方家，诸君子幸有以教我！

是为记。

庚寅秋月赵伯陶谨识于京北天通楼

（原载《新译明诗三百首》，台北三民书局2015年版；《深圳大学学报》2011年第1期先刊）

《中华民俗十二生肖》后记

窃以天道化生万物，必有所用；生肖萌蘖三皇，谅非偶然。盖"人之异于禽兽者几稀"，而兽之通乎人情事良多。以兽喻人，则有"望子成龙"；用人比兽，咸谓"胆小如鼠"。或念兹在兹，用之即成斑奴；或时异事异，视之已化家鹿。酒满一石，卧伯喈之醉龙；才高八斗，骋子建之绣虎。况人间万象，所趋异途；世代千遭，常叹同苦。星驰并乎电发，瞬息既而万古。

余驽材蹇卫，望崦嵫而在目；土龙刍狗，听鹈鴂已先鸣。岁在戊子，忝居生肖之首；月属庚申，徒有兼金之祺。虫臂鼠肝，赋形曷无定准；牛溲马勃，致用赖有良医。照猫画虎，殊无创意；守株待兔，颇多苦衷。四龙画壁，难逢点睛人至；一蛇在途，堪笑添足者来。悬崖勒马，尚识因循之径；歧路亡羊，难推更始之彀。呆若木鸡，常见笑于心猿意马；幻如苍狗，不同尘乎封豕长蛇。冷冷清清，吠日不闻蜀犬；寻寻觅觅，喘月真见吴牛。闻鸡起舞，幸赖鸡鸣有助；走马观花，安能马到成功？戏言龙争虎斗，笑见狼奔豕突。本非首鼠两端，乌有狡兔三窟？骞马服盐车，其须如此；猕猴捞水月，所为何来？告朔饩羊，原本虚位；食象巴蛇，岂有真功？堪慰者，弱水三千，我只取一瓢而饮；有成哉，相属十二，书赖有众贤相扶。尚求教正，乃淮雨别风，亦祈言明，是鲁鱼帝虎。

戏用生肖，尾缀数语。无端解嘲，聊胜于无，兼博识家之一粲耳。

壬辰秋月赵伯陶记于京北天通楼

（原载《中华民俗十二生肖》，气象出版社2013年版）

《聊斋志异详注新评》后记

《诗》曰："我躬不阅，遑恤我后。"聊斋之恨，良有以夫！苍苍者天，难呵灵均之壁；荡荡者地，孰回季梁之辙？是故觅亡羊必巡歧途，干县令须饰小说。一往遂深，不知情为何物；三复难尽，始信文可移人。驴背夕阳，李郎之锦囊安在；青林晓月，蒲翁之孤愤难投。稗史有灵，幸逢孙阳之顾；文章无价，徒抱卞刖之悲。闻晓钟于般阳，盍驰声赵胜囊外？幻山市于淄邑，总潜影唐宗觳中。所本者：荐董思报，感蓼废吟；所喜者：荆树有花，书田无税；所怒者：威福擅作，簠簋不修；所冀者：琴语瑟声，暮云春树；所羡者：神游楚岸，梦绕巫山；所忿者：错勘贤愚，不辨好恶。柳丝拂岸，无奈心伤；秋水泛波，缘何肠断？是人言愁我始欲愁矣，所幸孔颜乐处即老庄世外。射雀无屏，犹能融情窈冥；游仙有径，安可止步虚白。神出鬼没，写旖旎于忱中；阳开阴阖，追风流于化外。娇波流慧，想芳姿于无形；弱态含羞，托微波于有意。左太冲笔札堆藩溷，容与身心；张壮武史籍载车箱，跼促天地。郑蛇齐怪，驹驹驰骤毫端；鲁鬼秦妖，叱叱喧嗔楮上。春鸠秋雁，拙劳何止飞禽；夏雪冬雷，怪异非纯天象。佳人饰面，匀"胭脂"未免痴情；灵物学舌，售"鸲鹆"何多胜义？文缘气主，"葛巾"之吹气如兰；笔以兴生，"连琐"之吟兴方恰。花其解语，振藻扬葩；石可通神，含商咀徵。揽之已逝，无奈小小藏墓中；呼之欲出，原来真真在画里。鬼大鬼小，魂有新故之逢；花荣花枯，物本盛衰之掎。绘声绘色，富其语词；吊影吊形，密其针缕。将无作有，蚁聚为槐；以假乱真，蜃嘘成市。乃笔下虽有鬼，而心中实无鬼也。盖因世上之荆棘弥望,常使胸中之芒角森然。铸鼎之思,象穷鬼魅;燃犀之照,形鉴龙鱼。磥砢见才,兔起鹘落直遂;嵯峨呈慧,鹏游蝶梦逶迤。郇公之厨,接鼻亦可饫口;季伦之室,触目皆能见奇。因骥足未展,故江笔俊发。为问人间何世,无奈辽鹤已非。盖奕世不乏庸官俗吏,所鲜者慧业才人耳,聊斋者,其是之谓乎!

食肉缘何非管城子,绝交未必有孔方兄。愚生本多艰,剥复之交有道;运偏少济,亨屯之会无常。有缘掇芹,幸免穷神之踸踔;无心作郡,何来路鬼之揶揄?书城徜徉,自忘倦于移晷;学海浮泛,常兴舞于鸣鸡。尼父沂水咏归,无以过也;楚人京台流遁,不亦乐乎?若夫李代桃僵,干卿何事;无奈兰因絮果,令我伤怀。周君绚隆以愚选注明代文、渔洋诗差强人意,故允俞评注《聊斋》之请,则诗、文、说部之铨,愚皆尽绵薄矣。虽才单力弱,绠短汲深,而能接语前贤,错磨俗肌,又何其幸哉!蒲学巨擘袁世硕先生,愚固私淑有年,以冥顽不灵,未能厕身绛帐,终为憾事。今承不弃,慷慨赐序,且也数仰驰函,屡蒙诲教,嘉惠良多,受益匪浅,则无异华衮之宠焉。葛君云波,编审拙作,计此已郢斧三挥;责编李兄俊亦多所匡正。是皆当所铭心矣。注评古人,扬子必曰略近"小技";藻饰小说,庄周尝谓亦远"大达"。使夫子闻之,必曰:"未之思也,夫何远之有?"

是为记。

癸巳重阳赵伯陶记于京北天通楼

(原载《聊斋志异详注新评》,人民文学出版社 2015 年版;《蒲松龄研究》2014 年第 1 期先刊)

《中国传统价值观丛书·修己以敬》后记

《易》曰："飞龙在天，利见大人。"盖同气同声，各从族类；不愤不启，惟在恒心。周公躬吐握之劳，故有囹空之誉；齐桓设庭燎之礼，乃成匡合之功。欲风云际会，必求贤若渴。抱荆玉，垂光虹霓；握蛇珠，增晖日月。然而十年树木，百年树人。剖蚌求珠，滥施何益？凿石索玉，豪赌难为。古人崇道德，重仁孝，谨庠序之教；陈礼乐，倡弦歌，行教化之方。晨作夜兴，张良得书于圯上；朝闻夕死，黄霸受经于狱中。苏秦之锥达，车胤之囊淳。为仁由己，学为人师。坐帷诵书，隔幔讲礼。善诱博喻，孜孜谆谆。移风易俗，即朽木亦可雕；重情尚义，乃金石真可镂。得士者富，亭长之过仲已多；失士者贫，重瞳之逝骓绝唱。见说龙蛇来复，原本鸡虫得失。具臣扬眉，贤者束手。兹为天意，抑岂人谋？与师处，天子有帝者之尊；与臣处，人君有霸者之暴。霸王道杂之，汉家自有制度。是以分阴辨阳，柔刚迭用；外儒内法，仁术并行。故而群贤俯首，导向内圣外王；至于末造经纶，系心中体西用。补天可待，有女娲之巧施；移山何忧，看夸娥之伟力。异代接武，殊途同归。此则中土治国用人之大较也。

黄金累万，不如一贤。儒者待沽，惟求善贾；人臣恋主，意在良禽。致道忘心，或养威严于军旅；修德虚己，或逞慧业于庙堂。"冀以尘露之微，补益山海；萤烛末光，增辉日月。"八斗才何谦逊乃尔！至于园绮之栖商山，管宁之默辽海，皆高节自守，亦非钓誉沽名者比。又有修身于内，成名于外者：濠梁之气特多，跌宕之情弥远。韬光遁世，慕道同尘。确乎之情，峰横海外；介然之志，峭耸霜崖。鸥鸟无猜，水云得意。荣期之三乐，张衡之四愁，亦已焉哉。挥嵇弦而蜡阮屐，趣登三径；操吴戈而舞越剑，意在四方。封侯庙食，居闲养志，富贵情与澹泊心同在；梁竦自负，适见两难。仕隐虽有分途，萝衾原无二致。燕雀之谋可嘉，爽鸠之乐安在？言贵则金张耿邓，说富则卓郑猗陶。权乎祸福之门，古今之通义；终乎荣辱之算，天地之常经。得鹿非真，失马为福。苦乐相倚，吉凶互伏。贺者在门，吊者在闾。华胥畅目，奈何庄叟称蝶；丹穴困身，却是错枝来凤。此则士君子处世之万象也。

　　人生电谢，世事云浮。修身者，智之符也；爱施者，仁之端也。厚味来殃，艳色危身。浴者振衣，沐者弹冠。修己以敬，难免砥砺攻错；与人为善，即须柔立宽容。讲信归仁，儒家之仪轨；明心见性，禅宗之宝筏。至于荣辱等观，物我兼忘，诚老庄之无为，因循以为用也。三教同源，或曰互补之托始；八政齐举，咸谓同休之有终。郭　守信西河，季札挂剑徐墓。幼安有挥金之举，子罕标让玉之贤。席门瓮牖，四壁之室不空；蓬户蒿床，一瓢之水多旨。光参日星，德象天地。克勤克俭，知微知彰。缟　结情，　　生爱。胸中自有丘壑，目下岂无阿奴。潜心五噫，伯鸾因而多思；知己一人，仲翔可以无恨。痂嗜无非偏至，书淫亦属痴心。室无勃　，世非凿枘。人知礼让，官识廉隅。不乏青眼人，颇多素心侣。此则历代读书人修齐治平之要义也。人民文学出版社筹划《中国传统价值观丛书》，责予应《修己以敬》之选编，以为当世借鉴赓续之资。《诗》曰："周虽旧邦，其命维新。"此之谓乎！

　　是为记。

乙未初冬赵伯陶记于京北天通楼

（《中国传统价值观丛书》，人民文学出版社待出）

后　记

　　孟子曰："学问之道无他，求其放心而已矣。"放心者何？治己治人，居贞居敬。是以博观约取，尤须推陈出新；厚积薄发，直待删繁就简。去恶迁善，固已良知再传；扶危持颠，缘何大言不惭？独善可必，方能心广而体胖；兼济无由，始知才疏于志大。袁中郎所谓"若不作诗，何以过活这寂寞日子也"者，此之谓乎！然而求田问舍，志士之羞；断字识文，贞人所好。养德以俭，可鉴仁心；审美欲真，更需鸿藻。热衷洛下讽咏，冷眼长安楸枰。但聆秦青遏云，何妨成连移我。虽心为形役，而意在鹏游。盖世路茫茫，或迷七圣；易卦总总，宜判三才。自胜者强，阐幽发微于有意；内视者朗，探赜索隐于无形。致广大而尽精微，书囊无底；尊德性而道问学，人生有涯。差可慰情，自以为盛事不朽；毋乃伤命，人有谓书蟫常枯。且夫绘色绘声，无非痴人说梦；至若疑神疑鬼，当作矮子观场。虽云高标蹈空，自得其乐，而"号为文人，无足观矣"，旨哉斯言！

　　陶年甫舞象，已无鲤庭两趋；岁近稀龄，犹侍萱堂三载。可稍减风树之恸矣。黄杨厄闰，频遭闵凶；红羊成劫，幸免株引。情有真伪，盖由心苗；智有高低，系乎天命。举头西笑，难见长安；张口大嚼，空对屠户。所幸崦嵫既暮，桑榆可追。一线复阳，岁在戊午；三春回暖，上庠辱收。尝悟水月镜花，犹悲前尘梦影。族非高国，邻远谢王。技报全牛，学输半豹。曾识凡鸟，屡处穷鱼。若多日月之光，曷鲜风云之气？临深履尾，唯余面墙；坐井观天，侈谈题柱。只缘痴心妄想，故多单见浅闻。是以每动寸衷，即忧尺水。赖有三余广学，二酉通幽。心慕手追，既埋首丁部；口讲指画，亦染指说林。至于宅心践行，放手掉臂，虽不能至，而心向往之矣。桓宣武见江柳而生悲，殷仲文顾庭槐而兴叹。万物刍狗休论，千金敝帚竟夸。施施焉，尝闻人生贵适志；扬扬焉，而不知老已至矣。北京时代华文书局责编徐兄敏峰，起予者也，于拙作《义理与考据》郢斤频挥，匡益颇多，当所铭心。

《诗》曰："夙兴夜寐，毋忝尔所生。"宋人持酒斜阳之劝，意在留晚照于花间。谨识之以自勉。

是为记。

乙未仲冬赵伯陶记于京北天通楼